He Eivät Tiedä
Mitä Tekevät

他们不知道做什么

Jussi Valtonen

[芬兰] 尤西·瓦尔托宁 著

倪晓京 译

中国国际广播出版社

"北欧文学译丛"
编委会

主 编

石琴娥（中国社会科学院外国文学研究所）

副主编

徐　昕（北京外国语大学欧洲语言文化学院）
张宇清（中国国际广播出版社有限公司）
田利平（中国国际广播出版社有限公司）

编 委

（以姓氏汉语拼音为序）

李　颖（北京外国语大学欧洲语言文化学院芬兰语专业）
王梦达（上海外国语大学德语系瑞典语专业）
王书慧（北京外国语大学欧洲语言文化学院冰岛语专业）
王宇辰（北京外国语大学欧洲语言文化学院丹麦语专业）
余韬洁（北京外国语大学欧洲语言文化学院挪威语专业）
赵　清（北京外国语大学欧洲语言文化学院瑞典语专业）
凭　林（知名学者）
张娟平（中国国际广播出版社有限公司）

绚丽多姿的"北极光"

——为"北欧文学译丛"作的序言

石琴娥

2017年的春天来得特别地早,刚进入3月没有几天,楼下院子里的白玉兰已经怒放,樱花树也已经含苞待放了。就在这样春光明媚、怡人的日子里,我收到中国国际广播出版社文史编辑部主任张娟平女士打来的电话,想让我来主编一套当代北欧五国的文学丛书,拟以长篇小说为主,兼选一些少量有代表性的短篇小说、诗歌等,篇目为50部左右。不久之后,中国国际广播出版社负责人和张娟平主任又郑重其事地来到寒舍,对我说,他们想做一套有规模、有品位的北欧文学丛书,希望能得到我的支持,帮助他们挑选书目、遴选译者,并担任该丛书的主编。

大家知道,随着电子阅读器和智能手机的普及,越来越多的人通过电子设备来阅读书籍。在目前的网络和数码时代,出现了网络文学、有声书和电子书,甚至还出现了人工智能创作的作品,纸质书籍受到极大冲击,出版纸质书籍遇到了很大困难。有的出版社也让我推荐过北欧作品,但大都是一本或两本而已,还有的出版社希望我推荐已经过版权期的作品,以此来节省一些成本。而中国国际广播出版社却希望出版以当代为主的作品,规模又如此之大,而且总编辑又亲临寒舍来说明他们的出版计划和缘由,我被他们的执着精神和认真态度所感动,更被他们追求精神品位的人文热情所感动。我佩服出版社的魄力和勇气。面对他们的热情和宝贵的执着精神,我怎能拒绝,当然应该义不容辞地和他们一起合作,高质量、高品位地出好这套丛书。

　　大家也许都注意到,在近二三十年世界各国现代化状况的各类排行榜上,无论是幸福指数,还是GDP或者是人均总收入,还是环境保护或者宜居程度,从受教育程度和质量、医疗保障到养老、失业等社会保障,还有从男女平等到无种族歧视,等等,北欧五国莫不居于世界最前列,或者轮流坐庄拿冠夺魁,或是统统包圆儿前三名,可以无须夸张地说,北欧五国在许多方面实际上超过了当今世界霸主美国,而居于当今世界发达国家最前列,成为世界现代化发展中的又一类模式。

　　大家一般喜欢把世界文学比作一座大花园,各个时期涌现出来的不同流派中的众多作家和作品犹如奇花异葩,争妍斗艳。北欧文学是这座大花园里的一部分,国际文学中,特别是西欧文学中的流派稍迟一些都会在北欧出现。北欧的大自然,由于地理位置、自然环境和气候条件,没有小桥流水般的婀娜多姿,而另有一种胜景情致,那就是挺拔参天、枝叶茂盛的大树,树木草地之间还有斑斓似锦的各色野花和大片鲜灵欲滴的浆果莓类。放眼望去,自有一股气魄粗犷、豪放、狂野、雄壮的美。北欧的文学大花园正如自然界的大花园一样,具有一股阳刚的气概、粗豪的风度。它的美在于刚直挺立、气势巍嵬。它并不以琴瑟和鸣般珠圆玉润和撩拨心弦的柔美乐声取胜,却是以黄钟大吕般雄浑洪亮而高亢激昂的震颤强音见长。前者婉转优雅、流畅明快,后者豪迈恢宏、气壮山河。如果说欧洲其余部分的文学是前者的话,那么北欧文学就是后者。正如鲁迅所说，北欧文学"刚健质朴"，它为欧洲文学大花园平添了苍劲挺拔的气魄。以笔者愚见，这就是北欧五国文学的出众特色，也是它们的长处所在。

文学反映社会现实。它对社会的发展其功虽不是急火猛药，其利却深广莫测。它对社会起着虽非立竿见影却又无处不在的潜移默化作用。那么，北欧各国的当代文学作品中是如何反映北欧当代社会的呢？它对北欧各国的现代化发展是不是起了推动促进作用了呢？也许我们能从这套丛书中看到一些端倪。

北欧五国除丹麦以外，都有国土位于北极圈或接近北极圈。北极光是那里特有的景象。尤其到了冬天夜晚，常常能见到北极光在空中闪烁。最常见的是白色，当然有时也能见到五彩缤纷、绚丽多姿的北极光。北欧五国的文学流派众多，题材多样，写作手法奇异多姿，犹如缤纷绚丽的北极光在世界文坛上发光闪烁。

北欧包括5个国家：丹麦、芬兰、冰岛、挪威和瑞典。讲起当代的北欧文学，北欧文学史上一般是从丹麦文学评论家和文学史家勃朗兑斯（Georg Brandes，1842—1927）于1871年末在丹麦哥本哈根大学所作的《十九世纪文学主流》算起，被称为"现代突破"。从19世纪的1871年末到目前21世纪一二十年代的150年的时间里，一大批有才华的作家活跃在北欧文坛上。在群英荟萃之中，出现了几位旷世文豪，如挪威的"现代戏剧之父"亨利克·易卜生，瑞典文学巨匠——小说家、戏剧家斯特林堡和荣获诺贝尔文学奖的第一位女作家、新浪漫主义文学代表塞尔玛·拉格洛夫，丹麦1944年诺贝尔文学奖获得者约翰纳斯·维尔海姆·延森，芬兰批判现实主义作家尤哈尼·阿霍以及冰岛1955年诺贝尔文学奖获得者哈多尔·拉克斯内斯等。本系列以长篇小说为主，也有少量短篇和戏剧作品。就戏剧而言，在北欧剧作家中，挪威的亨利克·易卜生开创了融悲、喜剧于一体的"正剧"，被誉为"现代戏剧之父"，是莎士比亚去世三百年后最伟大的戏剧家。瑞典的奥古斯特·斯特林堡所开创的现代主义戏剧对世界戏剧产生了重大影响。戏剧是文学的一部分，所以我们在选编时也选了少量的戏剧作品。被选入本系列中的作家，有的是北欧当代文学的开创者，有的是北欧当代文学中各种流派的代表和领军人物，都是北欧当代文学中的重要作家，他们的作品经历了时间考验。

在北欧文坛中，拥有众多有成就有影响的工人作家是其一大特色。有的还获得了诺贝尔文学奖，成为世界级的大文豪。这些工人作家大多自身是农村雇工或工人，有过失业、饥饿或其他痛苦的经历，经过自学成为作家。他们用笔描写自己切身的悲惨遭遇，对地主、资产阶级的剥削和压榨写得既具体细腻又深刻生动。正是他们构成了北欧20世纪以来现实主义文学的主流。在这些工人作家中最突出的有丹麦的马丁·安德逊·尼克索和瑞典的伊瓦尔·洛-约翰松等。对这些在北欧文坛上占有重要地位的工人作家的作品，我们当然是不能忽略的，把他们的代表作选进了这套丛书之中。

除了以上这些久享盛誉的作家外，我们也选了新近崛起的、出生于1970和1980年代的作家，如出生于1980年的瑞典作家乔安娜·瑟戴尔和出生于1981年的挪威作家拉斯·彼得·斯维恩等。他们的作品在北欧受到很大欢迎，有的被拍成电影，有的被搬上舞台。这些作品，虽然没有经历过时间的考验，但却真实地反映了目前北欧的现状，值得收进本丛书之中。

从流派来看，我们既选了现实主义作品，也不忽略浪漫主义、超现实主义和意识流的作品,力求使读者对北欧当代文学有个较为全面的印象。从作家本人的情况看,我们既选了大家公认的声誉卓越的作家的作品,也选了个别有争议的作家的作品,如挪威作家克努特·汉姆生,他是现代挪威、北欧和世界文坛上最受争议的文学家。他从流浪打工开始,1920年成为诺贝尔文学奖得主,晚年沦为纳粹主义的应声虫和德国法西斯占领当局的支持者,从受人欢呼的云端跌入遭国人唾骂的泥潭,而他毕竟是现代主义文学和心理派小说的开创者和宗师,在20世纪现代文学中扮演了承上启下的转型角色。我们把他的"心理文学"代表作《神秘》收进本丛书。这部作品突破传统小说的诸多常规要素,着力于通过无目的、无意识的内心独白,以及运用思想流、意识流的手法来揭示个性心理活动,并探索一些更深层次的人生哲理。1978年诺贝尔文学奖得主、美国作家艾萨克·辛格说:"在我们这个世纪里,整个现代文学都能够追溯到汉姆生,因为从任何意义上他都是现代文学之父……20世纪所有现代小说均源出汉姆生。"我们把这位有争议的作家的作品选入我们的丛书,一方面是对北欧和世界文学在我国的译介起到补苴罅漏的作用,另一方面也可进一步了解现代文学的来龙去脉,以资参考借鉴。

20世纪60年代中期,瑞典出现了一种新兴的文学——报道文学。相当一批作家到亚非拉国家进行实地调查,写出了一批真实反映这些地区状况的报道文学作品。这批从事报道文学的作家大都是50年代和60年代在瑞典文坛上有建树的人物。如瑞典作家扬·米尔达尔是这种新兴文学——报道文学的代表人物之一,他的《来自中国农村的报告》(1963)成为当时许多国家研究中国问题的必读参考材料,被译成十几种文字多次出版。他的这本书材料详尽、内容真实、记载细腻而风靡一时。还有福尔盖·伊萨克松通过访问和实地采访写出了报道中国20世纪70年代真实状况的作品。这些文字优美、内容详尽的作品为西方读者了解中国起了很好的桥梁作用。他们的作品是在我国改革开放之前来中国写的，今天再来阅读他们当时写的作品，从中也能领略到时代的变化、改革开放的伟大成就。

总之，我们选材的宗旨是：尽量把北欧各国文学史中在各个时期占有重要地位的作家的代表作收进本丛书。本丛书虽有45部之多，是我国至今出版北欧丛书规模最大的一部，但是同150年的时间长河和各时期各流派的代表作家与作品之多比起来，45部作品远不能把所有重要作家的作品全部收入进来。

本丛书中的所有作品，除了极个别以外，基本都是直接从原文翻译，我们的目的是想让读者能够阅读到原汁原味的当代北欧文学。同英语、俄语、法语等大语种翻译比起来，我们直接从北欧语言翻译到中文的历史不长，译者亦不多，水平不高，经验也不足，译文中一定存在不少毛病和欠缺之处，望读者多多包涵，也请读者给我们提出宝贵的建议和意见，便于我们改进。

本丛书能够付梓问世，首先要感谢中国国际广播出版社执行董事张宇清先生和副总编田利平先生，田总编是在本丛书开始编译两年后参与进本丛书的领导工作的，他亲自召开全体编委会会议，使编委们拓宽思路，向更广泛的方向去取材选题。没有他们坚挺经典文化的执着精神和开拓进取的勇气，这部丛书是不可能跟读者见面的。我还要感谢本书所有的编委，是他们在成书过程中做了大量工作，从选材、物色译者到联系有关国家文化官员和机构，都付出了辛勤的劳动。不仅如此，他们还亲自翻译作品。没有他们的默默奉献和通力合作，这部丛书是难以完成的。在编选过程中，承蒙北欧五国对外文化委员会给予大力帮助和提供宝贵的意见，北欧五国驻华使馆的文化官员们也给予了热情关怀，谨向他们致以衷心的感谢。对编选工作中存在的疏漏和不足，还望读者们不吝指正。

          2021 年 10 月
          于北京潘家园寓所

石琴娥，1936年生于上海。中国社会科学院外国文学研究所北欧文学专家。曾任中国－北欧文学会副会长。长期在我国驻瑞典和冰岛使馆工作。曾是瑞典斯德哥尔摩大学、丹麦哥本哈根大学和挪威奥斯陆大学访问学者和教授。主编《北欧当代短篇小说》、冰岛《萨迦选集》等，为《中国大百科全书》及多种词典撰写北欧文学、历史、戏剧等词条。著有《北欧文学史》、《欧洲文学史》（北欧五国部分）、"九五"重大项目《20世纪外国文学史》（北欧五国部分）等。主要译著有《埃达》《萨迦》《尼尔斯骑鹅旅行记》《安徒生童话与故事全集》等。曾获瑞典作家基金奖、2001年和2003年国家图书奖提名奖、第五届（2001）和第六届（2003）全国优秀外国文学图书奖一等奖、安徒生国际大奖（2006）。荣获中国翻译家协会资深荣誉证书（2007）、丹麦国旗骑士勋章（2010）、瑞典皇家北极星勋章（2017）等。

译　序

作者尤西·瓦尔托宁（Jussi Valtonen），1974年出生在一个牧师家庭，是芬兰当代知名作家和神经心理学家。他除了在心理学研究方面颇有建树，多年来勤奋笔耕，迄今已经出版了三部长篇小说和一部短篇小说集。其2014年问世的长篇小说《他们不知道做什么》（*He eivät tiedä mitä tekevät*）荣获当年芬兰文学最高奖项——芬兰文学奖（Finlandia-palkinto），并成为芬兰当年国内最畅销的小说。

瓦尔托宁青年时期的求学生涯可谓经历了一番探索。他于1993年进入芬兰赫尔辛基大学，最初的专业是英语语言学，后来他对哲学产生了兴趣，改学哲学专业，1996年又发现自己更适合学心理学，便又转入心理学专业，并于2000年获得心理学硕士学位。后来，瓦尔托宁赴美国著名的约翰斯·霍普金斯大学深造，专攻神经心理学，研究方向是通过对比脑损伤患者的信息处理能力来探究健康大脑的功能，最终于2016年获得心理学博士学位。工作一段时间后，他又赴美国纽约做了两年博士后研究，师从纽约哥伦比亚大学医学教授丽塔·沙隆（Rita Charon，1949—　），专门学习研究新兴的叙事医学与叙事心理学。瓦尔托宁一直对文学有着浓厚的兴趣，他曾在英国索尔福德大学和芬兰坦佩雷应用科技大学的联合硕士课程中学习剧本创作，并在赫尔辛基大学心理学系担任过系刊编辑和助理。鉴于瓦尔托宁在文学创作领域和心理学方面的建树，目前他被芬兰艺术大学聘为写作专业硕士课程兼职客座教授。

瓦尔托宁的文学创作生涯始于2000年，当时刚刚走出校园的他便与芬兰心理学专家本·福尔曼（Ben Furman，1953— ）联合出版了一部心理学科普著作《总会有乐趣：给抑郁者及其家人的信息与希望》（*Jossakin on ilo: tietoa ja toivoa masennuksesta kärsiville ja heidän läheisilleen*）。2002年，瓦尔托宁参加了以芬兰著名诗人J. H. 埃尔科冠名的全国写作大赛，并以短篇小说《非洲》荣获第一名；2003年，瓦尔托宁发表了他的第一部长篇小说《平衡》（*Tasapainoilua*），小说通过描写一个艺术乐队成员之间的冲突与矛盾凸显了作者在刻画人物及人际关系上的精湛技巧；2006年，瓦尔托宁出版了短篇小说集《水墙》（*Vesiseinä*）；2007年，出版了第二部长篇小说《羽翼所及》（*Siipien kantamat*），小说描写了中年语文老师与高中生之间围绕读书与文字的精神之恋，并在北欧出版集团邦尼埃尔（Bonnier）举办的国际小说比赛中获得第二名；2008年，瓦尔托宁赢得芬兰广播公司举办的广播剧本写作大赛第一名。瓦尔托宁还是1994年成立的赫尔辛基作家小组"诺贝尔奖得主俱乐部"（Nobelistiklubi）成员，并在1995年成立的古哈（Kuha）摇摆乐队中长期担任吉他手。

《他们不知道做什么》是瓦尔托宁的第三部长篇小说，耗时6年创作完成。小说以20世纪90年代的芬兰和美国为背景，描写了一场跨国婚姻带来的跨文化冲突及其婚姻解体后重组的两个家庭各自跨越20年的曲折离奇的故事。小说篇幅较长，原文接近600页，内容更是跨越众多领域，为读者打开了眼花缭乱甚至不寒而栗的场景，这其中包含动物试验、科研伦理、塑造思维和用数字控制世界等，同时将其与人们的情感世界无缝衔接，并通过这些场景成功地勾画了社会的巨大变化。小说故事情节跌宕起伏、扣人心弦，将科学研究、家庭冲突、社会矛盾交织在一起，读起来十分引人入胜，并引发读者深入思考，给人以思想启迪。

小说中的男主人公、神经科学教授乔·查耶夫斯基出生在一个传统的美国犹太家庭，早年在国际会议上认识了一位芬兰女研究生，并对她一见钟情，他不顾家庭反对毅然赴芬兰成婚生子，但后来迫于在芬兰发展受限欲回美国，由于文化差异及一些偶然因素与芬兰妻子离异，回到美国重新建立家庭，后来成为通过动物实验研究测试神经药物的顶级科学家。他的芬兰前妻亦组建了新的家庭，而他与前妻的儿子长大成人后则成为国际动物权益保护领域的活跃分子。本书通过对主人公及其前后两个家庭在芬兰和美国的工作和生活经历的深入描写，揭示了国际科学界存在的有悖于人文伦理的现象，以及与之相抗衡的国际动物权益保护，甚至走向极端的生态恐怖活动，描绘了科学进步对人类思维的塑造以及对数字技术可能控制人类思维的前景的担忧。与此同时，小说将故事的发生地点分设在两个不同的国家之间，以一种极其自然的方式对芬兰和美国的日常社会场景进行了饶有兴致和尖锐细致的观察与展示，从多个层面展现了在两国社会层面和学术界存在的诸如本位主义的弊端，并以诙谐调侃的笔调描绘和叙述了男女主人公及其家庭的日常生活场景。

《他们不知道做什么》于2014年荣获当年芬兰文学最高奖项——芬兰文学奖。芬兰文学奖每年评选一次，由芬兰图书基金会（Kirjasäätiö）颁发，数额为3万欧元。该奖的评选方式十分独特，每年的评委会提出6位候选人，邀请一位社会知名人士作为首席评选人，从6位候选人中选出获胜者。2014年的首席评选人由芬兰著名经济学家、赫尔辛基瑞典语商学院教授安奈·布鲁尼拉女士（Anne Brunila，1957—　）担任。她曾任芬兰森林工业协会理事长和芬兰跨国能源公司富腾集团副总裁。芬兰《经济生活》杂志曾将她评为当代最有影响力的女性决策者之一。布鲁尼拉教授在评奖仪式上对该书给予高度评价，称该书涉猎领域广泛，以令人惊叹的方式将人际关系的洞察与深层次的伦理道德思考结合在一起，并把科幻小说与惊悚情节融为一体，巧妙地将当今一些社会重大问题——如科学与伦理之间的关系，以及尽管信息爆炸而人们却难以有效沟通——编织成一篇雄心勃勃、令人爱不释手的作品，《他们不知道做什么》被称作是一部扣人心弦、引爆人们思维的、不可多得的现代小说佳作。

小说出版后，特别是在它获得2014年芬兰文学奖后博得各方高度好评。2014年芬兰文学奖评委会评价称：《他们不知道做什么》是对科学与伦理之间关系以及人们彼此无法交流的一项引人注目的研究。芬兰发行量最大的报纸《赫尔辛基新闻》评论称：芬兰"当代文学中没有比这更好、更令人惊叹的作品了"。芬兰最大的网络图书发行商阿德里勃利斯（Adlibris）在其网站上发表评论称：《他们不知道做什么》是一部围绕当今各种话题、充满智慧并令人印象深刻的小说，它深刻地描述了我们现在所生活的世界，虽然信息量越来越大却并未增进人们对彼此的信任与理解，甚至导致有人宁可做出牺牲也要捍卫自己信念的举动。英国畅销心理惊悚小说作家威尔·迪恩（Will Dean）写道："这是一本雄心勃勃的书，反映了文学小说与科幻惊悚之间的碰撞，是对动物权利、新技术带来的光明与黑暗、国际学术界以及现代家庭内部关系的扣人心弦的探索。"

关于这部小说的创作过程,瓦尔托宁在2014年获奖后的一次采访中表示,他最初创作这部小说时的动机仅仅是要写一部短篇小说。小说开篇中关于乔和阿莉娜相爱和结婚的情节,就是他最初作为短篇小说而写的。但后来他发现小说的题材十分独特,完全可以将其拓展成一部长篇小说,后来他也成功地这样做了。

作为一位身兼心理学专家和作家双重角色的小说家,外界对他成功将心理学与文学创作相结合这一点十分感兴趣。瓦尔托宁表示,实际上在文学创作中,他并没有有意识地将两者联系在一起,因为对他本人而言,心理学研究与文学写作是并行不悖、各自相对独立的体验,两者相得益彰。心理学注重观察和研究客观与科学,着重分析接受测试的大众人群的中间值,从而得出具有普遍意义的结论,而文学创作则强调对事物和人物个体的细微观察,着重发掘与众不同的特性,也许会带有更多的主观感觉。

瓦尔托宁现在是两个孩子的父亲,他虽然已经成名,但为人行事十分低调,他不愿个人家庭生活受到外界的过多干扰。但在他的小说中,却不乏与其人生经历和体验相关联的描写,包括他在芬兰和美国的学习、工作和生活经历,以及对国际学术期刊领域、神经心理学研究与实践等深入细致的描写。特别值得指出的是,瓦尔托宁在学术研究和文学创作方面皆有造诣,尤其擅长在各个学科领域之间跨界发展,这与芬兰多年来成功实行的中小学跨学科现象式教育方法不无关系,也得益于他本人在大学多次调整专业并最终找到适合个人发展的求学之路,从而使他的专业知识与人生经历得以在他的作品中得到充分的体现。在现实生活中,瓦尔托宁也是一位多才多艺、涉猎广泛并主导跨学科跨领域发展的专家。他既是神经心理学学者，也是知名文学作家，既兼修新兴的叙事心理学，又在大学兼职教授文学创作，同时还坚持在摇摆乐队中演奏。

关于《他们不知道做什么》一书中的人物和情节，他做了一些揭示和解读。主人公乔的芬兰儿子塞缪尔是贯穿小说始终并与其构成一对重要矛盾体的人物。他是一个既聪明又敏感的男孩，许多对其他人有难度的事对他来说却很容易，但同时他也会不假思索做一些十分草率的事情，而从未考虑其结果会对他人和自己产生什么样的影响。他在高中时遭到女友抛弃，远在美国的父亲又未如约参加他的高中毕业典礼，这在他心理上留下沉重的阴影。后来他考上了大学却错失注册入学的机会；进入了一家大公司工作，却又出于良知和社会责任愤而辞职。他一直与在美国的父亲保持着某种联系，但后来又积极投身于动物权益保护事业，在不知不觉中与父亲成为对立面，并最终因被误认为参与生态恐怖活动而受到通缉。

乔早年在芬兰无论是在事业上还是在婚姻上都未获得成功。乔离开芬兰回到美国后对此进行过反思。他意识到他与前妻阿莉娜在处理彼此关系时都过于游移不定、谨小慎微，如双方能够及早开诚布公地沟通或许能够找到彼此都能接受的范围，这样他们的婚姻也许能够维系下去。作为妻子的阿莉娜后来并未在乔与儿子之间充当建设性的角色，是因为她在一开始对乔的失望以及对自己在良心上的自责，但这个过程持续了太长时间，对儿子童年的成长无疑造成了许多困惑。

在故事情节上，小说围绕科学研究与人文伦理、通过法律维权与恐怖主义行为、对思维的塑造与对数字技术控制人类思维的担忧等主题展开。乔后来在美国成为神经药物领域知名专家后对自己的美国女儿解释称,科学家之所以需要做动物实验是为了造福人类。而塞缪尔及其背后所代表的社会群体则反对做动物实验。双方在舆论场和社会上的尖锐对立,反映了虽然当今社会的信息呈爆炸式增长,但各个群体之间的信息不对称现象却更加凸显,并直接影响到人们的价值取向与行事规范。作者认为,信息来源与使用信息的环境决定了人们对事物的看法。在书中主张与反对动物实验的群体各持己见,互不相让,事实上存在着两个都能自圆其说并有充分论据的叙事,以至于人们无论身处其中哪一个群体,都会觉得这一群体的观点很有道理,从而会无保留地予以支持。有些矛盾冲突和对立可以在个人层面得到解决,但在个体后面的群体出于自身利益可能会加以反对,而个人则无法摆脱群体的影响。小说促使读者思索什么是真相,而真相又如何是相对的。研究人员对动物实验的看法与动物保护者的观点完全不同。尽管科学实验应当是能解释和解决许多问题的客观途径,但科学研究本身也并不完全是中立的,也会受到研究者本身和所处环境的种种影响。

没有比较就没有伤害。作者还就各国之间特别是大国与小国之间看待问题的角度感叹,他在美国做了两年博士后刚刚返回芬兰时,发现本国有些事物并不像原本想象的那样美好,这使他在看待熟悉的事物时又有了新的视角,也让他可以尝试用其他视角来观察自己的国家。例如当他在与一个美国人聊起芬兰前总统吉科宁在晚年患病仍担任总统时,当时做出的一些重要决策很可能不是他自己做出的,而是在他人影响或操纵下做出的。而这个美国人却盯着他看了好一会儿,然后说,这不过是芬兰总统,他的意思是说,这并不是一件什么重要的事。这说明,许多在芬兰人看来很了不起的事，很可能在他人眼中无足轻重。

关于小说所涉及的科研伦理、生态恐怖、塑造思维等主题，芬兰文学评论专家学者也从家庭层面和社会层面分别进行了解读。

在家庭层面上，当一位父亲以研究猫的神经细胞来探索导致失明的视力障碍为毕生事业，而儿子的使命却是捍卫动物权益时，他们之间会发生什么？乔一开始在芬兰拥有一个小家庭：乔、阿莉娜和刚刚出生的塞缪尔。乔作为一位美国神经科学领域的学者，试图在他新的祖国芬兰推进自己的职业生涯。另外，妻子阿莉娜放弃了自己的学业，专心在家照顾儿子塞缪尔。现实的困难使乔与阿莉娜的关系出现裂痕并最终分手。多年后，乔作为一位屡获殊荣的科学家生活在美国马里兰州，成为巴尔的摩大学著名神经学系的顶级研究员，他被一个幸福的新家庭所环绕，有妻子米里亚姆和两个分别处在青春期和童年的女儿丽贝卡和丹妮拉。乔留在芬兰的前妻阿莉娜则在克服抑郁症后再婚，并作为电视台有关公共移民讨论节目的定期参与者在社会上找到了自己的位置。从表面上看，乔·查耶夫斯基拥有一切——一份很棒的工作，一个漂亮的妻子和两个几近完美的女儿。但是，当他工作的实验室因为使用动物进行实验而遭到生态恐怖分子袭击时，乔被迫面对自己的过去，并与他20年前抛弃、现已成年的儿子重新建立了联系。当乔努力应对他这两种生活之间突然的碰撞时，他很快发现他需要采取激烈的行动来拯救他所爱的人。在另一个大陆上即将成年的塞缪尔正在努力保持自己的身心平衡，疯狂地寻找着自己在社会上的位置。当他最终找到志同道合的群体时，已经没有什么可以阻止他了。像他的父亲一样，他也愿意为了自己认为是正确的事情而做出艰难的决定。

在社会层面上，小说描写了作者想象的在最近的过去和将来发生的事情，讲述了动物保护活跃人士与通过动物实验进行科学研究及商业公司之间的矛盾与斗争。科技进步与市场经济在全球蓬勃发展，人们的大脑既可以借助药物也可以通过技术设备来加以影响。作者从描写20世纪90年代的芬兰开始，以轻松有趣的笔法描绘了最近的未来手机与网络的应用。书中写到，在最近的将来，一个名叫"儿童是未来"的团体在学校中向学生免费分发作用于大脑的药物。乔的正处在青春期的女儿还使用了一个被称作iAm的新型电子装置，它可以通过触片直接向大脑输入音乐、电影、感受和其他刺激脉冲。父母惊恐地发现，他们的孩子在学校里竟成了医药、时尚和科技公司的实验小白鼠。人们不禁要问，人在世界上的最终地位是什么？这个世界难道是建立在对人的意志和心境进行改变的基础之上的吗？小说大胆地将基于动物实验的大脑研究与数字信息技术智能相提并论，指出人类一方面在利用无辜的动物为了自身利益做实验，另一方面人类本身在商业操作下也像天真的小白鼠那样无助。

从小说写作风格和叙事方式看，本书不仅展现了作者丰富的专业知识储备和创作上的多才多艺，还利用了不同类型小说的主题、元素和叙事方式，将叙事重点放在科学研究的道德、隐私的丧失和生活的商业化以及核心家庭的破裂、新家庭的内部紧张、孩子成长的痛苦和对父母的反叛等情节上，思考深刻而充满哲理，因而并没有停留在一部普通小说的层面，而是将传统心理学的洞察力与神经科学及数字技术的前沿应用相结合，最终成为一部反映时代主题和对未来的期盼与担忧、揭示社会各界与各个群体之间潜在的矛盾与冲突、展示我们这个时代走向美丽新世界的隐患图景的不可多得的著作，这在芬兰当代文学中并不多见。

总之，这是一部超越国界、跨越领域、知识性强、趣味性佳的上乘之作，小说时间跨度20余年，但从开篇到结尾却以北美罕见的13年或17年周期蝉的出土至死亡为标志，只有寥寥数周时间。最后借用《芬兰书评》(*Kirjavinkit*)的一句话："小说紧扣时代和当今现象，也许反乌托邦的技术世界比我们所想象的距离更近。"谨祝各位读者开卷有益。

在本书翻译与出版过程中，我要感谢各方的支持，尤其要感谢北京外国语大学的李颖副教授和其他北欧文学译丛及出版社编辑团队的大力支持与协助，同时要感谢家人的配合与支持。此外还要特别感谢芬兰文学交流协会（FILI）的宝贵支持。

由于译者能力所限，译作中难免会有个别谬误，敬请读者惠予指正。

倪晓京
2023年9月于北京

译者简介：倪晓京，1977年考入北京外国语大学英语系，1979年赴芬兰赫尔辛基大学留学，获芬兰语硕士。1983年起在中国外交部和驻芬兰、瑞典、希腊和土耳其使领馆工作，历任外交部处长、驻芬兰、瑞典大使馆政务参赞等职务，并曾挂职云南省红河州州委常委、副州长。出版芬兰语译著《俄罗斯帝国的复苏》(2012)、《牧师的女儿》(2021)和《狼新娘》(2023)，并担任《中国与芬兰的故事》(2022)副主编。

有人把电视机打开了,他像是被音乐毯的声音催了眠似的盯着电视机看。这座独栋老房子在不停地发出喳喳声和吱吱声,让人感觉它们好像就在这栋房子里叫一样,尽管他与同伴们现在的安全地在大陆另一端的大洋岸边。

蝉①在鸣唱。

他从来没有听说过它们。尽管谁都不记得了,它们在整个这段时间里一直都蛰伏在那儿的泥土里,从植物根部的管状细胞中汲取养分,等待着合适的年份出头。

它们也上了新闻。一位来自波特兰市②的活跃分子轻手轻脚地从厨房里走出来,手中拿着他的康普茶杯③,一边把自己的大麻烟卷递给大家轮流吸,一边说,它们在我们这里出现也只是个时间问题。当然不会是今年,甚至也许不会是明年,但是据说存在着某种机制,会让它们从东海岸扩散开来。其他人则不相信,认为人们只是在东部见到它们,据说是有很明确的原因的,但是据这位波特兰市的男子说,其实比扩散更令人感到惊奇的是,这种情况竟然还没有发生。

---

① 这里指周期蝉(magicicada),亦称 13 年或 17 年蝉,是北美一种生命周期 13 年或 17 年的蝉,幼虫孵化后即钻入地下,靠吸食树根汁液生存,到了孵化后的第 13 年或第 17 年,同种蝉的若虫同时破土而出,在 4—6 周内羽化、交配、产卵、死亡。
② 波特兰市(Portland),美国西海岸俄勒冈州城市。
③ 康普茶(kombucha),又称红菌茶,一种发酵果味茶饮料,源于 20 世纪 80 年代的中国,后在欧美流行。

他把目光转回到电视屏幕：一只爬在日本枫树上的若虫，它的翅膀在阳光下闪耀着，它乳白色的身体在翠绿色的树叶衬托下就像尸蛆一样。它爬上树，等待着自己的外壳变硬。据电视上的专家说，它们不蜇人、不咬人，也不传播疾病，对人类、动物或者植物都不构成任何危害。这位来自波特兰的男子长长地吸了一口大麻烟卷说："事故发生的原因是人们的惊慌失措——还在开车时就闭上了双眼，在交叉路口和通往高速路的匝道上开始挥手驱赶它们。"那位专家现在也在电视上说，只要人们保持冷静，一切就都会好的。

这太让人印象深刻了，他想，身体侧躺在一个已经破烂不堪的靠背椅上，双腿搭在椅子扶手上：它们在人们的视野之外等待了这么长时间，几乎有20年之久。

这就是他们在客厅里正在观看的，他们中一些人伸开四肢躺在地上，另一些人则靠在沙发上。突然之间，他们听到大门口传来的声音。在持续不断的蝉鸣声中，他们听到有人在使劲拍打房子厚重的木制大门，就好像要把大门从门框上敲下来似的。

他们相互望了一眼。是不是一开始门敲得还比较温和，于是谁也没有从电视声中分辨出敲门声？从穿着沉重靴子的脚踏在门廊地板上的咚咚声中可以听出，来的人不止一个。

电视机还开着，一个来自尤金市①的人过去开门。来了！你们别往里踹门。当他在门打开之前第一个看到其他人脸上目瞪口呆、满脸疑惑的表情时，他还听到电视里的专家在说，你如果能够这样想，即它们同我们一样，都是同一个大自然的产物，你就会感觉好一些：它们是一个奇迹。

---

① 尤金（Eugene），建于1846年，是美国俄勒冈州仅次于第一大城市波特兰和州府塞勒姆的第三大城市。

另一个女人

芬兰赫尔辛基，1994 年

这本来应当是暂时的：一切都会逐渐恢复到从前。

根据妇幼保健站手册的说明，准确的时间是无法确定的，但是手册还是无视其自身要求给出了一个时间：大约3个月，一半以上的夫妻都是如此。但是应当记住，每一对夫妻都是不一样的。这是一个敏感的事情，在发生了如此重大的变化之后，一开始总是有点难，这对所有人来说都是如此。

你们不应该认为你们中间的任何一个人有问题。

自从阿莉娜把那本小册子放在床头柜上，时间已经过去了一周。她自己也不确定她是否在期待着事情会因此而发生变化，但是当她看到手册一直在那里而没有任何人碰过时，她感到自己的心里有什么东西在下沉。

等到时间又过去了3个月，阿莉娜主动提起这件事。乔看起来有些惊讶。

"我以为这还是有点太……"乔在寻找着合适的措辞，"难办。"

"我不这样看。"

"是吗？"

"嗯，"乔接着说，"好吧。"

他们在塞缪尔出生3个月后做了第一次尝试,这次经历让他们出乎意料地回到了青春期。他们感觉就好像一切都不得不重新开始一样,要集中精力注意技巧而不是内涵,要猜想会有什么样的感受,怎样才能成功。阿莉娜想,对那些大脑受伤后要重新学会走路的人来说,也许就是这样的感觉。

图书馆里的育儿杂志上刊登过这方面的文章。由于雌性激素下降使她不一定喜欢做爱也是正常的。

她喜欢吗?她的全身开始让她感觉陌生和捉摸不透。应该再试试,但是这次会更顺利一些吗?也许这一次也不会成功,却会使门槛更高。

晚上当把塞缪尔哄睡了之后,乔穿着他的法兰绒睡衣躺在床上自己那一边,习惯性地把《象棋大师》拿到面前。他每天晚上关灯之前都会在床上读一会儿这本有关象棋世界冠军的书。有时他会把棋盘和棋子摆在他旁边的床头柜上,不时地按照书上的标识移动一下棋子,然后噘着嘴,盯着棋盘,就好像在等着那些兵或者马说点什么。他们以前习惯在入睡之前相互亲吻一下,有时这会引向做爱,有时则不会。

她等待着。乔的眼睛兴致勃勃地在页面上的字里行间跳跃着。终于,乔注意到了她的视线。

"什么事?"

"我以为我们……谈过。"

乔的目光一片空白。

"今天早些时候。"她说。

"哦,是的。"他说,看起来似乎还没有完全想起来似的,"确实如此。"

他把书放到一边。他们小心翼翼地转向对方，躺在那里，都在等待着对方发出某种信号，就好像整个情形及其所包含的一切对他们来说都是完全陌生的。乔小心翼翼地用手碰了碰她的肋部，就好像担心他的触碰会弄痛她似的，阿莉娜心里想。

乔的嘴是熟悉的味道，感觉也是对的，但是这一切都带有某种机械性的色彩，阿莉娜在思忖。是不是与一个不爱的人做爱就是这种感觉？但与此同时她在自己的肌肤上感受到了乔温暖的手，她让它随意游滑，同时也记起了那条他们都熟悉的路径，那些漩涡和深潭。

乔的手停顿了一下，略微调整了一下方向，又继续滑了下去，但是换了一种方式。阿莉娜用心感受着乔的动作，知道缺少了点什么东西。她看得出来，乔对此也心知肚明。

"你是想要……"乔说，但是并没有把话说完。

她知道乔指的是什么，那正是她所期待的。

"嗯。"她点了点头，眼睛仍然闭着，"是的。"

可是突然之间她看到了那个女孩。她坐在床边，面无表情地盯着他们，就好像一直坐在那里一样。

阿莉娜嘴里嘟囔了一下，把身体缩了回去。

"我弄痛了你吗？"乔关心地问道。

"没有。"

"可是……？"

"有一点儿。"

"嗯。"乔说。

她从他的语气中捕捉到一丝解脱，即他们终于不用再试了。

"也许还是有点太早了。"她说。

"嗯，是的。"乔说。

他们相互对视着。她一直很喜欢乔的眼睛。那是一对友善的男人的眼睛。乔抚摸着她的头发。

"还有机会的。"

"是的。"

"不必着急。"

"好的。"

他们彼此把身体转开，过了一会儿她听到乔睡着了。

这个女孩是从秋天开始出现的。

阿莉娜在乔的办公室见到她时，她正坐在房间靠门一侧的墙边，盯着自己的电脑屏幕看，那里以前不曾放过办公桌。她将一条腿蜷起来压在自己的屁股下面，腰弓着坐在椅子上。这样的姿势看起来并不舒适，就好像她无法决定是按照传统办公室里的坐姿那样滑落在座位上，还是像只猫儿一样突然从她的电脑上面跳过去。女孩有着一头黝黑的头发，夸张地剪成棱角分明的样子，前额由于专注而挤出了皱纹，她的嘴唇微微张着。

当阿莉娜期待着女孩能停下手头的工作而注意到她和婴儿车时，她的目光停留在女孩纤细手腕上那个宽宽的银手镯上。她想，你倒是蛮有空的，白天在这里干活，下班后去小店挑选手镯。

"对不起。"阿莉娜最后说道。那个女孩轻轻地转过身子，就好像一直知道阿莉娜在那里一样。

她意识到自己曾在想，当女孩看到她和婴儿车时会将腿从椅子上放下来正常坐好。但是女孩仍然是弯着腰坐在一条腿上，将几乎一半的身体压在桌子上。

"我们约好了……"阿莉娜说,"我与乔。"

那个女孩扬了扬眉毛,仿佛不相信一样,或者仅仅这样提一句还不够。

"乔的桌子在那边。"女孩朝着窗户一侧的桌子点了点头。

"我知道。"阿莉娜的声音听起来比自己想要表现的更加严肃。

"他肯定很快就会回来。"女孩说。

阿莉娜不确定这个女孩是不知道乔在哪里还是不愿意告诉她。她推着婴儿车站在门口,而这个女孩仍一直以她那特别的姿势坐在阿莉娜丈夫窄小的办公室里。

"如果乔回来,告诉他我去洗手间了。"阿莉娜一边说着,一边转身走开。

她推着婴儿车沿着走廊回到刚才走过来的地方,深深感到自己就像是一个疲惫的家庭主妇——她想这很可能是因为自己就是如此——而那个女孩的目光又如何在一路看着她走到走廊尽头。假如她事先知道有这个女孩的话很可能会穿得不一样……为什么?这个想法马上激怒了她,自己竟然为了要给一个陌生的女孩留下好印象。可是这个女孩又把她当成了谁?阿莉娜当然知道乔的桌子在哪里。是她把乔带到这里来并引导他熟悉了周围的环境,她与乔俩人已经在这里很久了,而那个女孩是外来的,她才是那个应该向阿莉娜寻求帮助与指导的人。

塞缪尔在睡梦中转了一下头,发出一点儿奇怪的声音,她突然感到此情此景以及她推着婴儿车来到这里令她十分窘迫。她心想,为什么我表现得就好像我需要道歉一样?她心里这样想着,脚下一不留神走得过快,婴儿车撞到了走廊上一个桌子的桌角。她的脸有点发烫,她试着高兴地哼起小曲,把身体挺直。当她把婴儿车推正了后,她回头看了一眼,那个女孩在乔的办公室里正全神贯注地注视着自己的屏幕,就好像阿莉娜和婴儿从来都不存在似的。

回到家里,她本来是想向乔提一下那个女孩的。只是想顺便说一句,她注意到系里来了一个新面孔,还建立起了自己的小生态区。在这样一个不大的专业里,知道每天都有什么人在走廊里走来走去大概还是挺重要的。也许他们今后还会同那个女孩打交道,比如在他们安排的晚会上?

那个晚会,她在想:那是一场他们永远不会举办的晚会。乔已经提了很多次,但是阿莉娜担心会办成一场展示会:客人们来了,四处打量着他们的住宅,评价着餐饮、塞缪尔和孩子的衣服、玩具及小床、唱片架、起居室的地毯,他们心想:原来这就是乔的老婆喜欢的样子。

她四处环顾了一下,没有看到有多少东西是她喜欢或者想要的。起居室里缺少一个灯,因为灯具上的开关经常短路。乔答应把它送去修理,然后就忘记了。那个开关和连线很可能仍装在他的公文包里,每天往返于家与大学之间。她曾经几次问起过这件事,但时机总是不对,而她也不想为此而小题大做。塞缪尔的衣服和晾衣架成了家中最显眼的装饰元素,这些衣服有些来自在芬兰免费发放给所有待产妇女的孕产箱,有些是尤莉娅姐姐孩子的旧衣服,其他则是从跳蚤市场淘来的。一想到系里的人来到他们四处散发着奶味的家里,陷入一堆堆被食物玷污的脏衣服包围之中,她就会感到心里很烦。

"在芬兰，人们通常不会邀请单位的同事到家里来。"当乔再次问到是否举办一次聚会时，她这样说道。

"在美国会的。"

"我知道，"她说，"不过我的意思是——"

"我明白，我明白。"乔一边说，一边换衣服准备去打壁球。阿莉娜从来不确定他是否真的明白。

在所有事情当中，她最想做的是重新粉刷一下起居室，以纠正自己的错误。墙壁的颜色变得太白了。色调在小小的配色板上看起来很清新，但是在一个更大的平面上它会让其他颜色看起来很刺眼，就连小小的污渍都会凸显出来。

但是乔不认为在情形更加明朗之前重新粉刷是一个好主意。阿莉娜的心跳停了一下。"什么情形？"她问道。

"嗯，就像……我们将要在哪里安顿下来以及……"

她等着他继续说下去，然后意识到这句话已经说完了。他们不可能在这里住一辈子，乔最后终于这样说道。

"不，肯定不会住一辈子。但是目前要住。"

"我们现在能不能还是再等等看？"

"看什么？"

"看看我们能不能找到……"乔说，"也许能从家里那边找到什么机会。"

从家里那边。

家里那边。随口说出这个词真是太容易了，家里，它那温柔的发音，如此自然和温暖，就好像这个词在世界上所有语言中的意思都一样。她盯着乔看，咽了一下口水，将目光移开。

"别这样，阿莉娜。"乔说道，一边抓着她的胳膊，但是她把他的手甩开了。

乔再次劝道:"别这样,阿莉娜。①"乔在说她的名字时,重音放在了第二个音节上,第一个元音几乎听不到:莉娜。当他们刚见面时她喜欢这样,她想要成为一个有着新的国际化版本名字的人。

"我们,"她说,"你真的是在说我们?"

"你明白我的意思。"

"我不明白。"她回答说。

那天晚上,乔主动为塞缪尔换了尿布,喂他吃了燕麦粥,给他穿上睡衣,但是一句话也没有说。

喂完塞缪尔母乳后,阿莉娜静静地躺到床上,背朝着乔,不知道他是否知道她在哭。

"你那时是在想我们会在芬兰度过我们的余生吗?"他缓缓地、轻轻地朝着胸前那本打开的书说道。

阿莉娜花了很长时间试图想出一个合适的、可以作为反问的回答,一个同样不言自明、所谓不偏不倚的问题,但是她所能感觉到的只有她内心如海啸般汹涌的波涛。过了很长一段时间,她听到乔叹了一口气,把他的眼镜放到床头柜上,"叭"的一声关上了阅读灯。

"你打算什么时候告诉我?"

"告诉什么?"

阿莉娜没有回答。

"我想我们可以谈谈这件事。"乔说,"这要求过分吗?"

乔的声音听起来沙哑。你说话用的声音不对。阿莉娜在想。阿莉娜有一个朋友是语言治疗专家,经常指出人

---

① 原文此处为英文 Come on, Alina。

们的嘟囔声和说话的姿态,阿莉娜也开始不自觉地留意到这些。

"我们的确曾经谈过各种不同的选择。"乔说。

阿莉娜惊呆了,那能当真吗?他们曾经做过一个遐想游戏,看看他们可以移居哪些国家。这是他们在皮卡迪利广场①旁一家小酒店房间里发生的事,那时一切尚未成为现实。那个名单上也有波兰和加纳。

"这是否与你没有得到那个职位有关?"她问道,"我想你说过你不想要那份工作。"

乔立刻显得有些恼怒。阿莉娜能在心里感觉到这一点,她希望自己选择的措辞都是对的。

"跟我说说吧。"她请求道,一边抚摸着乔的脸颊。

乔的眼睛望着天花板,仿佛没有感觉到阿莉娜的触摸。

"我感觉到处都是看不见的墙。"

"你指的是社交上的还是职业上的?"阿莉娜问道。

"两者都有。"

乔认为,芬兰人不愿意让陌生人进入他们自己的内圈。在芬兰,没有人叫他一起出去喝咖啡或者邀请他去家里做客。在他们的业务或个人生活中,芬兰人看起来有着自己现成的圈子,这对外来的人是封闭的。"特别是当晚上不能出门时。"他最后说。

特别是当晚上不能出门时。我又没有把你强留在这里,阿莉娜心想。你要是不想要小孩,你应该早点说啊。

乔不想要第二个小孩,阿莉娜想要3个。他们有几次想试着聊聊这件事,但是谈话的气氛立即会变得紧张起

---

① 皮卡迪利广场(Piccadilly Circus),伦敦索霍区的繁华地带之一。

来，阿莉娜感到好像她是在向乔要求一件他无法做到的事情。

"你在想什么？"乔问道，"你说点什么吧。"

她在想她的父亲，他基本每周都需要阿莉娜协助办理社会保险或者银行事务。尽管阿莉娜已经有不下10次带他去银行门厅，手把手教他如何使用自助账单支付终端，但是她父亲还是不会使用。这些事让她以后在美国怎么帮他做？假如父亲出了什么事怎么办？假如父亲病倒了，需要有人帮他去商店购物或者阅读药上的使用说明怎么办？自从阿莉娜的母亲去世后，父亲就变得精神恍惚、无精打采。在阿莉娜看来，这一切仍然令人难以置信，一个一辈子浑身散发着健康活力的女人，怎么会在发现癌症后仅仅几个月就去世了呢。

"你是一直都有这样的感觉吗？"阿莉娜说，"你应当早点说点什么。"

"我不想让你担心。"乔告诉她。

乔抚摸着她的手，说话的声音低沉而平静。"如果能找到什么工作，"乔解释说，"他们俩可以先安安静静地在脑子里探讨一下，再考虑如何看待去美国待一小段时间这件事。"如果乔只是小心地睁开眼睛留意着，以防错过什么合适的机会呢？

"不过只有当对你合适时。"乔补充道。

阿莉娜在想着她的父亲，谁会与他一起过圣诞节呢？她感觉到喉咙里一阵哽咽。她转过身去，向下咽了一口，她不想让乔看到她的眼泪，但又不确定是为了什么。

"一小段时间就是指一小段时间呢，还是指一小段逐渐会变成长期的时间？"她最后问道。

"人们并不是总能把所有的事情都提前谋划好。"乔说，他的语调让阿莉娜感到自己像是一个哭闹的孩子。

"我们要搬到美国去住了。"她告诉她的朋友尤莉娅说，婴儿们正在地毯上围绕着她们的脚下爬来爬去。尤莉娅的起居室灯都开着，电视的音量调得很低。她们在吃着饼干，但是两个人谁都没有在真正观看录像机上播放的电影。电影里一个单身女人和一个单身男人是天造地设的一对，但是他们自己并不清楚这一点。

什么时候？尤莉娅想知道。去哪里？去定居吗？阿莉娜会在那里工作吗？塞缪尔会上一所什么样的学校呢？

"我不知道。"阿莉娜说，当尤莉娅看着她的时候，她感到很窘迫。

每天她都期待着乔回到家中并宣布，他现在在圣地亚哥或者奥斯汀或者圣巴巴拉或者阿尔伯克基①找到了一份工作，需要她说一个"行"还是"不行"。她担心后一种回答可能引发的讨论，需要她提出理由，而乔会以铺天盖地的反驳论据来回应，这会成为一场疲劳战，一个可能定义他们婚姻和生活的交易过程，包括塞缪尔在哪里上学和学什么语言，以及所有这些将如何定型。

"一切都还在未定之天呢。"阿莉娜说着把头转开。

阿莉娜说她确信一切都会安排好的。

尤莉娅点了点头。她的儿子吉米长得酷似阿尔弗雷

---

① 圣地亚哥（San Diego）、奥斯汀（Austin）、圣巴巴拉（Santa Barbara）、阿尔伯克基（Albuquerque），分别为美国加州、明尼苏达州、加州和新墨西哥州城市。

德·希区柯克①,她已经在播放这个电影期间第三次给他换尿布了。

"事情总会以某种方式安排好的。"

"所有这一切其实都取决于乔的工作。"阿莉娜说。

尤莉娅说,她很崇拜阿莉娜,马上就要前往异国他乡,勇于一切从头开始。阿莉娜听着尤莉娅的话,透过尤莉娅的目光看着自己,突然间又很愿意离开了:一个期待探险的女人,一个希望能自强不息的女人。她告诉尤莉娅她为自己的父亲感到忧伤,他现在不得不独自生活了。另外,她感觉她父亲现在越来越依赖她,而不去努力尝试为自己的生活寻求更多的真谛。阿莉娜不可能永远按照年长父亲的要求生活。虽然有些事并不会令她感到完全满意,但是带有冒险精神的新生活听起来让她感到十分兴奋,甚至体验到一种受人羡慕的感觉,而当尤莉娅频频点头对任何事都不质疑时,阿莉娜逐渐让自己确信,事情现在就是这样,就是这样,即便不是最佳结果,也是可以容忍的。这就是她的生活,是她做出的选择,每一个选择都要付出代价,即使是什么都不做,哪儿都不去,什么都不同意,也要付出代价,而这样的代价往往是最高的。

可是当她下午回到家里看着塞缪尔那胖乎乎、对着她微笑的脸颊时,她却开始有一种想哭的感觉。那是一个多么可爱的小脸蛋啊。当乔回到家里的时候,她想哭的感觉还没有消退。乔自觉地把餐具都洗了,看起来很忧伤的样子,而阿莉娜知道,她无法预知的心绪变化和想要在芬兰

---

① 阿尔弗雷德·希区柯克(Alfred Hitchcock),著名的悬疑电影导演。

永远住下去的强迫症在乔看来都过于沉重了。

当她们下次再见面时,尤莉娅问他们的计划是否都明朗了。阿莉娜回答说,细节上还没有完全确定。她们讨论了一会儿关于搬迁到另一个大陆去生活的问题,她们谁都没有过这样的经历;她们谈论了美国人,除了乔她们不认识任何美国人;她们讨论了在美国的生活肯定会非常不同,但最终也会同在家里差不多。

当尤莉娅下一次请她一起吃饭时,她找了个借口没有去。她不想说她的搬家计划没有取得任何进展,而且她也不知道是为什么。她开始感到整个搬家的事都是她自己凭空想象出来的。

她们在孩子出生以后一直是每隔一周一起出去吃顿饭。这是她们在怀孕时就商量好了的。尤莉娅后来又打过一次电话提议见面,但是阿莉娜说那个日子不合适,也确实不合适,在那之后她们就没有再见过面。

大山雀在欢快地叫着。雪在融化,在2月的阳光下散发着香味。阿莉娜在阳台上摇着塞缪尔的儿童车。

她在想,难道就遇不到一份合适的工作了吗?是不是乔在找工作的时候太挑剔了?他为了阿莉娜而铸成如此大错,不得已来到芬兰。还是说这件事一直在她不知道的情况下向前推进,乔最终会向她宣布一个城市的名字和启程的日子?是不是某位她不认识的总经理此时此刻正在纽约州水牛城[①]研究乔的业绩单呢?是不是好的选择太多了,乔在对这些选择不断地进行权衡比较,试图考虑清楚自己

[①] 布法罗(Buffalo),又称水牛城,是美国纽约州西部伊利湖东岸的港口城市,纽约州第二大城市。

最期待怎样的挑战，而不想在最终确定之前被束缚住手脚呢？

他们会被要求在多短的时间内搬家呢？她试图回忆起乔的提议以及在那之后的谈话。她是否已经同意了或者给了乔很有可能同意的印象？假如她拒绝会发生什么？她会不会离开自己的丈夫，从而成为单亲母亲？她能否承受这一切？

她得出这样一个结论，即乔为了能够离开芬兰会接受任何工作。可是乔自从最后一次交谈后一句都没有再提起过这件事。这是否意味着没有出现过任何机会？

每天晚上当乔从单位回到家中时，阿莉娜都想张开嘴问问，但最终还是没有问出口。她担心，假如这件事已经被遗忘或者悄无声息地搁置起来，她会把一切都弄糟。在错误的时候扇动蝴蝶翅膀也许会启动难以撤销的连锁反应，会再次提醒乔想起在寒冷且不友好的国家遭受的苦难，以及在其他地方所能提供的灿烂的机会。

婴儿车很难弄进洗手间。当她连摇带晃地把婴儿车从狭窄的门洞推进去后，便站在荧光灯下发了一会儿呆，接着她洗了洗手，等待着。当她稍晚些时候认为从走廊里能听到那个女孩的脚步声时，又忙不迭地费力把婴儿车再弄出去。

乔一个人在自己的房间里。他们草草地拥抱了一下。阿莉娜感觉到，尽管并没有人在看，乔也不愿意在系里和自己的工作角色中同她抱来抱去。整个大楼看起来静悄悄的，就像是一家关闭的工厂。

她巡视了一下周围。乔的房间除了女孩的那一部分都同原先一模一样，这令她突然感到很不可思议。他们的家已经发生了翻天覆地的变化。婴儿带围栏的床占据了卧室里唯一空着的那面墙，双人床从先前的地方挪开了，护理台安装在浴室墙上另一个柜子的位置上。玩具筐和玩具架组合营地在起居室的地上搭建好了，看起来像是永久性的，尽管这并非本意。女孩拥有乔办公室的一半地方，婴儿占了他们家里的半壁江山，可是乔的办公桌、告示板和书架仍同以前一样。

"你在看什么呢？"乔问道。

"我只是不记得这里曾是这个样子。"阿莉娜说。

乔把裤子拉了拉直，将桌子上的笔码放整齐，就好像担心哪里会有丝毫的不整洁一样。阿莉娜突然感觉到他们的见面仿佛是为了要商定某一项不得不做但又十分痛苦的安排一样。

曾几何时，她也在这里学习过。现在感觉很难让人相信。她试着回忆起那些在备考阅读书目中被视作基本内容的一些细节，扎着马尾的男孩子煞有其事地在气氛紧张的餐厅里就这些细节争辩不休，但后来却又发现它们其实并没有任何意义。

"怎么着？"他们静静地坐了一会儿后，她说。

乔望着她微笑着说："什么？"

"难道……这里哪儿都没有人吗？"

除了那个女孩。阿莉娜看了看那个女孩刚才坐过而现在空着的椅子。她脑子里在想，女孩以她那既难受又难拿的工作姿势能在这里坚持几个月还是几年呢？随着时间的流逝，这种姿势又会对她的哪些椎骨造成什么样的劳损呢？

"今天相当安静。"乔说,一边伸展着四肢,就像是一个试图在别人眼里看起来很放松的人一样。

婴儿车里传来一点儿声响,接着就是塞缪尔平稳的呼哧声。由于外面的气温在零下,阿莉娜给他穿上了羽绒衣。他很快就会感到热,然后醒来,阿莉娜去给他换尿布和喂奶,与乔共同的时光该结束了。

"那么……我们就一直待在这里吗?"阿莉娜说,她指的是乔的办公室。

"你想去哪里呢?"乔问道。

"去哪里?"

阿莉娜盯着乔。她曾考虑过,乔会想要系里的人看一眼塞缪尔,他们中间有些人也是她的熟人,至少曾经是。难道这不正是此行的目的吗?乔难道真的以为大白天的她只是想要到丈夫的办公室里消磨时光吗?或者乔是在等着塞缪尔睡醒了?阿莉娜开始思忖,她是不是一直都把她想要表达的最重要的部分省略不说了。

突然之间,她感到有什么不可名状但感觉沉重的东西压向她的头顶,她觉得必须要坐下来,可是只有那个女孩的椅子空着。

"你怎么了?"乔问道。

"只是有点不舒服。"

肯定是身体因为哺乳需要补充液体了,她刚打算说,这时候门开了。

那个女孩站在门口。她在食指和中指中间转动着一根没有点燃的香烟,就好像要借此传递什么信息似的。阿莉娜开始想:她难道打算要在一间有婴儿的房间里抽烟吗?

"哎,对不起。"女孩用英文说,转动香烟的动作停了下来。"我没有意识到你还在这里。"她用芬兰语对阿莉娜补充说，但是同时设法成功地避开了阿莉娜的目光。

"我只是想去抽根烟。"女孩对乔说，眼睛迅速地扫了一下手中的香烟，好像整个想法最初都是源于此。女孩的嘴唇刚刚抹了口红，阿莉娜来的时候注意到的那一小块变浅的地方已经补好了妆。

"你不会在这里抽烟吧？"阿莉娜不假思索地脱口而出。

女孩染成黑色的眉毛向上扬了扬，看着乔说道：啊？在阿莉娜看来，有那么一瞬间女孩似乎是要扑哧一下笑出声来。

"搭个伴。"女孩对阿莉娜说，给阿莉娜的感觉就像是在开个玩笑。

"今天有点忙。"乔用一种奇怪的颇为正式的声音说道。

女孩对乔耸了耸眉毛，仿佛在说等那个女人走了之后再说，她踩着鞋跟转了一圈，走了。透过房门，阿莉娜能听到她蹬着那双黑色的鞋子离开时嗒嗒的声音。

阿莉娜转过身子看着乔。

"我有时会出去溜达一下。"乔咳嗽着说道，"如果时间合适。"

"就我而言，你可以抽烟。"阿莉娜说，"只是感觉有点意外。"

"我不抽烟。"

"我只是说，如果你抽烟的话，不会妨碍我。"

她试图让自己的声音带点笑意，但是乔的脸色一直很严肃。

"她叫什么名字？"阿莉娜问。

"亚历山德拉。"乔说。

阿莉娜去意大利是因为她有点良心不安。现在回忆起来仍然让她的心跳加快。每当她感到自己的一生中还从来没有经历过什么时,她就会想去旅行。

她曾经是那么年轻。时间不过是只过去了一年半,但是她曾经是那么年轻。

她从来不想向任何人透露哪怕一丁点儿关于她搞砸了毕业论文的事,更不用说她的临场表现了。瓦伦堡在努力淡化这件事,给人一种她的出行是计划中一部分的印象。

P.瓦伦堡非常乐于在他的团队中看到你们。瓦伦堡曾经这样说,他是指撰写博士论文。瓦伦堡在最放松的时候也是用书面语说话。他特意强调的仪式感是试图制造些乐趣,这让阿莉娜很感动:一位60岁的教授,如此无助。瓦伦堡的团队中没有其他人。在学生中间大家都知道,瓦伦堡在每年的课程中都试图吸引人来继续他的工作,一项看不到任何延续性的工作,这项独特的研究课题面临着夭折的危险。

这次旅行在某种意义上是阿莉娜希望借此表达歉意,因为她难以启齿她不想写博士论文也不愿拯救瓦伦堡的毕生事业,但是话里话外却给人一种她仍然在认真考虑这件事的印象。

当几百位参加大会的人在一个大型展览厅里拥挤不堪地逐个观看参展介绍时,阿莉娜独自站在自己的研究成果海报前,祈祷着不要有人在她站着的地方驻足。所有人都能看出来,我就是一个忽悠。她为自己所做的研究、得出的结论以及匆忙之中在海报中的措辞感到羞愧。海报的规格在正式的规定中精确到了厘米,但是其尺寸之大却令人感到很唐突。她仍然无法相信,这幅硕大无比的黑白海报竟然是大学印刷厂专门为她来这里推介而印制的。这肯定花费了好几百马克[①]。她尽全力使自己看起来像是心不在焉和沉浸在自己思绪中的样子。令她感到欣慰的是,所有人都在她面前迅速走过。人们在她周围谈论着其他研究项目和所取得的成果,她融入自己那暗淡无光的海报中,感到自己的脉搏在慢慢平静下来。

只有15分钟了,她想到,努力不去看手表。她听到相邻展位的西班牙姑娘介绍自己的研究项目已经快有30遍了,每次都是同样的介绍,每个字都不差,包括玩笑也是一样的,这些玩笑现在连阿莉娜都能背下来了。如果你想要去上个厕所,我可以替你一会儿,她看着脸庞鲜亮的姑娘在想。人们很愿意听这位姑娘的介绍,并在该笑的地方有礼貌地报以笑声。

她忽然嫉妒起这个姑娘的一切:其研究课题设置比自己的要浅显,得出的结论相较于拥有的材料又过于大胆,英语水平比自己要笨拙不少,在介绍自己的研究课题时却有那种能打动人心的方式。她周围的听众越聚越多,几乎到了成群的程度,他们中间特别是男士都在心情愉悦地听着姑娘的介绍,就好像是一生都在期待着这一次的相遇。

当她意识到有个人站在那里看她的海报时,她被吓了一跳。一位长着褐色眼睛、表情友善的外国长相的男子在她所在的位置停了下来,他问阿莉娜能否向他介绍一下自己的研究课题。带着我过一遍内容吧,男子请求道。他的

---

① 芬兰马克,芬兰语 Suomen markka,是芬兰在 1861—2002 年欧元流通前使用的货币。

言语中有某种令人感动的地方，突然之间阿莉娜对自己的抵触和紧张情绪以及把自己可笑的论文和一切都看得那么认真而感到厌倦，于是她向男子简短地介绍了一下她都做了哪些工作以及她是怎么想的，就好像她完全不在乎这位男子会对她有什么印象，或者她会失去自己在学术可信度上最后一次机会似的——当然她也巴不得这一切确实都没有什么意义。最后，为了避免男子提及那些导致研究产生错误而无法得出结论的不同研究方式，阿莉娜急忙主动申明，整个课题自始至终就做得很糟糕。

但是男子却皱了皱眉头说："不是这样的。"不过听我说①，男子用的是这些词。整个局面突然变得同她所预想的完全相反，她在批评自己的研究课题，在一个货真价实的国际—正牌—研究专家面前，而后者却在为这个课题辩护，认为这项研究是合乎情理的。

最重要的是提出正确的问题，男子说，他听起来像一副深信不疑的样子，阿莉娜很想相信他。在他们身后，一群身着正装显得很有身份的中年男人正对那位西班牙女郎讲的俏皮话笑个不停，那是阿莉娜已经听了31遍的笑话，而这位褐色眼睛的男子也已经听了两遍。他们相互对视了一眼，意识到对方也听过。他们不约而同地想忍住不要笑出声来，男子的眼睛望向天花板，向阿莉娜表明他也认为那些俏皮话有点空洞，突然间阿莉娜开始期盼这位男子暂时不要离开。

男子向她表示感谢，继续走到下一个参展者旁边——那是一个胖乎乎有点气喘吁吁的男孩，他穿得如此之差，

---

① 原文此处为英文 But listen。

肯定是某一类天才少年——男子离开后，阿莉娜发现自己站在海报前的感觉同之前相比已经大不一样了。现在每当有人经过，阿莉娜便会看着那人的眼睛露出微笑，人们便会停留一下看一眼她的海报。随着越来越多的人看到海报后停了下来，阿莉娜也开始向他们统一介绍自己的研究成果，就好像这项研究应当被认真对待，而她本人也为研究成果感到骄傲似的。出乎她的意料，还没有任何停下来的人对这项研究提出疑问。有意思①，人们说，以及：谢谢②。还有：你打算发表这项研究成果吗？你能否把这篇文章发我一份？让阿莉娜感到很懊恼的是，她并没有事先准备好海报的A4纸版本，而其他展位都在分发，人们也突然开始向她索要。她发现自己期待着为海报预留的时间——实在是太短了——不要那么快结束，因为她才刚刚开始。关于加入瓦伦堡团队的提议现在是以一种全新的方式出现在她的脑海里，这还是第一次，她发现自己在开玩笑似的开始考虑这个提议，这样的生活她可以有。

当她在推介之后把图钉从海报栏上取下时，她想起那位长着一双褐色眼睛的男子以及他那如此友善的目光。她记得男子在谈到她的研究时所用的词，在研究方法上扎实③，即采用的研究方法稳定、经得起推敲。她在思考，男子说的是否真是他的本意，还是这只是美国人讲话的习惯，对所有人都说些言不由衷的好听的话。她想着男子的名字，乔，以及他在美国工作的大学，大学的名称是阿莉娜通过报纸和电影早已熟知的。她试图去设想，这位男子的生活

---

① 原文此处为英文 Interesting。
② 原文此处为英文 thank you。
③ 原文此处为英文 methodologically sound。

会是什么样的，以及她自己的生活又会是什么样的。片刻时间后她对自己感到悲哀，她若不去着手撰写博士论文，不来参加这样的大会，也就再也见不到像乔这样彬彬有礼、充满智慧的外国男人了。

活动结束后，她把自己的海报卷成一个卷，塞进她为此专门从艺术用品商店采购的圆柱形纸桶里，提着背带把纸桶背到肩上。这时她看见男子又回到了大厅：他看起来像是迷了路，可是过了一会儿就发现了她，一副很开心的样子。

她从来没有搞清楚，乔是为她还是其他什么事而折返的，不过当乔邀请她一起吃晚饭时，她愉快地同意了。

她想，应该再谈一谈那件事，因为从第二次尝试已经过去两周时间了。也许现在一切都会变好。她想，无论如何都应该再试一次，不管发生什么。

可是每当到了晚间，当她想起这件事并有了合适的机会提出时，那个女孩已经躺在了他们的床上，抽着香烟，并递给乔一支，乔从怀里放下那本《象棋大师》，接过香烟。女孩把被子挪到一旁，一边活动着胳膊肘一边慢慢地撑着枕头，身体向后伸展着，仿佛要奉献自己一样。

阿莉娜闭上眼睛，尝试着慢慢入睡。但是她无法不让自己听到女孩手撑着床头呻吟时她那银手镯发出的有节奏的撞击声。在位于市中心的一间陌生的居室里，女孩躺在乔的身体下面，桌子上没有婴儿的衣服和玩具，而是外国的家居装饰杂志。在一间脏兮兮的汽车加油站的厕所里，或者晚上等人们都离开后在一间空荡荡的教室里，乔面对着墙，手托着女孩紧翘的臀部。在充满霉腐气味的酒店房间和系里黑暗的办公室里，女孩裸露着上身坐在乔的上面，伴随着阵阵欢叫声扭动着身体，那是一种乔一直想要而又从来没有向阿莉娜提出过的动作，就像猫咪一样。

有时女孩也会白天过来，有一次还穿着晚礼服直接从发廊过来。一直向下开到腰背的无袖礼服上部的肩胛骨处露出一个刻意做上去的小巧文身图案。阿莉娜从来没有在年轻女孩身上看到过文身，只在海员和监狱犯人身上看到过。女孩坐到阿莉娜旁边的靠背椅上，塞缪尔正在睡午觉，阿莉娜则在看一部发生在英国医院的围绕人际关系展开的电视连续剧，剧中的医生不去照看病人，而是与渴望着情爱的护士们调情。女孩扫了一眼电视，然后又看了看她。很好看吧？女孩的眼神在问，阿莉娜感觉她的腔调很恶毒。

阿莉娜知道女孩在想什么。

"同乔在一起时我们有那么多可聊的。"女孩用自己那傲视天下、胜券在握的身体语言在说。女孩的眼神和整个身体都释放出大局已定的信号。只是具体的安排还要稍稍滞后于感情才能完成，这也是常有的情况。

阿莉娜心头一紧。

女孩已经把自己与乔当成了实际上的一对，想象着自己把乔从星辰宇宙的孤独中解救出来。这可以从女孩那安静并透着不言自明的性感身段中看出来。你是否完全搞清楚了你在我身边同我相比到底是个什么样子，早在阿莉娜第一次去系里看到女孩耸起的眉毛时就告诉了她。女孩用挑剔的表情说："我是唯一可以与乔一起思考问题、挑战自身和分享人生的那个人。"

"这就是他不再想离开芬兰的原因。"女孩扑闪的眼睫毛似乎在说。尽管阿莉娜并没有能够立即对其做出正确的解读。

我们在一起是那么契合。

有时女孩会完全裸妆过来，也不佩戴任何首饰，有时她会身穿20世纪20年代的黑色长裙，头戴罩着面纱的帽子，在他们的起居室里慢慢地踱来踱去，用长长的烟嘴抽着不带过滤嘴的香烟。女孩审视着他们的窗帘，停下来用手指揉捏着窗帘布，看着她赞许地点了点头：还不错嘛——考虑到。或者女孩对阿莉娜像是对把自己绊了一跤的孩子那样微笑一下。有一次当阿莉娜气喘吁吁、浑身是汗地抱着沉甸甸的刚买来的食物回家时，看到女孩在门厅里迎面站着，塞缪尔在自己的小床上哭泣。阿莉娜假装没有看到女孩，但是可以感觉到她在用怎样一种蔑视和怜悯的表情看着自己。有一次乔在家里，当阿莉娜走进门时，女孩用双膝跪在卧室的地板上，腿上只穿了一双无吊带连裤丝袜①。她的食指仿佛遗忘在了湿润的唇间，化着浓浓眼影的眼睑半闭半睁着慵懒地耷拉着。

每当阿莉娜没有马上想起哪个名人或者政治家的名字时，女孩便会从旁边看着她，脸上一副讥讽的表情。每当阿莉娜不知道对一些重要的社会问题应持有什么样的看法时，她就会在自己脖子后面感觉到女孩那一双火辣辣且带有嘲弄的眼睛。每当乔对阿莉娜那慢吞吞、干巴巴的英语感到失望时，女孩总会以青春、敏捷的形象出现在那里，随时可以与乔就学术、成年人的话题进行交谈，远比任何一位正在哺乳期只能偶尔闭会儿眼的家庭主妇所能企及的更加流畅、快捷和充满幽默感。当阿莉娜与乔之间发生分

---

① 原文此处为英文 stay up，意为不用吊带的长袜。

歧时，女孩便会出现并认真倾听，但如果阿莉娜对乔发火时，女孩就会坐在乔的怀里安慰他。

女孩将阿莉娜的硕士论文从系图书馆尘封已久的书架角落里找了出来，到了晚上会选择其中最愚蠢的部分大声读给乔听。他们会感到那是如此可笑，以至于女孩无法再读下去，不得不先拭干眼泪。乔甚至无法继续坐在自己的椅子上，而是在地板上打着滚，笑得气都喘不过来了。

很快，阿莉娜开始在家里以外的地方看到女孩的身影。当她下午在城里推着塞缪尔的婴儿车时，女孩会在一家时尚餐馆里与她的一个没有孩子、无忧无虑的闺密坐在一起。我从来不会就是说把你想象成浅色的样子，因为你的肤色总是那么深——可是就是说又为什么不呢？然后他说……你知道我已经那个完全——！是的，我星期六就没有那个精力再出去了，我已经就是说完全崩溃了。

为什么女孩总要出现呢？为什么？只要能摆脱掉那个女孩，她愿意做任何事，任何事都行。

这实在是太荒唐了，她想，当她再次推着婴儿车向前走时，女孩从餐馆的窗户里高兴地向她挥着手，女孩那完美、丰润的嘴唇带着微笑，露出洁白无瑕的漂亮牙齿。我应该去治疗一下，阿莉娜想，做一个精神分析，尽可能是时间长点、感觉差点的那种。我也给你带点过来？她听到闺密在问，女孩从窗户转身不见了。

好的，带点吧。

这真是荒唐。

在意大利时，她起初还有点犹豫。她应该说不，至少在一开始时。她在自己的心里也这样做了——一直到侍者把他们的酒杯重新续满,并问他们要不要甜食时。在餐馆里坐得时间越久,就越是难以承受那柔和昏暗的灯光、葡萄酒的热度和乔赞赏有加的提问。

同她自己所想象的正好相反,她在乘坐出租车期间就已经在心里投降了。她准确地知道自己要做什么,当她在深夜喝完了几杯苹果烈酒后,伴随着怦怦的心跳想要为自己的嗓音找到最纯真无邪的音调,她在酒店安静的走廊里心想,乔还想不想到她的房间去再喝一杯。

早上,当她脸颊带着红晕在电话里告诉尤莉娅她认识了乔,而且绝对不会同意做任何事时——在那之前不到几个小时她还在红酒般温柔的后半夜在床上为乔卷上安全套,她做得如此自然给人一种不真实的感觉——尤莉娅说:"人的一生中应该有一次假期艳遇。"

她在乔的床上度过了会议的最后两个夜晚。意大利的9月是如此炎热,他们不得不开着窗户睡觉。成群的蝈蝈叫个不停,声音传入酒店的房间里听起来是那么轻柔和陌生。到了凌晨时光,她急忙光着脚穿过走廊的地毯回到自己的房间,以防止瓦伦堡在早餐前过来敲她的门。

在返程的飞机上瓦伦堡问到,阿莉娜对这次出差是否还满意。阿莉娜的脸上有点发烫,她在回想都发生了什么:这一次是发生在她自己的身上,这一次她不再是听别人倾诉的那一个人了。

阿莉娜从来没有过一夜情,但是她知道别人都期待着从她这里得到什么。她对自己能够像应该做的那样待人处事而感到自豪。她行事有度,处理关系顺其自然,而且能够抵住诱惑,不去自找理由填补空虚。她知道她不会再见到乔了。他们当中应当有一个任其离去,消失不再。这有一点儿让她感到心情紧张，而这正是男人们所期待的。

不过应乔的提议，她还是同意在同一个秋天与乔一起去参加一次会议，并在伦敦度过一个长周末。"再见一面？"阿莉娜在电话里惊奇地问。而乔却开心地笑着，像在听一个笑话似的，尽管阿莉娜是非常认真地提出这个问题的。

为了这次旅行，她专门去申请了学生信贷，这是她第一次办理也是唯一的一次。让她感到惊奇的是，她不假思索地就这么做了。一开始她连无话不谈的尤莉娅也不想告诉，因为她的赴约将会揭穿她在内心深处到底是一个什么样的人——是幼稚开放还是暗娼，或者两者兼而有之。但是令她感到吃惊的是，她并没有从尤莉娅的声音中听到丝毫的道德说教或者是批评责备，相反却是一种惊奇的喜悦之情，就像是一位母亲看到自己的孩子在海边游泳场终于能鼓足勇气把脚尖浸入水中一样。在那么一瞬间她在想，人生是否真的总是如此，即人们可以在自己的生活中随心所欲，但是这一想法唤起的欣喜之情很快又变成一个问题：尤莉娅是否在她们整个的友好交往中一直认为她是一个自我封闭、压抑自身女性特征的人呢？而在伦敦，乔是那么周到、热情，让阿莉娜对自己都有点嫉妒了，一个女人，无须征得任何人的同意就跑去伦敦4天，与一个半生不熟的美国人玩性爱游戏，而仅仅是因为她想要这么做。她与乔之间的性爱，要比她与前男友约尼·哈卡莱宁之间的更加大胆。约尼·哈卡莱宁在床上所要求的一切，都让她感到不舒服和缺少女人味，让她过于明显地意识到当时缺少色情的每一个细节。在伦敦，她感到自己可以在床上自发地去做许多同样的事情，而现在与乔在一起做并不感到困惑，只有愉悦，这更加强了她内心一直在强化的那种感觉，即她迄今为止的全部生活在不知不觉中驶上了一条奇怪的辅路，而且所挂的挡位太低。当乔开始泛泛地谈起芬兰时她并不相信，但是当圣诞节前不久赫尔辛基万塔机场的自动门打开时，当她看到乔拖着两件行李箱步入抵达大厅并给了她长长的一吻时，一切都显得那么自然明了，就像是他们早就精确地知道要做什么似的。在12月最后的那几个悠闲自在的下午，雪花在她的一居室窗外的黑暗中飘落着，塞缪尔肯定是在那时开始怀上的。怀孕的消息对她自己来说也来得十分突然，这么容易就有了？不过尽管在腊月的那几个夜晚他们也许还没有最终考虑好解决方案，也许他们俩都没有想到仅仅是一次单纯的、什么都不顾的周末约会就会把他们带到这一步，他们还是一起做了决定，因为假如事情就这样发生了，那就是天意。

乔在新年之后又回到了美国，但漫长而孤独的春天并没有让她感觉到困扰。她不无享受地关注着自己身体的变化，越来越丰满的乳房、逐渐隆起的腹部，令她感到既熟悉又陌生。她以前从来没有像这样全身散发着光芒踏上有轨电车：大家都来看我啊！而且很奇怪她一点儿都没感觉到这有什么不对，像她这样一个从来不想张扬的人。奇怪的是现在的问题不是涉及她，而是某件更重大的事，就好像她的身体正在向外发送某种超时空、超自然的真理。而她最享受的则是即将到来的满足感，伴随着一周一周越来越临近、他们即将共同度过的美好夏天。正因如此，她才能够在每次去妇幼保健站时带着平静并有些好笑的心情去对待关于配偶和未来看护的问题，以及她面对熟人向她那未婚先孕的肚子投下的意味深长的目光，因为她知道乔会在夏天彻底地改变所有这一切，最后的结果会比她所希望的更为持久和更令她满意。

她曾想要回到开始，换个方式去做一切。她曾想要改变所有的一切：同意大利和伦敦有关的回忆、蝈蝈、她自己的推介和西班牙姑娘的口音、皮卡迪利广场的酒店房间、她与乔，以及所有这一切是如何开始的。

那是一个摇摆不定、不真实的开端，那些让她感到呼吸急促并突然将她的生活通了电而变得完美的事情，她不想再去想了。当她回想起酒店房间和蝈蝈的叫声时，她的心不再怦怦直跳，而是开始感到一种像是因为没有好好吃饭而产生的虚脱感。

她是一个在国外旅行时与一个陌生男人见面的第一天晚上就上床做爱的女人，一个投怀送抱、温和顺从、置身于没有保障的异地恋的女人。她所开启的恋情使另一对远在异国他乡的恋人关系因此而搁浅。

她不曾是这样的人。

她想将一切都恢复得符合原状，即原本的她、原本的乔、原本的他们俩、一对夫妻、一个有孩家庭，成为有着真实可信的心灵的人。

当她晚上哄着怀里不停啼哭的塞缪尔入睡时，她望着在床上另一侧睡觉的乔。她想，乔不是一个能做出那种事的男人，即他不会同一个刚刚认识的别人上床，从而危及一切、遗弃自己的配偶，为了一个他一无所知的女人而毁了自己的生活。乔不是那样的人。

可是乔正是这样的一个人。

这就是真相：这正是乔与她一起做的，乔没有告诉自己的女朋友，那个她不认识的美国人。那是一个叫汉娜的女人，阿莉娜对她一无所知。当汉娜一副受到伤害、伤心欲绝的样子出现在酒店房间里，并冲到床上挤到他们中间时，当那女孩深吸了一口气，准备要大声呼叫他们已经订婚了：你明白吗？订婚了！当她要拽着阿莉娜的头发时，阿莉娜一把将她推到了地板上，用手捂着她的嘴，把这个美国女朋友用脚踢到了窗外。正因如此，他们走到了这一步，变成了现在的样子。是否也正因如此，当现在阿莉娜在黑暗的家中把塞缪尔紧紧地抱在怀里时，那个系里来的女孩正睡在乔的身边阿莉娜的位置上呢？

阿莉娜看着女孩的脸庞，没有浓妆，看起来更加温柔可爱。

当阿莉娜把塞缪尔放回他的小床时，女孩突然睁开了眼睛。

他醒了吗？女孩的表情似乎在问。

阿莉娜假装没有注意到女孩。她知道女孩在想什么：每个人都要为自己的生活负责。女孩已经适应了那种现在人人所期待的样子。她从自己身上培养出一种随遇而安的性格。谁也不欠谁的，人们只对自己负责。对什么都不要相信，最重要的是及时行乐。

可是当阿莉娜发现女孩从床上坐了起来并突然显得很生气时，她不禁被吓了一跳。女孩摇了摇头，阿莉娜明白这表示什么：她实际上对女孩一无所知。高高耸起的乳房在昏暗中透出乳白色。阿莉娜感到一阵嫉妒，很快又混入一丝幸灾乐祸：等你开始喂奶的时候再看。人们就是这样变得伤心起来，在不知不觉中变得恶声恶气，她立即这样想，于是又感到忧郁和不安。

我看出来你是谁了，阿莉娜想在心里对女孩说。我从你的行为方式上看出来了。

女孩耸了耸眉毛，显得很开心。女孩染成黑色的眉毛在黑暗中也能很容易分辨出来。

女孩摇了摇头："永远不要同已经被占上了的男人发生关系，这是一个原则问题。"

"这当然不行。"女孩的目光在说。她用手指着阿莉娜说："你也不行。"

确实如此，阿莉娜想，同时咳嗽了一下。她不想相信她会这样做。可是她又回想起意大利和蝈蝈的事，她的脸颊有些发烫。

女孩皱起眉头。她的表情像在说："如果我们彼此之间都不考虑对方，我们将会陷入什么境地？我们女孩子？"

真相是，阿莉娜并不知情。乔一个字都没有提起过他的女朋友——在伦敦之前。她又能从哪里获知呢？从某些语气和重音中可以听出，她内心马上有一个声音在回答。当她问及乔以前的恋爱关系时，从他那持续了一秒钟的静默中就可以察觉到。的确如此，她记得乔在追求她时表现出的那种轻松自如和志在必得，换一个人就会马上看穿。后来当她询问时，乔最终好像把它作为无关紧要的细枝末节一样附带着提了一句，他谈过恋爱，而且还订了婚，那段关系在伦敦之行后才结束。

在整个那个周末，当他们在那个伦敦酒店的房间里寻欢作乐时，那个名叫汉娜的人自始至终与乔在美国处于订婚状态。

人们怎么能知道什么时候该怎么办？确实没有必要去封杀所有自己真正想要的东西？

阿莉娜看了一眼塞缪尔。小家伙正安静地熟睡着。她自己的心情也很平静，这么长时间以来这还是第一次。

她试着把女孩想象成乔的同事，以及与乔一起每天工作到很晚并成为乔的好朋友会是怎样的一种感觉。也许乔并不能让女孩在那方面产生兴趣。真的会是这样吗？

她一开始并不想让这种想法真正植入自己的内心，因为如果秉持这样的态度会让女孩更加放手，尽管这一切只是存在于她的心里。不过让阿莉娜感到松了一口气的是，女孩马上点了点头：阿莉娜是对的。女孩并不感兴趣。

阿莉娜盯着女孩看了很长时间。然后她伸展四肢趴到女孩旁边。她感到自己的脉搏慢慢平缓了下来。她意识到自己放松了下来，但是同时也有些失望。也许她最终还是希望女孩想要却得不到。她想要拥抱一下女孩以示和解。她知道女孩会给人什么样的感觉，娇小而温暖，拥抱这样的人会很舒服，她希望女孩一切都好。

她闭上眼睛，准备进入梦乡。她在塞缪尔6点过后醒来要吃他的早餐粥之前还能睡几个小时。她正要沉浸到黑色、温暖的黑暗之中，突然间她被一阵轻微的动静惊醒，又感受到那熟悉的、喘不过来气的感觉。

她睁开眼睛，转身去看。乔醒了，女孩回来了。他们在窃窃私语，提防着不让她听见。很快，女孩的嘴唇触碰着乔的耳朵。乔给了女孩长长的、贪婪的一吻，同在机场给阿莉娜的一样。阿莉娜看到女孩把被子慢慢地从乔的身上拉下来，用她那湿润、乖巧的嘴唇亲吻着乔的胸脯。女孩慢慢地向下移动，把纤细的小手伸到乔的内裤松紧带下面，乔喘着气，闭上了眼睛。阿莉娜知道，她整个夜晚又睡不成了。

在海报推介之后，乔在一家越南餐馆里问到，阿莉娜读博是第几年了。她先是结巴了一下，然后回答说是第一年，因为她不好意思透露她不是博士研究生，还仅仅是个硕士研究生，在这个由真正的研究专家参加的大会上她只是个不速之客。

她甚至不知道，他们的系里是否像有些国外的大学那样设有博士课程。人们只是完成了硕士论文，然后就不见了。在瓦伦堡的走廊上有一个某研究员的房间，但是阿莉娜只见过他一面。那个研究员拎着四个破破烂烂的塑料袋，看起来像是几个月都没有洗澡了。这个拎塑料袋的男人是读博的研究生吗？阿莉娜不能肯定。

"第一年。"乔感到惊奇，羡慕地看着她。"你们在欧洲比我们要领先多少光年。我们这儿第一年的研究生无论如何还没有能力做任何完整、独立的研究。"乔说。"他们中的任何人都做不了你刚刚完成的事。本科生就更不用说了，他们在美国实际上仍然是孩子。"

阿莉娜对自己的撒谎感到羞愧。现在这个男人对她说了这么多礼貌有加的话，却没有丝毫真实的依据。同时她感到脸颊有些发热，不得不去洗手间补补妆。被人视作欧洲人、成为那些领先人士的一员，让她感到有点受宠若惊。回到餐桌后，她不得不专心对付她的会安米粉[①]，吃得都让她有点头痛了。她从来没有用筷子吃过饭，可是当乔问她时，她出于某种原因竟称自己会用。而新鲜的薄荷和另一种带点桂皮味道的她不熟悉的作料，配在一起吃起来又苦又甜，她的心脏又怦怦地跳了起来，她在想自己这是在哪

---

① 会安米粉（Cao Lau），以越南的会安古镇（Hoi An）命名。

里又是和谁在一起,一个人如果有勇气去接受,竟能从生活中得到如此之多。

乔谈论起欧洲人的心态以及美国人如何在20世纪50年代之后不知不觉地失去了自己的灵魂。阿莉娜一边听着一边在心里希望乔不要察觉出她对乔所说的一切都知之甚少。她在脑子里记下乔所使用的词汇,以便需要用时不要让自己感到难堪:观察一下劳动力市场、做博士后、修本科。

乔说,他以前曾经想过,假如不能马上得到教授职位,他要到欧洲读博士后,因为这是拓宽视野的好办法。当他得到哈佛大学提供的博士后名额时,乔说他感觉他不能不接受。

"傻瓜。"乔笑着对自己说,阿莉娜不能完全确定这是为什么。

其实没有什么东西会把他留在东海岸,乔继续说着,特别是现在,因为他很可能无论如何都不得不离开波士顿。乔不难想象自己会在欧洲住上一段时间。

同某一位聪慧漂亮的女士一起,阿莉娜在想,她感到有些悲伤:乔会选择另外一位更加迷人的女士,搬到一个更有意思的国家,荷兰或者西班牙。瑞典在这个男人看来肯定也很有意思。

现在乔的博士后阶段即将结束,他正在找工作。"找工作?"阿莉娜问道,乔显得对此感到奇怪。阿莉娜费了好长时间才明白,乔所谓的找工作是指寻求一个教授职位。他才28岁?这其中一定有什么东西是阿莉娜所不懂的,但是她又不敢问。

乔说他到处看了看空缺出来的职位。阿莉娜后来才慢慢明白，乔所说的到处是指美国，它的东西海岸。乔的父母和兄弟姐妹几乎都住在波士顿或者纽约，乔说道。感恩节时从欧洲回家的路途会很漫长。

"可是另一方面我也曾在加利福尼亚申请过职位。"乔说，"从波士顿到洛杉矶有2500多英里。赫尔辛基也没有远多少。"

阿莉娜需要一个新的处方，由于哺乳她需要一个与生孩子前不同的处方，但是她却没能预约上时间。

去见医生仅仅作为一个想法就够麻烦的了。要带着塞缪尔，还要穿衣服、脱衣服、做检查，这些事情本身就有点让人心烦。一切都那么费事，所以电话就一直没打。此外，她有好几个月都不需要用避孕药了。

可是当阿莉娜小心翼翼地尝试着提议他们再试试时，乔马上就问起处方的事来。乔记得阿莉娜在一开始就说过，她不喜欢用避孕套。阿莉娜愿意承担风险，但是这在乔看来并不是一个好主意。乔不想再要更多的孩子，无论如何也不想要，特别是在目前的情况下。

在目前的情况下。

于是乔又同那个女孩在一起了，女孩对风险置之一笑，乔与女孩在一起时也不在意风险。夜里乔与女孩享受着比与阿莉娜在伦敦时更加大胆和深入灵魂的性爱，阿莉娜则从床上爬起来，从浴室的镜子里看着自己，在暗淡的日光灯下用自己身上最难看的部位同女孩相比，女孩总是比她更年轻、更鲜亮、更令人动心。

迁居到芬兰以后，乔有很长一段时间一直生活在另外一个时区。他在清晨4点上床睡觉，中午时分醒来，像个男孩一样对整晚明亮的夜空兴奋不已。起床后他就想马上投入工作。阿莉娜所期待的能一起度过悠闲自在的早餐咖啡时光甚至在周末都无法实现，因为乔总是有工作要做。

傍晚他们在初夏的海滩上散步，海鸥在守护着自己的爱巢——"这条河叫什么名字？"乔问道——回到家后他们一起做爱，阿莉娜想到，我有了一个美国男人。在城里一起步行的时候，她拉着乔的手，在她薄薄的孕妇袍下，肚子里的孩子把自己旋转成很奇怪的姿势，从乔的目光中她可以感受到，乔对即将到来的孩子有多么自豪。人们看着他们，阿莉娜知道，人们看到她有一个外国男人。

她还是在后来听说，乔从加州大学洛杉矶分校得到一个教授职位的聘书——假如一切都如同预期进展顺利的话，那是一个会随着时间的推移而转成终身教授的职位。乔一一列举了在加州大学洛杉矶分校工作的人，哪个人研究了什么，他又在哪个大会上见到他们中间的谁，以及他们都是在哪所大学完成博士论文答辩的。这让阿莉娜在内心既惊讶又钦佩。她除了瓦伦堡以外只能叫得出几个研究专家的名字，而且这些都是在自己硕士论文资料来源中引用的人，但也只知道姓：她丝毫不了解他们是谁或在哪个国家工作，他们是否还健在，实际上她从来没想过在研究报告中出现的名字是真实地活着的人，他们有自己的工作、住房和人际关系，更不用说他们有可能会成为她的同事了。

阿莉娜问乔是否因为没有接受那份工作而感到遗憾。夏天刚刚开始，赫尔辛基的气候十分温暖宜人。他们坐在莺歌咖啡馆里一边吃着冰激凌,一边望着多略湾①。在木围栏的后面,讨人喜欢的荨麻丛在自由自在地生长着,麻雀在桌子下面期盼着点心渣子。

阿莉娜从乔的声音里听到以前不曾听到过的什么东西一闪而过,她马上就感到自己刚刚凸出来的大肚子上面被狠狠地掐了一下。

"唉,"乔摆了摆手说,"哪份工作都是工作。"

后来她听到乔用激动的声音对着电话说:那样的聘用机会在人的一生中能有几次?阿莉娜记得乔的兄弟戴维在婚礼上对乔表情严肃地说,压低着声音还以为阿莉娜听不见:"你在做什么②?你到底在做什么?"

这意味着:巨大的错误。

阿莉娜感到很受伤害。戴维对她的态度很热情,可是在背后却表现得这样。只是在后来她才明白,戴维并不是在批评她,而是乔的工作、居住地、朋友圈,除她以外的一切。她在乔的美国生活中是次要因素。

在那通电话之后,乔在很长一段时间看起来是在沉思冥想,后来还顺便问过一次,阿莉娜是否能设想一下一起去美国居住这件事。

"我不知道。"阿莉娜说,乔没有再继续。

在每个星期天的晚上乔都会给美国打电话。在那些通话中乔笑得与其他时候不同,所用的是阿莉娜听不懂的表达方式,谈论的事情和人物也是阿莉娜所不了解的。通话之后,乔在与阿莉娜说话时语速会加快,语气也更加尖锐、

---

① 莺歌咖啡馆,芬兰语 Linnunlaulun kahvila;多略湾,芬兰文 Töölönlahti,赫尔辛基市中心一海湾。

② 原文此处为英文 What are you doing?

严厉。

"迈特获得了美国国立卫生研究院（NIH）的奖励。"

或者："让·玛利在西北大学（Northwestern University）获得了一个终身职位[①]。"

或者："莫拉·图姆提应邀去波士顿大学（Boston University）做主旨演讲。"

以及："丹尼不得不去做兼职教授。"

而她应当明白发生的这些事都是什么以及有多么重要——或者在丹尼的身上有多么悲剧。

阿莉娜去查过：乔弄错了。从波士顿到赫尔辛基比去洛杉矶要远得多，几乎有4000英里，超过了6000公里。

迁居到芬兰后，乔在第一天早上就想去系里看看。阿莉娜钦佩他的精力。乔想上一个语言课，问系里的秘书是否懂英语。在大学里，乔停下来观赏墙上的大理石装饰，问了阿莉娜一些完全摸不着头脑的关于这些建筑物的问题。

每到一个地方乔都向人们打招呼，而这些同系里没有半毛钱关系的人，向他投去诧异的目光。当把乔介绍给什么人时，他会像一只鹦鹉一样马上把对方的名字重复一遍。乔后来还会向阿莉娜重复一下这些名字，以确保自己都记对了：亚科胡？海基希？苏扎娜？

应当过来给乔送钥匙的秘书整整一天都没有出现。他们在灯光昏暗、空空荡荡的走廊里等着。

[①] 原文此处为英文 tenure，意为终身教职，指美国大学广泛采用的"终身制"，即大学把有潜力的初级学者聘为助理教授（assistant professor），若干年后经过考核可转为终身职位。

"今天是休息日吗?"乔问。"银行假日①,"她说。这时阿莉娜才明白,乔把整个院系和大学都想象得完全不同。

甚至连瓦伦堡都不知道为乔准备的办公室在哪里。在接下来的一周里,经过多方询问找到办公室后,才发现这是一间与系里其他房间不在同一个楼层的小房间,里面既没有桌子也没有电脑。窗户在夏日的阳光映照下就好像是在脏水中冲刷过似的。角落里堆积着厚厚一层灰尘和一堆脏兮兮的复印纸,上面印着黑色的脚印。

乔应该按照要求对自己刚刚被批准发表的一篇文章做些修改,但是评审人员要求乔参阅的三本书在图书馆里一本都找不到。其中一本乔不得不通过学术书店从美国订购,支付了100马克的邮购费用,还要等两个月。另一本书由乔的同学在普林斯顿查看了最重要的部分并在电话里向乔介绍了要点,乔用铅笔在他的小本子上记了整整一晚上。通完电话后,他看起来很绝望,当阿莉娜问他是否一切都好时,他像是患了胃痉挛般微笑着说:是的!当然。②

"我只是占用了鲍勃太多的时间。也许不好意思每周都这样做。"乔说,他的笑声在阿莉娜的胃里就像是一根刺在扎一样。

至于第三本要求的书,乔不得不放弃做任何事,这并不妨碍文章的发表,但是阿莉娜看得出来,乔不习惯在具体细节上被迫做出妥协。

"万事开头难,"乔说,"而且,就工作本身而言,在哪

---

① 原文此处为英文 Bank holiday,指欧美国家银行在除主要节日外其他传统宗教节日放假的日子,如1月6日是主显节、5月下旬是耶稣升天日等。

② 原文此处为英文 Yeah! Course。

里都是一样的。"

到了晚上,当阿莉娜说她要去睡觉时,乔高兴地说了一声好的,便把目光又转回到他的便携式电脑上。阿莉娜明白她在期待着某种没有兑现的事情。当她在梦中突然被肚子里的小家伙踢醒时,她听到手指敲打电脑键盘的声音,看到屏幕的蓝光从起居室里忽明忽暗地闪现进来,一直到后半夜。

在乔之前,她还从来没有见过任何同龄人拥有便携式电脑。她的父亲在家里有一台电视机大小的微型米科电脑①,她习惯了电脑屏幕上闪烁的绿色点阵字母。幸运的是,乔并没有购置移动电话。这会让阿莉娜无地自容。

她努力忽略自己对乔身上带有的美国式自大的感情因素。这有点像阿莉娜的同学卡利,一次她在街上碰到了他。卡利兴奋地说他成立了一家企业,开始印制互联网指南——一种厚厚的看起来像电话号码本似的互联网地址簿。卡利充满激情地说,那时地址簿也会成为不言而喻的必需品,就像普通的电话本一样。也许这些地址簿也可以自动分发到每家每户的邮箱里!卡利将会变得富有。

阿莉娜不好意思说出自己是怎么想的。假如互联网本身会为什么人带来任何乐趣,关于地址簿的主意也许可以成为理智的想法。阿莉娜有几次在大学听到有人用庄重的口吻谈起过互联网,沉湎于科学技术的男生借此表明,其他人不可能弄明白他们在相互之间单一的优势中究竟走了多远。出于对技术的顶礼膜拜,系里买了一台崭新的386型电脑,也配装了互联网——显然是从电脑商店购置的,她

---

① 微型米科电脑(Mikro-Mikko),20世纪80年代芬兰诺基亚公司生产的台式电脑。

曾邀请一个长相英俊、有着一副运动员身材的技术小伙向她展示一下互联网。对她而言，比对互联网的好奇心更强烈的动因其实是能和这小伙子搭上话。阿莉娜仍然记得那一直凉到脚后跟的失望之情。小伙子并没有回应她的挑逗，在那著名的互联网里也没有任何值得让人期待的东西。互联网就好像是一座在某些国家由政府兴建的新城市，一片空旷的、缺少任何生命迹象的人工合成的混合科技网络，一个即便在强迫之下也不会有人去的地方。

电子邮箱原则上可以成为一个有用的发明——假如真的有人会使用它。可是过于热心的大学信息自动化部门未经征求她的意见就为她建立的邮箱，至今仍然是空空如也。她不认识任何有可能给她发邮件的人。她可以给她的同学发信息，但是为了要让他们获知已经收到了信息，她还要分别给他们打电话，通知他们到大学去阅读这些信息。

那年的6月十分温暖、阳光明媚。沙子散发出温馨的气味，微风在淡绿色的桦树林中发出哗哗的声响。乔很喜欢托佩柳斯①公园，想坐在咖啡馆的露台上，吃着烟熏小鲱鱼（"假如这就是芬兰人在这种地方特意要点的小吃的话"）。

令乔感到既好玩又让人钦佩的是，抽水马桶的设计者为了节省用水安装了两个冲水按钮。乔对他的每一个朋友都说起过这个，他的朋友们也觉得很好笑。在周日晚上的电话中，乔向他的母亲介绍了欧洲的一些真实情况：即使是在最荒凉地方的酒吧里也不会把啤酒瓶当成垃圾丢掉，在大学食堂里用真正的盘子吃饭，即使是学生也是如此！

---

① 萨卡里·托佩柳斯（Sakari Topelius，1818—1898），芬兰童话之父。

两美元就能吃到煎三文鱼和沙拉,国家对学生用餐给予补贴,您能想象得到吗?气候也不是像想象的那样糟糕,令人惊讶的是同新英格兰差不多,甚至连苹果都可以生长。

特别是能种苹果这件事,谁听着都有点不大相信。

阿莉娜一开始并不想承认这一点,但是乔的态度中有什么东西令她感到不安。过了很长时间她才明白,那是一种想证明给别人看的语调,乔在谈起芬兰的时候听起来就像是一个房地产中介。她是在赴长岛参加戴维和玛妮的婚礼时明白了这一点,当时她为了乘飞机还专门为了她的大肚子开个医生证明。乔向他的亲戚谈起芬兰的市政图书馆,那里可以借听密纹黑胶唱片,甚至是激光唱片,阿莉娜想:他一定是把芬兰拆分了向每一个人推销。

阿莉娜希望她与乔的母亲之间的关系能在婚礼上回暖。当她在听着希伯来语的婚礼仪式时,她开始能够理解同她保持距离的乔的母亲了。每次当她把双手放在自己隆起的大肚子上休息一下时,乔的母亲就会将她严厉的目光迅速转向别处。当阿莉娜看到新婚夫妇站在棒棒糖似的小凉亭下、婚礼来宾们头戴着犹太教小帽子的场景时,当她注意到乔的母亲在戴维踩碎杯子、宾客们大声呼喊着恭喜恭喜[1]时脸上泛出的红光时,当她看着新婚夫妇被人们用手臂举到头顶、听着婉约的希伯来语歌词时,阿莉娜感觉到她逐渐明白了。乔的母亲从乔那里得不到这些,即使阿莉娜皈依犹太教——假如一般情况下教会能批准她的皈依——即便他们举办一个同样的婚礼,当然这已经不可能了,即便他们在生活中以同样的方式去做所有其他的事情,当然这

---

[1] 原文此处为希伯来语 mazel tov,意为恭喜。

也已经不再可能了。在最理想的情况下,她对乔的母亲而言也就是一个勇敢、陌生、刻苦的化身。

她是一个基督徒,这对她而言是使局面变得更好还是更糟,她也说不好。当乔的母亲在婚礼的宴席上忽然问阿莉娜信什么宗教时,她不得不坦白地说她不知道。事后她想,乔的母亲提出那个问题并不是要批评她的意思。她很生自己的气,为什么当时就不会撒个谎,可是她当时还要费很大的力气在音乐声中听明白乔的母亲的英文。小家伙又在压迫着她的膀胱,她在谈话期间一直在寻找一个合适的空当去洗手间。在那次尴尬的谈话后,她为自己准备了一个可以对外说出的信仰:她相信存在着一种比人类更强大的、我们无法理解的力量,不同的宗教用不同的名字称呼这种力量。有了这样的说辞她就可以赖以支撑了。不过再也没有人向她问起过这个问题。

乔的母亲希望塞缪尔能在犹太学校和犹太教会的环境下成长,以便他在愿意的时候能够在行成人礼[①]时加入教会。阿莉娜对此并不反对,相反,她感觉这很自然,也很重要。可是事后她又开始思忖,她在这件事上是不是应该有更多的主见和原则,她是不是能通过坚持某一件事情而得到乔的母亲和全家的赞赏,即便是富有斗争精神的无神论。

当阿莉娜告诉乔她当时答复不知道时,乔说:"唉,保留些传统当然很好,不过……"

乔认为人口登记部门应当在父亲的宗教一栏里填上科学家[②],在教会一栏填上物理定律闭环系统。不过阿莉娜可以肯定,乔实际上不可能完全忽视其父母和家族的传统。

[①] 原文此处为希伯来文 bar mitzva,意为成人礼。
[②] 原文此处为英文 scientist。

是否值得忘记所有的信仰与精神层面的东西呢?

那个女孩当然很自然地习惯了犹太教的习俗,犹如自己的一般,在婚礼上与乔的母亲一起幸福地一边跳舞一边拍着手。基督徒与犹太人有着共同的渊源,女孩毫不费力地就明白了这一点,因此她并不觉得宗教会将她和乔的家族分开,相反会将他们结合到一起。这在乔的母亲看来是个十分重要而且是意义重大的表态。女孩在过逾越节①时与乔一起吃着逾越节晚宴②,在喝葡萄酒时迅速将身体倾斜朝着正确的方向,并知道为先知以利亚③也斟上一杯,而且已经在热切地期待着塞缪尔快快长大,好去寻找那藏起来的另一半无酵面包④。

女孩甚至能听得懂史蒂夫·厄尔⑤。乔说他并不是特别喜欢厄尔的音乐,但是自从定居芬兰以后已经可以逐渐理解他的作品了。女孩头上戴着牛仔帽,不停地点着头,说着南方州大大咧咧的英语,阿莉娜不想用自己的言语再划一道更加清晰的界限,将乔与女孩一起划到另一边。

尽管女孩善解人意,但她还是有着自己明确而健康的界限,她知道在哪里与乔的家族存在着分歧。乔与乔的母亲尊重这些界限,也因此比以前更加赏识女孩。

---

① 原文此处为希伯来语 Pesah,意为逾越节,英语 Passover,是犹太人最重要的节日之一,通常在公历4月左右,用以纪念公元前13世纪犹太人在摩西带领下出埃及到迦南的故事。
② 原文此处为希伯来语 seder,意为逾越节晚宴。
③ 以利亚(Elia),圣经旧约全书中的先知。
④ 原文此处为希伯来语 afikoman,意为无酵面包。
⑤ 史蒂夫·厄尔(Steve Earle, 1955—),美国摇滚和乡村音乐歌手和词曲作者。

有人在戴维和玛妮的婚礼上这样说：乔患上了HS，即哈佛综合征。对于那些受到过良好教育的人来说，生活会充满不断重复的失望和抓不着边际的感觉，未来从来不会像所期许的那样展现，其他世界一直在亏欠着他们。

阿莉娜不知道乔现在如何对他的亲友们说起芬兰，不过在家里乔不再谈论芬兰有9个月的产假，而是芬兰的天气，那里的太阳甚至在夏天也不会露面。他不再像从前那样兴致勃勃地介绍芬兰攻读基础学位的学生可以领取7年时间的薪酬——而假如他们换了专业，还可以再重新计算7年时间！阿莉娜指出这个制度因为经济衰退的原因已经改变，助学金只能领取55个月，而且也不能重新再计算了，但是这并没有改变乔的惊讶态度。从国家白得的钱！

乔现在开始对芬兰的研究人员持批评态度，认为他们既肤浅又懒惰，而大学生则连书都不看就去参加考试，而且从来都不毕业。这样的国家怎么能从经济的低谷中走出来呢？选择谁能获得助学金的决策体制源自齐奥塞斯库的罗马尼亚。为什么乔就不能向专为芬兰的瑞典族人设立的基金会申请经费呢？阿莉娜试图解释这种安排是为了保障少数族群权益，也许同美国对待原住民的做法有一点儿相似，但是话还未说完，阿莉娜就发现这样的比较也许站不住脚。"难道芬兰瑞典族人在历史上不是拥有更多的特权而不是受到歧视吗？"乔问道。还有一家私人基金会只为那些出生在萨沃[①]的人颁发研究奖学金？在这么小的国家——研究人员难道要按照出生地而不是研究成果或者天赋才智才能得到资助？

---

① 芬兰东部的一个历史传统省份。

假如乔的研究工作没有变得如此举步维艰，一切肯定不会是这个样子，阿莉娜想。乔本打算在赫尔辛基的动物生理学系的灵长目动物专业开展他的实验，而这正是乔为自己移居到芬兰来提出的理由。系里有实验用的猕猴，通过艰辛的研究工作已经培育出了对乙醇比较敏感的基因型。乙醇研究不包含在乔迄今为止的研究课题之内，但是乔说过，如果他能够在乙醇系列实验中取得足够的研究成果，他还能够设法为自己和未来的雇主提出足够的理由。

即当他去寻找合适的工作岗位时，乔已经开始这样说了。它是指：从另外一个国家。

在答应承担乔的系列实验的两个读博研究生中，一个是怀有身孕的全职人员，到了秋天就会离开整个研究工作，另一个开了个头，后来连招呼都不打就不来参加例会了。实验室会议①，乔这样称呼这些例会，尽管阿莉娜想告诉他，这在芬兰人听起来很滑稽。乔千方百计想找到这个研究生，但一直没有结果。最后有人告诉他，这个学生进了海斯柏利亚医院了。

"在这样一个国家又有谁能成就任何事呢？当大地上了冻而系里的人开始谈论什么时候过小圣诞节"，乔这样发问道。阿莉娜怀里抱着塞缪尔和哺乳垫子坐在沙发上，那里已经坐出了同她屁股形状和大小一样的凹陷。系里的猴子们已经喝了好几个月的糖与乙醇混合液体，可是由于乔难以独自一人使原本为3个全日制研究人员设计的实验运转起来，猴子们喝醉后却白白地独自守候在笼子里，乔气愤地大声向阿莉娜计算着每天要花费几千马克，可是似乎谁都

---

① 原文此处为英文 Lab meeting，通常指大学实验室的每周例会。

对此不感兴趣。

"也许你就不应该规划出这么雄心勃勃的研究项目来。"阿莉娜失口说。令她感到愤愤不平的是,所有这一切好像都是芬兰的错,尽管这项工作是乔的。虽然他们刚刚在9月份生了一个婴儿,尽管乔晚上与塞缪尔在一起时会显示出他的温柔与疼爱,但孩子在乔的生活中仍然像是一个边缘性的提醒。

"雄心勃勃?"

乔盯着她看,像是在看着一个缺心眼的人。

"这在我所有的规划中是最不起眼、规模最小和最简单的一个实验,因此我想这样的实验甚至在发展中国家也能做,但是现在看来在这里却连这个都干不成。连这个都干不成!"

"你以为这可能会比实际上进展得更快,这也许只是你自己的想象。"

"这项实验已经根本不会再取得成功了!基线已经无法再测出了!整个项目都废掉了!"

"你可以自己去测试啊!这大概不会是我的错吧!"

"假如我当时就知道我不得不一个人去做这一切的话,我当然可以自己去测了!为什么不向任何人提出要求、谁都不对任何事负责呢?"

乔在接下来的一周里仍然没有平静下来。他说,在芬兰生活就像是患上了阿尔茨海默病,每过一个月都要损失许多脑细胞。他应该去寻求一个能给予他挑战、让他的思维更加敏锐、能够专心工作的环境,一个真正让他学到新东西的地方。现在他独自一人待在自己的斗室里已经落伍了,就连原先掌握的也忘记了,而习惯于对谁都不提出要求的环境,在竞争中越来越处于劣势。他没有再发表任何文章,也不再在大会上做任何发言了。可是这样他怎么能从任何地方找得到工作呢?

在这里也是:乔指的是真正的工作,是美国的工作。

"少来,"阿莉娜说,"谁的事业都不会在几年内毁掉的。"

乔看着她。乔的眼睛是红色的。

"这你应该清楚。"乔说。

尽管受到了伤害,阿莉娜意识到她其实并不清楚。

"这样的情况我在本科之后一次都没有遇到过。我从来没有发生过同时在做至少两件新事的情况,也不可能出现我为处理每一件小事都花上一个月时间的情况。"

"这里不是哈佛。"瓦伦堡对乔说。当秋季学期已经快过完的时候,乔认为他的两个研究项目甚至连一个都还没有开始。

"我注意到了。"乔回答说。瓦伦堡变得沉默不语,在这之后他就避免与乔在同一时间进入咖啡厅。

"难道你们这里压根儿就没有竞争吗?"乔在家里问道,这让阿莉娜感到大学系里和小语种地区存在的问题都是她的错。"为什么有才能的学生不去追求更高的水平或者去别的地方?为什么没有人去传话告诉人们不值得到这里来学习?为什么这里没有任何人甚至去尝试着做点什么?"

"瓦伦堡不是在这样做吗?"阿莉娜试图说。

"那个毕其一生只去了解一个也是唯一一个课题的人!每一堂课和每一次演讲都由瓦伦堡本人亲力亲为!他的实验都是70年代做的!这在任何人看来难道一点儿都不奇怪

吗？在这个世界上没有任何人对这个课题感兴趣，而你们却在这里围绕着这个课题建起了一个完整的系！没有人告诉学生在这个世界上有太多的不可思议的有意思的事物，难道你们对此就无动于衷吗？有那么多思路极为敏捷的人却一直在做着一些令人难以置信的事？"

"这个题目同其他题目相比其实也差不到哪里去。"阿莉娜说，她为自己的导师而感觉受到了伤害，同时看到他在乔眼中的尊崇地位如何崩塌了。

阿莉娜想说点什么关于美国的话，那个所有一切都完美无缺、人们无论贫富或健康与否都生活得如同天堂一般的地方，但最终还是憋着没说。

当乔在大声数落着芬兰时，阿莉娜却想着身心疲惫但目光温柔的瓦伦堡。他没有淘汰她的学业，尽管他应该那么做。在硕士研讨班上她应该选择一个题目，准备一篇演示稿向其他人介绍，并就演示稿进行答辩，所有这一切都将作为硕士论文的起步工作。阿莉娜突然之间意识到她所选的题目完全没有意义，什么都不是，更糟糕的是她作为一个人也完全如此，那么微不足道，以至于对任何人来讲甚至都不存在。当她努力向瓦伦堡解释她为什么没有上完必修的研讨班时不禁开始哭了起来。

瓦伦堡一直噘着胡子，沉默不语，然后一言不发地为她参加研讨班签了字。阿莉娜一下子就扑到了瓦伦堡的脖子上，这让他感到十分窘迫。在这之后阿莉娜觉得欠了瓦伦堡很大一份人情，便夜以继日、心无旁骛地在大学新的信息自动化教室里赶写自己的硕士论文，并在3个月后就完成了，而与她同时参加研讨班的其他人这时甚至还没有真正开始。

当她从有轨电车上下来时，阿莉娜尝试着去想自己会有什么样的感觉。这应该就像是在突然之间失去了一条胳膊、腿或者是出门时忘记了穿衣服一样。

当塞缪尔不在身边时，城里的一切都显得不同。她望着在2月的料峭天气里身着羽绒服匆匆忙忙赶路的女士们，心里在想，她们是母亲吗？如果是，那么她们的孩子又在哪里呢？或者是她们不想要孩子？还是她们没有努力去试？难道她们没有找到男人吗？当她看到婴儿车时，她意识到自己在向那些推车的女士微笑致意，而当那些母亲并没有注意到她时，她就像当年推婴儿车时的自己一样，还有一点点受到伤害的感觉。

走了一段路后，她意识到自己有片刻时间忘记了塞缪尔而是在想着一些与婴儿或者作为母亲毫不相干的事情。她先是吓了一跳——她是否把孩子忘在哪儿了？——当她想起来孩子是在尤莉娅处托管时，她仍然感觉自己受到了一阵奇怪的良心谴责。

人行道上撒了沙子，但是地面仍然不平而且很滑。昨天的天气很暖和，屋顶和路边的积雪开始融化，但到了夜里又重新冻上了。阿莉娜转过街角时看了一眼自己的手表，她能从街角看到系里的入口。她停了下来，巡视了一下四周。时间还差20分钟。由于要给塞缪尔穿衣服和换尿布，她每次出门去任何地方都会比以前提前一点儿，现在她尽管没有带着塞缪尔也是如此。乔也许正设法在下班之前做完自己的某项工作。

为了消磨时间，她慢慢地向前走着。她看着街道石头路面边缘脏兮兮的沙子。头顶的天空灰蒙蒙的，没有一丝空隙。人们裹在深黑色的冬季衣服里走在路上，躲闪着带着寒流飞驰的小汽车。她感觉她现在理解了乔，芬兰并不是这个世界上最容易待的地方。可是在其他地方生活最终又会有多少不同呢？而且很快春天又要到了，之后是夏天，虽然短暂但是非常迷人，乔对夏天也很享受。

他们应当找时间稍微喘口气，去努克西奥国家公园①郊游，她有了个主意，不过这会有帮助吗？森林、大自然的宁静、洁净的空气。至少这不会有害处。她会了解一下路线，为塞缪尔买一个好一些的婴儿背带，即便穿着冬装也能装下。他们会在野外湖畔烤香肠，乔会乐此不疲，那里为郊游的人们备好了烧烤用的木柴，不需要有人看着或现场销售，而是相信人们只会根据自身需求消耗木柴，不会有人偷走。

阿莉娜沿着台阶向上走到系里，继续朝着乔的房间方向走去。如果乔看到阿莉娜总是想着他并想方设法搞点小把戏为他提神，乔会喜欢的。他们可以马上商量好日期，这样她的想法就可以付诸实施了，也许就在即将到来的这个周末。郊游或许对他们还没有重新尝试做那件事有帮助。她敲了敲乔房间的门，同时想起了几秒钟前她还刚刚做了先不要打扰他的决定。

她的脑子里一闪而过要不要在乔开门之前就溜掉的想法，可是门恰恰在这个时候打开了。乔看着她的样子就好像一开始还没有认出她来。

"对不起，时间好像还没有到整点。"

"嗨。"

"我有了一个主意。"阿莉娜说。"这可以——或者是说

---

① 努克西奥国家公园（Nuuksio），距离赫尔辛基西北方向约35公里处。

我想你也许也会觉得这是个好主意。"

乔看着她，仿佛脑子里依然在思考着别的什么完全不同的东西。

"我们可以回头再说这件事。"

"好的。"乔说，显得有点烦躁的样子。"我还有点事没做完。"

"你安心做吧。等你有空时我再过来。我先去散一小圈步。"

他甚至连听都不想听，阿莉娜走回楼梯过道时意识到自己在这样想。当她从单元门走出去时，她在想着努克西奥公园，以及美国的国家公园会是什么样子的：巨大的红杉树，乔曾经从旧金山给她寄过红杉种子，乔在波托马克河[①]和仙纳度湖[②]岸边的岩石上拍过苍鹰的照片。努克西奥公园会不会给乔带来失望，就如同整个国家那样太小太不起眼了？

她很快就绕着这个街区走了一圈，又站在了动物生理学系的入口处。时间才过去几分钟。

还需要消耗掉一刻钟时间。

她在自己的思绪中不知不觉地走进楼道，走过电梯。在电梯后面走下几级台阶来到单元通向庭院的门。她无意间透过门上的玻璃向外看了看，感到十分惊讶——先是很高兴，但是紧接着她的心跳骤停了一下。

乔和那个女孩一起站在庭院里。尽管外面的气温几乎

[①] 波托马克河（Potomac River），美国中东部最重要的河流，全长590公里，经过美国首都华盛顿流入大西洋。
[②] 仙纳度湖（Shenandoah Lake），位于美国弗吉尼亚州，以其命名的国家公园距美国首都华盛顿约一个半小时车程。

是-10℃，但他们俩都只穿着衬衣。女孩抽着烟，在说着什么。他们略向对方倾斜着身体。乔的表情很放松，心情似乎不错，阿莉娜意识到自己已经很久没有看到乔这个样子了。女孩最后的几句话夹杂着两个人愉快的笑声，从庭院另一侧穿过楼门，隐隐约约地传进楼道里。

阿莉娜等待着他们走进来。女孩却又点着了一根香烟，乔像一个正在热身的田径运动员那样在原地蹦跳着，他们的谈话在继续。

阿莉娜从回音不绝的楼道里看着这一切，在黑暗中能听得到自己的心跳声。

乔带着包从前门出来到街上时晚了15分钟。

"你的事情都办妥了？"阿莉娜问道。乔回答道："办妥了。"

剧院大厅里闻得到烟味。在演出过程中壁炉里生着火，这显然是对的。

阿莉娜努力坐在原地不动。她答应过自己不去听女孩和乔之间的谈话。否则她会错过整个演出，尽管她好不容易才有机会享受两小时无须尽义务的时光，去做一回成年人，过一小会儿之前那种没有孩子的生活，那种包含文化爱好的生活。

她在出租车里就听到了一些只言片语。她和乔坐在车里一言不发，女孩马上就坐到了他们中间。阿莉娜很难在汽车收音机和发动机的声音中听清楚他们悄悄的交谈。

"……有了孩子便改变了……关系？"女孩问道。

乔被逗乐了的声音，意思是：亏你还问。

"怎么就改变了？"女孩问。

阿莉娜竖起耳朵。她忽然想，要不要让乔重复一下，她作为第三方参加谈话。仅仅这个想法就让阿莉娜的心脏加快了跳动，她感到自己的前额湿润了起来。

"喏，这当然……了……而一切都变得……如此麻烦……丈夫与妻子。我们不会……再……了。"

"谈谈这件事肯定很重要。"

女孩以同情的心态想听听有关此事的方方面面。她能够控制住自己不要显得过于兴奋，以免把她期待乔表露出来的怯懦感情再吓回去。乔对女孩说话的声音很低，充满了信任。

"实际上在我现在对你说之前我还从来没有好好谈过这件事。"

"这可真……沉重。难道你夫人不想谈……这个？"

"我们之间的关系……这就是缘由……是……是有点改变……也是，就是说我甚至都不再这样想它了。"

阿莉娜听到乔在喘气。她不自主地看了一眼，女孩正在用她那温柔的手触摸着乔的脸颊。乔把头靠在女孩的肩膀上，陷入深深的忧虑之中。

突然一阵激烈的咒骂声和紧随其后的爆炸声把阿莉娜从思绪中惊醒。她望着身着军装一边到处奔跑一边满嘴口水大声喊叫的演员们，想起来她还坐在剧院大厅中。其中一个演员正拿着冰球棒，使劲击打着舞台的地面。

演出似乎让乔很开心，这令她感到很意外，因为乔根本听不懂剧中的对白。女孩坐在乔的另一侧，手握着乔的手。女孩指着舞台，跟乔耳语着什么。乔点点头，他们小声地说着话，微笑着向舞台点着头，彼此都很享受。女孩穿着低腰直筒裤子和弹力针织上衣，刻意的紧身设计裹着女孩的胸部。

你倒是挺轻松,阿莉娜想,女孩不需要根据产后情况选择哪两件衣服还能穿到身上。女孩肯定也去过昂贵的健身房和美容院,在那里穿着高档的浴衣,喝着茶。

她在想第二天带塞缪尔去参加公园里的音乐游乐班的事,除非这个游乐班因为经济不景气已经取消了。在这样的游乐班上,孩子因为太小除了坐在她的怀里也做不了其他什么。她会乐此不疲地与其他母亲一起唱着儿歌,仿佛这是她的最爱:3只小鸭子出去玩,翻过高山,走向远方。鸭儿们还没有回家,鸭妈妈在担心地嘎嘎嘎:快叫鸭爸爸也游出水塘嘎嘎嘎!

那时候3只小鸭子才回来。

兜完了圈子,阿莉娜大声喘了口气。坐在她另一侧的中年男子看了她一眼,可是乔的目光就好像是被钉子钉住了一般紧盯着舞台。她咳了一下,乔仍然在观看着话剧,和女孩手拉着手。阿莉娜看了一眼她的手表,还要一个小时。真是活见鬼。

她拿着自己的手包,起身站了起来。

对不起。对不起。对不起。对不起。当她在过于狭小的空间里费力地从其他人的腿上跨过去时,她没有回过头来看乔的表情。

乔在衣帽间处追上了他。

"发生什么事了?"

"我只是不喜欢看这种廉价的混账幽默。"

"什么?这有趣得令人意外。"

她不等乔取到外套就走了出去。

她穿着高跟鞋下台阶时走得太快,脚踝闪了一下。如果换成那个女孩保证不会忘记怎样穿高跟鞋走路。她真想抄起一块大石头,用它去砸碎哪栋昂贵的尤根风格①公寓的窗户。

当乔从剧院大门出现在大街上时,她已经在街上走过了一个街区。乔朝着她的后面呼喊着。她穿着高跟鞋,头也不回地在冰冻的街面上继续往前走,能走多快走多快。

乔跑着追上了她。

"这到底是怎么回事?你怎么不说一声就离开了?"

"如果这两个小时是我今后半年内仅有的自己的时间,我绝对不会这样用掉。"

"亲爱的②。"乔轻声说道,双手环绕着拥抱她。

他们站在那里。

"这应该是我们共同的夜晚。"

乔看着她的眼睛。阿莉娜感到眼泪瞬间涌了上来,在眼泪流到她的脸颊上之前她在想:我太过分了。我为什么会这样做呢?

"对不起。"她一边说着一边抹着眼泪,"我只是开始感到有点累了。"

"不要紧。"乔说,"你和孩子在一起太辛苦了。"

这确实不假:她已经记不清塞缪尔是一个星期还是一个月一直睡不好觉了。

"我们去喝一杯吧。"乔问道,他把她引到一个小葡萄酒屋门前。

---

① 尤根风格,德语 Jugendstil,青年艺术风格,1890—1910 年流行于欧洲的既讲究装饰又注重实用的建筑艺术风格,因德国慕尼黑《青年杂志》得名。

② 原文此处为英文 Baby。

乔为她点了一杯240毫升的红葡萄酒，自己要了一杯啤酒，坐在她的旁边，用平静的声音说着话。她听着乔低沉平稳的讲话就像是在听着催眠师的暗示似的。她感到葡萄酒慢慢沉降的热度，看着窗外的人们正毫不迟疑走向他们也应该去的地方。

她发现自己越来越频繁地思考着乔的母亲所提的那个问题。这件事一直困扰着她，也肯定与她的过分言行、失衡举止、与乔之间的摩擦以及与乔的家族起源不无关系。当她坐在那里给孩子喂奶时，旁边放着熟悉的水瓶和妇女杂志，她总是感觉还缺少点什么重要的东西。也许这正是乔的母亲想暗示的，正因为这样她现在才对自己的丈夫如此疯狂。也许她只是感觉自己受到乔的母亲的伤害，还无法摆脱那个问题？或许两者兼而有之。

她信仰什么？她发现自己在塞缪尔出生之后经常在思考上帝，尽管她并不认为自己会接受这样的信仰。但是她的思考显然不同于那些热衷于宗教或哲学思考的人经过深思熟虑的寻找，而是像一个酒快要醒了的人那样绝望，盲目地朝着任何一扇只要没有人迎面啤过来的门摸索过去。

她再次感受到自己对乔的犹太教背景抱有的嫉妒心理。自从参加了坚信礼①培训营后，她就没有去过几次教堂。也许是一两次，在圣诞节的时候？

她记得听牧师讲过烦忧。这一点她能感受到——假如她的烦忧是一样的话。她的内心备受煎熬，那是一种持续不断而且毫无缘由的煎熬，就好像是被谁深深伤害了或者

---

① 坚信礼（confirmation），芬兰孩子在一个月时受洗礼，15岁时受坚信礼，之后才能成为教会正式教徒。

是丢了什么重要的东西一样。可是这是否就是牧师所指的那种烦忧呢?

她试图回想起牧师的名字,但是它早已被忘到九霄云外去了。不过她仍然记得牧师那阴郁的形象,黑色的胡须和某种无法穿透的东西,那是一种她晚间在床上虽然苦思冥想但仍然捉摸不透的东西。她记得当她和其他培训营的女孩谈到拉塞·维伦①时,当说到拉塞·维伦是如何让胜利冲昏了头脑并因此不能再跑步时,牧师一言不发地听了很长时间。突然之间,牧师看着她们说:

"你们这些姑娘现在不要谈论你们压根儿就不明白的东西。"

牧师在上课时也是这样说:你们尽说些你们自己不懂的东西。牧师的声音中有一种非常严肃的东西,人们不可能不为之信服。阿莉娜在坚信礼培训营后就再也不敢谈论任何关于拉塞·维伦的事了,连跑步本身基本上也不提了。

阿莉娜还记得牧师是如何对待一个在第三天就不得不离开培训营地的姑娘的。青少年辅导员卡特娅·尤蒂莱宁——不知为什么尽管牧师的名字想不起来了,阿莉娜还记得她的名字——和姑娘一起去了一趟村里,当她们回来时,姑娘在哭泣,青少年辅导员严肃地看着牧师。

这消息就像是一块热腾腾的、香浓美味的黄油融化了一样飘向四面八方,不到半小时所有人都知道了。

有人看到药店的塑料袋,立即明白了是怎么回事。米娅对谁说了什么,另外一个人知道早些时候米娅在冬天多

---

① 拉塞·维伦(Lasse Virén,1949—),芬兰著名长跑运动员和国会议员,曾在1972年慕尼黑和1976年蒙特利尔两届奥运会上赢得5000米和10000米的金牌。

次被看到和谁在一起。

米娅，被搞大了肚子，让某个18岁的人。

全营的人都集中在森林小教堂里做晚间祷告——米娅也去了，因为回家的大巴要第二天才离开。人们在小范围内嘀嘀咕咕，米娅还在哭泣。6月的天一直很凉，整个一周都在下雨，阿莉娜身上穿着毛衣但仍然感到很冷。有人编了个很好笑的段子，被小声传遍了所有地方，大家都忍不住笑出来。

牧师的眼睛闪烁着，他瞬间走到了那些嬉笑着的人旁边，把她们吓了一跳——阿莉娜记得她也感到很惊讶，怎么着，他现在要打她们了，不过牧师只是轻声地说：

"你们不要谈论你们一点儿都不知道的事情。"

牧师的声音和眼神中有某种东西，让那一刻在阿莉娜的脑海里留下了深刻而不同寻常的印象。同样地，在她9岁的时候曾因在商店里偷拿了一只棒棒糖被抓住时，妈妈对她说：你再也不要做这种事了。

牧师强迫那些嬉笑的人向米娅赔礼道歉，她们也这样做了。她们的眼睛因为害怕而睁得大大的，未来的青少年罪犯——阿莉娜后来知道她们中间年龄最大、表现最恶劣的被送进了青少年监狱——阿莉娜听到她们在晚上洗漱时用充满敬意的声音说：那个牧师真是个疯狂的老家伙。

阿莉娜第二天才听说在晚祷告中悄悄传来传去的是什么好笑的事情：米娅的那里张开了，精子在那里安家了。米娅离开营地时什么都没说，其他人正在吃姐妹香肠羹。阿莉娜透过窗户看到，牧师与青少年辅导员卡特娅·尤蒂莱宁在与米娅拥抱告别，米娅不再哭泣，而是拿着自己的背包上了学校物业管理员的汽车，被送到了汽车站。雨还在下着，桦树在灰暗的院子里被冻得浑身发抖。

阿莉娜还记得，在最后一天考完背诵作业后，牧师就上帝对她说的话：人们可以永远求助于他。

特别是在那些笼罩着蓝色调的冬日午后，哇哇直叫的婴儿使人无所适从，日子孤独得让人感到备受摧残，整个生活就像是强忍着不哭的感觉一样。尤其是在那些日子里，她发现自己在想着牧师、坚信礼培训营和牧师所说的话。

有一次她都拿起了电话，从电话号码簿上查找教区的电话，根据性别和姓名的发音选择给谁打电话。让人感到非常超前且极其欣慰的是，人们不仅可以获得教区工作人员的姓名，还可以得到每个人的住宅电话！只是为了像她这样的人能够打通电话！不过这不就是电话号码的意义所在吗？不然——她同教区没有联系。她放下话筒，没有打这个电话，她知道她以后也不会打。

放下话筒后她记起来，她曾经在坚信礼培训营的最后一天想要找牧师聊聊上帝的事情。她想在培训营之后能够成为辅导员[①]培训班中的一个，协助牧师为青少年晚会挑选歌曲。可是当大巴离开后，她站在教堂的院子里走向牧师，想问问辅导员培训班的事，牧师对她说道："祝今后一切顺利。"阿莉娜除了回答一句"谢谢，你也是"，其他就什么都不敢说了。

许多年以后，她在城里又见到过一次米娅。米娅看起来精神很好，面带微笑，身着一条白色的夏季短裙，上面带着淡紫色的花，这让她的身材看起来很漂亮。一个身材

[①] 辅导员，芬兰语 isonen，英语 Young Confirmed Vollunteers，芬兰行完坚信礼后参加教会青少年辅导工作的青年志愿者。

高大、有着浅色皮肤、看起来爱好运动的英俊男子牵着她的手,他显然比她年纪要大点。阿莉娜高兴地向她打了个招呼,准备说几句友善的话。可是从米娅的表情上可以明显看出来,她对阿莉娜是谁完全没有概念。

她原本并没想看。

可是乔厚厚的便携式电脑同存放熨斗的柜子在一间屋子里。只有那里有一个空着的电话插座可以连接那个调制解调器,它像机器人一样发出难听的尖叫声和嘟囔声。在阿莉娜看来,为了一个电脑支付更多的电话账单是不明智的——谁在家里会真正需要用电子邮箱联系呢?又与哪里联系呢?——可是自从塞缪尔出生之后他们就一次爱都没有做过,阿莉娜不想因为乔的调制解调器使他们的关系变得比以前更加紧张。阿莉娜依然有电子邮箱地址,也许吧,不过她已经不记得怎样在电脑上操作才能进入电子邮箱了。还从来没有任何人给她发来过任何东西。

在阿莉娜去取熨斗的时候,她还在想着他们今天晚上又要在各自的一侧睡觉。乔会深入研究他的《象棋大师》,而她则会一边关灯一边思考,是不是还是太早了点,她不应该在心里总是反反复复地考虑一个问题反而会把问题搞大了。

这时她看到了乔的电脑屏幕。

她最初只是偶然看到屏幕上有一个名单,名单里有许多明显是前后相连的同样的内容,这是什么呢?她的好奇心被勾起了。同时她感觉到一阵轻微的、令人不适的悸动。乔背对着她在继续工作。

亚历山德拉·维塔萨洛,屏幕上这样显示。只过了片刻，名字便在她的脑海里同那个棱角分明的黑头发和连环画般的眉毛联系到一起了。

亚历山德拉·维塔萨洛Re：thingies
亚历山德拉·维塔萨洛Re：Vs：Re：thingies[①]

中间偶尔是戴维·查耶夫斯基或者是阿勒托·瓦伦堡，接着又是：

亚历山德拉·维塔萨洛Re：Vs：Re：Vs：Re：thingies
亚历山德拉·维塔萨洛Re：Vs：Re：Vs：Re：Vs：Re：thingies
亚历山德拉·维塔萨洛Re：Vs：Re：Vs：Re：Vs：Re：Vs：Re：thingies
亚历山德拉·维塔萨洛Re：Vs：Re：Vs：Re：Vs：Re：Vs：Re：Vs：Re：thingies

事情[②]，事由：事体，小事情。
熨斗四周缠绕着的电源软线放在柜子下面的架子上，她在弯腰从架子上拿熨斗时能感觉到自己脖颈里脉搏的跳动。这么多电子邮件，也许有几十封。是在不同的日子？还是在同一天内？
她给孩子喂奶、穿衣服，哄孩子睡午觉，还要刷碗、吸地、熨衣服：因为乔有工作要做。

---

① Re：和Vs：分别用于英语和芬兰语电子邮件中，均为回复的意思。thingies，意为事由、事情、事体、小事。
② 原文此处为英文Thingies。

乔难道没有时间在上班时见那女孩？有什么重要的事情非要写这么多信息？难道乔不想与他们——自己的老婆和孩子一起度过休息时间吗？

乔从来没有提过女孩一个字。

乔说过，他应该干工作。

可是乔还要做小事情。

提示孩子哭泣的报警器咔嗒一声响了起来，传来塞缪尔哇哇的哭喊声。从发送器中传出的哭叫声夹杂着噪声，孩子听起来好像是在宇宙中哭泣一样。阿莉娜赶紧冲向阳台，把婴儿箱抱到房间里，开始为塞缪尔脱衣服。乔敲击键盘的声音从电脑边传来，哒哒哒，哒哒哒。

阿莉娜没有去读那些信息。她只看到了其中一个信息的片段。最多两个信息的片段。

她不看丈夫的信息。

塞缪尔憋足了劲儿在哭泣，小脸都哭得变了形，全是红色的褶子，阿莉娜听到孩子的哭声快要接近尾声了。孩子是不是已经哭了很长时间了？难道是她没有听见还是报警器没有立即做出反应？

乔在键盘上哒哒哒地敲击着电子邮件内容，难道这就是他的工作？看起来确实如此。左脚，对了，好的塞缪尔，快安静下来，哒哒哒，哒哒哒，哒哒哒，右脚，对了！一切都好了，塞缪尔，哒哒哒，哒哒哒，哒哒哒，把右手从连体羽绒服袖子中拉出来，对了！哒哒哒，哒哒哒，左手，对了！

她为塞缪尔脱好了外套，怀里抱着尖声叫着的孩子，这时她听到乔走到厨房，打开冰箱。

"我们星期六有什么事吗？"乔问。

"我不知道。"

乔站在卧室的门口,试图迎着她的目光。

"有什么事情不对头吗?"

"你说呢?"

乔看起来没搞明白怎么回事。

"发生什么事了吗?"

"你说呢?"

"嗨。"乔一边说,一边绕到阿莉娜的前面,让她无法避开他的目光。

"你这个混蛋什么时候也能帮点忙吧!"阿莉娜突然大声喊道。

她太激动了,当她把塞缪尔的连体衣和鞋子扔到地上时这样想到,太歇斯底里了,都是为了些琐事。是荷尔蒙,在她的头脑里发作,加上哺乳,我其实并不是这样的:总是危机不断。塞缪尔刚刚已经停止了哭泣,可是现在又开始哭叫起来,身体扭成一团想要从她的怀里挣脱出去。

乔有点不相信地看着她,一言不发地把婴儿从她手里接了过去,放到床上,并开始为孩子脱下阿莉娜还未来得及脱完的衣服。没事了[①],乔用柔和、低沉的声音对孩子说,一切都挺好[②]。

乔为孩子脱好衣服后,从盒子中取出干净的尿布,拿着尿布抱着塞缪尔走向浴室。阿莉娜跟在后面,擦了一把还湿着的脸,看着乔为塞缪尔清洗屁股并把孩子裹到毛巾里轻柔地擦干。

乔看起来像是很受伤的样子,当然这也是事出有因,

---

① 原文此处为英文 It's all right。

② 原文此处为英文 Everything's all right。

阿莉娜想：自己真是个极其过分、歇斯底里的疯子。她为什么就不能成为一个正常、理智、心态平衡的人妻呢？她为什么要把事情小题大做呢？与此同时，另外一个声音似乎要把一切她想要向自己证明的东西都推翻。她过于有耐心了，那个声音说，太顺从别人了，不能坚持自己的主见。

她太不起眼了：所以她一直被别人踩在脚下。

"我很抱歉。"她小声说。

"你要是能早点说你需要帮忙就好了。"乔说，"我当然会帮忙的。可是我不知道啊。"

"你自己也可以说你不得不给那个女孩发20封电子邮件啊。"

乔僵在了那里。阿莉娜的情绪不再那么激动，她的声音已经平静了下来。我刚才真的是这么说的吗？她有点不相信地想到。当乔安静了下来，她忽然感到自己很强势。

乔转过身来看着她。

"对不起，你说什么？"

"那个女孩。"

"你在说谁呢？"

"少来了。"

让阿莉娜感到气愤的是，乔还在装作什么都不明白的样子。

"我不过是碰巧看到了。刚才我在取熨斗时。你的电子邮箱开着。"

"你看了我的电子邮件？"

"当然没有！可是你与那个女孩在一起的时间比同我们在一起的时间更长！你应当是在工作，可是你却在给那个女孩发信息。"

乔盯着她。接着，乔一言不发地转身回到塞缪尔身边。"一切都很好。"乔对孩子说。

晚上，乔仰面朝天地躺在床上，看着墙壁。乔没有碰他的那些象棋大师，由此阿莉娜知道要有什么事发生。

"我不喜欢这样，"乔最后慢慢地说，"你看我的电子邮件。"

"我没有看。"

"如果你打开了发给另外一个人的邮件，并从信中看到是谁发的，这对吗？"

她意识到，乔整个晚上都在思考这件事：表面上看起来很平静的晚餐、电视新闻、关于下周日程的讨论以及塞缪尔的晚间事项。

"乔。"阿莉娜说，可是乔还在看着墙壁，脖子上的青筋看起来绷得很紧。

"这是个原则问题。"

"我进房间的时候不可能看不到屏幕。"阿莉娜小声说。

"那接下来是什么？"乔问道，"你只是看了看信息的开头？你只是碰巧瞄了一眼我上衣兜里看看有什么收据？"

"收据？"阿莉娜惊讶地说。

当然是酒店房间的了，同那女孩在一起：在午餐休息的时候，也许在每周特定的日子。

亚历山德拉，我好想要你[①]。

或者是桑德拉？那女孩是她吗？就好像她是阿莉娜一样？

---

① 原文此处为英文 I want you so bad。

桑德拉，把我含进你的嘴里①。

桑德拉，亲爱的，噢，我好想要你。

"我不是那个意思。"乔说，他听起来更加生气了。

"你的什么收据？"

"没有什么收据！"乔大声吼道。

整套公寓就好像是被惊吓到了一样变得静寂无声。他们之前从来没有对彼此这样大声吼叫过。

"听着。"阿莉娜开了个头，她意识到她在开始这样说之前并没有好好考虑过这个想法。她强迫自己把那个女孩轰出房间。"我感觉我们两个人都应当彼此开诚布公，无话不谈。"

乔盯着她，显得十分震惊的样子。

"谈什么？"

"没什么，我并不是说要谈什么特别的。实际上我的意思正好相反，或许我们也应该告诉对方那些没有意义的事，或者说也许正是那些事才应该谈谈，那些没有发生的事，至少还没有。"

乔似乎没有听明白，但是仍然在听。

"比如说那个女孩。"阿莉娜说，并解释说也许是她想那个女孩的事想得太多了，毫无用处。"我一直在想象，"她解释说，"你有了另外一个女人了。如果这是真的，现在是说出来的好时机。"

阿莉娜试图解释，她被这个问题搞得头昏脑涨，但是很可能只是因为她没有在想到这件事的第一时间就问清楚关于那个女孩的事。

---

① 原文此处为英文 take me in your mouth。

移居到美国的计划也是这样,她继续道,应该遵循什么样的风俗与传统。她、乔、女孩以及移居美国、乡村音乐、基督教、埃布·诺马力乐队的《白色气泡》[①]——这些对她很重要,但是对乔却无关紧要——忽然之间这一切在她的脑海里各得其所,变得更清晰而明亮了,她感觉她完全明白了所有这一切都是怎么回事。她想知道关于那个女孩的事,但是出乎她的意料,她对那个女孩既未心存怨恨也不感到嫉妒,至少现在没有,即便乔与那女孩确实有点什么事。

她接着谈到,她在思考移居美国的事,在尝试着做好准备,但是她现在仍然没有搞清楚乔是怎样打算的、想要做什么、该怎么做。她说她想要参与就一些重大问题做决定的过程,比如像移居到另一个大陆或者如何解决孩子的宗教信仰教育这样的问题。她希望乔把可能影响到他们移居计划的所有情况都告诉她,无论是试探性的精神层面的考虑还是思路上发生的变化,抑或日常微不足道的具体行为,因为阿莉娜既有兴趣听,也想知道,真是活见鬼,因为他们毕竟是夫妻嘛!

她在开始时并没有意识到发生了什么,但是突然之间她感觉自己更加真实地存在这个房间里了。她更加清晰地感觉到自己的轮廓、身体的界限和乔在房间里的存在,她为自己的发现感到情绪激动。

她同时意识到,她愿意与乔一起离开,她一直都是如此:她能够搬到另一个大陆上去居住,即便是去定居,如果乔想要这样。可是乔应当问问她啊!为什么乔不开口问

[①] 埃布·诺马力乐队(Eppu Normaali),芬兰著名流行摇摆乐队,成立于1976年。《白色气泡》是乐队1986年推出的畅销曲目。

呢？当她意识到自己曾经利用她的父亲作为借口时而感到窘迫。可是现在，她感到自己忽然之间变得边际很清晰、人很完整，她甚至愿意承认这一点了。她想把自己的发现也告诉乔，以便乔在这之后会对她有更多的了解。

她同时注意到，那个女孩也坐在地板上——他们的脚踝之间，静静地听着。女孩吃着冰激凌，当她意识到阿莉娜说完后，她表示赞许地点了点头。阿莉娜感到很惊奇。接着女孩挥了挥手，走了出去，先是走出卧室，然后走出大门。

可是乔却叹了一口气，闭上了双眼，用大拇指和食指压着眼皮说：

"你变了。"

还没等到乔开始一一数落她是如何在婚礼和生了小孩之后变得不耐烦、爱哭、无精打采和不顾及别人时，阿莉娜的嗓子眼儿里就好像被什么东西噎住了。"我肯定是这个样子啦"，阿莉娜喊道。对于阿莉娜刚刚的新发现和迈出的一大步乔是如此无动于衷，感觉阿莉娜快要哭出来了。乔强硬的表情和狠话让她同时想起每当乔没有注意到或者猜到或不想搞明白她希望要什么时的情形，从那之后她向自己保证不要总是背着这些包袱，而现在她却又把这些包袱一股脑儿地一个接一个地扔到乔的头上。

在接下来的冗长、沉重和痛苦的谈话中，她没有搞清楚那些周折和反复，也没有弄明白自己又是如何卷入那些令人疲惫不堪的细枝末节中去的。在谈话之后她不确定乔是否意识到了她自以为是的新发现。

后来她从谈话中唯一搞明白的是，乔以前曾想与阿莉娜一起离开芬兰，但是现在却认为所有的一切都不一样了。

过了4天,她又重新提起电子邮件的事:她仔细思考了这件事,得出的结论是,她看邮件确实不对。在乔的文件夹里有谁发来的邮件不干她的事,她想向乔也说明这一点。

"看别人的电子邮件。"她说。这不就像是搜口袋、查垃圾、找收据一样嘛。

她在请求原谅时心里想的是乔紧锁的下巴和4天前让她感到害怕的硬邦邦的眼神:我的丈夫没有这样硬邦邦的眼神。她希望看到乔现在慢慢地缓和下来,她也可以让自己感觉轻松一点儿。硬邦邦的眼神确实改变了,但是取代它的不再是从前的乔,而是另外一个人。

乔听着她的道歉,但是就像是从哪个遥远的地方听到过似的。她说完之后,乔简短地点了下头,前额仍然皱着说:

"别担心这件事了[1]。"

别担心这件事了。

当女孩突然站到她的旁边时,阿莉娜正在刷碗。女孩用手指了指起居室,阿莉娜把碗刷放到水盆里。

看啊,女孩的眼睛在说。从她的眼神里反射出了同情。

阿莉娜顺着女孩的目光望向起居室。乔坐在沙发上,正在翻看着一本他学生时代的年鉴[2],那是布朗大学[3]的年

---

[1] 原文此处为英文 Don't worry about it。
[2] 原文此处为英文 yearbook。
[3] 布朗大学(Brown University),创立于1764年,位于罗得岛州首府普罗维登斯市,是全美第七古老的大学,也是享誉世界的研究型大学。

鉴。乔曾经给阿莉娜看过它，页面上满是长得很像的美国年轻人的正面照片，他们戴着滑稽的毕业典礼帽子，面带美式的微笑，彩色的背景显得不是特别真实。还有一些球队在打美式足球和不可思议的网棒球[①]的照片。

乔没有注意到有人在观察他。阿莉娜看到，乔在翻阅满是黑白照片的页面时显得那么忧郁、无助和渺小。照片里有乔的同学，其中一些阿莉娜也见过。他们现在都是美国大学里的教授了，乔以前在谈到初恋时会谈及他们，可是现在他甚至连提都不提了。他们还更新了一些科学领域，建立起了研究中心。

有那么一会儿，阿莉娜在想，乔快要哭了。他变得如此渺小和支离破碎，阿莉娜想。她看了一眼旁边，女孩也显得十分忧伤。

阿莉娜明白发生了什么。乔申请了工作岗位，但是没有如愿。一阵温情的波澜在她的内心涌动。

"乔。"她轻声说。

乔看了她一眼。阿莉娜走进起居室，坐在自己丈夫的旁边，轻轻触摸着他的肩膀。有一阵乔的眼睛里似乎闪烁着什么，但是很快就熄灭了。

"到我这里来。"阿莉娜一边说着，一边张开手臂想把乔拥入怀中。

可是乔却合上了年鉴，疲倦地站起身来，把它慢慢地放进书桌的抽屉里。年鉴一直保存在那里，因为在阿莉娜看来，它的尺寸和形状不对，放到书架上不合适。乔走回

[①] 网棒球，英文 lacrosse，又称棍网球、长曲棍球，是一种使用杆顶带有网袋的球杆作为持球工具的团队球类运动，17 世纪源于北美加拿大印第安人部落，后在欧美流行。

阿莉娜的身边，站在她的前面就好像不知道要干什么似的。

阿莉娜用手搂着乔。乔犹豫了一会儿，然后还是回应了她的拥抱。乔在阿莉娜的怀里让她感觉很温暖，在她的指尖下面可以分辨出肋骨和大大小小的肌肉块，这些都是她那孤独的美国丈夫的。

"乔。"阿莉娜说，"我很抱歉，所有事都变成了这个样子。"

"不，应当是我说抱歉。"乔说。阿莉娜再一次确定，乔快要哭了。她从来没有看过乔哭，据说在塞缪尔出生的时候有过一次，但是阿莉娜当时因为正在用力生产、失血过多，在最终解脱后已经筋疲力尽，几乎意识不到乔或是接生医生甚至在现场。

阿莉娜感到乔在小心地抚摸着她的头发，叫着她的名字：阿莉娜。

"我同杰克谈过了。"

尽管乔说话的声音很小，甚至难以分清每一个字，但是这个名字还是如同响鞭一样发出"啪"的一声。

阿莉娜就像僵住了一样在原地坐了很长时间：如果我不让它入心入脑，就什么也不会成真。

杰克·德米基斯来自麻省理工学院（MIT），乔在谈到他时的语气热情而充满敬意，就像是在谈论自己的爷爷似的。

我同杰克谈过了。

这就是她所担心的，现在发生了：她不得不洗耳恭听乔与杰克都商谈了什么，她和塞缪尔要被迁移到哪里去，要被安排什么样的角色。不要为此而担心[①]：后面还有更大

[①] 原文此处为英文 Don't worry about it。

的悲伤呢。

不要为此而担心：反正你对此也无能为力。

她听到乔呼吸的声音，短促并断断续续的，突然之间她记起了同样的声音，那是在生塞缪尔的时候，就在刚刚剪断脐带之后，她意识到她当时看到了乔。

那天晚上乔没有把他的书拿到床上，而是带着一副忧郁的表情仰面躺着。阿莉娜的胸膛抽得很紧，但是她答应过自己不能哭。

整个白天就像是有人把一面看不见的被子裹在了她的周围。这种感觉很奇怪，就好像是人在不知不觉中着了凉，现在马上就要进入一间壁炉烧得噼里啪啦响的温暖房间一样。这种感觉给人带来安慰，就如同一个溺水的人最后终于停止了挣扎，让充满温馨暖意的疲惫流入心里。她在白天时突然感到眼泪流到了脸颊上，但又不知道是为什么。

乔的手搭在她的肩膀上，她闭上眼睛，感觉到她睡衣的背带被提了起来，又掉了下去，接着乔亲吻了她。"亲爱的。"[1]乔说。进展不错。不过他的声音听起来像是在道歉，就像是他清楚地知道进展得并不好一样。乔在她的身上显得又大又硬，她明白现在那件事要发生了，现在乔想要了。阿莉娜感觉自己的肋骨在乔身体的压力下像是弹簧一样，她不得不费很大的力气把空气吸进自己的肺里。

她最后终于给医生打通了电话，取到了处方，去买了药片。她带着塞缪尔，一切都进行得那么容易，这让阿莉娜感到十分惊奇，为什么她早些时候没有这样做。

---

[1] 原文此处为英文 Baby。

当乔亲吻她的时候,她的胸脯被压得很紧。她感到血液冲到了脸上、手指和脚趾上,这给她带来一种发烧的感觉。"进展不错,亲爱的。"乔看起来很严肃,她感觉到乔的手去了该去的地方,那是他的手也只有他的手能去的地方。阿莉娜内心在抽动:不要哭,不要哭。

她把手臂向上伸直,身上的睡衣被脱了下去,乔又把她的内裤拉了下来,而现在有什么东西不对头,她知道乔闻起来是什么味道。她应该动用自己所有的精神力量将不断增长的感情控制在手臂的范围内,她意识到这一次一切都会很顺利,不必再害怕会发生任何问题了,无论其根源是什么。

她停住乔的手。

"等一下。"她说。

"出什么事了?"乔问。

她看了看幽暗房间的角落、塞缪尔婴儿床的床下和窗户,窗外的停车场和垃圾房的灯光在冷冷地亮着。她试图从厨房或者起居室听到光脚走路的声音。

"怎么了?"乔又一次问道,试图沿着她的视线望去。

可是女孩并不在乔的身边,不在他们中间,也不在窗帘和窗户的后面。女孩没有出现在公寓里,哪里都没有听到她的声音。阿莉娜在昏暗的房间里无助地向四周观察了很长时间,才肯相信女孩不会再来助她一臂之力了。

"我不知道我是否想要。"她最后说。

她的心跳得很快,很沉重。她的手冰凉,她在想,这里只有她、塞缪尔和乔。

"我不想要。"她说,好像阿莉娜现在是在对自己说。

她应该再说一遍,先是对自己说,然后再说出声来,我不想要，这时才可以肯定这是真的。她在黑暗中看不到乔的表情，也不知道乔在想什么。公寓里没有任何声音，可是在一片死一般的静寂中可以清楚地听到有什么东西最终破碎了。

周期蝉

美国马里兰州巴尔的摩市

它们从稍远处看像是马蜂一样。已经硬化了的黑色躯干、浅黄色的翅芽,就像是老男人的脚指甲盖一样。

乔走出图书馆咖啡厅的大门来到阳光下,一边朝着他的办公室走去,一边试图看一眼这篇文章。由于商家给乔的纯天然尼加拉瓜咖啡装得过满,所以咖啡从硬纸杯里溢到了他的手背上。从它们上一次出现真的已经过去差不多20年了吗?《纽约时报》在头版给了它们3个栏目的版面,加州大学伯克利分校(UCLA Berkeley)的教授预测气候变化将如何影响它们传播的范围。

周期蝉[①]:魔幻蝉。它们很快就会铺满草坪和人行道,然后扑扇着翅膀爬到树上、车道上和房顶上。它们已经在泥土里憋了差不多20年的时间,现在终于钻出地面了。刚刚脱去外壳时它们看起来就像是魔幻般的夜蛾一样:有着很醒目的红眼睛,浑身透明、苍白得有些离奇,到后来又变得像蝗虫一样。乔还记得把活的虫子踩在鞋子下面的感觉,迸裂的声音,稚虫留下的外壳随着他的每一步被碾得稀碎。

---

① 原文此处为英文 Magicicadas。

其他的头版新闻还有引起轰动的iAm装置①，显然现在终于可以在秋天发布了，技术博客们像迎接救世主降临般期待着，市场上充满了神经紧张的躁动。头版上不能一天没有自由传媒集团的千万富豪泰德·布朗充满阳光的面孔，在报道中还再一次刷新了企业领导人薪酬的纪录。

夜里下了一场雨。清晨的天空透彻明亮，空气温馨。乔避开石铺路面上的一摊积水，横穿过草地朝着彭博会堂②走去。会堂的前面有几个学生带着考试要读的书坐在初春的阳光里。在红砖校园建筑的墙根处，一个园艺工人正在平整绿色植物木槽里红葡萄酒般颜色的碎木块。泥土中的肥料散发出一种很容易分辨的化学甜味。

春天是马里兰州一年中最好的时光，温暖宜人，阳光灿烂，紧随其后的是令人窒息的犹如暖房般的夏天。乔走下台阶来到系里，进入男卫生间。时间已经过了几分钟，当他在洗手的时候，他裤子口袋里的手机响了。

这当然是丹妮拉了：女孩每天在白天无论什么时间都会为了点什么事在学校给他打电话。这有些让人感动，这个现在每句话都要强调自立的女儿，却不得不总是在课间给爸爸打电话。而15岁的丽贝卡即使是在极端危急的情况下也不再打电话了。

他打算在把手烘干后马上给她回个电话。等到电话铃声不再响时，他脑子里突然一闪，他忘记了一件事。

---

① IAM，Identity and Access Management 的缩写，通常指一种基于 Go 语言开发的身份识别与访问管理系统，用于对资源访问进行授权。本书中的 iAm 为作者虚构的一种植入性人工智能多媒体装置。
② 原文此处为英文 Bloomberg Hall。

见鬼①。

丽莎。

乔站在男厕所里，沾着肥皂沫的双手还放在水盆里。他应当为丽莎继续申请明年的研究生注册。丽莎是乔所有学生中最好的，但是没有得到任何终身职位，至今还没有。丽莎是不是有可能做错了什么？她是不是听起来像是那种过于听话、总在道歉的姑娘？丽莎的博士论文实际上已经完成，而且写得很棒，尽管也许并不是最容易对外推介的。乔仍然确信，有人会立即雇用她。

不过丽莎在目前情况下进行论文答辩并不明智。

他答应过在前一天就向丽莎确认此事，但是由于推迟论文答辩将会使统计数字显得难看，系里可能会有人就此发难——另外，4分钟前他就应该在研讨会议室里向大家介绍客座讲师斯坦·利波曼了，后者现在已经在揉着他浓密的胡子准备好做PPT演示了。

丽莎非常努力刻苦，富有责任感，乔担心她会同意做客座讲师②。客座讲师、课时教师，通常是在大学的学院里讲授基础的学位课程，挣点辛苦钱。动不动就会每天通勤几百公里，工作18个小时，还没有假期，也没有医疗保险。

当然也不会发生什么大事。大不了每天会有人摔断腿，有人不得不去做手术切除肿瘤。

电话又开始响了起来，将乔从自己的思绪中唤醒。天上星，亮晶晶③，有人现在急着找他。他冲干净手，迅速擦干，天上星，亮晶晶，他想把丽莎转为助教，即教学助理，

---

① 原文此处为英文 shit。
② 原文此处为英文 adjunct。
③ 原文此处为英文 twinkle twinkle little star。

并建议她推迟论文答辩，随便芭比·弗莱施曼怎么说吧。这样至少她还有医疗保险。到明年再开始申请时丽莎将成为新科博士，而不是去年的淘汰者。

"哈喽？"乔把电话拿到手上后说。

担任课时教师最糟糕的一点，也是丽莎不明白的关键所在，就是会在一两年内获得一种名声，即那是一个找不到工作的人。每年市场上都会涌入一群更加饥渴难耐、生来就注定要成功的更为年轻的博士。

虽然不应当让年轻人徒劳无益地去担心，但是就业市场每年都变得更加冷酷无情。担任几年助教后也不一定就能从一所好点的大学获得副教授的职位。

当然如果不把目标定得太高……但是丽莎是那么前途无限的样子。

"约瑟夫？"电话里传来一个声音问，"嗨。"

乔的心跳停了一下。丽莎和芭比·弗莱施曼在另外一条车道上就像撞到了墙一样猛地停了下来。由于受到了惊吓，他在一开始什么都说不出来。

"阿莉娜？"

乔不得不挪到了离那个像末日般轰鸣声的烘干器稍远的地方，尽管手还没有烘干。

"对不起，我事先没打招呼就这样打过来了。"

口音就像是味道一样：阿莉娜的声音把他带回到多年以前，就好像是童话书里的小窗口，掉进去后就会进入另外一个世界，一切都是相互对应的镜像。

他们游移在互致问候和笨拙地尝试着交流各自近况的交谈中。阿莉娜花了很长时间寻找合适的措辞。乔意识到这种磕磕绊绊的交流是由于语言的障碍。阿莉娜讲的英语除了带点可爱的口音,一直像是在说自己的母语一样。乔现在能听得出来,她不再是每天都讲英语了。

当乔听到阿莉娜声音里的轻微颤抖时,他明白阿莉娜即将要说出打电话来的实际缘由了。"我给你打电话主要是……或者是说我想你最好能够知道。"

"发生什么事了?"

阿莉娜说:"塞缪尔也许在你那边什么地方。"

乔停了下来。

"在这边?在巴尔的摩吗?"

"嗯,这个……是在美国。更准确的地方我也不知道。"

"这听起来太好了!他是到我们这儿来吗?还是去哪一个朋友那儿?"

"其实……不是。实际上我不知道他目前到底都在忙些什么。或者说,他确实是说得天花乱坠,但是……"

当阿莉娜没有再继续说下去时,乔问道:

"你肯定给了我的电话号码和我们的地址吧?你那不是有我们在西板栗公园大道[①]的新地址吗?"

乔用裤子把手擦干,费力地把手机夹在下巴和肩膀之间,拿起背包,冲出卫生间。时间差不多已经过了10分钟,他知道其他人一定很奇怪他人去了哪里。

"不是……"阿莉娜说。"他或许不打算……或者说我不知道他现在这个时刻在哪里。他最初去了西海岸,尤金市,不过……就这样。"

乔看到凯西·列伯哥特在走廊的对面、建筑物的另一端走来走去,显然是在寻找他。凯西向下楼的楼梯走去。

---

① 原文此处为英文 West Chestnut Parkway。

乔用手遮着手机,试图向她喊:"凯西!我这就过来!"

"听我说,我现在不得不走了。"乔对着电话说。"我已经晚了,我要去介绍一位授课人。"

"好的。"阿莉娜说,"抱歉给你打电话。这其实也有点……愚蠢。或者是……我不想让你担心。"

"听到你的声音真是太好了。我们或者明天再好好聊聊。我给你打过去。"乔说。

他记得阿莉娜一直对以这种方式结束通话感到奇怪,我会给你打回去的[1]。在阿莉娜看来,这听起来像是马上就会回电话,会尽快回。他不得不解释说,这在美国并不一定是指这个意思,而是指回头再聊这件事,再找个什么时间,打过去或打过来都行。这有点像是你怎么样了?[2]一样,阿莉娜以为是要开启一场对话,便会去仔仔细细地回答,这总会让其他人感到很好笑。

乔急匆匆地来到大厅,凯西站在门口,脸上一副责备的表情。乔从门口走进去,连声抱歉说自己晚了,将满脸微笑、正在等待轮到自己的斯坦·利波曼向大家做介绍。

让我担心?他在开始介绍之前还在想。阿莉娜刚才是这么说的吧?阿莉娜是否想说点什么,但现在是因为他自己太忙而压根儿就没有说出来?当斯坦·利波曼开始讲话之后,乔的思绪又回到了丽莎身上:明年丽莎可以得到工作聘书,一切都会安排好,这是确定无疑的。

---

[1] 原文此处为英文 I'll call you back。
[2] 原文此处为英文 What's up? 直译是"怎么回事?"而实际上是熟人之间的打招呼用语,意为"怎么样?都好吧?"只需简短回复。

20年前的赫尔辛基散发着雪和耻辱的味道。

乔猜想自己知道莫妮卡·莱温斯基[①]在机场拒绝他人请求签名时的感受。我差不多是因为一件听起来并不是很棒的事而出了名[②]。

他留给儿子的肯定也只有一个秉性，他是一个遗弃了自己家庭的父亲。

乔记得，当他在纽约的父母家中告诉他们要去芬兰读博士后时，他的父亲将叉子停在送入口中的途中。在他的大脑皮层上已经永远刻印下父亲看着他的眼睛发问时的情景：

去芬兰？

父亲的语调是指，乔是故意想把自己所受到的教育、前途以及家庭的价值观都扔到垃圾桶里。

为了父亲的名誉，乔不得不一一道来，父亲详细询问并认真倾听了乔所说的一切，眼睛担心地眯缝着，绝望地企图能从乔的脸上寻找到即使能让他稍稍弄明白儿子到底想干什么的答案。乔在话里话外给人以这样的印象，父母都抱着自己根深蒂固的观念，他们太精英派了，认为世界上除了美国的常春藤联盟[③]就没有任何能做学问的地方了。

---

① 莫妮卡·莱温斯基（Monica Lewinsky），1973年出生，前美国白宫实习生。
② 原文此处为英文 I'm kind of known for something that's not so great to be known for.
③ 常春藤联盟（Ivy League），最初指美国东北部地区八所高校组成的体育赛事联盟，后指由美国七所大学和一所学院组成的高校联盟，包括哈佛大学、宾夕法尼亚大学、耶鲁大学、普林斯顿大学、哥伦比亚大学、达特茅斯学院、布朗大学及康奈尔大学。

"芬兰"是一个出乎意料但能够救命的决定：他是去芬兰而不是去上一所如同松鼠转轮似的美国精英大学，尽管父亲认为他上美国精英大学是不言而喻的。

可是汉娜：就像一只看不见的手挤压着他的心脏。他现在就连这件事也应该告诉大家：他不会娶那个已经同他订婚的女孩了。乔嗅得出来，特别是父亲见到汉娜时是那么开心和如释重负的样子。

"可是你想要什么？"父亲问道，"你究竟想要什么？"

他想要阿莉娜，他想要去欧洲，去旧世界，他想要体验那种他们家庭及亲朋好友们没有体验过的生活，那种不是由他的母亲以及他从前的选择所预先设定的生活。他想要去的世界是一个可以身着西装骑着无挡的复古风格自行车去上班，而不是每100米路都要开着打扮成汽车的坦克。他想要脱离那种每一毫米每一个微小的转向感觉都是提前策划好的轨道，这些当然也都是他自己选择的。他想离开老乔治·布什的石油—战争—娱乐产业的帝国，去那个开放、文明、典雅的欧洲。那里的柏林墙已被推倒、苏联已经解体，那是一个人们可以坐在绿茵环绕的林荫大道旁的露台上品尝红葡萄酒、早上就着果酱吃黄油牛角的欧洲。在那里，非洲裔欧洲人没有被隔离到自己的学校和贫民窟；在那里，国家不会被超级银行家和大企业绑架，不会用纳税人的钱去拯救银行，而会为自立自强的女性提供长期的、如同棉球般柔软的带薪产假，以免除她们经济上的忧虑。他要去的欧洲，没有那种以愚昧的方式信仰宗教，为巴勒斯坦人辩护的人不会被视作自我仇恨[①]，即所谓否认自己的

[①] 原文此处为英文 self-hating。

根。在那里，人们不会把物种进化想象为观点问题，也不会去威胁那些在高水平医院做流产手术的医生，那里的人们依法有权做流产。

他想要的是这些。

可是实际上？他实际上想要什么呢？乔感到内心里被扎了一下。

"你当然可以去你认为最好的地方求职，"父亲说，"母亲和我都只是希望你幸福。"

"可是。"乔说。

父亲看着他。"可是什么？"父亲问道。

"可是，"乔说。"你说你当然可以去你认为最好的地方求职，我们当然希望，可是你的意思却是可是。"

"这是你的生活。"父亲说。他表情严肃地看着乔，说："你明白吗？那是你自己的决定。"

这个问题听起来像是，你明白吗，乔说，强迫自己看着父亲的眼睛。他听到自己的问题时也被吓了一跳，并立即看出他是怎样伤害了自己的父亲。父亲看起来老了，比以前苍老了许多。

乔想请求原谅并询问父亲是怎么想的，到底是怎么想的，他需要一个诚恳的忠告。不过他知道父亲是怎么想的，这正是他决定绕过的那一点，因为他整个计划的核心就是要证明父亲与母亲都错了，世界是另外的样子，与父亲和母亲所想的不同。

父亲眼睛看向别处，用试探性的声音说："芬兰。"他噘着嘴，品味着芬兰作为一种想法会是什么样的。

乔说赫尔辛基建立了一家顶级研发单位，但连他自己也听得出这听起来怎么样。

"乔,"父亲看着他说,"欧洲人有时可能会这样说,不过……"

"那里的人也做研究。"乔说,"信不信由你,那里也有大学。"

"乔。"母亲说。意思是:不要用那样的口吻和你父亲说话。

父亲看着他的眼睛,想要开口说点什么,但还是没有说出来。他看起来在与自己纠结,然后摇了摇头,重新开始说:

"让我再重复一遍,"父亲说,"让我把话挑明吧[①]。你从世界上最好的大学之一——洛杉矶的加州大学得到了一份终身轨道[②]的职位,可是你却决定要接受……芬兰的一个为期一年的博士后研究?"

乔的脸颊有些发热。

赫尔辛基与斯坦福、伯克利和牛津都有合作。他们谈论创新能力和网络化远比我们要多得多。

"乔,"父亲说,他看起来一副被逗乐了的样子,"你什么时候听说过任何斯坦福的人需要向谁说他们在网络化和创新能力方面怎样?"

"爸爸,你也许有所不知,"乔说,"现在有些欧洲国家包括一些小国的水平有多高。这是由于他们有着良好的基础教育和免费的大学。此外,工作在他们的生活中并不是最重要的。"

[①] 原文此处为英文 Let me get this straight。
[②] 原文此处为英文 tenure track。

"年轻时可能会有这样的感觉。"父亲缓缓地说道,即生活中一切均有可能。但是到后来才会看到,有些选择是非常关键的。

"正是如此。"乔说。

他强迫自己看着父亲的眼睛。

父亲看着桌布,显然是在试图消化上述信息。他看起来没有生气,乔想,然后努力深吸了一口气。他的心脏在剧烈地跳动。

父亲随后看着他轻声说道:"约瑟夫。如果你现在马上联系——如果你今天马上就联系——我想你还有可能……"

"爸爸。我不再给加州大学洛杉矶分校打电话了。我已经对他们说过我要去其他地方了。"

回过头来看,要想让自己重新与20年前的自己对号入座竟然这么难。是不是年轻的时候感觉自己很明智,认为诸事都会按照自己的愿望发展?认为只要坚信,世界就会朝着正确的方向挺进?

回过头来看,感觉可怕的真相是,他的离开很可能就是为了向父亲证明后者是错的。父亲在乔上大学高年级时禁止乔脱离学术研究,不让乔与他的朋友扎赫一起成立一家计算机领域公司。父亲对越来越小的计算机用不了多久就会卖到所有家庭的想法不能确定。乔不想变成父亲那样——消失在理论知识堆里的幽灵。他对能够完全由自己选择工作时间和工作方式的想法感到激动不已,想做出一番能改变世界的事情,甚至还能赚到钱。除此之外,大家都知道,已经行如僵尸的学术界[1],大学的世界,在精神上是

---

[1] 原文此处为英文 academia。

处在一种怎样的状况。

可是父亲当时说:"这事成不了。你要去上研究生院①,你要去做博士论文。"乔在51岁的时候仍然丝毫没有搞明白,到底他的父亲是完全正确还是彻底错了,但是父亲与他的对话以及明确无误的语气让他在当时无法反对。而在6年之后用一种同之前矛盾毫无关系且父亲也无法与其关联的方式来进行回击,则感觉很明智。乔在问到自己时也坚决否认这两件事情之间有任何联系,但实际上他之所以要去欧洲就是因为这在他父亲看来是不明智的。

"汉娜打算在芬兰做什么呢?"父亲在缄默了很长一段时间后问道。她能同样很容易地找到一份工作吗?汉娜听起来不是对哥伦比亚大学相当满意吗?

由于乔没有马上回答,母亲眼睛睁得大大的从厨房出来,以为自己知道是怎么一回事了。

"汉娜是不是怀孕了?"

乔咳嗽了一下。他尽管低着头,仍能感觉到头顶上父亲和母亲沉重的目光。

他无法抬起自己的眼睛,但是他知道母亲在厨房门口脚步僵在原地,张着嘴巴盯着他。静寂的状态仿佛持续了很久。他早就应该把阿莉娜的事告诉父亲和母亲:他要去与一个已经为他怀上了孩子的芬兰女子结婚,她敏感、聪慧、富于同情心、人很好。可是外面正在落山的太阳将窗户染成了粉红色,母亲到厨房为他们拿咖啡去了,他意识到父母一定要见到阿莉娜和看到他们在一起时才能明白,

---

① 原文此处为英文 You'll go to graduate school。

所以他就没有说这件事。

"我真的很喜欢汉娜①,"爸爸最后说,"我真的很喜欢汉娜。"

现在回想起这段谈话,乔也出乎意料地不禁摘下眼镜擦了擦眼睛。

他想到祖母说过的一句话:人在筹划,上帝在笑②。人算不如天算。

不知芬兰的那些夜晚是否留下了任何美好的回忆?为了能让阿莉娜睡一会儿,他曾在芬兰昏暗的公寓楼里四处走动,轻轻哄摇着在肩膀上大声哭闹的孩子。每天晚上,阿莉娜会用手持搅拌器将芬兰式土豆打成糊状,他再用勺子喂给塞缪尔吃。

当凯西碰了一下他的胳膊肘并用关切的眼神看着他时,他才意识到自己盯着系里研讨会议室的灰色地毯的时间太久了:"一切都好吗?"他迅速微笑着说了一句,"一切都好!"同时努力摆脱掉情感的影响。

站在前面总是那么兴致勃勃的斯坦·利波曼,他那像是安装了涡轮增压马达的PPT演讲在加速运转中,足以同美国娱乐与体育节目电视网③的美国职业篮球联

---

① 原文此处为英文 I really liked Hannah。
② 原文此处为意第绪语成语 Mentsch tracht, Gott lacht。意第绪语(Yiddish),是一种用希伯来字母书写的日耳曼语,约有300万人使用,多为犹太人。
③ 原文此处为英文缩写 ESPN,全称为 Entertainment and Sports Programming Network,即美国娱乐与体育节目电视网。前身为美国康涅狄格大学篮球队的一个报道组,从1979年诞生到20世纪末,成长为全球影响最大的体育有线电视网。

赛[1]解说员有一拼。利波曼是今年秋天最受关注的访客,而且乔知道利波曼特别期待着他的反馈。不过乔不得不先进行一番调侃,以便能与利波曼同处一室。利波曼在其所作的题为"猫的大脑皮层V2和V3区域间的横向联系"的演讲中,向系里的现场听众发问到,你们每个人曾经让自己的父母感到最受伤害的经历是什么?如果在某个地方的路上走着一个成年的男性,你在街上却认不出来他,那会是一种什么样的感觉呢?这个男性是自己的亲生骨肉。他讲的英语带着与阿莉娜一样动人的斯堪的纳维亚口音,他在大自然这个词前面使用定冠词the[2],听起来很滑稽,在谈到女性时则交替使用代词他和她[3]。

伴随着蓝绿色的火焰,赫尔辛基近郊电力火车的电缆接头就像焊工的焊枪头那样,在严寒中发出噼里啪啦的声音。在灰里透蓝的冬日上午,大片的雪花在昏暗的天色中静静飘下。寒冷的天气里白雪在靴子下面发出咯吱咯吱的就像干燥的聚苯乙烯塑料的声音。

在温暖的光线下,动物园小广场沐浴在8月下旬的阳光里。在三号线有轨电车上听着下面钢轨发出的哐当声。静寂的城市,犹如在地球边际的另一边。

乔记得他们在新家度过的第一个夜晚。北欧国家夏夜的清凉,芬兰公寓在一片静寂中呼吸。有什么东西在他的内心里燃烧,芬兰的城市就是有这样的味道。他望着四周,

---

[1] 原文此处为英文缩写NBA,全称National Basketball Association,即美国职业篮球联赛,简称美职篮。北美30支职业球队组成的男子职业篮球联盟,是美国四大职业体育联盟之一。

[2] 定冠词the,在英语中特指名词前使用的虚词。

[3] 原文此处为英文he和she。

在黑暗中看到门上的旋钮式门把手被陌生的欧洲式门把手取代，尽管已是初夏，但室外的水泥阳台至少在夜里仍然透着北极的凉气。不知到了仲夏时节天气会暖和到能上阳台的程度吗？

四分之一加仑的纸盒包装牛奶，在欧洲式的冰箱里显得细长而怪异。淋浴器生疏的开关。他的芬兰妻子，谨言慎行，彬彬有礼，此刻正睡在他的身边。这座城市的中心有着俄罗斯式的风格，到处都弥漫着一种东欧阵营特有的异国情调。

赫尔辛基显得如此美丽。在这里：此时此刻。

机场上的那一刻：肩上背着像灌了铅一样沉重的挎包，阿莉娜那由于失败和失望而变得又瘦又窄的脸庞。他们的视线，彼此无言相对，同时向对方表达自己的愧歉：请原谅，我不知道我无法做得比这更好。我自己也没想到会是这样，我不知道我会是这个样子的。

这是她在最后一刻显露出来的忏悔之意，假若仍然还能找到什么解决的方法的话。

一个刚刚学会走路的小男孩，一边兴奋地大声喊叫着，一边晃晃悠悠地沿着赫尔辛基——万达机场的地板向前走着。当男孩看到有这么大的空间任由他无拘无束地奔走时，脸蛋上不由得泛起了红光！塞缪尔，到这儿来，过来对爸爸说……塞缪尔，过来再让爸爸抱抱你。哎，塞缪尔！塞缪尔。爸爸马上就要走了……你看你就不能再……塞缪尔！

一岁的孩子嬉笑着，脸蛋圆嘟嘟的让人难以置信。他气鼓鼓地猛地挣脱开来，我不去，奔向另外一个方向。

他在最后一刻表现得很笨拙。他想要把孩子再一次好好地抱在怀里，说一声爱他，也拥抱一下阿莉娜，对她说一句谁也没有错，祝彼此幸福，彼此曾经有勇气去尝试，彼此因为有了塞缪尔而幸福。

可是就在那时——在决定性的最后时刻到来之前，要说最后的几句话像是如鲠在喉，他试图在心里头好好组合一番，这些话将会留下成为阿莉娜和塞缪尔对他的最后回忆——恰好正在那时他把头转向排队的人群，想验证一下是否很快就应该离开了。他只是想看一眼。

阿莉娜错误地理解了这一举动。当乔片刻之后转过身来，看到阿莉娜已经走远，迈着坚毅、克制的步伐朝着出口大门走去，怀里抱着一岁的孩子，那是他们的孩子，他们共同的生活。

乔就像站在一面钢化玻璃的后面一样，看着斯坦·利波曼如何像一个导游那样介绍猫的V5区域那些他最钟爱的犄角旮旯，以确保初次到访的人能明白当地宝藏的价值。

乔发现自己在考虑离开演讲厅马上去给阿莉娜打个电话。他要告诉她自己对未能与塞缪尔多保持联系而感到抱歉已经有很长时间了。他会说这让他感到心痛，但是他感到联系起来太难了。他会解释说，他们之间的距离太远了，这都是他的错，但是他也不知道儿子是否期盼他的联系，还是他的接近企图会令塞缪尔感到烦恼。他会说他从心底希望塞缪尔能尽早来到他们家里，这样他们就能再见面了。塞缪尔可以结识一下他在美国的家族，能待多长时间就待多长时间。

乔突然记起来，当初在芬兰时阿莉娜总是想要带他去郊游。也许塞缪尔的到来可以成为组织全家去哪里游玩的一个很好的借口，比如去国家公园、内华达大沙漠。他们可以带塞缪尔去死亡谷或者大盆地，或者只是去看一场棒球比赛。

这些想法让他慢慢平静了下来。当斯坦·利波曼讲到他的最后一张幻灯片时，他第一次听到利波曼在说什么——猫的V5区域的细胞，总而言之，就像是一个布鲁克林的大巴司机，根本他妈的不会在乎什么，但是到了紧要关头会帮助到任何一个人——这在乔听起来很有意思，他开始希望自己也听到了一点儿演讲本身的内容。

X.

星期天的早晨,电话忽然响起,乔正在为一篇准备投给一份优质报刊的劣质研究报告撰写评语。

他一个人在家。米里亚姆在学校参加家长协会的见面会,丹妮拉在游泳。丽贝卡也不在,但是他没有搞清楚她去哪里了。如果他试图去问她,姑娘会很生气。

让乔感到心烦的是,即使是写一个一般性的淘汰意见书也要在文章手稿上花很多时间。他现在没有时间写评价,他的工作已经堆积如山了。而且就像一直以来那样,特别是在工作很忙的时候,他当然不愿把自己的时间花在别人不达标的研究上,他只是希望这些东西从来就没有写出来过。

他在写评语时发现自己的思绪被引向了泰德·布朗和那家被称作自由传媒的传媒集团:他们的抵制是否会奏效。乔是组织这次抵制活动的关键人物之一。在自由传媒集团宣布要"发展学术出版服务"后,他们发起了针对自由传媒集团所有科学出版系列的抵制活动。由于现在大部分科学出版社都在该集团旗下,集团有可能单方面制定公众获取科学信息的条件。泰德·布朗现在有权事后就研究专家已经完成的工作向读者收取费用。

问题本身并不是什么新问题。专业系列出版物的出版商一直以来都在为他们的刊物索取毫无廉耻可言的订阅价格——尽管这些刊物的内容都是由大学的研究专家提供的，在很大程度上用的都是税收的钱。那些用于确定研究结果可信度的横向比较评论也都是由研究专家无偿撰写，并提供给布朗集团的刊物。可是假如纳税人想要阅读由他们出资完成的研究报告，则还要为此另外付钱给出版商。购买一篇文章的阅读权可能需要支付50美元——仅是一篇文章。假如只需要就一个较窄的题目了解一些基本信息，也不得不具备浏览几十或者数百篇文章的能力，因为在一篇单独的研究报告中有可能会什么都说。

问题最近变得尖锐起来，因为有一家数一数二的出版商将其学术出版业务出售给了自由传媒集团。自由传媒集团在此之前已经陆续收购了一些科学出版社，现在实际上已经不分领域地将绝大部分科学出版刊物纳入其麾下了。研究专家的工作结果、所有科学信息现在几乎都由自由传媒集团独家所有。乔也曾经在后来转移到自由传媒集团旗下的一些刊物上发表过几十篇文章。

自由传媒集团宣布从现在起，要么向大学的图书馆销售它的所有刊物，要么就什么都不提供。如果大学里有人需要做研究或者至少能够关注研究动向的话，那么任何一所大学都不可能停止向自由传媒集团支付订阅费用。研究文章是科学界共同的知识资产，每一个人都应该有权接触，否则任何一个研究专家都将无法生存下去。科学编辑是如此，医生、营养学专家、城市设计规划师、桥梁建筑工程师、环境毒理学家也是如此，他们都是如此。

乔有些不悦地起身接电话，心里对他正在评估的研究报告及其作者的自我修复能力感到惊讶。他以前曾经对发自相同的哈迪卡宁、孔布拉和厄斯特曼的同一篇手稿做过一次无情的批驳,当时他们是把它投到另一家刊物上,一家比现在这个更好的刊物。

他们在研究中把一切都做错了。实验动物按照奇怪的依据被随机分为几个小组,在做统计分析时就好像没有看实验布局似的。而且为什么要在研究中使用豚鼠呢?这样的实验一般都是用猫来做,因为这样做有很好的理由。对豚鼠的表现打分打错了,之后又试图根据神经细胞的变化情况从后往前地判断视觉系统的损伤程度。这项研究并不是"尽管有缺陷但仍令人感兴趣"或者是"尽管在方式方法上有局限但仍为视觉系统开辟了新的视角",如同哈迪卡宁、孔布拉和厄斯特曼们所坚称的那样。哈迪卡宁之流的手稿在哪一方面都没有任何新的建树,相反做的完全是无用功,他在评价中这样写到,因此手稿不能出版。豚鼠的眼睛确实瞎了,大脑也受到了损伤,但是实验做得如此糟糕,人们无法从变化中得出任何结论。

尽管刊物的主编作为一个明白人根据乔的建议淘汰掉了这份失败的研究报告,可是这篇不达标的手稿很快又会全然不顾乔牺牲掉的周日时间,带着一份正面的结论发表在《神经科学与实验生物学》[①]的垃圾出版物上。在这样的刊物上发表的文章可以成功地迷惑某个第一年读研的学生,他会浪费自己的精力对这份研究报告信以为真,而在某些地方又会有某位真正的研究专家粗心地引用了这份研究报告,以至于另外一个研究学者在未对资料来源进行核实的情况下就错误地以为哈迪卡宁、孔布拉和厄斯特曼得出的

---

① 原文此处为英文 Journal of Neuroscience and Experimental Biology。

结论是理智的。

部分由自由传媒集团出版的系列刊物——《神经科学与实验生物学》就是一个绝好的例子——在科学上是如此不堪，以至于人们只能把它们当成一个玩笑来看。还没有任何一家科学图书馆愿意主动为这些研究出一分钱。这些出版系列有百害而无一利，因为在这些系列中发表的研究报告通常看起来像是真实的，但是并没有像在口碑比较好的刊物上那样是经过仔细的评估以及在必要时可以被淘汰掉的。因此人们对这样的研究结果通常不予采信。每一位研究专家都可能犯错，就连最资深的也是如此，因此科学刊物在比较性评估方面切实担起的职责是至关重要的。也正因如此，乔就像其他任何一位研究者一样，也会在没有额外报酬的情况下定期奉献出自己的时间，通过评估、批评和提出改进建议的方式对那些要求出版的手稿进行审议。为了确保公众获取可靠的信息，需要科学界来确认哪些基础的知识是可信的。

可是现在由于自由传媒集团拥有了最受尊崇的出版系列，各家图书馆不得不——按照泰德·布朗制定的价格——也去订阅那些垃圾刊物，即那些对人类、对科学的地位，或许甚至是对地球的未来有百害而无一利的刊物。

"哈喽？"他一边对着电话嘟囔着，一边按下绿色的话筒图标，连自己也意识到了自己的声音听起来是多么气恼。

阿莉娜！他突然之间记起来了——他应该给阿莉娜打电话。那天演讲之后，他们全系一起与斯坦·利波曼去寿司哈娜餐馆聚餐，他忘记了打电话给阿莉娜。

电话里现在会是塞缪尔吗？他会突然问到为什么乔没有参与到他的生活中去？很快就将是复活节——难道逾越

节不就是他妈妈说过的要张开双臂迎接客人的时候吗？

不过电话里不是塞缪尔，而是丽莎。

唉：这件事他也没来得及处理。每个昼夜需要再增加4个小时，一直会需要，比4个小时再多一点儿也行。当他对着电话嘟囔时，他意识到自己看起来很生气，尽管他现在的任何问题当然都不是因为丽莎而起。

"乔，"丽莎说，她的声音沉重得令人奇怪，"你有必要到这里来一下。"

"实在对不起。看我这个榆木脑袋，我还没有来得及给芭比打电话。"

"不是的——"

"不过就让我们定下来让你明年做我的助教吧。明年肯定能给你找到什么职位。我保证。"

"听我说，"丽莎大声说，她的声音让他停了下来，"你应当马上到这里来一下。"

这样的语气他以前从来没有从丽莎口中听到过。

"发生什么事了？"

"快过来吧。"

在前往系里的路上他的心跳个不停，当他拐弯来到校园的停车场时，他看到了一辆警车。到底见了什么鬼了？身着蓝色警服的警长披挂着一应俱全的武装带正在询问乔的实验室助理露丝。那个长相甜美并总是乐于助人的露丝，现在看起来表情很严肃，乔马上明白了——

别，上帝啊，别——

哪个学生，本科生，是谁呀？

是奇普·祖科夫斯基吗？

人们在奔跑的那几步时，尽管只有一秒钟或者几分之一秒的时间，却可以很清晰地想起许多事情，表现得远比任何时候都更平静，这很令人惊奇：你的同事被枪击中了，而你却在想这些。人们在灾难时刻的感觉就是这样，十分理性，在受到惊吓之前，每一秒钟都延长了10倍。

有人发疯失控了，整出了个邮局①，干了哥伦拜恩②的事——他穿着黑色的长皮大衣，手持两部半自动步枪闯了进来，人们尖叫着冲向写字台下面寻找藏身之处，刨花板的碎片在四处乱飞，子弹砰砰地射穿宜家的斯堪的纳维亚风格家具。乔半跑着冲进彭博会堂，警察在门口拉起了类似电影中的那种黄色警戒线。上帝啊，是谁啊？

现在这样的事在我们这里也发生了，当然，为什么就不会发生呢？

千万别是奇普。

千万别是任何我们自己的人。

是一个别的什么人，一个我不认识的人，最好让他只是成功地击毙了自己。我们都是疯子，他的脑海里闪过这样的想法，我们建立了一个完全病态的社会：在芬兰不是这样，在任何文明国家学校里的学生都不会时不时地把自己的小伙伴在学校里用枪打死。这就是当人受到惊吓时的情形，会表现出拒绝，并让事件的意义不展现出来，因为在灾难中同时还会有一些几乎是让人感到满足的东西——

---

① 原文此处为英文 gone postal，意为发疯、疯狂扫射。美国邮局在20世纪90年代发生过多起邮局员工被辞退后持枪枪杀邮局同事的事件，由此便产生了这一俚语。

② 哥伦拜恩（Columbine），美国校园枪击代名词。1999年4月20日，两个持枪青年在美国科罗拉多州利特尔顿的哥伦拜恩高中枪杀13人后自杀，是到那时为止美国历史上最大的一起校园枪击案。

乔看到自己的想法竟有这样的结尾而感到十分恐慌——仿佛生活在突然之间才刚刚变得真实起来，世界被唤醒了。

受到惊吓时的感觉就是这样的。

眼前的这一秒钟已经持续了好几个小时，而整整一天到现在为止还只是一秒钟。

他试图去拉住门。一位蓄着胡须的高个子警察抬起一只手问他要证件。他依然犹如在梦中，他听到有人告诉警察他是实验室的主任。对不起，教授[①]。他走进室内，看到咖啡间里奶油色的沙发仍然是干净的，还有那富有格调但被证明是做工简陋的桌子，以及那些新的有着流线型塑料外壳的计算机。眼前的一切都完好如初，没有溅上血迹，这反倒令人感到恐惧，因为到底发生了什么还要走到前面拐过墙角才能知道，现在能看到的只有这幅静止的画面，静物[②]，一幅不真实的构图。

这种梦幻般的体验在他看到丽莎时才被打断。时间又开始向前跳动。从丽莎的表情可以看出，没有人死掉。丽莎看起来主要还是一副厌倦的神情。

直到现在，他才意识到心脏跳得有多快。他不得不倚靠着厨房角落的一张桌子。

"坦白地说，"丽莎说，"我一直在想，发生这样的事只是个时间问题。"

"发生什么事了？"

丽莎示意乔跟她一起走到他的办公室所在的走廊。办公室的门横躺在地上。

他首先看到了校园的安保主任，后者向他打了个招呼。

[①] 原文此处为英文 Sorry，professor。
[②] 原文此处为英文 still life。

安保主任旁边站着一位警官，手里拿着笔和记事本，正在记录着什么。两个人的表情都不像是有人被射杀的样子。

"查耶夫斯基教授？"警察说。

乔在自己办公室的门口僵住了。计算机的硬盘、风扇、主板和显示器胡乱地被扔在房间中间的地毯上。从散落的碎片中可以清晰地分辨出靴子踏在上面留下的黑色脚印。

办公室之间的隔墙上有锐器留下的痕迹，有些地方划破了墙皮。安保人员判定，这显然是有人将被淘汰的旧的金属外壳外接硬盘当作资料备份摔到了墙上。墙面上还被甩上了一些墨汁或者颜料，他的工作座椅上还有一些红色黏稠的东西。

"有任何人受伤吗？"乔问。

"据我们所知没有发生这样的情况。"警察说，有片刻时间乔感觉到警察正在格外认真地观察着他的表情。

"我不相信今天上午这里除了露丝和我以外还有别人。"丽莎说。

"这是昨天夜里发生的吗？"乔问。

"正在调查中。"安保人员说，他也表现出职业性的冷静，一副什么都见过的样子，他是在做给警察看吗？安保人员突然之间因为自己的工作和整个生活的意义而散发着光芒，就好像他并不是在一所轻松自在、有退休保障的私立大学岗位上工作似的，因为在那里从来不会发生比小偷小摸更严重的事。

乔查看着自己椅子上那摊微微发亮的红褐色液体。他出于好奇刚刚准备要用手指蘸一点点，但最终还是没有这样去做。

"这是什么？"

"正在调查。"

"糖浆、食品用颜料和水？我说得靠一点儿谱吗？"

"您知道不知道谁有可能这样做的动因？"警察问。

乔的额头紧皱着。他在盯着房间里的地毯看。地板上一堆堆灰色的碎屑很显然是灰烬。他们到底把什么给烧了？

"他们是怎么进来的？"乔问。

提出这个问题后他才下意识地看一眼他房间的门。门框上有一个难看的羊角撬棍大小的洞。

"真是雅致得令人羡慕。"警察一边说，一边用手抹着胡须。安保人员听到后憋不住笑出声来。这有点太张扬了，乔这样想到。

木屑撒满了一地。尽管门是锁着的，但是如果有足够强悍的工具当然就可以轻轻松松地把普通的办公室门撬开。

乔注意到丽莎在用期待的表情看着他。

"你去看了实验室了？"

乔匆匆跟在丽莎的身后向另一个走廊奔去，走廊的白砖墙上用大写的黑色字母写着：

活体解剖是科学欺诈[①]

活体解剖，动物实验，动物解剖，都是科学欺诈。

科学欺诈？

乔的脉搏越跳越快，他已经开始朝着动物科室跑去，但是丽莎抓住了他的手臂。

[①] 原文此处为英文大写 VIVISECTION IS SCIENTIFIC FRAUD。

"一切都好。"

"一切？"

"是的。"

"B号笼子也是？"

"所有的。"

"都没事？"

"是的。"

"你看了日志登记文件了吗？"

"看了。连走廊都没有到过。"

乔必须去确认一下。仅仅是打开一下灯就可能打乱动物的昼夜节奏，还有可能把某项实验搞砸。

关着白鼠、猫和猴子的实验室的安全管理系统非常严格，特别是猴子实验室，非法闯入者是无法进入的。外人也不可能知道动物都关在哪个走廊里。

有人试图撬开厚厚的钢门，看来也是用羊角撬棍。套在门框上面的金属外沿已经被撬歪，油漆也脱落了。

"外行。"安保人员对警察说，就像一个青春期的孩子对比他大的男孩那样。警察捋着他的胡须。他似乎没有听到，安保人员明显很失望。

在所有办公室中只有乔的办公室被闯入。灰烬后来被证明是来自他的纸质文档中的研究报告意见书。闯入者烧毁了特定文件夹中的所有文件，即那些与伦理委员会相关的文件夹，乔在过去五年间出于义务一直担任该委员会的主席。

这些纸质的拷贝没有任何意义，是出于形式要求才打印出来的。闯入者也许在臆想借此延缓研究——假如他们明白他们销毁的是什么。他们或许在想，在开始进行实验前或者将结果发表前这样做,研究者现在不得不为正在规划中或者已经开展的研究去申请新的许可。其实此前颁发的许可已经通过电子方式发送到了许多地方,也发给了申请者本人。

实验结果本身并没有存放在乔的电脑里,所有资料都做了双份备份。不过有些尚未完成的结果分析、手稿版本、征求同事意见的手稿和研究资料现在需要重新搜集。这要花去一些工作时间,否则这些时间可以被派上更好的用场。

唯一彻底失去的是他从照相机移存到工作电脑里的一些照片:丹妮拉和丽贝卡身着万圣节服装、生日蛋糕、完成博士论文答辩的研究生、德国的博士后汉斯告别时拥抱丽莎、查德的终身职位庆祝会。

这样的骚扰已经持续了一段时间了。以前的事件,正如大学安保负责人所称呼的那样,事件[1],相对来说都是无害的。看起来像是青春期的孩子所为。

建筑物实验室一侧的外墙和窗户有几个周末都被涂鸦——用黑色水笔画的教堂船和骂人的话。尽管同样的事情发生过两次,但是恶作剧看起来并不像是连贯的或者是特别针对某个人的。

安保主任猜测,可能是一个来自男学生会被称作校园兄弟会[2]的团伙,喝醉了酒在校园里到处游荡找乐子。半大的公狗在向母狗展现自己。安保主任似乎对整件事情并不是特别感兴趣。乔记得他在他们面前那种居高临下的态度,就像久经沙场的军人那样用父亲般的宣教在指出什么是真

---

[1] 原文此处为英文 incidents。

[2] 原文此处为英文 frat boy。

正的安全威胁和激进的伊斯兰分子，以及恐怖主义实际上指的是什么。

当第一张纸条出现在系里乔的邮箱里时，他还不清楚这究竟与恶作剧之间是否存在什么关系。信息简短而精练，语气明确：

如果以折磨为工作，
那么自己会安全吗？

安保部门对待这条信息的态度与在墙上乱涂乱画完全不同，那些东西只需校园保洁人员用水和肥皂清洗掉了就行。乔则要去一趟安保部门见一下主任，告诉他自己有没有敌人（据他所知没有），他认为谁会有可能写出这样的威胁性言论（某一个狂热分子？）以及为什么他会被选中作为目标（他的邮箱正好在中间位置？他的名字又正好在刊物上被提及？）他要向他们保证，如果又发生了什么奇怪的或者不同寻常的事情他会马上报告（当然，感谢你们的帮助）。

他当时并没有把纸条的事太当真。现在发生了闯入事件后，安保部门的头儿敦促他还是不要在天黑以后单独一个人在校园里走动。这着实让他吓了一跳。

真的要这样？

他现在是不是要雇一个陪护的人？一个肌肉发达的退役警察，戴着黑色的眼镜，耳朵里塞着纽扣耳机，拉着弯弯曲曲的导线，就像小说中、劣质的侦探小说中描写的那样？

他不想因为一张纸条的事或者这一团糟的场面去麻烦任何人。他突然意识到，这里还有一些让人甚至会感到很窘的东西，就好像原因从根本上讲还是出在他身上一样。

但是现在的问题已经不单单同他有关,也成了其他人的问题了。假如这些捣乱破坏者闯进实验动物的地方,在最糟糕的情况下还会危及某一位前途远大的研究生的博士论文及其职业生涯,至少会造成延宕。

他给芭比·弗莱施曼的手机打电话。芭比从西雅图的一个会上接听了他的电话,感到很吃惊。他们没有在周末相互通电话的习惯。

芭比听起来很紧张,乔意识到她的演讲马上要开始了。芭比是属于那种在场面宏大的大厅做主旨演讲①一点也不会感到紧张的人。她可是每周都要在那些最著名和最挑剔的同事面前做演讲的人!不知什么原因,正巧赶在要去大会演讲之前的那几周里,所有的事情都让芭比感到烦躁和担心,那个该死的柜子门怎么还歪在那儿,怎么在这里就没有人管管大家的事!

可是当她听到发生了什么事时,芭比震惊得有一会儿连自己的讲座都差点忘了。

"上帝啊。"

"就是这样。"

"是在我们那儿吗?!我以为是在别的什么地方……你知道吗?在帕金菲尔德股份有限公司②——就是那些试验化学物品,以及,以及——洗衣粉的企业——"

"我也是这样想的。"

"是针对基础研究人员的吗?"

"那准确地讲也正是我最开始的想法。"

"那些人是谁呀?"芭比问,"他们都是从哪里来的?"

---

① 原文此处为英文 keynote。
② 原文此处为英文 Parkingfield Inc.。

"听说这些事在其他地方也发生过。"

"你是说加州大学洛杉矶分校（UCLA）的那个伙计吗？他叫什么来着？"

"西波维茨。"

"是叫这个名字啊？"

"听说他已经放弃了。最终。换了个领域。"

芭比沉默了片刻。接着说：

"科学欺诈？"

"是的。"

"这究竟是指什么呢？"

"不知道。"乔说，"不过我或许明白他们为什么不用人造血在墙上写上人们对动物实验的合法性持有强烈的不同意见，因此我们现在应当一起就此进行一场彻底和平和的讨论，以让所有人都感到他们的意见会被倾听。"

芭比的笑声听起来很重要。

回到家里，米里亚姆表现出的同情让人感到很舒心，她给了乔一个长久而温柔的拥抱，为他倒了一杯葡萄酒。或许也不必为此做更多的事了，乔想。人们在纽约9月11日和伦敦地铁炸弹袭击后都做了什么？他们照常回去上班。人们更要强调他们在正常生活，并且要尽可能快地这样做。好吧，也许纽约不是这样。但是伦敦就是这样。

"那是一个我在考试中给了D[①]的什么人。"乔后来在

---

① 美国大学多采用四分GPA制，分为五级：A为总分90%及以上，即优，Excellent；B是80%—89%，即良，Above Average；C是70%—79%，即中等，Average；D是达到60%—69%，属于及格，Minimum Passing Grade；F为59%以下，即不及格，Fail。

晚上说,"那人有一阵很不开心,然后就把这件事忘到脑后了。"

米里亚姆坐在自己的办公室里。她正在键盘上敲打着什么一刻也不能耽搁的东西。当今人们的事似乎都是一刻都不能耽搁。乔望着米里亚姆聚精会神的被电脑屏幕映照成蓝色的脸,以及她那纤细俊秀的手指,他忽然想触摸一下它们。

"啊,打的负分啊。"米里亚姆面对着便携电脑说,"往往是这种情况才引起轩然大波的。"

指尖触击键盘的声音一刻也没有停下。

米里亚姆从来没有想到过要多么认真地对待这种情况,这让人多少感到有些安慰。米里亚姆有一种特殊的能力,就是当其他人都不知所措时她仍能保持冷静。她在自己所在的系里就曾经面对过一些情况。当她刚刚得到终身职位时,人们就想让她担任语言学和心理学系的系主任。她处理过罕见的从大学开除教师的案例,曾与系里一位并未完全搞清楚师生之间微妙界限的年轻教师[①]谈过话。米里亚姆还非常称职地担任其所在领域最佳期刊的科学主编,其职责是每周签发我们很遗憾地通知你[②]一类的信函,我们很遗憾地通知你,可是遗憾的是,等等。这个角色有时还包括在做出决定后会收到一些针对个人的谩骂或指责信。

当他们相互认识时,正是米里亚姆的才智及理性处事的能力吸引了乔。这个穿着女人味十足的长裙、身材苗

---

① 原文此处为英文 faculty member。

② 原文此处为英文 We regret to inform you that。

条且个头不高的女人早在头几次见面时就显露出是一个比他更能言善辩、在遭受挫折时不是发出尖叫而是熟练且自信地安排落实好各项事务的人。在华盛顿特区他们第三次约会后的深夜时分,当米里亚姆最终同意到他那里去喝一杯时,乔其实已经做好希望落空的心理准备了。性爱会使人变得冷淡而疏远,最好的情况是中等水平的流畅顺利。他们在智商方面的波段太过于相同了,他们的身体会对这种情况通过相互排斥而做些平衡。但在他们第一次接触之后就已经很清楚了,这种担心是多余的。他们在一起的感觉太好了,以至于他们都不敢相信这一切都是真的。

不知为什么,乔曾经希望米里亚姆今天晚上不要再做任何工作。不过他感觉很难提出这样的要求。当然另一个人的工作不一定能变通,虽然他突然想要过一个夫妻生活之夜。

所有人的生活都在继续着。理应如此。

他发现自己正在往下楼的楼梯走去,也完全不清楚是为什么。地下室温馨、厚重的气味总会让人想起一些与孩提时代有关的东西:桌式足球台、石砖墙面、地毯。

萨拉在楼下正在把要洗的衣服从衣筐里取出塞到洗衣机里。当她看到乔时便抬起了目光。乔有片刻时间感觉好像是在自己家里闯入了一个禁区。

他问萨拉是否已经听说了。

"听说了。"萨拉一边说,一边用担心的神情看了他一眼,然后把洗衣粉倒入洗衣机。"米里亚姆说的。真恐怖。"

萨拉是乔想要保留与芬兰之间的某种纽带的不幸尝试。

他们通过电话面试了好几个想要成为互惠生①的应征者。米里亚姆本想要选择另一个加拿大人，但在乔的请求下同意了萨拉。

同萨拉之间或者通过萨拉与芬兰之间并没有产生什么特别的关系。特别是在一开始时，当他们家里来客人时他们经常会邀请萨拉留下来一起吃晚饭或者加入他们的谈话，但是萨拉不愿意在工作时间以外同他们有任何关系。这一做法看起来是原则性的。萨拉也从来不向乔或者米里亚姆打听什么传闻，或者对他们从事什么工作表现出兴趣。萨拉负责照看孩子、做饭、打扫卫生，这是双方商量好的，但是在其他时间她要待在自己的时空里。这让大家都感到奇怪，因为这个女孩看起来在城里并没有任何熟人。萨拉在他们家里马上就要待满一年了。

乔看着萨拉正在把两个女儿的衣服一件件地放入洗衣机里：印着闪亮银字的浅红色短袖背心、带有精心模仿磨损痕迹的黑色牛仔裤、内裤、针织紧身上衣以及一些乔叫不上名字的衣服。其中许多衣服他以前从没有见过。衣篮里总是塞满了丽贝卡要洗的衣服，都是新的，而且看起来还很干净。而丹妮拉则需要萨拉不停地向她索要脏衣服，衣服也总是那同样的几件，直到米里亚姆强迫她一起去逛商店。

---

① 互惠生（au pair），法文"互助、互惠"的意思，1900 年起源于欧洲，1986 年成为美国官方项目。特指青年学生到国外学习他国语言和文化并以家庭成员身份住在外国家庭，由接待家庭提供免费食宿和零用钱、国际往返机票、语言学习补贴和保险等待遇；互惠生则主要承担陪伴孩子和分担家务的工作，同时在家里教授介绍本国语言与文化，达到双方互惠互助的目的。

乔想，他应该问一下那些研究生，最近这段时间是否有哪个本科生因为考试得了一半分数来吵闹过。或者有哪个想要把自己的考试成绩从86分提高到86.25分的人。

当然会有：系里满是那样的人，那些反反复复唠叨着同样事情的人，那些医学预科生，他们能否进入医学系以及他们整个未来的生活似乎都取决于这次考试的0.25分。实际上也确实如此。

芬兰的国家地区号仍然会不假思索就能记得。这个号码这些年来一直都保持不变，体现了某种唤起世人信任的执着。他发现自己听到伴着北欧音符熟悉而响亮的电话铃声时感到很高兴，从铃声中马上就能听出来是在向国外打电话。旋律中有着某种与芬兰人如歌唱般的奇特语言中相同的东西，明亮而陌生，其中缺少其他欧洲国家语言中所包含的爆破音。

乔发现自己有时也会思念芬兰，想念那些穿着灰色与黑色衣服的人们，他们每天早上忧伤地站在公共汽车站，就好像是刚刚失去了所拥有的一切。

"是阿莉娜吗？"

乔对未能来得及早一点儿回电话向阿莉娜表示歉意。他深吸了一口气，然后告诉阿莉娜发生了什么事。

尽管他在电话里看不到阿莉娜的脸庞，但是他从长久的沉默和阿莉娜呼吸的声音里可以听得出阿莉娜很害怕。他发现自己在述说的时候避重就轻并没有告诉她一切，其中包括唯有他的办公室被砸了。阿莉娜听起来已经很疲倦了。

乔问塞缪尔现在是在美国的什么地方。阿莉娜不敢肯定，她说也许是在俄勒冈州。

"那么他现在都在做些什么呢?"乔问。

他还记得塞缪尔的高中毕业考试,从那时到现在肯定已经过了有两三年了。儿子曾以优异的成绩从高中毕业。阿莉娜说过他对生物学感兴趣,这让乔感到开心。

阿莉娜略带紧张轻轻地笑了一声,乔记得这同20年前的笑声一样。

"他的生活中发生了一些相当……大的转折。"阿莉娜说。"在他离家时我们之间曾发生过一点点争吵。或者说实际上发生了不小的争吵。"

"是吗?"

"嗯,是这样……我本不想用这件事给你添什么麻烦,因为我们之间也不怎么经常通话。只为不好的消息打电话总是感觉有点愚蠢。但是塞缪尔在高考之后遇到了一些困难。"

"是吗?"乔说。

不怎么经常通话。乔感觉自己的良心在隐隐作痛。他已经有很多年没有听到关于阿莉娜或者塞缪尔的消息了。

"是的。现在他加入了那些……或者说,那些他现在同他们一起行动的人……唉,我们之间其实也不是能对所有该谈的事进行沟通。"

"那现在是不是一切都挺好的呢?"

"嗯,这个我也……不知道。他总是生吞活咽一些太大的东西。他在许多事情上都是……他不会保护自己。"

同样的笑声。

"他现在做什么呢?在上学吗?"

"他在那样的一个公司干了一段时间了。"

"他工作了?"

"是的。或者是作为……实习生。他也领到了正经的工资。但是接下来……嗯，说来话长，不过他现在实际上遇上了一点点小麻烦。并且是同法律事务有关的。"

"他是做了什么事了吗？"

一段长久难熬的沉默。乔不敢肯定阿莉娜是否还愿意让他问。接着他听到：

"这边现在已经在议论这件事了，电视里昨天也播放了那些、那些……不是什么特别好的——或者说在我看来，他们并不是在所有事情上说的都完全是实话。"

"他是遇到什么麻烦了吗？"乔问，"我能帮上什么忙吗？"

阿莉娜叹了一口气说，就好像根本没有听到乔的问话一样：

"感觉好像现在年轻人的生活也忒难了。他好像在扛着全世界的难题。或者说也许是我在扛着。可是他对什么都不在乎。我也许不这样——我应该做一个更好的母亲。我们……我感觉我总是在跟他说什么事情会搞砸以及他不应该做什么事，等等——我把事情搞砸了。我丈夫亨利，他也同塞缪尔吵了一架。"

"吵架？"当阿莉娜不再继续说时，乔问道。

"是的。"阿莉娜说，"当我们的小儿子乌科——他被诊断出，或者说他被确诊患有一种成长性障碍……我们也不知道。我应该是——我不知道怎么……"

乔等着她说下去，但是她没有再继续。

"你不想说得更详细点？"

"我无法……如果可以的话，我们还是什么时候找一个更好的时间再聊吧。我现在不能……坦率地讲，我现在无法说。"

乔听到阿莉娜的声音在颤抖。一股充满关心的暖流涌上了他的心头。乔希望自己能在同一个国家,能看着阿莉娜的眼睛对她说,一切都会好的。

"我很愿意帮忙。"乔说,他能听到自己声音中透着的无助,"假如我能做点什么的话。"

一声抽泣。长时间的沉默。接着,很轻的声音:"好吧。"

"你告诉塞缪尔欢迎他到我们这里来。"乔说,"把我的电话和我们的地址给他。我母亲还住在纽约。如果塞缪尔在那边什么地方的话,我母亲也肯定非常乐意把他接到家里去。假如我能做点什么的话……"

"谢谢。"

他感觉在阿莉娜的声音里有什么东西在说,这不会发生。

通完电话,时间已经是早上8点多。乔往常这时候本已到系里了。他的事情总是太多。去年秋天他就答应过出版社出版一本书,整个学期都等着他动笔来写难度很大的第三部分。尽管如此,乔发现自己仍然坐在厨房里。

一个来自另外一个世界的陌生人:这一定是他给自己儿子的印象。一个外星人[①],出于某种不可知的原因于每年秋天都给他发去一张明信片,上面写着:

טונה שבה

新年好[②],好年头,新年好!

---

① 原文此处为英文 Alien。
② 原文此处为希伯来文 Shana tova。

明信片很难选。新年好听起来很虚伪。

当丹妮拉出生时,他在妇产医院表格的宗教一栏填写的是:量子理论,目前如此。①他对儿时的希伯来学校②即神圣学堂留下的印象主要是艾米·戴维森,他曾经和她一起在院子里试着把舌头放到一起。

对老一代人来说,他们与宗教之间的关系依然十分简单清晰。出于已知的原因。可是即使对丹妮拉来说,生还者③这个词无疑首先让她想到的是电视节目。

另外,正如他母亲不请自便地主动提醒他说,他是他儿子与整个家族根源之间唯一的纽带。什么样的明信片会不虚伪呢——在星条旗前面带微笑的总统?来自美国的问候④?一张幽默明信片上一对胖得像水桶一样的夫妇?

来自对自己孩子一无所知的父亲的任何东西都显得不自然。他完全不清楚他的儿子是怎样看他的或者自己另外一个祖国的,以及自己的儿子是否愿意与他保持联系。

每年秋天发送完明信片后,乔总会想起他在芬兰对芬兰人来说只代表一件事——通常是国籍。所有他的言行都会拿来与此相比照。他在所有人面前代表了神秘的美国人身份,在芬兰人柏拉图式的时空中加以修饰,通常会与他自己的观点完全相反。接着是芬兰人的赎罪,比把美国人呆板地模式化更加伤人:可是你并不是那么像美国人啊。

---

① 原文此处为英文 quantum theory, for now。
② 原文此处为英文 Hebrew School。
③ 原文此处为英文 survivor。
④ 原文此处为英文 Greetings From The United States。

芬兰人对美国式的理解同圣经地带的福音派和中西部的红脖子①一样。在美国当然也有人认为乔和他的朋友圈、家庭以及同事并不是真正的美国人，因为他们既不看福克斯新闻频道也不支持持有枪支，而且反对美国在中东的征战以及以色列的过度使用武力。在芬兰，人们在某种意义上与住在得克萨斯的人一样：成了独守自己观点的孤家寡人。

在芬兰生活从某种意义上来说其实挺容易。可是他感觉芬兰人在许多事物中只能容纳一种正确的立场。或者说这也许只是一种表面现象，因为他作为一个外来人还弄不明白那些细微的差别。但是令他自己也感到惊讶的是，他发现自己在芬兰也希望大家不要根据他出生的地方就判定他一定会过圣诞节。他感觉自己的反应挺奇怪。在家里每年一度的讨论中过圣诞节也几乎总会胜出，他本人对过圣诞节没有任何意见。实际上他挺喜欢圣诞节的。问题其实还是在于如何选择。他在纽约的堂表兄弟姐妹们也总是过圣诞节：先看场电影，然后去吃顿中餐。乔意外地发现，他还是希望有人——至少一个人，谁都行！——能以某种方式注意到，事情并不一定就必须是大家以为的那样。可是所有的国家都有自己的风俗习惯，外来的人要入乡随俗。

---

① 圣经地带（Bible Belt），指美国东南部及中西部注重从基督教新教福音派立场来诠释《圣经》的各个州，与自由派新教宗派的东北部和以不信教者为主的西部形成鲜明对比。中西部的红脖子（Midwest Redneck），指美国中西部和南部的中下层白人群体，主要是一些农场主和以前的产业工人，大多经济不富裕、受教育程度不高、观念比较传统。

即使在美国，乔也从来没有像他母亲所希望的那样在家里的门廊上安装一个门柱圣卷[①]。在芬兰当有人问到乔时，他很愿意谈谈自己的家族根源，但是在这样一个每个人的父母以及祖祖辈辈都是来自芬兰的国家，宣扬自己不同的家族根源会让人感觉有些滑稽可笑。在芬兰，当然也不会有人知道这是有关什么的问题。他不得不耐着性子从头向人们解释，门柱圣卷是一种装饰物件，里面放着写在羊皮纸上的希伯来圣经片段，寄托了人们想要铭记生活中最重要的事情的愿望。或者说他是这样理解的。

在整个宗教传统中，有些东西总体上会让人感到很烦琐，但是其中的原因似乎比他想象的要复杂得多。在芬兰，他从来没有想过要把门柱圣卷挂出来，但是有时却会突然注意到门楣上有一块地方突兀地空了出来，这样的情况以前在家里可从来没有发生过。空旷的墙壁感觉同某种绝对的要求有关：要么将整个门柱圣卷挂上，要么就什么都不挂。它不能在特定的光线下作为某种保留带着重要的脚注出现，尽管这也许符合实际。

这难道就是它应有的部分含义吗？他突然明白了。

结交芬兰人被证明是颇具挑战性的。尽管研讨会的房间像玻璃房一样敞亮，但系里其他地方的走廊却都有些昏暗。这样做显然有其目的，人们在黑暗的掩护下可以更方便地悄悄进出自己的房间而不会被别人察觉。

在芬兰的头一个月时间里，他以为大学已经关门了。

[①] 原文此处为希伯来文 mezuza，意为门柱圣卷，犹太教徒安装在大门右侧门柱上的长方形经文楣铭盒子，内装记有希伯来《圣经》文字和神的名字的羊皮纸卷。

这里是5月底就开始休假了吗？还是说这里的人们就像是在法国一样一直在闹罢工？

乔有几次从办公室出来时发现走廊上有一个咕噜姆式的人物[1]，看到乔时他会变得僵硬，一眨眼工夫便嗖的一下回到自己的洞穴里。有几次乔想要向他介绍一下自己，但是这个人物马上逃到阴影里。他是系里负责宣介和处理国际事务的秘书，这在一年后才搞清楚。

乔渐渐学会了，如果能够在原地静静地待上长长一段时间并且留神不要吓到别人，就有可能看到芬兰人偶尔闪过。特别是在冬天的时候，他们在天色昏暗的清晨起床，在下午蓝色的光线中无声无息地来到走廊上，独自游荡，悲哀得一句话都不说。到了夏天，芬兰人则有好几个月消失在他们的夏季小屋里，整个国家甚至都可以神不知鬼不觉地被悄悄占领或卖给外国。

在咖啡厅里，人们有时可以把芬兰人逼到墙角，让他无处可逃。但即使这样也未必能展开一场真正的交谈。如能成功地与芬兰人开启交流，在最艰难的那两三分钟里，他一般也只是用单个的词来回答，身体僵硬、呼吸急促、眼睛被吓得大大的、四处搜索着逃生路线。

唉——他至少不用担心在应该离开之前会陷得太深。对写东西来讲，芬兰式的修道院生活倒十分合适。

幸运的是，他同瓦伦堡可以交谈而不必担心后者会三步并作两步地离开。他问过瓦伦堡，系里的研究人员一般都在哪里见面。有些合作他们不得不找个地方去面对面

---

[1] 咕噜姆（Gollum），亦称史麦戈（Sméagol），托尔金小说《指环王》中的人物，为霍比特人3个支系中的史图尔人，曾是魔戒持有者，将其喉间发出的声音命名为咕噜姆。

地进行。难道系里在哪里有一个他不知道的秘密会议场所吗？像实验室会议、系里的自由讨论会和客座讲座都在哪里举行？研究人员在哪里讨论他们的研究成果以及如何共同推动他们的研究项目？

"在桑拿里。"瓦伦堡说。

他的表情是如此严肃，以至于人们不可能会认为他是在开玩笑。

后来，当乔意识到自己好像是在按照教科书一样从文化休克的一个阶段转入另一个阶段时，他不禁感到十分好笑。

蜜月之后出现了危机。一些在起初感觉很有趣的小事开始变得令人感到厌烦。为什么在任何地方都吃不到墨西哥餐？为什么谁都不同人打招呼？为什么谁都不自我介绍也不相互介绍，特别是男人，大家都表现得好像他们不是在一间屋子里一样？难道日复一日地躲避相互的目光接触不让人感到难受吗？——仅仅是为了不想说点什么？为什么在芬兰的讨论会上声援支持只是女人的任务？为什么同事之间对彼此在做什么不感兴趣？为什么谁都不愿意参加乔试图推动的本系研究工作研讨会？他在以前的所有工作岗位上曾经有过的集体科学研讨活动一下子全都枯竭了，这将会被视作彻底的职业毁灭和社会死亡以及最终放弃一切的标志。

难道这些人真的就对彼此恐慌到如此程度？宁愿一个人做不好任何事也不愿一起做好一件事？难道不应该同其他人谈谈自己的想法，以便能够一起将其变得更好？假如结成同盟在硅谷是明智之举，为什么在与世隔绝的森林中间的犄角旮旯就不是这样呢？可是芬兰人显然想要按照自己的方式去做所有的事，单打独斗，没有外界帮助，与老伙计们一起，就像从前那样。在芬兰，特别是男人都想要独自去做所有的事，独立地、坚强地、富有天赋地，因此别人对他们的工作既不能做出反馈，也不能提出问题，即便是那些能够让他们变得更有天赋的帮助。出于同样的原因，他们不让女人参加他们的游戏，除了那些最听话的可以参加一些辅助性的工作。相对于不起眼的工钱，那些聪慧受过良好教育的女人资质真的是太强了。在这个承诺男女平等的国家，女性总是被挤压到边缘地带，她们在孩子出生之后被留在家里三四年，她们为作为母亲有选择的自由而骄傲不已。所以尽管芬兰人工作十分勤奋又有天赋，但仍然不能让自己的企业走向世界，乔想：之所以如此是因为他们不肯相互帮助，而是在所有事情上都是孤军作战，失败之后则又像高中生那样感到无地自容，把自己灌醉。

但是，这也许只是在局外人看起来是这样。他很难去说三道四，因为他并不完全了解他们的体制是怎样运转的。在芬兰，至少女性不会像在美国那样整个后半辈子都不工作，美国的*工作与生活平衡*[①]是一个引人入胜的乌托邦，就像外空生活一样，极具异域情调，让人狂热地幻想，但是并不真正能出现在视野中。尽管这听起来不可思议，但是女性在芬兰显然真的可以脱离工作岗位半年时间，然后再好像什么都没有发生过似的复职，甚至还会进入领导阶层。不过这也许是都市传奇——很难说人们值不值得听信所有传闻。

[①] 原文此处为英文 work-life balance。

乔下决心不卷入美国大学中称为政治的东西。可是芬兰人是否真的认为,一个花了15年时间独自在赫尔辛基完成博士论文的酗酒男人,在申请同一个定期岗位时要比去年刚刚在剑桥完成答辩的年轻女人更具资质?

他试图为这位女性说话,这在后来感觉成为一个转折,在那之后他很难再像以前那样看待芬兰了。这位女性在纽约大学完成本科学位,在剑桥完成博士答辩,现在想回到芬兰,因为她想在自己的国家养育孩子。乔有一次在一个会议上见过这位女性,她看起来富有幽默感又很友好,她在过去几年做过一些讲演,并在美国引起了人们的注意。这位女性是一个很好的表述者和代言人,她的一些新颖的想法也因此特别是在英国受到热烈的欢迎。

乔把这位女性想象成芬兰人梦寐以求的人选。而且她还是在芬兰出生的,假如这一点也很重要的话,浅色肤色,信奉路德宗,假如必须要这样的话,母语讲芬兰语!会说流利的瑞典语——芬兰的另一个官方语言不是俄语——如果在芬兰要想谋到一个职位就应该做到这一点。

但是这个为期3年的职位并没有选择这位女性而是一个男人:那个从不讲个人卫生、每天穿着拖鞋在系里的走廊里蹑手蹑脚走了10年的男人。这个男人这么多年来没有发表过任何东西,也从来没有在国际上发表过任何文章。对此,乔也许还不敢妄加干预——因为芬兰有一些国内出版的系列,在世界上其他人无法阅读——但是接下来他发现这个职位的领域在最后一刻改为只适合男性申请者。

乔出于震惊,好不容易开口问道,难道这样一位更为出类拔萃的女性就这样被有意排除在外吗?人们对他耸了耸肩:资质可以是很主观的。情况就是这样。事情的责任不在任何人身上，特别已经是不能再对此施加影响。这是一个如此小的国家。

乔建议为这位女士启动一场法律诉讼，因为那位穿拖鞋的人是如此明显的不称职。可是人们对这个建议感到很恐慌，这样的行动不符合那位女士特别是乔的利益。

他无法理解为什么谁都不出面表示抗议，为什么这个情况甚至连说都不能说——直到他从某一个从句中明白了个中缘由，那是一个用在女性身上的一个词：

那个外人。

芬兰人驾驶着自己的四轮马车围成一个圈，当有人接近时则把弓弦拉紧——他们希望别人也为他们这样做。大学不是要作为外部世界和国际研究界的一部分，形成合力，而是要成为单独隔绝在赫尔辛基的一个小岛。不是努力去与其他更优秀的机构结成联盟，寻求合作伙伴，而是主动将自己的院系孤立起来，防止受到所谓外界的污染。

那位女士没有就有关决定进行申诉。她告诉乔，她不想去一个不欢迎她去的地方。

"我毕竟还是外面来的。"女士自己也用一种和解的语气说，尽管这件事在乔看来并没有什么可以理解的：大家都是输家。

在美国，挑战者一般占有优势。假如这位挑战者来自其他地方，并且有着不寻常经历或者特别的背景的话，他的求职演说[①]总会引起一些躁动。当然这种做法也不是完全基于理性——不过近亲繁殖就一定是理所当然的吗？

这一年的时间过得越久，整个芬兰就越让人感到不可

---

① 原文此处为英文 Job talk。

思议。为什么芬兰人一方面在不停地谈论提高本国大学的水平，而另一方面却在使用一切手段来对抗？为什么他们不从更优秀的大学聘请那些有雄心的人并为他们添置像样的实验室，给他们合适的职位，而不是那种只有三年的可笑的教授岗位？为什么芬兰人对此什么都不想做，而且也不听从别人的建议。相反，芬兰人每隔两年就将原有的大学重新命名，不断建立起新的顶级科技、特殊技能和特殊专家中心，而坐在那里的还是原来的那些人，干的还是原来那些事，用着与原来同样差劲的资源，仍然像以前那样单打独斗。新的超级科技中心或许会聘请到一个新的项目经理，其名字和职能谁都不知道，在项目资金花光前一年才完成业务描述，并就此走人了事。

之前所宣传的国际联系，最终被证明是指瓦伦堡20年前曾获得奖学金去斯坦福大学进修3个月。系里与伯克利大学签有硕士生交流计划。瓦伦堡说，当然会有人时不时地去那里，但是他确实不记得是谁或是在什么时候了。还有牛津大学：多年前曾有一个从系里毕业的人去牛津做博士后，但是似乎现在谁也不知道他在做什么。感觉人一旦去了国外，联系就会完全中断。

顶级研究部门与斯坦福、伯克利和牛津等大学的研究团队进行密切合作。

每个国家都有自己的奇特之处。芬兰人肯定是按照自己认为理性的方式行事。只要自己的工作进展顺利，芬兰人的奇怪方式都可以被视作有趣的可以唤起人们好奇心的小玩意儿。芬兰人的坚韧不拔在某种意义上是值得敬佩的，无论是在他们自己的小圈子周围还是其不胫而走的名声。如果自己只是临时去待一待，就会像捡拾海边光溜溜的小石头一样收集一些有趣的芬兰笑话,以供在晚间聚会气氛热烈时讲给大家听,从而给大家留下世界公民身份的印象。

顶级研究部门。

假如有一个终身轨道的职位和一小队人马在一起工作,他也会留下来。芬兰有那么多好的地方,他也许可以牺牲一下自己的雄心,全身心地投入家庭和享受从工作中得到的乐趣。在风景如画的芬兰森林中,迎着耀眼的阳光在2月冻结实的雪面上学习滑雪。

假如:假如有一个永久的职位和即便是小一点儿的团队。

他在芬兰见过一些很棒的人,他们成了他的好朋友。总体上讲,在这样一个区区威斯康星州大小的国家,芬兰人过得还不错。比如说他们能够为所有自己的国民提供医疗保障。

X.

乔带的博士后拉伊·查克拉瓦蒂正在做演示。乔一边大口喝着咖啡一边在努力集中精力听。他知道拉伊对自己的成绩寄予了很高的希望，拉伊也因此比平常更为兴奋地期待着他的反馈。

拉伊所做系列实验的想法令人感兴趣，即通过电击将猫的大脑视觉皮层中向更高一层视觉系统传递信息的神经网络摧毁。这个实验通过采用新的方法做得比以前更加精确。留在暗区的细胞在第一只猫的实验中与预想的完全不同，似乎在大脑皮层重新组合了起来，这让整个团队就像是从漫长的冬眠中被唤醒一样。通常情况下，实验工作就是日复一日地进行，不过有时也会发生一些让枯燥的日子显得更有意义的事。

他们从下一批动物身上也未获得像样的反应，而当猫在实验完成后被结束生命时，在细胞级别上取得的结果竟是如此矛盾，令人无法信服。

所有的付出，又完全是一场空。虽然任何的付出都不一定真的是徒劳的——通常人们正是从错误和困境中学到的东西是最多的。

拉伊的演示越往下进行，就越难以保持其整体性。乔发现自己的思绪又在漫无目的地漫游。他牵头组织对自由传媒集团的抵制被证明太富于挑战性了。所有人都想专注于自己的工作，避免去做任何多余的，特别是耗时费力的事，这是可以理解的。乔在一开始是通过电子邮件和社交媒体群发与人们保持联系，但是大部分人都没有对他的信息做出任何反馈，所以他最后不得不给绝大部分人打电话。许多人听起来像是第一次听说这件事。尽管大家都认为这种情况很过分并且是不对的，但少有人愿意把自己的名字放到公开的抵制名单上。

让我稍稍考虑一下……现在不想有个惹是生非的名声，不过——把自己的名字放到互联网上，那可就再也不能从上面移除了？那种情形可真是令人厌恶和不公平，但愿能尽早解决！给你加油！谢谢你所做的重要工作！抱歉我现在帮不上忙！

大家都尤其不想从自由传媒集团出版系列的编委会退出。在最优秀的系列刊物上担任编委在学术界是一种荣誉。只要研究人员还在向自由传媒刊物提供手稿，同意参加其编委会和担任同行评审专家，刊物就能保持在该领域的领先地位。只要刊物保持其最佳地位，研究人员就依然想给它们发送自己的手稿。

乔希望他们能逐渐说服整个研究领域同意转到开放的出版系列去，这样每一位读者都可以从互联网上免费获取所有的研究成果，就像早就该这样做一样。当刊物不再印刷到纸上也不再用卡车来运送时，还会有谁需要出版商呢？他发现，尽管在这件事上大家都取得了共识、只需共同做出一个决定，但是推动事物发生变化还是非常缓慢，这让他感到十分沮丧。

不过他现在必须把抵制的事先放一放，直到把这件恶意暴力行为的残局收拾干净。应该核实一下实验室都有哪些东西被损坏，查一查已发送的电子邮件信箱，看看能不能从那里找到一部分失去的文件。应该把工作上所有的损失都拉一个清单，并着手弥补这些窟窿。有什么会比这更让人沮丧的？他已经落后于所有的进度了。

维修人员应该过来修理房门并安装强化版的报警系统。除了实验室，其他地方也要装上监控摄像头。在所有这一切完成之前，他不得不适应没有办公室用的状况。真是太棒了。

"乔？"

他猛地一下回过神来，发现大家都在望着他。人们显然在期待着他能就刚才说过的内容进行点评。他们刚才都说了些什么？

他说了一些漫无边际的话，一些其实同什么都不相关的话，试图回想起来在演示前一部分自己思想走神之前都思考了些什么。但他只想起了罗迪在走廊里对那些读基础学位闷闷不乐的学生的回答："你们想要所上课程的签到成绩，但是你们又不为此做出任何努力。"

实验室会议后拉伊在走廊上叫住他。乔急忙表示歉意说，他刚才有点心不在焉，保证一定要尽快对拉伊的实验结果做出具体评估。

"加油。"乔说，"我们很快就又能获得可以相信的结果了。"

"我不是说这个。"拉伊说，"我们只是想说……如果有什么我们可以做的。"

拉伊的后面还聚集了其他人：丽莎、萨拉赫、陈、麦根、丹多、秦汉，个个都是表情严肃、平静，额头发亮。

"我们大家都可以帮忙。"萨拉赫说,"分析一下情况或者是……比如说如果你的办公室现在要翻新一下,修理一下什么的。"

拉伊和研究生们所表现出来的同情就像是寒冬时节的阳光一样。乔现在才突然意识到,这次破门而入事件远比迄今为止他自己肯承认的要更加针对他这个人。他是不是总是先从其他人的脸上看到之后才明白自己的感受?

他不像一些年轻的副教授那样在工作日后有同自己的学生一起去酒吧快乐畅饮的习惯,但是今天他把自己所有的学生都带到了PJ酒吧,给所有同行的人都叫了大扎啤酒和墨西哥玉米卷。当他在这个地下无窗的酒吧看到自己那些既聪明又擅长社交并富于幽默感的学生们一边玩着台球一边骂着民主党右翼时,他感觉到内心受到的震撼,这让他很惊讶。他忽然之间想用某种方式向他们表示祝福,但是几经努力却想不出来以什么方式。

系里的邮箱又收到了新的威胁。这些威胁信先是被偶尔投进去,后来每周都有。乔被称为纳粹、集中营将军、戈培尔、门格勒、死亡天使[①]。有的信函里还提到了米里亚姆和孩子们。

被称为纳粹。

尽管乔努力想要认真对待这些干扰,但是仍然感觉这些干扰行为不大像是真的。让自己总是神经紧张又有什么用?因为除此之外,如果要想着急上火,理由有的是:在

---

① Todesengel,德文"死亡天使",曾用来指约瑟夫·门格勒(Josef Mengele,1911—1979),德国纳粹党卫队军官和奥斯维辛集中营的"医师"。

城市的另一边每天都有人被谋杀，人们用燃烧瓶报复吸毒和欠债的人，在中东更是战火不断。这些都很恐怖，可是又有什么办法呢？从这个角度看，恶意暴力行为相比之下只是一个小麻烦。

乔通过内部邮箱把这些信函纸条发送到安保部门。他还就这些信函向警方做了通报。更多的事他做不了，也没有时间做了。他不能让博士论文的作者陷入困境。那些好斗的读基础学位的学生在门口排起了长队，要报考医学系和法律系的学生准备好了要为每一门考试和每一处打分争吵不休。他要准备会议演讲，还要起草文章。此外，如果他年内不能最终完成那本书的话，他是不会原谅自己的。他每天晚上还要在8点之前赶回家，以便让萨拉按时下班。对萨拉要格外注意守时才行。

可是这种情况在星期六夜里发生的事情之后似乎又有了变化，当时有人将砖头砸向了乔办公室的窗户。从监控摄像头的录像中可以看到，一个身着深色服装中等身材的人从上面方形广场台阶的方向目的明确地径直跑到院子里，将一块石砖扔进窗户就跑了。这个人戴着压低到眼睛的针织帽，显然警方也不可能仅根据这一点就能查明肇事者是谁。

所有这一切都让人感到不可思议的沮丧。难道巴尔的摩的警察竟连一个到处打砸的野蛮人都找不到吗？

系里召开了一次全体会议，研究在这种情况下应当怎么办。大家最后一致认为：什么都不做。警方正在调查此事。乔想问，会调查得很彻底吗？乔想问。快一个月了，他们对那起闯入事件实际上什么还没有查出来。

他内心有一个声音在期待，有谁能出面做点什么吗？

即使所能做的是多么微不足道和无济于事。证明一下这件事对除他以外的其他什么人也有关系。如果有人在不断地威胁他和他家人的人身安全，即使是在开玩笑，也不是无足轻重的。

你们能不能，你们中间能不能有人即便是做出点不痛不痒、名义上的姿态，什么样的姿态我现在也想不出来，让我的心情好点不行吗？

他在会议之后大声表示自己感到很奇怪，为什么偏偏是他成为袭击对象。是他做了什么特别的事了？在同一所大学里，即使没有几百个至少也有几十个其他的人都在从事完全类似的研究，在整个国家有几千个人，在全世界有几十万人在做这样的研究。

芭比·弗莱施曼马上给出了答案：

"你太能干了。"

国家科学奖。

乔的名字在前一年上了所有媒体。每一家刊物都在报道有关他的课题研究的同样的故事。约瑟夫·查耶夫斯基教授，获得50万美元奖金，研究纹状外皮层反射型视力减弱，即大脑视觉皮层次区域发育障碍所导致的另一侧视觉障碍，这一病症以前并不为人所知，现在得益于约瑟夫·查耶夫斯基教授的研究，得以在儿童时期介入治疗，病人在成年之后视力便能恢复正常。得益于约瑟夫·查耶夫斯基教授的实验，其他视觉障碍的病人，也许包括那些现在因此而失明的病人，未来也很有可能得到治疗。

乔并没有想到他有可能成为某些人的靶标。他为获得了这笔钱而感到窘迫，因为许多其他同行一直在做着同样好甚至更为出色的工作。他感觉如果告诉大家他已经将一半的奖金捐给了联合国儿童基金会可能会显得与有意不说同样做作。乔记得让他感到很好笑的是，记者们给人们留下这样一种印象，即他做出了怎样的英雄壮举——在最糟糕的情况下仅通过一次实验，尽管这只是全世界几万名参与研究的专家每天的普通工作和辛苦付出。谁也没有仅凭一己之力做出什么，这也是不可能的。单独的一次实验在科学上没有任何意义，而所有认真完成的实验会造福所有世人。但是，尽管乔试图强调其他人所取得的成果，但没有这些成果他也不会受到启迪得出自己的见解，在所有的传媒中都刻意忽略了这一点。报刊编辑的版面当然总是有限的。

记者们对失明儿童很感兴趣——他们的病还要多长时间就能治好？要过多少年？我可不可以写上3年？你说不好，嗯，那我可以去问谁呢？记者们的工作就是寻找关于某个特定疾病和带有他名字的单独英雄的故事。这可以是编撰出来的故事，这是记者们的职业技能。

可是现在他却因此而受到惩罚：因为他太成功了。那些人向他发起攻击，是因为他的实验取得了成效，是因为记者们做了本职工作，是因为他没有让动物在那些对谁都没有什么帮助的实验中白白做出牺牲。

他们这些人为什么不去骚扰那些把实验做得如同地狱一般的人呢？他们为什么不去攻击那些让狗接受痛苦的电击但是却把实验安排得一塌糊涂以至于无法从中得出任何结论的人呢？或者去攻击那些强迫老鼠在滑溜溜的水池里慢慢地游泳至死以便能为已经有几十种在售药品再找到新的替代产品的人呢？或者去攻击那些白白让动物做出牺牲的人？乔每周都收到类似需要他做出评估的研究报告，这些研究报告在越来越多的系列刊物上发表,而这样的系列刊物每个月都会有新的创刊,在全世界都在批量生产,其速度远比任何人来得及阅读的速度要快得多,其中多为质量越来越差的没有丝毫科学性可言的刊物。所有这些在西方国家都是在用纳税人的钱在支撑,因为做研究很重要。这些研究做了如此之多,以至于对研究者而言,在其中蹒跚行走只有百害而无一利。

他想对那些把他的办公室搞得一塌糊涂的人大喊一声:假如有谁做了什么对不起动物的事,难道他妈的不正是上面这样的人吗?

X.

　　一个人如果陷入了困境，他会感到十分沮丧，而更悲哀的是他发现这一切都是自己造成的。

　　乔还记得那天晚上，他主动谈到柏林的一个空闲职位。一年中最黑暗的时间似乎比人们所能想象的更长。那一年赫尔辛基的雪下得很晚，这让那个冬天即使是在芬兰人看来也是格外压抑。而且在冬天看起来已经快要结束的时候，人们还不得不忍受着煎熬，久久地期盼着春天的第一批征象出现。

　　乔不能肯定阿莉娜略带震惊的反应在多大程度上是受到她的生育、哺乳、熬夜或者是荷尔蒙的影响。至少芬兰妇幼保健站在如何当爸爸的指南中谈到过许多待产和产后母亲在情绪上的变化。他不知道如果阿莉娜一直陪着孩子待在家里对她是否有好处，但是阿莉娜仍然感觉自己在塞缪尔年满3岁之前有义务留在家里照看他。这在芬兰似乎是一位负责任母亲的标准做法。乔的兄弟戴维的妻子玛妮在本出生之后在家里只待了一个月，还是无薪的。但是即使顺便提及这一点都会被阿莉娜视作对她的批评。

　　还有乔每天在单位工作到很晚——不知是否属实，即每位芬兰父亲都可以在下午4点回家？当然不可能什么岗位都是如此，对吧？难道总理也是这样？在全欧洲范围的领导人峰会上？芬兰人经常挂在嘴边的话是：在芬兰人们崇尚勤奋工作，芬兰人非常能吃苦耐劳。可是他们又是如何做到这一点的，如果他们认为把孩子送到日托幼儿园是不道德的？乔虽然刚刚开始上班，但已经提出可在塞缪尔出生后休两天假，他感觉这已经体现出令人惊讶的灵活性了，可是这个建议仍然让阿莉娜不停地咽口水。他以为自己已经向阿莉娜非常耐心地做了解释，为什么晚上8点到11点的工作时间对他来说特别宝贵，但是每次当把塞缪尔哄睡着了之后他打开电脑时，阿莉娜仍然向他投来抗议的目光。

乔感觉要想知道人们对他有什么期待实在太难了。有了孩子改变了每一位爸爸的生活，但是他是否可以将自己与本国受过高等教育的爸爸做一个比较？他们确实每天工作10—12个小时，周末也是如此，但是却把其余的时间都给了自己的家人。这里的规则会不同吗？研究人员怎样才能攀登所在领域的高峰呢？

那么在那之后，在他们离开芬兰搬到别的地方之后会怎样呢？他想在这个黑暗的冬日夜晚在关于柏林的艰难谈话中尽可能委婉地从阿莉娜那里了解清楚这一点，但是假若从阿莉娜的目光中就可以得出结论的话，他们就不搬家了：阿莉娜的目光看起来就好像他刚刚说的是他有了另外一个女人而不是在德国的一份工作似的。

乔后来对自己的反应感到后悔。他应该控制住自己，缓和一下当时的局面。可是他从来没有想到，他们对未来的期待竟是如此不同。芬兰，他为期一年博士后的微薄资助，两所大学的几个为50岁芬兰人保留的职位：难道阿莉娜会真的以为他会永远就这样待下去……在这里？啄食着别人有时也许会施舍的一些残羹剩饭？大概阿莉娜在初次见面的时候就一定意识到了,乔选择了什么样的生活?

唉,我们当初是出于什么见鬼的原因才搬到这套住宅里来的?假若能从这里马上搬到世界另一端的什么地方去就好了!

去世界的另一端?德国可是不太远。

"不远?"阿莉娜叫道,"去那里可是要坐飞机的!"

可是——

到底是出于什么见鬼的原因我费了吃奶的劲儿把那些窗帘、花边、地毯和护理桌弄到这里来!你为什么不说点什么?

可是我也不知道你想的是——

去见鬼吧!去你的德国吧!那里的一切肯定都比这里好得多!然后过一年再从那里搬到爱尔兰去吧!

最后,他的忍耐也到了极限:

阿莉娜,我可从来不会自愿地非要离开这个天堂般的所在地去其他地方!这里的一切都是那么美轮美奂,无家可归的酒鬼成群结队地在所有的公园自由自在地随地撒尿,而人们谁跟谁都不打招呼!除了酩酊大醉时,又会像热恋中的少男少女那样拥抱个不停!可是但愿在别的什么地方能给我一份工作!

肯定有的!搬到那里去吧!

我对生活如此不可思议的期待不过就是要能够工作!去做我唯一能做的工作!这项工作实际上也是我相当在行的工作!

我才不相信呢!从你这么多抱怨中就可以得出结论!

在这里会突然忘掉这一切!因为在这里什么事都没法好好干!

好吧！那么就这样定了吧！你同时可以摆脱掉你可怕的老婆和孩子啦！

第二天早晨，赫尔辛基初春乍寒的天色，阿莉娜哭过的双眼，厨房里带着和解的摆放好的早餐餐具。阿莉娜用低低的声音问乔想不想要咖啡。

和解，今天，就一小会儿时间。

可是他做不到。

他已经离开了汉娜，让自己的母亲泪流满面，与阿莉娜结了婚，搬到了另外一个大陆，建立起了自己的家庭。他不能遗弃自己的老婆和唯一的孩子，再一次毁掉所有的一切。

那种温情，阿莉娜温柔地看着自己怀里不停揉搓着自己眉毛的婴儿的眼睛。乔对一切都感到后悔，特别是自己的固执己见，但是他对阿莉娜和塞缪尔并不感到后悔。

可是瑞典也离得太远。

当他在电话里向自己的母亲要钱时，他意识到自己不能再这样生活下去了。他听到自己的声音在撒谎，佯称家里要进行修缮和他们打算买一辆汽车。

他不能再这样了。他的自尊心无法再承受下去，他没有那么坚强，特别是在长期的孤独之中。他最后一次不得不求助于父母还是在他作为读基础学位的学生时。此外，他现在还有资助。

春天带来了阳光，太阳出奇地升起得很早，但是一点儿也不让人感到温暖。每一天都比前一天更加明亮，但是仍然寒风凛冽，秋天和工作结束的日子越来越近了。现在当继续得到资助的可能性很有可能成为泡影时，他所能寄予希望的选项中，稻草只剩下了一根。

他从芬兰人那里得到了许多善意的建议。你难道不能在学校里教授英语吗？有人向他推荐了文化中心，在那里他可以见到"其他的移民"，比如说一个来自摩加迪沙、大字不识的战争难民和一个来自萨拉热窝的、家人死在狙击手子弹下的波斯尼亚人。

他明白他不可能年复一年地这样生活，即每隔一段时间就将他的全部前途都押在那面无表情的芬兰基金会——或许——会在下一轮申请中向他发放半年或者一年的资助上。没有研究经费、没有设备采购、没有实验动物。这笔钱有可能会发给另外一个人，因为这个人出生在萨沃①或者是因为另一个人的研究同萨塔昆塔②有关，而他的研究则无关。此外，如果还想回到美国的就业市场，个人简历上出现几个月的空白都会有风险。

他从系里大家的言谈话语中能听出来，人们对他的工作给予很高的评价，特别是学生们都很喜欢他，他的目标同其他人相比完全不在同一个层次上。

"高得不大现实。"亚历山德拉告诉他系里有人这样说。

据说这样说的就包括那个独自一人用10年时间完成博士论文的男人，即那个穿着早晨的拖鞋在夜里很晚的时候还在走廊里悄悄走来走去、从来不洗澡也从来不与人交谈的人。

可是乔得不到出资方的肯定与支持。他甚至无从知晓都是谁在决定着他的未来。他能够知道的只有一件事，即谁刚刚获得了3年的追加资金：那个拖鞋男。那个男人是

---

① 萨沃（Savo），芬兰东部的传统省份。
② 萨塔昆塔（Satakunta），芬兰西部的传统省份。

从另外一个基金会得到的经费,那是乔根本不可能去申请的基金会,因为那个基金会只资助那些出生在北卡累利阿①的人。

只有一个解决方案。

甩卖②!

他偶尔想到自己曾视为梦想的事,这在一两年前还只是一份普通的工作,一件理所当然的事情。但是他为了塞缪尔和阿莉娜决心要成为一个完全不同的人:放弃自己的梦想,去申请做真正的工作。在芬兰,虽然学术性的工作也许没有,但大概还是可以找得到真正的工作的吧?他一边想着,一边看着自己圆头圆脑的儿子正在起居室里试图把自己向前支撑起来,却反而使自己向后倒退到沙发下。一片灰尘在从窗外洒进房间的明媚春光中上下飞扬。

尽管阿莉娜看起来有几分疑虑,但乔还是在她的协助下在洗衣房里穿着皱巴巴的西服,起草了一份他认为合适的岗位单子,其中包括国家和地方研究机构及私人企业,并亲自上门到这些单位去推介自己。他是不会放弃的,见鬼③!如果受过良好教育并准备拼命干活,那么总能找到一个会雇用他的人!如果说美国人都擅长些什么,那就是奋力向前拼开一条血路,去挣钱④,即便是在冻土地带也是如此!

在所有地方,人们在接待他时都感到十分惊奇,甚至还有些害怕,就好像所有人都是第一次面对这种带有挑战

---

① 卡累利阿(Karjala),芬兰东部的传统省份。
② 原文此处为英文 Sell out。
③ 原文此处为英文 goddamnit。
④ 原文此处为英文 to make a buck。

性的局面似的。

可是你在芬兰都做什么呢？

你如果没有工作，那你怎么会在这里呢？

你不会讲芬兰语，可是……你在找工作？

这让人很难面对。难道每一个外国人都是来自飞碟的怪物？这可是90年代啊！他不可能是唯一一个试图从其他国家来芬兰工作的人吧？不可能！

他就像是一个挥动着双臂想象着自己可以学会飞翔的人一样：因此一点儿也不奇怪，当地人会觉得他很奇葩。

遭受到挫折之后，他提前去注册了失业，以便在8月资助到期后能马上找到工作。由于研究人员是属于自主就业，即自己给自己安排工作，所以即使是在没有工作的情况下他也不能领取失业补贴。遵照工作人员的建议，他参加了语言培训班，与来自北非和解体的苏联男人一起学习芬兰语里那些令人痛苦不堪的辅音变格变位①，以便能在掌握了语言之后找到工作。这个国家正在陷入历史性的破产，银行在纷纷倒闭，那些不用上课就会说芬兰语、瑞典语、英语和德语的人也被踢出了工作岗位。但是他不会放弃，见鬼，当然他也可以从什么地方，例如一家国际型的企业，得到一个起步级②岗位，然后再慢慢晋升到更合意的职位。

可是美国护照和麻省理工学院③的博士学位在韦伊科拉传统奶酪公司的眼中看起来并不是一项优势。靠这些既参加不了斯道克曼集团的求职面试，也无法成为新的生物科学研究中心的主任，因为他没有工作经历——在芬兰的。

---

① 原文此处为英文 consonant gradation。
② 原文此处为英文 entry-level。
③ 原文此处为英文 Massachusetts Institute of Technology。

就业办公室的女士对有谁会推荐乔或者他在波士顿、纽约都有着什么样的关系几乎没有什么兴趣。那位女士问的是，他能否用瑞典语服务客户，他有没有在芬兰工作的经验。

你失去理智了①，戴维在电话里用乔从来没有听到过的语气说："你脑子进水了。"

当乔想到自己儿子不久前刚刚学会用手撑着东西站立起来时，他感到喉头一阵哽咽，有那么一会儿无法再继续通话。塞缪尔一次又一次地扭动着身子想扶着沙发站起来，尽管每次当两腿刚刚摇摇晃晃地站了起来就又轻轻地摔倒在地板上。可是乔却突然感到，他可没法无休止地做同样的事。

单只手——多张手？许多条手？不对，应当是：多只手，许多只手。重人的？不对，应当是：众人的。在令人倍感屈辱、不可思议的语言课程期间会发现这里的游戏规则是什么样的：人们期待着他将自己的全部人生定位在暂停键上，直到他能够表现出土生土长的芬兰人的样子。而在那之前——亦即永远——他所受到的教育、他的专业能力和事业都要作为无关紧要的东西束之高阁，因为他不能接听电话并像一个地道的芬兰人那样不带口音地应答说："奥斯特姆建筑公司，早上好。请稍等，马上接通。"

他每周都接到妈妈忧心忡忡打来的电话，刻意避免谈到钱的事，小心谨慎地询问乔的情况，就像在问一个精神健康状态不太稳定的老人一般。妈妈向他列出一些西班牙、瑞士和法国的空缺职位。你知不知道在意大利也有这样的研究所？这些奥地利人听起来所做的事情不是同你的博士

---

① 原文此处为英文 You're insane。

论文一样的吗？从赫尔辛基开车去奥地利要几个小时？你爸爸也肯定非常愿意去看看阿尔卑斯山！乔的喉咙一阵酸痛，他强忍着说：妈妈，我们在这里一切都好。不用了。

最让乔感到心痛的是爸爸在犹太历新年[①]之前发给他的一封信。信中爸爸说他认可乔的憧憬与爸爸所希望的不同，乔在芬兰现在有了自己的家庭和生活，乔的梦想并非要成为所在领域世界领先的学者或者在世界顶尖大学担任教授。不是的，尽管乔显然有这方面的天赋。假如乔感觉爸爸没有对他的决定给予完全的庇佑，这只是因为爸爸当时还不能接受乔对美好生活的梦想与他的不同。不过爸爸现在理解了。乔选择了自己的道路。爸爸希望乔幸福，希望他知道爸爸是爱他的，也尊重乔有勇气做出自己的选择。

来自家中深深的爱，
爸爸[②]

当阿莉娜看到他坐在床边时，他的眼中充满了泪水。

芬兰语的变格变位救了他。取得成功几乎就无可能，这最终也许还是运气。否则他可能凭借自己的顽强毅力甚至会取得部分成功：得到一家芬兰研究机构的一个死胡同职位，学点蹩脚的芬兰语，成为道义上的赢家，但在整个后半生却痛苦不堪。

---

① 原文此处为希伯来文 Rosh Hashanah，意为犹太历新年，是犹太历提市黎月的第一天，通常在公历的 9 月底 10 月初。犹太历新年后为赎罪日（Yom Kippur）和住棚节（Sukkot）。

② 原文此处为英文 Much love from home，Dad。

辅音变格变位①,甚至连它长达一公里的芬兰语名称他都会终生不忘。

变壳变位。

当他在电话里听到这个拟聘请他担任的职位时,他差点要泪奔了。塞缪尔已经不用依靠任何依托可以摇摇晃晃地行走了,大学的秋季学期也在没有乔的情况下轰轰烈烈地开始了。可是现在,就在他已经放弃了希望的时候,他在麻省理工学院的导师杰克·德米基斯突然之间为他在华盛顿特区安排了一个职位。委屈你了,德米基斯在谈到合约时用了这个词。德米基斯还记得大约两年前乔从加州大学洛杉矶分校收到的聘书,他很抱歉不能提供任何即使是与其相仿的好职位。

一个东山再起的机会!一个真正的实验室!那里有所需要的器材!那里的人们彼此会打招呼,相互说话!甚至会谈到自己工作的内容!会相互开玩笑,充满欢乐!在那里,美国佬不是骂人的话。在那里,听不到那种整个民族唯一的特征就是在第二次世界大战中没有被活活烧死的笑话——如此低俗的乐趣!仿佛这种论调的大屠杀玩笑通常都是多么有趣似的,特别是在国外、在一个曾经是纳粹德国盟友的芬兰尤其让人感到愉悦似的。在那里,一个美国篮球运动员刚刚遭到殴打并且还因为其身世蒙受死亡威胁。

当他回家探望的时候,妈妈予以热情款待和安抚,尽全力确保他不会再想出新的点子,把一切再颠倒乾坤,把世界另一边别的美女的肚子再搞大。

爸爸的目光很难面对,因为它充满了无限温情。

---

① 原文此处为英文 consonant gradation。

欢迎回来①，爸爸说看着他的眼睛。欢迎回来。

回到幽默不被一个国家视作一个令人感到困惑和害怕的事物让人感到很高兴。在芬兰，幽默被限定在规划好的官方围栏里，如夏季剧场。在芬兰的日常生活中则不得不去适应那些长着石头般面孔的人，他们努力避免不必要的套近乎，假若有人在买汽车票时稍微脱离了常规，他们会受到惊吓。在芬兰没有脱口秀俱乐部，电视里播出的节目叫作练好骨骼。

现在回想起来一切都令人感到很温馨——那些感人的芬兰人，富有同情心的山妖树怪们。

3年了，他夜以继日地工作，周末无休——这多么令人满意啊！谁也不会拒绝、阻止人们干活！——他成功地开辟了一个新的起点。

人在顺利时就容易善待别人。芬兰教会了他这一点。他希望自己今后会更容易理解那些身处逆境的人，不要忘记被逼入绝境太久的人们的痛苦也会很快爆发。让他感觉难以承受的是，他曾经在所有事物中都那么固执己见、那么不留余地：还是太年轻了。

当然美国也有美国的问题，其中有些问题同欧洲相比或许更加棘手，也更根深蒂固。不过这次运气不佳的欧洲之行让他大开了眼界。他是一个离开了工作就无法生存的人，他不能离开那种他从小就生活在涡轮增压式的没有人性的体制里。在那里，人就像是一种只知道生产制造的动物一样，只为着一个目的活着，归结起来就是取得了什么成就。一个北美职业冰球联赛②球员，在芬兰人眼中也许就

---

① 原文此处为英文 Welcome back。

② 原文此处为英文缩写 NHL，全称 National Hockey League，即北美职业冰球联赛。

是一个在农场联赛中被伤透了心的人。

爷爷曾经喜欢说,美国的教授与那些只训练一组肌肉的举重运动员在精神上是对应的。这话说得千真万确。所有顶级运动都是如此:他也热衷于此。这让生活变得就像松鼠转轮一样,使人在精神上变成圆滚滚的西装鸡——由于身体不成比例使其几乎难以保持站立状态。因此罗迪已经是第四次结婚了。乔依然能够理解那些有充足理由想要离开这里去英国、澳大利亚、日本、新西兰和荷兰的学生,在这些国家一切都是领先的,也就是说在另外一些人看来都是落后的。现在乔知道了自己为什么不能离开,尽管他有时会感到不断袭来的渴望。

也许正如扎伊德[1],也就是爷爷习惯上常说的那样:如果你们与邻居一起,将你们的问题都晒在院子里的草坪上并逐一梳理一遍,那么每一个人都会选择自己的问题。

---

[1] 扎伊德(zayde/zaide),希伯来语,意为智慧长者,常用来称呼祖父或外祖父。

X.

在塞缪尔应该要来看望他们的时候，他们还住在华盛顿特区。

塞缪尔当时六岁。米里亚姆一开始对这个想法的态度颇为客气，甚至还有点积极，显然想避免给人留下不情愿的印象。但是后来情况发生了实质性的变化，因为米里亚姆怀上了丽贝卡。乔是在后来才意识到，这件事即使是作为一个想法，对米里亚姆来讲都一定会感到很棘手，去面对一个她不认识的来自乔前一段婚姻的男孩，一个在别的国家长大而且完全陌生的人。与他们先前计划的不同，现在他们不得不在同一栋住宅里还要照顾一个刚刚出生的婴儿，并伴随着哺乳、哭闹和熬夜的经历。尽管如此，乔并不想取消这次访问，米里亚姆也没有直接提出这样的要求。

当他们就行程和具体时间最终达成一致后，乔花了好几个晚上筹划合适的安排、电影和郊游。他希望这次访问能成为一个新的开端，双方建立起定期的联系。当儿子来到这里之后，一切都会变得越来越好。

阿莉娜说，塞缪尔除了个别的单词讲不了更多的英语。为了这次旅行，阿莉娜教了儿子一些最重要的说法——是的，不是，谢谢你，我可以吗，电话[①]。乔想通过阿莉娜的翻译提前问问塞缪尔郊游想去什么地方。但是当他在电话中推荐航空和航天博物馆时，乔听到儿子说他不想把玩了一半的游戏停下来。乔在心里看到一个6岁的陌生孩子如何在这里安静地盯着桌子，并用低落的声音说是的，不是，谢谢，电话。或者由于时差他在早上4点钟醒来，在昏暗中像个幽灵一样在住宅里蹑手蹑脚地四处转悠，与在芬兰的阿莉娜打着长长的电话，晚上乔和米里亚姆会听到塞缪尔在客房里啜泣的声音。

一切都进展顺利，当米里亚姆晚上看到乔正在盯着卧室的墙看时，她这样说。万事开头难，不过你们需要相互了解。

塞缪尔除了在一些词句的开头，在中间也有一些停顿。阿莉娜说孩子有时会痛苦地卡在一个字的一半，感觉好像要竭尽全身的力量才能继续读下去。

乔从阿莉娜的声音中听出了埋怨的意思。可是假如他能够为解决塞缪尔在说话上的困难做些什么的话，他当然会去做。而且现在还不是特别清楚说话上的毛病到底出在哪里？即使乔留在了芬兰，塞缪尔仍然可能会发生说话结巴的问题。

他没敢问阿莉娜在芬兰现在是谁在照看塞缪尔。阿莉娜每次都会把这样的问题当作对她的批评。如果在华盛顿特区，乔会马上知道去哪里寻求帮助，以确保儿子获得可以得到的最好的支持。

乔记得阿莉娜在电话中谈起心理学的那些专有名词时

[①] 原文此处为英文 yes，no，thank you，may I，telephone。

语气显得那么重要：肌肉痉挛、正向动作、卡顿。

阿莉娜说到，当人们听到儿子讲话的时候，会向她即孩子的妈妈飞快地投去充满关切的目光。

阿莉娜要想成为专家的方式令乔感到不快，他不愿像他理应做的那样去迎合她。阿莉娜则感觉到了这一点，一副受到伤害的样子。依赖半医学性质的术语成了阿莉娜保持理智的一种手段，幸运的是她在说出伤人的话之前就意识到了这一点。

在塞缪尔来访之前，乔早早地就查清楚了人们对口吃所知道的一切。这通常与生活中的重大变化和压力有着明显的关系。一般情况下口吃会自动消失。在有些情况下，口吃会发生在单词中间，这同肌肉痉挛有关，是一种不好的预兆。

正如在塞缪尔身上那样。

访问的时间定在12月，犹太教光明节①刚刚开始的时候。

妈妈宣布她无论如何也要来，要见见自己的孙子，要同塞缪尔一起点亮犹太教灯台上的蜡烛，共同吟唱光明节圣歌②。这个想法让乔感到有些畏缩。见面第一件事就强迫

---

① 原文此处为希伯来文 Hanukka，意为光明节，是为了纪念公元前165年犹太民族反抗异族企图消灭犹太教、成功收复耶路撒冷并洁净第二圣殿的日子，通常在12月，为期8天。节日主要仪式是点燃九枝灯台，一天一枝，每天增加一枝，直到第8天结束。根据传说，为重新点燃圣殿中的长明七枝灯台，找到的橄榄油只够一天，却燃了8天。

② 原文此处为希伯来文 Maoz Tzur，意为光明节圣歌，在光明节点亮灯台后咏唱。

塞缪尔参加他肯定会感到陌生的活动是否合适？虽说唱歌属于传统，特别是对妈妈而言，但是有必要在一开始就一股脑儿地都倾注到塞缪尔身上吗？乔希望妈妈的祖母情结能在塞缪尔到达的时候已经更加均衡地分散到更多的受害者身上，那时米里亚姆已经生完孩子了。

妈妈早早地就购置了一个小小的木制光明节陀螺，准备送给塞缪尔，并向他解释在陀螺侧面画上的希伯来字母是什么意思。光明节的时候，儿子总可以在家里拿它来玩耍。妈妈在电话里向乔解释这些的时候——距离儿子预计要登机的时间还有一个月——乔意识到，妈妈是把用传统填满访问的每一秒钟当作自己的义务，这样这个沉默寡言的斯堪的纳维亚男孩就总能接受点什么。

乔还记得当时他对妈妈所持的态度有多么厌烦。现在伴随着回忆回过头来看，却还萌生了一丝负罪感，感到如果是由他来负责的话，任何一种传统做法似乎都不会很顺利地向任何人传承下去。幸运的是，在丽贝卡和丹妮拉身上，他可以与米里亚姆共同分担这种负罪感，一筹莫展地一起感叹，在新的千年里除了与商品及其置办相关的传统，都难以再找到自己天然的位置，而那些与商品有关的传统也尽可能少地不要带有文化历史的烙印。

乔记得阿莉娜对让孩子一个人跨越大西洋长途飞行提前就表示过担心。他还那么小呢！他一个人上飞机啊！乔与阿莉娜之间曾多次就乘飞机旅行及民航交通的原则和安全性进行了长时间的、内容几乎相同的电话交流。在这些交流中，乔每次都不知不觉地滑向对一切都持信任态度的立场。他在通话结束后对此感到惊讶。这一定与阿莉娜浑身自始至终飘溢着的芬兰式不信任感有关。持这种不信任感的人怀疑世界上任何事情是否能够成功,是否值得去尝试任何事物,任何人是否能够生还,特别是从被宣传为世界上最安全的航空公司的如此复杂和危险的直达航班中生还,虽然在起飞前孩子会被牵手送上飞机,而且在航行期间的每一秒钟他都可能会比日常去学前班的路上更为安全。

在塞缪尔看来,乘坐飞机很有可能是整个旅行中最好的一部分。

随着旅行日期的临近,乔有意不再对阿莉娜做出更多的让步。现在应当恪守彼此达成的协议:大家一起走到了这一步,机票已经买好,不要再给塞缪尔面临的境况增添更多的麻烦了。乔做好了准备,如果儿子提出这样的愿望,他可以答应儿子提前回来陪着塞缪尔一起乘飞机:他在电话里听起来似乎是确信一切都会顺利。晚上,乔在放下电话后反复对自己说,米里亚姆是对的,孩子们会毫不费力地适应新的环境。

他还记得他要去机场接塞缪尔的那天下午,冬季淡白色的太阳挂在没有一丝云彩的天空上。光明节的陀螺孤独地、毫无生气地守候在写字台上,那是妈妈留在那儿的。

最终的决定当然是由阿莉娜做出的。要把儿子从另外一个大陆接过来实在太难了。

阿莉娜说她让塞缪尔自己来决定。她说,尽管儿子的态度到出发前一直都很积极,一度还很兴奋,但是在最后一刻还是改变了主意。他不想去了。阿莉娜也无法就此做出更多的解释了。

他不想去了,你明白吗:当乔走出彭博会堂的大门步入温馨的春季傍晚、走下台阶来到下面的方形广场并朝着他停在建筑物后面的汽车走去时,他在脑海里仍然还能听到阿莉娜那带着芬兰口音的回答。

所谓妈妈歇斯底里般的态度是不会潜移默化地渗入一个6岁孩子的意识里，这种想法十分可笑。如果自己妈妈的每一个表情和手势都让孩子明白妈妈对此并不赞同，而且或许还不安全呢，那么哪个小孩能够独自一人跑去另一大洲呢？乔记得，他曾强忍住自己对所有这些一句话都没说，但尽管如此，肯定还是有什么话语传到了阿莉娜那里。他艰难地控制着自己不再与阿莉娜就她既缺乏灵活性又局限于非理性展开讨论，而从这个角度看，他们的婚姻走到尽头也许并不令人感到奇怪。

阿莉娜到底在想什么呢？！他很想在挂上电话后大声喊出来——如果她决定了要将自己的生活限定在赫尔辛基近郊方圆3平方公里范围内，那她又究竟为什么非要同一个美国人发生关系呢？这样想着，他似乎就能够让自己继续保持高速向前。

他不想去了，你明白吗：乔那年夏天想见到儿子的可能性就此终结。

米里亚姆对此抱着理解的态度，并且还安慰他，尽管与此同时她也悄悄地松了一口气，以一种带有负罪色彩的方式。

乔后来才幡然醒悟，阿莉娜应该一起来。只有那时，阿莉娜才会有心平气和的感觉，才不会吓到塞缪尔。可是乔很难张口向米里亚姆提出这样的建议。而假如真的是儿子不想来呢？6岁的孩子在父母之间的权力斗争中成为一个棋子，这样的想法本身就令人作呕。

第二年他想起这件事时是在2月。如果要想在夏天再做一次新的尝试，那么现在就应该提出这个话题。但是他还记得阿莉娜那绷得紧紧的尖细嗓音：他不想去，你明白吗，以及他自己那无力的愤懑和苦涩情绪，弥漫到整个公寓里经久不散。

而塞缪尔呢：假如儿子真的是不想来呢？

他没有心思再提出这个话题。春来春去，之后是夏天。他记得自己曾经在想，一年后再看吧。等儿子再长大一些。也许乔能够去一趟芬兰。

一年过去了。

新年好。①

听说塞缪尔的说话功能逐渐恢复了正常。孩子天生就能摆脱困境。谢天谢地。

乔并不认为离婚仅仅是自己的原因。尽管阿莉娜在一开始看起来还有些松动，但是双方在关于居住地的交谈中连最后一点让步都不肯做。在涉及塞缪尔旅行的争论中也完全如此，阿莉娜在一开始给人的感觉要比实际上更温顺，但在要做出最后决定的那一刻，则会一脚踩死刹车。

如果是在美国，他们也许仍然会在一起。

当乔获得国家科学奖以及纷至沓来的其他一些规模较小的欧洲奖项后，邮箱里又收到了邀请他成为赫尔辛基大学名誉博士的正式邀请函，这让他感觉得到了某种补偿。邀请函的签发者标明是那个不讲究个人卫生的男子，乔还清清楚楚地记得他的拖鞋。这位男子现在看来在赫尔辛基当上了系主任。乔写好了复函，但是却忘记把复函寄出——等到他懊恼地发现时，为时已晚。

---

① 原文此处为希伯来文 Shana tova，意为新年好。

为了对此做出补偿，他出于一时冲动邀请赫尔辛基的人参加他与普林斯顿大学的同行刚刚开启的一个合作项目。牛津的同行也参与了：赫尔辛基顶尖研究单位与牛津之间业已开展了密切的合作。现在当自己又能自由自在、气定神闲地走动且工作进展顺利时，他感觉要豪爽一下也不过举手之劳。当然谁也不会专门跑到他们家里去接他们：对不起芬兰人，你们是否想参与全球科技合作？这是他所能做到的最基本的了。即使这会让他们中其他一些人稍有点破费，也许有人会因此而皱起眉头，但他仍然会觉得他对芬兰人有所亏欠。如果芬兰人参加进来，谁又会失去什么？那些可爱的爱唠叨的芬兰人。他们既不傻也不坏，他们只是缺少对外联系和机会。芬兰人就像是生性聪明但进不了学校的孩子一样。

芬兰人对这项提议感到十分惊讶。他们在校级领导小组和学院理事会研究了这项提议，召开了一系列会议并请求延期答复以征求教授委员会和学生的意见。过了半年之后，芬兰人宣布，由于这个项目早就已经启动，夏季会议的工作坊分工也已经被瓜分殆尽，因此他们决定将在本国"优先考虑资助自己的研究项目"。拖鞋男在电子邮件里解释说，他们在赫尔辛基已经有了自己的顶尖研究单位，即一个高水平的国际性团队，现在已经与斯坦福、牛津和加州洛杉矶、伯克利等大学开展了密切合作。

X.

乔应该在5点钟就离开系里,因为他答应了要帮助丹妮拉完成她的演示作业。

乔和米里亚姆曾就谁应该同女儿再谈一谈前不久发生的事有过一番争吵。

挑逗[①]：据说年轻人都是这样称呼性短信或性照片的,即发送性短信,挑逗调情。

这件事已经过去两个星期了。当时丹妮拉显然没有听到他走上来：当乔对即将到来的麻烦毫无准备地来到楼上时,浴室的门是开着的。丹妮拉站在镜子前面,头发在沐浴之后还是湿漉漉的,11岁孩子乳白色的身体笼罩在热腾腾的蒸汽中。女儿正在青春发育期的中间阶段,纤细的肩胛骨和圆圆的脸蛋明显还是孩子般的,但是乳腺已经快要发育成女人的了。

当看到爸爸时,丹妮拉一下子惊呆了。女儿闪电般地试图将什么东西藏到身后,这首先让乔想到,他所担心的现在终于发生了。我的女儿开始吸食大麻了,可她才11岁啊。他面临着两个艰难的选择,要么不得不撒谎说自己从来没有抽过,要么解释清楚尽管自己抽过,但为什么小孩

[①] 原文此处为英文 sexting。

子不能抽。

不过问题并不是同大麻有关。当乔向前走近一步,他看到丹妮拉的手在背后拿着一部手机。当乔进来时,手机肯定是对着镜子的。

"你在干什么呢?"乔问道。

"什么都没干啊?"丹妮拉连忙说,就像是随意回答一句什么似的,但是同时她的声音却在颤抖。

乔盯着女儿看,直到那时他才恍然大悟。他明白了自己为什么会在几分之一秒的时间里把浴室里的人想象成另外一个人。丹妮拉脸上的表情是他从来没有见过的——那种表情并不属于他的女儿而是其他什么人。晚上他们和女儿谈话时她一直在哭,她并没有什么恶意,她只是在给自己的男朋友发些自己的照片!

"给男朋友发?"米里亚姆说。

"你为什么要发自己的照片——光着身子的?"乔惊奇地问。

丹妮拉抽泣着没有回答。乔看到米里亚姆向他扫了一眼。

"那么说——你有了什么人了……一个男朋友?"米里亚姆说。

米里亚姆看起来好像是听到自己的孩子在午餐时吃了蚯蚓一样。

"是谁?"

"你们认识他。"

"他叫什么名字?"

"布罗克。"

"你们在一起……谈恋爱有多久了?"

"妈妈。"

丹妮拉转动着眼睛。

"什么?"

"谈恋爱。"

"那应该怎么说啊?在一起?你们有多久了……"

"两个星期。"

"这个布罗克有多大了?"

"13岁。"

"他父母是做什么的?"

"我不知道。大概是做生意的吧。至少他爸爸是。或者我也不清楚。"

"让我们再看看那张照片。"

米里亚姆把手机递给乔。乔又看了一遍,尽管他清楚地记得她的样子。那副表情、那种姿势、那种摆拍的形态,一个11岁的孩子。

孩子根本就想不到一张不穿衣服的照片会有任何问题。当然从女儿在乔进来时很快地就将手机藏起来的动作中可以判断,她或许有想到。

可是那个男孩也给丹妮拉发送了自己不穿上衣的照片!

"她才11岁。"米里亚姆晚上在把床罩从双人床上撤下时对乔说。乔感觉是对他有什么要求,但是又不能肯定是什么。

"她们肯定只是看到成年人做什么就模仿做什么。"

"你认识哪个成年人会做这样的事情?"

"要打开电视吗?上网浏览一下吗?"

"那好吧。"

"我们看看丽贝卡在自己的手机上都在看什么音乐视频好吧?"

"好的,好的,我已经明白了。"

"你听过她们在网上是怎么谈论她们自己照片的吗?当她与乔安娜和金德拉一起时?"

"没有。"

米里亚姆说她偶然看到姑娘们正在某一社交网站上浏览着彼此的形象照片。我觉得还是有点拘谨了。现在还传递不出那种真正的光彩。你说得有点儿恐怖,但是你是否有那种真正的火花?你的脸蛋真好看……脸蛋本身是这样,不过——对不起我现在直截了当地说了,不过你的那个鼻子也许无法契合这样的形象照片。

他们暂时没收了丹妮拉的手机,这引发了一场混杂着哭声的抗议风暴。

丹妮拉在大部分业余时间登录的网站对乔来说很陌生。乔了解的几个重要青少年网站有SocialU、Connect-ome、4TeenZ——假若这样的网站现在还存在的话。通过谈话还发现,他的两个女儿除了在上述网站还在他从来没有听说过的其他几十个网站上浏览。部分网站明显是为了游戏而创建,另一些是移动小程序,第三种则是些完全不同的网站。连他们也听说过的这些网站,那肯定早已陈旧过时被淘汰了。

在购物中心的书店里可以发现,各种咨询指导唾手可得。心理学博士玛丽安娜·罗伯茨写过一本针对青春期初期子女父母的指南:《幸福的青春期初期——怎样避免你的孩子陷入脸书压抑症》。脸书:怎样的怀旧浪潮。前不久所有的人都还在使用它,并在股票市场上市。乔读过医学博士柯林·科诺尔所著的令人感到担忧的书《互联网如何永久改变了你的青春期孩子的大脑活动以及我们能够做些什么》，遂决定限制孩子使用互联网的时间。根据科诺尔的说法，由于孩子还没有学会集中注意力，由于要始终保持短信、社交媒体和即时信息窗口的打开状态，而服务商又试图更多地猜测用户想要什么，这只会把人们引向有限信息、虚假信息并影响判断的准确性。不过这项限制孩子使用数字屏幕的实验并没有持续多久，因为两个孩子似乎没过两天就变得像失去了理智一般。除此之外，现在完成学校作业据说也需要使用互联网。在这之后，乔又读了哲学博士安德鲁·缪尔的书《天才技术少年——为什么新技术让我们的孩子在社交上、认知上和语言上更加多元化》，为自己限制了孩子发展——从未来角度看最重要的一项技能而产生了愧疚感。他感觉并不是缪尔所有的论据在科学上都像科诺尔的那样令人信服，但是也很难说这些论据就全无道理，或者说就不能针对实际中的问题给出解决方案。于是孩子们又可以没有限制地使用互联网了，这里指的是真正地、真正地使用。

现在这个问题至少暂时又显得不那么重要了。乔想，也许这足以维持较长一段时间，孩子们会明白同自己有关的哪些东西可以发送到数字宇宙空间中去。也许是想把不得不与丹妮拉就性短信问题进行的谈话向后推几分钟，乔又在回家的路上从埃迪店里买了两盆虞美人花苗。当想到丹妮拉和丽贝卡时，他的喉咙阵阵发紧，不知道这两个姑娘又浏览了些什么样的网站，他与米里亚姆作为父母又能做些什么。在那些无眠的夜里，他看到了一些恐怖的画面，在《巴尔的摩太阳报》的头版很快就会充斥那些儿童色情照片，其扩散范围之广甚至连警方最初都不敢承认，整个州都对一个11岁儿童的故事感到震惊，所有人都看到了她的裸照。他梦到自己的女儿连续几个月都是从学校哭着回家，换了所学校之后仍然如此。以前她只是会在自己学校的范围和朋友圈内失去名声，而在社交媒体时代则会在所有地方名誉扫地，罪名也永远不会过期。你永远也不会知道你下一次会在哪里撞到自己年轻时的性短信照片，无论是由男朋友找到的还是在求职面试时，或是被记者挖出来的，国防部不雅照片丑闻。据说现在这个时刻就会有自动的网络爬虫①正在互联网上搜索照片，其中有一部分专门为儿童色情栏目搜寻照片，而照片将永远无法从这些栏目上删掉。

他的心里如同刀绞般疼痛，每当他想到某个陌生的男性正在盯着丹妮拉赤身裸体的照片看并转发给自己的同伴，快查验一下这个好色的小雏鸡②，一个成年男人在女儿照片前大行自慰。女儿才11岁，怀里抱着一个粉红色的绒毛动物正在睡觉。

笨蛋，乔晚上听到丽贝卡在教导着自己的小妹，她以为乔和米里亚姆听不到呢：

"照片上应该把脸遮住。"

当乔回到家里时，他发现丹妮拉正在沙发上哭泣。萨拉一副茫然无助的表情坐在她的旁边，手里拿着一个平板电脑，上面呈现着一张有着长长翅膀的昆虫的照片。

"她说她无法再做下去了。"

---

① 原文此处为英文 web crawler。
② 原文此处为英文 check out this horny little bitch。

萨拉把平板电脑递给乔。丹妮拉把头埋在沙发垫枕里哭着。

"这也太难了！"

萨拉看了一眼乔。她的目光在说："假如脑袋不灵光，全身都遭殃。"乔接过平板电脑坐了下来。萨拉从沙发上站了起来，轻轻地上楼去了。

乔把女儿拉到怀里轻轻地安慰着她。他想问她，难道自己没有要求她早点开始写吗，但是他意识到要控制住自己。他这两周一直在提醒丹妮拉准备演示稿的事，并告诉她不要拖到最后一天的晚上。好的，好的，丹妮拉会不耐烦地说。我明天就开始准备。

而现在演示稿应该在第二天就准备好。

他慢慢让女儿平静了下来。丹妮拉擦干了眼泪，看着平板电脑上一闪一闪的昆虫页面和所做的笔记，露出不安的神色。

"你是要写所有的蝉类还是只是某一个品种？"

"我也不知道。"丹妮拉抽泣着说。

"或者是不是只写定期蝉呢？"

"我不知道！"丹妮拉说着，又开始哭了起来。

"你在哪里有什么说明吗？"

"那也没什么用！"

乔说服女儿去找来那张记有撰写演示稿要求的纸。他帮助丹妮拉选择好题材并加以限定，然后他们开始一起上网浏览，看看能找到些什么。

到了9点时，丹妮拉的兴趣来了。已经搜集到的资料是如此之多，都可以用来制作半个课程了。乔答应在旁边听丹妮拉练习演讲。

乔听到女儿郑重其事、谆谆教导般的声音感到十分惊奇。他经历过女儿的公主游戏和体育阶段、听到她练习歌唱和与小伙伴们一起咯咯地笑、看到过女儿涂指甲油和唇膏，但是还没见过她扮演这样奇特的教师角色。她这是从哪里学来的？是从他们身上、从米里亚姆身上学的吗？从他身上？还是从学校里其他什么人身上？

定期蝉的整个一生几乎有20年，丹妮拉大声说道，从青春期时就一直在地下的泥土中蛰伏，一直到不得不一下子在一夜之间长大，为的是能在地表生活几个星期。

乔想，也许孩子在学校里学会了清晰地咬字发音和进行目光接触。乔在丹妮拉练习的时候思考了一会儿定期蝉是如何把握自己的生长节奏以便整个一代能够一次性地冲出地面的问题。有许多种蝉的个体都是按照不同的时间节奏长大成熟，每年夏天会有某种蝉的个体醒来并开始吱吱地叫，而同一家族的其他个体却仍然待在地下。

没有人会注意它们。

夏天将出现的这一代定期蝉，丹妮拉说，其质量将超过所有美国人加在一起的重量几乎一倍。

"这对昆虫来讲并不是个小数目。特别是我们发现，我们自己的体重可是超了不少啊。"

正如对听众所期待的那样，乔感到很有趣，丹妮拉满意地继续下去。他的小女儿，正在那里做演示。乔心里一阵感动，不得不暂时把目光移向别处。他还记得有一天晚上当他第一次送丹妮拉去米里亚姆父母家过夜时自己是怎么想的，那时只有一岁的丹妮拉是那么轻松和自信地与姐姐一起留下。生活中充满了那些旨在让你学会暂时离开孩子的时刻：每一次入睡、送托、上学、膝盖擦伤、夏令营、手足口病、男朋友。

丹妮拉面带担忧地看着他。她问乔是不是一切都好。

"一切都好。"乔用一本正经的声音说道,挺了挺身子。"抱歉,继续说吧。"

"蝉会在爬到地面之后几周内死掉。"丹妮拉继续说。"它们将会把多达5000亿只蝉卵留在身后——这可比银河系里的星星还要多。非常感谢大家听我介绍。更多的信息各位可以在有关互联网址上找到。"

"太棒了。"乔鼓着掌说。"你下周可以跟我一起去旧金山,在我们的大会上给大家一个惊喜。"

丹妮拉露出担心的神色。乔笑了笑:

"开个玩笑。"

"噢。"

丹妮拉用手蹭着后背。

"怎么了?"

"那个重量的事,在结尾的地方。"

"那有什么问题吗?"

"是否肯定可以那么说?关于肥胖的事。"

"可以。这个具体比喻挺合适的。人们会明白那些东西实际上会有多少,那些蝉。"

"可是塞斯呢?他可真的很胖。"

"是你班上的同学?"

"是的。他的父母也很胖。"

"他不会觉得这是针对个人的。"

"还有什么建议吗?"丹妮拉问。

"这个演示真的很好,各个方面都不错。"乔说。"我唯一能想到的是,我不会说20年的周期将保护它们不受野兽猛禽的伤害。"

"那你会怎么说？"

"人们以为这将会保护。"

"也就是说？"

"即人们以为20年的周期将会保护它们不受野兽猛禽的伤害。"

"我不就是这么说的吗？"

"你说的是将保护。"

"啊？"

"将保护同人们以为将会保护不是一回事。"

丹妮拉眼睛瞪得就好像要从眼眶中鼓出来一样。

"嗨，拜托。"

"我们还不知道情况是否真的是这样。因此我们以为将会保护。"

丹妮拉转动着眼睛，以表明乔听起来是多么不可理喻。

"你可真是肛门性格[①]。"

"研究人员就应该如此。"

"随便吧[②]。"

"我只是想到了这一点。正巧你问到了。"

丹妮拉叹了一口气。

"怎么了？"

---

① 原文此处为英文 anal personality，意为肛门性格，心理学名词，源于著名心理学家弗洛伊德，指人类在一岁半至3岁肛门期形成的性格，如在此期间排泄受到限制会形成吝啬固执或者勤俭坚毅的强迫症性格，如果完全没有限制则会形成浪费邋遢的性格。

② 原文此处为英文 Whatever。

"人们以为20年的周期将会保护它们不受野兽猛禽的伤害。"

丹妮拉把这一段标记在她的文档里。

乔的心在痛。特别是当他想着丹妮拉时,他很难忘掉在什么地方有什么人一直在希望他们走厄运。

X.

阿莉娜可以肯定乔有外遇。他与那个在系里做博士论文的女孩有两性关系。亚历山德拉长着一双大眼睛，亲切热情，随时愿意倾听别人，把乔的事就像小狗仔一样都当成自己的事。有时乔会想亚历山德拉怎么样了。

当乔告诉亚历山德拉他很快要离开芬兰时，她哭了。他们在芬兰大学空荡荡的走廊上相拥，走廊上就像是对弥留病人做最后的安慰和治疗的地方那样永远是那么昏暗，而乔按照规定在这里已经不再拥有办公室了。女孩用手勾着他的脖子，这种做法感觉挺好但显然稍微有点太过了。

乔感觉自从冬天以来他与阿莉娜之间一直在不停地争吵。正如他后来意识到的那样，他们之间有什么东西在不知不觉间发生了变化，而要想改变这种局面感觉已经是力不从心了。每天他都会想，他们今天要好好谈谈，把所有事情都说透。可是这样的讨论会有什么结果？在阿莉娜看来，乔工作干得太多了，尽管他做得还不及一半。阿莉娜认为，乔对自己的事业比对老婆更在意，但这并不是真的。阿莉娜批评他说，他移居到这个国家过得并不开心，不是简单的不开心，而是一种有意识的不开心，是一种示威性的，以表明他是多么急切地想离开。

有一次吵架给他留下了特别的印象。那是与他向亚历山德拉发送电子邮件信息有关。那次争吵留下了一股令人生厌的味道。阿莉娜想要证明什么？唯有这样才值得提出离婚？假如阿莉娜想要离开他，为什么不就那样离开呢？假如阿莉娜想要在芬兰生活一辈子，那她为什么不直接说出来，去选一个芬兰丈夫呢？

当乔最终提交了从美国找工作的申请但却连一个面试机会都没有得到时，他突然间意识到自己的事业和所有的机会都已经付诸东流了。他感到自己已经彻底失去了所有的一切，因此才会有这样的结局。

在亚历山德拉身上，与她的外表不同，明显有着某种不确定的因素，就好像她是在寻找一个可以依赖仰仗的人似的。他们在秋天相遇，枫叶在10月的阳光里犹如在火焰中发出灿烂的光芒。

乔在前一天的员工聚会上向学生们作了自我介绍。同其他研究专家相比，他表现得格外富有幽默感。这只是一种对芬兰式僵硬的反抗，部分是预谋好的，有意识地选择以一个轻松自如的美国人形象出现。但同样影响到他的表现的是，他由于缺少睡眠一直像是处在血液中有千分之一酒精的醉酒状态。塞缪尔刚满3周，乔自从离开产科学校的医院后还从来没有连续睡觉超过一个小时。尽管在芬兰启动工作也可以做得更轻松一些，但是他仍然在早先生活取得成功余热的驱动下，充满着乐观情绪。

亚历山德拉出现在他的门口，没有作自我介绍就开口问道，假如她想要做博士论文的话需要怎么办。

"什么题目呢？"乔问。

女孩从眉毛下面盯着乔看了许久——很难说是为了向他调情还是感到有点窘迫——然后像是请求原谅似的说：

"同你的一样。"

乔起初并没有把女孩的话当真。可是亚历山德拉就像只猎犬一样扎进自己的文章中。那些批评指责似乎激发了她的斗志,她对能够比期待的做得更多而感到享受。

这让乔胸中涌起对以往熟悉的回忆:与有天赋的人共事就是这样,他们对攻坚克难解决问题感兴趣。站不住脚的论点从来不会在亚历山德拉那里通过,而且还要学会避免那些听起来引人入胜但实际上却不靠谱的噱头。

第一次的感觉就好像是被人一拳打到脸上。这就如同瘾君子见到了海洛因那样,熟悉的物质在血液里奔腾。乔与米里亚姆在多年后有过同样的感觉。他们初次在华盛顿特区的樱花节上见面时就仇恨犯罪的概念本身是否干预了思想自由展开了争论。他们现在依然是各持己见,尽管已经结婚16年了。

阿莉娜无法忍受亚历山德拉。有一次阿莉娜推着婴儿车来到系里,亚历山德拉正好在场。亚历山德拉本来挺友善,但与阿莉娜在一起时却很突兀地变得冷淡而生硬。乔曾经希望,若能放手让女人们相互拽扯着彼此的头发,大家的感觉都会好受些。

回到家中,他在心里盘算着怎样以适当的方式向阿莉娜提起这件事,要让人听起来感觉亚历山德拉是一个必要但又不是太有代表性的人。但似乎每一种开头感觉都不对,每一种提到亚历山德拉的方式本身都好像是要证明他想与自己的学生发生两性关系似的。阿莉娜内心里有某个东西,只要一听到关于系里及其员工或者学生的事就会收紧——无论任何东西,只要是与亚历山德拉或者乔的工作以任何方式有关联的。

唯恐触及这个话题开始让乔感到很不可思议。他对那个女孩甚至一点儿兴趣都没有！他为什么要对她的存在讳莫如深呢？

乔曾经向亚历山德拉谈到过桑迪·考费克斯①，即考费克斯给乔的爸爸留下了怎样的印象。任何人都没有像他那样的脊梁，爸爸说。爷爷对此也摇了摇头表示赞同。

每当有人在道义上被证明不耻，每当某个参议员由于经济上不清不楚而被捉住，或者当尼克松和水门事件被揭露时，爸爸总会再次提到考费克斯。爸爸没有见证过安然公司破产或者是次贷危机，也没有见证过雷曼兄弟破产或者是卡特里娜飓风，但是乔确定他会提到桑迪·考费克斯。

当亚历山德拉走进办公室时，她立即发现乔正在沉思。

"怎么了？"亚历山德拉问。

"没什么。"乔回答。

"说嘛。"亚历山德拉轻轻地请求着。

一开始乔什么都不想说。他不想夸大其词。他是在一个平等、和谐的北欧国家客居，这里的学校不需要安装金属探测器，人们即使做背部手术也不会因此而失去住宅。也就是说这里的许多事情都比在美国家里那边要做得好。

由于阿莉娜如今将每一个涉及芬兰的问题都视作批评，乔甚至都没有把这个笑话讲给阿莉娜听。这个笑话是系里

---

① 桑迪·考费克斯（Sandy Koufax，1935— ），犹太人，20世纪60年代美国洛杉矶道奇棒球队著名的左投手球员，曾3次获投手最高荣誉赛场奖，在全国竞赛中击出四次全垒打，五次当选得分率最高的投手，并曾担任棒球队经理。30岁时因手臂伤提前退役。

的一个研究员讲的,她是一位待人友善、活力四射的女士,每周二和周四都会带着所有员工在研讨会议室做工间操。那是一个周五晚上,在场的人不多,气氛轻松。人们在讲一些他们在人多的场合不敢讲的故事,说了不少嘲讽政客的话,大声地笑着。这一晚大家过得非常开心。在场人员中的一位——一个研究助理,一个性格温和、生气勃勃的年轻小伙子——公开的同性恋者——讲了一个关于同性恋的笑话。这个故事显然已大大超越了良好品位的界限,收到了狂热的反响,其之所以取悦了所有人就是因为它是如此明显地粗俗不堪。这让大家都感到心情舒畅。

那位活力四射的女士讲的笑话也一定很应景,大家开始为放肆的行为即越界的不当行为打分。但是对这个故事谁都没有笑。

那个芬兰人的故事一开始会觉得言之无物,就好像所期待的笑点在故事里毫无踪影。乔记得他当时只是心不在焉地笑了一声。可是晚上回到家里时他发现自己在想着桑迪·考费克斯。他会忽视芬兰人讲的无关紧要的笑话——因为它实际上就是如此,但是昨晚在一起的另外一个外国人,一个名叫斯蒂芬的正在赫尔辛基短期访问的德国人,后来把他叫到一旁。

"上帝啊,真令人难以置信。[①]"斯蒂芬说。

现在,在那之后的星期一,他发现自己正在向另一个芬兰人亚历山德拉解释,为什么桑迪·考费克斯拒绝在1965年的全美年度冠军棒球联赛,即世界职业棒球大赛[②]决

---

① 原文此处为英文 Jesus, Unbelievable。
② 原文此处为英文 World Series。

赛的第一场比赛中发球，因为那一天正好是赎罪日①，是一年中两个最重要的节日之一。没有考费克斯的参与，道奇队以8比2输掉了比赛。

"任何人都不会有像他那样的脊……"乔尴尬地发现自己在一字不差地使用与爸爸同样的表述时，他已经开了个头。"这确实是……一个意外的决定。"他纠正说。

接着他发现自己给亚历山德拉讲述了整个传奇般的故事：考费克斯是如何在受伤之后继续打球，投球的手因为淤血而变成了青色，医生又是如何威胁他要进行截肢，而考费克斯又是如何答应他在比赛的间隙不会再碰球可他却仍然练习和打球，用可待因、保泰松和辣椒素来麻醉自己，比赛之后不得不将手臂浸入放满了冰块的浴缸。

他听到自己在讲，考费克斯如何在赎罪日后回到球场，不顾伤痛发球，道奇队在输了一场后赢了两场完胜。考费克斯带领道奇队经过7场加时赛赢得了整个全美年度冠军棒球联赛的冠军，获得最受尊重球员奖，并在同一年又打了一场完美的比赛，同时取得完胜和无安打赛局。

有谁能做到这些？

亚历山德拉看起来有点欲言又止的样子，期待着他继续讲下去。可是对亚历山德拉来说需要先解释清楚什么是全美年度冠军棒球联赛，什么是完胜、什么是无安打赛局以及打一场完美比赛又是怎样的不可能完成的任务。而即便如此，亚历山德拉也不会听到当爸爸提到桑迪·考费克斯时声音里所带着的颤抖。她也不会知道，在爸爸那一辈

---

① 原文此处为希伯来文 Yom Kippur，意为赎罪日，是犹太教重要节日，犹太新年后第十天，通常在公历10月。犹太教规定，赎罪日期间要禁食一天，在教堂向上帝忏悔，请求宽恕。

人中不需要告诉任何人,桑迪·考费克斯是有史以来被列入棒球名人堂中的最年轻的球员。

"而现在说起所有这一切是因为……?"

亚历山德拉询问式地看着他。他们冒着芬兰冬春季节交替时刺骨的寒风,站在大学尤根风格的石头建筑的庭院里。

"我不知道。"

乔看着自己脚下的柏油地。亚历山德拉看起来似乎在等待他继续说下去。芬兰是一个安静、美丽、诚实的睡梦中的国度,但也是一个令人疲惫不堪正处于反叛年龄的孩子。

"我想我大概……只是希望至少有人会知道。尽管当然谁也不可能知道。"

当然人们也可以讲一些关于大屠杀的笑话,在乔的家里就曾讲过。但是如果家里还有其他人的话也会讲吗?呃。他突然感到这很难说。

他记得他是如何有点诧异地注意到自己还对芬兰人讲的故事笑了一下。在那之后只感到自己的腹部稍微抽动了一下。

这样的体验让他感到不知所措,他还没有来得及感觉自己受到了伤害。如果在家里,这样的做法当然会被视作一种有意的诋毁和污蔑。可是在这里呢?他是否在不知情的情况下无意间破坏了那位女士的心情?他努力在想那个女人会因为什么事情生他的气,并对他进行报复,但是没有想出答案,他们彼此之间根本就不认识。

直到他在向亚历山德拉解释有关情况时他才恍然大悟:那个芬兰人甚至连想都没有想过这个笑话会同任何现在的

人有关系——甚至一个在场的人。那个芬兰人理所当然地以为他就像整个这里的世界一样，也是名义上的基督徒。他的根是在——在哪里呢？在得克萨斯，在爱荷华，在1620年的英国清教徒后裔居住的马萨诸塞州。那个芬兰人并不是有意冒犯。这似乎是唯一符合逻辑的解释。

这一定是他所遇到过的最奇特的一种反犹主义的形式：在她的想象中，整个民族都不存在。

那个同性恋者也许就是这样的感觉，他意识到。人们在所有地方都轻松愉快地假设，你不是你，而是其他什么人。

但是——所有人都有着完全一样的背景、同样的家族根源、相同的教育、类似的经历、完全相同的观点吗？生活在这样一个封闭的环境和彼此之间如此狭小的空间里，该会感到有多么奇怪、多么奇特啊。

在芬兰人的故事里，人们可以对大屠杀随意发出笑声，因为这里所涉及的是童话人物，就像米奇老鼠一样真实。乔和他的父母、爷爷奶奶以及亲戚对芬兰人来讲是其他人，遥不可及，他们被活生生地烧死是他们唯一的特性，多么轻松有趣。

蓝精灵[①]不会因为关于蓝精灵的笑话而受到伤害。

在芬兰，人们从来不会谈及芬兰与纳粹的关联，似乎没有一个芬兰人会对与希特勒签订的条约感到有任何负罪感，作为以前的纳粹，芬兰人也从来不会对批评以色列而感到任何难堪——因为芬兰人认为自己属于完全不同的另

---

① 蓝精灵，英文 Smurfs，是1958年由比利时漫画家沛优（Peyo）及其夫人共同创作的漫画人物。1981年拍成动画片，描写一群生活在大森林中戴着白色小帽子的蓝色精灵的故事。

一个故事。他们在大卫与歌利亚的故事中把自己塑造成了英雄,故事中不包括大屠杀,故事里也没有人是犹太人。在故事里,芬兰人的父母和祖父母的一代几乎被消灭殆尽,被吞噬成为苏联帝国的一部分,但是芬兰人却依靠自身的英雄壮举摆脱了困境,做出了自我牺牲,从而使他们的孩子能够自由地生活下去。

这是一个美好的故事。

也许每一个民族都应该有自己美好的故事。

他意识到自己希望大家都能讲述共同的故事,而不是各自讲述自己的故事。尽管这样做会有些混乱和不方便、不完美、不连贯,但是大家的故事讲得都一样。亚历山德拉一言不发地听着,让乔沉浸在她那友善、美妙的目光中,而乔的老婆却仇视那双眼睛。

芬兰没有桑迪·考费克斯,也没有完美赛事。在芬兰,属于芬兰人的是西苏,即顽强的毅力,艰苦耐劳是芬兰人的独特秉性,这种秉性也属于那些从早到晚坐在啤酒吧里的人。芬兰人比其他人更诚实,当他们谎称自己在与斯坦福大学开展合作时也是如此。用在芬兰苹果上的杀虫剂比其他地方的要少,当用得多时也是这样说。芬兰的自然环境很洁净,在受到严重污染的芬兰湾也是如此,从那里捕到的鲱鱼在美国根本就不能出售。

实际上,当乔沉浸在亚历山德拉那安静并充满安慰的同情之中时,他发现自己之所以感到被伤害是因为那个女人在自己的笑话之后——那最终只是一个没有品位、不成功的笑话,也没有必要把它当成针对个人的——又试图用言论自由来挽救当时的局面。那个女人当然看到了斯蒂芬诧异的表情,并发现大家都沉默不语,肯定也意识到自己说了什么不妥的话。

言论自由？

假如考虑到别人的感受，言论自由就会受到威胁吗？而为了言论自由就可以不尊重其他人的出身吗？为了原则去伤害别人很重要——而且要表明这样说也是合法的？

忽然之间，他明白了如果从一个完全不同的其他地方来到芬兰会是怎样的一种感觉。他自己与芬兰人之间还是有着共同的语言，在很大程度上有着同样的文化传承和部分相同的宗教背景，部分的圣典也是一样的。尽管如此，他还是有一瞬间感觉到——真实地感觉到——就好像芬兰人站在一起嘲笑对他家族的集体灭绝，希望他也被活活烧死，就是现在，就在今天。

当他向亚历山德拉讲述这一切时他意识到，假如不是在一个陌生的国家和陌生的大陆上听到芬兰人的笑话，你就不会有同样的感受，因为在这里你不可能对其前因后果有着完全的了解。他意识到自己一直认为欧洲要比美国更让人感到亲切，更具有左翼色彩，更有人情味，对环境更友好，待人更谨慎，也更加见多识广、热爱和平、求真务实，更有深度，更具有智慧。

他感觉所有这一切已经不可逆转地被颠覆，其中有什么东西很出乎他的意料。

亚历山德拉一直在倾听着他袒露心声，保持着原来的表情。同时从她的眼神中可以读到，她收藏了他说的每一个字及其所包含的意思，收集并承受了他每一份感情的流露。

很快乔就想安慰一下亚历山德拉。问题只是出在一个特别的人身上，只是源于一个确实很糟糕的笑话。

的确如此，的确如此。

X.

小费给得太少了：他忘记去一趟自动取款机了。司机看着纸币，用受到伤害的眼神扫了一眼乔，钻进他的出租车，示威似的踩着油门开走了。乔应该把信用卡翻出来，可是信用卡在手提包里一个很难找的侧兜里——仅仅是为了2或3美元。

乔在内心里向出租车司机致以歉意，身后拉着旅行箱来到门口。尽管傍晚的光线还很明亮，但是由于时差，一切看起来都是雾蒙蒙的。还没有来得及适应瑞士的时间，他在那里的3个昼夜一直没有睡好。现在回到家等待他的很可能又是一个不眠之夜。他刚刚在瑞士参加了国际神经科学领域协会一个关于研究项目的筹备会议回来。最近他出于某种说不清楚的原因开始同意参加这类会议。

从某种意义上讲，参与更高层次上的科学管理和政策制度，从属于内圈，而且是应邀加入，让人感到受宠若惊。乔以前觉得答应加入这样的小圈子会让他感到很难受。这并不是因为有流言蜚语、存在滥用权力和暗箱操作的情况——这样的事在这里同在芬兰一样普遍，只是规模不同——而是因为这会让人闻到一股主动放弃的味道。在这些机构里的人都是在年轻时有所建树的人。他们通常在事业上小有成功，甚至取得过辉煌的业绩，但是似乎都已经失去了自己最佳的锋芒。难道就是因为如此,他们才在这些委员会里打造项目和关系网、协调各个机构吗?难道他们这样做是为了能够逃避自己的实验室、规避做无用功和犯错误、躲避真正的开创性工作的泥潭吗?科研工作会无情地将诺贝尔奖得主与初来者都列在同一条起跑线上,会随心所欲地羞辱、惩罚和奖赏。项目协调员总会让乔想起像丹尼尔·丹尼特[1]所比喻的无脊椎海洋生物那样,当它们找到一个合适的栖息地之后就会吃掉自己的大脑,因为它已经没有存在的必要了。

从芬兰回来后,他重新开始关注那些为了共同的事业所做的工作。像他们这些已经平稳着陆前行的长者,重要的是要确保正在向前突进的年轻人有机会在适当的时候为自己的事业奠定基础,因为年轻人不可能独自完成这样的任务。也许正因如此,尽管这些项目会花去他很多时间,他仍开始参与这些项目。

不过乔还是要承认,他这样做也是因为他现在的想法已经与他在20岁的时候不同了——当然他自己也能感觉到这一点。从工作中抽出一天时间休息会让他感到很放松,吃一点儿会议上的小饼干,思考一些没有复杂到让他难以忍受的事和不像真正的研究难题那样难的问题。

从芬兰回来之后,他至少有那么一瞬间明白了一点,即不能把工作等同于全部生活。他不再每周六都工作,只在平日和周日工作,而且在这些日子也及时收工,以便能够

---

[1] 丹尼尔·丹尼特(Daniel Dennett),1942年生于美国波士顿,1965年获得牛津大学哲学博士,现任美国塔夫茨大学哲学教授与认知科学研究中心主任,代表作有《意识的解释》(*Consciousness Explained*)。

在孩子们上床睡觉之前见到他们。米里亚姆也不时地说过她很欣赏乔,尽管工作很忙但仍然能够在家里尽自己的本分。乔感觉这很重要,而且他也确信,假如没有他运气不佳的芬兰之行,他很可能会成为一个比这更糟糕的丈夫。

乔把行李箱放到台阶上,从兜里掏出钥匙打开大门。从房子里散发出一股闻起来很熟悉的味道,同样的味道。他叫道:"嗨!"

从米里亚姆的工作室里传出一声微弱的回答。乔抑制住自己对米里亚姆没有放下手头工作迎接他而感到的轻微失望。当然他不过只有几个晚上不在,而像这样的短期出差时常会有。

从地下室隐约传来砰砰作响的带着塑料声的舞曲:丽贝卡正在做她每晚例行的健美操项目。因为是周三,丹妮拉去上舞蹈课了。乔把外套放到行李箱上,从冰箱里拿出一听啤酒,几口就喝光了。机场里经过空调过滤的空气很干燥,感觉好像把整个身体都吹干了。

乔心里在想,要不要去跟丽贝卡就她每晚的腹部、大腿和臀部的肌肉动作说点什么,还是这只会起相反的效果。他看到过丽贝卡令人担忧地经常在镜子前面测量着自己苗条的腰肢,眉头不满地皱着,用手捏着肋部已经没有了脂肪的皮肤,发出忧心忡忡、充满失望的阵阵叹息。假如女儿发现他在看,就会生气地把下巴咬合在一起,把眼睛睁得大得不能再大:看什么??!

女儿的体重已在正常体重线以下了。贝卡[①]在学校应该吃饭吧?

---

① 贝卡是丽贝卡的昵称。——译者注

"贝卡？"乔叫道。没有听到回答。

他打开自己的行李箱，打算把箱子里的东西取出来，可是仅仅这样想就让他感到疲倦。箱子里放在最上面的是一个数字音乐播放器，这是他在日内瓦机场为丽贝卡买的。他送给米里亚姆的是一条围巾。作为礼物有点乏味，但是颜色幸好还是相对有把握的。

听话，要让女儿中意，听话！他没有时间像他应该做的那样找来找去再比来比去，或者给米里亚姆打电话确认。播放器在使用时可以无限畅听所有的音乐，并且完全免费。这在乔听来感觉很惊奇，甚至是违法的，但是售货员解释说，这个系统是新的，著作权和版权组织还没有掌握它，原因是它绕过了所有以前的传播渠道。

乔拿出播放器，合上行李箱，向楼梯走去，打算把行李箱送到楼上，这时他偶然发现在沙发靠垫中间有个什么东西。那是丽贝卡的手机，粉红色的，已经磕碰得体无完肤了。他上楼时可以顺便把它带到丽贝卡的房间里去。

当他在楼梯上往上走时，他有点心事恍惚地惊奇地想，难道女儿不需要用自己的手机吗？据他所知贝卡没有新的手机，至少没有用他的信用卡买过。贝卡手机里的一个即时信息聊天软件一直开着，乔有时试图想干预一下。当贝卡在家里的餐桌上与父母交谈时，她最好的朋友也应该以数字的形式在场。女儿可以将他们愚蠢无比的观点和风格上的失误实时与自己的朋友分享，这样他们作为父母不可思议的保守表现就会在几秒钟内成为整个朋友圈的笑柄，照片也许会在互联网中永远存在，任何人都可以通过谷歌搜索到。

在手机上连续不断的敲击会伴随着女儿平日的每一刻，

女儿宁愿失去自己的一只手或脚也不愿离开手机。而现在手机却被遗落在沙发上，家里并没有笼罩着世界末日的气氛。

乔在丽贝卡房间的门口停了下来。

女儿的挎包放在桌子上一个明显可见的位置。它是用透明塑料制作的。包里的东西像是在橱窗里一样闪烁着。他认得出挎包的设计出自一位著名设计师之手。名字甚至对像他这样远离生活的大学人士也并不生疏。

直到这时他才注意到那个装置。

它在挎包里面：流线型、纤细、颜色鲜亮并有金属反光，外形前卫，就像是一个设计精巧的按摩棒。在这个全封闭的棱形物体上无法马上分辨出任何按钮，即没有任何东西可以上手。接着他看到一对无线耳塞，虽然是分开的，但是与椭圆棒有着相同的颜色和外形，看起来一定是配套的。难道现今的手机都是这样子的吗？这当然解释了为什么老的会被淘汰了。

她是用谁的钱添置的这个新玩意儿？

从超级棒上可以马上看出，它的价格与普通的手机相比一定要高出许多倍。这样的手机要多少钱？几百，也许一千美元都打不住？而且女儿又怎么会买得起这么贵的挎包？

预示着进食障碍的砰砰的音乐声仍然从地下室隐约传出。从挎包里的学校课本、化妆品、扎头发的皮筋圈和新的银色手机中间可以分辨出一个明显小一圈的圆柱形塑料包装。它鲜艳的颜色和硕大的彩色条纹标识就像是一只火甲虫一样从挎包里映现出来。

ALTIUS！①

他身体里有什么东西攥成了拳头。他的女儿正在使用什么他不知道的药吗？作为头痛药这样的包装太奢侈了。据他所知丽贝卡并没有患上什么需要定期服药的病啊。

最后他明白了。

避孕药片。

丽贝卡才15岁。他同米里亚姆没有讨论过这些事。米里亚姆应该会告诉他。

"贝卡！"他朝着楼梯的方向喊道。"丽贝卡！"

健美操音乐在继续响着。女儿不可能从这么远听到他的声音。乔向周围看了一眼。他在任何情况下都不会去查探女儿的私人物品的，尤其是偷偷摸摸地这样做。可是丽贝卡的尊巴有氧健身②可能要持续一个小时或者更久。女儿有意选择了透明的挎包，那种可以不用打开就能看见里面东西的包包。

早在他从自己大脑最持怀疑态度的皮层中获得为其辩解的答案之前，他就打开了挎包，把小瓶取了出来。难道丽贝卡已经有了定期的性生活吗？是和谁呢？是不是要请米里亚姆同丽贝卡讲讲避孕套不仅仅是为了避孕才需要使用。可是为什么为避孕药片起的名字是Altius呢？

---

① ALTIUS，拉丁文，意为更高。
② 尊巴（Zumba）是一种融合了桑巴、恰恰、萨尔萨、雷鬼、弗拉门戈和探戈等多种南美舞蹈，是一种将音乐与动感及间歇有氧运动融合在一起的健身操。"尊巴"一词最早源于哥伦比亚俚语，意为快速运动。

每天一次，用于与压力有关的互动障碍、与情景相关的心理压力和社会关联症状。

ALTIUS！®

处方药，谨遵医嘱。

仅供研发试用。

乔盯着外包装。"用于与压力有关的互动障碍"？"与情景相关的心理压力"？"和社会关联症状"？女儿是去看了心理医生了？医生向她杜撰了这些毛病好出售药品？

仅供研发试用？

他从包装上寻找关于有效成分的信息。这是一种他从来没有听说过的化学合成物。

舞曲的声音在继续。乔手里拿着药瓶走下楼，来到米里亚姆的工作室。米里亚姆的手指就像瞪羚一样在手提电脑的键盘上飞奔，声音一直传到了房门口。米里亚姆在电脑旁似乎并没有注意到他站在门口。

"在瑞士待得怎么样？"米里亚姆最终对着屏幕说道，对着屏幕皱了一下眉头。瞪羚的奔跑速度并没有丝毫减缓。

"待得挺好。"

"那就好。"

乔思考了一会儿，然后说：

"贝卡是从哪里得到的额外的几千美元呢？"

米里亚姆就好像注意到了这个问题似的耸了耸眉头，可是她的脸庞仍然在一动不动地盯着屏幕，那样子就好像是在说：她一个字也没有听到。乔从门口看着屏幕冷冰冰的光线映射在自己老婆的脸上，他在西方数字型生活方式面前有一刻感觉到自己的无力与疲乏。他意识到，当他自己也是鼻子冲着电脑屏幕度过每一个梦醒时分,直到睡觉前半小时才作为"休息",然后在电脑上浏览一下那些半生不熟的人的重要情况通报时,其他人也一定会有同样的感觉:**萨曼莎·艾利克森**正在开始新的一周,艺人"芳元"制作了相当成功的巧克力饼干:邻居的狗都跑过来闻了闻邮箱!

"你听到了吗?"乔轻声说。

"嗯。"米里亚姆用一种丝毫不感兴趣的声音说。"我必须要在明天之前完成这个东西。"

"贝卡是从谁那儿得到的治心理病的药?"

米里亚姆终于把目光从电脑上移开。她现在看起来有些恼火。手指头的敲打声稍微有点延迟。

"什么?"

"贝卡是否在用一些我不知道的药物?"

乔向她展示了一下药瓶。令他感到沉重的是,现在每件事他都必须要说两遍,先是要让另一个人的注意力每次从不同的屏幕上移开,然后当这个人最终在倾听的时候再说一遍。

Altius?米里亚姆显然对此事一无所知。

乔问道,米里亚姆是否给了丽贝卡钱去买一个意大利时尚设计师设计的、一个肯定要花几百美元的塑料包。没有。是否借给过丽贝卡信用卡?没有。有没有听说贝卡在用什么处方药?没有。是否知道贝卡买了一部新的手机,一部可能同时也是数字型振动器的手机?不知道。

"你是否还记得,"米里亚姆突然慢慢地说,"当我对丽贝卡突然改变了发型表示奇怪时?大概是一个月前?"

有一天晚上丽贝卡回到家里,看起来好像是某个好莱坞著名影星的一个蹩脚仿制品。那是一个曾经多年在备受追捧的情景喜剧里担任主角并成为人物画廊中最受欢迎的人,现在刚刚从第二次婚姻中离婚,从不同国家领养了3个孩子。贝卡忽然之间看起来要年长好几岁,失去了自己的个性:很难说她是一个长得年轻的25岁的女人还是一个打扮成大人的少女。

乔记得米里亚姆曾经感到诧异,尽管丽贝卡在风格上并没有发生特别大的变化——尤其是与丽贝卡在前一年春天染的乌黑油亮的哥特式头发①相比——但是她的发型款式在米里亚姆看来还是添加了某种经过精心筹划的不属于一个15岁女孩的细微色调。乔尽管没有说出来,但是他曾经猜想米里亚姆只是因为看到自己的孩子长大成为女人而感到奇怪。可是谁又怎么能知道现在的青春期女孩应该是什么样子的呢?所有的风格和款式一周之内就会发生变化,一切都可以与以前不同。

"你知道我看到什么了吗?"米里亚姆慢慢地说。"稍早的时候透过窗户,当晚上贝卡出门的时候?"

当丽贝卡登上在街边等候她的小伙伴的车时,她没有关上车门,而是把腿留在车外,将身上的牛仔裤换成了一条比米里亚姆允许她用信用卡买的肯定要贵出六七倍的新的名牌裤子。接着丽贝卡从车里跳了出来,在原地转了一圈向其他人展示自己,那样子就像是偷吃了禁果一般。女儿的掩饰引起了米里亚姆的注意,经过一段时间的观察,她发现那条牛仔裤并没有在家里的洗衣筐中出现,而女儿的衣服通常都是在穿了一两次后就要洗。米里亚姆本来是打算要与丽贝卡谈谈这件事,但是后来又忘记了。

---

① 哥特式,指全身穿着黑色且头发及面妆、指甲均为黑色的青春期风格。

他们听了一下：地下室的健身操还在继续。米里亚姆想了一会儿，又将手指放到了键盘上。

"那药是什么成分呢？"

这个奇怪的药的成分被证明是一种新近进入市场的化学衍生品，用于诸如极端羞怯症等疑难社交障碍的治疗。通过快速搜索还从耶鲁大学学生组织的页面上发现了讨论链接，上面一些在读本科学位的学生谈到使用这个药后在小伙伴群里的地位得到改善。有个人说他也许因此通过了普林斯顿大学的毕业考试[①]，但是如果是在不用Altius的参照组里的话则绝无可能。现在他成了小伙伴群里最受欢迎的人之一，交了个女朋友还是模特。在搜索结果的首页上还闪烁着一些青少年喜爱的新社交媒体的个人形象页面，其中有一位游泳运动员说他在开始使用Altius之后才赢得了赛区比赛冠军，因为他之前的精神处于锁死状态。假如没有同伴的认可他是不可能真正取得成功的。他的身体准备好了夺冠，但思想却没有。

乔和米里亚姆相互对视了一眼，什么都没有说便一起向地下室走去，承诺赋予人完美体型和永恒朝气的芭比跳操音乐还在砰砰地响着。

丽贝卡发誓说，她从来没有从ALTIUS！®的盒子里取过一粒药片。他们怎么能厚着脸皮竟怀疑她会这样做？退一步讲，即使她取了，也不关他们任何事！这看起来甚至有点像是他们在用自己的行为直接逼迫她尽快去尝试一下。好吧，为了抗议他们的这种审讯，她会今天就立马开始服

---

① 原文此处为英文 final exams。

用这些药片。

塑料挎包是她的私人财产，父母没有任何权利去翻查里面装的东西，就像未经许可不能闯入她的房间一样。

她没有做任何违法的事，父母也没有任何权利在没有任何证据的情况下这样指控她！

"贝卡，刚刚从你那里找到了价值数千美元的衣服、穿戴和电子产品。"乔说。"在这也许可以说已经有了证据了。"

"那些都是你们完全通过非法的手段获得的！"

"那么去你的房间需要什么呢？搜查许可证吗？"

丽贝卡的眼睛里闪耀着愤懑的眼泪。乔显然是在撒谎，说是来送已经用了一千年的——早就不能用的！——旧手机到她的房间，还假装是办好事。这真的让人难以置信，乔，一个受到过嘉奖的大学教授，居然不明白这个已经用了两年、勉强凑合着还能用的手机早已经被淘汰了。此外即使撒谎也丝毫改变不了乔非法闯入私人空间的事实。至于丽贝卡是从哪里得到了这部价值不菲、有着流线外形尚未上市的新手机——则不关他们的事。

此外，顺便让你们知道一下，这并不是什么"手机"。

一阵受到伤害的哽咽。

"那这又是什么呢？"

丽贝卡从眉毛下面看着他们，在犹豫值不值得迎着风车冲上去搏斗。接着她发出一声启示录般绝望的叹息。

"是体验装置。如果你们非要知道的话。"

"体验装置？你这是在开什么玩笑吗？"

"哇呜，公司要被你们吓得浑身发抖了！"丽贝卡眼睛睁得大大的，向空中摊开双手。"顶尖的技术创新家约瑟夫·查耶夫斯基对此并不信服。"

"贝卡。"

"它的名字叫iAm。即我是。"

"我是？"

"哇呜，顶尖的创新专家查耶夫斯基对名字的选择也有疑问。股票要崩盘了！我从这里已经听到了崩盘的声音了。"

"贝卡。你能不能友好地回答你妈妈问的问题。"

"等我的律师来了就马上回答。"

丽贝卡将自己深深地隐蔽在她的单人掩体中。最后，乔想不出其他办法只好威胁停止支付丽贝卡每月的零花钱（仅此而已），并没收丽贝卡手中的信用卡。（真让人感兴趣，在你那严格的限额下本来就什么也做不了。鄙视地瞪着眼睛。）他们俩谁都不想停止支付她每月的零花钱（那就别停呗），但是作为丽贝卡的父母，他们认为至关重要的是，他们要知道这些药和贵重的物品都是从哪里出现在丽贝卡的挎包里的，以及丽贝卡为了钱又做了些什么。

"你们甚至都没有宣读米兰达权利[①]。"丽贝卡翻着白眼说。从起居室传来丹妮拉咯咯的笑声，宣读米兰达权利。根据宪法，警察在审问之前要提醒嫌犯享有米兰达权利。

"丹妮[②]，回你自己的房间去。"乔说，"我们现在正在同贝卡谈话呢。"

[①] 米兰达权利（Miranda Rights），又称米兰达警告（Miranda Warning），即美国刑事诉讼中犯罪嫌疑人保持沉默的权利，起源于1966年美国最高法院"米兰达诉亚利桑那州案"中由美国首席大法官厄尔·沃伦所撰写的判决书。

[②] 丹妮是丹妮拉的昵称。——译者注

"贝卡。"米里亚姆说,"你那样的语气——"

"没有兴趣。"

"别这样同你妈妈说话。"

"哦,可是你就能未经允许翻我的东西吗?"

丽贝卡起身向楼梯走去,脸上带着一副被冤枉的自由斗士的神情。

"听我说,贝卡。"乔突然说,现在换了一种声音。"猜猜我在想什么。"

丽贝卡厚厚的冰层下面闪现出一抹深色的地方,那下面可能会有融化的地方。看到自己预测对了,乔便采用与刚才不同的方式继续下去。女儿终归或许还是那同一个拿不定主意的少女——这自然让乔松了一口气——她想让自己的爸爸妈妈知道在她的生活中发生了什么。也许这也是为了能从父母的反应中决定自己应该持什么观点。

"我认为。"乔说,对自己是否找到了正确的路径全无概念。"你是参与了但连你自己都没有把握到底是什么的事情。"

丽贝卡不相信地从眉毛下面看了他很久。乔和米里亚姆等待着。丽贝卡咽了一下口水,用手指头把看不见的脏东西从手掌心搓出来,最后终于同意一点一点地、至少是部分地透露到底发生了什么。

有一对来自一家大型公司的男女到学校来走访,这家公司曾资助学校修建体育大厅的附属侧翼建筑。这个侧翼建筑便以这家企业命名。在这种时候,乔发现自己会怀念没有将社会卖给"市场"[①]的芬兰。在赫尔辛基不可能出现

---

① 指将应由社会承担的职能完全交由市场解决。

由饮料工厂冠名的足球场或者是以电话运营商命名的冰球馆。芬兰人明白那样的情况将会导致什么。他羡慕芬兰的许多大企业还是由国家所有，有的是部分所有。在芬兰，国有的电力公司从来不会发生像自由传媒集团分给自己公司总经理泰德·布朗几千万红利从而颠覆了整个社会安宁的情况。或者是国有的森林公司向自己的总经理支付几百万，并解雇几千人，然后再让一个富得流油的银行家在报纸上炫耀将那些效率低的人淘汰掉对整个社会有利。在这里就是这样，其结果大家都看到了：美国正在将自己建设成为一个发展中国家，富人不得不将自己用铁丝网圈在自己的宫殿里。就连巴尔的摩的大街上也有人用半自动步枪甚至是机关枪公然进行火拼，每天都在收获不平等的果实。在这方面，欧洲更为聪明，而在这里则已经太晚了。乔希望，每一个美国人都能去芬兰生活一年：这会让整个国家更加健康。

为了庆祝与学校之间新的合作，那一对男女答应送给学生们一些广告随手礼。学生们通过注册登录一个社交网站成为企业的粉丝就可以获得礼品。所有与丽贝卡同龄的人都在今年开始使用这个社交网站。丽贝卡也注册了，并通过邮局收到了一些香波洗发液、护发素和定型剂。

"那么后来呢？"乔问道，他能感觉到女儿隐瞒了最重要的部分。

"没有后来了。"

"那个包也是他们送的？还有药品？"

从丽贝卡的表情可以看出，这些令她心烦的问题又开始让她蜷缩到她的单人掩体里了。乔担心要开始打阵地战了，最糟糕的情况下会持续一天或者一周。

"那个公司给所有学生都送了商店里价值400多美元的包吗？"

"当然不会！"丽贝卡叫道。"如果每个人都有，那谁还会要啊。"

"也就是说，只给了你？"

丽贝卡没有回答。

"你是不是要做点什么？你得到了包呀？"

乔在墙上寻找着洞隙或者裂缝，可是连最小的也没有看到。

"贝卡，老实说出来吧。你是否未经允许就用了我们中一个人的信用卡？"

"没有！怎么立马就指控我是小偷！我们有如此相互信任的关系真是太好了！你们去查查你们的账户。"

"那又是怎么回事呢？你是不是在卖毒品？"

丽贝卡的眼睛瞪得像盘子一样大，感觉受到如此指控就像是受到了不可思议的、难以用语言形容的伤害一样，同时乔也明白了小妹丹妮拉是从谁那儿学会了瞪眼睛的毛病的。

"贝卡，假如你不说的话，我们就会开始随便乱想了。"

可是丽贝卡不同意再做更多的透露，于是乔和米里亚姆没收了挎包及里面的药瓶，同时还包括新的手机和名牌牛仔裤，即所有他们不知道来源的物品。没收吧。我才不在乎呢。

向上翻的白眼，合上的眼睫毛在颤抖。道义胜利者的平静。

夜里11点后，乔和米里亚姆从他们的卧室听到楼上丽贝卡的抽泣声。他们相互看了一眼。

"她表现得那么强硬——然后又哭了起来？"乔不解地说。

"你不记得15岁时是什么样了吗？"

"我们是不是对她太过严厉了？"

"我们明天同她再谈谈。"米里亚姆说，把灯熄灭了。

乔却睡不着。他在湿黏的被单间辗转反侧，在想着收到的威胁信函、从办公室窗户扔进来的砖块和丹妮拉的裸体照片，这些照片也许此时此刻正在数字信息网络中传播，而且将永远无法从网上移除。姑娘们还做了其他什么他们不知道的事，多年后会被人从互联网尘封已久的地方再挖掘出来？

乔把身体转向另一侧。他们晚上从互联网上搜索了丽贝卡的装置。在其生产厂家——一家名叫MInDesign①公司的主页上放满了"不需要登录的体验装置"的广告，称其将颠覆我们所认知的世界。广告下面是一个计数器，正在以秒为单位倒计产品发布的时间，现在还剩下半年。

iAm。

乔试图在上床睡觉前把从日内瓦机场买的媒体播放器作为出差小礼物送给丽贝卡，以缓解一下他们之间的冲突。可是丽贝卡却说，这个过时千年的一无所长的音乐播放器丝毫无法改变乔非法闯入她的房间即私人区域的事实。除此之外也很难让人相信，乔作为一个获奖大学教授竟然不懂一个前几年的装置是与丽贝卡的电脑、手机和文件打开

---

① 原文此处为英文，意为头脑设计。

程序根本不兼容的。用它免费无限畅听音乐也是完全无用的，因为丽贝卡的手机里已经安装了可以享受同样优惠的付费服务软件。此外注册用户账号更是愚蠢至极，因为这玩意儿看不懂小伙伴们在媒体群里的每日更新，而任何一个理智的人都不会使用一个上百年的装置去听自己小伙伴们看不见的音乐。乔就是故意给丽贝卡买了一台没有任何用途的播放器！

这一夜，乔无奈地受着煎熬，竟是如此漫长。

空调会有帮助吗？但是失眠并非由其引起。在马里兰州还没有那么热。

过了一个半小时他还是睡不着，于是他从床上爬起来，出于一时冲动打开了电脑。

他在长期的抗拒之后，作为最后一批加入了2010年初最受欢迎的社交媒体。其网页的受欢迎程度在这之后不久即塌陷了——或许正是由于甚至像他这样的人现在都加入其中了。当人们毫无征兆地抛弃了这个网页时，一年前花了天文数字金额买下了这个通讯系统的传媒帝国，实际上失去了全部的成交价格。它现在成了工厂城市的数字替代品，人们、街区商店和银行都从那里消失了，但是空置的大厅和几个听着像是精神错乱的迷路者仍然让人们想起已经不复存在了的生活方式。

现在大家都在使用的新媒体平台，乔是应大学传媒部门的请求而加入的。大学也有自己的新媒体，但是大家谁都不用它，因此也就不再要求使用它了。现在传媒部门希望每一位研究专家每周至少要向这个最受欢迎的商业网站写一篇"关于轻松愉快的实验室生活的点点滴滴"，用这些有趣的小故事向人们"打开研究专家人格的窗口"。这会有助于打造个人品牌。尽管研究专家也许出于自己的高傲会有不同想法，但是这种多渠道传媒还是站稳了脚跟，在学术界也是如此。传媒部门新任掌门人——一位25岁长着一头硬发的小伙子，他肯定是在一两年之前还在他的兄弟会桶装啤酒晚会①上尝试用压力水管创造喝啤酒纪录——也是这样说的。

实际情况是，这个小伙子在必不可少的新闻发布会演讲中说，每一个人都在为自己的人格打造品牌，无论是研究专家还是大学，只是有的人是通过低效和过时的渠道去做，既没有规划也做得不好。

"很遗憾，秘而不宣和遮遮掩掩的时代在我们这里也一去不复返了。"小伙子用他所担任的首个领导岗位带给他的自信宣告说，"现在我们只能依靠真实性与公开性才能生存下去，并走向辉煌。"

发达②：小伙子用的是这个词，兴旺发达。而在生活中畏缩不前的人将会灭亡，灭亡③，一个一个地，慢慢地，不可避免地。小伙子以格外的激情谈到了未来的iAm装置，它将会打破目前许多人为的限制，将科学传媒引向一个崭新的领域。

乔看到那些年轻的研究人员立即情绪激动地抓住新的品牌机遇。可是从长远看，这对研究人员会有用吗？是否有人能够用真诚、直接、幽默和富有个性的方式来讨论猕猴大脑皮层中颞区的神经束，并以此打造自己的个性品牌呢？那个被小伙子用钦佩的语气提到的20岁的女研究生，

---

① 原文此处为英文 fraternity keg party。
② 原文此处为英文 thrive。
③ 原文此处为英文 perish。

在"新一代只会更好的推特上"拥有3万粉丝:这个姑娘是一个不错的研究员,但是这在她的媒体群网页上并看不出来。大家能看到的是,这个姑娘在研究一些同神经元突触有关的课题,她有着迷人的微笑、苗条的腰肢、每天不同的名牌衣服以及经常博众人一笑的俏皮话。难道姑娘不担心,她未来的老板会不会认为,这个姑娘是否对摆拍和在照片中选择复古风格的数字镜片——不可否认这些都非常时髦——比修正实验刺激间隔时间并重新做一遍跑偏了的实验更感兴趣?

乔想,他有这样的感觉肯定是因为他已经太老了,他感到那些凭感情即兴发挥的个性化的真实多渠道传媒并不讨人喜欢,因为他本人就是智慧型、可控的就事论事型、非真实单渠道传媒的支持者。实际上他对任何渠道都不支持,只想回到自己的实验室中去,这本身当然就很老派、不讲品牌和不真实。难道对年轻人来说,让自己的生活处在持续不断的监控之下就完全感觉习以为常吗?也许这种感觉会比在实验室里的日日夜夜更加真实,因为在那里从来没有旁人在看——如果有的话,也一定无法看下去。

乔此时坐在电脑旁才惊恐地发现,在新媒体上他们一刻不停地提醒整个世界注意他们自己和他们的工作——把所有的一切也告知了那些对他们心怀不轨的人。

那些在暗中观察想伤害他们的人。

乔意识到他们在关注着他的每一个行踪,肯定也看到了他应学校传媒部门要求在网页上所做的那两个令人尴尬的更新。在其中的一个更新里,他提到自由传媒集团及其所使用的暴力手段更符合黑手党而不是科学出版社的做法。

在新的社交媒体频道中乔也把女儿丽贝卡加为自己的

"好友"。他总想把数字好友加上引号，就像朋友一词的新生动词交友一样。乔等待丹妮拉同意加好友的请求已经有几个月了，原因是丹妮拉在自己的社交媒体中只来得及关注四五个最重要的社交媒体——某个丹妮拉的崇拜对象会不时地在其中哪个媒体上短暂现身。

当乔想起自己在停止反对数字网络后都做了些什么时，他的内心里感受到一阵突如其来的尴尬。

乔在判断力上令人羞愧地绊了一跤。那是他在刚刚加入新媒体后随即发生的，他逐一点击同事和邻居加为好友，包括比较熟悉的研究专家和米里亚姆：乔·查耶夫斯基想成为你的好友。这是服务器自动建议的，当然人们自己也会建议：你认识芭芭拉·弗莱施曼吗？芭芭拉·弗莱施曼想成为你的好友。部分服务器的加好友建议比较奇怪。如建议乔请求把一位他不认识的在加拿大工作的内科医生加为好友。据他所知，他与这位医生之间，除了曾经就丽贝卡的一次久病不愈的感冒问题发过一封征求另一位专家意见的电子邮件，并没有其他的联系。服务器是不是已经设法进入他的电子邮箱了？他是不是在点击阅读并理解与本服务相关的使用条件以及法律后果后被同意了这样的事情？难道他未及阅读的第426页的法律条款包括了类似的内容？有人在系里刚刚问及乔使用的户外服装，后来发现据说乔用自己的名字和照片在该传媒群中公开向朋友们推荐了这款外套——他肯定不会有意识地予以同意。有位同事猜测，可能有人在乔不知道的情况下在网页上输入了他的照片，自动搜索引擎识别出乔的面孔和他使用的衣服品牌。据说如果不想让这些信息被用于市场目的，就要逐一取消相关功能。服务器的条款每周都在变化。

尴尬的判断错误也许是由于失去了速度概念，当他在几天时间里连续发送并同意了几十个好友请求后便会产生这样的错觉。乔加数字好友的标准在不断降低。他先是同自己商定，他只同意将最密切的同事加为好友，因为这项服务将用于工作目的。他甚至不想让与他们有竞争关系的研究团队对他的实验室里正在做什么知道得太详细。让他们像别人那样也去读已经发表的文章吧。可是第二天就会立即弹出一个来自在半工作场合见过的不是很熟的人发来的请求，虽然他并不符合最初的条件，但由于拒绝他会被视作过于不友好，他还是同意把他加为好友了。更简单的是在自己的心里重新划定传媒的界限和目的——也许只是不像我最初所想的那样在上面更新任何细节——而不是给别人一种不想与熟识的人有任何正常交往的印象。每一个半专业的令人愉悦的熟人都会有来自某一个完全非专业人士的请求。拒绝丽贝卡最要好朋友的善良母亲会给人以非常不礼貌的感觉。除了交往密切和感觉不错的人，那些交往不太密切和感觉没有那么好的熟人也慢慢发来加好友的请求，而一旦走上这条道路，是否会真的想要对这些人中间的哪一个特别的人、一个他也知道不少并定期碰到的人说，我更愿意与丽贝卡班上的其他家长交朋友，唯独不愿做你的朋友，你个见鬼的母牛。接受每一个请求会更容易。在这之后感觉自己主动去做会更明智，这样就不会在所有这些部分或者完全没有意义的人们中间陷入数字上的孤立，而是能够作为他们的平衡，也与那些确实相当熟识或者也许并不认识但很想认识的人成为朋友。在不知不觉中，自己也降低了加好友请求的标准，或许也是因为很难一下子找出那么多超级亲密的还没有邀请成为好友的人。于是他感觉，既然现在应大学媒体部门的要求好像已经这样做了，也把那个在一次会议上曾经聊过天并好不容易弄清名字的芬兰历史学家也加为好友会更加明智。最终，乔发现自己处于一种奇特的半上瘾的状态，用了整整一个晚上，就像收集赌码一样到处为自己搜罗数字好友。

事情就是在这样的精神状态下发生的。他一时兴起偶然想在电脑上搜一下看能否找到一个名叫塞缪尔·查耶夫斯基的人。他找到一个住在华盛顿州西雅图市的35岁的人。当他看到这个错的塞缪尔时，就在他意识儿子当然应该姓谁的姓的前一刻，一阵羞愧的浪潮早已袭上他的心头。

用阿莉娜的姓马上就搜到了塞缪尔。

咔咔。

请求加好友。

咔咔。

请求已发出。

这会是新的友情的开始吗？他记得他在想。即使是带引号的？

乔从儿子那里从来没有收到过答复。他把这视作一个明确的信息。

当乔听到巴尔的摩夜里熟悉的报时声：一辆警车鸣着警笛疾驰而过时，他猛地从自己的思绪中惊醒。

乔强迫自己把塞缪尔甩到脑后。人们会有判断失误的时候。假如儿子不希望乔与他取得联系，当然也可以自己告诉乔。也许存在这样的可能性，即儿子只是从来不使用那些社交媒体网站，他仅仅是没有注意到他的请求。

乔将自己的登录名和密码敲入社交媒体群网站，在电脑上转到丽贝卡的数字空间里。在丽贝卡的页面打开的那一瞬间，所有从前的思绪都从脑海中抹去了。乔的心跳骤然停了一下。

珠宝时刻！从来没有在考试中有过如此的佳境！也许是有了新的小朋友A的缘故……：）当与朋友相处愉快时炫耀起来也会很容易……不过……当然我也读了……祝周末愉快，小可爱们！！！保持连线！！：）你们都是至亲。

还有昨天的：

我只是想在上课之前抓紧时间炫炫这个包包！！价格当然不会那么酷，但是……**真正的潮流名牌！！！我就像在天堂一般！！**^^

还有前天的：

我只是有这样的感觉还是A已经发挥作用了？你们当然知道是和谁了……！！当然也可能只是想象，但是？！感觉好像是在课间找到了合适的出气口……尽管A大概不应该对此有那么直接的影响，但是……！：-）但是最后的结果不管怎么说都比以往要好！也许我们还是灵魂之友，尽管我从来没有发现！！亲亲，小可爱们！！！

乔在丽贝卡的网页上发现了大量他希望自己早就应该注意到的内容。有哪一个15岁的孩子会加4000多个好友？那些成年人模样的男男女女都是什么人？还有那些企业？

女儿的每日更新都是围绕着同样的主题进行。这些话题涉及食物与卡路里、衣服、香波品牌、精品店的鞋、专门设计的牛仔裤和好莱坞演员的形象。

乔有片刻时间沉浸在自己的思路里，假如爷爷看到他们现在是在怎样生活时会说些什么。"我就是我"对他们的孩子来说已经没有什么意义了，我是现在成了一个科技小装置的名字。

在丽贝卡的每日更新中会定期提及"小朋友"或者"A"，说到与小伙伴们谈到一些积极的事情，发现男孩子与以前相比有所不同了，从女孩子的目光中看出比以前的认可度更高了，学校的成绩比以前有所改进，也可以更快地发现别的什么人是否需要帮助了。

直到乔意识到可以从好友目录中搜索到Altius的生产厂家，支离破碎的图像才开始重新组合到一起。

乔不得不抑制住自己，一直等到早上。他在夜里立即把米里亚姆叫醒，他们一起在信息网络上查阅了女儿的生活轨迹。米里亚姆认为在半夜里叫醒女儿于事无补。

早上6点，早餐桌前，丽贝卡被安排坐在他们的中间。丹妮拉嗅到有什么香甜可口而且可能导致惩罚措施的事情正在酝酿中，便悄悄地像一只捧着杂粮盘子的小松鼠一样机灵地溜到了桌子上来。

丽贝卡看起来像是受到了惊吓一样，出乎意料地乖乖回答着问题，也许是因为她不敢肯定父母确切地都知道了什么。

代表企业来学校造访的那对待人友善、打扮时髦的青年男女曾带丽贝卡出去吃过饭。他们对丽贝卡说，由于贝卡是一个有天赋的年轻女性,在学校学习成绩优秀,在朋友中间又很受欢迎,她可以成为公司的**儿童就是未来**[①]活动的参照支持者。你知道吗,丽贝卡,一般的少年每天大概只同14.4个人有语言上的接触,而你丽贝卡竟有38.7个人。

乔后来查寻了有关活动的信息:**儿童就是未来**活动想要"使所有的学生在学习和工作中都能拥有同样的技能,不论他们的社会、经济和认知方面的起点如何"。未来是孩子们的!现在就支持**儿童就是未来**活动吧!

由于这家公司的支持,学校现在建立了一个**儿童就是未来**活动的特别基地,有一间房专供一位受过专门培训的人员、一位可亲可爱的女性向学生们分发与学习、健康、体育和小伙伴有关的信息及小窍门,即所有处于青春期或前青春期的青少年在其平衡全面的生活中所需要的东西。每一位去过活动站的人都会免费获得一个**儿童就是未来**的背包!(容量55升,颜色有海军蓝和洋红色。)

最好的是——正如学校的护士在乔联系时所解释的那样——这不花学校一分钱!这项活动由学习辅导员自己资助,用他们自己的资金。大家都是赢家!

丽贝卡喜欢她收到的礼物吗?这对青年男女想知道。

很高兴听你这么说。这对青年男女也认为这些香波和定型剂是市场上最好的,尽管不是最便宜的。假如丽贝卡想要合作,她还有可能得到更多更好的礼物。

这对青年男女从老师那里听到,丽贝卡是一个比一般人更聪明的年轻人。实际上在上一个学年丽贝卡的考试成

---

① 原文此处为英文 Children Are The Future。

绩要比她在这个学区的同龄人高出95%，比全国平均水平高出99.4%。这对青年男女想要成为所有年轻人特别是像丽贝卡这样的年轻人的朋友，因为丽贝卡的言谈举止对其他年轻人有很大影响。参照小组对每个年轻人的消费和生活方式的选择的影响度甚至可以达到95%。

这对青年男女非常清楚丽贝卡对服用非医嘱药物感到担心。他们对此都清楚，尽管他们认为实际上在分子层面不必把ALTIUS!®当作药物来对待。ALTIUS!®不是药，而是大脑腹内侧前额叶皮层[①]神经树突的特殊优化物。

丽贝卡肯定从学校的生物课上学到过大脑前额叶皮层腹内侧区在大脑内从社交互动的角度来说是最重要的结构。没学过吗？他们在学校里现在到底都教些什么啊？（一个带有鄙视的嘲笑。）

新分子则是一个非常特殊的例外，这是因为许多药物都是偶然发现的，而ALTIUS!®的分子却是在人们已知大脑活动的基础上新开发出来的。人们在过去10年间在神经科学领域开启了一个全新的世界。丽贝卡作为一个关注当今时代潮流的聪颖青年对这一切肯定很熟悉。科学家们正是针对这些大脑区域、这些神经细胞和接受分支的情况开发出了这种超级精确的微调分子，一旦与其他人之间的互动出现问题时就会通过咳嗽而获知。腹内侧前额叶皮层的缩写[②]就是来自这些专业词汇。

由于新分子恰好能够在正确的神经核中优化神经树突枝干的活动，也就是在前额叶皮层腹内侧区，首次发现它

[①] 原文此处为英文缩写 VMPFC，即 Ventromedial Prefrontal Cortex。

[②] 原文此处为英文缩写 VMPFC，即 Ventromedial Prefrontal Cortex。

可以用于治疗许多与社交互动有关的障碍——这些丽贝卡都听说过，好！也许丽贝卡的班上也有同学患有与社交互动有关的病症？那些症状以前根本就没有得到过治疗？是的，原则上这是同样的分子——或者分子家族，这些在市场有许多不同的商业名称。

在开始时，ALTIUS!®确实主要被当作治疗疑难病症的手段。真正的突破是在发现了其最佳效果是在健康人群身上之后。即那些头脑灵活、善于社交、在友情关系中格外成功的人——正是像丽贝卡这样的人。

研究人员用了很长时间才弄明白大脑是怎样工作的。

人们在21世纪之初还在把大脑当作硬件和软件来讨论，但是大脑不是电脑。

大脑的软件就是硬件，而且都是社交型的：大脑是群体型的硬件。

大脑里有内设的——假如非要使用这个过时的不恰当的比喻的话——无线网卡。

大脑是一团十分敏感的生物质，是为了与其他大脑保持联系按照天文学般的复杂体系而打造的。

科学家们在很长时间里没有搞清楚这一点——许多人频频在友情关系中陷入困境却得不到帮助。

所以只有ALTIUS!®优化剂才能做到其他药物做不到的事情。

这件事是如此复杂，所以一般的医药生产厂家都还在后面很远的地方蹒跚而行。

在此所说的不是药物，而是一种微调剂。

科学家们还在讨论什么是精准的神经生物机制，在这样的机制下优化发生在前后神经元突触细胞的细胞膜上，但有一点是清楚的，即对前额叶皮层腹内侧区进行平衡只是在前额叶皮层腹内侧区域对神经网络本身的自然传播进行微调，而不会对健康青年的大脑产生任何影响。这些都是重要的神经网络，因为它们负责接受来自背后侧和皮层下区域的联系，特别是来自杏仁体、丘脑和海马体的联系。

不，丽贝卡说得完全正确，这个分子确实还没有获得可用于健康的青少年身上的正式批准。还没有。这是真的。要是青年女士和男士总有机会与像丽贝卡这样受过良好教育、关注时代的青年人进行交流该有多好啊！

可是丽贝卡是否知道，绝大部分由医生开出的药都不是用于它们所注册的使用目的。丽贝卡是否知道，头脑灵活的医生为人们开出的药通常都是用于与这些药最初正式批准的销售许可稍稍不同的用途？因为受过培训的医生会关注自己的领域，他们会比官僚更全面地为人们排忧解难。有时甚至是健康的没有毛病的人。聪明的年轻人。就像丽贝卡一样。

如此有用的产品是否值得，只是因为有关手续在某个人那里尚未完成就弃之不用？也许还会耽搁好多年？

你的生活就在眼前。

科学家们不久前刚刚观察到——难道丽贝卡没有听说过吗？——在完全健康的成功人士身上，其前额叶皮层腹内侧区域的神经元突触细胞膜有时也会运行不畅，大脑是一套不可思议的绝妙系统，真难以置信，但即使是大自然母亲令人称奇的造物有时也会需要小小的微调。特别是在重要的成长阶段需要同时完成学校学业、申请到大学名额、思考未来的职业、开始选择未来的配偶——女士回想起自己在丽贝卡这样的年纪时有多么超负荷[①]。

那时还不会进行微调。

新的分子会专门对那些神经元突触进行润滑。这些突触在丽贝卡独一无二的大脑中——特别是在丽贝卡目前面临特殊压力的成长阶段中——在最需要的情况下并不一定能完全发挥其应有的作用。正是因为这个，新的分子家族才被称作前额叶皮层腹内侧区域VMPFC特效突触优化剂。

因此这一对青年男女才说，丽贝卡最终会成为大自然所赋予她应该成为的那样完美的人。

嗯，是的，丽贝卡又巧问了一个绝妙的问题。

与压力相关的社交互动弱化症——最初前额叶皮层腹内侧区优化剂就是作为其治疗药物而获批准的——实际上是一种非常普遍的病症。如此普遍却在诊断中完全被低估了。而且在医生的在职培训后情况依然如此。它在青少年当中实际上是如此普遍，甚至像丽贝卡这样的中学学霸也会不时地受到它的困扰。

丽贝卡是否知道，在与她同龄的学生中甚至有78%的人估计会不时地受到压力或与情景相关的社交反应能力变化的影响？我们也许不会总是能像朋友们所期待的那样做出敏捷自如的反应，同时我们也许不能总是能够完全获得他们最深切的感情。这通常都是极为正常的，但是有时这些困难有可能是由前额叶皮层腹内侧区神经细胞的细胞膜穿透性不完全而引起。

丽贝卡是否曾经发生过这样的情况，与朋友们在一起的时光没有达到完美的境界？丽贝卡是否有过这样的感觉，

---

① 原文此处为英文 overwhelmed。

即也许她并没有被人们所完全理解？她的幽默稍稍有点跑偏，与朋友们的波长只相差一点点？她有那么一瞬间在朋友们中间像是局外人的感觉，就好像他们并没有真正地完全获得了**你最深处的自我**，也就是**只有你**所能体验到的生活？

这样的情形有可能正是反映了与场景相关的社交互动减弱症，其在最糟的情况下有可能会使朋友关系陷入一定困境——其产生的后果甚至会危及学习成绩。丽贝卡作为一个格外有天赋的年轻女子肯定注意到了，当与朋友之间出现烦忧时，甚至会连考试都做不到很完美。

如果把一切都想象成非黑即白，即有些人有这样的困扰，而其他人则没有，那就会有些走偏了——生活从来不会如此简单。不是吗？

丽贝卡是想取得一般性的成功？还是想尽可能取得最大的成功？

丽贝卡是否想要在朋友们眼中成为仅对其人格留下印象不深的人——还是在她内心深处的那个光芒四射、富有激情的丽贝卡？

这关系到丽贝卡的人生。

就……就是说丽贝卡想要从自己的人生中得到什么。

就……就是说丽贝卡想要从自己的人生中获得什么样的满足。

丽贝卡是否想尝试一下，她独特的人格魅力通过ALTIUS!®前额叶皮层腹内侧区优化剂将会在朋友们眼中显得比现在更加完美？

最重要的是要明白，ALTIUS!®不会改变神经细胞的自然运作。ALTIUS!®只会——

女士希望丽贝卡现在能看着她的眼睛。

这一点很重要。

对年轻女性的人格起平衡作用的因素不会发生任何变化。这是因为,前额叶皮层腹内侧区的平衡体不会改变神经细胞的自然运作。它们会保护大脑天然的处理信息的生物能力,就像大自然所赋予的那样强化大脑运行的各方面的条件。

ALTIUS！®只会改善神经细胞内天然信号与噪声之间的关系。

当要就男朋友开展竞争时,丽贝卡是否愿意被埋没在其他愚蠢而乏味的女孩的阴影里？社交反应能力上的问题尤其会减缓与异性之间的社交沟通。丽贝卡难道连尝试一下这个能让她在男孩子眼里显得十分可爱和迷人的东西的想法都没有吗？

丽贝卡肯定也知道,已知的两性之间的吸引力甚至有82%是与良好的自我感觉有关的。丽贝卡自己也许也注意到了,当她自我感觉快乐、聪慧和富于性感时,其他人也会看得出来。

丽贝卡是否想尝试一下,改善后的互动技能通过更好的自我感觉和成功也会对她的学习成绩产生影响？

尝试一下也不会有什么坏处。

丽贝卡不久就要参加学术能力评估考试[①]了。尽管最关键的一年是在第11年级[②],但是现在就应当认真对待学术

[①] 原文此处为英文缩写SAT,全称为Scholastic Assessment Test,即学术能力评估考试,相当于美国高考,由美国大学理事会(The College Board)主办。

[②] 高中二年级。

能力评估考试。丽贝卡是否知道，即便是短暂的压力相关社交松懈症都有可能导致决策能力弹性减弱到41%？根据研究，决策弹性是预测考试成绩因素中最重要的一项，譬如在学术能力评估考试中正是如此。根据研究人员的报告，这种减弱通常令人意外地产生于与朋友之间的关系上，有可能在学术能力评估考试中扰乱注意力。据研究人士说，这样的情况很有可能会在像丽贝卡这样的既年轻又聪明的人身上发生，而通常他们的高智商比例会使他们在考试中获得满分。

作为一个有着高智商的年轻人，丽贝卡当然知道，在学术能力评估考试中取得好成绩将会决定性地影响到她能够进入哪一所大学。而能够进入哪一所大学又会决定性地影响到她的收入、她考研的机会、她的朋友圈、生活伴侣的水准、政治取向，等等——丽贝卡的今后的整个人生。

这位女士在她自己的生活中运气很好，她没有用优化剂，即进入了一所名牌大学学习，学成后成为一名医生。她有一位英俊的丈夫，是一位律师，不过——回过头来看，如果女士确实是很诚实的话——女士不能肯定，假如存在这样的选择，她是否会承担不去尝试一下的风险。

难道丽贝卡连尝试一下都不想吗？

不，他们当然能够理解。

当然啦。

这位男士和女士绝对可以理解丽贝卡想要对此持谨慎态度。有时让事物慢慢推进并在安静的氛围下做进一步了解更为明智。

男士和女士明白，丽贝卡已经做出了自己的抉择，至少是在目前情况下。微调剂当然会给予使用了它的丽贝卡的竞争对手一定的竞争优势——最终都是关系到学习中的竞争。这项优势现在由丽贝卡之外的另一位相貌漂亮、有着蜂蜜般颜色头发的竞争姐妹所获得,她也许在男孩子的眼里同时也成为现实中的完美女人。

但是更重要的当然是敢于做出自己的决定。女士与男士都赞赏丽贝卡独立思考以及在做决策时考虑到道德因素的能力。女士与男士愿意尊重这一点。

什么?丽贝卡竟能提出如此聪颖的问题?太惊人了——丽贝卡一生中一定会前途无量。

没有,并不是所有男士和女士提到过的这些研究结果都在比较评测期刊系列上发表过。丽贝卡所提的问题真是太对路了。但是这样做是有其正当理由的。也就是说公司自己的未经比较评测的出版系列是传播新的研究信息更加快捷和有效的渠道,往往会早几个月甚至几年。

将这个分子产品用于健康青少年身上确实还没有得到官方的批准,这一点当然很清楚。但是这些部分新的研究成果确实已经在一些备受推崇的科学期刊上发表过。假如丽贝卡想要看的话,这里有其中最新的一篇文章,由哈克斯比、斯瓦沃、林德斯特姆和科尔勃斯于2013年在《神经科学与实验生物学》期刊上发表(第23、212—257页)。

由备受尊崇的科学出版社出版的《神经科学与实验生物学》是进行比较评测的科学出版系列。世界上每一所著名大学都会订阅这份期刊:**斯坦福大学、哥伦比亚大学、麻省理工学院、普林斯顿大学、加州科技大学、耶鲁大学**——这些大学都会订。所有大学的图书馆也会订,如同订阅《自然与科学》杂志一样。

即使丽贝卡不想使用任何一种关于这家公司生产的

众多前额叶皮层腹内侧区优化产品，也绝对是明智的决定——虽然从这些产品中肯定能找到一款最适合丽贝卡独特形象效果的——如果丽贝卡对自己的性感魅力、在参照小组中的地位以及在学习与生活中取得的成就已经完全满意了的话。绝对明智。

在这种情况下，丽贝卡就不需要任何优化产品了。这样的情形真是太棒了！对丽贝卡现在所处的这样一种幸福状态，男士与女士只想直接向她表示祝贺。

男士与女士仍然不希望丽贝卡错失获得这么多好礼品的机会。

幸好除了选择全面之友，还可以选择自由形式之友。自由形式之友不要求同全面之友一样在参照小组场景中公开服用ALTIUS!®药片。当然自由形式之友不会获得与全面之友完全一样的优惠。很遗憾。可是丽贝卡会选择最适合她的生活场景的友情形式。

在参照小组场景中公开服用药片？丽贝卡问到这个问题，这太好了。男士与女士显然并不是总能注意到自己解释得是否到位。简而言之，这是指丽贝卡在服用这个产品时至少要有另一个人见证，这样男士与女士才有可能确认丽贝卡确实这样做了。通常每次也值得在有另一个人在场的情况下服用该产品：这会加强与参照伙伴之间的相互信任与归属感，这也会改善参照伙伴今后对产品的认同感。但是现在这与丽贝卡确实已经没有什么关系了，因为丽贝卡已经选择放弃尝试前额叶皮层腹内侧区特效优化剂。

丽贝卡以前是否见到过类似于这样外观有一点儿特别的挎包？太好了！丽贝卡看来对流行趋势确实非常了解，对这个系列及其款式都这么熟悉。很高兴看到这么聪慧的年轻女性能如此关注所处的时代。男士与女士对丽贝卡喜欢这个挎包感到很高兴。特伦蒂诺这个品牌在他们看来也是很高雅的，当他们现在在这里仔细观察丽贝卡时，发现这个挎包会使丽贝卡完美无瑕的肌肤更加光彩照人。

要想成为他们的朋友，丽贝卡什么都不需要做，只需要随身挎着特伦蒂诺的包包。

还有包里的小罐。

谁会知道，或许丽贝卡提到过的那个年纪稍大的男孩，足球队的中卫[①]——谁会知道，或许那个男孩会注意到特伦蒂诺挎包。当然男孩不会对使用名牌挎包的女孩追个不停，但是如果能在与别人相比时占有优势，则也不会有什么坏处。当然了，丽贝卡与别人相比总是很突出，因为她是一个格外迷人的年轻女性。

简直就是性感女神。

当然那位男士不会使用这个词。但是，她，那位女士可以对丽贝卡完全袒露心扉。

丽贝卡是否可以把特伦蒂诺包一直挎在身上，包括在学校里？特别是在庆典活动中，尤其是在这样的活动中。丽贝卡能否以名誉向男士和女士担保，当她去参加庆祝活动时一直会随身带着这个挎包？如果丽贝卡能把包放在离自己尽可能近的地方，特别是在小伙伴们有可能拍照的场合就好了。当然也没有必要做得太过分。

男士与女士也会非常愿意帮忙选择挎包内携带的物品。首先他们会向丽贝卡赠送这部还没有来得及上市的新款手机。它难道不是很酷吗？它其实并不是一部手机，而

[①] 原文此处为英文 halfback。

是……嗯，丽贝卡试用的时候会发现的。

这部手机——也不是手机，嘻嘻！——如同任何一件那些丽贝卡已经拿回家的化妆品和洗护发产品一样，对那个小罐来讲是一个很棒的旅行伴侣。既然现在丽贝卡已经成为自由形式之友，男士和女士就可以根据丽贝卡的愿望随便发送化妆品和香波。只要男士和女士能足够经常地在社交媒体的照片中看到丽贝卡和包包。

手机的名称是iAm。

它不是一部手机。

它确实不是手机。

乔一开始并不理解，为什么一家生产头发定型剂和除汗味剂的企业，会要求丽贝卡在挎包里随身携带专为治疗自闭症而研发的药物以及外观如同航天员用的振动器一样的手机。经过在键盘上多次敲击之后，他发现这家美国化妆品公司由同一家投资公司拥有，其旗下还有一些其他受年轻人喜爱的服装品牌厂家。其他推送给丽贝卡的物品却很难找到联系方式。

那位意大利的时装设计师最近刚刚把自己的商业经营业务出售给了一家大型服装公司，丽贝卡现在挎的这个传奇般的包就出自他的手，但看来他与化妆品工业或者iAm生产厂家并没有任何关系。那家拥有生产和推销Altius药厂家的大型美国公司最近与英国制药巨头进行了合并，但是乔不明白的是什么原因让这些企业会联起手来一起对付他的女儿。丽贝卡的音乐文件夹清楚地显示，因为丽贝卡新交了朋友，一家吞并了英国数家音乐和娱乐服务公司的巨型企业为其发行的音乐提供了通往丽贝卡朋友圈的超车道，可是它与香波及心理治疗药物之间又存在什么关系呢？

那一对造访学校的青年男女究竟是什么人呢？

那天夜里，乔花了大量时间寻找有关那种药物和iAm装置的更多信息。经过了更多的误导路径并通过一个倡导创意的秘密团体理论的边缘论坛，乔才进入一家名为助推①的公司主页。他的目光停留在一份关于公司客户群体的目录上。其中包括iAm装置的生产厂家MInDesign。那家熟悉的意大利箱包设计生产厂家是这样推荐助推的：

助推彻底改变了我同工作、其结果乃至整个世界的关系。我不再把人们当作客户，而是把我们所有人都视作一个大的整体。我不再去想市场营销——整个概念对我已经失去意义。对拥有好的商业想法的你，我只想代表Nudge说一件事：去尝试。

助推代表着"与产品、消费者和人与人之间进行开放合作的一种全新接触方式"。按照助推的说法，我们生活在一个革命的时代，而要取得成功则需要革命性的工具。助推明显想要提供这种工具，但是乔从页面信息上根本无法搞清楚这家企业实际上在经营什么。企业客户可以从他们那里获得例如基于神经市场营销的潜力分析、进入策略建议、透视棱镜方式选择、量身定制的平行连锁及精确设计信息提升，等等，但是哪里都没有具体解释这些都是指

---

① 原文此处为英文nudge，意为轻推、助推。著名经济学家、2017年诺贝尔经济学奖得主理查德·塞勒（Richard Thaler）和著名法学家凯斯·桑斯坦（Cass R. Sunstein）曾于2008年合著《助推》（*Nudge*）一书，提出行为经济学助推理论（Nudge Theory），即策略设计者（政府或企业或家长……）可以使用隐形和巧妙的策略来助推对象（公众或顾客或孩子……）达成特定选择，整个过程就像是"用胳膊肘轻推一下"。

什么。

乔在那个奇怪的关于秘密团体理论的网页上读到一个论点，认为助推的背后有一个神秘的人物在施加影响，从工商注册或者该公司的任何文件上都没有他的名字。直到乔把这个名字与一条关于法律诉讼的新闻联系到一起，画面才开始清晰起来。助推的创始人，虽然与助推没有任何正式的关联，但是曾在上一家市场营销公司中因非法营销——即使用消费者保护法中明令禁止的间接市场营销手段给消费者造成风险——而与其他关键人物一起多次被告上法庭。很难将助推与这一判决挂钩，因为无论是公司名称还是人名都不相同。只有这位曾担任前一家公司总经理的神秘人物看起来能将各个碎片连接到一起，但是显然他已经更换了名字并将自己藏匿在助推后面，然后消失得无影无踪了。

或者说这就是秘密团体理论网页上所声称的。网页的可信度令人产生一定的怀疑：根据其匿名作者所述，助推是靠引导个体消费者的大脑活动来挣钱的。

当读到助推前一家公司的法律诉讼时，乔感到额头冒出了阵阵冷汗。这家公司在一些学校和幼儿园建立了与医疗保健、精神健康和日常健身相关的咨询站，并为处在玩耍年龄的孩子举办俱乐部活动。根据秘密团体网页所说，那些非法推销者的所作所为包括在费城的一个学区要求整个年龄段的体育俱乐部成员每天都使用一种能让孩子产生依赖性的能量饮料。许多孩子在俱乐部活动结束后如果不借助于戒除诊所的帮助则无法自主停饮这种饮料。饮料中含有一种原本开发用于治疗阿尔茨海默病药物的成分。这种饮料后来被彻底禁止了，但是在青少年的讨论区内至今仍然充斥着指导如何将外婆的阿尔茨海默病药物[①]、咖啡因和另外5种来历不明的成分掺入饮料的说明。这家公司通过戏剧、电影和乐队业余俱乐部成功地使严重下跌的吸烟数字在北达科他州提升了30倍。公司通过用同龄人、运动与大脑命名的头脑风暴使整个养老院连锁机构的住户都使用同一类安神药物，而停止使用该药将会导致肌肉痉挛和脑血栓的产生。

当然这家公司已经被多次告上法庭。它所支付的赔偿额似乎数目很大——假如不将其与呈爆炸状增长的产品生产厂家的利润和公司的奖金相比的话。

根据秘密团体理论网页，助推所做的一切与其前身即被判有罪的那家公司完全一样，只是采用了新的手段。据网页所述，助推已经在其预算中有意识地事先备好了受到诉讼时的赔偿金。未雨绸缪，有备无患。

很难判断哪些是真的，因为所有这些都只能在秘密团体网页上读到。自由传媒集团最大的媒体大厦则发表文章称，助推"带领我们朝着更加幸福的世界又迈近了一小步"。

乔很奇怪为什么在丽贝卡的主页上有那么多他从来没有听说过的人在对她的每日更新进行评论，为什么有人说她们买的牛仔裤让她们的臀部呈现出"生活中应该体验出的样子"，或者有人日复一日地在头发上喷一种新的知名品牌颜色使其带有性感的光辉，"让她们意识到生活也许就在当下"。有一位朋友正在考虑，如果**送给她**一个用于**测量世界尊贵时间**的手表，是否会是一个恰当的**馈赠想法**。

---

① 原文此处为英文缩写 ADHD。

不管秘密团体网页上所说的是否都是真的，有一件事看来是清楚的——他的女儿已经把自己的全部生活，无论是虚拟的还是真实的，如果后者还有的话，都出售作为广告版面了。

"你们不明白！"当乔和米里亚姆在早餐桌上顿时哑口无言地盯着她时，丽贝卡嗓子带着哭腔说。这样做是对我而不是对他们有好处！否则我就不会同意了！此外你们也不能禁止我！他们是我的朋友！你们不能禁止我同别人交朋友！

我确实可以这样做，假如这件事涉及某个大公司的市场营销部门的话，乔这样想，但是又强迫自己把话咽了回去。他确实不想让自己的女儿把自己生活的全部都出卖给某家超级公司并成为他们市场营销的材料，他也肯定不会允许别人利用新的神奇装置绑定自己女儿的大脑活动用于某家公司。他不知道这个装置能做什么，但是不管它是什么，都不能用在丽贝卡身上。

他强迫自己冷静下来，问丽贝卡她所说的好处是指什么。是指那些挎包、化妆品、洗面奶和牛仔裤吗？可是据女儿说，问题并不在于那些产品本身，而是她能够第一个知道哪个新的化妆品或者服装或者乐队即将首发。

"有时我还能享受打折优惠。即使没有优惠，我也总会比其他人先拿到产品。"

"这方面你不需要任何公司赞助。"米里亚姆说。"我们完全可以自己买给你所有你需要的东西。"

丽贝卡把眼睛睁得像盘子一样大：是的，是的。[①] 是

---

① 原文此处为英文 yeah right。

的，是的。

"哎，快看啊，猫咪。"丹妮拉忽然用手指着窗户说。她一直在一动不动地听着他们的谈话，总是将洋溢着兴奋之情的目光转向发出声音的那一边。乔飞快地看了一眼已经转移到窗户前沙发上的女儿。

"可是你为什么要由其他一个什么人，一个市场营销经理来为你选择服装和音乐品位？"乔接着说。

"要他们为我选择？"

丽贝卡看起来像是受到了极大伤害，乔担心女儿的下嘴唇会嘛得掉到地上。

"如果我不喜欢那些东西的话，可以退回去。"

"退给那个男士和女士？"

"可是我可以成为第一个试用那些东西的人。大家都知道了我总是在其他人甚至连听都没有听到过时，就率先拥有了所有那些新鲜玩意儿。特别是当有什么东西就像那些包包那样会成为头等大事时。我成了第一个拥有那样东西的人，所有人都会记得这件事。如果没有这些，我就不可能有此殊荣。我有时在想，我是不是现在马上就从此彻底打住！你们不明白这有多难，现在的生活压力有多大啊！"

"可是如果这给你造成了如此可怕的压力，那么彻底置身于这种竞争之外难道不失为一种解脱吗？"

丽贝卡眼睛盯着自己的爸爸。那目光的意思是说：你比我所能想象的还要愚蠢。

"可是你那些小伙伴会怎么想呢？"米里亚姆问道。"他们是否知道你那些在脸书页面上数以千计的照片都是一种产品投资吗？"

"妈妈，现在还会有谁真的留在脸书上啊。你还是回到

2011年去吧,你好像是刚从那时穿越过来。"

"他们知道吗?"

"没有必要这么大声嘛。他们当然不知道了。"

"如果这件事什么时候被人知道了怎么办?你难道一点儿都不害怕吗?所有你在做的都只不过是广告而已?你完全没有自己的意愿和个性?"

"我怎么就没有呢?"

在丽贝卡的辩解中似乎是第一次出现了一个小缝隙。接下来丽贝卡说:

"我看不出来这中间有什么大的差别,即那些衣服和其他东西是我买的还是别人送的。那么好吧,也许有时候会有一件在风格上有点别扭的裙子,我自己是从来不会主动穿的,但是他们发来短信说现在这件产品正是超级格外重要的①时刻,你要在今后两周内尽可能地多穿它。行吗,亲爱的?!!②嗯,也许这种时候我会想一想,自己好像是不会穿的。但是要帮他们个忙,这样他们也会帮我的忙。"

米里亚姆和乔彼此看着对方的眼睛。

"可是那些药物呢?"米里亚姆说。"难道你就不担心那些药吗?"

"我不用服用那些药。他们答应了的。我只要把它们带在包里就行。"

"可是大家都看到它们了啊。"

"那又怎样?"

"大家都读了你在自己主页上所写的东西了啊。"

---

① 原文此处为英文 super-extra-important。

② 原文此处为英文 Would you please, honey。

"那又——又怎样？"

"你说你服用了那些药。那些药帮助你与小伙伴们相处，并在数学考试中助了你一臂之力。你是这样写的。"

"那又——又——又怎样呢？"

"也许过不了多久别人就会知道！你的那些小伙伴！你所有这些都是彻头彻尾的坑蒙拐骗！"

丽贝卡瞪着眼睛看着乔。

"现在谁还会说坑蒙拐骗啊。"

"那你找一个好点的词来代替。"

丽贝卡的额头上出现一个很小但可以察觉到的皱纹。乔把自己所有的希望都寄托在这个皱纹上了。

"这怎么就能被别人知道呢？"

"也许有人会认出你。"

"比如说谁？"

"也许你还是有什么人算是真正的朋友的！"

姑娘看起来是那么专注，乔的心里一阵痛楚。

乔有很长时间一直弄不明白，市场营销公司是怎样获取他们所需要的所有关于丽贝卡的信息的。乔通过一点点询问女儿才搞清楚了整个安排。

当丽贝卡开始使用iAm装置后，那对青年男女作为丽贝卡的好友就能够在所有社交媒体中注意到那个挎包出现的次数是否足够频繁。他们要在对此进行查验后才能继续送给丽贝卡她想要的礼物。实际上他们在现实中能够看到丽贝卡所能看到的所有事物——还远不止如此——只要丽贝卡不改变某些特定的默认设定。

丽贝卡可不是那种想要隐瞒自己行为的人？就像那些罪犯和儿童色情传播者一样？实际上，丽贝卡在原有的社交媒体中同意将自己的所有照片都公布于众，并将自己的姓名自动与照片连接在一起——这也是这对青年男女能够如此慷慨的一个前提条件。

在一个开放型的社会中，这对青年男女所代表的企业能够做很多好事，包括向丽贝卡的学校和无家可归动物养护中心捐赠资金。

这对青年男女很清楚地知道，动物对丽贝卡来说很重要。

他们的目的就是尽可能多地收集关于丽贝卡的信息——这样就能够更好地帮助丽贝卡去过她自己想过的生活。令男士和女士感到沮丧的是，他们现在对丽贝卡知道得还是太少——她访问过哪些网页、使用哪些衣服、听什么音乐、加了哪些好友、在信息网络中逗留多久以及对朋友都说些什么——因为他们的目标是要能够像丽贝卡那样去思考。

他们很快就能够这样做了。

通过iAm装置就能做到。

他们希望向丽贝卡做出的提示恰好就是她最想上的学校、最中意的男孩、最有兴趣的工作和最想读的新闻——很快他们就具备这样的能力了。

因此对他们来说，丽贝卡每时每刻都能把iAm装置带在身边至关重要。

但是——这一点很重要——丽贝卡有没有注意到，她从来不会在自己的特伦蒂诺挎包里装入不是那对青年男女送来的其他化妆品和美发产品？

丽贝卡使用任何药物吗？首要的是，如果丽贝卡要使用什么药物的话，她要告知他们。

丽贝卡的生活将会轻松许多,如果她在他们的特别网站上同意男士和女士的加好友请求并启用新的手机,而那还不是一部手机!当看到丽贝卡是如此喜欢这个装置时,他们感到超级兴奋[①]!通过这个新的装置,丽贝卡就能够无忧无虑毫不费力地每天向男士和女士更新她在那个高级特伦蒂诺包里都带了什么东西。丽贝卡不需要再对包里的东西进行拍照,不需要在她的房间里安装单独的网络摄像头或者其他什么疯狂的东西,实际上她根本连想都不用再想这件事了,因为所有的事都能够完全自动地完成了,丽贝卡只需要同意那些特别条款启用这个装置就行了。

新装置将通过一种全新的方式来体验世界。

男士与女士对这个iAm装置欣喜若狂。技术在当今世界使一切皆成为可能,这难道不令人感到震惊吗?

其他事情借助新的装置也会进行得轻松自如:无须另外做什么,只要启用这个装置就行。

丽贝卡唯一应该做的事就是要承诺一直将这个新装置带在身边。她也确实是这样做的,甚至连上床睡觉时都带着,嘻嘻!她做的梦也被记录下来了!在此之后,一切就都由男士和女士负责了。丽贝卡不需要担心任何事情,因为如果她有时候比如说不小心把什么东西放到了包里、对朋友说了什么、发给朋友一些链接——不管做了任何与**儿童就是未来**活动之友,也就是作为男士和女士的朋友不相符的事情,他们当然就会同她取得联系。或者当她的衣柜里或者化妆品包里出现了任何与丽贝卡这样受欢迎的女孩

---

① 原文此处为英文 super-exciting。

自身利益不相符的东西，他们的时尚专家就会发来信息提供帮助。时尚专家在年轻人中间对什么样的流行趋势最受欢迎有很好的认知——特别是她知道什么样的款式风格即将登场。这才通常是最重要的。

此外，如果男士和女士每周给丽贝卡发送一张支票，她是否会觉得合适？遗憾的是数目不会太大，但是用这笔钱可以为装化妆品的挎包补点货和去影院。丽贝卡不需要做其他事情，只需要对时尚专家和消费顾问——他们都是男士和女士的好朋友——向她提出的建议持适当开放的态度。当然谁也不必被迫接受什么——因为这是丽贝卡自己的生活并且应体现她自己的风格！哈哈，她所缺少的就是这个，即女士的朋友将为丽贝卡指定使用一种唇膏颜色。但是假如丽贝卡对任何建议都完全不持一种开放的态度，那么……也就是说，也许有可能会发生这样的情况，即他们之间的友情不会像应该的那样让双方都感到满意。他们唯一要求的就是丽贝卡应有一个开放的心态。

嗬，丽贝卡显然是一位富有幽默感的年轻女性。不，当然不是！这当然不是什么间谍计划。呵呵！那位女士将柠檬汁直接呛到嗓子里了。这是一项他们专为自己的朋友定制的特殊服务，只能通过这个新的装置运作。这项服务的目的是要使丽贝卡的生活变得轻松自如，由他们来提出猜测丽贝卡会喜欢的建议。随着他们对丽贝卡的了解越来越深入，这也会变得越来越容易。间谍计划的运行都是不征询意见、未经许可和对他人有害的，而男士和女士都是站在丽贝卡一边的。

但是友情需要朋友彼此之间的呼应。

丽贝卡肯定明白，如果他们不向公司报备确认丽贝卡遵守了所承诺的合同条款，他们也不能送给她礼物。

不会的，这个装置不能拍照片，里面也没有网络相机。或者说当然也有那样的。但是这个装置直接将信息转发给男士和女士……嗯，在这儿就这么对你说吧……

嗯，与普通大路货电话相比——见鬼，与任何东西相比——不必要的中间界面被删除了一点。

被删除了一点。

这种说法确实让男士和女士感到很有趣。其中的原因，当丽贝卡启用这个装置时她自己也马上看出来了。

丽贝卡很有可能也会从新闻媒体上听到关于这个话题的一些内容。就在最近这段时间。

一些内容。

哈哈，就像丽贝卡所注意到的那样，这也让他们感到很有趣。过几年后——女士敢肯定——现在的手机都会看起来像是石器时代的文物一样。

如果随着丽贝卡的小伙伴们开始越来越多地使用和丽贝卡同样的产品，男士和女士也会给她赠送更多的礼物并提供更多的打折优惠，不知丽贝卡觉得这样做是否合适？丽贝卡当然没有任何义务告诉自己的小伙伴们她自己喜欢哪些商品和服装。男士和女士相信，**友谊是没有任何附加条件的**。

这里还有一个企业和人员名单，假如丽贝卡很乖巧可爱的话，她可以在那个她已经加了男士和女士为好友的受欢迎的社交媒体上再把他们加为好友。

或者如果丽贝卡感觉这样会更容易，她可以授权男士和女士将上述人员和企业加为她的朋友。这样可以吗？好的。这样她就不必在这件事上费神了。男士与女士可以很好地代表丽贝卡完成这个任务。

而问题是关乎友谊,不是合同,丽贝卡不必征求父母的任何意见。合同当然需要监护人的同意,而友谊就不需要了。男士对这一点很清楚,因为他是懂法律的。

也许丽贝卡最好对整个这件事一个字都不要告诉自己的父母。对其他人也以不讲为好。人们并不都像丽贝卡那样聪明和享有特权,也并不一定能明白这是怎么回事。他们会想得到免费的名牌牛仔裤和化妆品,他们也会想成为男士和女士的朋友,但是很遗憾男士和女士不可能成为所有人的朋友,除了基础朋友。基础友情没有任何限制。**基础友情**现在可以按照13.99美元(加营业税)的特别**体验价**加入。没有强买强卖!丽贝卡自己也可以毫无保留地向所有有意者推荐基础友情。

丽贝卡当然应得到更好的。

为庆祝他们之间新结成的友谊,男士与女士想要送给丽贝卡一张美发厅的礼券。他们知道有一位非常棒的美发师,专门会给丽贝卡同龄的人做头发。很遗憾美发师的价格不菲,比一般价格高出很多——噢?就是说丽贝卡听说过这家美发厅?难道在年轻人中间普遍都谈到过这家美发厅?可是丽贝卡的父母不会同意为丽贝卡理一次发就支付这么多钱的?可是这正好巧了,男士和女士很愿意送给丽贝卡一张这家美发厅的礼券。美发师会稍稍提升一下丽贝卡的个人风格。丽贝卡的个人风格将会更加时髦,即那种完美适合高雅的特伦蒂诺挎包的风格。

那种可以让丽贝卡完美的肌肤更加光彩照人的风格。

哦,还有一件事:丽贝卡是一个格外漂亮和身材匀称的年轻女性。属于女士所见过中最美丽、最苗条的人之一。

但是这并不意味着创世主的杰作永远都不能再提升了。丽贝卡可能会在某一个阶段开始感觉到，她想要比现实中的她更加完美一些。如果开始有了这样的感觉，丽贝卡会想要咨询男士和女士的朋友——东海岸最知名的整形外科专家，这很容易就能安排上。丽贝卡也许知道他的姓名，他在电视里有一套节目，很受欢迎，内容是如何帮助人们找到自己的风格。

与整形外科专家阿莫迪塔·纳希里医学博士的见面可以完全免费安排，前提是丽贝卡积攒了足够的社交体验分。

丽贝卡的眼睛盯着桌子的边沿，眉毛倔强地拧成一团。她很难看出这样的安排有什么问题。她不是可以自己选择使用什么样的产品嘛！而如果她纯粹是出于友情不时地在自己的博客中简略地随便写点什么，还不至于会把整个世界掀翻。

"总会有人会在什么时候发现，"乔说，"这一切都是预先导演好的。他们就会开始认为你的整个生活都是谎言。"

"我的天啊！"

"贝卡可以欺骗所有人于一时，也可以欺骗某些人于一世，但绝不可能欺骗所有人于一世。"

"哇哦，亚伯拉罕·林肯的名言！"丽贝卡用双手抓着缠绕成一团的头发。"我开始颤抖！我现在明白爸爸是对的了！"

"确实如此！你难道不担心人们会开始把你当成撒谎成性的人吗？当成一个没有灵魂的骗子？你会成为奶奶所说的那种人，即如果他的话是座桥，我可——"

"爸爸别说了。"

"……不敢从上面跨过去。"①

"这里有哪个是正儿八经的词吗?"

"你知道这是什么意思吗?"

"没劲。"

"贝卡。"

"你那个意第绪语犹太故事在这没人买账。"

"好贝卡,"丹妮拉在桌子下面咂巴着嘴,用受到伤害的声音说,"现在没有人再说没劲了。"

"这段话的意思是:如果他的话是座桥,我可不敢从上面跨过去。"

"这话连石头都可以打动。"

"你难道不害怕人们会开始把你当成那样的人吗?"

"假如我发现有人开始怀疑,我就会去敲打一下他们。就是这么点事。"

米里亚姆和乔互相对视着。女儿连续听了两周的挪威教堂纵火黑金属音乐②,乔曾经担心女儿把自己的灵魂出卖给了撒旦,不过现在他才意识到,这一切到底是怎么发生的。尽管对犹太人来说,撒旦并不完完全全地存在。

可是他自己却有意不在门上挂门柱圣卷。

"你们快看啊,"丹妮拉用不容置疑的声音说。"猫咪可没有长那样的尾巴啊?"

---

① 原文此处为意第绪语 Zayn vort zol sayn a brik,volt ikh moyre gehat aribertsugeyn,犹太谚语:如果他的话是座桥,我可不敢从上面跨过去,指骗子的话不可信。意第绪语是用希伯来字母书写的日耳曼语,约 300 万人使用,多为犹太人。

② 20 世纪 90 年代挪威黑金属音乐家 Varg Vikernes "瓦哥"为抵制基督教进行教堂焚烧行动,并称自己为撒旦主义者,后又称异教民族主义者。

与此同时,丽贝卡大声尖叫起来。

接着米里亚姆也发现了它。

"什么?"

萨拉也听到了声音。她从地下室里走了出来,她正在那里把洗好的衣服放进烘干机里。

"发生什么事了?"萨拉问道。萨拉的脸正好对着正确的方向。她的眼睛瞪得大大的,用手把嘴巴捂住了。

乔看到米里亚姆和萨拉的表情,转身向后面望去。他明白了他醒来之后一直感到奇怪的那个声音:就像是有一只小鸟在院子里的石板地上跳跃,用爪子抓挠花岗岩地面的声音。

乔穿着浴袍站在院子里,他的第一个想法是,这也真够荒唐的,丽贝卡的新朋友们已经因为这个女孩给人充当眼线而报复她了。

是不是从垃圾车上意外地掉下来了什么东西?他接着想。

有一只老鼠看到他时先是从门口窜向房子的后面,但是又从那里折返回来,显然是经过一番评估之后,觉得像他这样戴着眼镜的中年人不会有什么危险。现在那只老鼠正在草坪上甩着尾巴吃着什么,就好像在宣示这块地方已经归它所有了。

乔向前跨了一步。在这个什么都吃的下水道老鼠身上有一种在生理上令人作呕的东西。这种动物对我们的生活方式适应得真是太好了,学会了食用所有我们遗弃的东西,在我们肮脏的下水道里和垃圾场上睡觉和产崽。也许人们应当为此感到高兴。

当乔靠近了一点之后才最终看清楚是什么东西裹在报纸里并套着塑料袋被扔在草坪上,引得那只老鼠在院子里围着它转来转去,他顿时感觉就好像被人暗算了一样。

就像女儿们可能会说的那样:

"哎,请别这样。"

"不要再这样做了。"

这是有人在夜里运过来的,他们中间谁都没有被吵醒。有人把一个小型哺乳动物的躯体或者其中很大一部分扔到了草坪中央。在躯体的周围堆放了一些内脏或者是有弹性的黏膜裹着的躯体部分,目的显然是造成惊悚的效果。碎成一条条的肠子在院内的草坪上散落一大片,看起来令人痛惜,就好像是有人在去倒垃圾时不小心撒了一地似的。这一大堆无法确定来源的东西显然是沿着院子拉过来的。

城里及其下水管道里当然会有老鼠活动了。如果夜里有一只老鼠偶尔找到了一个进食的地方,这并不是一件令人感到特别意外的事。

米里亚姆从里面走了出来,看起来很担心是不是发生了最让她害怕的事。不过她的表情也在变化,先是惊讶,紧接着是失望。

"他们的创意就只有这些?"

"我也是这样想。"

"我夜里醒了一次,感觉好像是听到外面有什么动静。"

"这也有可能只是一次意外。"

"哦,我也许不相信会是意外。"

"说不定哪辆垃圾车的后门开了,哪个闩销没插好。"

"在我们家院子里?"

"哦,好吧。也许不是。"

"萨拉在哪里？"

"在家里看着孩子。"

他们又站了一会儿，什么都没说。然后米里亚姆问：

"你认为那是一种什么动物？"

"会是羊吗？"

"羊会有这么大吗？"

"我不知道。"

米里亚姆摇了摇头，从嘴唇中间呼出一口气，噗，真是一帮讨厌的家伙，说完就回到屋子里去了。

这些人肯定都是些孩子。本科大学生。小小的恶作剧。偷了半公斤屠宰厂垃圾来吓唬人。有着两个正处在青春期年龄孩子的父母当然希望这只是一些无伤大雅的玩笑啦。

可是整整一天时间，乔本来是应当用来阅读和编辑拉伊的一篇文章手稿以及准备一下他自己拟应邀赴纽约大学要举办的一个讲座的，他却感觉自己的心脏跳得有些紊乱，颇为反常。牛津大学出版社有一部系列丛书曾向他约好了一个章节，本来上周就应当完成的。当丽莎问他碰上什么烦心事时，他感到胸中有一种无法描述的莫名的压抑感。他的头在嗡嗡作响。

他给拉伊留了一张字条，中午就离开了系里，他想在家里先休息一会儿，然后再继续工作。

回到家里，迎面从丽贝卡房间紧闭的门后传来咚咚的低音炮声，房间里的立体声音响就像是世界末日马上要到了似的大声咆哮着。乔听出这首曲子就是前几周最火的那支流行乐曲。艺术家是一个节奏蓝调歌手[①]，丽贝卡刚买了

---

① 节奏蓝调，亦称节奏布鲁斯，英文 Rhythm and Blues，缩写 R&B 或 RnB，为 20 世纪初产生于美国非裔艺术家中并延续至今融合了爵士乐和布鲁斯音乐的音乐形式。

他最新的一首曲子，里面在祈求吻爱。

这太过分了，在什么地方都要有底线，他身体不舒服的时候就有权利休息，乔一边大步跨上楼梯一边在心里为自己找着理由。他一把将门推开——他没有敲门，他还记得丽贝卡有时会戏剧性地将此比喻为当面打脸——并准备好向自己正处在青春期的女儿憋足了劲大吼一声：真是活见鬼，难道在家里也得不到片刻安宁吗？这时他看到丽贝卡的脸上挂满了泪水。

乔已经把手伸向了音响组合，但是又犹豫地停了下来。丽贝卡说：

"把它彻底关上吧。"

乔关上音响组合。丽贝卡用袖子擦了擦眼泪。桌子上放着节奏蓝调歌手的唱片和唇膏盒，所有的东西都貌似随意地放在桌子上，但是显然可以通过新的iAm智慧装置上的微型红眼相机持续不断地上传到信息网络上，全世界都能看到。在任何一天——在任何一年——乔都会发起一场战役，将这样的产品投资行为从女儿的卧室驱离，如果可能的话也从生活中赶走。

"出什么事了？"

丽贝卡没有回答。

"你告诉我啊。"

丽贝卡从那对经过美发师时髦上色并精心勾画的黑眉毛下看了他一眼，这对努力像成年人那样取悦所有人的眉毛，与两个月前女儿打了孔的哥特式黑眉毛相比，带有某种更加令人感到恐惧的东西。乔在心里想，如果女儿已经积攒了足够的社交市场营销分数并在他不知道的情况下为自己做了什么外科手术，他会看得出来吗？对女儿在外过夜的请求必须要实行严格盘查。

丽贝卡在看着自己的手。

"你是否碰巧去了趟院子里？"

"早上吗？"

丹妮拉和丽贝卡早晨看起来都显得有点诧异，可是乔却没有想到她们中的任何人会对这样的小伎俩感到震惊。那是谁干的？丹妮拉问道。对此，乔只能回答说不知道。

一大早，清洁工人就随着垃圾车过来了，他们行动很迅速，离开时把动物残骸都带走了。草坪上已经分辨不出什么异样了。沿着房子的护墙边上都撒了老鼠药。工人们在房子里面也安放了黏膜捕鼠器，会把老鼠的爪子粘住。

"贝卡，你不必在意他们。他们都是心怀仇恨的人。"

"随他去吧[①]。"

随他去吧。

"不值得为此劳神。"

女儿突然转过身来看着他。

"你肯定吗？"

"你指什么？"

"任何一个还过得不错的人都不会做出这种事。"

"嗯，肯定不会的。"

"你压根就没有想过为什么有的人会过得不好？"

乔感到有点儿摸不着头脑。

"你是什么意思？"

"这个……社会到底成什么样了，完全是一种病态！我们住在这样一个超大宫殿里，我们有两辆车，还有

[①] 原文此处为英文 What'ev。

仆人——"

"是互惠生"①。那个词叫互惠生。

"你是否意识到就在离这里两三千米远的地方,人们在贫民窟里把燃烧瓶互相扔到彼此住的楼层里？10岁的孩子甚至还不会读书写字就学会了使用乌兹冲锋枪②？你是否知道在这座城市都住着什么样的帮派？你是否意识到我们现在生活在这个世界上的什么地方吗？就像在占领行动中一样,那些人也被警察从公园里驱赶出来——尽管他们并没有做任何违法的事！如果要想让事情有所改变的话,那我们到底应当做些什么呢？"

听一个未成年人说这些,乔感觉很荒谬。这是一个刚刚不仅把自己的着装,还把自己全部精神生活的每一平方厘米,就像方程式赛车赛手那样出售给了那些商业运营方,以便能够在某个市场营销公司认为是最赚钱的时候充当某种生活方式的代言人。这在丽贝卡心目中并不算什么问题,因为这会给所有人带来好处。

现在丽贝卡身上穿着一件鲜亮的T恤衫,胸前用大号的银色字体印着带有讥讽含义的广告语,与丽贝卡和丹妮拉如今在每句话中都植入的一模一样。乔看到女儿们正在从网络上观看一些视频片段,里面反叛的动画松鼠正在敏捷地制造着各种各样的小恶作剧,嘴里嘟囔着的正是同样的辞藻。乔不清楚用这句口号能叫卖什么,但是要为VMPFC微调器打赌的话,倒是可以先从小点的数额开始。

---

① 原文此处为法文 Au pair,意为互惠生,通常为来自海外住在家中以帮助做家务等换取食宿的交换学生。

② 乌兹冲锋枪,英文 Uzi submachine gun,由以色列军人里约特纳特·乌兹·盖尔于20世纪50年代初发明的一种轻型冲锋枪。

丽贝卡满身怨气,但是乔也无法完全估摸出来她到底是冲着谁来的。乔最后意识到应该把女儿拥入怀里,因为他现在什么也做不了,而女儿看起来对此也并不反对。丽贝卡抱怨说,似乎没有一样事儿是对的,局面失控,形同陌路,政治家被收买,谁都不能信任,百分之一的人拥有99%的财富,而一切都在变得越来越糟,尽管现在甚至连那百分之一的人也在公然要求改变现状。

难道在这世界上就没有什么人能做点什么吗?

乔试图向丽贝卡举例说明近些年来朝着正确方向取得的重要政治变化,但所有他能轻松想起来的例子却都是来自20世纪60年代,这让他感到很尴尬。

X.

关键的转折发生在亚历山德拉年满24岁的那天晚上。

女孩红着脸踌躇着邀请乔参加生日聚会。哪怕只是露个面也行,你肯定没有时间待多久。乔不忍心说不,尽管他感觉与年轻女性在酒吧共度夜晚会很尴尬。

下午,乔在系里坐在自己的电脑前,以为亚历山德拉已经离开了,这时他从敞开的房门里听到走廊里传来一阵高跟鞋的嗒嗒声。当乔看到亚历山德拉身着紧身裙化好晚妆从洗手间走过来时,他意识到平日的亚历山德拉是他迄今为止唯一见面的人,而现在距他与阿莉娜最后一次彼此亲密接触已经过去很久了。

女孩在走廊上看到乔时停了下来,眼睛直视着他。她感觉好像是第一次让自己完全舒展开来。她穿着高跟鞋可能比乔要高一点儿。虽然她站在远处,但是出于某种原因他们之间的距离仿佛带了电一般。

"我看起来怎样?"

"真的很棒。"

"谢谢。"

亚历山德拉就好像是第一次放任自己全身心地微笑了一下。高跟鞋嗒嗒地走远了。传来大门打开然后又关上的咔嗒声。

乔去咖啡间煮了一杯他从美国订购的法式烘焙咖啡。芬兰的咖啡有点不可思议,就好像是忘记了烘焙或者有意在柜子里放变味的咖啡一样。乔感觉自己像是在目送一艘航船驶远,有点恋恋不舍。不知哪一个幸运的芬兰小伙子会得到亚历山德拉,他们在欧洲式的小公寓里做爱,在地板上吃着法国布里白乳酪。亚历山德拉还没有男朋友:她说过要一个人过一辈子,因为她太挑剔了。

乔以为亚历山德拉已经离开,但她显然只是出去抽根烟:当乔从咖啡间回来的时候,他在办公室门口闻到那扑面而来的似曾熟悉但又难以马上分辨出来的浓郁香气。

亚历山德拉坐在桌子边沿上,正在涂指甲油。当她看到乔时脸腾地一下变得通红。

"对不起。我以为你已经走了呢。"

"别起来,别起来,好好坐着吧。"

涂好了指甲油,亚历山德拉把手伸直,用嘴巴吹着指甲。

"会不会太艳了?"

"不会。"

亚历山德拉看了一眼乔。

"什么事?"

"你会在意我问一件事吗?"

"放马过来吧[①]。放马过来吧。"

亚历山德拉犹豫了几分之一秒。乔晚上是否想同路一起去参加聚会?或者先去哪里一起坐坐?在见到其他人之前。

---

① 原文此处为英文 Shoot。

女孩的脸一直红到了脖子。乔本来要直接回答说没问题,但是亚历山德拉眼睛里的光芒,就像是人在高烧中一样,让他憋住没有说。

"啊?当然……嗯。"

这是亚历山德拉头一次,也是唯一的一次主动提出建议。她在这方面有点太注重礼节,过于自制,太照顾别人。

乔撒了个谎,说他必须要在离开之前把一个参加会议的报告摘要写完。

"好吧。"女孩的声音现在显得十分轻松,无忧无虑。我只是忽然这样想。

亚历山德拉在门口又说了一句:"你也不一定非要过来。"

他一开始在想,我是不是说话伤到女孩了,但是听她的语气是中性的。

"如果你根本不想来,"亚历山德拉说,"当我说你不一定——非要来——时,我是指……如果你——我也不知道,你在家里……小孩什么的。"

"没事,我会过来的。"

"那太好了。"

"不过我肯定不能待太久。"

"假如你能过来看看就已经非常好了。"

他感觉亚历山德拉的味道在她离开之后很久还留在他的房间里。参加会议的摘要并不是非要今天发出,但是乔决定不管怎样还是要在自己的办公室坐上一两个小时,为什么这样做似乎现在也说不清楚了。

他闭上眼睛,发现自己的心脏在怦怦地跳,他希望事情不要向目前的方向发展。

他对阿莉娜说,晚上的聚会是系里的图书管理员,一个60岁的大妈组织的活动。全系的人都去。他为自己的谎言而感到羞愧,希望自己对阿莉娜说了真话。

当他来到靠近市中心的一个小餐馆时,从一直传到门口的大声喧哗声中就可以感知到亚历山德拉和朋友们正沉浸在喜庆的气氛之中。亚历山德拉拥抱他时紧贴着他的方式带有一些禁忌的成分。

"你能来真是太好了。"

"嗯,我不能待太久。"

"但你还是来了,真是太棒了。"

亚历山德拉旁边的位置刚刚空了出来。亚历山德拉要他坐下来。

也许在他还坐着的时候他就知道了,在这个夜晚过去之前,亚历山德拉就会倒入他的怀里,他会感受到亚历山德拉薄薄的花边衬衫下面温暖的肌肤。

亚历山德拉的朋友们都是让人感觉非常活跃而且可爱的年轻女性。她们穿着熠熠发光的连衣裙无所顾忌地议论着男人,他作为现场唯一的男人显然让她们说得更加起劲。谈话中不乏自我表现的成分。假如他读懂了当时的情形,女人们好像在展示着自己,在向他展示,但又显然不是因为他,而是为了她们彼此的缘故:为了一起做女人,为了向一个平常的男人表明如何做女人。这在这些女人看来很享受。也许是出于同样的原因,那些大块头的男人对在美式足球队里一起做男人也感到很满足。

他不会背叛自己的妻子,乔在这一点上已经拿定了主意。他不会对阿莉娜再做出他对汉娜同样的事。他无法再忍受那种感觉,即当他与阿莉娜一起在一家意大利旅馆房间里时,汉娜虽远在几千千米之外却无时不在眼前的感觉。

但是他甚至还没有来得及喝掉杯中一半的葡萄酒,就感觉自己如同在火中烧一样。

亚历山德拉提到有关桑迪·考费克斯和完美赛事的话题——为了显示她认真听讲了。

她是一个好学生。

或者亚历山德拉想要把其他人从他们周围排斥开来。

乔意识到早在亚历山德拉出现在他办公室门口时,他就知道他们会走到这一步。

每一天在它刚刚开始的时候就带有一种奇特的色调。他有半年没有碰过自己的老婆了。阿莉娜似乎已经打定了主意,在他们之间不再会有夫妻生活了,或许除非为了再生一个孩子而这样做。或许是阿莉娜除了婴儿对其他事情都不再感兴趣了。阿莉娜前一段时间曾经在床上接近过他,但是他从她的接近方式上能感觉到她并不情愿。

如果他任由这一切发生,亚历山德拉会在一小时内在餐馆的卫生间里与他亲热,然后会在她一居室的沙发上大汗淋漓地坐在他的身上。

在阿莉娜看来,他肯定此时此刻正在与那女孩暧昧。

这会改变什么吗?

亚历山德拉脸蛋红扑扑地正在向她的闺蜜们述说着她使用欧洲火车通票去欧洲南部旅行的经历。接下来:短暂的触碰,就像无意间。这么容易就发生了,哦,对不起。亚历山德拉的手指滑到他的大腿上,起初像是不经意间,接着又折返过来。

这让人无法忍受,就像是怀里着了火一样。女人们还在轻松地叙着家常。她们没有发觉,或者表现得什么都没有发现。或者说这一切对她们来说事先就已明朗,她们已经没有兴趣了。

最后他不得不抓住亚历山德拉的手。她的手很温暖，好像在冒着火。亚历山德拉看着他，眼中充满着期待。

乔向她致谢，祝福她生日快乐，将上衣穿到身上。亚历山德拉友善地微笑着说："你要走了呀？"亚历山德拉向他投去长长的一瞥，好像要确认一下，乔知道自己在做什么，他在失去他们唯一的机会。

"我不得不走了。"

"你能来真好。"

"是的。拜拜。晚安！"

"晚安！"

当他要离开的时候，他从那些闺蜜的告别声中还能听到当晚早些时候打情骂俏的最后痕迹，那都是为亚历山德拉统一调制的。

事情应当到那个晚上就为止了。他还发送了电子邮件，并在邮件里解释说，他真的很喜欢亚历山德拉，作为朋友也作为自己的学生，也正因如此，他才想将他们之间的关系保持在专业层面。这既是为了他们自己，也是为了他自己的婚姻。他说假如亚历山德拉想要换一个导师他会理解的。他写道：就他本人而言没有理由这么做，但是这样做也许是明智的，因为他不知道他还会在芬兰工作多久。

亚历山德拉立即回复了他的电子邮件。"事情是这样"[①]，亚历山德拉写道，这听起来是如此自然的美式英语，乔过了片刻才意识到女孩是借鉴了他自己邮件中的表达方式。

---

① 原文此处为英文 Here's the thing。

亚历山德拉感觉就像是海绵一样汲取了他的表达方式、他的观点和态度。这令他感到受宠若惊，但是同时也有什么东西令他感到棘手。

事情是这样，here's the thing：亚历山德拉说她在第一次见到他时就立即爱上了他，而那时她就已经知道自己将会为此心碎。

你在说什么呢，我才不换什么导师呢。

亚历山德拉说她非常理解乔。她也不想任何事情发生变化。她只希望乔和阿莉娜一切都好。

他们之间的交谈持续了许多条短信的时间。乔感觉这样做是对的，澄清了所有一切，就像是终于将沉闷的地下室窗户打开，让阳光一洒而进。乔还向亚历山德拉诉说了自己与阿莉娜之间存在的困难，即他爱他的妻子，但是现在却感觉他们之间似乎主要是在相互比着谁过得更惨。

亚历山德拉说，她曾经与许多糟糕的男人之间有过令人失望的关系，只有当她见到了乔，才让她的内心这些年来第一次燃起了希望，即在什么地方总会有对的男人。亚历山德拉感觉能够理解乔对家乡的思念。亚历山德拉还在青春期时就随着家人住在法国，她记得食品店里那些异国他乡的东西给人带来的孤独感。当人们需要安慰时，那些阴差阳错的牛奶包装看起来是那么生硬、冷漠。

在接下来的星期一，亚历山德拉见到他时立即上前拥抱了他，接触的感觉与以前相比不一样了，更加温馨。乔说，亚历山德拉就像是把他从一个深渊里拉了出来。不，是你把我，亚历山德拉回答说。

可是阿莉娜对他同亚历山德拉之间的电子邮件往来很

是气恼。阿莉娜在他的背后读到了这些信息，也许自己还填补了一些空白，她从所看到的那点内容里，显然最终确认了他与亚历山德拉之间有染。他们妥善解决了这件事，阿莉娜似乎也最终相信自己没有理由吃醋。但乔仍然对自己的反应过度以及虽然事出有因但过于生气而感到备受煎熬，这当然是因为他对把所有事情都告诉了亚历山德拉而感到良心不安，而他实际上应该把这一切都讲给阿莉娜听。

最终，所有一切都在大学的一次公众活动上彻底塌陷了。

乔收到来自活动组织者的演讲邀请，尽管这本身没有什么意义，但却让他感受到至少还有人知道他的存在：至少还有人相信他还可以派上什么用场，尽管他在自己的内心深处早已经放弃了。

这个女人块头很大，长得十分丰满，虽然并不美，但有女人味。她挂着一对盘子大的耳环，大声地笑着。她的名字叫什么来着，克里斯塔，克里斯蒂？还是克里斯蒂娜？女士自我介绍说她是一位心理分析师，属于荣格派[①]。与弗洛伊德派划清界限，对这位女士来讲很重要。

你来自美国，这位克里斯塔还是克里斯蒂娜在午餐时坐在同一张桌子上说，脸上一副饥饿的样子。她从来不会去美国，克里斯塔马上又加上一句：永远不会，甚至去看一眼都不会去。她不感兴趣，克里斯塔解释说，就好像她现在正在为什么而生气。世界上有那么多其他的国家，要

[①] 卡尔·荣格（Carl Gustav Jung，1875—1961），瑞士心理学家。1907年起同西格蒙德·弗洛伊德合作，发展及推广精神分析学说，后与弗洛伊德理念不合，分道扬镳。

比美国有意思得多。比如说印度尼西亚，有着令人印象深刻的本土文化、舞蹈艺术、雕塑。还有阿富汗、不丹。南美洲的许多地方也是。

乔只能不时地点着头，他能感觉到女士在用目光审视着他。

女士换了一个话题。乔是否知道，即他作为一个美国人，人均消耗的自然资源要比这个地球上的任何人都要多。

"我对此痛苦地略有所知。"

"那你为何什么都不做呢？"

你①：你为何什么都不做呢？或者是你们，你们美国人，为什么你们作为一个国家什么都不做呢？乔不知道，这个女人指的是哪一种。

"嗯，当然有相当多的人正在试着做点什么。"乔努力开了个头。"不过……"

"只是试着做就够了吗？"

"当然不够。但是假如有足够多的人都在尝试……我们大概只能希望，不久就会有人找到什么解决办法。"

克里斯塔笑了。美国人都是这么轻信别人。如此天真最终会毁掉所有一切。

"唔②，"乔说，"我不敢完全肯定，我是否一定赞同所有你刚才说的话。"

在他们交谈期间很快就发现，乔要负责本国的外交、扭曲的国内市场、经济的过快或缓慢增长、用于扼杀发展中国家的棉花补贴以及历史。首先是历史，每一个即便是最边远州的那些奇怪得从没有援引过的法律条文、经过媒

---

① 原文此处为英文 You。

② 原文此处为英文 Well。

体歪曲的女性理想、当然还有那些愚蠢的人,不分阶层的既愚蠢又胖得不可思议的人,以及给他们拍摄的那些粗制滥造的电影。

出于某种原因,乔似乎不必对深受这位女士喜爱的对白不多的美国艺术院线[1]电影负责。可是为什么吉姆·贾木许[2]和汤姆·威兹[3]都不能算作乔的功劳,而汤姆·克鲁斯[4]却要由他来担责?他想问问这是为什么,但是克里斯蒂娜笑了。令人感兴趣的电影国家有塞尔维亚、伊朗和土耳其,克里斯塔解释说。

每一部芬兰小说在世界上其他地方都被解读为仅仅是对酗酒的描写,克里斯蒂娜认为这丝毫没有反映出芬兰人的艺术观念、幽默感或者文化,尽管这种说法本身在克里斯塔看来就很搞笑。克里斯蒂娜现在也忍不住被这样的信息逗笑了。芬兰人有其本土的幽默感,这需要对他们的国度、文化和语言有所了解。

克里斯蒂问,为什么美国人不看报纸?为什么美国人开着又大又污染的汽车?为什么他们随时准备为中东的石油开启战火?

---

[1] 原文此处为英文 Art House。
[2] 吉姆·贾木许(Jim Jarmusch, 1953—),美国导演、编剧、制片人、演员。执导电影有《天堂陌影》《不法之徒》《神秘列车》和《咖啡与香烟》等。
[3] 汤姆·威兹(Tom Waits, 1949—),美国艺人,代表作有专辑《剑鱼长号》,电影《法外行走》《咖啡与香烟》等。
[4] 汤姆·克鲁斯(Tom Cruise, 1962—),美国电影演员、制片人,曾主演《壮志凌云》《雨人》《生于七月四日》和《碟中谍》等影片。

"如果读读诺姆·乔姆斯基[①]，"乔说，"你也许会留下某种印象，即也有许多美国人对你所提到的这些持有相当程度的批评态度。"

但是诺姆·乔姆斯基对克里斯蒂来说不算是美国人，特别是在克里斯蒂所指的意义上。克里斯蒂娜承认，她并没有读过乔姆斯基。为拓宽视野，她每天晚上都读书，但是读的是荣格，荣格的著作可以无数遍地读，还读梅兰妮·克莱因、奥托·克恩伯格和唐纳德·温尼科特[②]。

在芬兰人们不是也开车吗？乔试着无力地说，但是这在克里斯蒂娜看来是两回事。乔刚刚看到一则新闻，说芬兰的小汽车数量甚至比人口还要多。在芬兰人们的消费也比地球所能承受的要多，这难道不是真的吗？乔问。按照克里斯蒂的说法，这并不应该由芬兰人民来承担责任，因为芬兰各个地方之间的距离很远。芬兰人只是在做他们不得不做的事情。乔一边听一边点着头。

这一点有时让人很难忍受，无论你怎样尽力。对芬兰人说话要像对待孩子一样。他们从来没有机会对任何事物施加影响，他们国家太小了，态度太中立了，他们没有选择的空间。他们现在的文化就只能是这样，而且他们还有个抑郁的问题，就是不会对任何问题表明立场，也不能这

[①] 诺姆·乔姆斯基（Noam Chomsky，1928— ），美国麻省理工学院语言学教授、哲学家，也是美国著名左翼激进派代表之一。
[②] 梅兰妮·克莱因（Melanie Klein，1882—1960）、奥托·克恩伯格（Otto Kernberg，1928— ）和唐纳德·温尼科特（Donald W. Winnicott，1896—1971）均为人格心理学客体关系学派代表人物。客体关系学派最初产生于英国，强调早期母婴关系对儿童心理发展的影响，形成了客体关系理论。客体（object）指爱、恨及渴望等带有感情的人性客体（human object）。

样去要求他们,甚至在战争罪行或者种族灭绝问题上也是如此。其他国家要对自己的行为负责,但芬兰不必。芬兰只是在做她不得不做的事情,即要竭力生存下去,将自愿为了芬兰作战的英格里人[1]送交到苏联的俘虏营,不必也不能为此而感到良心不安,因为这件事并不是就那么简单地由芬兰人决定。当然他们也不可能采取其他做法,在那之后也是如此,无论是在任何事情上,这与世界上那些最强大的国家不同。

这也没有什么,这也许在历史长河中可以理解。乔也不想为几十年前由军队主导的针对贫困、无家可归的非洲裔美国人进行的可怕而野蛮的性病和放射性试验承担责任,这些行径是彻底的道德沦丧。

他没有告诉克里斯蒂娜他曾经从一位历史学家朋友那里听说:芬兰在第二次世界大战前拒绝接受从德国逃亡的犹太人,因为根据芬兰的说法他们不是难民,他们是自愿离开德国的。

他从来没有想过要就此指责克里斯蒂娜,但在午餐时他有时会想,是否也应该这样做。他很难容忍克里斯蒂娜或者克里斯塔对他和美国似乎是有意表现出来的蔑视目光:那目光中好像还带有些许报复的色彩,就像这个女人藏在牙缝中几十年的东西现在终于有机会予以回报一样。这个女人是否以为乔会对猪湾、北部湾、广岛、长崎[2]而感到骄

---

[1] 英格里人,芬兰语 inkeriläiset,是居住在英格里亚(现俄罗斯列宁格勒州中部)的芬兰人,17 世纪瑞典王国时期迁徙到此的芬兰人后裔。

[2] 分别指 1961 年美国中情局策划入侵古巴的猪湾事件、1964 年美国在北部湾针对越南北方制造的战争挑衅事件以及二战结束前向广岛、长崎投下原子弹。

傲？赞赏美国所做的一切，热爱尼克松？

还有当克里斯蒂批评乔在对待巴勒斯坦人的立场时，乔也没有提及芬兰人自己也曾支持以色列，尽管也许不再记得了——芬兰人曾在赎罪日战争中看到自己冬季战争[①]的影子，当时苏联支持的阿拉伯国家在没有事先警告的情况下突然向一个孤立的小国发起进攻。

"你为什么要携带那个武器？"

克里斯蒂就像所有芬兰人那样确实讲了一口好英文，但是如同俄罗斯人一样，芬兰人也会在错误的地方加上定冠词。大部分芬兰人的英文讲得如此之好，以至于人们极少会想到他们是在使用第二种甚至第三种语言。当有人有时难得犯上一点儿无足轻重的小错时——几乎总是把前置介词用错或者将重音放在不该放的音节上——人们突然会意识到要想试着用芬兰语向谁说点什么该会有多难啊。

在大学的语言课上安排两人一组用芬兰语讨论各自都在家里做什么饭吃。乔试图解释，他是如何将一只小黄鸟放进一个热洞里，再将一种来自奶牛但是有点硬的东西倒在上面。随后他便放弃了，弯腰蹲到地上，用手指抓着自己的脚踝，发出咕咕的声音。他的法国同伴无论如何也搞不明白，乔要表演的当然是他正在从水里捞出米饭，准备与奶酪烤西装鸡一起吃。

他在高中时学过法语，但是所有东西都已经忘得一干二净。

那个女人不得不重新提出她的问题，以便乔能明白。

[①] 冬季战争（1939—1940），是二战期间在芬苏之间爆发的战争，苏联最终惨胜，芬兰被迫割让与租借部分领土。

"是否所有人都应该拥有持枪的权利？"

"是的。"

"我不这样看。尤其是轻型武器。"

"设想一下，假如在我们这个大厅里的每一个人兜里都装着一把手枪。这理智吗？"

乔告诉她，实际上他在美国认识的人当中没有一个人是持枪的。"在东海岸的大学里需要持枪的情况非常罕见。"

克里斯塔没有回应乔的微笑。

"相反在这里，"乔说，"比如说我认识一位瓦伦堡教授，他有一支打马鹿用的步枪，两支霰弹猎枪和一支麦格农357左轮。他刚刚邀请我去他的乡间别墅打猎。我不知道我敢不敢去。"

克里斯塔看着乔就像在看着什么好吃的。

"你们有那个校园枪击。"克里斯塔说，"可是你们没有接受教训。为什么？"

"这与宪法上的一个难题和超有影响的右翼保守势力的政策有关，但是我认为你说得确实很对——"

"如果连小学生都在射来射去了，难道就不应该禁止那个武器吗？"

乔说，他也认为应该禁枪，但是他感觉克里斯塔并没有在听。乔提醒说，芬兰似乎也有不少枪支。

"但是我们没有那个校园枪击。你们每个月有一次。假如芬兰哪怕只要有了一起校园枪击事件，那我们会马上从中吸取教训。我们会立即修改法律。所有的法律。如果有必要，在所有地方都禁止枪支。不过我们没有你们那样的保守社会。因此我们也没有美国的校园枪击。"

乔刚刚想张嘴说点什么,可是克里斯塔又已经在继续了:"那个死刑和那个枪支,因为这些我们永远也不会相互理解,你们和我们。你——和我。"

女人用她食指上长长的指甲先是戳向乔的胸膛,然后又戳向自己的,你和我①。女人巨大的胸脯在红色丝绸衬衫下形成一个松软的凹陷:你——和我。

研讨会继续举行,乔在自己演讲期间才意识到自己有多生气。难道这些人的行为举止一点儿礼仪都不讲?我永远都不想去美国。果真如此吗?你永远连想都不想去纽约?那么我靠②,世界之都也不待见你,乡巴佬。哈卡涅米③肯定同曼哈顿一样美好。你连看都没看过就知道了。你还是怀里抱着猎枪去看你的塞尔维亚电影吧。

你还会在纽约看到一些比在这里更容易看到和更多的东西!乡下人,你们这里的录像租借店里除了施瓦辛格别的什么也借不到!他其实按出身还是一个奥地利人!是你们把这个终结者养大的,你们这些天杀的欧洲人!

研讨会结束后,克里斯塔走过来用特意加强的友好语气对乔说,如果乔感兴趣的话,她可以带他去看看国家博物馆。乔试图说点什么来委婉地拒绝。这让克里斯塔感到很好笑。

"那里有介绍芬兰历史的展品。那些展品对你来说也许不够伟大。没有好莱坞式的爆炸。乏味的日常生活物品,从中只能看到当时的生活是什么样子的,即那时人们的真实生活。"

---

① 原文此处为英文 you and me。
② 原文此处为英文 So fuck you。
③ 赫尔辛基的一个街区。

"在我看来，芬兰历史让人感到兴奋至极，"乔说，"而且也确实如此。""不过我已经去过那里了。"

他刚到芬兰时曾与阿莉娜一起去过那个博物馆。阿莉娜不大赞成这个主意，但是乔想了解一下他的新祖国。乔试图将芬兰的战争年代铭记在心中，但是阿莉娜打着哈欠问，是不是已经可以走了。

"从人类的那段历史中可以看得到普世的原型[①]。"克里斯塔说，"但是也许美国人对那个人性不感兴趣。"她突然从手包里拿出一个小镜子，眉毛耸着，从不同角度照着镜子。

当乔要回家的时候，克里斯塔说，他们应当一起搭车走，因为她也住在多略[②]一带。后来才发现她住在埃斯堡[③]。克里斯塔想要与乔一起再去喝一杯，而乔则完全没有这样的想法，但是克里斯塔又开始批评起美国的文学，这让乔又有点着急了，很快他就发现自己正与那个女人在一家昏暗的芬兰酒吧里，一边喝着肯塔基州不加冰块[④]的波本威士忌，一边列举着为什么以及在哪些方面克里斯塔都是错的。克里斯塔或者克里斯蒂娜带着一副开心的模样，不时地耸着紧绷着胸脯的丝绸衬衫的前襟。时间从下午变成了晚上，克里斯塔肥厚的嘴唇转换成了友好的笑容。因为肯尼迪总统的不忠被容忍，以及因为美国人不会自然地

[①] 原型，英文 archetype，源自心理学家卡尔·荣格，指神话、宗教、梦境、幻想、文学中不断重复出现的意象，也源自民族记忆和原始经验的集体潜意识。
[②] 多略，芬兰语 Töölö，赫尔辛基的一个区。
[③] 埃斯堡，芬兰语 Espoo，紧邻赫尔辛基的城市。
[④] 原文此处为英文 straight up。

面对性爱或者裸体，她又批评起了乔。这个女人关于肯尼迪总统的信息在许多方面都是错的，充满了奇怪的误解，但是在这女人看来，对别人的观点持贬低的态度正是典型的美式傲慢，如同乔的态度，正如他对所有他一无所知的事物所持的态度一样。乔无法相信自己的耳朵，他会最后再喝一杯，再好好解释一遍事情的实际情况，然后他就离开这个可怕的女人。但是喝完了这一杯后，他又坐到了同一张桌子上，远离自己的家。他知道阿莉娜正在家里沉湎于自怨自艾中，责备他尽管现在有了一个有小孩的家，却仍然只知道工作，对照看孩子参与得不够，责怪他想让自己的生活回到从前，指责实际上并不存在的他与自己的学生有染。

克里斯塔关于美国的言论让乔想起，有一次当他与亚历山德拉一起站在学校系里的内院抽烟时，亚历山德拉曾对他说：如果他是芬兰小说中想象的人物，他所有的行为都会归结到他的美国人身份上，而不管他做什么，他都很难得到他作为完整人格拥有的全部权利，因为这是专门为芬兰小说人物所预留的。他可以永远代表自己的国籍——或者自己父母的宗教，在最好的情况下两者都代表，在最广泛的意义上代表美国犹太人——但是他永远不会像芬兰人那样代表一个个体。

他希望这不是真的。但是在芬兰待了一段时间后，他开始注意到一件事：在芬兰发生的犯罪活动不是罪犯干的，而是芬兰人和外国人干的。犯罪者不是低收入者、生活无望者、出于贪婪或者考虑不周的人，也不是因为恶劣环境所逼迫而犯下各种各样的轻罪、罪行和暴力行为。犯罪者并不属于弱势的社会经济群体——如同在统计上全世界都是这样——而是我们或他们。他慢慢发现,每次当他听到说有人在赫尔辛基犯了罪,他的心脏就会怦怦跳个不停。他在心里呐喊:可千万别是外国人!

总会时不时有一些超有执行力的芬兰人,在飞行服下藏着棒球棒去公园与那些他们想要赶出这个国家的人谈一谈。人们后来在芬兰的电视中围绕这样的危急场面进行过讨论。但是研究社会问题的专家和智者们并没有就有关问题进行深入分析并提出解决方法,而是又缩回到那令人困惑的隐喻层面上。就是说,在芬兰人们不知道怎么讨论问题。每一次电视讨论结束时,芬兰人会在一起表示,虽然大家没有进行深入彻底的讨论,但总算是开展了讨论,这就已经很好了。

在美国,人们习惯了没有挑明的矛盾构成的无形网络、遮遮掩掩的弄权、宣传造势、撒谎欺骗、危急情形和有意打破这种危局的即兴单口喜剧演员——但是对芬兰这样的方式难以习惯。种族主义者的言论是可以理解的,他们不过是在踏踏实实地为自己的利益而担心。有时种族主义者甚至还会成功并理智地质疑记者们早已习以为常忘记核实其真伪的一些说法。可是那些在社会上颇有些影响的人士——他们不去思考社会问题本身而是大谈能否开展讨论?芬兰人到底在期待着什么呢?同意开始讨论,对讨论技能给予赞许?

在芬兰,人们也不知道如何就一位应聘来芬兰打球的美国篮球运动员的事展开讨论,原因是他比芬兰球员打得更好,但是现在又遭到殴打并受到死亡威胁。有偏见是可以理解的,因为偏见无所不在——但是芬兰人难道对取得成功也没有兴趣吗?你们为什么要把唯一会打球的篮球队员从自己的国家赶走呢？你们为什么不请他教教你们如何打球？

当这位篮球运动员因为担心在芬兰会遭遇不测而回到美国后，芬兰人在电视节目中指出，幸运的是我们现在至少可以就这件事进行讨论了。

乔从自己的思绪中醒了过来，他意识到克里斯塔刚刚说了什么。

"那个爆破工作。"克里斯塔又重复了一遍，像一只猫一样看着乔。

乔过了一会儿才明白克里斯塔指的是口活：她在这个词中多加了一个音节，造了一个新词，处于口活与爆破工作中间①。

"做吹爆活。不知道爆破活对世界上最强大国家的总统来说是怎样的感觉？我想任何一个男人的感觉都是一样的。"

"克里斯塔，我想我们现在都喝得够多了。"

"男人们都是一个样。你喜欢爆破活吗，乔？"

他意识到如果闭上眼睛就会感到恶心。房间在他的周围晃来晃去。"你用的词什么都不是。在英语中没有这个词。"

在克里斯塔的话语中，音位②在她喝前一杯（第四杯？）金酒**加**汤力水——芬兰人称作金汤力——其间已经

---

① 原文中分别为英文 blow job 和 blow up，而新造的不存在的词为 blow-up job。

② 语言中具有区别意义作用的最小的语音单位，如汉语普通话里"发（fā）"和"妈（mā）"两个词是靠 f 和 m 来区别的，f 和 m 就是两个音位。汉语中声调有区别意义的作用，也是音位。

开始含混不清了。乔在午餐时注意到，克里斯塔从自己那份饭里只是偶尔挑了几块胡萝卜吃。

"太棒了。听着——"

"我得回家了。"

"管控管控。"克里斯塔从她的眉毛下面笑着对他说，用食指绕着酒杯边沿转动着。

"你说什么？"

"总是管控。嗯？"

"对不起？可是我现在确实没听明白。"

"你是一个研究专家，嗯？"

"怎么了？"

"也许你会感到很害怕，如果你是个及时行乐的人。"

"听我说，"乔说，"我今天整个下午和一个晚上都在听你数落我和我的祖国的所有不是，你说的肯定一切都对，可是我也没有办法消除掉越南战争，也不能将美国社会从世界版图上抹掉。而如果你想要声讨美国文学，那么请你最好读上至少一本在最近30年出的小说，不要说可是那也不是那样的美国式，如同你对所有你认可的美国事务所说的那样，因为这也是美式，无论你是喜欢还是不喜欢。如果你不反对的话，我不想讨论口活问题，而你很可能已经醉到那份上了，我们现在是该回家的时候了。"

克里斯塔被逗乐了："好吧，好吧！有反应了！"

乔发现餐馆里其他的人一下子都安静了下来，把目光转向他们。口活这个词如果用英语在餐馆被大声叫出来的话，也许对芬兰人并不陌生。他请侍者结账，取出了自己的外衣。

"我来给我们叫个出租车。"克里斯塔一边说一边在嘴唇上涂着口红。她的嘴唇很柔软,这对如此讨嫌的女人来说太完美了。嘴唇给人以一种享受生活的女人的印象。乔不由自主地用十分之一秒的时间想到了这些,远比他想要花的时间要长。他还想到,这个女人毕竟也是个成年人,比他还年长几岁,而不是他的学生。这个女人他在今晚之后也没有必要再见面了。

"我不知道这是否一定就是个好主意。"

"叫两辆出租车。完全不合常理。太贵了。"

外面下着雨:这样的天气他常常想象成英伦三岛上的冬天,没有阳光,没有白雪,只有大风和潮湿。克里斯塔打开她的雨伞,问都不问地把他拉到伞的下面。这个女人比他矮,雨伞不停地碰着乔的头。他能分得清女人脸上的汗毛孔和化妆油脂,并从女人的呼吸中感受到唇膏的味道。

在出租车上,克里斯塔审视般地看着他,看了很久,明显又萌生了什么新的想法。她的嘴唇微微张开着。

"你只是有头脑。"

"对不起,什么?"

"你,研究专家,你只是有头脑。"

"在我的脑袋里?"

"聪明有余,但情商不足。"

"噢,你是指这个啊。好吧。也许你是对的。"

"你们的那个文化历史太短。不成熟。"

"而你们的就很久?"

"反应,反应!干得好,乔。"

"说说你们的地铁是哪年落成的?在波士顿,地铁在1897年就运行了。"

"乔,你感觉受到伤害了!好!有反应!好!"

"对不起,不过我没有受到伤害。"

"你们那儿有那么多的黑鬼。"克里斯塔说。

"黑鬼?"

"在美国不能说——"

"你一定是在同我开玩笑①。你刚刚真的是用了那个词吗?"

"在美国一个黑人永远不会成为总统。"

"你们男女那么平等,"乔说,"可是在芬兰永远不会有女总统。"

"这不是一回事。"

"啊哈?"

克里斯塔忽然伸出手,好像要用指头戳向他的眼睛。

"喂!"

他抓住克里斯塔的胳膊。

"等等。你有个,英文怎么说来着?眼睛里。这里。"

"噢。眼睫毛。"

"吹一下。你可以许个愿。"

他吹了一下。克里斯塔忽然间很温柔地看着他,几乎是爱怜地,这让他完全被惊吓着了。

"你许愿了吗?"

"许了。"

克里斯塔看着他,似乎是在期待着什么,出于某种乔一直到后来也无法向自己解释清楚的原因,他同意了这个女人在过去一个小时里一直在十分肯定地期待着的,他把

---

① 原文此处为英文 You've *got* to be kidding me。

自己的嘴唇贴向克里斯塔宽大的嘴巴上。他最后终于屈服了，这让他既感到气恼又感到是一种解脱，一反所有的正当性与合理性，一反所有世界本来应当拥有的面孔，从来任何一个吻都没有如此令人陶醉。世界失去了理智，如此美妙，除此他不想再奢求任何更多的了，这是他在世界上想要做的最后一件事。他们已经快醉成烂泥了，但是谈话最终结束了，他们跟跟跄跄大口喘着气来到了埃斯堡克里斯塔的住宅。克里斯塔在性爱期间大声叫着，并在做完了之后马上说她没有感受到高潮。这种情况很特别，她一个人时很容易就能达到高潮，可以无数次，连续多次，一个人还是与其他人一起，每一次，与男人和女人。

乔酒后宿醉乘坐另一辆出租车在回家的路上，他感到自己像是芬兰火车站厕所地上的一块抹布。他们之间在床上的匹配度马上消失殆尽了，假如这种匹配度曾经存在过的话。他从生活中的每一次体验中都可能学到点什么，而今天晚上留在手心的是，做爱有可能感觉像是扑通一下踏进了赫尔辛基泥泞的秋天中没及脚踝的水坑里。这样的接触在长期的孤独之下。本身就感觉像是魔幻般的，可是他的陶醉只限于出租车上的那一个长吻。现在回过头来想，与阿莉娜之间的短吻也比那个吻要深切和完美一百万倍。

他想到了3个女人，女人虽然多，但又感觉一个都没有。他又想起他是如何在精神上与亚历山德拉在一起，而现在又在肉体上与克里斯塔在一起背叛了自己的妻子，他试图在自己的生活中寻找是否还有尚未被彻底毁掉的分区。

他后来这样想，试图以此来安慰自己：他已经无法拯救自己的婚姻，即便他在那天晚上完全是另外一种做法，另外假如他与阿莉娜之间一切都完好，那么什么事也就不可能发生了。这当然不能使他的所作所为变得正当合法，但却依然可能是千真万确。

　　回过头来看，他感觉整个那段时期他都完全是过着另外一个人的生活，在失去希望的芬兰年代之后，他重新回到工作和普通生活中去，他已经很难想象他曾经这样做过。

　　克里斯塔后来给他向美国寄了一些写满了文字的明信片。其中一张有来自赫尔辛基国家博物馆关于绳纹陶罐的图片，上面附着这样的文字：

　　你的婚姻结束了——但是也许这样最好？

　　我想让你知道，我们之间有一种非常特别的东西。

X.

　　在那个动物尸体出现后约一周多的时间里,他们每个人几乎像是得了一场心脏病似的。一天早上6点钟,外面嘟嘟地响起了雾笛声。那也许是一种在冰球比赛上或者是芬兰人的五一狂欢节中使用的汽笛。汽笛声后又开始了中波频率刺耳的吱哩哇啦声,就好像是一个机器人正在一个虔诚的宗教大会上大声宣称自己皈依了一样。

　　丹妮拉开始哭叫起来,她甚至还没有完全醒来。米里亚姆从床上跳起来,平静而镇定,准备好疏散自己的全家,现在马上躲到地下室去,快点快点,飓风来了。

　　当乔穿上晨衣满脸不相信地悄悄走下楼时,他看到窗户外面的院子里在草坪后面有5个戴着防毒面具身穿某种连身橡胶防护服的人。其中一个在对着扩音器大声呼喊着,其他人则随着他有节奏地重复着:不要脸!真不要脸!① 耻辱!羞辱!其间另外一个人则在按着震耳欲聋的雾笛。

　　乔无法相信自己的眼睛,他穿着晨衣走到院子里的草坪上,地是湿的,依然很凉。他试图寻找他们的面孔,即便是一副防毒面具后面的眼睛,但是这些人把自己的每一平方厘米都遮掩得严严实实,甚至连头发或者是皮肤的颜

---

① 原文此处为英文 Shame on you! Shame on you!

色都难以分辨出什么。不要脸！真不要脸！当看到他站在台阶上时，这些人有那么一会儿似乎是停顿了一下。有一个人看了一眼其他人，乔似乎是听到微弱、压抑着的咯咯笑声。但紧接着又是：不要脸！真不要脸！

现场有一种很孩子气的东西，乔有一阵子很想拿石头砸这些人或者向他们露出屁股。

"喂，听着。"他犹豫了一会儿说，接着便向着这5个人走了过去。

其中有人发出了清晰的笑声。看了一眼同伴，其中一个人猛地跑开了。对着扩音器喊叫的机器人坚持得最久，真不要脸，但是很快5个人都沿着西板栗大道跑开了。乔看到这些人跳进了一辆小面包车——浅灰色的，也许是白色的，只是有点脏，他后来这样对警察说——然后开走了。雾笛又叫了一声。然后就是一片静寂。这些人留下的唯一东西，就是在离得最近的邻居院子里竖起的用潦草字迹书写的巨大字牌：

你们的邻居是一个杀人犯[①]

你们的邻居是杀人犯。乔的名字、地址和电话号码都写在下面。还有他面带微笑的护照照片，同样的照片也风光十足地登在系里的主页上。

乔听到丽贝卡正在与丹妮拉小声嘀咕着，如果这些人想这样做的话，是不是也会有人闯到家里来。她们还以为父母听不到呢。

---

① 此处原文为英文 YOUR NEIGHBOR IS A MURDERER。

"不，"他走过去对姑娘们十分坚定地说，"他们不能进到我们家里来。"

可是他知道姑娘们在想什么：假若他们能在我们睡觉的时候进到院子里的草坪上，能将动物残骸垃圾撒得满院子都是，能在窗户下面排成一排，而我们中间谁都没有醒……

"姑娘们，"乔说，看着她们俩的眼睛，"你们不必为此担心。真的。这是大人们的事。这些人是在错误的地点进行抗议，他们不明白事情不能这样处理。"

丹妮拉深深吸了一口气，感觉好像是过了很长时间后又可以重新让身体舒展了。青春期还没有来得及动摇这个11岁孩子对父母的信任，爸爸知道是怎么回事。但是丽贝卡已经不再是11岁了：当丽贝卡有所保留地看着乔，乔问道，丽贝卡在想什么，姑娘不想说出来。

丽贝卡走到自己的房间里，将门在身后锁上。丹妮拉蹑手蹑脚地下楼去了。乔无助地站在丽贝卡房间的门口，这对于青春期孩子的父母是每天的家常便饭，从青春期孩子专横跋扈的丰饶角[①]上，感受每天羞辱的淋浴。

在他的经历中，现在还出现了一些比通常情况下更让他感到心情沉重的东西。乔有那么一刻感觉似乎任何事情都不在任何人的掌控之中，即无论在什么地方任何事情都有可能发生。这种感觉是前所未有的，也很沉重。楼下开着的电视机里传来周期蝉铺天盖地压过一切的鸣叫声，就像是发出刺耳声音的音乐毯。

[①] 丰饶角（Cornucopia），又名丰饶羊角，起源于希腊和罗马的古典神话。因其装满果实和鲜花的形象，常在西方文化中作为丰饶富裕的代表物，以象征丰收。

由于话题艰难要守口如瓶

芬兰赫尔辛基

早晨很凉。在播送节目之前阿莉娜走向芬兰广播公司电视大厦的大门时,下起了冰冷的小雨。现在到了下午,天放晴了,天空一片耀眼的湛蓝色。

阿莉娜走向自己的汽车,打开车门。从万里无云的天空洒向停车场的阳光第一次让人感到是温暖的。早晨她还担心穿着无袖的连衣裙到了里面会感到冷,现在感觉这个想法很可笑。她在播音室里聚光灯的照射下出了不少汗。

阿莉娜在手机上查看着时间,是否应该抓点紧。虽然医院里时间上比较灵活,但是她想遵守探视时间,至少以某种方式来补偿一下上周她父亲又因为生气而把一位护士的手臂捏青了。前一周她父亲还骂一位年轻护士是妓女,掐了人家屁股。

阿莉娜发动了引擎,让车慢慢从电视大厦停车场驶向出口处的大门。在充满阳光的城市里有一种让人感到欣慰的东西:桦树在羞涩地抽芽,第一批款冬花在路边绽放。或许春天现在终于要来了。脏兮兮掺杂着碎沙石的雪堆在4月之前依旧会固执地堆积在大街两旁,这个月刚开始的时候是创纪录的寒冷。从停车场驶出来后阿莉娜挂上更高一挡,一边还在想着刚才的讨论在电视观众眼里会怎么看。

"不管怎么说,能在一起讨论就是一件好事。"社会民主党青年组织讨人喜欢的代表在讨论最后对着电视镜头说,这是一个20岁的印堂发亮的年轻人。所有人都赞许地点着头,阿莉娜也是如此。

所以她也同意了。而且是心甘情愿:她一点儿也不反对在电视频道播音室的大讨论会节目中出任专家,重复一遍编辑们期待她说的话。她从自己的角度肯定对难民组织代表、人文小说作家和国家反种族歧视的主流观点做出了绝好的补充。尽管她转达的信息本身并没有什么新的内容,但似乎还是需要有人把它重新再说出来。

这是她在自己的著作出版之后学会的众多事物中的一个。思想不能没有面孔来代表。世界不需要表态、论点或信息,而是代表这些的人。这就是为什么需要她,看到她的面孔就会提醒芬兰人,并不是所有的移民都是来自非洲之角大字不识的战乱难民,她会成为人们表示赞同或者提出批评的对象。单凭那本书是做不到这些的。

这是她所未曾想到的。在她看来,让她出面来代言这本书感觉还是有点荒谬——特别是考虑到她作为一个女人和作为一个人多么不具有代表性,或者说这些东西在这本书中可以得到更彻底的呈现。找一位演员不就可以把一切都做得更好吗?即使是使用事先准备好的脚本也行?

不过渐渐地,她还是学会了喜欢自己的任务。在今天的讨论中,她感觉自己用令人信服的声音和恰如其分的简短发言成功地进行了说明——比如说她与那位青年组织主席就不同,主持人对那个人不时颇有微词——比如说芬兰有多少来自西欧、美国和亚洲国家受过高等教育既聪明又有雄心的人,他们像在其他西方国家那样在芬兰找到自己的位置。她的统计数字在现阶段已经过多重演练。在场的越南餐馆主、以暴力角色著称的电影演员和仇外网络专栏管理者都在各自发言的间隙中听到她介绍说,大部分受过教育的移民都希望——或者说至少原则上都能够——在芬兰永久定居下来。而原因则永远是同一个,即娶了一位芬兰妻子。他们可以也能够胜任任何工作,但是却因为许多直接或间接的习惯性做法而被排斥在劳动就业市场之外。

后天就会看到哪些评论会被在节目中播出。她仍然想不通,为什么人们都那么彬彬有礼地倾听她的发言,却没有人做出任何反驳。人们当然会认为她站在富有的白种人基督徒一边——但这并不完全是真的。最强烈的感情和矛盾总是与来自东非和北非的战乱难民有关。其他人,即由阿莉娜所代表的那些人,则作为某种附带表态平和地顺便提了一下。

当她将车开到展览中心附近等待红灯时,她想,在第二次婚姻中,所有的一切都进行得如此容易和顺利。她看着前面停着的一辆客货两用汽车,后挡风玻璃沾满泥水,上面贴着**车上有婴儿**①的标签,便意识到她已经这样想了很多遍了:作为母亲她与塔伊斯托和乌科在一起时就像是换了一个人,作为妻子与亨利在一起时也是如此,更加自信,更为平和。她与亨利在一起时不必担心另外一个人会随时消失,或者对她说他从来没有爱过她。

确实,所有其他的事情从幼儿园开始也变得大不一样了。爱笑、喜欢下雨天的幼儿教师莱娜,会马上把小家伙们拥在怀里表示欢迎,并说:一切都会解决的!以前也都

---

① 此处原文为英文 Baby on Board。

是这样。

阿莉娜仍然十分欣赏莱娜对待惹人生气、不听话的孩子的方法。莱娜认为他们有自己的意愿，能够表达自己的意见和坚持自己的想法是件好事。莱娜一定天生就是干这行的。

假如当时塞缪尔也有莱娜在就好了，这是阿莉娜的第一个想法。

"你们当中任何人都不会像在我们这里这样，天天工作得如此开心，一半都没有。"莱娜在第一次晚间家长会上这样说，随后是一阵发自她内心的咯咯笑声，一下子就让阿莉娜的眼泪流了出来，她马上就喜欢上了这个女人。

莱娜成为她的某种榜样，这一点她在孩子们换到了其他小组后才清楚地意识到，她发现自己期待的正是这样的人：成年女性、心智健全并富有同情心的人，热爱孩子——称呼他们为我们的孩子——但是又不是废话连篇、懦弱无能或者压力山大型的。一切都会解决的！还有：吃饭的时候是一天中最有意思的时刻！从来没有想过要与孩子们在不同的餐桌上吃饭。你们不会相信我们在午餐时该有多么开心。

见到莱娜时，阿莉娜马上就知道了自己也想成为和她一样的人——她感到奇怪的是，这一愿望在多年之后却以一种奇特的方式遵循大千世界的轮回机制实现了。

莱娜唯一没有发现的是乌科身上存在的一些问题。这些问题在上学前班时才得到解释。莱娜认为乌科只是一个有个性、敏感和喜欢沉思的男孩。尽管已经有了诊断，莱娜现在仍然是这样的看法。当她们在商店里偶尔碰面时，阿莉娜将那些检查结果告诉了莱娜。

可是也许在乌科上幼儿园时还没有那样的诊断呢。医学发展得是如此之快。

与塞缪尔出生时不同,她从一开始在生塔伊斯托和乌科时就十分清楚自己的角色。她感觉这很奇特,至少部分是由于亨利还在寻找自己作为父亲的角色。出于某种奇怪的原因,另一个人的初为父母会强化自己对作为父母能力的信心。她回忆起自己在塞缪尔孩提时期的小心眼行为,感觉就像是一个既不真实又令人难堪的梦。

塞缪尔小时候出现过说话困难,她认为自己从中看到了可能导致自闭和酗酒问题以及伴随终身的恶性循环,也许这只是她自己惊慌失措得出的结果。这一切最后都得到了自我修复——尽管当时就有专家预言这会成为永久性的问题。她有时会想,这些专业人士是否能够做到在她最需要的时候给予她支持。

她曾经多次思考这个问题:她是否能够抱着同样平静祥和的心态去过自己的生活、自己整个的人生?她是否能将一切都安排得同样妥当而无须神经紧张?

唯一可能让她感到神经紧张的事就是塞缪尔的法律官司。那是一串官司,阿莉娜纠正自己:她习惯于把一团乱麻都视作单数,尽管实际上乱麻的每一部分都要分别单独处理。

现在对其中任何一件官司都无法做什么——尤其是对法律条文一无所知的她而言。塞缪尔做了他力所能及的,警察在调查最新的诉求,前一个案子已完成这方面的程序,继续在省法院审理。其他的案子刚刚启动,空为这些案子担忧也改变不了什么。特别是现在塞缪尔又在美国。

应邀在大会上致辞:她的孩子是有勇气这样做的人之

一。她的骄傲马上就掺杂进了良心的煎熬。人们总是说,在矛盾的情况下应当倾听自己的心声,但这正是问题所在,她的心里头有两个声音。到底哪一个是对的呢?

一切都取决于听谁的。

阿莉娜停下来让一个带着儿童车的年轻男子在人行横道上走过。她在等候的时候打开汽车的窗户,望着低层楼房光秃秃的院子和树叶落尽仍兀自挺立在那里的白桦树。她的脑子里再次闪现出这个问题:乔是否知道塞缪尔参与到什么事里了?最近几天这个问题越来越频繁地萦绕在她的脑子里。

应该把一切都告诉乔,一只乌鸦在不远处一栋楼房的垃圾房屋顶对阿莉娜叫着。

塞缪尔对自己的爸爸总是那么崇拜,他崇拜的方式让阿莉娜在内心深处某个地方感到很受伤。她应该在电话里告诉乔,塞缪尔目前在做什么以及他变成了什么样子,但是她无法做到。当然,这并不涉及任何大不了或者有危险的事。只是乔应该知道。

结束了通话之后,她手里拿着遥控器盯着已经静音的电视机,半晌没有打开电视。这么多年来她一直在愤愤地生着乔的气,因为乔从来不同自己的儿子联系。这种仇恨已经演变成了脑子里的日常。每当她感到逆风过于强劲,每当事情进展不顺,所有的失望就好像会自动从大西洋的另一侧找到缘由。打个电话真的就这么难吗?她在雨中吃力地拎着沉重不堪的商场购物袋,逼问着乔。当她与塞缪尔为了一双落在机场再也没有找到的贵重的新足球鞋而争吵时,她在心里大声向乔呐喊,你难道就不能多少保持点联系吗?

对方的观点在通完话之后才进入她的思绪，而在通话中她自己也未能说出什么：这一切并不一定就那么容易。

老师们都喜欢塞缪尔，一直都很喜欢。

阿莉娜想起塞缪尔的生物老师，他在学校举办的一次晚间聚会上曾私下向她预测，如果他们年级今后有谁能做成什么大事的话，那非塞缪尔莫属。这位老师是一个十分特别、爱钻牛角尖的人，并不是所有人都能合得来。他在智商上被认为超群出众，但在社交上却低下无能。塞缪尔对学校的事说得不多，但是阿莉娜从他的只言片语中可以得出结论，塞缪尔正是与这位老师之间产生了一种特殊的关系。

高年级老师中只有一位说过，塞缪尔很危险。这位老师说，这是因为班上的其他学生都会遵从塞缪尔的意愿。阿莉娜应当注意要让塞缪尔学会尊重权威。

她点着头对这位老师说是的，当然应当这样。同时她在心里问：我要怎样做？而且：尊重所有的权威吗？什么都不问的那种？

这位老师如果不能让塞缪尔站在自己一边，就无法在班里立足。据说塞缪尔能够让整个班级转变立场，即便是在他错了的时候。

塞缪尔还是个孩子的时候，当一些比他大许多岁的孩子在学校院子里欺负一个他不认识的孩子时，他就有可能会忘掉自己是几斤几两去拔刀相助。阿莉娜为自己的儿子感到骄傲，但同时又为儿子会因为自身的性格而变成什么样而感到惊恐不安。

阿莉娜记得老师有一次因为塞缪尔的课堂演讲而生气，那是他15岁时在一周时间内只用了一半心思就糊弄到一起的东西。塞缪尔对这样的指控感到震惊。据说他只是想说清楚要求他做的事。

演讲题目定的是我们每个人如何能施加影响。

"那个演讲都说了些什么？"阿莉娜在电话里问老师，脸上已经带着羞愧的潮红。她怀里抱着4个月大的乌科，婴儿随时会将嘴里的奶头吐出来，然后就开始为嘴里没有奶头而大声哭叫。

"演讲是……那种耍小聪明。"老师的声音在电话中说。"就好像要向大家显示，你们都有点傻，我才不会屈尊来考虑这样的题目呢。"

"我非常抱歉。"阿莉娜说。她试图平稳地坐下，以免婴儿在通话结束前又开始啼哭。

"他说，这不符合我的价值观。他看起来有那种想表现的欲望。"

"我会同他谈谈。"

"我想我最好现在就打个电话……也就是说聪明的男孩不应有这样的行为，我想让您也知道。我们这样做都是为他好。我们并不想在这里让谁感到难堪。"

"是的。"

妈妈！这时从起居室传来两岁的塔伊斯托的呼叫。妈——妈！我想要看录像！快来把录像放上！

"如果他能稍稍打磨一下他的态度。"

阿莉娜将手机夹在脸颊和肩膀之间，小心地平衡着抱着婴儿走到起居室，把《姆明童话》[①]的DVD录像打开。

---

① 芬兰语为Muuminpeikko，由芬兰著名女作家、插图画家托芙·杨森（Tove Jonsson，1914—2001）所作，1966年获得第六届国际安徒生儿童文学奖。

"是的,当然。谢谢你打电话来。"阿莉娜说,同时在想,她不喜欢这个人,虽然他们只在电话中聊了不到5分钟。

午觉时分,当她把塔伊斯托哄睡着,而乌科还在地板上盯着风铃看时,她请塞缪尔展示一下他的演示稿。文字是关于经济学的内容,与乔治·阿克尔洛夫、迈克尔·斯彭斯和约瑟夫·斯蒂格利茨[1]对市场不对称信息的分析有关。还有从一个叫戈尔曼[2]的著作中引用的信息。阿莉娜后来才搞清楚阿克尔洛夫、斯彭斯和斯蒂格利茨曾获得诺贝尔经济学奖。

"你这些是从哪儿找到的?"

"从网上。"

"这些都是你自己弄清楚的吗?"

"不是,英语老师帮了点忙。"

"你为什么不去写应该写的那个题目?"

"我试着写过!我在第一段就大概写了不要买普通衣服而要买用生态棉制作的衣服。但是后来——当新闻中有关于那些生态棉花衬衣的消息,说那些也是用非常危险的有毒物质染的色,这些有毒物质会流入水系,那些工人患白血病的概率也高出一百倍,我就给爸爸发了封邮件说——"

"给乔?"

---

[1] 乔治·阿克尔洛夫(George Akerlof,1940—)、迈克尔·斯彭斯(Michael Spence,1943—)和约瑟夫·斯蒂格利茨(Joseph Stiglitz,1943—)为美国学者,2001年获得诺贝尔经济学奖,以表彰"他们对存在不对称信息的市场的分析"。

[2] 丹尼尔·戈尔曼(Daniel Goleman,1946—),哈佛大学心理学博士,著有《情商》等。

"是的。"

"往美国?"

阿莉娜感觉自己的脉搏在加快。塞缪尔盯着她看,试图弄明白是怎么回事。

"那他会住在哪儿啊?"

阿莉娜看了一遍用英文写的文章,其中介绍了诺贝尔经济学奖得主对销售方和购买方所掌握信息持有的观点。她在发现塞缪尔是从乔那里获得这篇文章之前就感觉到自己的腹部在收紧。

"你发邮件了?"阿莉娜努力用平常、中性的声音说。"真的吗?"

"我不能这样做吗?"

"你当然可以。我只是——"

一阵良心上的不安袭上心头,她应该在塞缪尔面前态度更放松些。在孩子与父亲之间如果形成了某种关系会是件好事,她确实很真切地这样想。

"你为什么看起来这个样子?"

"我只是不知道……你们有联系。"

从乌科越来越不满的声音可以听出来,她要赶紧过去了。婴儿都很棒,但是在所有的讨论中都认为应当在产后保持大约10年的间隔。

"我们没有联系。"塞缪尔说。"我只是……我想不出我还可以去问别的什么人。"

"我不是也在这儿吗?怎么?你为什么这样看我?"

"哎,哈喽。"

"怎么?"

"你肯定能帮上老多的忙了。"

阿莉娜努力让自己不受到伤害。

"我当然也能把事情搞清楚。不过……这同那个演讲有什么关系呢?"

"我先是这样开始的,即人们可以购买生态棉花衬衣而不是普通衬衣。"塞缪尔跟在阿莉娜后面边走边说。

"嗯?"阿莉娜说。她把婴儿抱到怀里,坐在椅子上,把哺乳衫的盖布掀起来。已经不耐烦地扭来扭去的乌科把头撞向她,就好像要想钻进她的乳房似的。

"可是接着我就看到了那则新闻。我不知道那是有用还是没有用。"

"然后你就去问乔了?"

"是的。他说问题在于,市场上的信息是不对称的。"

"不对称的?"

"销售方知道购买方不知道的事情。"

"噢,就像——"

"知道他们卖的商品是怎样生产的。知道他们向河水里泵进了什么,又因此使孩子们的血液里出现了多少水银,就是在那个村庄里的那家工厂。"

"嗯,就是因为这个才应该在买东西的时候非常仔细!"

当终于有一次机会来利用自己的天赋写一篇他很感兴趣的作业时,儿子却惹恼了自己的老师,阿莉娜开始对此感到十分生气。

"权力在我们消费者手里。"阿莉娜说。"我们不应该那么自私,想买什么就去买什么,尽管——"

塞缪尔就好像被踢了一脚似的感到痛苦。

"虽然大家总是这样说,但这却不是真的!权力不在我们手中,因为我们不知道那些商品是怎么生产出来的!你刚刚买的那个手机,也在被曝光的里面——那叫什么名字来着?那个东西在生产厂家让200人住进了医院。你刚刚买的就是这样的手机!因为它看起来像是部好手机!"

从儿童房间传来小脚丫踏在地板上的咚咚声:塔伊斯托现在醒了。为什么他就不能像世界上所有其他孩子那样好好睡个午觉呢?

"是的,可是我不会再买这样的手机了。"阿莉娜说。"其他人也不会买的。现代信息传播得很快。如果这样的事被曝光总会造成丑闻。"

"也许每千例中只有一例是这样。而那时人们也只会避开一个产品和一个厂家。但其余的999家也同样存在问题。所有的产品都在那些可以随意对待环境和工人的国家生产,因为在这些国家生产能赚钱。"

"那我们能从哪里知道可以买什么东西呢?"

"无从知晓!而这正是那篇文章的要点,即信息不对称。因此——"

"哎,塔伊斯托好。"阿莉娜对光着屁股出现在起居室的塔伊斯托说。阿莉娜努力不要让塞缪尔的事情从脑子里忘去。她已经开口请塞缪尔继续说下去,但现在塔伊斯托却宣布他有个小鸡鸡。是的,阿莉娜努力让自己听起来对塔伊斯托的发现感觉很高兴。

塞缪尔耐心地等待着。阿莉娜感到一种负罪的心情。塞缪尔的每一件事她都只做了一半。应该给他加油。

"信息不对称。"阿莉娜说。

"是的。因此我们不可能对任何事情施加影响。消费者可以——"

"塔伊斯托,你饿吗?对不起,塞缪尔,你只管继续说。"

"……好像能够施加影响,但是由于他们在购买时并不知道要对什么事情以及如何施加影响,所以整个制度就是赤裸裸的独断专行、任意妄为。因此在我们班上也有一半学生说不要再继续说了,我不感兴趣。"

"太可怕了。当然所有人都应当表现得稍微积极一些。"

"你有小屁屁。"塔伊斯托说。

"不应该!不能把这些事搞得对人们如此复杂!我刚刚读到——"

"妈妈,你有小屁屁。"塔伊斯托提高了嗓门。

"……每一公斤包装用玻璃纤维——"

"对的,是有小屁屁,塔伊斯托。"

"……在制造过程的不同阶段共需要659种不同的物质,铬、银、氪、异腈酸。"

"普通玻璃?"

"制作玻璃时要把沙子在1100℃的炉子里熔化。"塞缪尔说。"但是你看看把沙子制成果酱瓶的13个主要生产流程,还要再划分为1959个生产链,它们被称作单项流程。普通玻璃瓶,几乎有200个不同的单项流程。其中每一项都由几百个子流程组成。比如说需要用碱,而制作碱又需要氯化钠、石灰石、氨溶液、燃料和电力,而这些都需要运到工厂。"

"我不明白你怎么能把这一切都搞清楚。"阿莉娜说。她不得不同时也盯着塔伊斯托,他现在正在摇摇晃晃地把CD光盘一张一张地抽出来扔到地上。她轮流着把目光转向塞缪尔,以免他觉得她不再专注听。从光盘架子那儿传来塑料盒摔碎的声音，那是被塔伊斯托抽出CD光盘的盒子掉到了地上。婴儿还在阿莉娜的怀里吃着奶。

"在生产玻璃瓶子期间，大体上有100种不同的化合物进入了水系，进入土壤的大概有小50种，进入大气的则有200多种。我计算过，在生产玻璃瓶对环境造成的影响中大概有20%来自电力，也就是说用于给炉子加温的，但是这种影响当然也取决于电力是如何生产出来的。"

"你不可能知道所有这些。"

"我当然不可能！其他任何人也不可能，因为这真的太复杂了。终于有一天我想要好好做件事。既然这样要求我们，我努力想完成这篇演讲，全面介绍这个制度是如何运行的。'我们每个人如何施加影响'，我想把问题搞清楚。可是问题就出在这里，如果再想想比如说对健康的影响，那么在玻璃瓶的生产中影响最严重的是芳香型碳氢化合物，估计大概要占到玻璃瓶负面影响的70%——就是说如果考虑到癌症的风险。"

"这太棒了，你这么仔细地把这些都搞得清清楚楚，可是——塔伊斯托！现在打住，不要再扔光盘了！"

"可是什么？"

"可是那个老师肯定是想要什么……"

"妈妈。我并没有什么恶意，但那个麦凯莱并不是评委会中最犀利的那杆笔。"

"他是不是想要一些稍微……实用点的建议。塔伊斯托！妈妈要生气了。"

"即垃圾扔到垃圾桶里。去买生态产品。"

"肯定是什么类似这样的。"

"但是这才是彻头彻尾地扯淡！"

"塞缪尔！"

"应当要改变整个制度，不能像个机器人那样说，我们能对一切事物施加影响，而实际上我们却不能！"

"对商品进行循环使用并不是扯淡。塔伊斯托，妈妈现在要过来把你从那里抱走了。"

"谢谢妈妈。你能否多给我讲一些关于世界经济及其与环境、健康和生活水平之间复杂关联的情况。"

"我不喜欢那种语气。"

"你自己找的。"

那天晚上稍晚些时候，当阿莉娜把塔伊斯托和乌科都哄睡着了之后，她敲了敲塞缪尔的门，问是否可以进去。他们之间的谈话还在困扰着她。

我也是，塞缪尔回答道。

"我还在想你怎么……你给乔发电子邮件的事。"

她看到塞缪尔的表情变得有所保留。经过长时间的犹豫，阿莉娜才鼓起勇气问儿子对自己的爸爸都记得什么。

塞缪尔显得已经受到了伤害。阿莉娜结结巴巴地解释说，小塞缪尔在爸爸离开的时候是什么样的，儿子记忆中的画面不一定是全面的……是的，什么？准确的？每一个选好的词还没有用就感觉有点不对了。

"我的意思不过是，那也许不是……像你想象中那样完美无缺。"

"什么？"

阿莉娜试图解释说，乔在塞缪尔的言谈中听起来总是那么伟岸、智慧，美国教授都是超强的榜样。塞缪尔用青春期的目光看着自己的双脚。

"我的意思不过是……你其实对他一点儿也不了解。"

儿子的眼泪突然之间流了出来。阿莉娜脸上一阵发烫,她应该早点意识到。

如果我永远都不与他联系的话,也就至少不会学着去了解他了。儿子说。

阿莉娜在与塞缪尔谈话后给乔打了电话,多少年来的第一次。乔说,塞缪尔的电子邮件是就事论事,也挺正式的。他在邮件里问,购买用生态棉花制造的T恤衫是否比买普通的对环境更为有利。乔对塞缪尔专门找他求助而倍受感动。

乔说,他对棉花生产一无所知。但他仍然很想帮忙,并与自己的熟人谈起过这件事。这位熟人解释说,这个问题要比一开始听到时要复杂得多。他给乔发来了一篇文章,文中用通俗易懂的方式介绍了诺贝尔奖得主的有关研究。乔把文章发给了塞缪尔。

"我没有意识到这会有什么问题。"乔说。

"从所有的情况来看似乎有问题。"

"是儿子让自己的老师陷入尴尬了吧。"

从乔的笑声中可以听出来,他对自己的儿子感到骄傲。这让阿莉娜感到不爽。他从大西洋彼岸发几篇文章倒是容易,却害得阿莉娜去承受老师的责怪。

"那篇演讲有点跑题。"

"在我看来,塞缪尔正在成长为一个有独立思考的男人。"

"他的老师持不同看法。"

乔认为塞缪尔太过聪颖。这是对芬兰学校而言,阿莉娜想。乔只是不好意思把自己的想法全部说出来。

"嗯，作为研究生会容易些，乔说考上了研究生院会容易些①。"

对此阿莉娜什么都没有说。她不想开启一场引向塞缪尔在美国会得到更好教育的讨论，即如果塞缪尔想要在自己的一生中认真做点什么的话，他不值得去捡那些随着世界潮流偶尔漂到小国的残羹剩饭。芬兰有着世界上最好的学校教育体制，但是阿莉娜不想同乔讨论这个。因为一旦开启了这样的讨论，就会马上陷入无休止的动荡状态：塞缪尔必须马上去上一所尽可能好的大学（哈佛大学、普林斯顿大学），以便能进入尽可能好的研究生院读研（哥伦比亚大学、麻省理工学院），以便在尽可能好的大学任教（斯坦福大学、宾夕法尼亚大学），这时沙漏中的沙子实际上就已经漏完了！应该在上高中时就进入哪所精英寄宿学校，而那里所有的人都过得战战兢兢，面临着可怕的社会压力，但是从那里可以进入耶鲁大学开创辉煌的人生。

"你当然明白，塞缪尔作为我的家人可以在我所在的大学获得免费的教育？"

"乔。"

"我不过是想确认一下你知道。"

"谢谢你的关心。现在你确认了。"

"他有很棒的机会去做点什么，成就点什么。"

"是在那里做点什么。在那里成就点什么。把整个生活都转到那里去。"

"阿莉娜，我知道你不想离开芬兰，也没有任何人要求你这样做。但是你是否确定——"

---

① 此处原文为英文 It'll get easier in graduate school。

"我已经告诉塞缪尔了。"

"是吗？"

"是的，我说了他可以豁免学费。"

"他知道这意味着每年4万美元。"

"乔，上一所尽可能好的美国大学并不是对所有人都是最重要的。"

"当然不是，可是——"

"生活并不是对所有人来说都是一场赛跑！除了只会工作还有其他的价值存在！"

"阿莉娜，拜托①。我对塞缪尔并没有什么雄心壮志。我只是想让他知道他都有什么样的机会。"

"你爷爷是怎么经常说你的？那些一生只锻炼一块肌肉的举重运动员！塞缪尔不想成为那样的人！"

"她听到寒鸦在外面叫，用两种语言：你怎么知道？假若他想要呢②？"

她挂电话时感到十分生气，不由得骂出声来。当天晚上，她在刷牙时发现自己把牙刷咬得太紧，弄得牙龈都疼了。乔当然是以美国为中心并出于监护的想法——可是这为什么仍然让她感到如此生气呢？——不过最让她恼怒的是，自己竟是如此渺小和脆弱，控制不住自己的情感。一个那么多年都没有见过的人，居然每一次通话都能在她的内心引起这样的反应。真是活见鬼！假若不是她比较谨慎的话，说不定从怒火下面还会释放出其他东西，而正是这其他的什么东西是她现在根本无法忍受的。

到了第二天，当她在儿童游乐公园里的旋转木马上推

---

① 原文此处为英文 please。

② 原文此处为英文 How would you know?

着塔伊斯托旋转、乌科在儿童车里睡午觉的时候，她仍然要努力使自己平静下来。她与乔都有自己看待问题的角度，谁都没有对或者错。他们只是以不同的方式看待事物。

由塞缪尔自己去决定在自己的生活中做什么吧。而不管他做什么，都会做好。

到了第二次婚姻的时候一切都进行得更加容易，这也是因为不用再操心钱的事了。

这个世界对都上班的夫妻和单亲父母来讲有着惊人的不同。尽管亨利说他是在一个女性占多数的低工资行业工作，但是私人门诊、培训及专家业务对他不无帮助。除此之外，亨利对女性为主的低工资行业其实一无所知。阿莉娜听说过莱娜在日托幼儿园能挣多少钱。亨利的工资是她的两倍。

阿莉娜后来对此感到悲哀，她一点儿也没能享受到塞缪尔儿童时期的快乐。她感觉她在儿子生活中至关重要的那个阶段仿佛生活在雾中一般。塔伊斯托的婴儿时光在她的记忆中则是悠闲并充满阳光的下午，他们两个人一起从午觉中醒来，她用头顶着塔伊斯托光秃秃的脑袋瓜，可以闻得到睡梦中婴儿的温暖气息。夏天，他们一起走很长的路去公园，当塔伊斯托在婴儿车里睡午觉时，她与亨利在光秃秃的草坪上接吻。当乌科还是婴儿时，她每天都会停下来与长了四颗牙在那挤眉弄眼的可爱圆头小宝贝进行无声的对话，孩子的微笑让她的大脑沉醉其中。这就是有了孩子的样子，整个生活都充满阳光。

有时阿莉娜会有一丝难以名状的忧伤或者是失落的感觉，仿佛像是在莫名其妙地思念什么人，但是这个阶段总体上是她到那时为止生活中最幸福的一段时光。

是否婴儿时光对所有人只有在第二次婚姻时才那么完美和令人陶醉？直到那时才学会从容应对？

到了乌科和塔伊斯托的时候，尽管乌科被诊断出一些特殊困难，但一切都进展得十分自然顺利。与此相反，自己在塞缪尔小时候彻夜不眠留下来的脆弱、碎片般的记忆画面，折射出的只有压力与失望。

另外，很难看到自己在那时能够比实际上的自己更加坚强与成熟。在那时，自己无论从哪里都看不到甚至是一丝希望，想不到还会有平等的夫妻关系、复杂却可爱的新组建家庭以及令人感兴趣的工作。如果自己知道在前面等待着她的并不是苦涩的孤独，而是称心如意的中年，可以穿着橘黄色的飘袖长袍并戴着硕大的木珠，学着去体验生活，而不必去理睬年轻人牛仔裤裤脚的宽度，那么乔离开之后造成的抑郁就会容易许多。她也对自己和自己的身体有了更深的认识。她无法理解，她为什么有时会羡慕那些年轻而不自信的女人——孩子们——在城里窘迫地走来走去，试图将对生活的恐惧埋藏在强硬的态度和过小的衣服里。

两人离婚归根结底是乔的原因。她需要支持与亲情，但乔无法给予她。

可是如果你也是另外一种样子！她开车经过的建筑工地上一辆货车正在发动的引擎这样吼道：同现在一样！你们是否还会在一起？你是否会幸福？现在，当你自己是另外一种样子时？

可是我不是，我不是。

当她从报纸上读到自己的首批采访报道时,她惊奇地盯着自己就好像是在看另外一个人。我变成了这个样子了吗?

她现在很难在脑海里再回到当时是如何想起来要采访女性的那个场景。她感觉这项任务是不可能完成的——是什么让她想象自己压根儿就会写作?而这又会在什么时候发生呢?她的两个儿子——一个1岁,一个3岁,正处在破坏力极大而没有一丁点儿理智的年龄。同时又出于某种显而易见的原因促使她不得不去做:如果她现在放弃不做,她就会在她的整个余生放弃所有的一切。现在看来,这依然是多么富有感召力、令人愉悦的想法啊!停止苦苦的挣扎,让自己完全放松——缓缓地滑到表面以下的家常果羹里,成为标准的全职妈妈,晚间喝上几杯白葡萄酒,观赏电视上的夫妻档侦探节目,难得一次地享受差强人意的性生活,并学会定期使用地西泮安定片,逐渐增大剂量以缓解人在失望时最痛苦的时刻。啊!那样的怀抱仍然是那么温暖!

她对这个想法已经酝酿了很长时间,但是既没有完全成形也没有落实到任何行动上。直到慢慢地——她越来越频繁地碰到自己一些颇有头脑的芬兰朋友,却在对待美国人的问题上非常奇怪地陷入充满偏见的茂密丛林——她不得不承认她作为美国人配偶度过的那些岁月对她做出的改变比她所意识到的要多得多。她不由自主地用另外一种眼光来看待自己的祖国和芬兰人。

与她和乔结婚时不同——那时她从来不会想到——她发现自己在维护美国人和他们的重要习俗,如果他们不被理解,她甚至会感到受到伤害。也许是与世界另一端密切接触了那么久,要想自己不发生变化也是不可能的。

在很长一段时间里，她都一直受到一个想法的制约，即她的经历没有任何意义。那些只是一个人、个体的经历，每个人都有自己的经历。当对失败婚姻的失望情绪不再在脑中轰鸣作响，不再把所有其他声音都淹没掉时，她也没有感到有必要向任何人去证明什么。但是有一天早晨，她在地方养老金保险公司的工作比平常要少一些，于是那个早晨便改变了一切。所发生的一切是那么不合常理，那么盲目，如果不是涉及那么多她应为之感到羞愧的东西，回过头来看甚至还会显得很美。

她到二层的厨房去取咖啡，无意间看到桌子上随意摆放的一本封面鲜亮的去年秋天的期刊。一位电视节目女主持人在文章发表后辞了职，现在出现在期刊封面上，脸上洋溢着找到新爱的幸福。

在期刊的内容页面上有一个对神学家的采访，他对人们不再明白什么是神圣的含义而感到忧心忡忡。据这位神学家说，与人们通常所认为的不同，神圣并不是指外观金光闪闪的道德规范或者是对变革的抵制，而是一种比人的自我和自我的意愿更为重要的东西。

这篇文章让阿莉娜首先想到我爱我自己[①]的广告，那是为城里举办的一场化妆品及首饰活动而做的广告，但是紧接着她又想起了教会的专栏。这在文章中没有涉及，但是最近在哪里提到过。教会建立了一个网页，人们可以在上面咨询有关宗教的事情。

她同时也想起了坚信礼学校，那位为未婚先孕的米娅进行辩护的牧师。她还记得当牧师说到烦忧时她如何立即就知

[①] 原文此处为英文 I love me。

道牧师指的是什么。这样的回忆依然在她的体内引起颤动。

她不记得咨询页面的网址，但是可以通过搜索很快找到。她感到期待的火焰在内心燃起，尽管她自己还不知道希望能找到什么。但是她身上还是缺少点什么东西，有什么东西在某种意义上一直都是错的，而她却无法对此做出解释，也不相信她的任何朋友或者同事中有人能明白。长期以来，她一直把自己后来的感觉想象为离婚带来的羞辱、对亲情的期盼和对变老的恐惧。这种感觉在她见到了亨利之后一度成为过去，但后来又出现了。她记得当她再次怀孕后她在想，婴儿将会使生活变得充实，虽然混乱不堪但乐在其中，她会最终忘掉心中的哀怨——在一个三个孩子的家庭中谁还会有时间去应对存在主义的危机呢？——当并没有这样发生时她又是怎样的失望。当两个儿子一个1岁，一个3岁时，她开始重新上班并把他们送到日托幼儿园，心里没有一点儿良心上的不安，因为她需要有自己的生活。但是上班也并没有消除掉那种感觉，它仍然在什么地方悄悄地酝酿着。

离婚之后至那时已经过去了那么长时间，她感觉可以获许再与教会打交道了。人们不再会想，她这样做是因为孤独和可怜，那么绝望，甚至愿意这样做。或者就像她与乔一起担心的——是因为她的丈夫也信教，而且比她的更有异国情调、更有意思。

她点击了一下看起来似乎是对的图标。

庆幸的是他们现在也有了可以发送问题的网络服务。去一次教堂会很费事，而去了之后又会感到失望：那些关于小鸟和松鼠的冗长布道，就像是针对孩子们的，而教堂乐曲则仿佛生活在自己另外一个现实中。乐曲的旋律本应带有某种怀旧的感觉，重现熟悉的儿时场景和坚信礼学校，这样坚守就会成为坚强，但是这些因素也不知在哪项改革中被改掉了，于是这一连接纽带也消失了。

阿莉娜事先已经知道，这项服务对于她这样不常去教堂的人来说就像是定制的。宗教是每个人自己的事情，至少在芬兰是如此——有什么会比通过信息网络在自己认为最方便的时候在家中进行宗教活动更好呢？

阿莉娜读了几条信息，信息中对《圣经》的内容进行了相当细致的讨论。有一个发帖的人对真正的基督教正在消失而感到担忧。自由派女牧师想要毁掉先知们留下的遗产，让人们成为同性恋者。在教堂中人们不再能听到活着的上帝的话。另一个发帖者从报纸上剪下几十条关于炸弹、恐袭和谋杀的标题并粘贴到一起。有人猜测这与向游泳馆通风管道释放酷儿气体①有关。有一个笔名为**耶路撒冷-活水**的人开启了一个信息链②，但谁都没有回应。

---

① "酷儿"指所有不符合主流性与性别规范的性少数群体，源于英文 Queer，原意是怪诞、奇怪、性变态的。酷儿气体据说会影响人们对异性的取向。

② "什么是真的？"
耶路撒冷-活水
《圣经》"加拉太书"第五章：
1. 基督释放了我们，叫我们得以自由，所以要站立得稳，不要再被奴仆的轭挟制。
2. 我保罗告诉你们，若受割礼，基督就于你们无益了。
3. 我再指着凡受割礼的人确实地说：他是欠着行全律法的债。
4. 你们这要靠律法称义的，是与基督隔绝，从恩典中坠落了。
5. 我们靠着圣灵，凭着信心，等候所盼望的义。
6. 原来在基督耶稣里，受割礼不受割礼全无功效，唯独使人生发仁爱的信心才有功效。（接下页）

她是应该在这里写点什么吗？阿莉娜迟疑了一会儿，但是接着又想：尝试一下也没有什么害处吧？这是教会的栏目。她肯定认真务实的信息也会得到认真务实的答复。她再次核查了一下注意事项。是的，教会工作人员将在这

---

7. 你们向来跑得好，有谁拦阻你们，叫你们不顺从真理呢？
8. 这样的劝导不是出于那召你们的。
9. 一点儿面酵能使全团都发起来。
10. 我在主里很信你们必不怀别样的心，但搅扰你们的，无论是谁，必担当他的罪名。
11. 弟兄们，我若仍旧传割礼，为什么还受逼迫呢？若是这样，那十字架讨厌的地方就没有了。
12. 恨不得那搅乱你们的人把自己割绝了！
13. 弟兄们，你们蒙召是要得自由，只是不可将你们的自由当作放纵情欲的机会，总要用爱心互相服侍。
14. 因为全律法都包在"爱人如己"这一句话之内了。
15. 你们要谨慎，若相咬相吞，只怕要彼此消灭了。
16. 我说，你们当顺着圣灵而行，就不放纵肉体的情欲了。
17. 因为情欲和圣灵相争，圣灵和情欲相争，这两个是彼此相敌，使你们不能做所愿意做的。
18. 但你们若被圣灵引导，就不在律法以下。
19. 情欲的事都是显而易见的，就如奸淫、污秽、邪荡、
20. 拜偶像、邪术、仇恨、争竞、忌恨、恼怒、结党、纷争、异端、
21. 嫉妒、醉酒、荒宴等类。我从前告诉你们，现在又告诉你们：行这样事的人必不能承受神的国。
22. 圣灵所结的果子，就是仁爱、喜乐、和平、忍耐、恩慈、良善、信实、
23. 温柔、节制，这样的事没有律法禁止。
24. 凡属基督耶稣的人，是已经把肉体连肉体的邪情私欲一同钉在十字架上了。
25. 我们若是靠圣灵得生，就当靠圣灵行事。
26. 不要贪图虚名，彼此惹气，互相嫉妒。

个栏目里与所有有意者开展讨论。

你可以问任何有关宗教的问题。

教会工作人员将倾听、讨论并就有关基督教和教会的事项提供信息。

好吧。

大概也没有什么可以失去的吧。

阿莉娜试着写了一条短信息,谈了谈自己的烦忧,并在思考这在本质上是否属于宗教范畴。她还谈到她记得牧师在坚信礼学校里谈到过人们期盼能回到上帝身旁。

她花了很长时间想选择一个笔名,但是因为没有想出任何感觉适合自己的,最后便决定使用自己的名字。用自己的本名感觉有点尴尬,但却很诚实。也许这正好也反映了她作为一个人是什么样的,她脑子里这样闪了一下。

第一条回复很快就来了:

假如你饿了,这与上帝也有关系?

她在想,这条信息应该怎样理解。写信息的人肯定认为她在开玩笑。这是一个没有同样感觉或者没有同样经历的人。但是阿莉娜想要找到一个可以进行交流的人,最好是教会工作人员,所以她决定不去理睬那些捣乱的人。如果她回答得认真而务实,也许另外有哪个有头脑的人,会看到并回复她。

也许吧，谁知道呢……

阿莉娜在后面还加上了一个笑脸，看起来更友善一些。几秒钟内回复就来了，现在是来自另一个不同的笔名：

哦嗬……喏，你的"信仰"已经坚如磐石了。等我下一次比如说脚指头碰到哪了，也可以想假若这是拜米老鼠所赐呢。:)

某个第三者也想加入：

你们这些有信仰的人去一个不会污染其他人的什么地方去讲你们的故事吧。有的人很轻易相信人，也许会把那些胡言乱语当真了。

阿莉娜吓了一跳。这不应该是教会的专栏吗？都是些什么人在这里写来写去的？下一个信息也到了，这次是来自笔名**耶稣基督活跃教区是T**：

有信仰，这样你就可以活着并遇到全能的耶稣基督。他是主啊你的拯救者。今天是获救的日子（2. Kor 6: 2）（注：《圣经》"哥林多后书"第六章第二节）这样祷告吧：天父啊，我借耶稣之名和他的血来到你的身边，请用你的仁慈饶恕我的罪过，为了基督的缘故敬爱的耶稣成为我生活的主宰，我将摆脱罪孽，我想为你而活。我相信你正是由于我的罪孽而死，为了给予我生命。我接受你作为我心灵的主和个人的解放者！阿门。

如果你是全心全意地做了刚才的祷告，那么你刚刚从上天获得了新生。你的罪孽已经被饶恕！上帝现在是你的天父，而你是他的孩子。为了耶稣的事业我向你宣告你的罪孽已被消除。

以圣父、圣子和圣灵的名义。阿门。

阿莉娜现在意识到登录这个网页本身就是个错误。这里没有任何她可以与之交谈的人。她又追加了一条短信息，解释她为什么退出讨论：

感谢你的建议，耶稣基督活跃教区是T，但是我不知道我是否走得这么远。我实际上只是想看看这里是什么样的，也许与哪个懂得我的感受的什么人交谈一下。但是我可能有点来错了地方。:）祝大家今天过得愉快！

她最后加上了个笑脸，希望不要有人对她在讨论还在进行中就无礼退出感到受伤。她关闭浏览器，开始为一份她必须要赶在第二天前完成的调查报告寻找资料。

可是接下来：

假如还是有人答复了怎么办？哪个认真务实的人？当然她年轻时所在家乡教区的那位牧师不会在网站上值班，甚至连他是否还在从事教会工作亦不可知。当她重新打开浏览器时，那位牧师留着络腮胡子的脸庞映现在她的脑海里，她还记得牧师厚实粗糙的深蓝色毛衣，她在夏令营之后有时一个人在床上时会在自己的想象中偎依在毛衣的温暖中。她已经把网址背了下来。她只想快速查看一眼。

也许有哪位教会的工作人员同那个牧师一样正直、睿智。也许他们甚至还有可能再见。也许她能够与这位工作人员单独交流，从宗教中获取那种在15岁时因为过于年轻而无法感知的东西。

在阿莉娜离开期间，又有一个笔名**阿莉娜我知道**以及后来的笔名**萨希达乌鲁斯**①加入了讨论：

阿莉娜我知道：

你感觉怎样，因为我自己曾经历过同样的忧伤。那时我的孩子病得很重，我为他祈祷，孩子就痊愈了。医生们无法解释这些，因为这与奇迹有关。他患了重病，骨癌，现在他完全康复了。

萨希达乌鲁斯：

信教者就是这样神经兮兮和愚蠢之至！！天啊耶稣基督，阿莉娜，你是否教育你的孩子相信，只要祈祷而不需要去医院，主耶和华拿撒勒摩门就会救死扶伤！去医院有什么可怕的，怕输血吗？那也确实恐怖！哼，医学！经过研究的信息！还能帮上什么忙！耶稣啊，你的逻辑在哪里，刚有了点什么感觉，接着就去相信童话中的人物。应该枪毙你们，因为你们竟是如此愚蠢。

这个信息是如此疯狂，阿莉娜未及思考就写了回复：

对不起，不过我不相信疾病会自己痊愈，也不相信童话人物。这完全是另一个人的经历，不是我的。我认为你

---

① 原文为作者杜撰的一个名字 Sathiytaeurus。

所用的语气毫无来由。祝你今天愉快。

她应该开始工作了，午餐时间快到了，她必须在那之前完成对地方养老金法修正案的介绍。可是她的心仍然在急速地跳动，她还不想关掉浏览器，而是想看看萨希达乌鲁斯又说了些什么。但她不会再回复了。

萨希达乌鲁斯：
你知道什么是无来由吗，阿莉娜？无来由是以宗教的名义谋杀掉千千万万的人。无来由是不向工作了一辈子并好好纳税、没有请过一天病假的人提供安葬之地，只因为他不属于教会。无来由是告诉人们童话是真的。无来由是喂人们吃某人的尸体、喝他的血并向儿童也灌输人吃人的礼仪。无来由是撒谎说，某人在水面行走。无来由是吓唬说，给人以享受和再自然不过的事是罪孽。假如你来这里是为了寻找这些事情，那就不要徒劳地指责那些在逻辑上进行论证、为自己文章进行充分求证的人们是无来由的。如果你愿意，就去相信那些狗屁东西，但是不要把你的屎盆子强加到别人身上。并不是所有人都像你一样脑子进水了。

到这里来，
所有你们这些信教的人，乞求者将给予（狗×）。此致（女性）放倒者牧师。

下面有一个链接，当然她本不应该去点击，但是等阿莉娜意识到这一点时已经太晚了，她在地方养老金保险公司的电脑屏幕上看到了几张醒目的做爱特写照片。

她花了几乎一个小时的时间选择合适的措辞来回复萨希达乌鲁斯,这个在一分钟之前对她来说甚至都不存在的人。她在自己心里把萨希达乌鲁斯看得清清楚楚,一个肥胖、失意的退休男人,没日没夜地用他那被香烟熏黄的手指在互联网上敲打着文章,因为老婆离开了,孩子们在赌气。她在思忖如何才能最犀利地发起反击、用什么样的措辞才能成功挫伤这个毫无宽容之心的萨希达乌鲁斯,以使他从不可理喻的迷雾中苏醒并回归理智。这也关系到如何对待其他向专栏发帖的人。她向这些精神上有毛病的人讲点道理,符合所有人的利益。她写好了回帖,又读了一遍,加了几个更加强烈的谴责用词,又删掉,然后又重新加上了。最后她对打磨好的回复比较满意了,特别是无情地质疑萨希达乌鲁斯"在逻辑上进行论证"的那一段,她同时指出,不管我们愿意与否,我们的生活中充满了仪式,既有源于基督教的,也有其他的,以及最重要的是阿莉娜并没有强加于任何人任何东西,而萨希达乌鲁斯则应该把自己的嘴巴打扫干净,核清所列事实,并好好照照镜子。

她把信息敲到栏目上,对自己的回复看起来是如此犀利而感到满意。这是当今世界最好的一面,她意识到并感受到心灵的满足:从此那些乖巧和谨慎的人再也不必沉默不语了。她一直是那个已经输掉或者在对手离开后才想起要更加切中要害答复的人。现在她不会再输了!

可是萨希达乌鲁斯没有回复。"喏,你在哪里藏着呢?"阿莉娜发现自己写道。是不是已经开始在为自己在论证上的漏洞感到尴尬了?

不过又有其他人取代萨希达乌鲁斯进入栏目。笔名**巴比伦之鸡叫早!** 指出,由于阿莉娜没有信奉正确的宗教,也没有就个人信仰做出决定，她的灵魂将会下地狱。阿莉娜应该遇见拿撒勒的耶稣，他是安息日的主人。当人们问道："那些在你胸脯上的伤口是什么？"他回答说："那是我在亲友家中所受的伤。"（《圣经》"撒迦利亚书"第13章第6节。）笔名**是这样吗……？**则怀疑阿莉娜发起这场讨论的真诚度。会有人就这样来到这个栏目仿佛是要天真无邪地思考一下某一个帕沃·罗查莱宁的复兴派[①]教义的神学基础吗？……他们只是"碰巧想起来了"……或者这是否是哪一位神学院学生伪装的晨间祷告……难道现在就是这样向人们灌输福音派的吗？是因为原有的手段不再奏效了吗？呵……欠，是现在教堂里已经没有多少人听布道所以才要到这里来吗……好在阿莉娜你还没有说你早上看到一个大巴司机在等着一个跑着过来赶车的孩子呢……这里也体现了一片仁慈……

思想自由的女同性恋牧师，阿莉娜显然是属于这一类，强迫人们接受离婚和同性婚姻，紧接着又要接受干预动物。"下一个会是什么，是去利用儿童吗？"笔名为**让我们向犹太血郎鞠躬**[②]的人这样写道。你阿莉娜使用假名表现得很怯懦，竟然还称自己是神经生物学家，呵呵，如此愚蠢的神经生物学家即使是在色情杂志的短篇小说中也不会有！另一个名叫**教会决策者哈喽快醒来吧!!** 这样表示。阿莉娜很

---

① 帕沃·罗查莱宁（Paavo Ruotsalainen，1777—1852），19世纪在英美兴起的基督教新教复兴运动中芬兰的代表人物。复兴运动谋求教会复兴，重振宗教热忱，后发展成为兴奋运动。
② 血郎，《出埃及记》中记载，摩西在路上住宿的地方，耶和华遇见他，因其子未行割礼想要杀他。摩西的妻子西坡拉拿一块火石割下儿子的阳皮，丢在摩西脚前，说："你真是我的血郎了。"这样耶和华才放了他。

困惑，为什么她不敢诚实说出自己是谁？这位发帖者这样问道并自己答复：这些女牧师对即将沉没的大船已经是担心之至，正在无望地想要向联合教会理事会证明，人们仍对宗教感兴趣。因为牧师自己的岗位处于危险中？但是这行不通！每天有几千人脱离教会！教会这条船正在像一块石头那样下沉，这是对的！哈哈！赶紧回到中世纪你们的归宿地去放血吧！

阿莉娜连午餐都没有吃，她不能不去纠正那些匪夷所思的所谓她是谁的说法。而"世界范围穆斯林秘密联盟"的背后有阿莉娜、《赫尔辛基新闻》、可口可乐公司和穆斯林兄弟会？真的有人愚蠢到这个地步竟会相信这些说法？还有所谓的她没有学过神经生物学？我们走着瞧吧。

当她透露出她自己的孩子正如笔名**圣灵降临会是精神暴力**所声称的那样不属于圣灵降临会，而她的第一个男孩因为父亲不是芬兰人甚至连基督徒也算不上时，她才意识到她应该停止在这个栏目上再写下去了。阿莉娜不想透露太多，以免那些攻击者获得太多的武器，但是当她意识到自己已经又发起了一场全新的讨论时，为时已晚：噢，阿莉娜要找一个深色的那玩意儿？还有：为什么芬兰男人就配不上？是太诚实了吗？特别是当阿莉娜回答说她的丈夫在诚实度上并不比任何在芬兰出生的人逊色，而持不同政见者自己看来是有些问题要到栏目来发泄时，笔名**持不同政见者**感觉是被激怒了。持不同政见者回答说，穆斯林对世界的征服正在向前发展，而像阿莉娜这样的人使之成为可能，那些红绿色彩的人则在旁边赞美有加。你们在可爱的小咖啡馆里喝着你们的拿铁咖啡吧！你们对真实情况不感兴趣，而这却是大部分芬兰人的真实情况，那些穿着湿透了的尿不湿躺在养老院老人的真实情况，那些成千上万失业者的真实情况，"我呸，你们只对可爱的所谓现实感兴趣"！多元文化是多问题文化，持不同政见者继续说，这一点连总理都承认了，芬兰人并不想要这个，可是通过像阿莉娜那样的多元文化痴呆们受到污染的血液正在越来越快地向我们这里蔓延，阿莉娜之流，她们把自己渴望肉欲的下体分享给发情期的伊斯兰教徒（当然这些姑娘想品尝一下那个可可色的玩意儿，这位晚会公主应该得到性生活，这一点很清楚，而且最好是每天晚上与不同的男人，你说呢，阿莉娜，那时候乏味的、普普通通、好好上班的芬兰男人就配不上了。笔名**我46岁有份好职业也有积蓄但还没有女人**这样概括道），所有的亲戚赶紧坐飞机跟上，由国家埋单，我们这些纳税人会不亦乐乎。

阿莉娜一脸蒙地盯着屏幕，"大部分芬兰人的真实情况"说得是如此不容辩驳，她不知道下面该怎样回答了。但是看起来信息链在没有阿莉娜参与的情况下也继续得很好。

持不同政见者并不想伤害阿莉娜，无论如何也不想：阿莉娜肯定不是"出于恶意才用异族的血污染了芬兰人的传承"，而是由于自己的幼稚和轻信，红绿传媒已经利用多元文化宣传攻势成功地将有头脑的芬兰人洗了脑。根据持不同政见者，阿莉娜尽管"一不小心品尝了一下更具异国情调的肉体"，但她给人的印象"仍然是一个挺认真务实、聪颖智慧的芬兰人"。要想自己去把一切事情都搞清楚既费时耗力又很难做到，笔名**真理的小号**继续写道："从报刊上也查不到真相，因为困难的话题不符合政府和红绿传媒关于同性恋多元文化世界的官方画面，报刊会对此噤若寒蝉。"

阿莉娜的工作日很快就将过去，在这一天里发生了一些奇怪的事，她因此而哭泣，尽管她也说不清到底是为了什么。是因为持不同政见者的问题吗？阿莉娜现在被逗笑了吗？

这些人对我来说没有任何意义，阿莉娜不得不再三对自己说："他们都是些没有感情的怪物，他们的唯一目的就是伤害别人。他们一定是在自己的生活中失意失望、被边缘化的不幸的人，他们从来不曾离开过自己的家，他们是无法与人进行感情沟通的精神变态者，正是这样的人才会在学校实施枪击、在购物中心进行爆炸，不要理他们，不要理睬，他们没有任何意义，没有必要为他们浪费自己的眼泪。"

"不要理睬他们。"她在办公室里对自己说，眼泪在不停地流到腮帮上，他们不知道自己在做什么。

但是她无法让自己的泪水停下来，同事们都在问她是怎么回事，她在工作时间结束前一个小时就回家去了。

"让我猜猜，阿莉娜，"**持不同政见者**写道，"你的男人在一开始时对你很好，百依百顺，但是后来却背叛、抛弃了你，回到自己的祖国去了。你不得不独自抚养你深色肤色的孩子。但是他是多么可爱的外国人啊！"

"现在阿莉娜觉得好笑吗？"

"还觉得这很完美吗？你的孩子是否仍然还有一个可爱的父亲？"

假如不是第二天在单位午餐休息时看到芬兰广播公司大舞台播放的最新一期时政节目，她会在家里把眼泪擦干，忘掉整个事情。时政节目中就前一周在维赫蒂[①]发生的校

---

① 赫尔辛基的一个区。

园枪击事件采访了一位牧师。一个19岁的芬兰人——再一次——开枪打死了学校同学和老师，然后开枪自杀了。牧师在电视中说，重要的是人们在如此悲伤的时刻能相互支持。教会现在也开设了自己的栏目，牧师提醒说，是客户服务频道，可以分担大家的忧虑。牧师自己并没有上过教会的专栏，但是却知道告诉大家，在那里人们可以自由地就宗教问题以及困扰自己的事情，包括悲伤的事情交流看法。重要的是，大家可以进行交流。

阿莉娜的心跳在加快，手掌在出汗，她发现自己站了起来。

她找到自己所在教区工作人员的电话号码，毫无羞愧地滥用地方养老金保险公司的工作时间给这位工作人员打了电话，问牧师是否值得去谈论他从来没有上过的提问栏目。总之设立这个栏目的目的究竟何在，是为把人们聚在一起相互攻讦和煽动不容忍行为吗？这位工作人员感到很迷惑，对自己对此一无所知表示歉意。他建议阿莉娜给牧师打个电话。牧师听起来好像是刚刚睡好午觉醒来，一开始对阿莉娜在说什么完全摸不着头脑。当他开始有点明白后，牧师说当地的教区并不负责这项服务，尽管在网上值守的也有他们的工作人员。在这些工作人员中迄今没有人回答过阿莉娜的问题——她在打这个电话之前刚刚上网查了一下。牧师建议她给教会理事会打电话。阿莉娜在那里被从一个工作人员转到另一个工作人员，精神生活协调员在参加一个移动传媒培训，灵魂维护与网络工作特别专家在参加一个开发讨论会，第三个什么人不再从事这项工作，而是在做完全不同的另外一项工作，所有人对阿莉娜在栏目上的糟糕体验都表示非常抱歉。但是他们并不相信能限制言论自由。所有人都认为,能展开讨论是件好事,因此现在有了这个栏目也是件好事。教会希望能出现在人们所在的地方,包括信息网络上。网页也不是教会的,而是由某些商业部门私人建立和维护管理的。教会在其中只是一个合作伙伴,因此不能提出譬如说在网页上要适用教会的规则。很遗憾教会也不能对个别使用者的体验承担责任——在栏目上任何人想写什么都可以。

除此之外,一位听起来富有同情心的女性工作人员在电话中告诉阿莉娜,他们被告知,如果他们不拒绝发表那些有伤害性的信息,将会出现成千上万条更多的类似信息——那些最差的人对这种事情尤其在意,他们会马上成群结队进行报复。很遗憾教会也没有足够的人力资源来监督这个栏目。

"可是在栏目上有一个按键可以举报那些出格的信息。你是否使用了这一功能?"工作人员问。"如果遇到了这样的情况,当然应当举报那些异乎寻常的信息。"

在那个深色的玩意儿处阿莉娜确实点击了那个图标,因为她想无论在任何名义下这种说法都不可能是合适的。在点击图标后却打开了一个对话窗口,询问阿莉娜的姓名、电子邮件地址、家庭地址和出生日期,并要求形容一下信息中怎样触犯了芬兰法律或者是网页的规则。同时还弹出了一个问题你是否想管理本栏目?令她感觉很意外。她在同一个页面上不小心按了一下赞助博彩公司的图标,弹出了不停闪烁着的游戏世界虚拟赌场页面,里面数千个激动人心的游戏正在期待着玩家!现在来免费试试扑克牌和21点吧!

想要充实自己的知识和思考法律条文感觉很费力,也很徒劳。在阿莉娜看来，几乎每一条信息里都有在某种意义上出格或不相干的内容。阿莉娜开始明白这是为什么：在栏目上谁都可以随便写点什么，而不必告知任何自己的情况，但是要想举报出格的信息则需要提供所有个人信息？而法律——在信息中是否存在违反法律的情况？在互联网上说那深色玩意儿是否违法？这算犯罪吗？

阿莉娜对工作人员说她谨希望人们至少能遵守最基本的行为规范。在一个文明国家难道就不能这样要求吗？富有同情心的工作人员立即表示她完全同意，这是毫无疑问的。阿莉娜开始生气了。工作人员的声音很暖心，听起来是那么善解人意，阿莉娜很想大声叫出来。

这个网页很受欢迎，工作人员解释说。在人们看来，教会也有这样的工作模式很是不错。通过这种方式教会可以接触到通常没有联系的众多群体。我们平均每天能收到10万个信息。其中不乏精品，工作人员解释说。

未来人们的生活将越来越直接地转入网络。工作人员相信，教会的工作也会更加侧重于新的数字媒体形式。

此外大家在这里交流的语气比网页上其他栏目要干净得多，工作人员说——在其他栏目上每天都会有人发出死亡威胁，甚至不得不删除多达三分之一的信息。而为了教会栏目，中央刑警总局也只是偶尔才需要联系一下。

"可是这怎么就成了所谓教会的工作模式了？"阿莉娜还在力争，尽管她自己也意识到早就应该打住了。"在上面发帖的只有那些在精神上甚至有些不正常的人。我在上面待了一整天都没有从教会工作人员那儿得到一个答复。"

"听到这样的情况确实很遗憾。"我们争取能在当天或者最迟第二天答复,工作人员说。"假如你今天再去看,教会工作人员肯定已经回复了。"

"可是你们为什么要开这样一个栏目呢。"阿莉娜问道,心里则在奇怪:为什么自己还啰唆个没完?

"这是客户服务频道,是我们以前所缺少的。"工作人员说。"让人们看到有各种各样的观点挺好,所有这些在教会都是允许的。"

阿莉娜突然想到,此时此刻在线路另一端不正是一个专门为教会岗位做培训的工作人员吗?也许已经任命为牧师了,阿莉娜不正好可以向她咨询一下自己的烦忧吗?

她不用思考就知道她是不会问她的。

晚上阿莉娜打开电脑查看:信息链又增加了22条新的信息。她事先已经决定不去看这些信息,一个都不看。令她感到惊奇的是这竟是那么难,就好像是她的整个灵魂都被什么东西绑架了一般。尽管她知道读那些信息对她有百害而无一利,她必须强迫自己不去那样做。

电话中的女人说对了。现在教会的工作人员已经答复了。

> 阿莉娜,灵魂期盼来到上帝身边确实被称作烦忧。对信仰的渴求是通往上帝天国的旅途。祝好。苏维牧师。

在阿莉娜还没有对发生了什么反应过来之前,她就听到自己说出了声:

"放你的狗屁,苏维牧师。"

教会设有讨论栏目绝对是件好事。好像所有人对此都看法一致。——除了她。这个栏目确实不可否认地为她也带来了好处,她在读过苏维牧师的回复后随即从栏目退出,并永远不再回去。她接着马上脱离了教会,之后则在自己的内心里将烦忧重新定义为后现代社会中存在主义式的孤独,在这样的社会中谁都没有勇气去见别的人,教区也任凭自己的工作人员由患有精神病的汪达尔蛮人取代,还以为这种解决方案很成功。

她的体验是如此全面和彻底,以至于当她脱离教会后自我感觉精力充沛、神清气爽,第二天早上在孩子们的尖叫声中体验到的只有浸入肺腑、无所不在的平静,让人感觉几乎是一种精神层面上的宁静。在这之后,每当她听到有人说起宗教时,她就会一边在嘴里嘟囔着一边在心里朝着教堂方向或者教堂遗留下来的残垣断壁的方向啐一口吐沫。吃完早饭后,她给自己的高中同学马蒂·汉尼宁打了个电话,她记得他几年前出版了一本关于浆果和蘑菇的手册,想问问他如果不是作家但萌生了写一部知识书籍的念头该怎么办。

写作的时间如果在工作日、接送日托幼儿园途中或者是晚上喝粥及睡觉的时候她会连一秒钟也匀不出来,但是却可以通过放宽观看姆明童话录像政策和利用好孩子们睡觉时的每一分钟偷些时间出来。

"真有点让人感到意外。"当阿莉娜告诉尤莉娅她想写书的事后,她一边说一边耸着眉毛,眼睛盯着天花板看来看去,好像要从中寻找出答案似的。

"你为什么这么说?"

"喏,我从来没有把你看作那种需要向所有人抖搂自己事情的人。"

阿莉娜决意不要让自己感到受到伤害。她以前做不到这一点，但是她在与乔分手之后，在没有乔的生活中独撑了过来，这显然改变了她对待事物的方法。虽然没有完全改变，但是在各个方面都有一点儿。

也许正是由于在教会栏目上的经历让她在自己的书问世之后有点担心有人会对她发起攻击。有一个负责调查民意对移民态度的研究人员曾经在一个场合说过，他并不是总有胆量公开谈论自己的研究结果，因为他曾收到过许多仇恨邮件甚至是威胁邮件。与教会的讨论栏目不同，国内最疯狂的原教旨主义者、激进的无神论者和穆斯林以及同性恋恐惧者不会手上套着拳头手套在书店里排着队等着阿莉娜。只有一次，阿莉娜在收到一封从标题就可以猜出具有侵犯性的电子邮件后感到有点害怕。发邮件的人倒不是因为红绿党派的多元文化对她不满，而是因为她在就这本书进行采访时只采访了女性。

阿莉娜为此书所受到的关注感到惊讶，这其实不过是一本小薄书。当然譬如说她在大街上仍然还不会被人们认出，她的名字也并不为大家所知。但是这本书已经在报刊上引发评论，在电台上广受议论。3年过去了。在最大的新闻报纸上发表了对她的一篇小型采访——"移民之万象：43岁的阿莉娜·海依诺宁识遇多元文化婚姻"。她接受邀请参加的第一批活动——多民族妇女联盟举办的午后讨论会、电视台女编辑时事节目——她穿着毛衣就去了，后来才意识到自己看起来像是一个不自信的20岁的年轻人，表现得像是在请求原谅，似乎在祈求别人将她驳倒。但是在一次这样的活动中第一次发生了这样的事：某个记者突然在一个从句中将她称为专家,她打了个激灵,战战兢兢地意识到自己来到了一个十字路口。

她感到十分惊诧:人们就这样成为专家?

当阿莉娜试图提出质疑,难道其他什么人,哪个研究学者或者社团组织积极分子,不是比她更了解这些情况吗?记者则回答说,芬兰是一个很小的国家。

记者们会给她打电话,问她受过高等教育的移民对大学学费、劳动税收或者取消家庭税收减免的看法,这仍然让她感到很奇怪。起初阿莉娜表示,难道记者不能直接去问问那些移民吗?她还提供了电话号码,可是记者们说他们在这个问题上并不想得到"街头采访意见",而是需要更广泛的见解。或者那些想要电话号码的人对她没有提供赞比亚人的电话而感到受伤。她还在试图说服那些人,她仅仅是一个业余爱好者:她是学神经生物学的,却在做文书周转的工作,因为她完全不懂神经生物学。她不过是为了自己那本书采访了一些人,自娱自乐而已。如果记者们需要更广泛的见解,她向他们提供了她曾经电话采访过并读过其大量研究报告的宾夕法尼亚大学社会学教授的联系方式,这位教授几十年来一直在研究受过高等教育的移民在包括所有北欧国家在内的不同社会的体验——那些年阿莉娜还在为那些打着领带的地方政府决策者拷贝工作报告。这位教授对芬兰也有着令人赞叹、引人注目的精辟见解,也许是因为他本人就曾在这里生活过一年。在伦敦也有一位研究学者,由于工作对所有这方面的事情了如指掌——他是一位真正的研究人员,不像阿莉娜只是一个业余爱好者。

记者们一声不吭地在电话里喘着气,然后说唔,谢谢,从他们的声音中马上就听得出来,他们是绝不会给费城或者伦敦打电话的。

"你是否知道任何国内的专家?"他们问。

"你能否说出芬兰某个能够接受采访的人?"他们说。

"在赫尔辛基大学里有谁能讲讲这些?"

还有:"我们能否下午带着摄像小组过来?"

喏,这正是因为,尤莉娅晚上端着一杯葡萄酒向她解释说,因为你的书太令人感兴趣了:终于有人说出了一些与那3个同样的人在这里重复了20年的东西不同的话。阿莉娜已经原谅了她以前的那种轻蔑态度。现在那本书已经出版而且阿莉娜还在报纸上接受了采访,尤莉娅对书的态度也有了不同。

也就是说,她可以进行选择。如果愿意,她可以成为权威人士,而显然是由于某种不可思议的机制,她在某些人看来已经是这样的人了。她的本意并不是要在任何地方当一个首席专家,但是突然之间她感觉这个角色她要么接受,要么就甘愿一辈子做一个一事无成的办公室小人物。后者当然是最中性不过的现实了,因此她把这一场景当作一种剧本杀,将自己视作一个素描人物。但是她慢慢发现,扮演角色实际上要比听起来感觉更好。她的感觉很奇特,她在买鞋子、短外套和上衣时要考虑到:穿什么在电视上会显得好看?但是人们的适应性很强,在这方面看来也是如此,于是她很快又开始感到奇怪,先前那种非要置身于所有事物之外的强迫性需求到底是从何而来。

很明显,唯一将她视作骗子的人是她自己。

尽管这是在无意间偶尔做出的选择,她的日子现在过得似乎有了某种目的,生活也有了方向。她的第二本书

《身着纹理西装的青春期放纵者：移民眼中的芬兰式饮酒习惯》很快就要送印了。这本书几乎是利用前一本书剩余的材料自动生成的，出版社认为它肯定会成为畅销书。据说唯一让一半的芬兰人感兴趣的话题，除了外国人是如何看待芬兰人这个话题，就是酒精了，而书中成功地将两者结合在一起。她的再下一本书也已经在酝酿中了。这本书她将与一位大学学者一起撰写，这位大学讲师曾就俄罗斯人在芬兰的地位问题写过博士论文。能够与一位比自己更聪明、学历更高的人一起写这本书，令她感到庆幸和松了一口气，因为博士讲师绝不会让书中混入一些愚蠢的错误。她现在仍在为两年前的那本书中出现的谬误感到羞愧不已。此外，记者们从讲师这里也最终为自己找到了一位本土的专家。

当她在十字路口转向高速公路时，她突然间想到自己还是——如果她有勇气，即便是在心里使用这个词的话——幸福的。从积雪下面裸露出来的路面两侧看起来还很脏，但是在住宅楼的院子里报春花已经破土而出了。她有3个男孩，其中老大已经幸福地独立成年，两个小的目前还在比较容易拉扯的阶段。她对自己成功地出了新书而感到骄傲，尽管这样的想法曾几何时显得那么不可能。她的生活很忙碌——她现在仍在做一个全职工作，即担任红十字会多元文化工作策划师，工作之余还要去看望自己的父亲——但是这也许对她只有好处。与乔在一起的时候，她感觉丈夫的工作一直与自己的脱节，而现在她并不认为亨利的事情会以错误的方式限定自己的生活。

她看了看时间。她大约能在15分钟后到达目的地，刚好在探视时间刚开始时。

这感觉真像是奇迹：他们还是坚持了下来，他们母子二人，尽管她是单身一人，而且像是迷失了方向。

奇怪的是，在乔离开之后，尽管工作更重，难题也更多了，但她与孩子在一起的生活突然之间却变得更容易了。如果说乔参与家务和对孩子的日常照料太少，难道说现在一切都要靠一己之力去完成反而更轻松了？

确实是更轻松了，奇怪吧？

所有一切她都要自行决断和承担责任，因为没有其他人可依赖。她能够将精力集中在洗衣、购物和照看一脸严肃、可爱的孩子身上，不必再为该谁干这些事而争吵、失望和痛苦。有时她会想，这一切是否也有可能在不将丈夫完全赶走的情况下实现。

自从乔离开以后，钱就不够花了，尽管阿莉娜与塞缪尔一起搬到了一个远离多略区、一套便宜的出租两居室去住。如果说那些在霏霏的细雨中，在潮湿的沙箱边上等着丈夫下班的单调日子让人感到孤独的话，分手之后则感觉像是失去了与世界和生活最后的接触，而所有其他人都在沿着志得意满的成年人通道向着职业和个人事业的圆满而前行。晚上，当她将塞缪尔哄睡之后，愁绪在寂静的住宅里变得愈加浓厚、压抑，渗进她的身体。她因为塞缪尔的说话障碍而自责，她对乔的思念就好像有什么东西要从胸口冲出来。一晚又一晚，她阻止自己不要拿起电话，以免会抽泣着告诉大西洋彼岸惊诧不已的前夫，自己如何犯下了人生最大的错误，她不会再爱上任何人了，她要取消一切重回以往，第二天一早马上为她和儿子两人买上机票，假如乔还要他们回到身边的话。我们即便住在院子里的房车上也可以！让我们回去吧！在那些夜里，她不得不将脸深深地埋进枕头，以免塞缪尔被她的哭声惊醒。

她想在家里照顾塞缪尔直到他3岁。她感觉外面的世界似乎对她无所期盼，重要的工作早在很久之前就已经有重要的人在做了。尤莉娅最终还是对她说：

"你必须要出去工作，要不你会疯掉的。"

尤莉娅好像总是知道什么是对阿莉娜最好的，这让阿莉娜自尊心深受伤害。尤莉娅的态度最让阿莉娜感到受伤的时候是当她夜里一个人躺在家里独守空床时。那张大床专为二人世界而设计，但不再有男人光顾，并已经被正式宣布为永久无性爱区。她感觉尤莉娅在偷偷地对自己的婚姻没有持续下去而感到满意。当然尤莉娅的婚姻也没有持续多久：尤莉娅在春天里先是加入了单位的休闲娱乐部门，开始使用深色口红和戏剧性的鞋子，接着在周末与单位同事一起在餐馆聚会上通宵达旦地"分享经验"。稍后尤莉娅承认她与一位已婚男士——她的上司保持了一段时间的性爱关系，她会在"出差期间"、最糟的情况下在下班后到这个男人的汽车后座上定期与他做爱。这太恐怖了，尤莉娅用大拇指和食指捏着眼睛摇着头说，这个男人是一个很糟糕的人，她甚至一想起曾经做了什么就会感到恶心，不过她还是有生以来第一次感到自己是个女人。尤莉娅让这个男人在床上（阿莉娜想还有在汽车上）对自己做了她不能向罗伯特提议的事情，她根本就无法张口：不，尽管很想这样，甚至都不是想，而是作为一个女人需要。尤莉娅不得不结束这一切，不得不，为了孩子，明天就办，尤莉娅比任何人都明白这一点。尤莉娅脑子一片混乱，她不知道自己是否失去了理智，当然是的，这一点她现在从阿莉娜的眼神中可以看出来，但是她甚至不知道，生活可能就是这种感觉！

这个男人是尤莉娅所碰到的最好的一个。

尤莉娅与男人的关系伤害到了阿莉娜，就如同尤莉娅看起来变得腿比以前更长了、身材更苗条了、眼睛也更燃情了一样，她找到了自己内心的炽热点，而这正是阿莉娜所缺少的。每天夜里，水管里的每一个嗡鸣声和暖气里的每一个敲击声似乎都在向她宣告，她再也不会找到任何人了。谁也不会想要一个像她这样毫不起眼、伤心苦痛和没有性感的女人，一个将每一个理智的男人都从身边赶到6000公里以外的女人！而与此同时，尤莉娅却拥有两个人。

阿莉娜有好几个月的时间都不想见到尤莉娅，因为尤莉娅的两性关系表明，她对在阿莉娜婚姻中所发生的事情一点儿都不明白，尽管她应该是阿莉娜最好的朋友。她再也不想听到所谓她是如何"烈女般地拒绝了一切而放任自己凋零"，以及她是如何"将自己所有的聪明才智与能力都弃之不用"。这比想到涂着大红嘴唇的尤莉娅正在男人的梅赛德斯-奔驰车中以难拿的姿势帮助自己的老板进去还要令她感到心灵受伤。

阿莉娜后悔自己在塞缪尔出生后留在家里听任与所有朋友的关系枯萎。这发生得太容易了，不需要做出额外的努力。在阿莉娜除尤莉娅所有的朋友中，类似的阶段要过好几年才到来。她同时也想把心思都用在乔的身上，努力确保乔在芬兰过得开心愉快。

阿莉娜想重新上班的想法里包含了一个明确的诱惑，**一张让自己从泥泞的沙箱中解放出来的卡片。**

在梅赛德斯-奔驰车里没有任何吸引人的东西——那个

男人也有孩子,而且是两个——但是单位黄色的摩卡大师[①]滴滤咖啡机上配有两个壶!——在同一个地方有那么多成年人!——单位同事共有的咖啡基金,一位厌倦了工作的资深同事抱怨有人又没有启动洗碗机。

她感觉单位的咖啡屋仅仅作为一个想法就犹如在天堂一般。

塞缪尔很快就要满两岁了,尤莉娅说,他已经想要有同龄的孩子陪伴了。渴求有人陪伴。在交谈之后,阿莉娜突然间明白,只要说是为了孩子着想,她或许能够让她心目中的大部分公司的男人站到她这一边。她刚刚读了一个教育心理学教授写的书,说日托幼儿园对孩子的发展来说是毁灭性的。但是也是那次去图书馆时,她幸运地借到了另一本由研究成长心理学的教授写的书,他称前面那种观点已经过时,并且还带有一些孩子气。阿莉娜从一开始就相信前者,但是读了这本书后又倾向于后者的立场,是什么原因她也说不清楚,但是她感觉翻来覆去地琢磨也不是明智的做法。后来尤莉娅告诉她,还有第三位教授证明前两位都错了,但是那时候阿莉娜不想再听到任何新的反驳声音,木已成舟了。

在那之后,那团炽热的东西在她的内心得到了释放。当她隔了一周与自己吱哇乱叫的两岁孩子一起用锹将潮湿的沙子铲到虾和船的模具中时——那个秋天感觉每天都在下雨——她发现自己正在大脑中认真准备一个发言,她将向满脸认真、头上戴着米老鼠耳朵的两岁孩子说,目前的生活将会像他所感觉的那样告一段落。

[①] 原文此处为英文 Moccamaster。

寻找工作当然是一件不可能完成的任务[1]：整个国家刚刚裁掉了所有那些能做点事的人。如果电视新闻可以相信的话，剩下的人也要在来年期间离开。芬兰马克先是经历了贬值，然后又是完全自由浮动，这在严格意义上讲到底是什么意思，甚至连她与政治和社会毫无关联的出租两居室，也接二连三地收到了企业倒闭和银行家饮弹自杀的回声。她有一个哪里都不管用的大学文凭，她什么都不会做，她没有任何工作经验，她只会讲六门语言，其中两种还属于那种应避免使用的。她的硕士毕业论文之所以能获得优秀的最高分，正如尤莉娅总是不厌其烦地提醒她说，这唯一能证明的就是大学评分体制的管理有多么松懈。

当然她确实是一个细心和负责任的人——可是哪个又不是呢？像她这样听话又十全十美的姑娘在芬兰一定是数以万计的。

她感觉这份工作真的给了她，最终说明了这个世界是由偶然和任意所主宰的，在就业市场上一定每天都在发生着某种形式的司法谋杀。她所受的教育与任何事情都不相干，与地方事务、养老金和投资更是风马牛不相及。在求职面试中，她的开场发言让人理解为比雇用任何人都更符合雇主的利益，而当面试人请她"在开始时先稍微介绍一下自己"时，她竟惊慌失措得无言以对。她说她并不肯定自己到底是否想要工作，她尤其不想到一个她一无所知的地方养老保险公司来工作，由于她学的是自然科学，所以很可能根本就不适合承担他们所提供的工作。

或者说这是她在面试之后所能记得的。当时她是如此

---

[1] 原文此处为英文 mission impossible。

紧张,当她走到楼下大门外时发现自己的双腿在打哆嗦。她一点儿也想不起来自己都说了些什么,但是她敢肯定其他任何人都会比她表现得更好。

当电话铃响起时,她感到很惊讶。她已经从脑海中抹去了整个就职面试,作为一次完全失败的体验和一个令人羞愧的提示,下一次她要更加充分地做好应试的各项准备工作。

当她在地方养老保险公司劳动能力与连续就业战略部的研究与就业发展部门担任策划员时,国家整个外汇储备已经消失殆尽,地方政府的资助也削减了几十亿。当她在冬天昏暗的早晨涂着睫毛膏时,她千真万确地感到,这个研究与就业发展部门策划员的固定期限岗位在今天看来已经是好得让人无法相信会是真的。她曾被要求去申请与自身领域相关的工作,如去一家研究所研究譬如鱼类去甲肾上腺素新陈代谢活动,而这家研究机构的经费现在已经被叫停,即使在经济增长时期也会因为她的聪明人的懒惰而不愿意雇用她。阿莉娜原本想去给自己添置第一套可以让人肃然起敬的成年职业装,但那家由当地企业家经营的国产服装商店却已经破产了。邮局、照相馆、书店和银行都已经从购物中心消失了,在空荡荡的仿佛做着鬼脸的商店墙壁上现在只剩下青年人留下的看不明白的信息,据说这被称作公共建筑墙面上的涂鸦。在书店的位置开了一家饮品馆,店家试图用这个名称就失去工作与身无分文开一下玩笑,店里用前所未有的低价出售中度啤酒。阿莉娜在上班和购物途中路过这里时,看到住在他们楼里二单元的一家体育用品商店的前老板,一位有3个孩子的母亲,从一大早开始就坐在餐馆里了。

资本流通已经放开，因为这符合所有人的利益，而整个国家已经崩溃了。从苏联不再能获得只收半价的石油，而谁都不想要那些为苏联人建造的破冰船——如同芬兰生产的鞋子、衬衫或者工业机械也是如此。因此需要痛下决心做出**艰难的决定**。电视里说芬兰国民股份银行（SKOP）总裁早在10年前就曾警告，国民经济的根基将会发生动摇，因为金融机构都开始在使用贷款来投资证券交易，并且自己也在经营证券交易。但是在同一个节目中另外一个经济专家则说银行总裁的分析是完全错误的，并带有意识形态的色彩，这种分析与任何事物都不搭边。在当前的危机中将这一问题政治化是很危险的。

将时代精神诠释得最好的似乎是一位声音不高的男人，他以优雅乐观的风格讴歌着无情的世事，就像一个疯子刚刚将自己的汽车开下深渊，却对自己的所作所为既不明白也不在乎。在购物中心的啤酒吧里，人们每天下午在微醺中随着曲目哼着，而这就是在阿莉娜眼前升起的那幅画面，包括后来每当她想起乔离开后的日子，以及当她听到有人说芬兰人如何在任何地方都以能够顽强工作而著称时。当她听到一些正值工作年龄的成年人在大白天就把自己喝得酩酊大醉，阿莉娜感觉头都要炸开了。

我们怎么能有本钱这样做？我们国家不是正处于前所未有的经济困难之中吗？难道现在不正是需要发扬冬战精神的时候吗？

最艰难的决定与冬战精神[①]却不包含辞退阿莉娜，这让她每天都感到不解。脸上带着负罪表情的她看着其他地方，

---

① 冬战精神用于形容当时芬兰人民各阶层同仇敌忾共同抗击苏联入侵、保家卫国的壮举。

当大部分50岁的人屈从地打扫完自己的桌子，拥抱一下自己的同事，在身后关上门，对他们这样的年轻一些的人看都不看一眼。50岁仍然年轻，在这些艰难的日子里记住这一点很重要：他们拥有经验和所需的专业知识，那是当国家从困境中走出来时有着不可估量价值的悄然无息的知识。在临别感言里每一个溢美之词中都可以听出来所有人都感到羞愧，任何一个被解聘的人后来都没有再就业。

可是50岁的人又能做什么，他们或许很快就要被埋葬了。

每天早晨当天还没亮的时候，她就要把塞缪尔从睡梦中叫醒。当她在复印工作报告时，她有时很难向自己解释清楚，难道在家里陪着孩子不是更理智的选择吗？特别是当那些收到她复印报告的人从来都不会看这些东西。但是重新回到家庭主妇角色的设想建立在那种和现实不符的假设上，即她在家中对孩子会是一个平衡的教育者、欢快的智多星，会每天一起研究用天然材料染布、在院子里构建足球技巧练习道，下雨的时候会哼着小曲儿与孩子一起用盐面团塑造出一些小动物。而真相是，她在去上班之前呵斥塞缪尔的态度越来越凶，她在夜里琢磨自己作为一个女人、一位母亲和社会成员为什么会一无所成，她对尤莉娅主动表现出的嫉恨，因为她对自己可亲可靠的男人做了完全同样的事——竟在汽车里？！——这正是阿莉娜担心乔会对自己做的。

阿莉娜强迫自己不要去想塞缪尔在日托幼儿园里度过的那些时钟，现在比阿莉娜曾经答应过自己的增加了许多。有一位教育领域的专家刚刚在电视上指出，对孩子来讲，最摧残童心的事情莫过于在日托幼儿园里度过的过于漫长的一天。而在讨论中却没有说，在日托幼儿园里一天到底几个小时算过于漫长，但是阿莉娜可以确定，对于塞缪尔来说，不管怎么说时间都过于漫长。另一位专家说，最糟糕的是过早把孩子送到日托幼儿园，但根据第一位专家的说法这并不要紧。据说人们知道这一点已经有20年了，但是科学事实总是因为意识形态的原因被混淆。阿莉娜知道自己在一生中一直都太听话了，她现在通常也只是从侧面观察着钟表的嘀嗒计时，知道日托幼儿园很快就将关门，而她仍要继续为发展就业工作小组和公共部门的白领谈判组织成员填写那些不必要的材料，材料由于会议时间安排必须要今天寄出。日托幼儿园的班级人数限制最近刚刚被解除，现在需要发扬冬战精神。虽然强调儿童与成年人之比不能增长得太快，但是如果聘不到或者不能聘人替班你又能如何呢？当阿莉娜一想到自己的儿子正待在一个过于臃肿的班级里，为的是她自己能够为扎着领带的男人们复印研究报告，她的心就会感到阵阵疼痛。而这些人不用看报告也比其他人知道得更多——或者说他们认为在报告提交后总还是需要做更多的调查——不过她还是努力去想，这符合所有人的利益，因为也许情况就是这样，尽管她并不能让自己完全确信这一点。

她后来很难去回想塞缪尔小时候的情形，因为这会让她马上联想起自己母亲那绷得紧紧的、充满不幸和不自信的、每隔一分钟就会做砸什么事的形象，她早上甚至都不能心平气和地给处在叛逆期的儿子穿上连体外套。她每天早晨总是要晚40分钟时间，两岁的孩子对时间、迟到或者及时赶到都没有概念。当对两岁的孩子提高嗓门，就会一脚把刹车踩死。每个早晨，只要能成功地让孩子不哭就到幼儿园、自己也及时上班，就是胜利。日托幼儿园工作人员提醒她说——提醒的方式并没有使情况有所缓解——塞缪尔显然还有很多在他那个年龄段要完成的发育任务没有完成，此外他在言语流畅性方面也有些障碍，看起来很可能是心理基因方面的缘故。

心理基因是专业人员对问题是出在妈妈身上的一种委婉的恶意说法。

塞缪尔极有可能会成为一个特殊儿童，有一个阿姨竟说出声来，这样的说法让人感到缺少最基本的人性。她们有什么权利放出这样的话？阿莉娜后来很奇怪也很后悔没有直接怼这个阿姨几句。

每当她看到孩子在爸爸离开一年后仍然在细心地画着豹子、猫、小牛犊、大巴车和推土机，3岁时还按照她口述的在上面一笔一画地写上爸-爸[①]时，她的心都要碎了。当她看着孩子学会写自己的名字以便能在发给爸爸的图画中签名，但将名字里的S字母像是在镜像里一样反着写时，她的心感到好痛。这些图画在最好的情况下每周都会发送，但其中一部分最后被阿莉娜悄无声息地装进密封的信封，然后放进她写字台的抽屉中去，因为她想保护乔免受连续不断的轰炸，尽管乔在她看来应该要承担所有的罪责，而他也只能通过这样的情形了解到自己的罪过。

那些寄托着小男孩情感的东西：她把它们都放到哪里去了？

回过头来看，整个这一时期都仿佛像是一场不真实的噩梦。

这在所有阿莉娜的同事看来也是不对的，为什么单单削减对儿童、老人和精神病人的补贴，但是这些讨论往往

---

① 原文此处为英文拼写 D-A-D。

以轻轻地摇头和短暂的叹息而结束。看来在当前经济形势下,事情也只能如此了。人们不得不思考,我们要把资金用到哪里。也许是这样,但是为什么谁也不去努力想想办法来弥补已经失去的东西呢?

她对乔的思念如同决堤的水、燃烧的火,那个既傲慢又可爱、让人难以忍受的美国人,如果他还在这里的话,他会立即付诸行动:譬如为孩子们建立一支垒球队!开设每周的儿童文学圈!由老年人主持!成立失业者戏剧小组,并在医院演出!你们要停止等待地方政府、国家和上帝伸出援手,你们自己也看得出来,他们见鬼①是不会来的!乔会这样说,这是乔的优点也是缺点,他会情绪激动,马上着手自己去做。乔没有耐心,也受不了按部就班地做事情,假如最终结果并不是最好的。

当她意识到乔会怎么说时,阿莉娜开始琢磨难道他们就真的不能自己做点什么吗?难道就不能为孩子们譬如建立一个俱乐部?她向隔壁邻居、一个被两套房子套住的破产美发师提出这个建议。美发师现在会大白天穿着晨衣在凉台上抽着烟,一副头也没洗的样子。阿莉娜相信塞缪尔在形式自由的俱乐部里与院子里的孩子们在一起会比在日托幼儿园要更开心,幼儿园里的大人们都给人压力山大的感觉。院子里有很多熟悉的孩子,塞缪尔与他们在一起会很合得来。而且在同一栋住宅楼里至少有10位成年人失业在家。我们想让孩子们每天都干些什么呢?让我们大家一起来商量着办吧,这就是俱乐部的内容。商定好大家轮流的顺序,每个人按自己的能力出钱。每个人都参与,每

---

① 原文此处为英文 goddamnit。

周一小时也行。阿莉娜也可以在晚上或者周六来帮助照看孩子。

美发师疲惫地吸着纸烟,揉着没有化妆的眼睛说:"噢,好的,这或许会是件好事,"她的语气是在说,这件事永远也办不成。当天晚些时候,美发师从商店里又拎回了两大塑料袋啤酒。

阿莉娜还记得乔说的话:你们芬兰人的问题是,你们认为什么都不值得去做——除了以前一直在做的事。而对此你们也总是习以为常,尽管这在所有人看来都是最糟糕的选择。

世界上最他妈糟糕的一笔交易[①]。

倘若不是一直记日记的话,她就已经完全忘记了她在亨利、乌科和塔伊斯托以及第一本书出版之前的生活是什么样子的了。

在亨利之前,她按照自尊自爱的离婚女人的方式走访了一圈那些五花八门蹩脚的心理咨询师和夜总会围猎者。进入21世纪后,她又遇到过一些在互联网相亲栏目里潜行的未婚男士,他们穿着无袖套头衫,收藏需要上色的微型武士模型,约会时也不看着对方的眼睛。在多略区低层住宅楼安静的诊所、市中心的医疗中心和学术书店的咖啡厅里以及在迪斯科的频闪灯下,人们对她说,她的问题在于处理不当的父女关系、神经化学上的失衡、已转成慢性的被遗弃女人综合征、女性自我认知上的创伤以及让别人理解却不给予理解的方式。每一项分析无疑都千真万确,但

---

① 原文此处为英文 The worst fucking deal in the world。

是她并没有感到，为了获取这些信息而去为孩子安排一个临时保姆就是值得的。

为了能够尽快翻过自己离婚和作为失败的女人、母亲和世界公民这一页，她让医生给自己开了氟西汀①的处方，这种药据说"在美国彻底炸毁了银行"，兴致勃勃的医生将其称作"传奇般的百忧解"②，虽然药的名字在芬兰并不是百忧解。阿莉娜本不想触及自己的神经化学，但是她对本名并不叫百忧解的传奇般新药的反感看起来伤到了医生，她便为了自己的离婚乖乖吃了两周这种药片，可是每天她都会伴随着呕吐并且由于剧烈的头痛而提前下班回家。由于在未与医生商量之前不宜停止用药，因此阿莉娜又支付了356马克外加34.80马克手续费，不自信地微笑着告诉医生，她已经把传奇般的百忧解都冲到抽水马桶里去了。她对现在看起来已经没有那么兴奋而是僵硬地微笑着的医生说，她很高兴她的头晕和头痛也同时消失了，实际上她现在的结论是，也许她的抑郁并没有严重到非得用药物治疗的程度。医生用遗憾的方式让阿莉娜明白自己是一个失败的病人，他劝说阿莉娜同意再试试另外一种药，这与前一种既完全一样但又非常不同，有着难以置信的效果，尽管它不像前一种药那样能达到炸毁银行的功效。阿莉娜没有搞清楚，一种药如何能够在化学上实际相同却又不同，但是也许她也不需要弄明白这些。她收下处方，并在复诊时流畅地对医生说她已经开始服药，现在感觉棒极了。这确实是

---

① 氟西汀，英文 Fluoxetine，一种流行和有效的口服抗抑郁药，最早由美国礼来公司研制成功，1986年上市，现已在全世界许多国家普遍应用。

② 百忧解（Proza），氟西汀的商品名。

非常有效的良药。她后来自己也感到十分惊奇,她竟能如此自如地当面向专家撒谎。但是她不想再让医生受伤,他也尽力了,只是阿莉娜此刻已经不能在生活中再承受任何新的挫折了。医生显得很幸福,因为他最终还是帮上了忙。医生承诺他今后仍然会很乐意帮助阿莉娜,如果阿莉娜以后什么时候又感觉自己是一个离了婚的单亲母亲并且很难抚养孩子时。

她已经有点爱上了一个对人体贴、穿着讲究的双性取向的男人,而他看起来也喜欢她。在第三次约会时,这个男人却告诉她,他意识到了自己的双性取向只是一种过度性特征。男人现在明白了,这是阿莉娜的缘故,他对此表示感谢。他原本试图通过约会女士使自己的父母更容易接受他的同性的取向。这位男士对阿莉娜十分感激。

整整两年时间,她在长着尖鼻子、脸有点像生气的仓鼠一样的心理治疗专家的诊所里苦苦挣扎,她试图帮助这位治疗专家打磨他对犹太人未经加工的原始感情。但是不管阿莉娜如何努力,先是委婉地最后又相当直接地表明立场,她无法使这个治疗专家放弃他那坚定不移的结论,即阿莉娜对乔感兴趣的部分原因或者甚至主要是由于乔是个犹太人。他们的每一次交谈会越来越频繁地重新回到乔的犹太人身份上和来自陌生国度男人的异国情调上,而阿莉娜本想学会搞清楚她为什么作为一个人和一个女人会是那么内疚和自轻自责,她是否能从这种无益的不自信状态中解脱出来,以及如果能又怎样去做。这位治疗专家还对阿莉娜与其他男人的经历感兴趣:他们是否也是移民?他们的肤色在阿莉娜看来是否重要?阿莉娜是否想过譬如能与一位伊斯兰教的男人约会?阿莉娜是否考虑过她作为一个女人为什么要特意寻求这样的关系？由于治疗专家并未感到这样的交谈对他有任何帮助，阿莉娜最终在两年颇有希望的开端之后中止了治疗。治疗专家尴尬地笑着握着她的手，祝愿她今后一切顺利，并还提到中止治疗本身通常是永久性人格障碍的迹象。

这几年的绝大部分时间她还是与塞缪尔一起度过的，无论是在工作中还是独自一人，那些日子都是一成不变的疲惫、孤独和平常：她将塞缪尔送到日托幼儿园、学前班或学校，自己去上班和购物，准备通心粉烤制食品，辅导作业，洗涤染上草地绿色的运动裤，看电视，从冰箱里取出冷冻的小圆面包吃，然后就是哭。她为孩子感到难过，塞缪尔月复一月地为再也见不到的爸爸画着猎豹。也许孩子自己也知道这一点，因为他会面带痛苦地卡在每一个字的中间，然后就像是强行把自己从一个音节转到另一个音节一样。阿莉娜时常在想，塞缪尔没有永久性地失去理智真是个奇迹——这倒不是孩子自己感情的缘故，而是因为她自己如果不难过就会连一分钟也活不下去。

她不再读任何与儿童教育有关的手册，但是她自己身体里的每一个细胞都确切地知道她持续不断地为自己的不幸感到哀怨，这对孩子来说只会有害无利。

但是孩子们都挺了过来。这真是奇迹，纯粹的奇迹，犹如春天的每一个绿芽和从泥土中钻出来的幼苗一样。当然生活也不总是只有苦难：她多次想到，塞缪尔和她之间的关系之所以如此亲密就是因为这些年来他们俩不得不一起披荆斩棘开辟前行的道路。

尽管他们之间的交集在塞缪尔高中毕业庆典后那个秋天以来不再那么密切，但是一切还会回到从前的样子。她知道会是这样的。

庆幸的是,那些年头似乎已经足以作为她进入离婚后中年阶段的过渡仪式,所以当阿莉娜36岁时在图书馆的旅游书架旁遇见了3年前离开女友的亨利时,她已经不再想假装、试图或者期待从偶遇中得到什么了。当时的场景仿佛很自然,并带点微妙,无意间也变得滑稽有趣。当亨利问阿莉娜是否经常来图书馆时,阿莉娜便一半是背着自己开始偷偷地这样去做。当他们过了很长时间最终又再次相遇时,她感觉没有必要再拖下去了。

亨利是宽容与同情的化身,是阿莉娜所见过的最善解人意的人。她记得她在最初两周很惊讶于竟然会有这样的男人存在。亨利有着令人难以置信的安详,善于思考,勇于面对并能够谈论自己的弱点,不抽烟也不过度饮酒,不讨厌孩子也不反对婚姻,即便是同性婚姻,不试图像20岁的人那样着装,也不蓄嘲讽式的胡子。亨利不戴宝石钻戒或者是金项链,也没有疯狂的前女友像嗑了药似的在窗户后面大喊大叫:那里面那个女人是谁,我非宰了她不可。(当那个被辞掉的健身房经理邀请阿莉娜去他那里喝点预调酒,她在等候出租车时就知道本不应该同意,但是有时孤独的感觉把人压得几乎要窒息,她会做出一些违反自己理性与常识的事情。)

亨利在涉及孩子们的事情上完成了自己的角色,甚至做得更多。在这方面她也许不再需要——阿莉娜在失败的婚姻之后已经认可在这方面不能相信男人——但是突然间她却得到了比她所希望的要多得多。

阿莉娜非常清楚亨利身上透出的那种被有些人称作娘娘气的和解能力,在所有之前的生活阶段里并不一定就能够称得上是情色大满贯。假若她想要一个身材高大、穿着皮外套、满口牢骚的男人，那种懒得听娘们说废话、一下子就能把人撂倒的男人，亨利并不是那个最合适的。让自己感到惊讶的是，阿莉娜发现她有时也会约一下这个穿着皮外套的男人，这个一声不吭、接吻时粗糙的胡茬会把皮肤划出红道道的男人是她的私人秘密。阿莉娜并不常见这个皮外套，但是当她有时在慵懒的周日下午独自在家、通常是刚刚从午睡中醒来而一切都还像在梦幻中时，这样的体验是如此完美，她无论付出什么代价都不会放弃。毫无疑问这样的情况在亨利身上也会有：女人、年轻女人、湿润的嘴唇。也许亨利遇到过有着湿润嘴唇的人，甚至是那些孩子在睡梦中发出呼哧声、灯光关掉以后亨利在阿莉娜的体内动来动去的夜晚。

　　想到这里，阿莉娜想起了那个多年以前在婚床上躺在她旁边的女孩。阿莉娜明白，她以前在生活中有时应当让整个关系就此打住，定格在骑摩托的男人和湿润嘴唇的女人处，因为在他们的阴影中任何事情似乎都不会再真实。不过年轻时会这样想，那时的一切都应插着翅膀，充满血性，现在阿莉娜所感受到的只有那种简单、纯净的喜悦，那是一种已经懂得不要让自己生活得太难的感受。

未来在孩子们身上
美国马里兰州巴尔的摩市

尽管乔努力从尽可能不同的角度解释他面临的现状,但是芭比·弗莱施曼和罗迪并不赞同他打算要去做的事。

"我现在并没有误解你,乔。"芭比·弗莱施曼用系主任的声音说道。"因为如果你建议我们一起同那些野蛮的家伙谈判,同那些人——"

"芭比,他们都搞到我家里来了!"

"听我说,乔,我明白你可能会感到——"

"他们在周末一大早就站在草坪上用扩音器大喊大叫!他们把宰杀的整头猪倾倒在我们的院子里!"

"我们是不是还是让安保部门不受干扰地……嗯,"罗迪开了个头。

"就像到目前为止这样吗?"

罗迪看了一眼他。他的眼光表明,发火并改善不了你的状况。

"乔,你现在压力太大。"

"而且还在一直加大!"

"乔,我们现在能不能在这里商量好,你不再——"

"不行!我的女儿们都不敢在家里睡觉了!我什么都无法专心去做了!他们下一步还会再想出什么招?我必须要

做点什么了。"

"我们可以考虑一下比如由芭比从你那儿接过某一个课程——"

"不行！你们一个课程都不要从我这里拿走！"

芭比和罗迪闪电般地互相看了一眼，那目光几乎就像是通灵一般。乔突然之间明白了他们是怎样看他以及他们的态度中带有什么样的色彩。芭比深深地吸了一口气，然后平静地慢慢让步说，就像对待孩子一般：

"你希望怎么样，乔？怎样才能帮到你？"

乔拢了拢自己的头发，努力让自己的情绪恢复一下。芭比和罗迪都是自己的同事，不是敌人，对他们不应该发火。

"好吧。"他说，尽力深深地吸了一口气。"我想知道他们都是谁，他们想要什么。这会帮到我。我们要让他们知道，他们这种做法于事无补。要问问他们是否真的知道自己在做什么。"

"乔，你必须明白。"罗迪开始说。

"上帝啊！"乔忍不住了。

"……我们和系里不能参与到这件事里。"

"啊？为什么你们不能？"

"我们不能按照你提议的那样去做。"罗迪说，他看了一眼芭比，以便确认他不是单枪匹马。芭比对罗迪点了点头说，继续讲吧，我的意见完全一致。

"你现在这么说是什么意思呢？你们当然都已经在参与了！还是你打算要怎么样，想要开掉我？我们大家都在一起做这项工作！这样的事也有可能发生在你或者其他人身上！"

"乔，让我们一起把这件事留给警察去处理吧——"

"罗迪。"乔说，他说话的语气最终让罗迪停了下来。"当你的办公室被砸，当你在早晨6点钟被汽笛吵醒，有人对你的邻居们说那里住着一个杀人犯，在那之后再让我们一起讨论解决方案吧。"

罗迪看着他，张了张嘴，但是接着又把嘴合上了。他给人的感觉好像是第一次听到乔努力想要说的是什么。

芭比·弗莱施曼看着乔，现在的目光似乎平和了一些，她说："如果你要想独自行动，你可以一个人去做。"

他在每一张纸条上都写上同样的文字。他将纸条留在所有他能想到的地方：办公室门上、系里的入口处、家里院子对面的墙上和大门上。

我们可以聊聊吗？

他在每一张纸条上都认认真真地写下了自己的名字、电话号码、电子邮箱地址和门牌住址。

"这样做明智吗？"米里亚姆晚上问道。

"他们肯定是想要说点什么。"乔说。

"他们说的东西是否值得一听，我可没有那么肯定。"

"那他们为什么要做出这样的事？或许有什么我们可以商量的事。"

"你难道是这样想的？"

"喏，如果能够知道我们和谁有分歧，而且确定是在什么方面。"

"但是我们的地址。我感觉这样做并不好……"米里亚姆说，她停下来看着纸条，脸上一副担心的表情。

"他们可能已经知道了。"

从米里亚姆受伤的表情中乔第一次明白，所有这一切以后还会发生在他与米里亚姆之间。

"不过我们现在要出发了，丹妮！"乔大声喊道。"你准备好了吗？"

乔对自己感到骄傲。在所有这一切之后，即在他家的院子被人闯入，他的办公室被砸之后，他仍然那么镇定，还能送她的女儿去参加棒球比赛，只是因为他曾答应过她。

他带着女儿驾着车平静地开到市中心，然后有意把车停到离体育场稍远的地方。他们一起沿着岸边走过内码头①的旅游商店，只见穿着白色旅游鞋、戴着有帽檐旅行帽的退休者从小龙虾餐馆漫步来到旅行社的小卖部。太阳已经落到很低的地方，感到一阵令人愉悦的清凉，同时也不是特别潮湿，也许生活其实并没有错过，就在眼前。

在黄鹂公园②体育场，他们在第七局伸展操③时同所有其他人一样唱着《带我出去看棒球赛》④，看着纽约扬基队⑤如何像以往每次比赛一样洗劫巴尔的摩黄鹂队⑥。一切都会安排妥当，很快就会向最好的方面转变。他会去找找那些人，同他们交谈。他会搞清楚，是什么惹恼了他们。他们会停下来，他们会感到尴尬：这些孩子。明年又会是一个

---

① 原文此处为英文 Inner Harbor。
② 原文此处为英文 Oriole Park。
③ 原文此处为英文 Seventh-inning-stretch。
④ 原文此处为英文 Take Me Out To The Ball Game。
⑤ 原文此处为英文 New York Yankees。
⑥ 原文此处为英文 Baltimore Orioles。

平常的年份,一个好年份。新年好①。

乔坐在自己的办公室里,想象着自己的女儿正在学校的大礼堂里作演讲。丹妮拉的演讲进行得如此顺利,她可以面对全校再演讲一次。女儿在早晨花了很长时间挑选合适的衣服,后来又请她的姐姐帮忙。丽贝卡把挂衣架一个一个地从横杆上取下来,挑选着衬衣和裙子。

"我说的是真的,丹妮拉。"

"嗯,是的!"

"小姑娘,你需要至少一套像样的衣服。"

"你在往伤口里撒盐。"

"这些是你所有的……真是让人……难以置信。丹妮!"

"别再提醒我了。"

乔很奇怪丽贝卡那严厉、近乎残酷的目光和态度到底是从哪里学来的。难道这是女儿从他那儿所继承的什么东西?还是说这只是因为她正处在青春期,看问题比较绝对,过几年就会自动过去了?乔知道自己有点太挑剔,碰到自己认为不理智的事情就会过于简单粗暴地提醒别人。

米里亚姆不得不来到楼上,她向丽贝卡投去意味深长带有谴责含义的目光。

"贝卡,"米里亚姆说,"你是不是有意一定要让事情变得更糟?你妹妹需要你的支持。她很紧张,你知道的。"

"有人在问我的意见。对不起,我可不想当面胡说八道。"

---

① 原文此处为希伯来文 Shana tova。

"贝卡。"

"妈咪。"最终，丽贝卡从自己的衣橱里给丹妮拉拿了一件T恤衫。穿上这件现在看起来就没有那么死板了。

丹妮拉上学已经要迟到了，乔还来不及干预。丹妮拉离开时穿的闪闪发光的T恤衫是丽贝卡新交朋友给她挑选的衣服中的其中一件。上面装饰着传递放松与无忧信息、轻视父母意见的银色讽喻口号，这同通过病毒般传播的伶俐卡通在整个数字网络传播的信息如出一辙，并以这样或那样的方式帮助数字设备生产商或者泰德·布朗和自由传媒集团构建新的壮美世界。乔最近刚刚从报纸上读到，同样的伶俐卡通人物也出现在针对3岁至10岁儿童制作的整晚动画片中。根据评论家所说，电影中有着美好的信息，无论对孩子还是大人都会留下美好的印象。

他晚上试图在晚餐时与丽贝卡谈谈，为什么她没有必要也不值得将自己的生活作为广告空间出售，以及关于她所作所为的所有信息也都传递到她妹妹那里了。丽贝卡是否确定，她想向自己的妹妹推销那些可以改变大脑活动的化学物质，而谁都并不完全清楚这是怎样做到的？

丽贝卡发出一声听起来像是在思考什么的声音。她的眉头紧皱着。女儿看起来注意力格外集中，她终于这样做了。有那么一会儿，乔在想象丽贝卡是不是正在思考他提出的问题，直到他意识到女儿如同玻璃般凝住的目光的原因所在。

"贝卡！"

丽贝卡从沉睡中醒来，将银色的小纽扣从头发上扯了下来。什么，丽贝卡用生气的语气说。

"你有没有听到我说的什么？"

"你别喊啊！我电影正看到一半呢。"

"这太气人了！我禁止你在这里与其他人在一起时使用那个小玩意儿！我从来不知道你人到底是在这里呢还是在其他什么地方。"

"你不能对我发号施令。"

"你现在什么都看不到也听不到了。你已经沉浸在那里的什么东西里了。"

"我与你不同，你读你的有意思的科学文章。"

丽贝卡从"她的朋友"那里作为礼物得到了 iAm 装置，那个不是手机，是一个微型"不需接入的"观看装置。丽贝卡获得的单机还处在原型机阶段，但是改进版确实在这年秋天就要上市了。

显而易见，使用这个装置至少能够浏览互联网、观看录像和听音乐。但是任何应用接口其实都已经不再需要，正如公司在应用指南中所介绍的：人们的体验将通过几个外形小巧且设计优雅的电极直接传送给听觉和视觉大脑皮层。在大脑皮层上仍然需要人们感官的终端站点，但是不再需要感官细胞，即人们的体验不再需要外部世界——只需要一个装置。

人们的应用体验据说依然只是零零散散的。据丽贝卡说，一些东西往往会看成重影，或者就完全消失不见了，声音有时也会变得奇怪而模糊不清。但是这样的感觉会随着越来越多地使用装置而得到改善。所有的细节——比如说丽贝卡在哪里以什么方式看到了什么以及她的大脑是如何对此做出反应的——显然都不需要任何额外操作就会直接记录在装置生产商那里。这样生产商就能够实时纠正问题、上传新的升级软件。他们还能够向丽贝卡自动发送专门为她定制的链接、电影和音乐,她不需要事先提出请求,也不需要调整装置的设置。

那位男士和女士对这个装置热衷得无以复加。在丽贝卡看来,这个装置最棒的一点是,她现在什么都能够看和听——在同一时间,无论是坐在学校的课堂上还是在吃饭的时候。她的目光不再需要朝向其他方向比如说一个单独的屏幕,因为当她把目光对准它们时,电影和文字都会完美地展现在她的眼前。如果她愿意,她还能够透过它们看到外面,外部世界也不会消失不见。就是说她可以在街上行走时读取电子邮件,在健身跑步时观看电影!她可以在任何地方看任何东西!不再需要任何窗口或是屏幕。节目和声音的强度除了有个别保留都可以通过意念的力量进行调整。对指令的校正需要一定时间,效果也不总是十全十美,这有点儿像在很久以前对语音进行识别的早期阶段。

"但是这又有什么意义呢?"乔问道。"如果你在看一部电影,你就无法同时关注这里正在发生什么!"

丽贝卡转了转自己的眼睛。"我确实会错过很多事情。"

"听我说,贝卡。"乔开始道。"还有那些药物。你说你没有用过那些药物,我相信你。但是我还是想告诉你……"

他思考了一下怎样继续下去。他不想显得控制欲太强,另外也不想把女儿吓坏。

"我稍微了解了一下人们目前对这些都知道些什么。"

"唔,顶尖的创新家约瑟夫·查耶夫斯基要对此进行解构研究了。股市将会暴跌。"

"这个药是为治疗自闭症而研发的。"

"哦。"

"据我理解。"

"哦。"丽贝卡又说道,她看着他,眉头皱着似乎在思考什么的样子。她的表情鼓励乔继续说了下去。

"我不敢肯定,人们的大脑神经化学是否值得通过这种物质来干预?我很担心,如果让我说实话的话。我不能肯定,人们对这种物质的长期影响是否做过认真研究?"

乔说他用了许多天来阅读这些研究报告,试图弄清楚人们对这些新的神经化学物质的运作机制都知道些什么。但是公开发表的研究报告都是由医药公司完成的。这些公司将他们的实验建立在对他们的研究有利的基础之上,他们会改进实验结果并且不发表负面结果,而对有利的结果他们则会重复发表。

乔打过电话给联邦医药当局,他们已经为这种化学物质颁发了销售许可——除了自闭症只适用于乔还从来没有听说过的心理障碍,即某种与压力有关的社交消沉症……但是他从这位官员那儿并没有得到更多的东西,只了解到哪些措施需要获取并展示所有在有关当局备案的试验结果,也包括那些没有公布的实验结果。这在原则上是可能的,但是通常不会进行得很快,同时还要求对整个研究领域有相当的了解,而严格地讲他还什么都不知道。他的同事也说过,医药管理当局最高层领导通常都是这些大型医药公司以前的领导,反之亦然,而部分对医药安全性进行评估的评委会成员会从医药公司获取津贴。

他叹了一口气。

"贝卡,谁都不知道对大脑的活动通过这样的方式进行干预会产生什么样的长期影响。显然,它们会改变细胞膜的活动,或许会影响到传导活动,但是……这会是有害的吗?这会对你的大脑产生什么样的后果?是明天?明年?

还是10年之后？"

丽贝卡沉思地看着自己的眼前。她平滑、完美的皮肤在额头上皱成一团。乔的心里感到一丝温柔。他终于有一次成功地获得了自己宝贝女儿的关注，他的专业知识终于对他这个具有批判精神又很聪明的女儿有了意义——他终于可以当一回父亲了，成为那个他的女儿认为值得给予完全关注的人。

"我们不知道，"乔更加温情地继续道，"我们实际上并不知道答案。谁也不知道。无论你去问哪一位专家，贝卡，诚实的答复是谁都不知道。这需要有独立的、真正的研究，但是目前没有。当然，在医药公司自己的实验中一切看起来都很好，因为它们有意要隐瞒所有存在的问题。这不是科学，而只是看起来像是科学的市场营销。"

丽贝卡久久地看着他。当他刚刚以为女儿没有在听时，丽贝卡点了点头。她的表情里有什么东西显得有点奇怪。

"那么我们能不能这样商量好，你在同我们聊过之前不去用那些东西？即在我们了解清楚人们对那种化学物质都知道是什么之前？"

乔似乎从丽贝卡游移在迷惑、无知和感动之间的表情中意识到，他正在完胜那些医药营销商。

"你妈妈同我的意见一样。"乔又说道。"她对这件事也是非常担心的。"

丽贝卡仿佛是没有听懂他说什么似的盯着他。

"这样可以吗？"

"什么？"

"就是说我们可不可以现在就这样商定。把手伸出来。"

乔伸出自己的手。

"什么？"丽贝卡生气地说，从头发上摘下电极，一副受到刺激的样子。她看来已经要把它们重新戴回去了。

见鬼，不会吧。

"什么？什么？"

"你是不是一直都戴着那些电极？"

"好吧，我靠，对——不起。"

"我刚才说的什么你是不是一个字也没听到？我说了有半个小时！"

"我说过我正在看一部电影！"

见鬼，不要。见鬼，不要。

"顺便说一句，这些不是什么电极！它们是脚爪！如果你没有其他什么事了我还要把这个看完。"

乔在系里提到了这个装置，因为他希望博得同情。系里特别是年轻的助理教授们都大喜过望。就是说iAm真的已经上市了吗？终于盼到了！它是像传闻中的那样令人难以置信的性感吗？当然，尽管新的iAm不再与老的苹果公司有任何直接的关系，老公司的电脑和手机已经像是来自上一个千年的古董一样，而公司也由于可以理解而破产了——为什么这家公司就没有意识到它的成功长期以来也犹如匆匆过客一般建立在薄弱的基础之上？——但是史蒂夫·乔布斯，愿他的灵魂安息，与甘地、特蕾莎修女和金博士一起，仍然被视作20世纪最重要的人物之一。

乔能否将装置带到系里，至少让大家看看？

听说它必须要单独校准到每一个人的大脑上，所以很显然他们连尝试一下都不行，可是能否让他们就看一眼，摸一下吗？

他的女儿在家里除了一副躯壳什么都没有。当乔听到教授们的话时,他已经意识到其他人很快也会变成这样,而且显而易见的是,乔最好习惯这种情况。他只是希望,任何人的大脑都不会因此而融化掉,因为很快它就会发生在所有人身上。

这只是一个小玩意儿,只是个小玩意儿[①],系里的一位资深教授看到乔困惑的表情时这样安慰他。它不会改变任何事物。

是的,有人说:现在谁也不是全程都在现场啊。有谁难道不是在谈话过程中在手机上查看自己的电子邮件、在试图商定什么事情时更新自己的动态、当有人在会上演讲时上网冲浪吗?

"人们可能真的不知道它的长期影响,"有人说,"但是人们以前对电视也不了解啊。在50年代时人们还确信看电视时大脑会融化呢。"

"在这方面他们或许是对的。"

大家对拉伊的评论报以笑声。接着有人尖叫道:"哦,是的,确实如此!恭喜你,乔!我现在才意识到他们为什么要把它发送给你!"

"什么?"

"那个iAm!它部分是属于你的!"

由于乔没有立即反应过来,他们向他解释说:这些和那些神经网络、这些和那些区域、这些和那些内侧颞叶皮层[②]区域的连接——都有哪些人在研究这些内容?这些都是新的iAm装置视觉刺激的控制软件和电路必须赖以为基础

---

① 原文此处为英文 just a gadget。

② 原文此处为英文缩写 MT。

的内容,当然并不是完全依赖,但是重要的部分都会依赖。没有这些,开发这个装置将不会成为可能。

从乔发表那篇文章[1]迄今刚好有足够的时间将该应用程序开发为原型设计产品。

乔咽了一下口水。

这是真的。他已经太老了,50多岁了,落伍了,永远不会注意到这种联系。如果没有他们的团队,这个装置就不会有。除非或许是:没有他们,其他人也会创造出同样的东西。很有可能,也不会太久。

我简直不敢相信,有人说:我从来没有听说过一位做基础研究工作的人会从信息技术公司收到一份表示感谢的礼物。我很高兴他们已经开始这样做了!他们终于意识到,如果没有基础研究也就没有应用!

乔未能告诉大家的是,这个装置实际上并不是寄送给他的,也并非完全是出于无私的原因。秦汉拍了拍乔的肩膀,干得好,伙计[2]。我们为你感到骄傲。有人为大家点了寿司和饮料,太棒了!乔听着大家赞美的话,任由自己的团队感到春风得意,他们度过了一段无与伦比的时光。

但是吃完寿司后,他在自己的房间里坐了很长时间,看着窗外,看着太阳渐渐地将草坪下方的方形广场染红。

幸运的是,水很冰凉。乔很愿意从自动饮水机里取水。在外面,人们已经可以感觉到大汗淋漓的夏天很快就会到来,太阳有时会热得让人产生不祥的预感。喝完水后,他站在走廊里。有人用大头针把泰德·布朗微笑着的杂志照

---

① 原文此处为英文 The Paper。

② 原文此处为英文 Good job, man。

片钉在公告板上,并在下面写着:把你的饥饿、疲惫、贫穷都交给我吧,我会在上面撒尿——这就是偏执雕塑所要说的。①

乔很高兴看到系里也有其他人喜欢卢·里德②。卢·里德,尤其是他的《纽约》专辑,总是让乔回想起他在麻省理工学院撰写博士论文的时光。在为期两周的最后答辩后,他的声音沙哑了,自尊心被挫伤了,他自以为他在大学的生涯也就此结束了,这时里德的音乐在晚上给他带来了慰藉。

乔意识到,布朗的照片出现在告示板上是因为此前一周发生在主图书馆的事情。他感觉自己的良心犹如受到刀割一样疼,并努力安慰自己说图书馆员工的命运并不是他的错。图书馆几乎一半的员工被解雇了——主要是那些受教育程度最差又不懂外语的。那些获准保住饭碗的人要在完成本职工作的同时兼顾腾出来的这些任务。

把你们那些可怜的蜷缩成一团的众生交给我,让我们把他们乱棍打死。③把你们那些可怜的蜷缩成一团的众生交给我,让我们把他们乱棍打死。

有人被解雇是因为大学图书馆曾试图与自由传媒集团就相关条件进行谈判。乔很满意,因为他曾就此向图书馆领导层施加了很长时间的压力了。他曾经充满希望地认为,尝试谈判至少会引发一场讨论。然而,自由传媒集团科学

---

① 原文此处为英文 give me your hungry, your tired, your poor, I'll piss on them — that's what the statue of bigotry says。
② 卢·里德(Lou Reed,1942—2013),美国摇滚巨星。
③ 原文此处为英文 give me your poor huddled masses, let's club 'em to death。

期刊的所有订单却都在没有征询意见的情况下被中止了。

由于没有出版物就没有科学研究,图书馆不得不表现得很谦卑。由于这个问题在实际上几乎影响到所有领域,因此主图书馆的预算已得到承诺增加——但这将意味着对行政、教学或研究经费进行削减。而且最重要的是,还要提高本科生已经高得很不合理的学费。财务状况就是这样。

在某一个地方,房东把自己笑得尿湿了裤子,[①]20世纪80年代,卢·里德在纽约唱道:在某一个地方,房东把自己笑得尿湿了裤子。

乔有段时间没有收到什么信息了。每天晚上当乔要上床睡觉时,他的脑子里仍然会想到,睡眠是否会被汽笛声打断,但他什么都没有听到。仅仅靠提出讨论的建议就能够解决问题吗?

由于事情似乎已经平静下来,乔有时间去丽贝卡的学校看看。这次去学校访问他已经考虑了很长时间。

一位彬彬有礼的工作人员引导他来到走廊上的长凳上。他等着轮到自己,旁边是一个胖乎乎、面带恐惧的13岁男孩,他把一摞书紧紧地抱在怀里,看起来好像马上就要哭出来似的。他正要问男孩是否一切都好时,门打开了,工作人员走了出来,询问般地眨了一下眼。

"查耶夫斯基博士?"

"谢谢你。"乔说,然后跟着工作人员穿过前厅来到校长办公室。

---

① 原文此处为英文 Somewhere a landlord is laughing till he wets his pants。

办公室门上用大写字母写着校长的全名。工作人员已经躬下了腰，伸出了手，但紧接着又突然停了下来，仿佛在敏锐地警告秘密的精灵。过了一会儿，工作人员敲了一下门，大声说：

"查耶夫斯基博士！"

"进来。"里面说。

工作人员点了点头，打开房门，对乔笑了笑。

"查耶夫斯基博士。"校长说。"我能为您做些什么？"

校长从她宽大的橡树桌前站了起来，绕过桌子来和乔握手。她是一个50来岁清瘦而矫健的女人。一个马拉松爱好者，乔猜想。

他问校长都有哪家公司在学校进行围猎。

"对不起，什么？"校长问道。乔看到她那张刚刚还非常友好的表情如何像变成另一个样子。乔知道自己应该更礼貌一些，但是他非常生气，很难保持得像外交官一样。这些人应该保护孩子们，而不是用他们来喂狮子。

乔深深地吸了一口气，努力微笑着，平静地解释他为什么到学校来。有人在某个学校允许的活动中向他的孩子销售神经化学物质，其对大脑产生的影响至少乔无法做出任何担保。学校是否已经转变成为某个企业的消费者平台了？

校长看起来十分困惑。她不确定查耶夫斯基博士在说些什么。校长说，学校确实安排过一次"促进同情心的头脑风暴活动"，主题是保证每个人都有均等的机会，这对校长来说十分重要。当问及向孩子们推销产品一事时，校长对此一无所知，但她感觉似乎不太可能会在学校发生这样的事情。校长从未听说过这家助推①公司。查耶夫斯基博士是不是有可能搞错了?

乔说,"你知道吗,'保证所有人平等参与社会的机会'有可能意味着向青少年推销具有潜在危险的精神活性化学物质用作未得到官方批准的用途?公司是否给孩子金钱来进行用于对比的营销活动?"

"对不起,"校长说,眼睛睁得圆滚滚,摇着头。"但是您到底是在说什么呢?"

"他们一直在向我的女儿强行推销这些。推销人员专门为此来过学校。"

乔展示了药品包装。校长看起来似乎并不感到特别惊讶。

"你看。"校长说,并递给乔一本刚刚印好、版面清晰的小册子。乔扫了一眼小册子。

根据小册子,新推出的腹内侧前额叶皮层微调器(**请咨询你的医生,ALTIUS!®对我的孩子是否是合适的药物!**)有效地改善了在互动方面存在问题的儿童的大脑功能。例如,它们不会像20世纪90年代的那些古董级精神药物那样,干扰特定神经递质在所有突触和整个身体里的活性。

乔很想把小册子揉成一团扔进垃圾箱里以示抗议,但是他设法克制住了自己。

他告诉校长,小册子上所说的一切可能是由制药公司的营销部门凭空想象出来的。他们的说法可能丝毫不代表真相。乔认为,学校的责任是阻断这些食人鱼。孩子们是

---

① 原文此处为英文 Nudge。

没有抵御能力的。

校长对这些指控感到十分惊恐。谈论"围猎行为"违反了她的教育领域职业身份。她不知道查耶夫斯基教授是从哪里得到他所谓的信息，但事实并非如此。学校确实正在开展一项由私人公司资助的活动，但它是为学生提供免费的咨询和帮助，例如如何建立社会联系——这与通常情况不同。

"您有没有想过，大企业怀揣的并不仅仅是无私的动机？"乔问道，"当然，我只是一名神经科学教授，也许并不完全了解问题所在，但我不认为任何神经元树突都可以优化。我敢打赌，他们甚至自己都不知道这意味着什么。"

"根据这上面所说，他们似乎确实能够做到。"校长说。她瞥了一眼小册子，就好像要确认一下它仍然在她的手里。

"这是他们的一种营销方式！"乔大声叫道。"我明白这在你们看来像是科学，但这可能只是无稽之谈！"

校长平静地说，朋友圈里的问题甚至比在学习上的困难更具有破坏性。实际上，校长在她的档案柜里一边翻找着一边说，这是最近的一篇文章，它显示出在社会同伴重新定位方面，现在令人惊讶的是有许多人都深受与压力相关的困扰。它通常无法被诊断出来，即使有许多人会从腹内侧前额叶皮层优化器中受益。

查耶夫斯基博士是否知道，最新的研究表明，即使在与压力相关的社会联系方面有片刻的松弛，都会使判断力弹性下降达41%？根据研究，判断力弹性是预示考试成功的最重要因素。

当然，校长不像查耶夫斯基博士那样是神经科学教授，也不是医生，但是她也从小册子中亲眼看到这是一项科学研究。大脑研究正在取得进展，科学家们在感受大脑和向人们提供帮助方面做得越来越好。

"你们现在不明白，"乔说，试图让自己冷静下来。即便是他连一半对制药公司在成功地接管科学出版业和医药监督当局中所表现出的傲慢的了解都没有，他也在对丽贝卡的新朋友产生怀疑后就此展开调查时所了解到的东西感到震惊。他敢肯定，他仍然只是设法触及了表面的一点点皮毛。

"他们很愿意表现得好像他们很了解大脑，"乔说，"但实际上，他们拥有的只是可做多种解释的脑部扫描图像和模糊的测试结果，这也许只是一种巧合或者是由他们故意打造的。"

"哦，"校长说，用眼光上下打量着他。

"他们在这样的基础上开发了各种各样的东西，以便向我们推销点什么。当他们用这样的语言进行介绍并出示大脑的图片时，大家就都相信了。"

"没错。"校长点了点头。乔看得出来校长在想什么：顺着点这个疯子。

"假如我不得不打个赌，同样的研究结果和脑部图像可以通过给孩子们服用可卡因来获得。我可以肯定他们的举动会变得更加兴奋。他们的行为也肯定会出现差别。但是这会是有百利而无一害的事吗？我们怎么知道类似这样的化学物质是否能优化大脑中的某些东西？很少有外来物质能在大脑中做任何事情，除了制造混乱。"

"您想了解一下这些吗？"校长用更加礼貌的语气说。

校长递给乔一些印在光面纸上的研究文章。

"制药公司拥有许多可以发表这些研究成果的刊物。"

乔试图更平静地解释。"他们自己进行投资和设计，同时对所研发产品的结果做出分析和解释。这听起来像是客观公正和可信的吗？"乔问道。

"这里确实有写，第一位撰稿人是约翰·霍普金斯大学的哈里特·沃灵顿——"

"可他甚至可能连看都没有看过这些研究资料。那些企业找人代笔写了这些研究报告。他们付钱给那些具有领先水平的教授，让他们在会议上把这些作为他们自己的观点提出。就在今年的冬天，据透露，一位埃默里大学的教授已经从一家制药公司获得了200万美元的讲座费。"

乔意识到自己听起来很偏执。

他试图向校长解释，出版实践本身并不是一无是处，但是这都是为基础研究者所建立的。另外，大型上市公司有能力为他们以目的为导向的实验提供无限的资金。这就是为什么人们不能贸然相信这些文章中所说事情的原因。然而，他从校长幼稚的反驳意见中意识到，这个体系既太难于为人们所察觉，而且其真相又太令人感到担忧，外行人很难愿意去相信其真的存在。难道在西方民主国家里这一体制就运作得如此糟糕吗？这不可能是真的。毕竟，科学在不断发展，优秀的新药也源源不断地进入市场。而有关当局也在密切监控新药的安全性。渐渐地，乔不得不接受这样的现实，即这些事情对于外行人来说实在是太难了、太令人费解了。

"如果我下一次还能为您做点什么，请您一定要告诉我。"当乔在身后关上办公室门时，校长从她的办公桌后面用一种有节制的、特意突出的友好声音说。

令乔感到幸运的是，他自己的工作是搞基础研究。与严重的结构性腐败相比,他在这方面的担忧微乎其微。比如说与自由传媒集团之间的问题解决起来相对比较容易。只需说服人们支持他的解决方案即可。

乔回到自己的办公室后直接给那家公司打了个电话。他设法联系上了公司客户服务部负责反馈的B部门的主管客户助理。客户助理一开始表露出一种棉花糖般绵软湿润的讨人喜欢的意愿,这本来会让欧洲人马上就此挂掉电话,但当乔问及向未成年人推销的问题时,助理的声音则降至芬兰-俄罗斯人的冰点以下。他们严格遵守所有法律和条例。他不可能对个别案例做出评价,但是他们的工作人员在任何情况下都不会在未经监护人许可的情况下与未成年人签订协议。当然,他们公司参与了**儿童是未来**^①的慈善活动,该活动旨在分享有关社会不平等的信息,避免在互动情形中出现特殊困难,并筹集资金以帮助弱势群体。但是,反馈B部门的主管客户助理很遗憾无法更为详细地介绍这个活动,因为该活动实际上并不是由该公司举办的,而是由一个名为**儿童是未来**的非营利慈善协会主办的,当然该公司作为合作伙伴参与了这个活动。

如果乔能留下自己的联系方式,他们会与他尽快取得联系。

"我的律师会很快与你们联系。"乔说,并挂断了电话。

那些定期蝉,他后来在下午临近傍晚时想了起来:他忘了问丹妮拉演讲进行得怎么样了。

对于婚礼举办者来说,定期蝉是一场噩梦,他记得丹

---

① 原文此处为英文 Children Are The Future。

在她的演讲中说过。她最后又说：最重要的是，定期蝉是一个时间机器。

"我们每个人在整个余生都会记得鸣蝉的年份。每当我们想到蝉时，都会在脑海中回到这一年，回到这个夏天，回到这些蝉。距离下一次定期蝉出现还有将近20年的时间。"

"亲爱的丹妮。"乔大声说，他在空无一人的办公室里对着傍晚的阳光鼓着掌。假若他的鼓励也能在事后从这里传送过去就好了。

他想着自己11岁的女儿今天早上的那份紧张以及丽贝卡送给妹妹的那件带有讥讽含义的T恤衫。他在互联网查了查这件T恤上的口号，最终他已经明白了这是怎么一回事。据说健康的年轻人普遍使用腹内侧前额叶皮层优化器——把它称作小玩意儿、小坐垫即小优化。据说这些东西已经在向健康的年轻人推销了很长时间：你要成为这样的人，你注定要成为这样的大脑。

乔听说后向他的心理医生同事表示，他对此感到很惊讶。难道违反营销法就不会被绳之以法？当然会，那位同事回答说。每周都会有一家大型制药公司向孩子死于心肌梗死的家庭支付200万美元的赔偿——而与此同时，他们的销售额则由于非法广告而增加了20亿美元。

这些公司遵守所有的法律和法规，它们总会在法庭之外实现和解，并支付小到零头的所有赔偿金。

关于那些突触优化剂，他后来知道，原来丹妮在她的演讲中也为其做了广告。她面对着整个学校，以可能的最有效方式，通过字里行间的机敏和她自己的例子，而乔并没有为此做任何事情。人在做，神在看，他不知道从哪里想到了这句话，而一切都很好。

他会在晚上询问演讲进行得如何，同时会解释为什么他不希望丹妮拉或丽贝卡穿着带有银色讥讽口号的衣服。

他会解释在这个国家或许在世界上都出了什么问题，而他们作为公民和消费者的任务就是如何变得更加聪明，否则整个世界都将掌握在泰德·布朗和他的同类手中。

他想，泰迪·罗斯福[①]今天会在共和党大会上被石头砸死。这是爷爷最喜欢引用的一句话：如果允许大企业从事政治活动，它们就无法受到有效监控。西奥多·罗斯福曾在1910年说过，大企业绝不能被赋予政治权力，否则局势将会完全失控。他想念他的祖父扎伊德，他想念泰迪·罗斯福。阻止企业用权不会很快实现，也不会容易——但这是可以做到的。他听到了扎伊德用低沉的声音说出这些话，其中有什么东西让他十分感动。

这就是他今晚要做的，即也要告诉他的女儿们关于泰迪·罗斯福的事情，关于共和党总统是如何倡导征收所得税、禁止使用童工、推动公共医疗保健、环境保护和工人权利的，如何保护数百个史诗般的国家公园和自然保护区的。

他会告诉他的孩子们，曾经有一段时间，政党之间仍然能够就有关事宜达成一致。他会告诉她们，如果允许公司去决策，它们将会把世界变成它们想要的样子，它们将攫取尽可能多的利润，所有东西都可以作为商品出售，每个人都能成为卖家，但这并不一定符合所有公民或整个地球的利益。这就是为什么丽贝卡仍然应该再斟酌一下她与

---

① 美国第26任总统西奥多·罗斯福（Theodore Roosevelt, 1858—1919），共和党人，于1901—1909年担任总统，昵称泰迪（Teddy）。

一家大公司营销部门的友谊。

他也会谈谈桑迪·考费克斯的。当然也许不会在同一天晚上。

晚上，丹妮拉拒绝来吃晚饭。萨拉说，她放学时哭着从学校回家，整个晚上都躺在自己的房间里，不愿意说话或者是吃东西。

时间到了8点，乔终于说服丹妮拉打开了门。

"他们说你在折磨！"丹妮拉尖叫着说。"动物！"

"什么？"

"你折磨动物！他们说你杀死和折磨动物！"

乔起初简直不敢相信自己的耳朵。他感觉自己脸上像是被打了一巴掌似的。

"你把它们切成碎片！你把小猫的眼睑缝上，这样它们的眼睛就会终生斜着看东西！你摧毁了它们大脑中的什么东西……大脑！"

有一段时间，一切都像是在慢慢回放，可以感觉到时间的每一秒钟，逝去的每一刻如何在出现在眼前又如何消失。乔向趴在床上哭的丹妮拉伸出手，他本想把她抱在怀里安慰她，但丹妮拉却挥舞着手把他赶得更远了。

乔听到正在楼上浴室里盛装打扮自己准备出门的丽贝卡发出一声略带讽刺的笑声。

"这是真的吗？"丹妮拉问道。她的脸红红的。

"丹妮。"乔说。

"不要试图敷衍！这是真的吗？这是真的吗？"

他感觉胸口就像是插了一把刀子在扭转。是的，这是真的。或者说不是，这不是真的——不是你所想象的那样。

他该怎样向孩子解释这一点呢?

"这是真的吗?"

乔久久地看着女儿的眼睛。

"不。"他说。

他是山上的亚伯拉罕,当以撒问那头被作为祭祀供品的小牛在哪里时。①他是《教父》中的迈克尔·柯里昂。

丹妮拉抽泣着,用袖子揉了揉鼻子。

"他们为什么要这么说呢?"

女孩抬起她那娇小的、已经哭得微红发烧的眼睛,看着他的眼睛。

"他们那些人,"乔慢慢地说,"并不明白自己在说什么。除了我们这些做这项工作的人,对其他人来说,他们很难知道这项工作到底是怎么回事。"

丹妮拉看着他,像是一半在指责,一半在乞求。乔看出女儿,心里希望但又无法决定是否要相信他。

"丹妮。"他说。"人们进行研究是为了能够知道世界是什么样子的,以及事物是如何运作的。当我们知道得更多时,我们就可以治愈疾病并避免人们死亡。"

当他突然意识到自己刚刚做了什么时,他的心一下凉了半截——他就像那些他所训斥的记者一样:他会教育他的女儿知道,知识只有工具上的价值。

丹妮拉在听他讲,擦干了眼泪,慢慢地平静了下来。丹妮拉说,演讲进行得很顺利,直到有人开始对她大喊大

---

① 亚伯拉罕,传说中古希伯来民族和阿拉伯民族的共同祖先。根据《圣经》上所说,上帝在亚伯拉罕99岁时与其о割礼立约,后又作为考验命他用自己的儿子以撒献祭,最后一刻命以羔羊代替。

叫。虽然老师最终让那些捣乱的人安静了下来，但是已经对她造成损害。乔看到，尽管丹妮拉冷静了下来，并同意交流，但女儿并不知道自己应该怎么去看待这些事情。

晚上稍晚一些时候，当丽贝卡带着一身啤酒和青草的味道回到家时，乔听到她对丹妮拉说：

"坐下。"

"为什么？"

在乔还未来得及上楼干预并命令丽贝卡回到自己的房间之前，丽贝卡已经把自己那染成暗紫色的眼睑眨了两下，以富有经验的年长女人的自信说：

"丹妮。这是真的。"

丽贝卡脸上带着微笑穿过楼上的过道走回自己的房间。当然她的微笑并不一定与当时的情景有关。丽贝卡有可能同时在无用户链接界面的体验装置上观看由三宝制药与服装公司挑选的音乐家演出。与耳挂式立体声播放器或苹果随身听不同，iAm不会产生任何外部声音——当然，因为一切都是直接通过大脑皮层生成的。音乐不是由于气压变化而产生的，而是由一系列按照精确序列同步的神经脉动所生成的。电影不再需要用投影仪来放映，人们灵魂内的舞台足以容纳所有的梦境、思想和记忆图像，而外部世界则成为一种在哪里都派不上用场的幻觉。这一切当然十分壮观，只是现在还不知道这个小姑娘在家里仅仅是对着爸爸说的话嘿嘿地笑呢，还是在看一部关于生活到底是什么样的温暖而富有人性的喜剧呢。

乔从楼下看着丹妮拉出现在楼梯顶端，用透着怀疑、惊讶和一种她在女儿眼中从未见过但仍然可以辨认出来的眼神看着他。他知道自己会在整个余生都忘不掉这种眼神。

丹妮拉带着这种眼神，转身离开，慢慢地走进自己的房间。

乔听到丹妮拉在她的电脑上打开了蓝光。这张专辑唱片上有由营销公司推荐的、据丽贝卡说是专门为她挑选的新的节奏蓝调歌手，穿着那件用闪闪发光的银色文字书写的让人熟悉又带有讥讽口号的套头上衣，喵喵地唱着。

晚上，乔躺在黑暗中眼睛盯着天花板。虽然他试图在脑海中将所发生的事情重新播放，但他仍然就自己所做工作向丹妮拉说的话以及什么是真实情况而感到良心不安。他想，人们可以走出被背叛的阴影，但是当人们第一次发现自己也有能被别人背叛和第一次被人背叛时，一定会有一种快要被压垮的感觉。

他躺在床上翻来覆去地睡不着，便起身下床，蹑手蹑脚地走到丹妮拉房间的门口，悄悄地打开房门。丹妮拉身体横着睡在床上，一只脚垂直地竖着靠在墙上。她就像每天晚上都会把被子踢掉了一样。她入睡前在房间里整整哭了两个小时，但现在任何痕迹都没有了。她的脸是圆圆的，还是孩子般的，脸上的表情还是像她小时候一样。女儿没有什么可害怕的，永远也不需要感到羞愧。

乔意识到，如果他能以稍微不同的方式工作，现在这种情况就不会发生。但即便如此，他还是要依赖同样的动物实验的结果，他回答自己说。所有人都在使用彼此实验的结果，包括那些在自己的实验室里没有任何动物的人。这些实验的价值与实验是由谁做的以及他的女儿们对此的看法之间并没有关联。

乔想起了他孩提年代的夏日时光，当他从犹太教堂出来时，迎面而来的微风，感觉就像是芬兰桑拿房里的蒸汽一样热气腾腾。他问爸爸，云层穿过天空之后去了哪里。他想起了他的堂表兄弟以及为成人礼①购置的服装，在纪念向以色列迁徙即阿利亚的关键时刻，应该在讲坛上宣读的希伯来语犹太律法的章节。在宣读期间，他没有去思考自己的承诺和价值观，而是在想他在活动之前与巴里一起吸食了自己卷的大麻，是否每个人都会注意到他有多嗨，然后又想到他希望从亲戚那里得到一个唱机作为礼物，然而这些亲戚会带来像拉比埃利亚胡·布雷沃曼用金字写就的关于圣典的著作那样珍贵并合适的礼物。除了他的叔父亚当，他则会带来一张新的滚石乐队专辑，并向妈妈声称，其中一个乐队成员据说有八分之一的犹太血统。

在他的孩子们身上也正在形成同样沉重的记忆，这些记忆的画面将构成她们的童年，成为她们记忆中生活的样子。在这些想法中有些令他感到苦楚的东西。

在丽贝卡自己的成人礼派对上，她收到了3个苹果随身听作为礼物。

乔关上门，光着脚悄悄地走进丽贝卡的房间，房间的墙壁上挂满了一位受欢迎的年轻电子音乐家的照片。房间里的其他颜色也是根据这位新星的专辑封面而挑选的。节奏蓝调的女歌手已经从她的宝座上撤下，转交给了她的妹妹去崇拜。

当乔打开门时，丽贝卡马上就醒了。女孩一动不动地躺在被子里，就好像不愿暴露自己所在的位置一样。

"什么事？"从被子下面发出声音。

"没什么。"乔说。"睡吧。"

---

① 原文此处为希伯来文 bar mitzva。

"发生了什么新的情况了吗?"

"没有。"

丽贝卡沉默了片刻,然后用近乎窒息的声音说:

"是为了我对丹妮说的话。"

"是的。"

"你来就是要说这件事吗?"

"不是。我只是有点想你了。"

丽贝卡沉默了一会儿。没有好莱坞式样的头发和化妆,她看起来更年轻、一副易受伤害的样子。这是乔记得的女儿的样子。

"对不起。"

"没关系。"

"我不知道我为什么那样做。"

"也许你认为她迟早自己会知道。"

"是的。也许吧。我不知道。"

丽贝卡转过身来,在黑暗中看着他,眨了眨眼。当她转过身来时,被子滑落了下来,丽贝卡一年前背着乔和米里亚姆偷偷在脊椎两侧做的文身露了出来。

号码、条形码,都是自愿接受的。乔对此感到很惊讶。这不过是一种讽喻,丽贝卡像是感觉受到伤害似的叫道。女儿真的是想把自己与一件商品画等号吗?一头奶牛?

你什么都不懂,不管我怎么向你解释!

他感到惊讶的是,文身在他女儿的脑海中并没有与乔的祖父有任何关联,而多亏了祖父,他们现在才生活在这个国家里。女儿没有想过自己幸存下来的亲人、恐怖和集中营、疾病。祖父认为他一生中最重要的职责就是讲述那些数字烙印。看起来链子在我这儿断掉了,乔意识到。

乔年轻的时候曾以为希特勒的纳粹德国是永恒的。但是距离那时也只是过去了短暂的时间。那些曾在法国森林中为自由欧洲而战、在零度以下的严寒中失去脚趾的人继续在各个州聚会。甚至第一次世界大战时的老兵中也有人在不久之前还活着。现实是由一根根线编织而成的，人们在年轻时看不到这些线，但是它们并没有停止存在。

"我不知道我当时在想什么。"丽贝卡又说了一遍。

"我明天再和她谈谈。"

乔吻了吻丽贝卡便离开了，并小心翼翼地在身后关上了门。我的女儿。当他想到这个世界和他的女儿们时，他的心快要碎了。

他想象着自己还记得父亲的声音：那是像水一样漂流的低音符。它讲着父亲的母语，他能听得懂就像能读懂思想一样。

他想象着自己还记得父亲的存在，就像呼吸或者是循环着的血液一样。从照片中，他看到了父亲的脸颊、剃光后仍留有影子的胡子和比院子里其他父亲颜色更深的胸膛。

在一张照片中，他还是母亲抱在怀里的婴儿，在一个岛上爷爷夏季小木屋的门廊里，下午的阳光在岩石洞穴池塘里闪闪发光。父亲的头发中透出一阵清凉的海风，他抬头仰望着天空，一副伤感而无所不能的样子。

在大多数照片中看不见父亲的踪影。在少数几张照片中可以看到一个深色肤色的男性身影，站得离其他人有点远而且影像不清晰，仿佛已经从画面中半隐退了一样。

就是说那个幸运儿可能非你莫属

芬兰赫尔辛基

人们很容易对陈词滥调报以不屑的一笑，如果其中并没有凝结着他们自己的失败。人们只有在失去的时候才懂得事物的价值，塞缪尔与凯尔图·卡洛琳娜·拉敏索持续了两年的恋爱关系，只有在结束之后才开始显得像是在福地一般。他本应该像爱护自己的生命一样呵护它。

清晨的太阳映射出黄色、刺眼的光芒，城际列车飞驰驶过开凿在红色花岗岩上的岩石垭口。以蓝色调为主的针叶林厚实地矗立在铁道两侧，不时地敞开间隙让银光潋滟的湖泊映入眼帘。塞缪尔坐在餐车车厢里，透过车窗眺望着新开垦的耕地和柳荫环绕下的林间湖泊。他已经从保利希①的红色纸杯中喝完了第四杯咖啡，他从身体的颤抖和心跳判断这样做并不明智。

尽管他反反复复地努力，但他大脑中仍然也只记住了两个想法，而这两个想法则像是在酒吧吧台上喝醉了的中年人一样，交替不断地打断对方，声音越来越大，自信地重复着自己的话，却充耳不闻任何反对意见。其中一个想法是，在不久前的春天，甚至到了夏天时，一切都还是那

---

① 保利希，芬兰语 Paulig，芬兰咖啡品牌。

么完美。他在世界上的地位让人感觉就像是芬兰的基本岩石一样不可撼动，但实际上整个建筑就像是——正如它逐渐显现在人们面前那样——用一根根火柴按照自然大小建造的没有用胶粘的圣保罗大教堂一样。实际上这种平衡一直就是极为脆弱和极易垮塌的，当秋天到来时几个看似偶然的周折它就真的崩溃了。这让人感觉似乎既不合理，也完全不符合逻辑，以至于他开始怀疑这个世界一直以来就和他所想象的并不一样。但是，他的另外一个想法如此激烈地缠绕着前一个想法而无法摆脱，与他仍然有微弱的可能性挽救整个局面有关。这将会从最明显的问题即最重要的那根火柴棍开始。当它被拧转到位时，其余的部分则可能会回到正确的位置。这项举措要求他对自己的成功抱有强烈的信心，而一个人越相信自己的机会，成功的概率就越大。这种情况在足球上、在与异性的关系上以及在数学考试中频频发生，因此他向自己保证说，一切都会好起来的。

凯尔图到了于韦斯屈莱[①]这件事，是一个可以纠正的错误。

在高考的那年春天，他感觉最棘手的问题还是女同学维尔玛·尼蒂莱，一个可以利用但又不得不放弃的机会，以及毕业成绩单上唯一得到九分的科目：美术。在考试前夕，空气中已经有了春天的气息，积雪下裸露出的潮湿地面散发着一种清香，早晨在明媚的阳光中开启了新的一天。

在《芬兰画报》发表那篇文章的那天早上，他把一本杂志、一杯热咖啡和一个羊角包送到床上，叫醒了凯尔图。他应该在6点钟起床并去售货亭，然后在凯尔图醒来之前赶

[①] 于韦斯屈莱，Jyväskylä，芬兰中部城市。

到她家。这本杂志是前一天装在一个信封里从他门上的邮件投递口扔进来的,上面写着他的名字。

"为什么从来没有人给我送早餐。"凯尔图的妈妈穿着睡衣站在门口说,一副深受感动的样子。

"这些是我给你带的。"塞缪尔用他最真诚的声音说。

凯尔图的妈妈不屑一顾地挥了挥手,少来,然后让他进来。凯尔图的妈妈遇到有人调情总是很开心。在这些时刻,有些东西也让塞缪尔感到高兴,因为他成功地与一个比他大几十岁的女人建立了这样的关系。他记得有人说过,要想知道女朋友人到中年时的样子,最好方式就是看看她的母亲是什么样,在这方面塞缪尔没有什么可抱怨的。塞缪尔把他湿漉漉的鞋子啪啪地放在前厅里。

一堆熟悉的空葡萄酒和啤酒瓶在厨房的桌子上似乎在用浑浊的眼睛凝视着四周。凯尔图的妈妈迅速将它们清理出视线之外,装作若无其事的样子哼起什么小曲儿。卧室里传来凯尔图继父的鼾声。

"文章是登在这上面了吗?"凯尔图的妈妈问道,从塞缪尔的手中接过杂志,用一个不易察觉的动作关上了卧室的门。

"是的。"

凯尔图的妈妈打开杂志,翻找着合适的位置。塞缪尔的心怦怦直跳。凯尔图的妈妈看着标题,表情显得有点担心,随后又看着塞缪尔。

"我很佩服你的脑筋。"

"嗯,我现在也不知道是否——"

"你保证不会搞砸?"

塞缪尔答应了,尽管他不确定凯尔图的妈妈认为有什么事会搞砸。她把杂志递还给塞缪尔,说她今天下午自己会买一份,下班后再好好读读。

"凯尔图一定已经醒了。"她说,然后开始给咖啡机注满水。

从打开的收音机里传来一个专业、平稳、无所不知的男子的声音充满了公寓:一家研究机构曾预测,在从现在开始的10年内,绝大多数工作岗位将会从芬兰消失,但是如果这种情况没有发生,对经济来说将更具灾难性。

当塞缪尔沿着楼梯向楼上走去时,他听到凯尔图的妈妈在厨房里说:

"你们年轻人身上的一大优点就是,你们还没有对一切都失去希望。"

凯尔图的房间里散发着沉睡女孩的味道,那是一种清纯的希望。塞缪尔在床边等着凯尔图穿着睡衣读这篇文章。清晨的阳光从窗帘的间隙中一缕缕地洒进房间。

凯尔图一言不发地看完这篇文章。然后她用明亮的蓝色眼眸看着塞缪尔,点了点头。

"我说过。"

"是的,你说过。"

"这真是太好了。"

"谢谢。"

他俯身拥抱凯尔图,她的头发因为睡眠乱成一团。突然间,塞缪尔为自己的文笔感到一种与前不同的骄傲,他想起了第一次见到凯尔图的感觉,他鼓起勇气贴近她,第一次把她拥入怀中。

他最初被叫去谈话是因为他所写的作文。

这当然是他自己的错。他要用那种方式去写那样一个题目。当时的情况就像在初中一样。也许不会有课后留校，但谈话的内容是一样的：写东西必须要有建设性，而不是陶醉于过火的说法。这一点他在初中就学到了，他应该向老师提交被简化了的想法，这样他们的发展水平就足以应付了。你不能说这个体系是错误的。而要说，应该要记得回收利用。要将垃圾扔入垃圾箱，要买生态产品。

如果在学校把高考预考题直接送到弗兰岑的格子里，则是自讨没趣。当弗兰岑在音乐课的走廊上看到塞缪尔时，他扬起下巴，脸上带着对年轻人失望的基本表情，用疲惫的食指示意说，过来一下。

很明显，弗兰岑的过来一下的含义是什么：现在你这个乳臭未干的小孩子将会听到，为什么事情远比你所想象的要复杂得多。弗兰岑会解释说，为什么如果我们按照你在这里建议的去做，我们现在面临的灾难将会变得更糟。

弗兰岑教生物学，但是感觉他比社会学老师利马塔依宁更了解社会问题，因为后者总是心不在焉地回答每一个提问：嗯，问得好，我会研究一下在下一次上课时答复你。但他却从来没有搞清楚过。

弗兰岑用疲惫的眼睛看着塞缪尔，严肃地问道：

"这是你这个毛头小子写的吗？"

这一刻感觉压力山大。当弗兰岑用他那双充血的眼睛盯着他，而其他人从他们身边走过去上课时，塞缪尔突然想到了他在生活中的哪些方面有可能会有所作为。

他这个乳臭未干的毛头小子的高考预考作文完全是自己写的：这是弗兰岑难以相信的，而这其中确有一些特别让人感到心满意足的东西。塞缪尔不得不从书包里掏出一篇关于阿克尔洛夫、斯彭斯和斯蒂格利茨研究的文章。幸运的是,这篇文章仍然在他书包的底部,就像所有其他在那里皱皱巴巴的纸张一样,其中最早的是前年的,还有丹尼尔·戈尔曼的书。

弗兰岑皱了皱眉头,看了看那篇文章和那本书,一遍又一遍地问他是否真的读过这些东西——并且是为了什么?在考问完他该问的问题之后,弗兰岑突然站起来说:"我会接受这个。"然后什么也没有解释就带着文章走了。

塞缪尔的生物课分数在那次谈话之后被调高了一分,尽管考试成绩比秋季更糟。

很久以前,他在初中时从爸爸那里通过电子邮件收到了一篇关于阿克尔洛夫、斯彭斯和斯蒂格利茨的文章,用于在国家环境教育周上发表演讲。演讲的题目设定为我们每个人如何能够施加影响。

第一眼看上去,这篇文章完全像是希伯来语——但即便如此,由于爸爸家族的情况,他也应该能看懂一两个字。他一遍又一遍地拼读文章中的准确句子,最终把这些句子都背了下来。尽管他在孩提时代之后就没有再见过他的爸爸,但当他在慢慢地浏览这篇文章时,他很难不去想爸爸也许会为他感到骄傲,赞赏他如此认真地对待自己的作业。虽然这篇科学论文中有许多让他无法理解的内容,但显然也有一些令人印象深刻并肃然起敬、在这个十几岁的少年看来几乎是神圣的东西。在向老师咨询了几个难点问题后,他最终相信自己已经在大体上解读了这篇文章中所说的内容。尽管他一直没有再见到自己的爸爸——如果他不去联系他,他可以肯定他爸爸甚至都不一定还记得他的存在——但他仍然感觉重要的是应做好准备以备不时之需。

在初中时，诺贝尔奖获得者得出的结论并没有登上《芬兰画报》，而是课后被留校，但是到了应届高考那年，当学校布置了预考科目的题目时，他马上想到了这篇文章。

塞缪尔后来听说，在弗兰岑的要求下，社会学和数学老师也看了这篇预考文章。听说他们与弗兰岑的看法一致，认为塞缪尔应该把他的文章寄出去发表。但是直到《芬兰画报》打来电话询问他的税卡号码时，他才意识到这篇文章真的将在印刷杂志上发表。

他的文章不是作为大学入学的考试作文，而是作为一篇单独的文章全文发表了，他还获得了220欧元的稿酬，原因是他对拯救地球需要怎么做提出了自己的想法：他感觉他取得的成绩甚至连他的爸爸都会为他感到骄傲。

这篇文章从根本上讲是对乔治·阿克尔洛夫、迈克尔·斯彭斯和约瑟夫·斯蒂格利茨一些关键性的主要言论的总结，还包括他在丹尼尔·戈尔曼的书中读到的内容。他对自己发表了一篇重复别人想法的文章感到有点尴尬，但对此弗兰岑说，即使是诺贝尔奖得主的想法也很少完全是他们自己的。

杂志社还邀请了一位经济学教授、一个环保组织的主席和经济界联合会的一位拿腔拿调的代表来评论他的想法。（还是叫经济界理事会？这些名称仍然让塞缪尔感到头晕眼花）。他一打开棕色的信封，就开始饥不择食地读起了刊物上那些中年专栏撰稿人的发言。每一个人都像长辈一样认为他的分析尽管有些激进，而且有一定的保留，但值得就此开展讨论。

这显然意味着地球并不会得到拯救，至少如果这只取决于这些叔叔自身的话。

其中有一条评论指出，尽管存在一些实际问题，但是撰写本文的那些聪明而勇敢的应届毕业生正是属于我们这个星球未来所依赖的那一小群人：由于有了像塞缪尔这样的年轻人，我们的地球仍然有希望。

《芬兰画报》中的文章显然给妈妈和亨利留下了深刻的印象。在高考的那个春天，大家在学校里都很清楚，至少在目前这样的情况下要阅读《芬兰画报》。语文老师将这篇文章复印给全年级看。许多不教塞缪尔的老师还专门过来同他谈这篇文章。有人还将文章的扫描版发到了网上。

当然，他当时想到的就是扫描，他在之前曾想到过这种可能性。这篇文章可以翻译成英文并发布到网上。这样除了芬兰人，其他人也可以读到它。一想到这里，他的心就怦怦地剧烈跳动。但是他没有预料到的是，事情后来会发展到那种程度。

伴随着对即将开启的生活的期待，高考前的那个春天过得很慢，胸膛在燃烧。他仍然记得，高考之前的那几周感觉真是度日如年，就像是在荒野中徒步旅行了5天后最后痛苦的一小时。在其他人与老师进行了长时间的交谈后，老师对他只是挥了挥手：你想做什么就做什么吧。当其他人在复读他们的课程时，他却在翻看连环画并和一起踢足球的那伙人玩旱冰球[①]。当学校的毕业戴帽典礼上需要一个特邀演讲者时，人们甚至不记得要事先征得他的同意。这件事直到典礼前一周才被发现，当时校长打电话问塞缪尔是否可以提前听他介绍一下他演讲中的一些要点——那场

---

① 旱冰球，亦称地板球，英文 Floorball，芬兰语 Salibandy，是一种在室内地板上参照冰球规则进行的一种运动。

活动很隆重，听众也很多。

有一个老娘们决定在美术上给他打9分：这当然是一个恶作剧，但却无伤大雅。那些对艺术类课程的打分在很大程度上本身就是很随意的。他也不打算成为一名美术艺术家。

尽管社会学老师利马塔依宁向他建议过，但他知道他不会选择政治学，他也不想选择其他文科专业，语文和历史老师也试图向他推荐。他也不打算按照他妈妈目前似乎在每句话中都强调的那样去做，即事先仔细研究好每个专业在现实中都是面向哪些职业的。妈妈一再要求塞缪尔考虑商学院、医学院或法学院，当没有达到预期效果时，妈妈突然感觉需要一遍又一遍地讲述她儿时的朋友拉伊娅·托米科斯基选择了理论哲学并最终自杀的故事。

春天，万物都是那么清澈，阳光明媚。裸露出来的黑色土地散发出香气，款冬花从潮湿的土壤中钻出芽来。塞缪尔在床上盖着被子先是准备高中毕业考试，然后再准备大学入学考试，并通过数字机顶盒观看足球比赛。他知道自己与那些留在岸上选择放弃的人相比，只需要读一半的书就可以进入大学学习生物学，而后来的情况也正是如此。

夏天也变得温暖起来，没有了烦恼，当手头有足够的事情要做时，他在大部分时间都不必想着毕业戴帽典礼的事了。他活跃在篮球场上，沥青灼烫着脚底。他在多略湾草坪上与一群高中同学一起野餐了很长时间，似乎预示着今后一生都会摆脱成年人和职责的管束。他和凯尔图一起带着凯尔图的小狗遛了很大一圈，一路上小狗摇晃着自己的小身体，在沟渠边沿和路灯灯柱底部到处嗅着它的狐朋狗友的踪迹。有时，当亨利轮到晚上值班，而妈妈则在图书馆和家政咨询协会履行一名作家捍卫自由世界不受狂热分子侵袭的使命时，他和凯尔图则在家里看护着那对小兄弟。夏日傍晚粉红色的阳光下，新割的草地散发出青草的香味，他在自家后院驾驶着一艘海盗船，当4岁和6岁的大白鲨们满头大汗地展开进攻时，而凯尔图则被绑在桅杆上等待着英雄救美时，他的内心充满了自豪。在那些时候，他甚至都记不起来还有毕业戴帽典礼了。后来他有很长一段时间一直感到那些炎热的初夏夜晚是他一生中度过的最好的时光。

凯尔图在整个夏天也都没有强迫他谈谈大学生庆典活动，一次也没有，因此他对凯尔图很感激。虽然凯尔图没有另外说什么，但从她的眼神和触摸的感觉中可以看出来她懂得他。

7月的阳光洒在凯尔图的皮肤上发出清香，床垫下面是努克西奥国家公园疙瘩状的地面，蚊子在帐篷里嗡嗡地叫着，湖水在仲夏夜里闪闪发光，傍晚他们在篝火旁品尝冰镇的啤酒，就像是有生以来第一次：毕业放假了，他们终于参与了游戏，比如通过他发表在《芬兰画报》上的那篇文章。世界上的问题都是由前几代人造成的，只能感谢爸爸和妈妈，只能感谢祖父和祖母，但现在轮到他们了。一切皆有可能！一切都会完全像应该的那样，而且会更好，最重要的是，从现在起一切都只会变得越来越好。生活会像在高中时那样继续下去，并且只会更加自由、更加完美。

凯尔图当然早在夏天就说过她要离开了。

凯尔图还试图与他深入探讨一下她从于韦斯屈莱大学生物与环境科学系获得的录取通知。显然那里有世界上应用性最强的学习模块或研究小组,据说连赫尔辛基都没有。但是每当凯尔图要谈谈去于韦斯屈莱学习的计划时,总是会有一些别的事情发生,比如他要去参加旱冰球比赛或者去出席啤酒品尝晚会。为什么女人总是在有重要的事情发生时要开启一场严肃的谈话?

　　他感觉如果因为事先操太多的心而毁掉了自己的生活是不明智的。如果凯尔图想去于韦斯屈莱学习,她当然就会去。为什么要征求他的意见?这是凯尔图的选择。如果凯尔图不想保持异地关系,那么从凯尔图的角度看这对她来说也许就不是最佳的选择。人生会有各种各样的阶段。提前用一个协议约束自己并不是一个好主意,尤其是在双方生活都会发生变化的新情况下。他们两人在即将到来的初秋都会遇到几十个、几百个新朋友,应该与他们在没有任何预设或承诺的情况下结识——当然对他们来说每天都看看事情进展、循序渐进地观察彼此的发展将会很明智。他们怎么能事先知道在他们关系中的这些重大变化会对他们产生什么影响呢?他们相识时彼此都还那么年轻,还处在一个十分敏感的年纪。

　　每当这样的时刻,他会注意到凯尔图的眼睛里现出一丝悲伤,整个晚上房间里不时有一种朦胧的感觉。他自己也或多或少地意识到这种变化真的会意味着一些事情将发生改变。尽管他并不同意凯尔图的说法,即认为他已经开始把她理所当然地视作自己的女朋友了,但后来他也不得不承认,在那些日子里他可能过于专注自己的事。也许关于凯尔图要离开的想法与他另一个转瞬即逝的念头交织在一起了,那就是在开学后他会很快与一些年轻大学女同学交往甚至可能建立起亲密关系。

直到他看到凯尔图把冬天的衣服、瑜伽垫和行李箱拉到自家前厅，身上穿着天鹅绒裤子、60年代的花衬衫和跳蚤市场淘来的夹克，眼里噙着泪水登上了一辆沃尔沃旅行车，情况才最终完全明朗。凯尔图的妈妈要开车把她送到她的新的落户城市。

"拜拜，塞缪尔。"

凯尔图从汽车打开着的车窗挥舞着她的小手。凯尔图的声音富含感情、有点失衡。时间是9月，一些枫树叶子已经开始变成金黄，欧洲花楸树的浆果挂上鲜亮的红色。虽然天气还不是很凉，但凯尔图已经戴上了手套，这突然让塞缪尔感到喘不过气来，他正在失去所有这一切。他感到浑身发冷，他在收到短信后身上只穿着一件T恤就从家里一路小跑过来。在短信中，凯尔图突然告诉他，她今天就要永远离开这个地方了。

离别就在今天：从某种意义上说，这或许可以解释为什么凯尔图昨天晚上就像一只小鸟一样一直趴在他的背上静静地哭泣。

"我们可不可以……我们要不要这个周末一起去看电影？"塞缪尔问道。

凯尔图的脸上所有不信任、失望和困惑的感觉交织融合在一起，按照著名的女权主义理论这通常是离婚前的状况。

"塞缪尔！"

"你是说……"塞缪尔咽了一下口水。"你是说周末都不来了？"

凯尔图闭上眼睛，静静地说："从某种意义上讲，这就是我整个春天和夏天一直想告诉你的。"

"嗯,不过还是会在什么时候来?"

"当然,圣诞节的时候我肯定会过来。待一段时间。"

塞缪尔盯着凯尔图。

"圣诞节时?"

所以说这就是凯尔图前天晚上也曾想找他谈谈的那件事吗?那时电视上英超比赛刚刚开始,曼联对阵曼城。

也许我应该放弃看比赛。

"过来。"凯尔图说,这次声音很轻柔。

凯尔图带着歉意地看了一眼坐在驾驶座上的妈妈,然后把手从打开的车窗伸出来触摸着塞缪尔的脸颊。她的触感柔软而熟悉。当它消失不见时,我将会怀念每一件事,这句话在塞缪尔的脑海中闪过。

"祝你秋天过得愉快,塞缪尔。并祝你有一个美好的大学第一年。回头告诉我一切都开始得怎样。"

"凯尔图……"

"塞缪尔,我们俩对所有的一切都有着美好的记忆。"

"现在先不要这样。哎。让我们再聊一聊,就一小会儿好吗?我想……我们所有的事都还未定呢。哎,凯尔图。凯尔登斯特姆。求你了。"

可是凯尔图把目光转向风挡玻璃,默默地向她的妈妈点了点头,她妈妈在驾驶座上很有分寸地静静听着,眼睛看着其他地方——正如塞缪尔后来了解到的那样,尽管据说她一直挺喜欢塞缪尔的,但是仍强忍着心中的愤怒。她的妈妈将钥匙在点火器中旋转了一下,沃尔沃旅行车"轰"的一声就急不可耐地发动了。

塞缪尔无助地看着汽车从院子里拐到街上,朝着四号公路和曼寨莱与拉赫蒂方向驶去,这是一条通往于韦斯屈莱的高速公路，而于韦斯屈莱就好像是一个位于东部边界后面或者另外一个大陆上的地方。

塞缪尔独自一人在院子里的汽车甬道上伫立良久，直到邻居家的老太太从窗户里不时向他瞥去愤怒的目光后，他才不情愿地走了出去。在凯尔图·卡洛琳娜·拉敏索曾经住过的家的院子里，树上的苹果在9月的阳光下闪耀着金黄色的光芒，果实成熟了。

列车餐车在离开赫尔辛基时还是空无一人，但现在几乎每张餐桌都坐上了人。每个人似乎都在咖啡的陪伴下做着同样的事情，身体微微前倾不停地刷着眼前闪闪发亮的数字屏幕。

塞缪尔看着他们，希望火车司机能够踩一脚油门或者按一下火车上应该按压的任何东西，因为现在每过一分钟都会增加凯尔图轻率做出什么不利于他们俩关系事情的可能性。

这个想法不停地困扰着他，他不禁感到自己的腹部一阵阵揪心的痛楚，这与他同凯尔图之间的事已经不大可能再取得和解有关，即有些东西已经不可挽回地破碎了。这个想法对他来说实在难以承受。他想把它从脑海中驱离开来，专注地盯着窗外凌乱的柳树枝在铁轨两侧不断地飞速闪过。

前一天晚上，他意外地收到了维尔玛·尼蒂莱发来的短信，询问他一切可好，塞缪尔是否有兴趣哪天一起喝个咖啡，没准他碰巧今天晚上就有空。如能见一面就好了。

维尔玛·尼蒂莱是一个可爱的同年级其他班的同学。一年前，塞缪尔被困在电梯里，当电梯停电陷入一片黑暗时，他与她交换了几个令人陶醉、受之无愧的舌吻。由于凯尔图也在同一部电梯里，而且灯光就像熄灭时一样没有预警地再度亮起，情况变得十分复杂。电梯停了不到一分钟，正如凯尔图后来反复主动地告诉塞缪尔：不到60秒钟。

那是一个高二升高三的传统聚会派对，凯尔图一开始就很生气——也许是因为塞缪尔参加聚会时就已经晚了两个小时。但是由于要让外公看到他穿晚礼服的样子对他来讲很重要，他便在路上去了一趟养老服务之家看了看外公。另外，据说对凯尔图来讲也很重要的是，她不应在打扮得漂漂亮亮和做好头发后，在2月的雨夹雪天气中穿着厚重的天鹅绒裙子并佩戴传统舞会其他的零碎装饰，独自一人在街角等候，而且是白白地等候——因为塞缪尔根本就不记得向她提及，如同凯尔图所表述的那样，他们商定好的约会无法再安排进这位先生的时间表了。

不可否认，这听起来太欠考虑了。但是他确实已经不记得很早以前他与凯尔图之间就商定好的约会，一直到他来到养老服务之家外公处，在那里他当然立刻就看到门上贴着一张纸，上面在一张旧手机图片上画着一道红色斜线。这在他与凯尔图之间还引发过一场争吵，即有多少老年人的心脏起搏器真的会因为一条短信而发生爆炸，以及尽管有这种风险是否还值得发送这样见鬼的短信。但是外公早在几年前就要他发誓一定要来看他。塞缪尔想尽可能多地去看望外公，外公现在连岛子也不能上了。塞缪尔认为他事先确曾也向凯尔图提到过他要提前去看望外公，或者说尽管他有这样的打算，但是最终他还是忘掉了，他真诚地对此表示道歉。

他与维尔玛·尼蒂莱之间发生的那件事，他也不得不花好几天时间来处理。起初看起来，他的道歉和新鲜的百合花束似乎并不足以弥补已经造成的伤害。他是这样和那样的人，他从来没有这样或者那样做过，他有一种难以置信的倾向，然后又发生了这件事，现在连凯尔图都不知道她是否能看出什么名堂了，因为这件事从一开始就成了这样，你知道吗？但是，当凯尔图的继父在随后的星期六下午拎着一袋啤酒爬楼梯时发生了心脏房颤，瘫倒在地上，被救护车送往医院——这本身并不是什么好事——凯尔图则突然在星期天的晚上站在塞缪尔的家门口哭个不停，并满脸忧伤地扑进他的怀抱，渴望得到他的安抚，就好像他们之间从来没有发生过任何争吵一样。

那天晚上，凯尔图在他的怀里比以往任何时候都更加温柔、更加顺从，他在心底承诺，他再也不会做任何伤害凯尔图的事了。但是幸运的结局又不禁让他想到，在电梯里亲吻维尔玛·尼蒂莱是否最终仍是一场灾难，也许蛋糕有时既可以吃也可以留存起来。

然而，第二天早上，他感到有什么东西明显不同于以往了。凯尔图身上有一种沉思冥想、心不在焉和拒人于千里之外的感觉。塞缪尔除了将其解释为其继父差一点儿就死掉，无法与其他的事情挂钩。

可以肯定这至少是部分原因。

喝完咖啡后，塞缪尔从列车餐车回到了他在客座车厢里的座位上。在那里伴随着列车车轮的咣当声，他在旅途余下的时间里听着两个担任家庭互惠生照顾孩子的女孩在探讨，为什么人们在谈论虱子时会感到皮肤发痒，而当自己头皮上爬满了虱子时却没有痒的感觉。

奇怪的是,他还没有收到妈妈的任何消息。塞缪尔在桌子上留下了一张字条:早上你去送小马达吧,我临时有其他事,塞缪尔。他知道妈妈会着急,我们有些人是有**工作要做的,你明白吗**?她必须在特定的时间**去那里,你承诺过要处理好**这件事的,你明白吧?但是对妈妈来说,有那么几天开车送一下那些小海盗也是一件好事:责任有利于成长。那些孩子是妈妈你生出来的。此外,在那个房子里大概还住着一个爷们,一个长着胡萝卜胡子、戴着眼镜、名叫亨利的男人,小马达们是他的种,他好像是他们的爸爸。

亨利确实想成为一个性情敏感且可以与之谈判的爸爸。4岁和6岁的孩子能够在和他们敏感的爸爸谈判时轻松地将五桶半升装的皂液倒在起居室的地毯上,然后用小铲子把他们从外面运进来的沙子均匀地铺在客厅的扶手椅上,再用厨房里的地毯剪出一面海盗旗。在亨利负责照看的那些晚上,感觉这些小伙子经常要么没有吃维生素D,要么忘掉了看电视的规矩,推迟了就寝时间,因为亨利必须要处理他在接诊时或生活中遇到的异常感情体验。由于亨利不想在情感中扮演执掌大权的角色,据说这是不负责任的,甚至是危险的,在那些晚上之后,尤其是乌科会在第二天表现得暴躁不安,晚上则会往墙上蹭。也许有人会这样解读,这表明让小伙子们早点上床睡觉比处理情感体验更为重要,但对亨利来说,这证明了在哺育工作中陷入情感该会是多么危险。在那些夜晚,如果塞缪尔没有想到要为自己找点事做,他就会亲自参与亨利的自我反思过程,听亨利诉说他是如何想成为一位情感权威专家,对儿子们的需求保持敏感，以及处理这件事的过程有多么重要。亨利肯定是一位称职的心理治疗师，或许正是他所有的处理过程的缘故，这似乎也可以从他不断地获得病人的赞扬和礼物中得到印证，他自己当然想努力淡化这一切。可以肯定的是，那些占据了他们公寓一半墙面、长达数千延米书架上那些关于如何对精神病患者和精神不稳定人员施以富于同情心护理的书籍，对亨利很有用途。这些书至少花了他们一半的钱财。

由于妈妈晚上像一个作家那样用越来越多的时间去捍卫美好事物和对抗邪恶，塞缪尔认为他最明智的做法是每当他碰巧在家时就会给小伙子们读一个睡前故事，并监督他们好好喝完粥，并且不要在熄灯后再溜到床底下玩"冒险的危险"或者"大草原上的生活"。这样亨利就有更多时间来关注餐桌上的椅子，与这些椅子进行换位，训斥他看不见的主管并进行处理。

但是现在他们将不得不在没有他的情况下自求多福了。

塔伊斯托出生以后，妈妈就开始把塞缪尔看作一个像是滞留在公寓里四处闲逛、讨人嫌、半生不熟的客人一样。他本来很想把婴儿抱在怀里，学习如何换尿布，把这个可怜巴巴、浑身皱褶的同母异父的小弟弟放在他的婴儿床上睡觉，但是他感觉每当他走近婴儿时妈妈似乎就会很烦恼。他不清楚是因为妈妈不放心他与婴儿在一起，还是因为妈妈自己暂时还一刻都无法离开这个襁褓。

塔伊斯托出生时，他已经13岁了。在塔伊斯托出生以后，原来一直很在意自己外貌以及别人对自己看法的妈妈，一夜之间就完完全全地变成了另外一个人，她不再化妆，而是穿着宽松的运动服，对别人的提问心不在焉地微笑着，并经常忘记去塞缪尔学校参加家长会。她不再在电话里与尤莉娅谈论那些漫无边际的话题，而都是关于吸乳器、睡梦学校的事以及塔伊斯托拉的粑粑终于变得有一点儿干了！当塔伊斯托在半夜哼叫时，妈妈叫了一辆出租车，怀里抱着婴儿、紧闭着嘴唇，与亨利一起连夜赶往儿童医院的急诊室。

"你猜猜是怎么回事，塞缪尔，"妈妈和亨利对他说，"他也许只是有点感冒。"他们回来后叫醒了塞缪尔，站在塞缪尔房间门口，因为松了一口气而感到有些激动。

婴儿出生后，妈妈的全部身心都沉浸在生活有了目标的幸福之中，这当然是一件令人快乐的事情。偶尔，他感觉妈妈甚至还意识到，她的第一个孩子，一个从她以前生活遗留下来的正处在讨嫌的青春期的小东西，正面临着陷入新生婴儿阴影之中的危险。于是，妈妈建议在周五晚上租一部电影看。塞缪尔可以选择一部片子并一起观看。这样不是很有意思吗？他们也正是这样做的。妈妈在看电影时从来没有超过15分钟。两个小时后，当塞缪尔在电影结束后关掉电视时，妈妈在沙发上从张着嘴打鼾的声音中惊醒。

"对不起，"妈妈说，一边擦拭着自己的嘴角，"我想我看到最后时稍稍睡着了。"

他当然明白这些：妈妈经常要在夜里醒来哄婴儿，早上五点半就要起床煮早餐粥。

在认识亨利之前，妈妈的生活多年来一直在单位、电视知识竞赛节目和偷吃巧克力之间安全地循环着。晚上当他上床睡觉时，他听到妈妈在墙壁的另一侧悄悄地哭泣。

星期天，妈妈会与尤莉娅打两个小时的电话，谈论她所缺少的东西，并在紧闭的房门后详细解释了她两个月前与酒吧里见到的一个可怕的陌生男人差一点儿发生性关系的事，她叹着气对尤莉娅说，她仍然感到自己很脏。难道这就是生活应该有的样子吗？难道现在就应该是这样吗？妈妈每个星期都会向尤莉娅描述她如何不知道将怎样度过自己的一生，而这显然正是妈妈想要过的生活。

妈妈在电话里对乔大声斥责，只要她有点小借口就会把他当成一个男人、一个爸爸和一个人这样去做。这让塞缪尔感到很惊讶。离婚已经好几年了，妈妈还那么生气？这也让他很羡慕妈妈。至少妈妈在情感上有一个真实的人作为对象。而他的角色只是去思念一个抽象的概念，为某人的缺失而感到失落，为一个空虚的痛点而感到烦恼。

看到妈妈疲惫的脸，他常常有一种想拥抱她的感觉，想对她说点什么好话让她情绪好些。每当他成功地让妈妈笑了起来，他总会感到很满足。为了减轻疲惫不堪的妈妈的负担，他学会了把餐具装进洗碗机，自己去参加足球赛。塞缪尔你能不能设法在训练结束后去一下商店呢？你可否带两桶牛奶和一个面包回来？如果你想到了什么的话，也许还可以为明天再买点食物。家里大概什么都没有了。对不起，塞缪尔，但我今天实在是太累了。哎，还有巧克力，好吗？

那种笼罩在妈妈身上的灰暗、垂头丧气的放弃感很难说是属于妈妈个性的一部分还是与爸爸的离开有关——塞缪尔在后来的某个阶段开始这样想。妈妈从来没有说过或者做过什么特别的事情，没有像奥利维亚的妈妈那样因为流感而不去上班，没有因为吃着药讲起话来嘟囔不清，也没有像凯尔图的继父那样每天晚上把自己喝得酩酊大醉。但是，即使妈妈在晚上不再哭泣，不再与尤莉娅谈论心里少了什么东西，从什么地方仍然能看出来她的低落：从她嘴边的故事情节，从她在每天下午二点准时倒好午后咖啡的方式，从她坐到电视机前扶手椅上发出叹息的样子，似乎在这一切中有一个声音在悄悄地说，现在看出来了。

塞缪尔已经开始希望妈妈能再找个什么人。当什么都没发生时，他感到很担心。妈妈大概不是为了他而一直保持单身吧？他一直想找一个合适的方式向妈妈提出这个问题。妈妈可能正处于那种对性和约会开始感兴趣但仍然感到遥远或尴尬的发展阶段。

当长着胡萝卜头发、充满同情心的亨利出现在厨房里并用手抚摸着自己的胡子时，妈妈的疲惫感开始消失殆尽了。忽然之间，妈妈晚上不再懒散地靠在沙发上，脸上带着一副无所谓的表情吃着巧克力，而是手里拿起一杯红酒，精神焕发地前倾着身体与亨利进行大人之间的深入对话。亨利戴着一副眼镜，不停地点着头，在他周边营造出一种宁静的治疗氛围。

亨利和妈妈年龄一样大，英俊潇洒，显然是世界上第一个能理解妈妈无休止的自我反省和抱怨缺失某些东西的人。或者说亨利也许不过是——正如塞缪尔后来所想到的那样——全国最为训练有素的专业人士，可以脸上带着理解的神情倾听陷入歇斯底里般无休止自我反省的女人。塞缪尔起初也感到很新鲜，亨利对他们的事情竟是如此感兴趣——那种专注、一切尽收眼底的眼神！他怎么能够一直坚持下来的？亨利总是愿意听取他们的想法，全面权衡利弊，提出使情况更加清晰的问题，即使在半夜也仍然愿意思考自己的态度。

亨利是他所在领域的某种领军人物，他参加了一些协会的理事会，并且由于他的职位签署了声援精神病患者并反对社会不平等的一些声明。亨利每周都会向坐满大厅的女性讲课，她们都戴着丝巾、有着复姓，她们想要发展自己，并且有着满满的兴趣了解一个竞争激烈的社会是如何影响到儿童，以及为什么抚养者有如此大的风险会受到情绪影响。亨利从不生气，亨利从未受到过谩骂，亨利从不做出不公正的行为，亨利只是有时会受到情绪影响。虽然亨利有时会想象着他的工作主管晚上坐在那把椅子上，而他自己又是独自一人在房子里时，他会对着那把空椅子大声咒骂，不过亨利并不是对他的主管生气，亨利只是想要反思一下。亨利开着一家价格昂贵的私人诊所，并驾驶着一辆污染严重的超大型汽车，他称之为身体的延伸。但是，如果亨利的心脏没有错位，如果妈妈喜欢亨利，塞缪尔又有什么可以责怪他们的呢。

在认识亨利之后，妈妈身上似乎只有一件事情没有改变。当说起爸爸时妈妈的声音仍然会显得紧张，这也会让塞缪尔感到胸口有什么东西在抽紧。

当塞缪尔有时问妈妈她是否希望他的爸爸留下来时，妈妈回答说：

"这不会改变任何事情。"

他有时问为什么他的爸爸和妈妈会离婚，对此她回答说：

"你爸爸看重的东西和我看重的完全不同。"

虽然妈妈不愿意多谈爸爸或者离婚的事，但塞缪尔设法得出一个结论，即美国的生活与这里不同，肤浅、以事业为导向。

当乌科出生后,妈妈和亨利不再因为婴儿的每一次生病而精神崩溃。这其中有一些令人欣慰的地方:即使是40多岁的人,似乎仍然能够学习新东西,至少是在迫不得已时。在白天午休的时候,他们俩谁都不会再过来把婴儿叫醒,好看看他是否还在呼吸。

在有些日子里,妈妈的行为会让人远远地想起一个健康的成年人的样子。有那么一会儿塞缪尔会认为,妈妈已经变得基本正常了,他在青春期后期的一部分时间也许可以伴着父母而行,而通常情况下这会令他感到羞耻。但很显然,这对作为父母的妈妈来讲还不够。重新上班后,妈妈把打破她当时所达到的尴尬极限当成自己最重要的一项工作。

起初,妈妈在工作中不知是从哪里听说发明了互联网。开始时她对此感到非常开心,然后就变得有点过分激动了。那可是一个任何人都可以写东西的地方!当妈妈难以让外部世界认同她在道德上针对互联网的愤慨时,她不满地嘟囔着说她那个时代的芬兰人不够宽容,然后开始晚上在亨利的旧笔记本电脑上敲击一些她不允许别人询问、假如被打断会大光其火的东西。当妈妈暂时停止了世俗的打字后,她并没有变成一个正常情况下会感到害羞的人,而是成为一个现在颇受追捧的作家和受欢迎的对话者。在照片中,她在空中用手托着下巴,嘴唇涂得红红的像是命中注定一样看着照相机的镜头。

成年人所做的一切,都是在大声诉说着他们并不清楚后代在初中无情的柏油院子里为他们的轻率行为付出了怎样的代价。幸运的是,当妈妈的书出版时,塞缪尔已经上高中了，那里的氛围更加自由，但这只是他运气好而已。妈妈似乎在向任何她想去的方向折腾，而不管他的情况如何。

塞缪尔事后想，也许妈妈的奇怪转型从一方面也影响到自己的青春期。作为抗议，他曾经与同年级其他班的坏孩子一起吸入丁烷气体，并从一座桥上向下面刚刚从隧道里驶出的地铁车厢扔石块。在学校，当老师们问他最近怎么样时，他假装在沉思良久后将经过字斟句酌的细节告诉老师，他已经开始在通过割伤自己进行自残了。他想看看，这位深受大众喜爱的作家在接到学校打来的电话后，是否会再度变成妈妈。令他感到欣慰的是，这一招看来经常会奏效。有一次他与小伙伴成功地击中一辆地铁车厢，警察在地铁站附近轻而易举地抓住了他们。幸运的是，除了挡风玻璃被砸裂，没有造成更严重的后果，但他们还是要去一趟警察局，要态度诚恳地做出忏悔，并由妈妈支付了赔偿金。令他感到安慰的是，那天晚上这位"备受欢迎的演讲人"没有能出席在区图书馆举行的讨论会。看起来，如果要想把妈妈从她的平流层上拉下来，只需要稍微做出些努力就行。

现在对于"备受欢迎的讨论对话者"和从事培养治疗师工作的亨利来说，这个帮手与小马达们在一起相处得挺好，不像塔伊斯托还是个婴儿的那个时候。他对在家里帮忙并没有任何反感：踢足球只是很有意思，而他自己也很乐意读一些关于异龙分布地区和双髻鲨交配的故事。他现在坐在哐当哐当的火车上，还记得他高中时期最快乐的时光是星期天早上在院子里与凯尔图和小家伙们一起度过的。每当乌科看到球时总是在喊弟弟！塔伊斯托则会展示他与鬼怪进行搏斗时的慢动作。

那些时刻对凯尔图来说一定也很重要，塞缪尔在火车驶近于韦斯屈莱时想。只要能和凯尔图把这些事情谈透，一切问题都会迎刃而解的。

当他早上抵达于韦斯屈莱时，塞缪尔自己也意识到他其实并没有必要把转速调得太高。他整个晚上都没睡，心脏在涡轮增速档上激烈地跳动，血液中流淌的咖啡因导致脸颊上的小肌肉不受控制地抽搐起来。出于某种原因，凯尔图显而易见对没有事先通知就在学生宿舍门口看到他并不感到高兴。而也是出于某种原因，塞缪尔一到门口就立即开始挤对凯尔图的新落户城市，这似乎更无助于改善当时的局面。于韦斯屈莱素以芬兰的雅典著称，在这里讲的芬兰语是芬兰最纯正的，这里的大学也是芬兰最成功的，并以其强烈的民族责任感而闻名遐迩。尽管塞缪尔确信，在适当的场合下，凯尔图也会像任何心智正常的人一样，为于韦斯屈莱人无意间表现出来的诙谐而感到欣喜若狂，但现在凯尔图并没有被逗乐。

他坚持要留下来，而且差不多是要强行睡在凯尔图宿舍的地板上，但这并没有立即让凯尔图对她曾经做出的决定感到后悔。当他试图要触碰凯尔图时，她立即躲闪得更远。当晚上睡觉时，他爬到凯尔图的床上想睡在她旁边时，凯尔图用令人痛苦不堪的空手道一脚把他踹到了地板上。

这与他们之前的任何一次争吵都完全不同。以前凯尔图总是在瞬间就变脸，为一些琐碎的事情而大发雷霆，比如为了他与玛丽卡·赛德斯特姆在希耶塔涅米海滩[①]接吻的事，

[①] 赫尔辛基一个著名的海滩。

但第二天或最迟下一周就会在得到适当的安抚后得到平息。

现在的凯尔图冷静而坚定,她的态度不再冷漠而是均衡平和,不再无情而是坦率直接。这种态度带有某种令人生畏的成人气质和让人感到恐惧的成熟气息,完全不属于一个刚满19岁的人。塞缪尔想要唤回那个在高峰期公共汽车上涂着睫毛膏的青春期少女,当塞缪尔唱着"小鸡鸡、小鸡鸡、小——鸡——鸡"时,她不由自主地在图书馆里咯咯笑得很大声。但正如接下来几天在这个不大的学生宿舍里所显示的那样,凯尔图不可能再被他劝说变回到从前,因为凯尔图要去上新生引导课、熟悉一下图书馆、参加在什么破地方举行的新生晚会、试穿没劲的背带服,总之她要去太多的地方去见太多的人,而这些对塞缪尔而言都没有什么意义,但听起来却有一种不祥的征兆。

他离开得太匆忙,以至于他什么都没来得及拿,没有电脑,没有书,也没有衣服。妈妈现在试图每隔10分钟就给他打电话和发短信——她当然想知道他在哪里,担心他,并盼望她的小仆人来帮忙看护她的孩子,以便可以更加全身心地投入红十字会专家和深受喜爱演讲者的角色。塞缪尔把手机一直设为静音,坐在凯尔图的宿舍里,穿着他那件褪了色的凝固汽油弹死亡T恤和同样款式的牛仔裤,因为他没来得及带上换洗衣服。

他吃着从橱柜里找到的鹰嘴豆,一次又一次地反复尝试看能否把凯尔图电脑的密码破解出来,密码看起来已经更换。密码不再是Samuel1、ILoveSamuel1或者Kerttu<3Samuel,这本身就让他感到十分沮丧。

感到了厌倦之后,他开始在这座错误的城市中冒着秋雨在街道上徘徊,街上陌生的人们像机器人一样匆匆来往。

这种画面会让任何人都感到情绪低落。他真想躺在柏油路面上。

他晚上试图与凯尔图谈起这件事，但凯尔图看起来对他的痛苦并没有感同身受。

"你不觉得你应该回到赫尔辛基去吗？"

"如果你和我一起。"

凯尔图叹了口气，没有回答。凯尔图回来只是冲个淋浴。现在凯尔图已经化好了妆准备出门，看起来比以往更加清新、更为可爱。她在皮塔饼上涂上鹰嘴豆泥，匆匆忙忙在中间夹上豆腐片。搬到这里之后，凯尔图在她可爱的浅色长发前面剪了一个看起来很性感和富有异国情调的刘海。一个新的发型、一座新的城市、一种新的生活，让凯尔图的脸上闪耀着一种前所未有的、可怕的自信，拥有了一种塞缪尔从未见过的内生目标，这是一个不可逆转的灾难。她的头发上还出现了一条用丝带扎着的深蓝色小辫，据说这样的辫子在同一个场合还有一个名叫莫希斯的长发男子也扎了一个，他显然是一个给人以深刻印象的人，凯尔图的辅导员，某种小希特勒式的人物，当地尤根风格小组的领袖。

假如我能够像我的小弟弟乌科那样在与女人相处时既有信心又有决心就好了，塞缪尔想。乌科爱上了4岁的海莉·居莉基，他毫不犹豫地采取了行动。

"你是不是也要开始上一些新生引导课？"凯尔图问道，"你怎么还有时间在这里闲逛？"

从凯尔图的每一个动作中可以看出，她将会在几分钟后离开，这让塞缪尔事先就感到了伤心。

"如果你错过了所有的东西，你不会感到难过吗？你作为大一新生可只有一次。"

"没有你，这些东西对我来说都没有意义。"

"我认为还是有意义的。至少在我们那儿大家的感觉都好极了。"

"很高兴听你这么说。谢谢。"

"你会喜欢所有这一切。每个人都会喜欢你。你就是这样的人。你只要把自己硬拖过去，你在那里就会立刻获得一千个新的小伙伴。"

"我不想要他们，我只想要你。"

"你多有吸引力，哪一个生物系的小姑娘会在那里的第一部电梯停下来后立即吻你。"

"我想吻你。"

"我们学院的院长刚刚向全院教职员工发表了开学致辞，是那种超隆重的仪式，很棒的感觉，就像我认为大学里应该有的那样。大体上就是亚里士多德、牛顿和现在的你们。当那些课程开始时，当新生们在下周——"

"凯尔图你不来赫尔辛基吗？"

"塞缪——尔！"

"好吧，不过——"

"我不是已经都好好说过了吗——"

"你是说过了。你是说过了。可是——"

"你能不能就信一次我说的话？"

"听我说，在赫尔辛基也可以学习生物和环境学啊。"

"塞缪——尔！"

"好的，好的。"

宿舍的门发出哐当一声，凯尔图带着皮塔饼和刘海离开了，去见她的新朋友去了，同他们在一起她不必摔门。

妈妈又在试着给他打电话，仍然是一次接一次不停地打。铃声一停，新收到的短信就会在电话上闪烁，紧接着就会哔哔地提示来了新信息。

在某种意义上，他曾答应过妈妈他会在每天早上送他的小弟弟们去日托幼儿园。但是他当时无论如何也不可能知道会出现这样的不可抗力。

塞缪尔关掉了电话的电源。

临近周末，终于有一天晚上，凯尔图没有急着要上的课，而当她回来的时候心情也似乎稍好一些。也许这也是由于塞缪尔意识到他应该改变一下策略。

他把凯尔图室友堆成一堆的比萨盒和散发出臭味的垃圾袋从厨房里拿出来扔到垃圾桶里，修好了浴室橱柜半悬着的柜门，清洗了抽水马桶，擦拭了澡盆，买了一大束红玫瑰和一瓶贵得离谱的阿根廷红葡萄酒，并为凯尔图准备了一顿饭，其中包括用醋腌制的鲭鱼——尽管凯尔图基本上是一个素食主义者，但她偶尔也会吃鱼——还有竹笋沙拉配腰果，蒜蓉油拌牵牛花，用新鲜薄荷和香菜调味的清炒蔬菜，用生姜、柠檬草、香菜根和辣椒加青柠片炒的豆腐。他还不得不为公寓买了一个炒锅，这似乎让凯尔图的室友们特别高兴。

凯尔图最初表示拒绝，但经过长时间的劝说之后同意尝尝。令塞缪尔感到高兴的是，凯尔图不得不承认，塞缪尔腌制的鲭鱼还真不错，尽管他作为男朋友完全是一坨屎。在吃饭的时候，凯尔图强迫塞缪尔答应她再也不要这样做了，而是要早点离开，最好明天就回赫尔辛基，因为凯尔图必须要开始适应没有塞缪尔的新生活，而如果塞缪尔仍然躺在她的地板上，这就不可能真正实现。塞缪尔立刻满口答应。通过佳肴美酒，其中包括酸性适度的阿尔萨斯雷司令辅佐开胃菜——如果没有妈妈的维萨信用卡副卡他就麻烦了，他设法让凯尔图逐渐被原先共同经历过的小故事逗得开心，这些故事巧妙而恰当地在不知不觉间突出了一点，即在凯尔图新的、华丽的环境中，没有人能像塞缪尔这样了解她。其实也不可能会有，他希望凯尔图能在自己的脑海中再追加上这一点。塞缪尔也提到，仿佛是在不经意间偶尔想到似的，世界上没有一个女人像凯尔图那样幽默、聪明、善解人意、热情、迷人、有判断力、优雅、美丽、性感、考虑周到，对塞缪尔来说也没有任何人像凯尔图那样既有身材又有感觉。这只是一个不偏不倚的事实，当然这并不意味着凯尔图不应该完全按照自己的意愿和决定去生活。但是，**如果**——请注意**如果**——凯尔图恰巧最后也认为，他们也许还不应该完全彻底地分手，而是继续他们之间的关系，譬如在友谊和异地恋以及恋爱关系之间可以有无数种可能的方式，塞缪尔将会改变成为一个与他们之前相处时完全不同的人，他现在就可以做出承诺。虽然时间不长，但自他们分手以来，塞缪尔对自己和对生活的了解比前10年的总和还要多。他很清楚，他爱凯尔图要远胜过他一生中的任何一个女人，但仍然令他感到惊讶的是，即使经过了这么多年，他还能如此完全、彻底、无条件地再次爱上凯尔图。这就好像他学会了用新的眼光看待他可爱的女朋友，并意识到他对她的爱要比他所想象的要多得多。他能如此平静、波澜不惊地成功说出这些话，这让他自己也感到惊讶。

他似乎看到凯尔图的防守中出现了一个小小的裂缝。

"哎，你说得是不是有点过了。"

"正相反,这些话还远不及我感受的千分之一。"

"你真的有点神经错乱了。"

"这正是我试图要解释的。"

"你只是不想再承受这样的状况了,不过这会过去的。"

"不会过去的。"

塞缪尔盯着凯尔图的眼睛。他感觉到自己的脸颊在发热,就好像马上要高烧到40℃了。他一生只有一个目标,他可以放弃任何东西,但不能放弃凯尔图。他决定了——就在半分钟前——从银行贷款,买一辆摩托车,然后用它骑到南美洲,现在,马上,明天,他坚持要凯尔图一起去。他们会住在帐篷里,可以通过放牧羊驼和在果园帮工来赚钱,在巴塔哥尼亚[①]高原上做爱,听着潘帕斯[②]猫在夜里的叫声。他在学生宿舍的厨房里跪在凯尔图的面前,眼睛湿润着说,他一生中唯一想要的就是要让凯尔图幸福。如果凯尔图仍然在乎他并让他回来,他会做任何事来给予凯尔图生活中想要的一切。凯尔图是他梦寐以求的女人,凯尔图只需眨巴一下眼,他就会去做任何事情。

凯尔图从斜上方的椅子上看着他。

"如果你在我们还在一起的时候就这样做了,那或许可能会更好。"

不过凯尔图并没有把手从他的手中抽出来,至少现在还没有。

"我说的都是真的!绝对是。吃一堑长一智,看来所有

[①] 巴塔哥尼亚(Patagonia),主要在阿根廷境内,部分在智利境内的大草原和沙漠。

[②] 潘帕斯(Pampas),主要在阿根廷境内,部分在乌拉圭境内的大草原。

重要的东西都要历经磨难才能学会。在这几天里，我从自己身上也学到了许多新的东西——"

"这是因为，比如说，"凯尔图打断了他，"有人做出了承诺却既不打电话也不接电话，因为他正在吕迈迪莱①与朋友们在一个临时起意的死藤水②派对上，活动安排得如此之紧，即使接到了300个留言电话，却连一条短信都不回。也就是说，这并不一定能传递我就是那个只需眨眨眼就行了的梦想中女人的形象。"

"我已经说过了我对在吕迈迪莱发生的事感到很抱歉。"

"你碰上了什么就做什么，然后你总是道歉……你知道在第一个一万次之后有些东西将不会再让人信服。"

"不，肯定不会。"

"你怎么总是忘不掉那些关于你小弟弟们的事情？我不明白。"

"那些事情——"

"为什么你不把那些事情留在商店的门洞里呢？"

"这些事情只是留在了我的脑海里。我有一种……我不知道，我好像大体感觉到……脑海中想到的形容词不知为什么让人感到有点不好意思，只好用手指在空中做出一副引号的样子，'我要对他们负责任'或者什么。"

凯尔图的目光看起来很崇拜的样子。

"听到你这样说真是太棒了，你知道。"

"是吗？"

"如此可爱、超级负责的大哥哥。"

---

① 芬兰西南部一地。
② 死藤水（Ayahuasca），一种用亚马逊丛林里的稀有藤蔓制作的具有迷幻作用的饮料，在某些国家被列为毒品。

"嗯，真高兴听你这样说，我确实是努力尝试过——"

直到凯尔图把24毫升昂贵的阿根廷马尔贝克红酒泼到他的脸上时，他才发现凯尔图说的都是讽刺话，就像4岁的乌科曾经表达的那样。当亨利在家里听埃里克·克莱普顿[①]的音乐时，乌科严肃地宣布：我现在要说讽刺的话了——多好的音乐啊。

凯尔图看问题的角度在某种意义上是可以理解的。

塞缪尔有能力照顾他的小弟弟们的事实，确实有可能在凯尔图看来就像她所表达的那样，他是故意把凯尔图当成一坨狗屎一样来对待的。这不仅仅是像凯尔图所认为的那样，是那种普遍的不负责任和男性染色体所导致的，也恰恰是因凯尔图而起，一个对塞缪尔来说其愿望和需要都无关紧要的女朋友。

她的激烈言论显然还是起到了一定作用，也许凯尔图也对把酒泼到他的脸上有些后悔了，因为凯尔图马上为自己的行为向他表示歉意，并用餐巾擦干了他的脸，他感觉她这样做时表现得几乎是十分温柔。也许这也与他跪在地板上的姿势以及把酒洒在眼睛里之后也仍然一动不动有关，也许与他再三强调他真的变了、他知道并能全身心地感受到这一点有关。他说，当然这一切都完全是关系到凯尔图自己的选择和自己的幸福的问题，如果凯尔图真的是这样希望的，他会立马在这一刻离开，凯尔图一生中将永远不会再见到他，即使这会让塞缪尔心肝俱裂。虽然凯尔图显然想继续尽可能严格地画出一条线，尽可能地从目前的局面中多榨取一些东西，但是渐渐地，她也不得不让自己的

[①] 埃里克·克莱普顿（Eric Clapton），英国音乐人、歌手、作曲家、吉他手，曾多次获格莱美奖。

表情变得缓和一些。受此鼓励，塞缪尔使用一些恰当的技巧来进一步缓解当前的局面，这当然会有风险，但幸运的是，他轻轻擦着横杆通过了，凯尔图也在无意中被逗乐了。当他有胆量再次严肃起来，最后一次把一切都押在一张牌上，直视着凯尔图的眼睛，小心地拉起她的手时，凯尔图并没有转过眼去，而是慢慢地做出让步，尽管起初还是不太情愿，但最后还是顺从地投入躺在地板上的他的怀中。

当凯尔图的一个室友回来打开宿舍外门时，凯尔图裸露的上身不仅向站在门口的室友，也向室友的整个四人团队大放异彩。幸运的是，坐在厨房地板上做爱已经进展到了一个充满希望的阶段，似乎没有必要受到意外干扰的影响。室友也在几秒钟死一般的寂静之后意识到这一点，她"砰"的一声关上了宿舍外门，那天晚上再也没有回来。

到了早上凯尔图却沉默不语，也不想一起冲澡。再也听不到凯尔图的欢声笑语，取而代之的是长长的叹气，听起来是那么沉重和不祥。笼罩在赫尔辛基火车站自动售票机上方的那种可能性，在差5分钟和10点整之间开始变得越来越令人担忧：这不一定是一种可以轻易纠正的误解。

小别胜新婚，他们俩一度都希望尽快和尽可能多地共享离别重逢后的情爱，塞缪尔把昨天晚上在厨房地板上的做爱想象成和解的标志，但是现在感觉却是所有的事情变得更加糟糕。他突然感到，如果他留在家里，参加新生活动——他自己的——并把凯尔图这些年来在他心目中所有那些小迷宫里成功安家的小玩意儿、小衣物、眼睫毛和各种想法都清理出去。在接下来的50毫秒的时间里，他感觉就像在地狱里待了一周时间似的，塞缪尔先后或同时意识到：（1）凯尔图也许不会再改变她的想法，其符合逻辑的后果就是——（2）不久以后就会出现凯尔图不回自己的房间过夜，而是与一个留着小胡子、讲着一口纯正芬兰语的雅典小老头同床共枕。（3）他可以经受得起任何打击，但受不了这个。（4）如果必须面对这种情况，他宁愿独自待在家里，这样即使从实际上看起来好像真的已经发生了，但他也无法确定，而出于某种原因，这会让他在感觉上更容易接受。

因此，下午4点20分，当凯尔图在环境保护基本知识学习群里时——据凯尔图告诉他，那里教授的是芬兰最纯净的粪便——他不得不吞下满心的失望，拖着疲惫的步子伤心欲绝地走到火车站。在车站，当亨利第三次试图给他打电话时，他接听了电话：亨利无法联系到他的妈妈，也不知道乌科的龙服装放在哪里了。

在儿童房的挂衣间里，塞缪尔回答说，努力把喉咙里的什么东西咽了一下，你再看看其他衣服下面。嗯，没有看到，我知道，但它就在那里，要看一下所有的衣服下面。

他挂了电话，走向火车车厢。为了不让其他乘客看到他的哽咽，他躲进了不知什么原因车门没有关上的行李车里。在那里，他独自一人坐在冰冷的金属地板上，听着铁轨的哐当声，直到4个小时之后，他终于到达了赫尔辛基，那里的秋意正浓。

在接下来的几天里他开始认识到，整个夏天都是因为凯尔图他才没有垮掉。

虽然与高中毕业典礼相关的期待以及随后的情感在很久以前就被尘封在心里最深的地方，即使它们与凯尔图无关，但出于某种缘故，他已经无法阻止它们浮出水面。

凯尔图是唯一听他说起过戴帽仪式的人。现在一切都要由他一个人来承担了。

他的回忆就像是一次令人厌恶的轻微电击。关于戴帽仪式的想法事先就备受热议，令人兴奋。后来塞缪尔只记得那令人昏眩的浓雾、起泡酒、那些成群结队涌到家里的亲戚，有些人他甚至连名字都记不起来了。你看起来多么英俊，塞缪尔。在他被碾压的胸膛里，这既是世界的末日也是世界的开始。

在他看来，爸爸的信息已经十分清楚了。

他已经不再逐字逐句地记得爸爸是怎么写的了。他记得当他收到爸爸的信息时，他的心脏连续快速跳动了许多次，并且他在那天余下的时间里一直在努力让自己在别人眼里看起来一切如常。

他无法强迫自己再核查一下爸爸的信息，但他确信不可能对它会做出另外的理解。

他不知道在美国的人们是怎样从高中毕业的，但肯定有相似的地方，爸爸一定很清楚这是一个什么样的事件。他知道妈妈在春天早些时候，早在他发出自己的信息之前，就给他在美国的爸爸发了一条信息，告诉爸爸他将在今年春天参加高考。

在整个春天，这个信息一直作为他的朋友陪伴着他。爸爸知道高考即将到来，爸爸答应要来。爸爸肯定也知道这是一件大事，是塞缪尔一生中迄今为止最重要的事件。他仍然记得，这个想法如何在他的胸腔里燃烧了整整一个春天，无论是坐在公共汽车上，还是在睡前蜷缩在它的旁边。其他人似乎对高考本身感到十分紧张，但他却很容易放松心情对待高考，他甚至感到很享受，因为在高考中他有机会展示自己的能力。

但是当人不在眼前时，便会被遗忘。这不是任何人的过错。生活就是这样。

没有必要为此而悲痛不已。

爸爸在美国有了一个新的、幸福的家庭与生活。

在戴帽仪式的前两周，当他得知他的分数是学校里最好的时，也最终明确了爸爸不会来了，他从来也没有想过要来。

塞缪尔记得，当情况终于变得清晰之后，他一直站在学校的一层大厅里。他只是模糊地意识到，那些过来摇晃着他的手祝贺他的老师说了什么。

爸爸的来访完全是他自己在脑子里想象的。

在家里的庆祝活动中，他带着轻松而满意的微笑，用自信、坚定而有说服力的声音与来宾说着话。他和其他人一起参加了庆祝晚宴，晚上就像规定动作那样在城里喝醉，如同以往一样无忧无虑，陪伴着大家。他不得不抑制着自己被深深刺痛的感觉，这种感觉在晚上变得浑浊、压抑和模糊不清，但其他人几乎没有注意到它的存在。

除了凯尔图。

从凯尔图在派对后小心翼翼的目光中他可以看得出来，凯尔图对他在想什么心知肚明。女孩用富有同情心的手指轻轻触摸着他的头发，默默地表达着同情，那是一种对逝去的事情所表现出的无言的理解。

外面的秋色已经可以看出到了最璀璨多彩的时节。草坪和街道两边被明黄色和火红色的枫叶覆盖。

由于塞缪尔不清楚如何重拾对女性、对所做的承诺和生活的信心，因此他觉得最具建设性的事情就是花上几周时间盯着电视上的一个节目看。这个节目鼓励人们去猜想今年的重大国庆节日即**独**-**立**-**日**将会是什么样的。就是说，你可能就是现在将赢得高达二百欧元的那位幸运者！你能想象得到吗？这么难以置信的一大笔钱，也就是说，这是真的，现在马上把电话拿到手里，给我们打电话，我们在这里会回答说："你好，你好，你心里想的是什么字母，然后我们会看看是否说对了。"你现在只需在家里的沙发上给我们打个电话。他可以直接听到自己脑细胞融化的声音，他从中感到一种奇怪的满足。

他以前从来没有被抛弃过。在那些被抛弃的人的眼泪中总是有一些过于夸张和过于戏剧化的东西。这样的感觉他很难认同。这也许是因为他从来没有被别人抛弃过。

由于在凯尔图身上还存在着稍纵即逝的微弱可能，即她有可能改变主意给他发短信、发电邮，通过信使、脸书或者在一些新的数字社区加好友的方式联系他，因此他觉得最明智的做法还是沉下心来静待这种情况发生。但是，与爸爸和戴帽仪式有关的那块沉重、边缘锋利的东西仍然在以一种不祥的方式压在他的胸口。

他一天中的绝大部分时间都是躺在床上度过的，什么也不吃，其余时间就是靠在沙发上。妈妈绝望地想弄清楚这个满脸胡茬儿守在电视机前的19岁模样的垃圾袋是谁，以及它把她那可爱、独立、有责任心和英俊、幽默的大儿子藏到哪里去了。但是在当前的情况下，他感觉好像每一个字都要付出巨大的努力才能够从难以置信的深处挤出来。因此现在与妈妈保持口头沟通是最明智的，也是富有建设性的，但要保持在最低限度。

比如：塞缪尔，我们能谈谈吗？

"你会让我安静地死去吗？"

或者：塞缪尔，你在担心什么吗？

"妈妈在担心。"

塞缪尔感觉有理由用棍子小心地探一探冰的厚度，于是他在凯尔图使用的各个社区网站的公共页面上写下了不同的、篇幅越来越长的疯癫的爱的宣言。当没有得到答复时，信息中的某些内容开始变得越来越令人尴尬，因此他感觉比较理性的是用针对凯尔图的人生选择提出尖锐批评来进行平衡，尽管他有时发现自己可能过于针对个人，并且在某些地方可能会让外人听起来甚至很痛苦。

妈妈怀疑塞缪尔的心情可能并不一定能通过这些方式得到最好的改善。但妈妈是个老朽，对爱情一无所知，没有什么比标榜正确的老朽更令人气愤的了。

电话铃不时响起，但都不是凯尔图打来的。小伙伴们询问要不要去看电影或者聊天，邀请他参加聚会或者想组织滑板晚会，请求他推翻西方的涡轮资本主义。回复这些信息感觉超出了他的能力范围。在聚会上只有对错误的事情感到幸福的女人和不明白为什么会有不兑现承诺的男人，星球就这样毁掉了。让哪个年轻人来反对涡轮资本主义吧，他干这事太老了，他对自己的生活太失望了。

如果不是塔伊斯托和乌科唱起了歌，妈妈送了一张体育用品商店的礼品卡，塞缪尔根本不会注意到自己19岁的生日。他后半夜没有上闹钟就醒来了，不知道自己身在何处，或者在熬了整整一夜后凌晨5点才睡着。尽管他很少愿意出门，那时他还戴着一顶凯尔图从跳蚤市场给他买的红色猎人帽在城里闲逛。他坐在托科伊兰塔岸边的长凳上，羡慕着成群结队的野鸭子和酒鬼喝完的空瓶子。他记得有人曾在什么时候想知道野鸭子在冬天从多略湾躲到哪里去了:在托科伊兰塔岸边最隐蔽、最不引人注意的角落深处。在那里,它们蜷缩着相互依偎取暖,不时地向他瞥去一眼怜悯般的鸭子眼神。

妈妈忧心忡忡地试图赶他出门去跑步和看医生,谢谢妈妈!我现在就会立马出门了!她已经令人担忧地完全停止用小马达来打扰他了。

他现在甚至让自己在弟弟们的生活中也变得多余:在经历了一开始的艰难之后,亨利和妈妈似乎逐渐承担起了他们作为4岁和6岁孩子父母的责任。他们确实不得不分别对他们的治疗预约时间和接待有特殊要求的戴头巾女人以及分享自己移民专业知识的时间进行调整,以便可以根据孩子们的节奏来安排。这对他们来说肯定是一种新的和值得鼓励的体验,责任使人成长,但没有人再需要他了。塔伊斯托还向亨利透露了塞缪尔的秘密火箭速度路线,这也是塞缪尔作为送日托旅途之王的最后一张王牌。亨利展示了他是如何以星际速度驾车的,这让这些小家伙感到骄傲不已,眼睛因为夹杂着恐惧与敬重而睁得大大的。如果说妈妈和亨利有时会让小马达们看电视看得太久,而现在每天晚上看的时间则越来越长,这样亨利和妈妈就可以手里端着他们的酒杯像成年人那样放松一会儿,也许这确实是他们的责任,尽管这似乎很难让人相信。

"努力忍受这些小马达,等他们成年之后就轻松了,"他在托科伊兰塔海边大声说道,然后才意识到他在撒谎。海滩上一个正在一堆空瓶子中四肢朝地爬行的醉鬼听到他的自言自语后,转过身来满脸疑问地看着他。

推动事情变化的契机终于在一个起风的秋日傍晚出现

了，当时天空积满了乌云，预示着一场风雨即将来临。塞缪尔在晚上7点还躺在床上，积蓄着意志的力量准备起床吃这一天的早餐，这时亨利敲响了他房间的门，神色严肃地提出要同他进行一次一对一的谈话。

"我现在有一种非常强烈的感觉，就是说你现在需要有人陪你一起说话。"

亨利透过他薄薄的金属边框的眼镜安抚般地看着塞缪尔的眼睛深处。纯粹是出于恐惧，塞缪尔设法在保持坐着姿势的同时集中自己所有的意志力，强迫自己去熟悉新的学习领域。妈妈则在协助将塞缪尔推出家门，据说她担心塞缪尔会觉得自己对小家伙们负有责任，从而阻碍了他的独立和飞出巢穴的进程。

"我们会照顾他们的，真的。"妈妈说。"你现在走吧。"

"真的吗？"

"他们爱你，非常愿意和你一起玩耍，而且他们当然也比任何人都崇拜你，但是你必须有自己的生活。"

"嗯。"

"你是我所认识的最善于社交的人，"妈妈看着他的眼睛说，"我所认识的人当中，没有人能像你这样善于与人相处。现在你要去上大学，要开始新的生活。你要利用好这个机会。"

妈妈说她认真思考了这些事情，明白了她长期以来一直让塞缪尔对弟弟们承担了太多的责任。妈妈对此表示抱歉。她的工作太多，之前没有意识到这一点。据说妈妈不应该在塞缪尔的高考年还要求他定期送孩子们上幼儿园。这对塞缪尔来说是不公正的。塞缪尔现在能清楚地表达自己的愿望，这真是太好了。妈妈从中吸取了教训。此外，这里当然还有亨利呢。

不过妈妈又说,她希望以后塞缪尔能够学会更有建设性地表达自己的想法,在受到压力时能大声地说出来,而不仅仅是突然之间就一头钻到床上表示抗议。妈妈认为是时候让他学会如何为自己的生活承担起责任了。

塞缪尔似乎感觉很难摆脱掉闷闷不乐的情绪。在沙发上躺着好像变成了一条柔软温暖的毯子,裹在其中时他根本就不再愿意面对这个世界了。但是,为了让自己免于与亨利的严肃谈话,他强迫自己在脑海里尽可能形象地、每次一个细节地为他与凯尔图即将开启的令人愉悦的新生活配上插图。尽管他比其他人稍微晚了一班车,但伴随着他在学术上和社交上令人惊讶的那股冲劲,虽然他的心碎了,可却成为道义上的胜利者。

一切都会好起来的。

可是自从其他新生开始上课以来已经过去了一个半月。当他在大学混乱不堪、没有个性的各个建筑物的大厅里漫无目标地徜徉时,他很快发现,其他人的生活已经远远走在了前面。新生轮流进行自我介绍和做游戏的环节已经过去,现在要干事业了。每个人都在走着自己已经找好的路上,总是能通过正确的门。厕所里的涂鸦洋溢着内圈的幽默,哈哈,当成为群体的一员时笑起来真开心。秋季学期的讲座不知道已经举行了多少个,没有人会面带微笑地向未及参加引导课程的人介绍学习指南中的VIB1是指什么或在哪里,或者这些见鬼的模块和分数到底意味着什么,以及从哪里可以进入不知道是什么东西的Moodle[①],还有为什

[①] 原文此处为英文缩写Moodle,即Modular Object-Oriented Dynamic Learning Environment,意为科目模块动态学习环境软件。

么自己的那个用户名现在仍然不能用。咖啡馆里那些看起来很时髦的学生,在那里郑重其事地谈论着一些在春季学期必须要上的研讨班。塞缪尔满怀期待地坐在他们旁边,但他们的表现就好像他并不存在似的,从他们的声音中听出一些莫名其妙令人沮丧的东西。还有本科生论文研讨班是他并没有搞清楚这个地方在哪里,以及为什么去那里有这么重要。难道他们以为他染上了瘟疫还是什么,活见鬼。

他感觉自己已经把一切都不可挽回地搞砸了,直到他最后看到了那张海报。

公告板上贴着一个巨大而闪闪发亮的公告,上面用**大写字母**和惊叹号邀请新生参加生物系新生活动。这不就是专门为新生组织的那种大型活动吗? 凯尔图也曾经为这样的活动兴奋得发出尖叫。海报上提到并在设计中使用了丛林主题,以给人一种遥远和幼稚的感觉,但同时提到的**便宜的白酒!吸烟!拥挤!绝望!**听起来又很让人期待。在海报的鼓舞下,他到互联网上访问了一下学科网站。他从网站上了解到辅导员——其中一位显然也是为他安排的——看起来都像是很有魅力的年轻女性。

也许不应该把这件事搞得太难。

假如能把以前的失望一笔勾销,现在全力去参与所有还来得及参与的一切就好了。也许凯尔图说的并不全是错的。他应该仍然可以找到自己的位置。

经过长时间的搜寻,他从一家最昂贵的服装租赁公司选了一套最中意的有190厘米长的老虎服,还包括一个巨大的面具和一条令人不知所措,而且又长又笨的尾巴。当维萨信用卡账单来的时候,他能够或多或少地向妈妈解释这笔费用。在家里,老虎服给乌科留下了非常深刻的印象,这本身似乎就佐证了此次租衣的合理性。听到两个小家伙叽叽喳喳地向亨利说他们也应该有老虎服穿,他感到了一种奇怪的满足。

到了那一天,他冲了个沐浴,花了很长时间整理发型,在脸上拍了一点儿他专门为此购置的须后水。为了展示一下自己的幽默感,他在镜子前用妈妈的眉笔给自己画了一个猫咪的胡子并把鼻子染成了黑色。他买了10罐啤酒,提前向派对地点进发。还是说潇洒地晚到一会儿比晚一小时会不会更好?不,也许最好是准时到,一开始有可能会介绍一下注意事项或者来的人的情况。他已经检查了3遍地址,以确保去的地点是正确的,并根据时间表仔细确认了他应该什么时候离开,以便准时赶到。

当他走上大学生大厦造价昂贵的石阶时,他发现自己正在构思简练的自嘲金句,以便在不同的社区媒体上分享有关情况,假如今天碰巧走运的话。不是为了自夸,但是如果能让凯尔图听到他已经告别了从前的关系并过着开心、独立,而且在性爱方面也很健康的生活时,将是一件很美好的事情。也许最好给凯尔图发一条私人信息,用适当宽松的措辞,以免让她误解为他在四处炫耀自己。

当塞缪尔披着他的老虎服、拎着一袋啤酒出现在正确的楼层和石质宴会厅时,迎面而来的是一片积蓄了许久的沉默,就像一面石墙一样将他挡在了门口。上百位身穿燕尾服、晚礼服、胸前佩戴着勋章的老态龙钟的残疾老人在一张长长的、铺着白桌布的桌子面前用眼中带有询问的表情盯着他。在这些人中间,妈妈看起来就会像是一个十几岁的孩子。在男人的灰白胡须中和女人形如自行车头盔的发型中,在墙上挂着的旗帜和徽章中有某种东西带有压倒性的敌意，一个挂着手杖的垂垂老者正在大厅前的讲台上哇啦哇啦地就庆祝成立100周年和燕麦粥节致辞，这一节日早在1948年就作为同乡会的传统形成了目前的传统模式。

背负着养老金领取者芒刺般的目光，他蹒跚着走出宴会厅，穿着老虎服拖着沉重的步伐来到另一栋楼里，查看那个张贴有新生晚会活动海报的公告栏，尽管他已经能够猜到自己会找到什么。新生派对早在一周前就举行了。这张出于某种缘故仍然张贴在公告栏的海报上，首先映入眼帘的是**现在！这个星期六！快来！**

与此同时，他看到公告栏上的另一个通知，比新生派对海报还要老，纸的边沿早已卷起并部分地被压在其他告示下面，他感到胸口一阵不祥的怦怦声。这张纸所提醒的事曾在某个时候模糊地在脑海中出现过，后来就埋没在所有其他事情下面了。

新生应当在9月15日之前报到入学。如不报到注册则意味着放弃你的学习名额。

9月15日已经过去了一个月了。

他站在公告栏前，眼睛一直盯着海报，这时门卫过来提醒他说，携带啤酒者不允许进入楼内。

X.

当然，世界一直都在自我毁灭中，但从来没有像现在这样。大气层中有超过 400 ppm（百万分之一单位）的二氧化碳，这个数字每时每刻都在增加。在太平洋上，一个有着得克萨斯州大小的塑料垃圾漂浮岛在随波漂流，无法清理，因为它不是固态而是粥状。他不会再去见任何人了，没有一个玻璃杯是半杯的，都盛满了尿液。

当他晚上无法入睡时，他重读了自己在《芬兰画报》杂志上的那篇文章，却感到一丝羞愧。让他感到难以理解的是，这篇文章被解读得如此正面。正如勇敢的应届高考生海依诺宁所表明的那样，地球上仍有希望。很难说哪些人更天真，是这位让自己成为笑柄的年轻作者，还是那些在答复中拍着他的脑袋自以为高人一等的人。他们说，当人们着手应对这些时，事情就可以得到解决。只有不成熟的应届高中毕业生才会生活在这样的泡沫中。他自己写的文章所传递的信息一直是灾难性的，他只是还没有意识到。他在文章中指出，与人们一直所断言的相反，人们无法通过他们的消费决定对任何事情施加影响，因为他们不知道自己在做什么。

他没有告诉妈妈或者亨利，他一不小心放弃了自己的录取名额，但他们也感觉到了他上大学的事在某些方面出了问题。他在房间里隔着门听到亨利在前厅对塔伊斯托说：

"塞缪尔现在感觉有点不舒服。"

"他会吐吗？"乌科开心地问。乌科春天以来肚子一直不大好，他现在对这个话题很感兴趣。

"不。"亨利说。"他不舒服的方式不一样。"

"也许还会有最糟糕的在等着他。"乌科充满希望地说。

塞缪尔听到塔伊斯托如何穿着他的户外鞋走向他的房间，塔伊斯托总是一如既往地精力充沛。

"我找他要点唾液。"

"现在不要这样做。"亨利说。

"但是如果他生病了。"

塔伊斯托希望获得病人的唾液样本放到他的显微镜里。塔伊斯托对所有的细菌都感兴趣，不像乌科只对导致肚子疼的感兴趣，家里的全科兼专科医生亨利对他的同事们说。

"现在不要过去。"

"但是如果他生病了。"

"听我说，现在时间不对。"

"但是我想用显微镜看。"

"塔伊斯托，现在不行。"

"但是如果他生病了。"

"现在不要去要。"

"爸爸猜猜羊在哇啦哇啦的德语里是什么？"

"嗯？"

"咩呀咩呀咩咩。"

"哦。"

"你知道吗？你知道吗，爸爸？我去问问塞缪尔看他知道不。"

"不要现在问。"

"我要坐在前排座位上。"

"我要坐！"

小家伙们和亨利一起走出前门来到院子里，他们转眼甚至都不记得塞缪尔的存在了。

他在互联网上浏览的时间越久，对世间万物遭到毁坏的情况就了解得越彻底。他昨晚花了一个晚上的时间研究迄今为止世界历史上范围最广的动物物种灭绝浪潮是如何以惊人的速度发展的。令他感到震惊的是，他发现实际上人们并没有采取任何措施来阻止这一进程，人们对这些问题思考的时间越久，这些问题就会变得越来越难以理解、越来越令人沮丧、越来越令人愤怒。

他本来想晚上睡个好觉，但是到了凌晨5点仍无法入睡。尽管在白天时他的力气似乎已不足以打开电脑了，但当他在晚上熬夜时，又不得不找点事情来消磨时间，以免彻底失去理智。他在漫长的夜晚找到了好几个网站，这些网站唤起人们对环境问题、动物权益和新自由主义经济体系造成的灾难性后果的关注。他发现自己在这些网站上花的时间越来越长，并且参与了网站上的讨论。在这些网站上的盘桓似乎更增加了他对世界现状的焦虑，但这却让他消磨掉了后半夜漫长的时间。

自从他收到爸爸的信息迄今也已经过了很长时间了，在这方面一切也都很清楚了。

爸爸不仅说过他会来参加庆祝活动，还承诺会根据目前的情况更仔细地点评一下他在《芬兰画报》上的文章。

他借助字典花了很长时间才将《芬兰画报》上的整篇

长文及其评论翻译成英文。当他知道为什么要这样做时，他会做得心甘情愿。他最初考虑是在互联网上发表这篇文章的英文版。然而，由于爸爸不太可能会在网上看到它，所以他觉得最好还是把它装在信封里直接寄给爸爸。

他现在发现，自己这个想法有多么可笑。

在爸爸的生活中，肯定有比看一个不认识的芬兰儿子所写的、翻译成很蹩脚的英文的材料更有意思的事情。

当然，这也可以从爸爸就他寄去的成绩单所做的答复中得出结论。

塞缪尔盯着那段文字。这些字母在计算机屏幕的蓝色背景下像火一般闪闪发亮。

他的脚底感到阵阵刺痛。在黑暗的卧室里，他能听得到自己心脏的怦怦跳声。晚上，外面黑黝黝的，下着小雨。窗户玻璃上冰冷潮湿的痕迹预示着即将到来的11月和霜冻时节。

很明显，他现在就应该马上关掉这台机器。他今后永远都不应该再回到这里了。但同时同样明显的是，他也不会这样做。时间是7点，他刚刚醒来，等待着他的还有一个漫长而孤独的夜晚。妈妈经过了强行叫他起床的过程之后，现在已经不再试图在早上把他从床上拉起来，也许是因为这项任务已经被证明是不可能完成的。

他已经进入了信息网络中他最初就不应该进去的那部分。这甚至有可能是犯罪行为吗？据说警察现在也都在监视这些网络，为那些企图躲在这些阴暗角落中的人设置陷阱。因此他不应该到这里来。

但是在这些页面上，人们知道他的爸爸。

屏幕上的文字立刻就在他的内心里点燃了一个炽热的小火苗。塞缪尔知道他会再次浏览同一个网站。他不确定是谁在维护这些页面，但这些人不仅清楚地知道爸爸的研究领域，也清楚地知道爸爸使用的研究方法，包括动物种类。

他听到外面有一辆汽车开过的声音。声音越来越远，然后消失了。

塞缪尔盯着电脑屏幕上的文字。那时他脑子里第一次闪现出这个主意，一件他认为自己可以做到的事。但这时有人在敲门，塞缪尔的心一下子跳到了嗓子眼儿。无论来人是谁，他已经开始在转动门把手了。塞缪尔在门打开之前勉强来得及把电脑屏幕变成黑屏。

站在门口的是妈妈。她眨巴了一下眼睛，不自信地笑了笑。

"你原来已经醒了。"妈妈说，为自己的声音寻找一种轻松的喜悦。塞缪尔并不清楚妈妈的目的是什么，但感觉就像是彻头彻尾的忽悠一样。

"你有没有注意到什么……"

妈妈在寻找着合适的措辞，身体左右摇晃着，就好像这样更容易让别人猜到她的意思。

"……影响？感觉上有什么不同？"

妈妈看起来是在假装开心，塞缪尔不想回答她。妈妈指的是药物治疗。塞缪尔在他最绝望的时候，一不小心在亨利和妈妈的强烈要求下去保健站见了一位护士。他自己也想过，他不必同他们啰唆就接受一些情绪类药物，在5分钟内手里拿着处方就出来。他在候诊室里权衡这件事时不得不努力克服自己对服用神经类药物在精神上的担心，因为他实际上是一个基本状况都很健康的年轻男子。然而，最终承认这种情况似乎令他感到轻松。是什么让他认为自己在精神上如此完美而不需要药物治疗呢？他在精神上不会比其他同龄人更加平衡。这种想法是自我陶醉般的狂热，一种对自己无处不能的虚假想象，就如同你试图与高中心理学老师的观点唱反调一样。

此外，人类还在世界历史上第一次真的在破坏自己的生存环境——难道服用一点儿抗抑郁药不正是健康的反应吗？

但是护士认为塞缪尔早期被遗弃的经历很明显深深地伤害了他。被父亲遗弃对他造成的伤害，一直到他现在开始处于走向独立的严峻阶段才显现出来。

"我觉得到目前为止我一直都挺好。"塞缪尔试着说。

护士表情显得很严肃。

"你说的挺好是指什么？"

"嗯，我的平均分数是9.9分，我第一次尝试就考上了大学，我一直有很多朋友，我快乐约会了两年，我爱我的小弟弟们，他们也爱我，我的高考预考文章发表在《芬兰画报》杂志上……"

她问护士现在不能把他的血清素水平调整好，这样他就可以继续他的生活了。但是这只能由医生来完成。此外，据说血清素理论并没有能承受住那些批评性的评论。不过护士还认为塞缪尔很可能是在不知不觉中患上了急躁的毛病。

"要整个一生吗？"

"这也是有可能的。"

"在不知不觉中？"

"稍有点轻躁症，感觉还不错。"

"感觉很好，但实际上很糟糕？"

除了地地道道的狂躁症，现在还发现了一种二型双相情感障碍，护士解释说，但还不能够清晰地观察到。它作为一种亚临床形态刚刚被添加到疾病分类中，它甚至有可能是完全无症状的。

"如果它完全没有症状，为什么它还是一种疾病？"

"这是一种严重的、可能危及生命的疾病。"护士用颤抖的声音说。她的意思显然是要别人倾听，而不是在教自己的专业助手如何帮忙。

需要与收费昂贵的专家合作数年时间，要能一遍又一遍谈及痛苦的童年经历，并且还不能保证病情会有所改善，通常情况下的实际情况还会变得更糟。塞缪尔对生物性脑疾病具有遗传易感性。

"有这方面的基因测试吗？"

护士似乎停下来在思考塞缪尔提出的问题，但随后她以一种完全不同的方式看着他，说：

"哎，你有人格障碍吗？"

"什么？"

"因为你总是怼着别人说话。"

护士摇了摇头，怼人的态度并不是一个好兆头。然而，幸运的是，药物治疗可以马上开始。它会对肝脏和甲状腺造成一定损害，并会缩小大脑，但在塞缪尔的情况下，这是值得的。此外，关于脑萎缩的研究成果也只有少数几个。

"这听起来并不是特别好的事。"塞缪尔惊讶地说。

护士眨了眨眼睛。

"心理治疗也不是什么好事。"

"嗯,我也许并不——"

"而且也没有那么有效。"护士的嘴唇现在紧紧地抿成一条线。"如果你真是这样想的话。在心理治疗中,很多人的症状只会加重。"

"我实际上想得更多的是,对于这些事情本身,即这些社会问题、气候变化和……也许应当对它们做些什么,但是——"

"没有治疗的双相病症。"她一边说,一边摇了摇头。"很好的预测。"

"好吧,假如没有任何办法能区分病人和完全健康的人,那么也许我现在还是不要——"

"哦。"

护士倒吸着气说出这个词,已经开始在她的计算机上急速地敲打起来。当然,她使用的中性但令人沮丧的医疗术语在病历上定义他的情况。当塞缪尔在门口时,护士说:

"祝你生活好运。"

在走廊里,他听到护士隔着门在叹息,显然是在对着电话听筒:

"你不会相信我这儿刚刚发生了一件多么令人悲伤的事。如此年轻,如此痛心。"

塞缪尔从自己的思绪中醒了过来,他意识到妈妈仍然站在房间门口,等着他的回答。他没有告诉她的是,他在离开护士处的时候使劲摔了一下门。

"顺便问问,你有没有注意到《赫尔辛基新闻》上的一则广告?"母亲用一种可能比她迄今为止说话还要做作的轻快语气说。

在过去的几周里，他学会了与母亲融洽相处的最好方法就是不回答。

"一家公司正在寻找一名研究助理。在生物科学——"

"我会被惊爆了。"塞缪尔想。

"这难道不是一份挺好的工作吗？"妈妈轻声细语地说。"你可以挣些零花钱。"

母亲不可能理解，正如塞缪尔所试图解释的那样，通过学习能苦苦支撑学术界扭曲的权力架构，而这些架构实际上应该被拆除。这在妈妈听起来一直很荒谬，她甚至不会讨论这种题目，这当然也非常适合萨缪尔。不过当妈妈把他逼得越来越紧后，他最终还是不得不向妈妈承认自己已经十分尴尬地中止了学业。

妈妈将此视作程序安排上的问题，她直接走向电话，脸上带着一副社会对话者的神情。塞缪尔看到妈妈像皮球一样从一个工作人员被支配到另一个工作人员，并被要求排队等候，以及妈妈的表情如何逐渐从沮丧变成没有脾气，这让他感觉到一种很奇怪的满足。

当妈妈明白了他确实已经最终失去了上大学的名额后，她似乎改变了自己的策略：他应该去工作。在妈妈看来，所谓地球正在自我毁灭并已经变得无法生存的说法，从根本上说还是由于塞缪尔太无所事事了。

妈妈继续喋喋不休，有一家名叫拉雅科斯基的生命科学公司在她看来似乎非常令人感兴趣。而妈妈显然在期待，当听到这些咒语之后，这个已经开始发臭了的年轻人会立刻围着裹尸布站起来，走进城里赞美生活。

妈妈盯着他，他仍然没有回答。

"你大概还没有开始吸毒吧，或者是说，嗯——我在这里主要是指尝试，可是不，你完全不会吧？"

漫长而痛苦的等待。为什么她不能早点离开？

"所以我只是想问你到底是怎么了？你至少可以说点什么吧！？"

与妈妈讨论高中毕业典礼是不可能的。只要一提到爸爸，就会让妈妈又老了10岁，她的目光中就会出现一些冰冷、陌生的东西。爸爸不可能对典礼在乎得更少了，这也不是妈妈的错。

在过去的这几个星期里他在不经意间找到了一个他以前不知道的力量堡垒：只要闭上嘴巴，躺在床上，妈妈似乎就会被推向绝望的深渊边缘。也许应该更早地尝试这种办法，而不是向地铁扔石头和去闻丁烷气体。

由于他没有做出任何想要回答的姿态，妈妈说："塞缪尔，我可以说一件事吗？"

"不行。"

"我现在强烈地感觉我应该对你说一件重要的事情。"

等待了一会儿后，妈妈显然将他的沉默解释为可以继续了。

"塞缪尔，我现在有一种非常强烈的感觉，即你现在的生活中正面临着这样的情况——"

"顺便说一句，你有没有注意到亨利总是这么说？"

"什么？"

妈妈显然对他一次性从嘴里说出不止一个词感到有点不知所措。

"亨利在阐述他的每一个观点的开头都会说，他现在有一种强烈的感觉。妈妈你有没有注意到你以前从来没有这样说过话？在你遇到亨利之前。"

从她脸上的表情看，妈妈的情绪似乎变得越来越激动了。

"现在，塞缪尔，如果你能听我一小会儿的话，我可以把我要说的事说了。"

"我现在有一种强烈的感觉就是我要堵住我的耳朵。"

"塞缪尔，我要说的事是这样子的。我想知道在你的生活中现在是否已经到了这样的时刻，即你将不得不开始学会承担起责任。"

"我想知道在你的生活中是否会有这样的时刻，你不再像找茬儿的魔头那样说话。"

"我在努力帮助你，塞缪尔。"

"你感觉可真够乐于助人的。"

"塞缪尔。"

"妈妈。"

突然，塞缪尔房间的门被撞开了。门口站着4岁的乌科，他那稀松的胡萝卜色的头发被汗水浸湿成卷发，红着脸颊颇具戏剧性地盯着塞缪尔。

"我要用买粑粑钱买一只猫，"乌科说。

"哇哦。"塞缪尔强迫自己用尽可能热情的声音说。

很早以前，每当乌科上厕所时，爷爷就会给他一些20分的硬币。在这件事上乌科有一些成年人所无法理解的精神上的门槛，而爷爷认为钱可以使他更容易跨过这个门槛。他看到妈妈和亨利都不相信这种做法，特别是当这个问题早就已经消失不见的时候。每次去看爷爷时，乌科都会立刻从前厅一闪而过跑到洗手间，爷爷几乎总是能够设法背着妈妈把一枚硬币偷偷塞进乌科的手里。

乌科跺着脚走下楼梯。塞缪尔可以感觉到妈妈在门口悲伤而无助地看着他的目光。他感觉重要的是要静静地、面无表情地一直盯着墙上一小块油漆不平的地方看,直到妈妈离开,这要花很长时间,还要伴随着许多绝望的、母亲般的叹息声之后。

X.

按响门铃后，塞缪尔不得不等很长时间。他在想是不是自己弄错了时间，这时马蒂亚斯已经站在门口，穿着他的黑皮铆钉哥特式服装。

"基佬。"

"蛋头。"[1]

马蒂亚斯转身向里面走了进去，似乎塞缪尔是否跟在后面并不重要。一种如释重负的感觉掠过塞缪尔全身：就好像过了还不到一天时间。

他跟在马蒂亚斯身后走了进来。他们从马蒂亚斯父母的四层独立式住宅的楼梯来到地下室，坐到熟悉的沙发上，这些年来他们在这个沙发上度过了许多夜晚。

令人欣慰的是他们不需要不必要的热身，只用了几秒钟就回到了上次停下来的地方。显然，他们之间的友谊历久弥坚，基础牢固，他们在一起共同经历了许多。毕竟他们所处的年龄段很重要，他们在初中时是最好的朋友。即使是现在，也可以从马蒂亚斯给塞缪尔倒一杯家酿葡萄酒和说话的方式中感觉到这一点：

---

[1] 蛋头（Egghead），是美国漫威漫画旗下超级反派，初次登场于《惊异故事》(*Tales to Astonish*)，第38期，1962年12月，由斯坦·李、杰克·科比和拉里·利伯联合创作。

"家庭农场最新的年份酒。"

马蒂亚斯递给塞缪尔一杯浑浊的灰色液体。其中的沉淀物像是在暴风雪中到处游荡和旋转。家酿的酒今天刚刚酿制好。本应该让它沉淀滤清后再喝,但这还会再需要一两天的时间。不经过滤清现在也可以喝。

当他向护士倾诉自己的那些事时,他脑子里在想什么?塞缪尔想知道。他没有生病,朋友是那些在生活中坚守的人。

在对那位毫不退让的护士感到失望之后,塞缪尔又去问了医生,他是否能像他的同学米科·阿帕莱宁那样领取残疾养老金。米科·阿帕莱宁患有发育性神经系统疾病,其症状包括时刻感到孤独和自身的微不足道,并认为一切似乎都在出售,每个人都在卖东西,首先是出卖他们自己。这就是为什么米科白天都在睡觉,晚上打电脑游戏,用剑和过去积存的魔力进行战斗。

但是医生则认为,在塞缪尔身上没有迹象表明他可以领取残疾养老金。据说塞缪尔的问题都是日常生活中的问题,不需要也不能用药物来治疗。塞缪尔因此对医生有一种苦涩的感觉。他也因此感到,能与一个在完全不同的层面上理解他的朋友在一起是一件好事。此外,即使他用了药物又能赢取什么?整个关于抗情绪药物的想法现在看起来十分可笑。如果生活感到空虚,为了逃避空虚而求助于那些会打乱身体自然神经化学的化合物是否值得?

"给你。"马蒂亚斯说。他递给塞缪尔一个橙色的胶囊。

"这是什么?"

"一种新的配制,我也不是完全清楚。"

塞缪尔拿起胶囊,用家酿酒一口喝了下去。马蒂亚斯站起来，打开他的超级电视，开始从电脑上播放电影。

"大概是什么呢？"

"我不记得了。是一种上好的大麻。应该是的。"

他们的周末早在上高中时就被偶尔发现的一家外国互联网商店解救了。这个消息迅速传遍了整个朋友圈。在线商店里包括芬兰在内的各个国家都有自己单独的分支。从一个名叫**植物天空好营养**的园艺商店可以订到还没有来得及被禁止的大麻、安非他命和摇头丸的化学混合物，因为它们在上市销售之前并不存在。在这个网站上每周都会发现新的物质，其名称从直截了当的（**大麻变体，新的——合法的!!**）到技术性的（AFRV-3-NIH-CRYU），从使用代码的（**谁是PPD警察？**）[1]到神秘性的。（**我在我主脚下跳舞，唯有极乐，唯有极乐。**）[2]在页面的底部有一个警告，只供科学研究！客户须具备专业性！不得用于娱乐！

随着某一种化合物在某个国家作为毒品被法律禁止，这种物质就会从这个国家的旗帜下消失。从这家商店经常可以尝试订到各种各样稀奇古怪的东西——因为大家知道一个令人感兴趣的新玩意儿可能会在同一天下午就消失不见了。一位医学教授在电视上说过，任何人在任何情况下都不应该尝试这些制剂：这些物质会打乱身体的自然平衡，干扰全身的数千个生物过程，有可能造成不可预知的后果。如果生活感到空虚，就不应该用混淆大脑神经化学物质的化学药物来治疗。

"这浑汤可不怎么样。"塞缪尔说，举起酒杯。家酿酒

---

[1] 此处原文为英文 Who Are The Phuong Phu Drang Police?

[2] 此处原文为英文 I am dancing at the feet of my lord, all is bliss, all is bliss。

的味道就像是煮过的洗脚水里面添加了尿液和苹果精。而这款酒在家酿葡萄酒行业算是表现不错的。

"谢了。"

"度数还可以。"

"是的。"

马蒂亚斯本可以用父母的钱从阿尔科酒精专卖商店买到真正的葡萄酒,甚至是贵点的,但这不符合他自己动手的理念。做一回恰如其分的朋克,从头到尾制作自己的唱片,同样的事情也可以如法炮制,或者说马蒂亚斯是这样解释的。对于不认识他的人,马蒂亚斯经常会暗示他来自一个贫困或工人阶级家庭。

塞缪尔在吱吱作响的沙发上想找一个更好的位置。凯尔图的缺失每秒钟都在隐隐地刺痛他,即使他并没有有意识地去想。凯尔图·卡洛琳娜·拉敏索被阳光晒成浅色的长发,她为了那个小胡子而剪的陌生而性感的刘海,凯尔图完美的大嘴巴,凯尔图会让任何人都停下脚步的那双眼睛:所有这些都在撕扯着充满了他灵魂苦痛的伤口。他越是详细地分析凯尔图在讲着纯正芬兰语的出租车队列中与怎样的一个小胡子接吻时,他就会觉得自焚的选项越像一个成熟的成年人的解决方案。

实际上能够马上与自己亲近的朋友彻底地谈谈与女朋友分手的过程以及相关的感情问题是非常重要的。

"其实分手也挺好的。"

"省得折腾了。"

"是这样的。可以有足够的时间专注于重要的事情。"

"在鱼钩上安放一个新诱饵。"

"差不多吧。"

现在谈过这件事了，就可以专心致志地看电影了。一个水管工刚刚按响了门铃，火炉旁一个身着鲜艳粉色迷你裙和10厘米高跟鞋的年轻女子噔噔地走过去开门。在塞缪尔看来，画面边缘已经开始以一种不可能的方式卷缩起来。这可能是因为这部电影是从一个灰暗的点对点社区下载的种子，其成员经常通过将自己的影视效果偷偷添加到电影中或者将有些场景完全剪掉来找乐子。但是画面边缘的卷缩也有可能是由外国的药片所造成的，塞缪尔突然意识到。它有这么快就见效吗？

"这是一种酸吗？"

"有可能。"

"感觉好像有点像。"

"我不知道我哪里还有任何感觉了。"

"这电影叫什么名字？"

"《你早上有多好》[①]。顺便说一句，现在谁都不再说'酸'了。"

"那说什么呢？"

"你是想知道基佬。"

"谁都不再说'基佬'了。"

"有人说。"

"也许你妈妈会说。"

这栋房子现在完全由马蒂亚斯支配了，因为马蒂亚斯的妈妈在布鲁塞尔，爸爸在越南，妹妹则在奥罗拉。妈妈正在就金融危机一揽子援助计划进行谈判，爸爸则在就新工厂的分包商进行商谈，妹妹在谈户外活动的许可证。

---

① 此处原文为英文 *How Good Morning Are You*。

这栋房子是几年前建好的。塞缪尔整个周末都在想着马蒂亚斯未经许可而组织的那场乔迁新居派对，一阵突如其来的怀旧感袭上他的心头。他记得自己是如何站在外面的楼梯上看着被打破的窗户的碎片洒落在院子里新翻的泥土中，在尖叫声和音乐不和谐的噪声中突然听到有人在情绪激动地喊道："警察来了！"当他看到警车时，匆忙地将毒品背着警察塞到花坛里藏起来，并且心满意足藏了更多。然而，一分钟后从前门冲出来的燕妮卡向同一个地方吐了半公升的索维葡萄酒及消化了一半的印度菠菜酱和新鲜奶酪，仿佛是一场宇宙阴谋似的精确到了毫米。

他记得自己当时是怎么想的，即笼罩在院子和房子上面的做作感觉会自行消散。但那已经是两年多以前的事情了。被修理平整的院子仍然显得很不自然和空空荡荡，松树、观赏灌木和高大的桦树为了铺设地基而被清除，但又没有用别的植物来替代。建好的院子里拉来了整整一卡车的泥土，但出于某种缘故院子里并没有长出新的草坪。房子里面有八间卧室、一个桑拿浴室、一个游泳加按摩浴缸区，两个孩子分别有自己的楼层。这栋房子是用木头和混凝土建造的，所用的技术据说只在荷兰用过几次。墙壁上嵌入了明亮的大窗户，房子中间留下了一个宽敞的大厅，那里有一个大型螺旋楼梯从前厅一直蜿蜒到达顶层。深色的混凝土和木头搭配得十分典雅，组合的效果比想象的要更加温暖，但整体上却有点让人感到不安。塞缪尔想，这也许就是这栋房子比他所习惯看到的要大得多的缘故。

当家中没有人时，定时器将会在计算机系统的控制下打开和关闭不同房间和楼层的灯，这样其他人就会认为房子里面有人。

在地下室里，马蒂亚斯建了一个家庭演播室，晚上可以为他的乐队制作演示样本，他从一个专门的巨大冰箱里喝能量饮料，并在一个大型高清平板电视上观看日本剪辑片，这些剪辑片在网上无法获取，里面的每个人都是真实的和业余的，而不是像现在播放片子里的那样，显然是演员。

"可怕的假货。那个金发碧眼的。"

"是很糟糕。"

"甚至也不是很好看。"

"是的，嗯，如果在街上遇到像这样的女的，我想我们俩都会认为相当亮眼。"

"那些见鬼的疤痕！"

"什么疤痕？"

"在胸上。"

"哦，是的。"

"快看啊。硅胶手术都快做到大腿上了。"

"我甚至都没有注意到。"

"不过我会选择那个黑点的。"

"哪一个？"

"挺靓的那个女的。"

"啊，真的。嗯，为什么不呢。"

"至少如果她能更真实地发出自己的声音。"

"是的。"

"假的太过分了。她看起来一点儿也不像想要的样子。"

"确实如此。"

"像这样的我要付多少钱？"

马蒂亚斯站起身来，有点受伤地走到连接巨型电视的设备上点击了几下。

"这个混蛋跑到史蒂夫·乔布斯的后门里了。他根本没有像应该的那样工作。"

塞缪尔曾经读过一本他从凯尔图那里借来的关于性别和权力的书。当意识到自己的每一个想法都在加剧性别不平等时,他感到十分惊恐。读完这本书后,他向自己做出保证,并特别向受此影响最大的女性乳房做出承诺,从此他将把女性乳房视为中性的和与性别无关的身体部位,其主要功能将不是向他发送与传宗接代有关的信号。如果说这个任务只是在准备数学考试时让他感到超出自己能力的话,那么马蒂亚斯的视频并没有真正帮上什么忙。塞缪尔想,如果这部电影中善于表现的家庭主妇和她有着丰满胸部的闺蜜们将自己奉献给整个一队水管修理工和警察大军的话,那么这部电影是否会将女性更加物质化或者在字里行间增加了对性别权力的使用。他曾经对马蒂亚斯大声说出过这个想法,马蒂亚斯回答说:"是的,嗯,我可不会为这些人付钱。"塞缪尔本来会出于道德原因考虑抵制色情,但是他后来听到一位不再奉行素食主义的流行音乐家说,世界上最让人感到压抑的是道德君子,是那些以自以为优人一等并选择将自己置于他人之上的人,塞缪尔不想成为一个道德君子。

马蒂亚斯向塞缪尔的杯子里倒了更多的酒,咂巴了一下嘴。

"哥们儿不去上学了。"

"谢了,不去了。"

"那是为什么?"

"我有更好的事情要做。"

然而，本应加入他胜利笑声的马蒂亚斯却皱起了眉头。

"什么更好的事？"

"嗯。我想再查看一下情况。"

"这是不是时间长了点？"

"我要干的事太多了。"塞缪尔说，他察觉自己点头点得太久了。

早在夏末，当大学和专科教育机构开始公布他们的入学考试成绩时，塞缪尔的所有朋友，包括那些在学校成绩不佳的，一个接一个地在社区媒体上为得到他们梦想中的志愿学府而欣喜若狂，并充满激情地宣布崭新的生活终于像一颗小珍珠那样开始了！他班里同学们当时表现出的狂躁在他身上并没有引起甚至是最微弱的反应，但是现在却感觉像是针对他个人的羞辱。到了初秋，在那个一年前还不存在但现在人人都在使用的公共媒体上，大家所谈论的没有别的，只有大一的学生聚会、辅导员、工科生和商科生。虽然他甚至并不知道所有的名称都是指什么，但其中的每一项内容都似乎让他感觉像受到电击一样痛苦。大学学习的核心似乎就是穿着学生连体服喝着烈性酒，与无拘无束的大学女生一起喝得醉醺醺的，并在内部的圈子里漫不经心、似乎是不屑地提一提，这一切都会让人感到很爽。

他试图说服自己，他意外放弃上大学的名额实际上是对这种体制有一种意识的抗议。他会像马蒂亚斯那样去做：他们不会像要求的那样跑步进入职业生涯的轨道。生活中有比让自己的效率和消费节奏最大化、更紧迫的问题！比如说，地球必须从生态灾难中拯救出来。此外，经济持续增长的理念也是荒谬的。他和马蒂亚斯会走自己的路，自主地做出自己的决定，做出那些他们认为符合道义的决定，因为他们正是要通过自己的选择来度过自己的一生。

然而,当他在阅读朋友圈里持续不断的更新时,似乎可以肯定的是,如果他先度过一个无关紧要、沉浸在酒精和性生活中的充满自私的大一秋天,拯救地球也许会更容易。在那之后,最多会有另外一个低年级的辅导员,类似于现在在于韦斯屈莱引导凯尔图的那样的小希特勒,那就足够了。如果这些辅导员没有培训计划、训练营或者其他什么,或许也可以应他们的请求无偿地去帮助下一代,当然在这种情况下就可以有充足的理由再次投身于快乐的学生生活。但从某种意义上说,这已经是另外一回事了,因为那时候无节制的派对和毒品将会在辅导员之间,在元层面上进行。

然而,对于一个走自己的路并意外地放弃大学名额的人来说,至少要有一年时间无缘享受沉浸在酒精和性生活的大一新生狂欢中。随着越来越多关于学生剧、晚间聚会、青鱼早午餐和瘦腿裤的信息每天从公共信息页面潮水般地涌来,最终他感觉最明智的选择是完全停止使用这些新的公共信息平台,并抗议般地加入另一个非常平静的网站,因为没有人使用它。

有没有人注意到他的离开?这很难说,因为他已经无法在那里亲眼见证了。

塞缪尔打电话给马蒂亚斯提议见个面,以便从他那里为自己受到惊吓的心灵获取安慰。在过去的两年里,他们之间的联系已经不那么紧密,但目前相似的生活现状也许会再次将他们连接到一起。现在随着电影的放映,他在马蒂亚斯面前大声地嘲笑着同班同学所谓的商业和政治学学业,认为他们从根本上讲不过是顺应了父母和体制对他们的期待。这不是独立,而是怯懦和无能的表现,他们无法在自己的生活中做出任何重要或勇敢的事情。

马蒂亚斯从旁边的沙发上附和着他,情况确实如此。这让他感觉很安慰。然而,由于他知道马蒂亚斯的生活现状也许与自己并不完全相同,这让当时的气氛罩上了一层阴影:双方难以就共度一个家酿葡萄酒之夜达成一致,这很出乎他的意料。马蒂亚斯与他的后极端金属乐队刚刚在他们的训练营里完成了一张专辑。这张专辑将比前一张专辑更加极端,如此极端,以至于它可能根本就不再是极端也不再是后极端金属音乐了。这将由批评家们来决定。但马蒂亚斯的时间似乎是夜以继日地完全消耗在他训练营的家庭演播室里了。

借着家酿葡萄酒的酒劲儿,塞缪尔提议他可以找一天去训练营转转,反正他现在也没有别的事情可做。然而,这个提议却让马蒂亚斯有所保留。对于创作过程来说,有局外人在场是不利的。很遗憾,音乐制作是对某种更高级神秘力量的一种传导,演奏者只是媒介。但是如果塞缪尔愿意,他可以通过加入马蒂亚斯乐队的粉丝大军参与这个过程。乐队最新的曲目可以从网址上以0.99欧元的价格下载。塞缪尔是不是已经在所有社交媒体消息页面上为乐队点了赞?如果有足够多的人点赞,乐队就会以较低的价格在知名搜索引擎的网站上获得广告。顺便问一句,塞缪尔可不可以在他自己所有的媒体网页上推荐乐队链接?如果塞缪尔能亲手向至少100个朋友推荐乐队,塞缪尔就可以从网页上订购马克杯、T恤、内裤和帽子,并配有乐队的**我不在意你的错误意见或者你空虚的消费者生活**[①]标志。乐队还

[①] 原文此处为英文 I DON'T GIVE A FUCKING FUCK ABOUT YOUR WRONG OPINIONS OR YOUR EMPTY CONSUMER LIFE。

乐于接受对页面和服务开发提出的所有建议和愿望。塞缪尔是否知道，如果他愿意通过向他的朋友圈出售乐队的产品来成为一名后援销售者的话，他将获得所有产品15%的折扣？现在，粉丝大军的成员还可以订购与乐队完全相同的面部彩绘、血迹和骷髅头！欢迎提问！保持信心！敬请期待！

当塞缪尔试图向马蒂亚斯提议——马蒂亚斯提醒说现在即使在朋友之间也应该用他的艺名萨希达乌鲁斯来称呼他，因为他不希望自己的粉丝发现他的私人身份和职业身份之间的差异太大，那样他会显得不真实——比如说他们一起去拉普兰露营，马蒂亚斯表现得似乎并不是特别积极。下周马蒂亚斯将在挪威参加一场演出，之后还要与他的乐队一起去瑞典组织一场黑色弥撒，那里有人打算要烧教堂。当然，这并不是认真的，而是带有讥讽含义的。正如马蒂亚斯乐队网站上所宣称的那样，老派的黑金属音乐既阴郁又乏味——即便教堂真的被烧毁了，但愿如此！勇士们，骄傲地向前，敬请期待！保持信心！

"好吧。"塞缪尔说，努力让自己听起来显得很高兴。"好好干。"

"永远。"

巨型屏幕上富有挑衅性的家庭主妇与水管工的亲密关系呈现出越来越深入和多样化的形式，但塞缪尔的思绪却在放飞。出于某种原因，他仍然非理性地认为，他唯一想谈论的就是凯尔图、学业的挫折和环境的破坏。然而，由于前两个问题都已经得到了彻底处理，第三个问题将毫无益处，因此再让别人分担自己的担忧似乎并不合理。

在家里，塞缪尔回绝了妈妈希望他建立起有意义的日常生活节奏的所有建议，这让妈妈感到十分痛苦。对塞缪尔而言，当他知道这个星球正在并且已经被毁灭时，任何事情都不再有意义。他现在每天晚上浏览的生态活跃人士的网页上布满了一个比一个更可怕的例子。

"喏，那就做点别的事情！"妈妈说，"如果我的建议都不管用！"

"比如说什么？我到底要做什么？"

"做任何事情！"妈妈说。"针对你所担忧的事情做点什么，不要只是抱怨！"

塞缪尔考虑了一会儿母亲的建议。芬兰湾发生石油泄漏的可能性一直在增加。他记得有一个组织正在寻找志愿者，并培训他们如何应对石油泄漏事件。这个想法起初似乎很令人鼓舞。但是，一个19岁的青年人通过手机游戏就能够真正防止每年超过2亿吨石油运输量可能造成的损害吗？难道应对可怕的、不可持续的定时炸弹体系的唯一办法就是让几个十几岁的孩子一个接一个地清洗那些淹死在巨型跨国公司石油中的水鸟吗？然而，他感觉仅在国内建立起一整套全新的能源生产、海上运输和海上安全基础设施就极富挑战性了。此外，他也已经不小了，都19岁了，在科学领域，伟大的发明都是在年轻的时候做出的。街边售货亭的那个把棕色头发扎成马尾辫的漂亮售货员姑娘以一种十分傲慢的方式像对待空气一样对待他。如果人们甚至都没有在售货亭注意到他，那么他将如何拯救整个星球呢？

塞缪尔发现很难在喝家酿葡萄酒时集中精力观看马蒂亚斯所选择的电影，这也是因为他妈妈给他的就业建议仍然在偷偷地困扰着他。即使在今天，当他离家出门时，妈妈再次提醒他考虑一下那则她在报纸上看到的广告：拉雅科斯基生命科学公司[①]正在招募一名研究助理，需要高中毕业文凭，所有其他经验和专业知识都将被视作优势。

难道他拒绝这个建议的原因只是这是妈妈的主意吗？塞缪尔在思忖。他讨厌自己，他无法解释为什么他要如此生硬地对待自己的妈妈。他逐渐变成了一只寄生虫，在吞噬那只唯一还在养活他的手。但是，关于妈妈照顾和保护他的方式——他已经是一个成年人了——有些事情是他无法接受的，他发现自己破坏了妈妈的每一个提议，尽管他同时意识到，如果是他自己的想法，他很可能已经开始实施了。

在电影播放期间，塞缪尔问马蒂亚斯，他是否应该像他妈妈一再建议的那样申请去拉雅科斯基生命科学公司工作，他试图借此来激发一场讨论。

"你为什么要去那样的地方？"马蒂亚斯问道。

"我不知道。"塞缪尔说。"它有可能……我不知道，令人感兴趣。"

"开始了。"马蒂亚斯说。

"什么？"

"卖淫。"

"确实。但会得到一笔钱。"

马蒂亚斯看着屏幕，没有回答。这个话题就此结束了。出于某种原因，塞缪尔感觉它造成的失望似乎比它本应该带来的更大。

马蒂亚斯将最后几滴家酿葡萄酒倒入塞缪尔的玻璃杯

[①] 原文此处为英文 Laajakoski Life Sciences Ltd。

中，将瓶子放在地板上，然后又开始播放一部新电影：这是一个更真实的内容。真实意味着不干净的画面、没有章法的剪裁和体重超标的人，他们有时会让人恐怖地尖叫或无缘无故地表现得很暴力。

塞缪尔前段时间在自己的社交媒体消息页面上提到了这份工作。当时，马蒂亚斯听起来似乎是有点心不在焉地表示支持，认为在那里有可能找到事情做，并结识新的朋友。然而，当时马蒂亚斯已经进入创作阶段。现在，马蒂亚斯的新歌单已经在全球云服务中存在了很多天，还没有一个人听过它们，其他数百支乐队也上传了更多的自己的歌曲，每天有数千首，穷途末路的商业狗屁，马蒂亚斯现在显然没有兴趣讨论其他事情。同时，也没有人从智能手机商店下载马蒂亚斯乐队残酷的异教徒应用程序，即使是有30天的免费试用期，尽管马蒂亚斯花了好几天宝贵的工作时间来开发这个应用程序，当然，所有这些都要占用他的实际职业，即音乐制作本身的时间。

塞缪尔赞同地点了点头，马蒂亚斯看到自己的劳动成果都付诸东流肯定很不爽。马蒂亚斯回答说，那些愚蠢的云服务游戏或者手机应用市场都没有什么意义，马蒂亚斯从未想过有人会在那些商业后门中找到任何真正的东西。马蒂亚斯制作音乐只是为了音乐本身，直接面向他的粉丝。那些小程序就是屁。

当马蒂亚斯开始用微弱的声音说，最重要的是要诚实地表达自己的意愿，而不要就想传递的信息做出让步时，塞缪尔意识到自己以前会赞同马蒂亚斯，甚至认为马蒂亚斯是对的，尽管塞缪尔通常没有找到合适的表达方式。但是现在他说出的话连他自己也很意外：

"我不大同意这一点。"

马蒂亚斯盯着他,不敢相信自己的耳朵,就像是在看一个患了严重精神病以至于相信基督徒上帝的人。

"我认为应该有人做点别的事情,"塞缪尔说。他自己也不知道他指的是什么,但出于某种原因,他感觉这个想法突然变得非常真实。

"比如说什么?"

"嗯,我不知道。我想世界上大概还有几个问题没有解决。"

"大概是指气候变化?"

"嗯,比如说。"

塞缪尔发现自己比较赞赏环保活跃人士网站上讨论的直接行动中的一些东西。其中有一个网站,他最近在上面花的时间越来越长,它属于一个美国动物权益组织。

必要时显然要不惜采取任何手段,如果塞缪尔没有理解错的话。

直接行动[①],他们的文章中说,几乎每一篇文章都在说:直接行动。他并不同意作者对所有事情的看法,但他读他们文章读得越多,他们的论点似乎就越有说服力。

马蒂亚斯咂巴了一下嘴。

"那我现在要解散乐队?"

"当然不是。"

"而是?"

"而是也许我们现在可以做点什么。"

"我们?比如说在线计算几个碳足迹?"

[①] 原文此处为英文 Direct action。

"我不是这个意思。"

"而是什么?"

手里端着一杯家酿葡萄酒,坐在马蒂亚斯吱吱作响的沙发上,塞缪尔自己也听得出来这话带有十足的指责意味,这是不对的。如果换成马蒂亚斯,他也会厌恶自己的。他似乎看起来毫无疑问地只是想有意同马蒂亚斯唱反调。但同时他也感觉到,马蒂亚斯似乎有意表现出不明白他是什么意思的样子。

当马蒂亚斯又新倒了一杯浑浊的家酿葡萄酒时,屏幕上一个愤怒的日本人用锁链将一个胖女人捆绑起来,给人一种十分不舒服的感觉,塞缪尔后悔自己不该来。他们现在发现自己陷入了一场关于什么是诚实的激烈辩论中,而奇怪的是这又似乎与任何事情都没有任何关系。随着讨论的停滞不前,塞缪尔慢慢开始感觉到他正在以一种全新的方式看马蒂亚斯。甚至更具体一点:马蒂亚斯感觉就像是一道透亮的奇怪的光。过了一会儿,塞缪尔意识到这个印象是源于中国的《你早上有多好》的节目。尽管如此,这幅景象中还是有什么东西给人以非凡而真实的感觉。

最让他感到受伤的是马蒂亚斯的那句"他的大学生涯在大一秋季头几周就终结了"。塞缪尔再一次回到这个话题上,笑着说,也许不能马上做他想做的事情是一件好事。刚一说完这句话,他就感到胸口一阵剧痛,他最想要的东西莫过于将他的生活快速倒回到9月初,让他能换一种方式处理所有的事情。但马蒂亚斯却点了点头,微笑着说:

"这对你蛮有好处。"

你是什么意思?他很想这样问。你他妈的现在是什么意思?他突然在脑海中看到,即使海啸将要把整个大陆淹没在脚下，马蒂亚斯仍然会坐在他的沙发上看他的色情片。

"这也是一种卖淫。"塞缪尔听到自己在说。他的声音听起来比他想象的更加烦躁。

"嗯？"

"在乐队中演奏。"

"嗯——嗯？"马蒂亚斯这样说话的语调，一般是当什么东西十分荒谬以至于开始变得有趣时才需要的。"这真的不是什么自由和诚实的自我表达。"马蒂亚斯说。

马蒂亚斯的表情在说，他必须要在他漫长的艺术家生涯中彻底处理好这个问题。

"为了对什么人做点什么。"

"那又怎样？"

"为了努力取悦别人。"

"什么？"

"你需要让你的音乐有观众。"

"那你的观点是？"

"你也在思考在那种音乐中应该怎么做。你满头大汗地往回倒放，想看看你都在上面添加了什么。如果用这样的眼光来看你们那些专辑封面和文化衬衫上的字体以及歌词，那么我认为它们现在看起来也并没有那么疯狂地自由和诚实。你试图要销售它们。"

马蒂亚斯看起来感觉不再那么开心了。他现在更加频繁地用鼻子呼吸，过于平静地把遥控器放到桌子上，喝了一口家酿酒，然后才回答。

马蒂亚斯不自然的白色尸体颜料应该完全符合他脸上的色调，黑色的眼圈和血滴也画得恰到好处，猪头形手杖的头上还粘着一些新鲜的颜色，这是因为，马蒂亚斯解释说，细节存在于一切的一切之中。那些出卖灵魂的乐队也在尝试着做完全相同的事。要将正本与副本区分开来不再容易，但是最终诚实将占上风。

"演奏是我的工作。"马蒂亚斯克制而平静地说。

"这与拉雅科斯基生命科学家的研究工作不同？你的意思是，如果他们穿着一件有领衬衫去上班就是卖淫，而当你带着你的家什去干活就不是？除了他们有钱赚而你却没有？"

马蒂亚斯把杯里的酒喝干了，脸上一副难以置信、对塞缪尔十分失望的样子，塞缪尔甚至连基本的常识都不明白。

"这是完全不同的两码事。"

可以有一千个理由解释为什么它们是完全不同的。马蒂亚斯是一位艺术家。艺术家应该考虑自己的外表。艺术家考虑自己的外表不是为了自己或者是他的老板，而是为了他的观众。艺术家在他的生活中无私地为他的观众做出了一切，为他们奉献了一些美好而诚实的东西。马蒂亚斯严肃地解释说，每个艺术家都与观众达成了一个不言而喻的契约，双方都必须遵守自己的承诺，否则事情就办不成：当我走上舞台时，我保证看起来和听起来都像一个明星，而你们则承诺会崇拜我。

"崇拜？"

"是的。"

塞缪尔盯着马蒂亚斯。他最后一次去听马蒂亚斯的乐队演奏时，现场有10个人在场，都是演奏者的朋友，有一半是未成年人。如果他们崇拜某人，那就是那个不要求出示身份证明的保安。

马蒂亚斯摇了摇头,似乎厌倦了整个谈话。塞缪尔知道他现在应该结束谈话了,但他还是忍不住说:

"顺便问一句,这演奏怎么就成了你的职业了呢?你又不从中赚钱。"

"赚的。"

"每年10欧元。"

"我会得到更多。"

"喏,20欧。而你要花2000欧买吉他什么的。"

"你到底想要说什么?"

"嗯,那难道不是一种爱好吗?由你有钱的爸爸妈妈资助?"

"你他妈的是个笨蛋。"

"这也许可能成为你的职业?"

"你他妈的是个笨蛋。"

长时间的沉默。

"嗯,好吧。"

马蒂亚斯把家酿酒的瓶子放到地板上,用他的动作宣布这场令人沮丧的谈话在他那边已经结束。他关掉了龌龊的业余色情片,这不是特别好,然后打开了他的MP3音乐播放器。从马蒂亚斯的表情可以判断出来,塞缪尔在心里想,他在特意寻找一些塞缪尔不喜欢的东西。

扬声器中响起了一首由一个神奇而野蛮但又默默无闻的挪威乐队创作的古老经典歌曲。

不可否认,这首歌曲很有种,正如马蒂亚斯所说,它体现了真正的武士精神,但是其中有些东西却让塞缪尔感到不安。这首歌曲里肯定也有很好的针对社会的批评,没有刻意强调却表现得恰如其分的幽默以及字里行间绝佳的讥讽。当然塞缪尔无法解答妈妈提出的问题时，即所谓的讽刺和社会批评确切地体现在哪里。乐队的那些将自己涂成黑白色的粉丝们看起来也没有任何自嘲的意思，但这肯定是由于21世纪10年代的后艺术阶段只提出问题而没有现成的答案，而且是分层次、多方向，不主张道德指导，将事情适当地搁置在那里，以便为听众自己的解读留出空间。然而，塞缪尔却从来不敢承认，他总是对这样一段场景感到轻微的不安：一位基督教女牧师的宠物羊毛狗被抓着，爪子的掌部在篝火上被烧灼，爪子上的趾甲被一个接着一个地拔下来，然后它的肚子被割开……最后以撒旦的名义吃掉。当狗还在祭坛上呜呜叫着，试图蹬着腿张开肚子时，人们却在笑着。狗的内容在40分钟的曲目中占了大约25分钟。当然，在塞缪尔看来，这首歌也是后极端金属亚种分支不可否认的明星时刻——只要后极端金属还能被称为后极端金属——至少根据马蒂亚斯的说法，这首歌显然专门批评了在商业上利用动物的行为——尽管塞缪尔发现很难从这首歌中找到对这种解读的支撑——当然，音乐的冲动因为其不妥协性会成为独一无二的，歌词公正地评价也肯定他妈的很酷，正如马蒂亚斯对歌词的主题核心所总结的那样。

但是，在这个详细的描述中，有些东西既有趣又讥讽，对机构化的基督教和人类的虚伪进行了微妙而有效的批评，正如应该的那样，但描述中的某些东西仍然让塞缪尔感到不适——当然这正是后极端金属亚种分支的目的，这首歌在这方面非常成功，整个乐队也是如此，他们能够制作出也许是后极端金属最重要的艺术作品。乐队的主唱用霰弹枪射杀了他的乐队成员和自己，在此之前，他用酷刑折磨死了自己的狗，显然是为了反驳主要外围网站的怀疑，据说他对自己的动物和厌恶人类的行为并不是认真的。大屠杀使得这个乐队的职业生涯成为世界上最受欢迎的后外围乐队。据一位熟悉流行文化的罗瓦涅米大学讲师说，这位歌手对认为他不认真的说法态度极为认真，以至于他以令人钦佩的方式在他的人生表演中成功地走到了另一个极端，堪称可与马丁·海德格尔①的作品相媲美。然而，发生死亡事件是一场令人震惊的悲剧，应该尽力避免，这位讲师赶紧补充说。

塞缪尔决定不发表意见，音乐并没有那么要紧。此外，他不想让气氛在刚才的讨论之后变得更加紧张。但与此同时，他感觉到衬衫下面有什么东西。一开始感觉好像有什么东西在沿着肚皮移动——一只昆虫？这是一种温暖的东西，并在逐渐扩大。

他掀起衬衫的下摆，用手指摸了摸，被吓了一跳。

是某种潮湿的东西。

他迅速从沙发上跳了下来。

"我要去撒泡尿。"

"我们不买酒，而是要租借。"马蒂亚斯喃喃地说。

塞缪尔冲向浴室，那里优雅昏暗的照明系统自动无声地开启了隐藏在房间不同位置的发光二极管灯导轨和缝穴中的灯。厕所比他在妈妈遇见亨利之前几乎住了一辈子的那个两居室还要大。

他看着自己鲜红潮湿的手。

当他掀起衬衫后，他可以在镜子里看到它。他的肋骨

---

① 马丁·海德格尔（Martin Heidegger，1889—1976），德国哲学家，20世纪存在主义哲学的创始人和主要代表之一。

侧面有一个小小的悸动黑洞。这到底是怎么回事？当他想起药片时，一种如释重负的感觉像浪潮一般吞噬了他。它一定是一种致幻剂，但是这种幻觉很强烈。他舔了一下手指，有一种明显的铁的味道。衬衫上现在有一小块血迹，地板上也有。它在瓷砖上也留下了痕迹，尽管血的颜色并不能明显区别于深色花岗岩的颜色。

这是血。受这种情景的影响，他坐到了地上，看着血迹如何在地面上不断扩大。有时可以看到一摊血迹，有时又不见了。瓷砖的颜色如此之深，呈黑色，以至于两种可能性同时存在。世界是不可捉摸的，真奇妙。他打开镜柜，想找个创可贴，却没找到。墙壁是如此光亮，所有的表面都打磨过，呈现出亚光，所有的细节都设计得如此优雅，以至于他不得不通过按压和敲打墙壁来找到壁柜。他第一次使用水龙头时，花了15分钟才弄清楚如何取水。

血还在流淌。他经过一番操作，将卫生纸卷成一个纸卷，感觉可以止住严重的流血。他用一个在镜柜中找到的水疱创可贴将纸卷粘在皮肤上。这种创可贴塞缪尔有时在药店里见过，每个要花几乎10欧元。壁橱里什么别的东西都没有。

嚯。至少没有变得更糟。

但是当他从厕所回来时，他听到那个40分钟的歌曲还在播放着，并感觉到另一股炽热的洪流在他的肋侧涌动，肯定是把纸卷完全浸透了。

"我们能听点别的吗？"

"为什么？"

"不为什么。"

"为什么？"

"别的什么都行。"

"是因为酒精的作用吗?"

马蒂亚斯站了起来,把歌曲的音量调得更大了。

"我说的是真的。比如说这张专辑中的其他什么曲子。"

马蒂亚斯摇了摇头,失望地笑着,点击了下一首歌。突然,马蒂亚斯转过身来。"你不会是那么一本正经吧?"

"什么?"

"关于这首歌。"

"你指什么?"

"因为歌中有关于犹太人的一段。"

"哦,是的。哦,是吗?"

"只是如果你的幽默不能保持下去。"

"但是……歌中不也在杀戮……?"

"嗯,是以一种完全不同的方式。"

"我实际上甚至并没有注意到……"

"你是犹太人。"

"我的父亲是。但是我参加过坚信礼,并且……"

"我的意思是,你不会是出于这个原因而不明白其中的幽默吧?"

马蒂亚斯的话在塞缪尔的心中引起了相互矛盾的回响。这并不仅仅是因为他已经在一所坚信礼学校受洗,成为路德宗福音派教会的一员,而且他和其他人一起用他们的母语在坚信礼仪式中唱道,"我希望天父已经回家,天父我感到疲倦"。晚上一起去教堂的岩石上,从阿莱巴连锁店黄色塑料袋中取出科夫啤酒喝,唱着"街上充满了脚步,生命就是死亡",之后有几个女孩哭了,安妮娜的头发在她呕吐时被抓住,其他人真的过了一个同任何人相比都是最好的坚信礼活动。塞缪尔的理解是，人不可能变得比这更像芬兰路德宗教徒。另外，他在刚满18岁后立即与马蒂亚斯一起脱离了教会，但也许这也正是耐洗的芬兰式路德教徒所做的。他不记得马蒂亚斯以前是否曾提到过他家庭的父系根源，这让人感觉像是一个有意识的选择。

"不是……我不是……如果你愿意，就播放这首吧。我并不是说不能听这一首。"

塞缪尔感觉他的伤口还在阵阵发痛，但显然血已经不再流了。

当他明确而坚定地对自己说，高中毕业典礼、进入大学学习和获得大学学位不过是传统而已，这对他有点儿帮助。它们只是仪式，其主要任务是支撑现有的机构和权力结构。每个人都可以在自己的心里给予它们想要给予的价值。

这就是为什么秋天最令人满意的时刻是眼前的时光。

塞缪尔站在希耶塔涅米的黑暗海滩上，嘴里叼着一支点着的大麻烟卷，手里拿着一个啤酒瓶。需要一次公平的反击、一次诚实的意愿表达，才能够从所有在秋天扣到后脑勺的狗屎中解脱出来。如果这种意愿没有被充分地表达出来，它就一直会在灵魂深处翻腾并腐烂。

他已经提前大饱了眼福，在希耶塔涅米海滨浴场的沙滩上见证了自己六门优秀的成绩单在尿液的浇淋中被浸透的壮观一幕。我也想要大学证书！乌科在被告知他的计划之后，在家里尖叫起来。我也想要在大学证书上撒尿！

起初，似乎即使是撒尿也不会给高中毕业考试委员会昂首挺胸的印章、官方声明和加厚的文件留下深刻的印象。

在很长一段时间里，证书只是没有任何挑衅地、如此平静地像大人一样把浇到身上的液体引到沙子里，沙子立刻像海绵一样把液体吮吸掉。由于证书没有做出让步，他不得不再来一瓶啤酒，为新的尝试积蓄液体。这样做的不良后果是，这项行动需要更长的时间。而现在，他独自一人坐在希耶塔涅米的漆黑海滩上，意识到他必须再次在自己的脑海中重新回放整个春天，以此作为对自己错误的惩罚。

这种感觉就像是用已经骨折了的小腿再去踢足球。在他12岁时，他曾经在一场足球比赛中摔倒在球门前，他的腿被一名用全身重量扑上来的后卫压在身下，导致胫骨骨折。在拆除石膏并且腿部完全愈合很久之后，如果球碰巧击中了胫骨的受伤位置，疼痛还会一直传递到脊柱。

直到现在，在一点点大麻加啤酒的微醺中，当城市的灯光反射在秋天冰冷的海面上时，他才开始意识到，这件事就像胫骨骨折一样，将会在他的余生中一直作为一个敏感的痛点。

当然，任何事情都不应该去坐等。

而他也不会这样——他认为自己也是这样想的。

如果高中毕业考试考得不好，他也不会好意思寄出一份拷贝。在寄出之前，他故意让妈妈在夏天两次提醒他。他很钦佩自己，当他拖延寄出证书时，他显得是那么放松和无所谓。

他收到的作为回复的贺卡非常简短，以至于它有可能会是发自国库，而不是来自那个他继承了一半脱氧核糖核酸的人。

他想象着把证书和贺卡放到了那个存放高中毕业典礼以及所有其他永远不再回顾的同一个壁橱里。但是这张贺卡仍然让他感到阵阵刺痛,而且比想象的更加强烈。而现在感情中有某种东西正在占据主导地位,就像一股退去的浪潮一样在积聚力量。

祝贺!干得不错!我们所有人都祝你在未来的奋斗中好运连连。

爸爸①

他已经是在希耶塔涅米冰冷的沙滩上第三次瞄准了,并努力让自己放松下来。而现在顽强的努力终于得到了回报:备受赞誉的芬兰学校体系中最璀璨的象征终于不得不屈服。高中毕业证书的压花和刚烈的表面被拉成一个可怜的、松散的抹布,并最终从中间裂开。

如果不是非要在寒冷的秋风吹拂下沿着荒凉的夜间海滩独立完成,这个仪式无疑将会非常令人满意。即使是这个精心设计的高潮似乎也没有给他带来任何更大的快感,这不免让他感到沮丧。现在回过头来想,通过上网浏览启动新燃煤电厂的政党以及在环境问题上用历史性地成功污染了拉普地区水系的采矿公司的立场来宣传这次活动并不是很明智:煤炭党致力将一个更好的地球移交给后代。矿业公司则尽101%的可能促进环境、工人和人类的福祉。

前一天,电视里的记者曾向一个主要执政党的领导人提问,目前消费者能为环境做些什么?在这方面最重要的是什么?

你可以有500万种方式去做这件事。环境思维不是任何

---

① 原文此处为英文 Congratulations! A job well done! The best of luck for all your future endeavors from all of us. Dad。

人或任何政党的专属权利。人类拥有的方式可以和我们人的数量一样多。

告诉我一个具体的方法，记者请求说。

嗯，只是一些小事情，日常事务。它们是那种我们每一个人都可以施加影响的事物。我知道绝大多数芬兰人都是这样做的。根据其所能。毕竟消费者是权力最大的一股力量。消费者想要什么，公司就会开始做什么。

告诉我一个方法，即使是一个你们自己影响环境的方法。

嗯，节省能源的一个简单方法就是，比如说烧水时在水壶上盖上盖子。并且要买环境友好的产品，而不是对环境最有危害的产品。

当他独自一人在黑暗中走向公共汽车站时，他听到从网站上读到的那些词在他的脑海中回荡。

人们不想改变。

环保活跃人士说，如果人们被告知他们已经知道的事情，他们会感谢。如果你告诉他们一些他们不知道的事情，他们就会生气。

在夜里，他能感觉到即将到来的冬天和越来越刺骨的寒意。金秋的日子已经一去不复返了。当他在路上走时，塞缪尔意识到他连一天都没有来得及享受金秋的时光。一年四季中他最爱的耀眼的、阳光明媚的秋天，仿佛是故意从他那里悄悄地溜走了。等待着他的将是一个漫长、多雨、漆黑的冬天。

这一年，全球二氧化碳排放量创下了新的世界纪录。在互联网上，一家被**地球解放前线**纵火点燃的SUV汽车经销商店在熊熊燃烧。

"这些被引入歧途的年轻人不明白，"汽车经销商协会的一位代表在接受电视采访时表情严肃地说，"真正的变革是通过民主渠道实现的。"

当他沿着墓地的围墙步行时，塞缪尔意识到，看来人们就像温水煮青蛙一样慢慢地被逼到这样一种境地，最终甚至连纯粹是为了造成破坏的任意行为也开始被视作一种可以接受的想法。最令人惊讶的是，这样的情况似乎往往发生在微不足道的小事上：与先前最要好的朋友进行一次糟糕的原则性对话、一次不必要的强劲逆风、一个执政党的领导人在大气层二氧化碳含量早已超过最后的安全界限时还在电视上大谈什么壶盖。

人们必须停止乞求，而应该做点什么，网站上这样说。

人们不应该阅读互联网上的论坛留言，网站上说。

人们不想改变，网站上说，他们希望有人能修理他们损坏的玩具。

枫树无声的黑色树干在墓地长满苔藓的石墙后面排成一行，那里黑暗就像一种有形物质一样。他感觉自己必须要付出多么大的努力才能让自己不至于散架。他对源自内心的一种感觉感到惊讶，他越是试图让它平静下来，这种感觉似乎越膨胀得更厉害。最近几天，他对凯尔图的感情特别是在夜里让他感觉备受煎熬，而他之前并不知道自己是否能感觉到。出于某种缘故，这些感情每次都通过一种封闭而反常的，也因此无法反驳的逻辑与爸爸联系在一起。凯尔图抛弃了他，因为他配不上他的爸爸，反之亦然——最好的证据是凯尔图和爸爸之间并没有任何交集。

凯尔图根本没有回复他的信息，这很过分，既不合情理又令人感到愤怒。而这种令人崩溃的感觉又在进一步加剧，因为他知道凯尔图单方面的无线电静默当然并不过分，而是一个成年人为了继续自己的生活做出了一个成熟的解决方案。爸爸尽管答应了要来却没有来，而这正是他由于自己的过分热心而应得的结果。他是有点过分了，他也意识到了这一点，加上他内心里不断膨胀的火红的浪潮，使得凯尔图、爸爸以及所有的一切都令人无法忍受。尽管当他从荒凉的海滩沿着湿漉漉的人行道蹒跚走向梅切林大街时，他并没有有意识地将凯尔图与爸爸联系起来，但他身体的某一部分却清晰地将两者联系在一起，某种像蜥蜴般的亚感官正在寻找相似之处，不需费力即意识到这是一回事。

他已经满心激动地等了好几个月了，他在等一封电子邮件，爸爸答应会在其中点评他在《芬兰画报》上的文章。他确信爸爸会理解这篇文章的价值，他确信爸爸还会说些别的话，一些会使他们关系更亲近的话：也许你可以再联系我、以后也行、在任何你想这样做的时候，我亲爱的儿子、我所喜欢的人。他整个春天都在为这封电子邮件而活着。这是他每天早上脑海中首先浮现的事，是他每小时检查邮件、每天晚上计算时差时脑海中想到的第一件事。现在东海岸的时间是否已经到了爸爸也许该下班的时候了？现在是不是到了爸爸处理个人事务的合适时机，也许可以看看电子邮件？

那封电子邮件从来没有发过来。而且，让我们看看我们是否可以在春天见面，爸爸承诺要来参加高中毕业典礼，这对爸爸来说没有任何意义，正如他的承诺一样。他从爸爸那里收到的唯一消息就是每年秋天的新年贺卡，上面写着他看不懂的熟悉的希伯来字母。

直到他回到家中海啸才将他吞噬。回到家后，他试图最后一次遏制住内心仍在不断膨胀加大的压力，向凯尔图发出了那封带来厄运的私人信息，信息中简要概述了在女人和父母以及卫生保健中心护士身上存在的问题。他身上的某一部分明显认为，如果他能就以下各点做出详细说明可以让他感觉更轻松些：为什么他的生活没有了凯尔图将是空虚和毫无意义的？为什么要求自己的爸爸即使是以某种方式关注一下儿子生活中最重要的事件并不过分？为什么他在写这封邮件时突然从心底开始讨厌凯尔图和她的全新的学生生活？

邮件如果用10磅大小的字体[①]打印出来将会超过10页纸。他刚一按下发送按键，就感到了羞愧，并希望像他现在生活中的所有事情一样，能撤销已经做了的事情。但直到他按下发送按键时，他才意识到那个发送按键其实并不是发送按键，而是在按下它的同时他不仅把信息发给了凯尔图，而且通过凯尔图的社交媒体形象配置将其发送给了整个世界。

当他发现这一点时，他第一次感受到了它。那是一团巨大而炽热的火红色物质，每秒钟都在膨胀，它的中心呈现出白色。他需要用全身的力量来阻止它将全部的重量都压在自己的身上。

由于不断膨胀的愤怒浪潮很快就会变得如此沉重而无法阻挡，他不得不改变策略，将他所有的精力集中在相反的问题上，即接受现实，寻求谅解：爸爸不知道他在做什么。但是由此又分离出了一份全新的、一座小型冰山大小、

---

① 即5号字体。

令他感到痛心却又没有地方承载的同情。一种没有人愿意听到的灼热的不公正感、纯粹的无助感和向以自我为中心的父亲进行报复的欲望，因为父亲不屑于去发觉自己忽略掉了19岁儿子生活中最重要的一个事件。

由于他对上述任何事情都无能为力，他最终还是放弃了。

他躺在床上，闭上眼睛，终于让自从高中毕业典礼以来自己一直在强压着的事情发生了：让这团燃烧着的、令人昏眩的炽热洪流吞噬掉自己。它最初的感觉像金属一样冰冷，让人无法呼吸，但是一旦它能够自由流淌时，它就像火焰一般燎过。当他自愿留在它的核心而不再试图逃跑时，他甚至能够很享受地感觉到自己的整个灵魂在火焰中燃烧。

通过讨论搭建桥梁
美国马里兰州巴尔的摩市

乔在晚上11点回到家中，当他在黑暗中打开书房门时，他感觉到自己的指尖和脚底发出阵阵刺痛。

这个问题毕竟也是一个专业性的问题。他必须随时关注自己的研究领域，看看同事们现在都在做什么。他拉开了书桌的抽屉。

它现在就在那里。

那个装置毫无生气地躺在一个盒子里，在一些空信封和整张的邮票上面，旁边是一个未曾用过的计步器。这正是他向丽贝卡发火后把它撂下的地方。在透过窗帘间隙洒落的月光中，它显得十分放肆和性感。

丽贝卡无法远离iAm装置，即使冒着被处罚的风险。经过协商，这个装置她每天最多可以使用两个小时。然而，女儿已经有两次被乔当场抓住，她在用完两个小时后又悄悄溜过来拿走iAm装置，整个晚上一脸无辜地躺在床上，在声音和图像的刺激中进入涅槃，大脑皮层像是着了火一样。因此，乔最终不得已只好把这个装置封存到自己写字台一个有锁的抽屉里。

乔不得不承认，他的好奇心部分是由于校园里刚刚举行的一次营销活动而引起的。现在人们似乎无不在谈论这个装置。

前一天，他从彭博会堂走到图书馆的咖啡馆，买了一个午餐三明治和一杯咖啡，这时大楼后面传来的一阵声音引起了他的注意。他走到楼梯处，想看看到底发生了什么事。

他被眼前如此规模聚集的人群惊呆了。他不记得以前任何时候在校园里曾聚集过这么多人。电视摄像机与广播车辆似乎也到了现场。粗粗的电缆在草坪上滚动着，将电视频道的小面包车与最近的建筑物连接到一起。

人们聚集在校园低处的方形广场上，在广场尽头搭起了一个大舞台。草坪周围的所有红砖建筑的外墙上都覆盖了巨幅的MInDesign广告布幔。舞台的后面拉起了一个巨大的白色银幕，遮掩住了大学的主楼及钟楼，舞台上的场景实时地被投射在上面。过了一会儿乔才意识到，从大型功放喇叭中发出并经过建筑物墙壁反射过来的震耳欲聋的叽里呱啦声，是来自一个手里拿着麦克风在舞台上走来走去的一个矮个子男人。

不错，这都是来自我们这些稍微有点惹眼的娱乐模块的，这个男人对着麦克风说。

观众开心地耸了耸肩。这位创意总监使用的语言是那么有趣！

乔后来被告知，在舞台上身穿牛仔服讲话的人是MInDesign公司的创意总监。这是一次公众活动，由这家公司自愿出资安排，他们热情地邀请了大学的校长、院系领导和信息部门出席。除了学生和大学自己的教职员工，通常在校园内举办的公众活动几乎不可能吸引到其他人参加，而现在有成群结队的人似乎在利用午餐时间暂时离开工作岗位来到这里。

创意总监说的话乔大部分都没有听明白。他与其他观众不同，他们似乎在饥饿地吞咽着创意总监愿意分享的每一条信息。乔所能听明白的，是这位总监正在谈论的iAm装置及其体验，这种体验显然被称作神经体验[①]。总监头顶上方投射在银幕上的文字在实时随着谈论的主题而变化。现在银幕上投放的是：

人物设计

我想提一下技术上的一些优势，创意总监现在对着麦克风说，表情变得严肃了一些。没有人会被剥削，没有人会被贬低，没有人的权利会被践踏。

乔看到台阶上的观众都在认真地点着头。

现在大家可以无拘无束地欣赏娱乐节目了，创意总监额头上带着重要人物常有的皱纹这样解释。MInDesign所有的人物都是通过数字方式从原型中构建的。总监解释说，当然它们是从众多生活模型的特征和特点中经过计算组合而成，但最终的人物并没有使用真人模特的真实轮廓，没有人被物化。没有人被强迫做任何事情。

穿着牛仔装的男人集中了他身上所有领导人的魅力发出了下一声呐喊，回荡在方形广场四周的砖墙之间：任何时候都不会有人再孤单了！

他不得不暂时停下演讲，因为人群中爆发出一阵自发的掌声。

[①] 原文此处为英文 neuroXperience。

大家想一想那些数以百万计的孤独的人，他们没有任何人陪伴！总监的声音在扬声器里震荡。

大家想一想那些数不清的被遗弃的人！

那些不敢在诸如商场排队、与人约会或去餐馆等复杂的场合去面对别人的人，那些如果遭到拒绝会比别人感到更受伤的人，那些再也无法忍受自己被抛弃的人！

我们为你们准备了一样东西！

终于，我们也有了适合你们的东西！

我有一个信息要告诉你们，创意总监大声呼喊着，同时表现出他对世界的残酷所感到的愤怒和被他自己的救赎信息所体现的高尚而打动。

我有一个信息要与你们分享！

你们将不再会被遗弃并陷入孤独！

乔不明白这一切都是关于什么，也不明白iAm装置是如何拯救一个被遗弃的、孤独的人的，但是在总监结束演讲之后，听众仍在广场上鼓了好几分钟的掌。总监走下舞台，扬声器里传来烘托气氛的凯旋乐曲。

听众的一些特写镜头被发送到银幕上：听众们相互摇着头，确实盼到这一天了。一位中年女士擦了擦眼角的泪水，没有人有任何要离开的意思。伴随着观众的情绪反应，一些快速闪烁的引语被投射到银幕上。

数字动画已经发展到了一个全新的水平。

——《纽约时报》

在21世纪10年代的神经技术中，MInDesign没有任何值得认真对待的挑战者。

——《时代周刊》

数字现实应随着神经体验被遗忘，正如我们对其所认知的那样。

——美国全国广播公司

最终，创意总监为了取悦观众不得不迈着矫健的步伐重新跑上舞台。人们的赞许之情瞬间变成了掌声和欢呼声的海洋。乔认为，这种狂喜会让许多极端基督徒的启示大会相形见绌。

人们向舞台上的创意总监送去了花束和香槟。这位不耐烦的创意总监生气地把礼物从面前推开，他对世界的冷漠感到极为愤慨，他怎么能接受奖励呢？此外，天才只为自己的工作而活着，他只对取得的胜利感兴趣，对取得最好的结果感兴趣。

人们仍然在鼓着掌。

当天晚上，一家全国性电视频道报道了校园里热烈鼓掌的人群，并采访了一位关注科技公司的专家。根据专家的说法，MInDesign的创意总监虽然可能是一个执拗的人物，但却是新千年的比尔·盖茨，新世界的甘地。

乔小心翼翼地不让地板发出嘎吱嘎吱的响声，并在黑暗中确保书房的门已经关好。他必须悄悄行事。丽贝卡的房间就在隔壁，她可能还没有睡着。

他拎起那副爪子放到手心里。

它们既小又轻，很不起眼。他盯着它们看。难道就是通过它们将鲜活的图像和自然的声音直接传导到真正的神经网络中去的吗？现在的电视频道上正在以越来越快的节奏播放着有关广告片段，它们还作为电子邮件的附件出现在计算机上。这家公司在纸质报纸杂志上也购买了广告。

完全脱离了屏幕和耳机，这样的感觉会真实吗？

人们不得不为这个装置能拥有如此简洁的吸引力而折服，它的外形传递着一种纯粹、完美的愿望，即它任由其使用者支配，顺从他的所有意志。

在没有使用手册的情况下将爪子连接起来被证明是一项十分具有挑战性的任务。由于有头发，所以很难让它们在头上固定住。将它们安放在头上什么位置肯定是有讲究的。随意向大脑皮层的任意地方发送连续的电脉冲波会很不安全。

这个装置在某种程度上一定与古董级的经颅磁刺激技术[①]有关，那项技术现在看来当然感觉像是石器时代的了。乔记得，有一次在乍得一个老的经颅磁刺激技术实验室里，一名受试者突然癫痫发作，把所有人都吓了一跳。在经颅磁刺激中这样的情况不应该发生，而且以后再也没有发生过。不过，如果把电流引入大脑当然也不可能完全排除什么时候会发生点什么事。当然，现在对神经细胞进行刺激时所掌握的微调水平、准确性和计划性要比那时要强一百万倍。经颅磁刺激技术只是大概向那个方向挥动了一下。这种差异类似于眼部激光手术与核武器之间，MInDesign公司的首席执行官在《纽约时报》上这样说。他不是像甘地那样的领导人，而是一个不大起眼的主要负责经营的人。首席执行官说，即使是原子弹正好击中了碰巧在那个城市的目标人物的眼睛，但在准确性和目的性方面

---

① 原文此处为英文缩写TMS，即Transcranial Magnetic Stimulation，意为经颅磁刺激技术，是一种利用脉冲磁场作用于中枢神经系统即大脑、改变皮层神经细胞的膜电位从而使之产生感应电流的治疗方法。

仍存在一定差异。

当然，这是关于市场的谈话。

乔用了很长时间试图安装上爪子，但收效甚微，直到他终于意识到要在耳朵后面找一小块没有头发的地方。这时他正好也想起来曾看到丽贝卡把爪子贴在上面。他一定是在正确的路径上。

寻找电源开关也花了乔很长时间。开关隐藏得如此巧妙，以至于乔几乎马上就要放弃了尝试的打算。但就在那时，他的手指触摸到了正确的位置。装置侧面亮起了一盏绿色的小灯，他感到一丝轻微的瘙痒，这显然是因为从爪子上发出的薄如丝绸的可调电流网开始沿着他后脑勺和太阳穴的皮肤四处扩散。他急忙将另一只爪子安放在正确的地方。

这一点它们已经能够做到了：他意识到自己现在已经不由自主地被打动了。五年前，还没有人能梦想到这一点。在不久以前，人们还需要用一种将头完全遮盖，像是头盔形状的磁性卷轴一样的东西——即使是那样也不可能十分精确地做任何事。

装置运行的声音是如此之低，以至于乔所感觉到的更多的似乎是听到自己体内的嗡嗡声。

他在等待。

最初似乎什么事情也没有发生。一切看起来都和以前一样。他试图按一下一个小按钮，上面写着**测试**[①]，他感觉到头皮的不同部位有轻微被捏揉的感觉，显然是在网状的发丝电流末端接触头皮的地方。但除此之外什么也没有

---

① 原文此处为英文 TEST。

发生。他深吸了一口气。装置是否应该以某种方式进行校准？丽贝卡是否说过这样的话？还是说——

他差一点儿大声喊叫起来。

突然，在完全没有任何先兆的情况下，在他的面前——在空中——出现了一个巨大的、闪耀着的白色屏幕，似乎悬浮在一片空白之上。

我的上帝。

他的心怦怦直跳。屏幕上写满了文字，题目是：

首次使用：校准iAm体验装置

用户手册。

乔盯着屏幕。难道它就是这样运行的？

阅读悬浮在空中的用户手册感觉很特别。同样奇怪的是，你不需要移动眼球，当你想要什么时，文字会自动转到视野中心准确的视觉区域。这显然需要一些时间来适应。乔发现自己不断地移动着自己的眼球，试图阅读传统上在原地静止不动的印刷文字，但机器会立即对此做出响应，将整个屏幕相应地移向另一个方向。

文字也不断地出现双重显示，有时它会在句子中间完全消失。乔很快注意到自己的前额区域开始疼痛。然而，最令他难以应付的却是，在他的每一个联想之后都会立即在他的眼前打开更多新的画面、场景和文档。这个装置似乎能够以几乎与他的思维相同的速度书写。文字会出现在最上面的一个白框中，而机器显然会根据他不经意间的指令在自己的云存储和全球数据网络中按主题词搜索。校准这个动词让乔忽然想起丹妮拉很久以前就不再使用的小提琴的旧调音器，她可以用它设定想要的音准。这开启了新的菜单，与此同时，他身不由己地已经上了网，显然该装置通过快速搜索打开了音乐商店的广告窗口和著名小提琴协奏曲的链接——其中一首立即开始演奏，他不由自主地开始欣赏起一位年轻、娴熟的男小提琴手的手指在小提琴精致的琴颈上跳跃——《新牛津美语词典》已经打开：校准（**技术类**）包括查验刻度、分级等。

他无法让自己的思考停下来，于是新的窗口和场景以越来越快的速度滚入他的眼帘。最后，他仿佛是陷入了小小的恐慌似的一把将爪子从头上扯了下来，在黑暗中大口喘着气在椅子上坐了很久，最后才意识到自己身在何处。

他的感觉好像是旅途晕车一样。当他记起丽贝卡曾经将装置连接到自己的大脑上一坐就是几个钟头时，他感到十分惊讶。丽贝卡甚至还能同时兼顾在同一房间里的现实世界中所发生的事情。他在稍微喘了一会儿气后，把装置放回到抽屉里，用钥匙锁上了抽屉。

躺到床上后，他还感到自己的心情久久难以平复。他花了很长时间才开始有了睡意，而当他最终沉入梦乡时，他又做了一个不太真实、折磨人的和不安的梦。

X.

乔被自己的鼾声吵醒,他意识到自己又在打瞌睡了。

他在黑暗中困惑地环顾了一下四周。他发现一个不太熟悉的神经生理学家正在用批评的目光看着他。他现在的睡眠很少:晚上在熬夜,以了解那些动物保护活跃人士的情况。

谋杀、纵火、绑架事件。

乔揉了揉眼睛,试图纠正一下自己的姿势,以免再次睡着。前面传来让他昏昏欲睡的、喋喋不休的讲话。他坐在大学的大礼堂里,正在接受一项针对全系在编研究和教学人员的强制性培训。

他的思绪不断回到他在夜里读到的那些新闻上。他显然还没有足够认真地对待那些动物保护活跃人士,他主要是把这些人想象成为一些理想主义者,一些想为过于复杂的问题寻求简单的解决方案的小女孩。

这个人也是这样,希瑟·米兰达。当她在加利福尼亚州一家大型企业外面正在向公司首席执行官的汽车下面放置炸药时被当场抓获。正如安保公司的私人保镖所概括的那样:一个视狗的生命比人的生命更有价值的精神错乱的虐待狂。

乔读着这篇内容广泛而详尽的文章一直到后半夜,文中介绍了希瑟·米兰达多年来如何独自酝酿着对他人的仇恨，不断孕育着对进行合法动物实验的人进行报复的狂想，直到终于有一天米兰达的大脑在极端主义的影响下"咔"的一声被激活了。

看完这篇文章后，乔喉咙里的感觉就像是砂纸一样，腹部的黏膜也痛得让他无法入睡。他坐在那里给负责他家庭安全的、神情严肃的弗兰克·哈克特发送了一个他从未想过会问到的问题：在他们目前的处境中，如果他准备一把手枪并放在一个安全稳妥的地方，绝对是孩子们接触不到的地方，作为一项应急保护措施是否太夸张了？到了早上，他很惊讶到底是谁发出了这个问题：他真的已经成为一个认真考虑要这样做的人了吗？——什么？要在有孩子们住的家中购置一把手枪？

乔向大厅前面看了一眼，一位40多岁的前任企业领导在一个圆形剧场形状的演讲厅的舞台上正打着手势。一个在自己的一生中没有做过一天研究工作的女性，已经在就研究工作未来面临的挑战将建立在什么样的主题之上演讲了一个多小时了。这位女性身着剪裁张扬的乳白色短上衣、高跟鞋和简版的铂金首饰，显然习惯以一种让那些在生活中遭遇失败的平庸者企望新的机会的方式说话。这位女士是一位专门面向企业高管的个体冥想①培训师。然而，院长决定邀请她来演讲并不是基于这位女士擅长以花园为主题进行想象力练习，而是因为她此前作为一个没有灵魂的企业领导者曾经为自己赚取了上百万美元的财富。这个女人传达的主要信息似乎是，你记忆中那样的生活早在很久以

---

① 原文此处为英文 mindfulness。

前就已经结束了。

乔困倦地看着那个女人投放在巨大的屏幕上流畅滑动的图像，大目标、小成功和未来的挑战与合作、福祉和责任交替着出现，并在螺旋状的圆圈里相互支撑着。这个女人看起来就像是个幽灵一般，犹如一个现代舞者在黑暗的大厅里用手臂在图像投影仪的凄凉光线下做着各种各样的手势。

尽管没有人会在任何地方大声地说出真相，但是大学之所以组织这次培训就是因为担心其资金来源会逐渐枯竭。近年来，由国家分配的研究资金最终越来越多地流向了与他们竞争的其他大学里。如果这种趋势长期持续下去的话，对他们来说将是十分不利的。

乔看了一眼自己的手表：还差10分钟。他突然想到，他有没有胆量把笔记本电脑打开。他感觉自己现在很难再耐着性子听这些乏味的演讲，因为他还有更重要的事情要做。在那位女士的演讲之后，由一个长着直发喷着发胶的25岁小伙子主持的个性工作坊将要开始，每个人都可以为自己量身定制一个最佳的科学角色。要求大家提前思考的问题事先已经打印在纸上并分发给每一个人了：

是否有任何特别富有（亿万富翁）的公众人物患有与我自己的研究相关的任何疾病？

有没有任何与特别富有的公众人物接近的人患上或已经患有相关的疾病？（不要忘记已故的人！一个失去孩子母亲的价值是与其体重等量的黄金！）

有没有任何富有的人有一个他们想加以资助的"妄想

狂计划"（时空穿越旅行、与UFO取得联系、深冻并在一千年后唤醒身体等，注意！在线任务）？我自己的研究如何提供协助？（能尽可能多地列举出牵强附会、顾左右而言他想法的小组将获胜！）

我是否与任何特别富有的人有着很熟的关系？我是否可以很自然地联系上他们？（建议：午餐、上剧院、邀请访问大学、为孩子们想出一个共同的爱好——要通过头脑风暴想出尽可能多的方法提出建议！）

研究经费不断被削减。今天的赢家都是能从私人亿万富翁那里获得资金保障的机构。一个受欢迎的社交媒体服务开发商最近向太空探索项目捐赠了10亿美元，因为他想登上火星。一家大型传媒公司的首席执行官耗资20亿美元在他昔日的家乡大学成立了一个新的自闭症研究部门。这位首席执行官的儿子被诊断出患有自闭症谱系障碍[①]：他需要新的治疗方法。

在工作坊环节，将为每个人设计一个带有自己名字的研究人员角色，他们将在互联网上做出诚实而有新意的展示。新的研究人员角色将会像面向那些既有额外数十亿美元也有重要研究课题的孤独慈善家的霓虹灯广告一样，在互联网黑暗的星空中闪闪发光。

下午将会练习如何顺其自然地去结识他人。大学为这

[①] 自闭症谱系障碍，英文Autism Spectrum Disorder，简称ASD，是根据典型自闭症的核心症状进行扩展定义的广泛意义上的自闭症，包括自闭症边缘、自闭症疑似、自闭症倾向、发育迟缓等症状。

次培训聘请了一位专业演员来扮演亿万富翁，你可以和演员们在一起练习如何谈论自己的研究领域，其中的挑战在于要让亿万富翁不要感觉自己很愚蠢或者正在被别人利用。

不，见鬼。这样的事我可做不了。

乔抓起公文包，向坐在旁边的人道了声歉，离开了大礼堂，径直朝着走廊尽头走去，一直走出这座以百万富翁投资家名字命名的彭博会堂的大门。

乔在外面灿烂的阳光下眨了眨眼。运动场上，女子曲棍球队教练正在对着他的受训学员大喊大叫。无论怎样，这种培训对乔来说都像是在做无用功，他只会另外思考自己的事。他可以就此回家，尝试着做一些有用的事情。

乔每天穿过显得愈发郁郁葱葱的校园走向停车场时，都沉浸在自己的思绪中，以至于很长时间里他都没有意识到有什么事情不对劲。他的思绪从个性的工作坊切换到环保活跃人士，以及如何看待和应对他们的暴力倾向上。

他牵头组成的抵制小组将在几周后举行会议。当他走向自己的停车位时，乔在想他是否能够找到哪怕是一半说话有分量的人到场。他前一天的大部分时间都在召集开会。其目的是要从研究人员和整个科学界的角度研究当前的形势，并考虑如何采取切实措施来加强抵制活动。

他"啪"的一声打开了汽车的中控锁。即使在打开车门后他也并没有注意到车内有什么特别之处，直到他把公文包放在后座上，坐到了方向盘后面，他才意识到有什么事情有点不对劲。车子感觉有点太低了。他花了一会儿时间才弄清楚这是为什么。轮胎就像是一个芬兰年轻小伙子的自尊心一样瘪扁了。

车的橡胶轮胎被人扎穿了。

有人在汽车侧面的油漆表面划出一行文字,在一瞬间他把它想象为泰德·布朗对他抵制自由传媒集团[①]刊物进入图书馆所作的回应:

不做让步

他盯着文字看了很长时间后才意识到那是对他所提建议做出的回应,他曾建议说,我们是否可以谈谈。

他之前想出的馊主意现在似乎只剩下一个了。它可能起不了什么作用,但是也许应该尝试一下。

他首先试图通知大学信息部门的人来处理这件事。大学专门有几个人,他们的任务是对外提供各个院系都在进行哪些研究以及研究人员都获得了哪些奖项和荣誉的信息。他们还负责出版发行大学校刊,以适当的方式向广大公众介绍有关研究工作。当然大学信息部门很快也会出现在iAm上:据说这已经在计划中,尽管办公室里还没有人看到过这个装置。

信息部的发言人米歇尔·塞达里斯对他的提议持保留态度。米歇尔人很好,也很理智。米歇尔在乔获奖后曾有大学刊物采访过他。

乔说,大学实际上不需要做任何事情。他们可以聚集在彭博会堂的某一个演讲厅里,乔自己会安排一切,米歇尔只需简单地将邀请函放在大学网站上并将有关活动的信息发送给媒体就足够了。如果米歇尔希望,乔也可以自己发出邀请和通知。

[①] 原文为英文 Freedom Media。

但是米歇尔只是说：嗯。然后说：这可能会更难办，更棘手①。

"我们没有……大学对此没有明确的信息策略，"米歇尔试图解释，"列奥还在考虑他打算怎样提出建议。他们将在两周后开会。我们在那之后肯定会变得更加聪明。"

"连一次讨论会都无法安排？"乔很惊讶。"我想找找这些人，同他们聊聊。"

米歇尔叹了一口气。乔觉得自己就像是药房工作人员在等待警察赶来之前试图安抚的一个老头。

"列奥不确定是否值得让此事进一步激化。"

"讨论一下就会让事情激化吗？我的车胎刚刚让人给刺穿了！就在光天化日之下！"

"我听说了，乔。我真的很抱歉。这太可怕了。警察肯定会很快抓住他们。不过我认为列奥会在会上提出建议，我们在大学这个层面要尽可能地保持低调，在目前情况下不要引起更多不必要的关注。因为……"

"列奥？这件事与他有什么关系？"

"作为学院院长吗？当然有关系。"

"他们也没有刺穿他的轮胎。对他来说保持低调当然很容易。"

"对不起，乔。真的。我很乐意帮忙。我很乐意帮忙②。"

乔取消了实验室会议③，并在中午就离开了系里。他直接去了米里亚姆的单位，解释说大学信息部门的人不想帮忙，并询问米里亚姆如果他以自己的名义举办这场活动会有什

---

① 原文此处为英文 trickier。
② 原文此处为英文 I'd love to help。
③ 原文此处为英文 lab meeting。

么意见。

他们谈了很长时间。米里亚姆同意他的意见，不应该等待，而是要做点什么。如果不想逃离整个城市的话。

"还是要离开这个国家？他们肯定能在这个国家的其他地方找到我们。"

"也许我们现在还不需要走那么远。"

乔叹了口气，然后拿起了手机。他打电话给查号部门，询问《巴尔的摩太阳报》编辑室的号码。之后，他打电话给丽莎，丽莎马上就同意了。报纸的反应正如他所希望的那样，最初比较拘谨，但一个小时之后就跃跃欲试了。

直到后来，他才意识到自己对丽莎做了什么。他又给丽莎打了电话，但丽莎已经不能在原有立场上后退了。

身着防暴装备的警察从一辆面包车上冲到校园低处方形广场的草坪上。他们穿着防弹背心并戴着头盔，一共有十几个人。

乔看着警察，感到一种无力的愤怒。为什么是现在，在这里？当有人拿着撬棍进来，冲向他的房屋并把墙壁弄得一塌糊涂时，他们为什么没有去保护他的实验室和博士后实验用的动物？他们为什么不去阻止一家超级大公司秘密向儿童推销神经活性化学物质？现在这里是最需要警察的地方吗？在一个大家肯定都会发挥最好水平的公共活动上？

现在是春天最好的时候，太阳从晴朗的天空中温暖地照耀在大地上。大学不同意帮助他安排一次辩论似乎很不公平，但是一旦当地报纸打来电话，信息部门和系里马上就像是嘴上涂了蜜似的。乔看着斯坦顿大厅墙上挂着的横幅，心里在想自己犯了一个错误。

可是他又应该怎么办呢？

动物试验——不必要的残忍还是有用的知识？

辩论：约瑟夫·查耶夫斯基教授对阵黑土集体

加州大学洛杉矶分校的西波维茨，在自家院子里遭到抗议并受到死亡威胁后，最终以一条信息结尾：你们赢了。最后有一个燃烧瓶被扔到了西波维茨家的台阶上——或者实际上是扔到了邻居家的台阶上，不小心扔的。他现在已经从这座城市搬走了，换了一个领域。恳请你们不要打扰我的家人。是不是他也应该这样做？

这家报纸与各方商定好将讨论会安排在大学的斯坦顿大厅举行。这场活动现在由当地的一家报纸正式出面举办，因为大学无法就自己与该活动的关系做出决定，希望避免得到不必要的关注，但现在无论是列奥还是米歇尔都乐此不疲地站在草坪中间，在电视摄像机前对着记者伸出的麦克风说话。当地另一家电视频道的新闻报道组在查尔斯大街彩色连排房屋前的交通灯下拦住路人，竭尽全力制造轰动新闻。

乔在斯坦顿大厅的入口前等候着，看着年轻人聚集在方形广场的另一侧。嬉皮士、朋克、政治团体，更难定义的人群。一些人对着扩音器在愤怒地喊叫着，有的人开心地搭起了帐篷，向大家分发着免费的扁豆汤，草坪中央的大型音响回放装置播放着拉丁音乐，"跳着舞应对气候变化"。一些人似乎搭起了货摊，出售CD光碟、焚香和手工制作的肥皂。

一个20来岁的天真无邪的年轻女子来到他的身边。

"对不起[①],你对生物燃料感兴趣吗?"

"此时此刻非常感兴趣。"

这位姑娘给了他一张传单。他的讥讽没有被领会。乔本来想回家,上床去睡觉,在早上醒来后发现自己可以自由地呼吸,他只想尽可能地做好自己的本职工作。这是他唯一能做的事,唯一他有能力做好的事,现在它正在从他身边被夺走。

"我不知道你对这一切的感受。"姑娘试探着说,充满了活力和无所畏惧、无所不能的乐观主义。

"我只是感到有点沮丧。"乔诚实地说。

"我在很长一段时间里也有同样的感觉。这件事很难办。但是接下来我意识到必须开始行动。"姑娘说。"按照自己心里想的去做。"

看起来还不到20岁。明显还不到。姑娘递给他一本小册子。

"我们承认,有些时候,在极少数的情况下,完全特殊的情况下,动物实验可能还是有用的。"

"是吗?"乔说。他无法掩饰自己的痛苦,但是出于某种原因又不能大声说出自己是谁。他感觉自己马上就要晕倒了。他不清楚自己在和谁说话。当然,他并没有明确的对立面,他为什么会这样想呢?毕竟也没有单一的科学界,只有不同地方不同的人,在他们自己的团队中,每个人都有自己的习俗、思想和宗教。

---

① 原文此处为英文 Scuse me。

"我们认为，"姑娘说，并再一次告诉他她所代表组织的名称，"比如说，如果一个人濒临死亡的危险，并且他的组织样本和细胞培养物都不能用于比较两种治疗方法中哪种更好时，那么这种情况下实验是可以接受的。"

"哦。"

"我们网站的地址就在这张纸条上。来看看我们的观点吧。在我们看来，如果另外一种方法可以挽救一个人的生命，并且已经尝试了所有细胞培养物，一直到最后，那么动物实验是可以接受的。"

"即使那个人已经在20年前去世了。"乔说。

姑娘不明白他是什么意思。乔找了个借口走了进去。

辩论——这真的是一个不可能的愿望吗？

一个身穿黑色外套、面色苍白的小伙子代表其中一个组织讲了很长时间。他戴着一顶有檐的帽子，脸上挂着自以为是、带着讥讽的笑容。小伙子在回答问题时看着自己涂成黑色的指甲，乔觉得与其说他是在发表自己的观点倒不如说他是在重复背下来的词句。

对他们来说，一切都是理论上的。他们把绝对的怜悯和绝对的痛苦对立起来。小伙子用他单调的声音重复着对所有方法中最残酷的实验方法的描述，但只字不提实验的结果。小伙子说，通过一些替代方法已经取得了同样的结果，但闭口不谈这发生在20年之后，因为人们已经知道要寻找什么。

乔在想，如果这些人对研究人员的日常工作有任何了解就好了，知道这是如此枯燥乏味，他们就不会反对了。他做了一个关于基础研究的演讲，并试图解释动物模型都被用来解答什么样的问题。丽莎鼓励地看着他,但是那些年轻的环保积极分子似乎大多是在交头接耳、窃窃私语,并带着嘲笑的神情不时地相互对视着。

乔演讲之后,一个长得不高的、看起来很生气的姑娘花了15分钟时间讲述了生产一公斤的牛肉如何消耗掉10万公升水。现在,所有人又都在听那个傲慢地对着自己脚趾微笑的脸色苍白的小伙子,用他那嘟嘟囔囔的声音讲述加拿大一个养牛户如何用藏在肉块中的发泡塑料碎屑去非法毒害大型捕食动物,使狼的消化道被堵塞,这样动物就会慢慢地死于内出血。

"请听我说。"乔听到自己大声说。"我可以说点什么吗?"他看到被选为这次活动主持人的这家报纸的科学编辑,正小心翼翼地看着自己。直到目前为止,乔一直在设法控制自己,但是现在他意识到自己已经站了起来。他事先答应过米里亚姆,他会控制住自己的神经,深吸一口气,不会激动,并且记住,如果他生气了只会帮助自己的对手。你是一个很棒、很善解人意、很体贴的男人和父亲,但在某些情况下你很容易激动,米里亚姆说:"我担心现在正是这种情况。"

他吸了一口气,重新开始说:

"我们能不能商量好,我们每次只谈一件事情?"

整个大厅的人都在盯着他看。

"我不明白,毒杀野狼和什么有关系。"他说。

"这大概并不是你唯一不明白的事情。"一个年轻人大声喊道,获得了一片震耳欲聋的掌声。

乔试图将辩论引导到他认为是问题所在的地方:并不是人类所有的生理系统、神经系统及其疾病与治疗都能够那么简单地通过其他方法得到解决，特别是远不可能很快得到解决。

"它会给动物带来不必要的痛苦吗？"他问道。"如果采取正确的方式进行实验，则不会。"

"骗子！"有人喊道。其他人开始和声喊道："骗子！骗子！"主持人不得不让人们安静下来，这样乔才能继续。

"大家等等，我的上帝啊，至少要让我讲完。"乔说。"我是说，当然有些实验会让动物遭受痛苦，动物也会失去生命。这是当然。一些实验的目的也就是造成痛苦。但这是不必要的吗？不。我们由此买到了新的知识。"

乔看着他周围一张张充满敌意的脸。他的衬衫从腋窝开始都湿透了，他努力保持冷静，他在想他终于得到了一个很好的机会来告诉年轻人科学工作到底是什么。但这次与往常不同，以前他都是在自己所在的教区布道，人们相信他。

"用动物的痛苦和死亡获取知识，所付出的牺牲是不是太大了？"他问道。"我不知道。我真的不知道。如果我们一起思考，如果我们共同协商最终认为是这样的，那么很好。那时我们将不得不停止动物实验。当然，这正是你们想要争取的。信不信由你们，我赞赏这一点。我尊重你们想让世界变得更美好的想法。"

他看着年轻人，看着他们轻蔑、空洞的表情。

"但是你们确定你们在放弃什么吗？你们很确定地知道你们在要求什么吗？你们很确定不会无意间认为你们可以吃到你们留下来的蛋糕吗？你们很确定大多数人与你们的看法是一致的吗？"

大多数人与希特勒的看法一致，有人在大喊大叫，并获得了热烈的掌声。主持人给了来自另一个协会的姑娘发言反驳的机会。

"严格地讲,问题在于用动物进行实验只是基于一种固定下来的做法,而不是基于动物实验被证明是可靠的。"姑娘用一个有经验演讲者自信的声音说。

"什么?!"乔很想喊出来。

"大多数动物实验从未得到过验证。"姑娘继续说道。人们喜欢这个姑娘,她知道这一点。姑娘长得很漂亮,那是一种健康的、年轻人充满自信的美丽,她不需要试图去做什么,她整个谦卑的本性都在散发着光芒,人们可以从姑娘身上看出,她以为她会永远保持这种状态,她成为上帝的选民只是因为她年轻。

"得到验证?这到底是什么鬼?"

"换句话说,它们的可靠性尚未通过科学实验所要求的方式正式确定。"

"这到底是什么鬼?"乔最终发出了比所预想更响亮的声音。"动物实验未经验证?"

整个大厅安静了下来。人们像看魔鬼一样盯着他看。他意识到自己又站了起来。

"对不起,小姐,但你到底在说什么?"乔问道。"'可靠性尚未得到正式确认'这是什么意思?"

"就是说它们的可靠性尚未得到正式确认?"姑娘用年轻人在提问题时不断上升的语调说。

现在,满大厅的年轻人都大笑了起来,为这个美丽的姑娘鼓掌。她很漂亮,如果她能成为什么人物,所有的报纸和电视频道都会同时争着为自己拥有。突然间,所有人都在大声喊叫,有人用拳头敲打着桌子,兴奋地号叫。

"请大家举手发言。"主持人说。

乔的四肢冰凉,冒着冷汗。他十分气愤,如果他不能马上向这些人彻底解释清楚到底是怎么回事,他担心自己会跳起来去袭击什么人。他已经尽了全力,但现场的情况以及那个嘟嘟囔囔的后生和上帝挑选的光芒四射的姑娘对他来说太过分了,整个辩论就像是没有规则的篮球比赛,犯规不吹哨,即使现在被铲子打到手上也没有人会被罚下场。球感或球技在这里都派不上用场,只能靠铁拳来说话。

"关于这件事,人们谈论得太少了。"姑娘说,眨了眨她没有化妆、完美的睫毛。"如果人们在开发替代方法上有更多的投入,动物实验通常可以被其他方法取代。"

女孩开始详细展示美国国立卫生研究院[①]研究经费的百分比中,有多少个百万美元被分配给使用实验动物的实验室,而只剩下多少碎屑被用于"替代方法"。

乔试图请求发言,但主持人把机会给了脸色苍白的小伙子。小伙子开始谈论组织和细胞培养,这些培养物实际上几乎可以完全取代动物试验,但还没有足够的政治意愿这样做,因为他们面对的是百万富翁企业家支持的大公司和富有的私立大学。

"这些是用来测试商业化妆品的!"乔大声说道。"视觉系统研究与粒子加速器一样都是很有用的!你对你自己在说什么一个字也不明白!你懂吗?"

"请您不要打断我。"脸色苍白的小伙子对着桌子说。"除了这些,还有一种极少使用的方法是计算机建模,它……"

---

① 原文此处为英文 National Institute of Health。

"我真是见鬼了!"乔大声叫道。

"你一个18岁的辍学者跟我这儿讲研究方法?为什么你认为我们还没有用计算机对所有能做的都进行了建模?我们一直在满头大汗地建模!我有4个研究生和一个博士后都只是在做建模研究!我们竭尽所能做好一切,因为竞争是如此激烈,否则我们将会被从世界地图上消灭掉!"

"我请求让我把话说完。"小伙子用微弱而紧张的声音对主持人说。

主持人说:"我要提醒一下查耶夫斯基教授,我们并不是在讨论他正在研究的或某个特定的研究领域,而是在一般性地讨论与动物实验相关的问题。"

"但是这样的情况并不存在!"乔说。"并不存在任何一般的疑难问题!所有研究都是特定的研究,都属于特定的研究领域,探索特定的问题,并使用一些特定的方法,所有可以获取的方法!你们要明白,如果你们打算开始采取立场,那你们必须先把细节弄清楚!"

小伙子继续介绍他从书中读到的那些用来研究他对其一无所知的事物的研究方法。他是在最近一期的《神经科学与实验生物学》杂志[①]上读到了一篇关于计算机模型的文章。

乔试图再说点什么,但是他得到的答复除了谩骂没有别的。他慢慢地陷入了自己的思考。他感到筋疲力尽,就好像整整一天都在浓稠的焦油上奔跑一样。

他刚才感到的愤慨不知道消失到哪里去了,取而代之的是一些痛苦而沉重的东西。这场对话继续在他身旁的其

---

① 原文此处为英文 *Journal of Neuroscience and Experimental Biology*。

他人之间进行着,他们对背诵的数字和某些网站上的统计数据感兴趣,对简练的口号和崇高的原则、对哲学家的名字感兴趣,在讨论中他们可以使用事先在内部练习过的言简意赅的排比句,每个人都可以说出他们对所有事物的看法,而每个人的观点都是宝贵的。

每个人都有自己的看法。

最重要的是开展讨论。

讨论本身很重要。它有助于架设桥梁。

当主持人请乔就裘皮养殖场问题发言时,他从座位上站了起来,平静地走了出去。年轻人全程都在嘘他,一直到门口。他回到家里后发现他的上衣背部被人吐了一口唾沫。

唯一最接近建设性的发言是丽莎的演讲。丽莎介绍了自己的研究项目。这是一个勇敢的举动,丽莎当然将自己推出来作为靶子。丽莎详细描述了与实验动物一起工作是什么样的,动物如何唤起人们的温情和保护的欲望,人们如何不想让动物遭受痛苦并尽一切可能让它们免受痛苦。但是如果要想让研究继续下去,这些动物必须要生活在某些特定的、受到严格限制的条件下,最终会牺牲掉。丽莎在最后分享了一些很好的快捷案例——可应用的,丽莎明白,按照学术风格打分在这里不会被认可,只能计算进球得分——所有的动物实验都取得了什么成就,克服了什么样的疾病,开发了什么样的药物,如果没有动物实验,我们会在实践中对神经系统的认知一无所知。

直到他走到外面,看到所有年轻人都有一个同样的装置,其下一步将发展为iAm,当他看到他们稚嫩、充满爱心的手指按在他们小巧玲珑的智能装置的外皮上,乔在那时才意识到他应该对他们说些什么。

他给自己倒了一杯威士忌。他已经决定不再喝了,但是在那之后他又喝了3杯。在这个春季傍晚的昏暗时分,他望着窗外的北美红雀从院子里的覆盆子花丛中,发出邀请同伴的叫声。

那场辩论会已经过去了好几天,但他的感觉仍然像是刚挨过打一般。在他的脑海中,那个漂亮姑娘的答复一直在回荡。当时乔告诉他们哪些疾病今天已经可以治好,而不是像20年之前,这一切都要归功于他的研究:

它原本也可以通过其他方法解决。

某个20多岁的人可能最了解它,乔知道自己的研究项目,8年间乔策划并认真思考每个实验的设置,根据试点结果进行检测,尝试了不同的方案,犯下了30次与所有其他人相同的错误,和他的同事一起把头都想爆了,当一切都搞砸了之后又重新开始。最后,解决方案却似是从天而降不请自来,就像一个来自犹他州上门推销《摩门经》的年轻人一样,当然这只是因为他这些年来一直在努力。这个解决方案对他自己来说也是一个惊喜,尽管事后看来这也是唯一可能的结果:控制重要肽的关键基因影响了次要视觉皮层上的某些 γ 氨基丁酸能中间神经元[①]的功能——15年来这对每个人来说都是不言而喻的,但实际上与人们所想象的不同,其涉及的完全是不同的中间神经元。

这也能用其他方法来解决吗?

---

① γ 氨基丁酸能中间神经元,英文 GABAergic interneurons,其中的 γ 氨基丁酸能是中枢神经系统两种抑制性神经递质中的一种。

对不起，小姐，但我想知道这些方法会是什么？

针对……**裘皮动物养殖**的观点？所有人都想讨论，但是没有人想听。

乔在电话中向芭比·弗莱施曼大声斥责那些年轻人、警察、媒体和整个世界，后者在巴塞罗那的一次会议上很不舒服地接受他的怒气爆发。芭比在会上介绍了自己的科学发现，她仍然可以不受干扰地完成自己的工作，因为她没有受到任何人的攻击，至少还没有。这当然是一件好事，就像乔不得不单独提醒自己一样。

乔还试图以此来安慰自己，即并没有人在听芭比的演讲：人们在阅读他们的电子邮件并准备自己的演讲。几年后，当每个人都拥有一台iAm，人们甚至不再需要单独把电脑拿出来时，会议会变成什么样呢？

芭比说，她听说市中心的一家皮草店在前段时间不得不关门。一年多来一直有人定期在商店外面用扩音器呼喊，你们应该感到羞愧！你们应该感到羞愧！还有人赤身裸体地跑到窗户底下，把窗户砸碎，他们按汽笛的声音如此之响，以至于顾客和员工不得不为了保护听力而逃离。

乔的脑袋差一点儿要裂开。皮草店？皮草是一种奢侈品，供自我炫耀的，皮草有替代品，毛皮动物在世界的另一端被关在可怕的、工厂般的狭窄空间里，被电击、棍棒殴打和杀戮，在芬兰或某些国家会在没有立法的情况下被活活剥皮。

芭比叹了一口气。

"他们是狂热分子。这对他们而言没有区别。听我说，这是一件可怕的事情，但是我的演讲马上就要开始。你先休息一下吧。"芭比说。"你和米里亚姆一起去什么地方转转吧。可以周末去一下玛莎葡萄园。我现在必须要走了。"

活动结束后的第二天,丽贝卡过来说,她看到了乔的表现。是全部吗?乔起初还抱有希望,但是不是,丽贝卡只看到了在报纸网站上发布的一个很短的视频片段。它直接被推送到她的iAm上,进入了她的大脑。这种感觉太神奇了,丽贝卡说:"我刚刚在想,那边的情况怎么样了——说时迟,那时快!不请自来!就在那一秒,我就看到了视频!妈妈正在红绿灯处搭车!爸爸,你应该试试!这项技术没有回头路可走!"

丽贝卡说,那个女孩说得非常好,动物实验根本就不是必须要进行的,但是又不给替代方法提供资金。但是你的表现……丽贝卡看起来很为难,然后抬起目光。

"应该……可以做得更好。"丽贝卡说。她的目光充满了同情。

网上有一个关于这场活动的一分半钟的视频片段,乔在其中有两段对白。在其中一段里,他说:这会给动物带来不必要的痛苦吗?不会。在另一段中,他咆哮道:"你到底在说什么?"对白之后是一个坐在观众席上的女孩惊恐的脸的镜头。女孩看起来好像12岁,她在整个活动期间没说一句话,然后是那个貌美如花的姑娘关于"替代方法"的对白:平和、冷静专家的中立意见。

丽贝卡忍不住重新回到神奇的iAm。她永远不知道要去哪里寻找这样的片段——但是现在它直接出现在她的脑海中!所以,他们所承诺的都是真的:制造商持续不断地记录着丽贝卡所浏览、观看和思考的所有内容,因此知道如何提供她想要的东西——而且是实时地!在这么短的使用时间之后!——就将丽贝卡特别感兴趣的东西直接发送给丽贝卡本人。除了关于乔的视频剪辑,该装置还展示了许多评论、文章和视频,其中在探讨查耶夫斯基教授可能与使用动物实验的化妆品产业、从动物实验中获利的毛皮动物养殖场和拥有大量资金的企业之间有什么样的联系,以及肉鸡生产厂家很有可能会向查耶夫斯基教授支付了多少钱的隐形咨询费。

"它是否也向你展示了我的回复?"乔说。"我写给报刊的读者来信栏目上的?"

"没有。"

"这也可以在互联网上找到。我可以把它展示给你看。"

"啊,现在吗?"

"是的!我想听听你的想法。"

"你知道我大概没有精力再承受了。我没有任何冒犯的意思。我阅读了那么多东西,看了那么多视频片段,我觉得我的大脑已经完全不转了。从早到晚一直戴着这个装置会对大脑造成什么影响吗?"

"从早到晚?我们商定的是两个小时!"

"哦,是的。也许我们是这样定的。妈妈大概不记得从我这里把它拿回去。"

"棒极了。"

"我最后发现自己是在看一个视频片段,有人为他们的狗剪了一个布兰妮·斯皮尔斯①2007年的光头。有那么一瞬间,我以为那只狗就和我在这同一个房间里。"

"太好了。"

"爸爸,我感到很难过。"丽贝卡说。"但是我确实在某

---

① 布兰妮·斯皮尔斯(Britney Jean Spears),被称作小甜甜布兰妮,美国女歌手、词曲作家、舞者与演员。

些方面与那些人的观点是一致的。这是不对的。对那些动物来说。"

还有：我爱你，爸爸，但是我认为你做错了。

乔无法这样做。他无法回答女儿。

一直到现在，他愿意为有机会认真讨论一下这件事付出任何努力，他除了和自己聪明的女儿讨论这件事，其他人他都不愿意去讨论。但是就在那一刻，他感觉好像整个房间的地板突然布满了小裂缝。他担心如果不得不在其他人面前为自己辩护，他将会瘫倒在地板上。

乔想，多么讥讽、可笑的距离，那个小伙子借此绕过了守法和无法无天的问题：小伙子最初只是说了一些据他理解有些人愿意做"相当多"的事情来促成必要的改变。即使在追问下，他也不愿意做出进一步的解释，但他也没有排除任何做法。

"你也赞成使用非法手段吗？"主持人问道。

"在我和我所代表的协会看来，目前的情况是不可持续的，也不能再继续下去了。"小伙子对着自己的手掌说。这让乔想起一个在口袋里藏着泰迪熊糖果的小学年龄段的孩子。

"如此，你们认为闯入一位受人尊敬的大学教授的实验室并损毁电脑和研究工具是可以接受的行为吗？"

"如果我们鼓励这么做，我们将会涉嫌犯有煽动罪。"

"但是在你们的网站上有本州使用实验动物的研究人员的详细列表以及确切的地址信息。"主持人说。

乔在活动之后去查看了那些页面和列表。他不仅在其中发现了自己的名字和团队，还发现了一张微笑的脸部照片，与获得科学奖后发表在《纽约时报》上的照片相同。

列表上除了有研究人员的姓名和家庭住址，还列举了所使用的动物物种和机构准确的街道地址。虽然有些细节部分已经过时，但是列表信息之全仍让人吓出一身冷汗。

乔的家庭住址精确到门牌号码，并且都是对的。

根据安防系统的严密程度，每个目标都按照一至五打了分。列表中还包含额外注意事项（"注意！安全摄像头隐藏在入口处看不见的地方！"）以及可能是以前的破坏行为的日期和后果（"2004年5月5日被袭击，24只老鼠被释放，笼子被损坏，文件和必需品被摧毁"）。

页面底部写道：**注意！**信息有可能不是最新的！始终要进行充足的背景调查！

"您难道不认为发表这样的列表实际上就是在煽动破坏行为吗？"

"这些信息是完全公开的，是摘自农业部的合法注册登记和大众媒体发布的信息。"

"难道您不认为您在字里行间刻意想要让我明白点什么吗？"

"我们在自己的网站上发布与动物权利相关的中性和中立的信息。我们不能对数十亿使用互联网的人的态度和煽动行为负责。"

主持人看了那个小伙子很久，然后说："我觉得您是在煽动人们犯罪。"

小伙子对他的后援队伍笑了笑。他脸上的表情意味着：你们看我怎么说的？一个女孩从后面稍远一点儿的地方站了起来，拿着她带来的一本字典念道：

"煽动：通过鼓动、怂恿或者其他方式（试图）劝说某人或者某些人去做某事（通常是应受指责的事），激励，挑唆，挑拨，激发，挑动，挑衅，法律上（试图）劝说某人故意犯罪。"

小伙子用嘟嘟囔囔的声音说，证明负担应由那些声称我们的网站在煽动、以其他方式说服或者劝说某人去犯罪的人来承担。

"您现在能公开说您不赞成犯罪吗？"

"我们不赞成犯罪。"

"您现在可以公开承诺将这些列表从你们的网站上删除吗？"

"我们在自己的网站上发布与动物权利相关的中性和中立的信息。"

"您肯定非常清楚对犯罪进行口头谴责与发布你们的列表之间存在的矛盾。"

"我们国家有言论自由法，它保证了注册协会可以自由传播不侵犯他人名誉、隐私或者宗教的任何信息。"

乔的威士忌杯子又空了，尽管他刚刚把它倒满。外面一片昏暗。所有其他人都在睡梦中。

报纸在内页刊登了一小则新闻，称动物权利活跃人士与一名动物研究人员进行了辩论。动物研究人员。在他自己看来，他研究的是人类视觉系统。在他的团队里，有些人对健康的受试者即人类进行实验，但是谁会对这种事感兴趣。他的团队中有4名计算机建模师，那些在年轻人的想象中将拯救整个世界的人，却没有被提及。

显然，事情到底是什么样的并不重要。它们看起来是什么样子才最重要。

每个人都想让事情看起来像是他们想要的样子。

到目前为止，乔还只是不时地收到一些匿名纸条，而现在电子邮件则如潮水般涌来。发信人都是普通的电视观众、报纸读者，每个人都对有关事物和当前的情况有自己的观点。他们中间的一些人怒气冲冲，义愤填膺，有些人是为了动物，有些人则是为了年轻人。第三方有很多话要说，他们的话也很有分量，但是所涉及的事情很难看出与辩论本身有什么联系。有些人想表达对他或者对毛皮动物养殖者的支持，有些人则认为企图扼杀人们的自由经营权利是天大的丑闻。

有人计算过，为了开发新的前额叶皮层腹内侧区优化器必须要毒死数以万计的实验动物，当竞争对手开始复制新产品并为自己申请营销授权时，还需要更多的、数以十万计的实验动物。乔搞不清楚，这条信息是要作为支持动物实验还是反对动物实验的理由。并不是每个人都有必要隐瞒自己的身份，但显然不适当的匿名消息的数量也有所增加。

辩论活动刚刚过了一周，客厅的窗户就被击成碎片，有什么东西"砰"的一声砸在地毯上，沙发都被震得颤了一下。正在看电视的萨拉在空荡荡的楼下被吓了一跳，尖叫起来，丹妮拉被吵醒，开始哭泣。时间是晚上11点过一点儿。

乔和米里亚姆在罗迪的60岁生日派对上正高兴地进入微醺状态时被紧急呼叫回家。生活只有片刻时间看起来是可以忍受的。当他们在自家院子里从出租车上下来时，一辆警车停在临街的大门前，一位年轻的女警官正在笔记本上写下萨拉的描述。

客厅的地板上躺着一块砖头，就像一块被石化的愤怒。地毯上布满了玻璃碎片，闪闪发出透明的、虚幻般的蓝色。

那一夜他们是在酒店里度过的。

谁也不想回家。"爸爸，你现在是否能确定不会有人再来了？"

当孩子们从酒店回来后，他们不得不花很长时间安抚她们。第一天晚上，两个孩子都以各种借口拖延着晚上的事情，抱怨着平常要做的日常事务突然之间都变得糟糕起来。当孩子们最终被哄睡着后，乔觉得他应该留在楼下监视情况，尽管他自己也不清楚他在期待什么。

米里亚姆道了一声晚安，然后看都没看他一眼就走上楼去。在晚饭后烘干碗碟时，乔把米里亚姆拉到身边，但米里亚姆似乎心不在焉，并没有回应他的举动。

乔在客厅里坐了很久，一直到后半夜。他的眼睛盯着黑暗的窗外，窗户里反射出来的只有他的影子，带着柔和、重影、模糊的轮廓。从影子看似乎里面什么都没有。

X.

彭博会堂里面很冷。由于害怕夏天太热，空调温度设置得过于劲猛，人们都想穿着外套坐在里面。这几乎就像在爱丁堡一样了，乔想。他曾经在苏格兰的一个研讨会上担任主旨演讲[①]嘉宾，在3天时间里他被冻得指尖发青。当时是9月，会议中心里只有10℃。

在窗户外面，校园高处方形广场的草坪在炎热的天气中空荡荡的，踢着足球或者是趴着看书准备考试的本科生都不见了。研究生们在自己的房间里安静地工作，或者是悄无声息地为自己偷偷安排一两天假期。

一个局外人在办公室里已经看不出来动物权利活跃分子刚刚在不久前捣毁了这里的一切。乔对新的家具已经感到习惯，尽管安装了新的操作系统，但崭新的计算机仍可像往常一样使用。就连重新粉刷过但色调比以前更深了一点儿的墙壁也最终开始与周围的环境融为一体了。

曾经让乔感到心烦的是，无法再找到同以前完全一样的涂料了。他很尴尬地记得，他曾对技术部门的负责人大喊大叫，抱怨为什么以前的颜色不再在市场上销售了。如果仔细观察的话，可以从墙上看出来新刷的地方反射的光

---

① 原文此处为英文 keynote。

线与其他地方不同。他想把这样的差别消除掉。

他试图专心去读拉伊的手稿，他应该对其进行一些修改。但是他很难集中注意力。当天早些时候，他不得不就那场灾难性的辩论会给布拉德律师打个电话。事件发生一周后，一名中年妇女与他联系，她收集了许多无家可归的猫，并威胁要起诉他犯有违反动物保护法的罪行。

很难确定这起诉讼会变成无害的喜剧还是噩梦般的惊悚片。这位养猫的女人很有可能同时在这两个方面都取得成功。米里亚姆成功说服他不必坐等着起诉传票，而是应该与律师确认一下如何做才最明智。

"这不会立案。"布拉德马上说。

"我很高兴听您这样说。"乔说。

"不过你在打电话之前没有太耽搁是件好事。"布拉德补充道。

这句你没有耽搁是件好事：这些话足以在乔的脑海里留下一点令他感到厌恶的余音，那种令人尴尬、不公正也不合理的麻烦事仍然有可能会突然溅到他的眼睛上。到目前为止，那个猫妇再也没有发出任何信息，至少传票还没有送达。

他的思绪也一次又一次地回到米里亚姆身上。对她而言，扔砖头的那段插曲似乎比对其他人的伤害更大。虽然萨拉和孩子们也都受到了惊吓，但在最初的震惊之后，她们似乎都已经恢复过来了，至少从表面上看可以这样判断。但是自从那天晚上之后，米里亚姆一直沉默不语，她的目光蒙上了一层陌生的、看不见的面纱。

令乔感到沮丧的是，他在整个春天都感觉自己是一个人孤零零地守在火线上。每当他想聊会儿天时，米里亚姆都会把脸埋在智能手机上，心不在焉地嘟囔点什么。俏皮话和时事话题继续作为一种自由娱乐在社区媒体上传来传去，显然并没有受到乔已经乱成一团麻的烦恼的影响，没有什么东西能阻止米里亚姆的自我享受。现在，米里亚姆似乎终于意识到这个问题也影响到了他们中的其他人，现在当他们终于可以联起手来，米里亚姆却以微妙的、看不见的方式将自己隔离在外。

他把自己的想法强行拉回到手稿里。现在大厅里传来一些声音——有人在接待一位访客——他尽可能把这一切都排斥在思绪之外。他承诺今天把他的评价发给拉伊。拉伊从初春开始就对猫的大脑皮层运动前区域的反应进行了测试，这无疑引发了一些有趣的问题。拉伊充满希望地想将其解释为一种新的神经通讯系统的表现。这种情况的存在并非完全不可能，但是往往研究人员越年轻，就越有可能对自己的结果寄予太多的期望。拉伊的发现当然值得发表，但在目前这个开始阶段还很难说是否会产生更重要的结果。通常，期望都会在不经意间被定得太高。

另外，当胡乱挥舞球杆到了一定程度就有可能无意中把冰球捣进对方球门，正如芬兰人可能会说的那样。最重要的不是成为那个最准、最快、最聪明或最强大的人，而是要学会如何在能进球的地方转悠。同样重要的是，团队中的每一个人都明白这一点。有时你甚至会在自己还没有意识到的时候就已经把冰球击到笼子里去了。在很长一段时间里，乔本人也是将自己的成果视作最重要的人工制品。他也明白为什么拉伊想加快点速度。如果报告能够在秋季出版，它将改善拉伊在就业市场上的机会。

当他意识到有两组脚步声正逐渐从大厅移近他的办公

室房门时,他期待着是公事。但是当他中断手头的工作,看到那个走在前面的男人进门之后,他意识到这与他的工作无关。

来人一共是两个男人,都穿着深色西装。他们看起来和人们期待看到的一模一样,长得很高大,下巴结实,时刻警觉的样子。丽莎忧心忡忡的面容在他们身后的门口一闪而过,丽莎显然是想帮忙。

男人们一脸认真地径直走到乔的办公桌旁,这让乔不得不斜着脑袋看着他们。他们表情严肃地直视着他,显然一副找到了他们想要找的人的模样。乔还没有明白,这件事可能真的与他有关:在他看来这两个男人显然搞错了房间和人。

他在脑子中搜寻着能快速而礼貌地摆脱这些向他伸出手的大个子的方法。他急于完成对文稿的修改,以便拉伊可以第一个拿到征服处女峰的门票。他还急着要赶去参加一个实验室会议,会上将讨论双相情感障碍细胞的抑制机制,他要去的房间外面的走廊上会站着一个来自私人安保公司的男子,因为对他来说,在大学里讨论神经细胞之间的沟通已经不再是安全的。当然,成千上万的人仍然在自由、快乐地做着同样的工作。

"查耶夫斯基教授?"

"是的?"

"您有几分钟的时间吗?"

"这是怎么回事?"

其中一名男子快速展示了一下他的徽章。这同电影里的情形一模一样,也是西方共同文化财富的一部分,即使是对那些从未见过特工的人来说也是如此。乔意识到拉伊和丽莎正盘桓在网吧①打开的门旁边，悄悄地想听听发生了什么事。他过去把门关上，和两位男子握了握手，请他们坐下，并请他们喝咖啡，他们谢绝了。

在报出自己的名字时，第一个人大声说出了印在徽章上的首字母缩写，这也与电影中的相同，简短而响亮。乔吓了一跳。他也许并不完全相信整个联邦调查局的存在。也许正是因为一切都完全是按照想象的那样进行，才使得他的整个经历无法令人信服。

与此同时，他感到内心涌起一股突如其来的感觉。联邦调查局！终于有人做了点什么！

然而，他的喜悦很快就随着两位男子压低的声音和简短的抱怨而消失了。这些人显然不愿意证实他对他们正在调查什么以及为什么调查的任何假设。对于乔提到的有人闯入实验室和将砖块从窗户砸进来的事，他们好像觉得这些都是无关紧要的事而忽略了。乔刚开始对这些人与他站在一起的真诚喜悦转变成了一种模糊不清的担忧，他意识到自己还是在单打独斗。

两位男子只想要得到答案，对于他提出的每一个问题他们都熟练地回避了。这些人想知道乔所知道的一切。但是他却什么都不知道。这显然无法让两位男子轻易相信，即使他们并没有说出来。乔发现自己在慢慢陷入窘境，越来越感到不安，因为他不得不一直回答：我不知道。我不知道。我没有任何概念。我说不出来什么。

他不得不有意识地提醒自己，他没有做任何违法的事情。这是一场梦，他的心里不时在想。我卷入了一个深受

---

① 原文此处为英文 cybercafe。

警察连续剧影响的梦境了。

然而,当两名男子走出彭博会堂的大门时,这场梦并没有结束,仍然残留在丽莎的目光中,弥漫在系里令人感到迷惑和有保留的氛围中。

他在事后并不能一字不差地记得那些人都用哪些话问了什么问题,以及他是如何在脑海中对谈话内容进行了怎样的补充。他多次回到当时的情境中,亲身感受到对那些男人最初提出问题的记忆是如何逐渐定型为符合他自己的解释和结论的。

他是有一个儿子现在住在斯堪的纳维亚吗?

这个人会不会有什么事情与他不对付?

他知道那个男孩都和谁在一起走动吗?

难道他真的不知道这个男孩现在正在做什么吗?

确实如此。据他所知,他对这一切都毫不知情。他没有任何哪怕是细微的预感,只知道这个男孩据说现在正在美国进行短期访问。他不知道。他甚至不认识那个男孩。他在芬兰有一个母亲,还有一个继父,他们与男孩关系密切。乔在最后一次听到他的消息时得知,这个男孩已经以最佳成绩通过了高中毕业考试,并将要去学习生物学。也许他和他的母亲或者他的继父之间有什么争吵,但乔对此并不了解更多的情况。他们应该打电话给他在芬兰的前妻,她会告知更多的情况。

"他知不知道这个男孩有什么事情是针对他的吗?"

"没有,仍然是据他所知,什么都没有。据他所知,男孩对他一点儿也不感兴趣。男孩对试图联系他的努力没有做出任何回复。"

"联系?"

这两个男人一下子警觉起来，互相看了一眼。乔非理性地感觉到，自己犯了一个关键性的错误。他向这两个人解释说，他曾在一个受欢迎的社区网站上请求加这个男孩成为好友，但男孩没有回复。

"没有回复？"

这两个人额头上的皱纹更深了。乔感觉到自己的腋下被汗浸湿了。他接受讯问的时间越长，就越觉得自己像是某一种被怀疑的对象。这当然是不可能的。

有什么问题被问得次数越多，这个问题听起来就越令人担忧：这个人有没有可能对你怀有敌意？

"你仔细想想，他对你会不会有什么嫉恨？"

"大概不会吧。至少没有什么了不起的事。我们彼此之间没有太多交集。"

他记得他与男孩之间所有的联系显而易见都是正面的。其中有的是请求乔在学校作业方面提供帮助，男孩展示过获得的学校证书和班级最佳成绩，发送过他发表的报刊文章。乔很遗憾他与儿子之间的联系很少，他为此感到忧伤，但他仍然为自己的儿子做得如此优秀而感到自豪。两年前，当儿子从高中[①]毕业时，他原本是要去参加儿子的毕业典礼的，但因为工作未能成行。他从阿莉娜信息的字里行间读到，人们并不期待他参加一个小规模的家庭庆典。令人欣慰的是，很久以前商定的应邀赴佛罗里达州的演讲不会因为芬兰之行而取消——但是如果需要的话，他是会为了塞缪尔的高中毕业典礼这样做的。

这就是特工们离开后他还在一直思索的：如果说有什

---

① 原文此处为英文 high school。

么地方不对劲,他肯定会从阿莉娜那里听说。

这些人离开之后,他打电话给布拉德,令他惊讶的是,布拉德很生气。他不应该在没有律师在场的任何情况下与联邦特工交谈。他绝对应该请布拉德到场的!此外,他们在没有律师在场的情况下也无权向乔提出任何问题。

"但是我并没有做任何违法的事情。"乔试图说。

"请仔细听我讲,"布拉德严肃地说,就像对一个在马路上奔跑闯红灯的孩子说,"永远不要对联邦调查局特工说什么。什么都不要说。"

"可是他们是站在我们这边的。"

"乔,拜托了[①]。"

乔还在等着后面的话,但是拜托了似乎已经涵盖了所有内容。布拉德说:

"有一件事你可以说。"

"真相?"

"你只能说,也只能说一句话:对不起,我现在要给我的律师打电话。"

但是最糟糕的事情发生在4月底。那时樱花树、黑樱莓树和玉兰树上已经挂满了闪烁着粉红色和白色光芒的花朵,到处弥漫着浓郁甜美的香气。太阳温暖着穿着衬衫的后背,长曲棍球队的年轻小伙子们带着伤在运动场上奔跑,散发着荷尔蒙的气息,大黄蜂在校园的花卉植物中嗡嗡作响。

乔和其他人一起站在系里的公共客厅里,分享着为庆祝鲍勃·利什获得长期稳定职位而预订的巧克力蛋糕,当

[①] 原文此处为英文 please。

时丹妮拉是他们家里第一个回到家的人。乔正在专注地听着鲍勃的致辞，鲍勃在讲话中感谢他的帮助、合作与友谊。从鲍勃个人的语气来看，乔意识到等待终身职位和固定任期对鲍勃来说比当初想象的要艰难得多。他为鲍勃感到高兴，他为他们之间轻松顺利的合作以及他们在一起成为很好的工作搭档而感到高兴。

也许就在丹妮拉打开邮箱的同一时刻，乔想起了鲍勃已经过世的父亲。当鲍勃的父亲被诊断出患有晚期帕金森综合征时，正是鲍勃刚刚来到系里工作的时候。他为了获得终身职位承担了沉重、压力巨大、经常加班加点的工作，他必须坚持天天长时间工作，而同时应该有人在照顾他的父亲。当丹妮拉看到邮箱里的包裹的那一刻，乔也许正在想鲍勃怎么能够把他的父亲留在他位于美国中西部那个破败的独栋小楼里，又怎么能够说服他的父亲进入一个在他生活了一辈子的城市数百英里以外的另一个陌生城市的养老院呢。

当丹妮拉对收到的包裹感到高兴时，乔可能正在想着自己的父亲，丹妮拉的祖父，他住在家里，一直到最后都保持着令人惊讶的健康身体和易怒的本性，而每当有人给他打电话时他都会回答说：

"没有听到你的消息。"

但是现在父亲已经过世了，乔在他的葬礼上怀着复杂的感情致辞，满怀哀悼之情，无处得到安慰，心中充满了宽恕之情，而现在丹妮拉在学校已经待了一天，现在一天的学习结束了。

这是一个天堂般明媚美丽的春日，阳光温情、轻柔地照耀着，靛蓝北美红雀在自家庭院的树上叽叽喳喳地叫着。

丹妮拉在下午早些时候离开了学校，比她平常的时间要早，因为国家历史日小组的会面被取消了。萨拉没有像往常一样从邮箱里取走邮件，因为她去洗衣房送洗衣服去了。

邮箱里除了包裹还有一些账单以及每周的蓝色便笺，上面有一个失踪的4岁孩子的面部照片和电话号码在问：你见过我吗？

这是一个很大的包裹。它是寄给丹妮拉和丽贝卡的，它的四周环绕着橙色的礼品纸和鲜红色的丝带。

乔后来在脑海中看到这一幕是怎么发生的：丹妮拉，他的有着天使般卷发的小女儿，抱着包裹冲到家门口，打开大门，把她的背包扔在前厅里，开始迫不及待地用她纤细的手指从瓦楞纸板上往下撕着粘得很牢的胶带，这里面是什么啊，里面是什么啊！

丹妮拉最终不得不放弃，她从厨房里取来剪刀。好吧。它现在怎么能打不开呢？丹妮拉用剪刀也无法完全打开胶带，于是她把包裹翻了过来。她强行从底部撕开了包裹，这救了她的命。

里面是一个手工组装的木制盒子。

由于盒子是倒置的，丹妮拉看不到盒盖，而一拉盒盖盒子就能打开。她先是感到有点奇怪，然后开始费力地把盒子从较窄的那一侧掰开。如果把盒子上下颠倒着看，它看起来就像是应该从侧面打开似的——谢天谢地。

丹妮拉从较窄的这一侧打开了盒子。

桌子上掉落了许多根针，它们在从窗户洒落的阳光下闪耀着金属般刺眼的微笑。

盒子里一定有成堆的针。

丹妮拉向后退了一步。她打电话给妈妈，她妈妈还没等丹妮拉把话说完就开始大声喊道：

"上帝啊，丹妮拉！"

丹妮拉被妈妈的尖叫声吓了一跳，她把电话扔在地上，开始哭了起来。

"不要碰它！上帝啊，不要碰它！**你听到了吗？**"

丹妮拉不明白妈妈为什么要对她如此生气。

"马上跑出去，跑到离房子远一点儿的地方，把门关上！不要去任何地方！留在那里！"

"丹妮拉？"

"丹妮拉！"

"你听到了没有！"

"你还在那里吗！"

"丹妮拉？"

"**丹妮拉！！！**"

丹妮拉坐在厨房的地上哭着，米里亚姆急匆匆地把车开进院子，停下汽车，磕磕碰碰地下了车，跑进房子，上帝啊，丹妮拉。

前门是开着的。

包裹放在桌子上，旁边是卷成一团的色彩喜庆的礼品纸。

米里亚姆的心在咚咚地跳，眼前发黑，她跌跌撞撞地跑进屋里，一把将还在哭泣的女儿抱进怀里，把她从前门拉到院子里，半坐半躺地倒在草坪上。草坪上散发着泥土的味道与即将到来的夏天及新鲜草地的香气。她把女儿紧紧地抱在胸前，鸟儿在一棵很大的日本枫树上叽叽喳喳地叫，她有一段时间不确定他们是否还在那里，是否都还活着，她在等待一声爆炸，但是这并没有发生，她的女儿仍然在哭泣,她意识到应该对她的搂抱放松点,她觉得她在自己的一生中从来没有哪一天是像现在这样生活的。

迎接死亡的情歌

美国马里兰州巴尔的摩市

炸弹并非出自专业人员之手。据警方称,炸弹显然是自制的,由手工组装而且很笨拙。但它仍然很可能会奏效。最大的问题是在盒子上,它被组装好但收尾却做得如此漫不经心,让人可以想象它是从侧面打开的。

盒子里面是一根两端都封闭着的金属管,里面有高锰酸钾、食糖和铝粉。盖子上安装了一个由电器商店基本元件组装的简陋的引爆器,并使用电池电源。

警方得出的结论是,从箱子里装满针头的情况看,其意图不是要造成物质上的损害。用针头把人杀死很可能也不会成功。

警方猜测,作案者的目的是造成尽可能多的痛苦:致残和失明。

丹妮拉和丽贝卡的名字在盒子上面被打印得十分漂亮。

她们不再就打扫卫生和倒垃圾的事争论不休。取而代之的是新的规矩:

谁都不要打开收到的包裹或信件。如果邮箱里有信件,要等爸爸妈妈回家再说。如果家里收到包裹,不要触碰它,而是马上给警察局打电话。如果包裹是通过汽车送来的,则要记下汽车号牌。不要从互联网上订购任何东西。书籍、唱片和衣服可以从商店购买。

两个孩子都不再开封邮件。什么东西都不要开封，特别是寄给他们的邮件。

两个孩子都不要再单独去任何地方。

如果孩子们要去什么地方，会有保镖开着车跟在后面。

令人感到遗憾的是，丽贝卡的小伙伴们在一次家庭聚会上注意到了，有两个男子整个晚上都坐在院子里一辆装有深色玻璃的车里。但是这很无奈，目前大家对此都无能为力。

如果门铃响了，不要去开门。如果有朋友要来拜访，请他们先电话联系。

如果在住家附近看到陌生人，一定要记住他的特征。如果不止一次看到同一个人，要用手机拍下照片并发给哈克特先生看，他每周会过来一次，询问是否有什么新情况发生。

要在家中添置一套电子防盗与安防摄像头和报警系统，该系统可以对移动的物体做出反应并与安防公司实时保持联系。

要在楼下的客房建造一个配有钢制安全门的安全屋，如果从里面锁上则无法从外面以任何方式打开。

大家要练习如何尽可能迅速地逃到安全屋。

大家要学会如何从里面打开安全屋的门，因为每一个人，包括家里最年幼者，从现在起即使在睡梦中都必须掌握这一点。

大家要起誓，谁都不要单独或无缘无故地进入安全屋，即使是开玩笑也不行，永远不要这样做。

不要再幻想去使用社区通信软件了，更不用说在上面发布照片或者报告定位数据了。

"你们甚至不能在有人使用社交媒体的同一间房子里呼吸。"哈克特曾说过。他严肃地看着丽贝卡和丹妮拉的眼睛。

"这尤其与你们有关。"

女孩子们点了点头,眼中充满了夹杂着恐惧的敬重。乔从来不相信他会看到丽贝卡表现得如此弱小、如此顺从、如此无助。

"你们希望我能够负责好你们的安全吧?那么好。这样你们就会明白我刚才所说的话了。"

我们在考虑购置枪支,但是我们现在要放弃这个想法,因为我们有许多好的理由和不同意这么做的理由。

让我们忘掉,我们曾经拥有过自己的生活、工作中的目标或者任何对自由传媒集团发起的抵制。

让我们练习如何尽可能使劲地用手指去戳一个人的眼睛,要让他在余生中失明,很可能会这样,但愿如此。

让我们试着去相信所发生的一切都是真的。

让我们哭泣吧,大家一起或单独哭。

如果能做到的话,让我们工作吧。

如果我们有胆量,让我们出门去看看。

如果能做到的话,让我们睡觉吧。

让我们记住,两个孩子谁都不要打开邮件,特别是寄给她们的信件。

两个孩子谁都不要——**不要打开任何邮件**。

让我们试着谈一些正常的话题,至少每周一次。这很重要,一定要努力记住。

你们现在做点什么吧!告诉他们你们不赞成这样做!

告诉他们这一切必须结束了，我们将徒手把你们撕碎，我们会去买一把410的霰弹枪，毫无疑问，如果你们再过来的话。告诉他们你们是与我们站在同一边的！

乔敲打着芭比·弗莱施曼的房门。他向院长发送了信息，把他当作管理者和作为一个人来指责。他在行政管理办公室向校长大喊大叫。他利用一个又一个的实验室会议向那些考试成绩和博士论文项目得不到指导和处理的学生发泄他的情绪。

学生们有的在哭泣、生气，有的在熬夜、为乔制作卡片，一个学生在最后冲刺阶段中止了自己的博士论文，搬到了在艾奥瓦州的父母身边。这怎么可能呢？难道任何人什么都做不了吗？

芭比·弗莱施曼由于震惊而陷入慌乱，答应现在就去做些什么。罗迪问乔是否愿意到他那里过夜，乔直到事后才意识到该问这到底会有什么帮助。

丽莎用胳膊环绕着他，把他紧紧拥在怀里，可爱的丽莎，这是乔第一次也是唯一一次崩溃，他自己也不知道为什么偏偏在那个时候。

校长表示很抱歉，并问乔是否已经向警方报案。腰间佩带着手枪的行政管理部门的大个子保安过来询问是否一切正常。

外面的温度热得令人感到压抑。厚重的灰色云层一直笼罩着这座城市。人们总是感觉雷阵雨马上就会到来，但是从来没有兑现。尽管太阳拒绝从云层后面露出脸来，但是天气仍然如此灼热和充满敌意，使人们不禁想停止尝试，放弃抗争。

乔现在很担心萨拉对他和米里亚姆咆哮着说出"这是

他们应该得到的报应",因为他们总是在工作,从来见不到自己的孩子,因为他们将这个社会建成了如此无情竞争的社会,因为他们属于一个向发展中国家儿童出售可乐饮料、盗取尼日利亚石油、污染三角洲并摧毁整个星球的民族。萨拉哭着将她的手臂搂在他们的脖子上,说她钦佩他们,尽管他们一直生活在危险之中,他们仍然能够不让自己发疯并采取行动照顾好自己的孩子。萨拉说她爱他们,希望将来也能一直保持联系,并希望他们能在今后什么时候去芬兰看看。

萨拉说,她要收拾行囊回芬兰。

丽贝卡不愿去上学。丹妮拉不明白为什么有人要这样对待他们,为什么有些人会这么坏,能做出这样的事,为什么这么坏的人不被关进监狱。

难道他们不明白,人们的疾病是可以通过爸爸的实验被治愈吗?

乔说,丹妮,这并不是那么简单,他感觉到有些话卡在了自己的喉咙里,他看到丽贝卡正在用怎样的目光看着他。

米里亚姆不敢相信有人竟会是这样的虐待狂。她不相信任何人会做出这样的事情。当然,坏事每天都会在世界上发生,当然,在这个城市也是如此,但是它们会发生在别人身上,出于可以理解的原因,例如毒品交易和非法购买武器。米里亚姆以前从来不相信,有人会是如此彻头彻尾的、不折不扣的、独一无二的和完完全全的邪恶之人,但是现在她明白了。

她终于明白了,同时也明白了自己一生中在多少事情上是错的。

当乔在身边时，米里亚姆说了所有这些，但是就好像乔在不在场都一样。她像是在对另一个、看不见的人说的。

系里的气氛就像在葬礼上一样。很多人过来说一些同情的话，当他们看到乔坐在网吧里时，他们会触碰一下乔的胳膊或肩膀。系里的小客厅被称为网吧，研究生们通常会在咖啡机、沙发和几台电脑周围规划他们的考试，分担如何进入劳动力市场的焦虑。

现在，乔在想，现在他们终于明白了。

但是出于某种原因，最终到来的补偿并没有让人感到安慰，而是恰恰相反。在乔看来，其他人的微小举动越来越将他孤立到另外一个密封的现实中去，一个他曾长时间在其中独自生活的现实。

大学举行了一次新闻发布会，首先是学院院长然后是罗迪用严肃的声音说，他们中间的一位最负盛名的研究人员现在正面临着严重的暴力威胁。这种行为是大学或者大学里任何一位代表所不能容忍的，必须受到明确的遣责。

乔·查耶夫斯基是我们的好朋友，我们对他的家人深表同情，她们因为这一不可饶恕的行为而遭受了过度的压力和悲伤。

乔坐在那里，就好像在高烧中听着这些讲话。出于某种原因，那是什么原因呢？他感觉罗迪的讲话在大学礼堂里不会传送到任何地方。罗迪令人嘉许地蠕动着嘴唇，但却听不到他的声音。院长看起来很严肃，他也许很适合天主教会的一个职位，就像一位红衣主教顺从地跟在教皇身后走一样。

罗迪看起来像是一个披头散发的小孩子，穿着过大的衣服，迷失了方向。为什么芭比·弗莱施曼不在这里？乔感到很奇怪，系里的负责人不是乔治·罗迪而是芭比。虽然并不是说他们中的任何一个不能出任这个职务，但是系主任的角色是行政管理上的黑贝卡牌[①]，它可以轮流留在每个人手里。乔突然意识到，芭比让自己缺席，是因为她自己的研究太接近了，甚至更糟糕——芭比在灵长类动物身上做实验。罗迪认为自己是安全的，因为他已经有10年没有碰过实验动物了，并不是因为他认为这是不道德的，而是因为他已经有60岁了，他的第四次婚姻正在分崩离析，他逐渐转入特定的那组研究人员，他们就自己年轻时的成就举办讲座和课程，推进他们管理的国家科学教育推广计划，撰写教科书并在新的出版物上获得署名，主要是合作署名，出于他们以前的成就和/或者出于怜悯——乔意识到，没有人会去攻击罗迪，因为罗迪已经转入冰球队的后备了。

当然，不能肯定这些恐怖分子会意识到这一点，乔想。在他们的世界里，如果把罗迪的照片印在报纸的科学版面上，旁边是猕猴的大脑皮层，罗迪肯定会再次成为一名顶级研究人员。

也许这正是科学家一生中最应该梦寐以求的：永远不要搞清楚任何特别的东西——或者至少不要赢得奖项。

"我想指出的是"，罗迪继续说道，他抬起目光，他的语气听起来突然比之前加重了许多。出于某种原因，乔已

[①] 黑贝卡，芬兰文 Musta Pekka，源自英格兰的一种纸牌游戏，英文名叫 Old Maid。每个人用牌组成父母子女四人家庭，拿到小黑孩牌的人要尽量出手，最后留这张牌在手里的人为输者。现在被指有种族歧视之嫌改名为贝卡牌。

经提前预见到现在会有什么可怕的事情要发生了。

罗迪想指出的是，在神经科学系有几十位从不进行动物实验的研究人员，他们通过其他方式从事他们的研究课题：通过这样的、这样的和这样的。

什么他妈的，乔几乎尖叫起来。什么他妈的，罗迪，什么他妈的？

罗迪强调，使用实验动物的研究在他们系里相对有限，例如，就灵长类动物而言，在他们系里根本就未研究过黑猩猩。

见什么鬼了？

乔感觉他的血液循环中好像突然充满了气泡，这些气泡马上要到达心脏的右心室。

院长则指出，动物实验无论如何也不是他们学院的特色，也不应该将他们的大学视为特别推崇动物实验的研究机构。许多大学进行的动物实验比我们这里要多得多。

院长列举了学院的所有系，然后又列举了大学里所有没有做过动物实验的学院：考古学、文化和社会人类学、认知科学、传播学……

他还会同时列举出每一个没有向活人开过枪的士兵，每一个没有在考试中淘汰过任何学生的教授，每一个没有保持通电的电子设备，每一辆没有出售的外国汽车，每一个没有截过肢的灾区医生，每一个没有对任何人用过牙钻的牙科医生，每一个没有用过手术刀的外科医生，每一个双手干净的环卫车司机，每一个风翼没有被飞鸟击中过的风力发电机，每一个没有训斥过自己孩子的父母。

乔离开自己的位置，走到礼堂中央走廊的中间。他站在那里，脸对着讲台，站在砌入石头地面的大学三色徽章上面，徽章中的拉丁文口号承诺光明和真理，而如果从上面走过的话——本科生被引导这样相信——将永远不会毕业。

院长停了下来，瞥了他一眼，认出了他，露出鼓励的笑容。罗迪则看起来像是一个作弊被当场抓到的小学生。

乔说：
"罗迪——搞什么鬼[①]？"
"罗迪，搞什么鬼？"

来到外面，乔坐到长凳上，呼吸着夜晚清新的潮湿空气：黑暗的校园是忧伤而美丽的。他整个晚上都坐在办公室里什么都没做，因为他不能回家。

红砖建筑在校园明亮的卤素灯下闪闪发光，就像是一座化装成学府的幕布城市。惠顿会堂红白相间的钟楼在漆黑的夜空映衬下高高地毅然矗立着。

他想起了他所教过的所有学生，那些他帮助入门并清理了暗礁险滩的研究生和那些他很高兴获知在加州大学圣地亚哥分校、坦普尔大学、罗格斯大学或西北大学找到工作的门生。

不知什么原因，乔想起了他在学生时代遇到的一个女孩，当时她在与长曲棍球队最出色的一个球员约会。她比乔更有经验。他们每周做爱两次。在那些晚上，女孩的男朋友在长曲棍球队的团队之夜喝着啤酒，思考着本赛季的策略。女孩总是在她的深色头发上戴着一顶灰色的钩编羊毛帽子，脖子上系着一条领带。她的眼睛涂了太多的眼影，

---

① 原文此处为英文 what the fuck。

她的眉毛很黑，富有表现力。她的脸不大，但充满激情与真诚，仿佛每时每刻她都打算采取强硬的立场来对待一些弊端。

他们不是特别亲密，但是出于某种原因，这种回忆让他感到心痛，有些是当时感受到的，有些只有在事后才更清晰地感觉到。这个女孩教他如何吸食大麻。他在厨房的桌子旁从后面与女孩做爱，百分之百地肯定女孩的男朋友随时都会进来。他们在上完一堂基础课后赤身裸体地躺在床上抽着大麻烟卷，对着维特根斯坦和海德格尔[①]大喊大叫，他们所拥有的权威除了年轻和没有经验是其他人根本无法梦想的。女孩说，如果有人告诉她的男朋友海德格尔是一个法国啤酒品牌，她的男朋友也会相信。

乔对她的男朋友心生嫉妒，这一点他在30年后的今天能够坦然承认了。他原本想在每周的其他日子也能与那个女孩一起过性生活和抽大麻，而不仅仅在那两天。

有一天晚上，他问女孩为什么不离开她的运动员男朋友，因为他们之间显然没有多少共同点。女孩在昏暗的光线中躺在他的旁边，她那小巧的鼻子、圆圆的下巴在窗户的衬映下尤为鲜明。

"是的。"女孩说，一边把散发着湿大麻甜美香味的烟雾吹向天花板。"我不知道我是否准备好了要走到那一步。不管怎么说。"

[①] 维特根斯坦（Wittgenstein，1889—1951），海德格尔（Heidegger，1889—1976），前者为奥地利哲学家，后者为德国哲学家，均为20世纪存在主义哲学创始人。

X.

　　降雨是从傍晚开始的，就像在东海岸经常发生的那样，当来自墨西哥湾的温暖的热带气团撞上了来自北部大西洋的冷空气，倾盆大雨就会突然从天而降。

　　夜里，乔躺在床上，听着不顾一切倾泻而下的雨水，不加选择地溅洒到所有地方和所有人身上。在不到半个小时的时间里，街上的下水道已经灌满，院子里的草坪上暗流涌动，水在院子里和街道上的水坑里翻腾，屋檐像淋浴水龙头那样向下喷泻着雨水。

　　乔从床上爬了起来，看着他们家窗外的街道。街道像一条大河一样奔腾，一辆几乎已经淹没到引擎盖的孤零零的小轿车正在奋力将大量雨水从前面推开。雨势太大了，街道对面几乎什么都看不见了。一道闪电过后，几乎就在同一时刻，一声爆雷就会在附近的什么地方响起。霹雳声如此之大，以至于停放的汽车里的防盗报警器突然发出了鸣叫。

　　在芭比·弗莱施曼的提议下，乔将所承担的讲座课程交给了他的助教们，他们还答应规划考试和阅改试卷。他只需拿到试卷予以批准。

　　他现在已经有两个星期完全不在系里了。芭比向他带的研究生发送了一条信息，请他们对特殊情况予以理解，并在业务上给予彼此同伴般的支持。

很明显，生活必须要尽快像以前那样继续下去，要一切如常，这令人感到痛苦。当他不能确定是否可以离开住宅出门时，正常的生活极富挑战性。

爸爸，如果在餐馆点了一个比萨，会有人把什么东西放进去吗？

是的！我们可能最终会像那些狗一样，有人会给流浪狗留下一些肉块，里面藏着——

打住，丽贝卡！不要吓唬你妹妹。

乔，你觉得如果我和孩子们一起去妈妈和爸爸那儿看看怎么样？

乔，我们应该重温一下这些道德委员会认可的事项，让它们重新运转起来。

注意！信息并不一定是最新的！任何时候都要做好背景调查！

腹内侧前额叶皮层微调器能帮助人们成为更加完美的自己。

乔，这些评估人员希望能在两周内做出改动。你是否认为……？

爸爸，会不会有人试着给我们再送个新炸弹？

我们不能接受犯罪。

使用过 ALTIUS!® 优化器的年轻人比使用普通强化器的人感觉自己的自由度提高了76%，独立性提高了65%。

那个视频剪辑直接转到了我的 iAm。我在妈妈的车上等红绿灯时看到了它。

在我和我所代表的协会看来，目前的情况是不可持续的，不能再继续下去了。

毕竟，动物实验更多的是基于长期固定下来的做法，而不是基于动物实验已被证明了的可靠性。

这个问题还可以用其他方法来解决。

有时，在极少、极其特殊的情况下，动物实验也可能会有用。

爸爸，我觉得你做错了。

早上，当米里亚姆把孩子们的衣物装进5个冰球袋里时，它们已经爬满了院子里所有的地方。雨水使得泥土变得如此松软，首批几十亿只定期蝉得以钻出泥土爬到地表。

乔无时无刻不听到它们发出的那令人头昏脑涨的噪声，一直钻进他的体内，但不知什么原因，他并没有将这种声音与定期蝉联系起来。它们鸣叫的音频高亢而急促，令人本能地想捂住耳朵。

他在拐角通往车库的路上躲避着它们。当他帮助妻子把那些袋子拖到车子里时，他尽量不去看米里亚姆脸上显出的那种疲惫不堪——万事皆休的样子。他不得不把嘴唇抿得紧紧的，仅通过嘴巴上的一个小缝隙呼吸，因为它们正在成群结队地胡乱飞翔，撞到了脸上，钻进头发里。他意识到，在接下来的几周里他可能会需要一把雨伞。

因为它们，他一开始没有听到手机铃响。当他最终回复时，它们在背景里大声鸣叫，它们的声音如此响亮，以至于他一开始没有听清楚电话里是哈克特。

它们使他很难集中注意力，以至于他起初并没有搞明白哈克特为什么要打电话——今天并没有约好要见面啊？

它们从树上掉到他的头发上，也许正因如此，他才在第一次通话时没有搞明白哈克特的意思，他说一个名叫西蒙·沃特斯的人设法搜集到了关于他儿子的信息。它们感觉要钻进他的眼睛和呼吸道，也许因此，他在很长一段时间内都不明白为什么哈克特要问他是否有一个现在住在斯堪的纳维亚的儿子。由于它们现在到处都是，而且数量多得实在荒谬，他感觉自己需要全神贯注地对付它们，他在想哈克特一定是搞错了所谓有人在寻找关于他住在芬兰的儿子的信息。

他告诉哈克特，我们不得不过一会儿再联系。

每平方米的面积上都有成千上万的定期蝉，总数确确实实会达到几十亿。它们在瞬间覆盖了树木、灌木丛、建筑物和草坪。他不确定它们这一次是否比上一次数量更多，还是说每一次的感觉都是同样的不真实，毕竟距离上一次已经过去了那么久。他打开汽车后备厢，把它们从脸上和头发上驱赶下来。它们并不是每一只都已经张开了翅膀，那些仍处于幼虫阶段的蝉沿着树干爬行，从树干上掉下来后，四处寻找可以交配的伴侣。所有数十亿只，在同一时间，每一只都发出尖锐、高亢的择偶叫声。

乔把目光转向上方，空气因为它们变成了黑色。它们成千上万地从天而降，向四面八方飞去。在街上，只见蝉成群结队地飞向驾车人的挡风玻璃，在那里它们堆积成稠密的一团。人们尖叫着，在慌乱之中将车拐到对面的行车道上，撞上了马路牙子和灯柱。它们钻进嘴巴和呼吸道，让人感觉会因为它们窒息而死。接着它们不知从什么地方朝着这里越飞越多，它们连续不断的叫声充斥着人们的耳朵。这就像世界末日吹起的长号，数十亿绝望的、正处在第一个也是唯一一个青春期、即将迎接死亡的昆虫发出的声势浩大的齐声合唱、持续不断的高昂情歌。

没什么大不了的[1]

芬兰赫尔辛基

阿莉娜手里拿着手机站在医院的停车场上，努力让自己的呼吸平稳下来。空气在被阳光加热的柏油地面上翻腾，邻居家院子里的水仙花和郁金香在争香斗艳。夏天才刚刚开始。在她去探望父亲的路上，就像是任何一个爱上了机器人海豹父亲的中年妇女一样。

她从来没有听到过乔这样说话的声音。

她注意到乔前一天晚上打来过电话，但当时她已经来不及给他回电话了。她想早上打电话。她的电话在夜里一直设置为静音，而当她早上看到有6个未接电话都是乔打来的时候，她感到很担心。可是当她醒来时，美国东海岸已经是午夜了，而下午当阿莉娜能够打电话时，她却又不得不在银色的反光伞下随着闪光灯的闪烁做出笑脸。她在脑子里曾多次想过乔大概会有什么事，但后来记者希望听她介绍一下她的新书，以及阿莉娜是如何看待自己的体型和控制自己的体重的，为什么阿莉娜想对一些较大的社会主题施加影响，以及阿莉娜是否还在自己是一个孩子时就知道自己是一个特别的人，多么美妙啊。乔感觉对此很生气，

---

[1] 原文此处为英文 No biggie。

因为阿莉娜没有早点回拨电话。

乔一定是搞错了,乔所说的事根本就不可能是真的。曾经发生过一些单独的、互不关联的事情,甚至是令人伤心的、可怕的事情,有些碎片确实相互之间非常吻合,但是这些碎片在生活中并没有像那样完全契合。

她的眼泪更多的是由于乔咄咄逼人的态度而不是乔所说的任何话。她感到其中有一些十分可怕的东西,乔就像变了一个人。

阿莉娜一直认为,乔虽然有着很多的缺点和问题,但还是一个公平的人(尽管很自以为是并以事业为中心到了疯狂的地步),一个追求善良的人(尽管对自己的利益理解得最深),最重要的是一个成年人。当阿莉娜一听说那个包裹的事后,她完全站在了他们一边——当然了!——全身心地生活在乔一家人的悲伤之中。

但是现在她却从乔的声音中听到了这种报复的欲望,匆匆忙忙得出的结论,一种因为家人受到伤害而想要伤害别人的情绪,显然也指向了与所发生的一切毫无关系的阿莉娜——这很难让人理解。

所有事情在突然之间都只有好或者不好:每个人要么反对乔的一家,要么站在他的一边。

阿莉娜盯着在她面前矗立的白砖建筑,后面是一片疏于管理的野生柳林、几十个没有动静的窗户和一个类似于政府机关的入口。这就是她现在穿过那些门应该去的地方。她要去面对一个嗓音沙哑、气喘吁吁的病房护士,后者则想要详细地告诉她,她父亲这周又捏了谁的屁股或者是把谁称作骚货。

当然,乔对阿莉娜所说的都是对的。

无论在美国发生了什么，这都是她的错。

她当然不是一个好母亲！她当然无法用胡萝卜泥、永久性尿布和益智游戏来积攒与那些有丈夫相伴的母亲同样的积分。但这又是谁的错呢，真是见鬼！

阿莉娜忍不住又是一阵哭泣，只是因为自己所遭受的不公。

阿莉娜从医院正门的大推拉门走了进去。她必须集中全力不去想她的儿子，以便面对她的父亲。

的确，她的儿子与他的朋友们一起扳倒了一家在全球上市的公司。他的儿子将世界上从事动物实验的全球第三大商业公司推向了破产边缘，这家公司曾经试图躲过英国动物保护活跃分子，在芬兰秘密建立分支机构并已经得手。她的儿子与他的朋友们在没有资金、没有培训的情况下，仅凭在自己卧室的几台电脑就扳倒了这家庞大的公司，而且没有做任何违法的事情。

阿莉娜在等待医院的缓慢电梯时仍然很难明白这一切怎么可能发生，而如果确实是这样，那为什么新闻没有报道。当然，对于每年用毒药、毒气杀害和解剖数以万计的动物的企业，人们可能存在着不同的看法。当然，对于年轻人是否值得牺牲自己的时间和精力、分毫不取地去推倒进行动物实验的公司，人们有可能会有不同看法。但是，难道就不能告诉大家，有一群年轻人仍然觉得自己有义务这样去做？并且取得了成功？

这就是她试图向乔解释的。当然，她是塞缪尔的母亲，当然她没有不偏不倚地看待这件事情！当然，她没有与那些失去工作的人和由于在英国发生了骚乱而感到担惊受怕的人进行过交流。

电梯的铃声响了。阿莉娜在电梯门打开后走了进去。当然,她本人并不认识帕金菲尔德生命科学国际公司的首席执行官,而后者即使有100万美元的收入也买不到一份心灵的安宁。据了解,他打算与家人一起迁到斯里兰卡去住,以逃避在他家院子里日夜不停的抗议、大量的骚扰电话和每天如潮水般涌来的全黑的A4纸传真。

当阿莉娜问到,如果首席执行官搬到世界的另一边去居住他们打算怎么办时,塞缪尔说,人们当然也可以往斯里兰卡打电话。

然而,乔在通话时夹带的一声呵斥中有什么东西一直在困扰着她。即使在空荡荡的电梯里,这个想法也无法让她释然。当电梯爬到4层时,电梯门上方凄凉的绿色数字随之发生了变化。

金属门悄无声息地缓缓打开。人们在谈到医院时总会提到那里的味道,但是对阿莉娜来说,这个地方就是各种光:薄薄的一片灰色,光线过于昏暗不能看书,但是要睡觉又太亮了。这不是一家医院,她每次来时都被这样提醒。阿莉娜想,一个无法与医院区分开来的服务之家,对人们来说就是医院。那个声音很吓人的病房护士,膀大腰圆,好像不怎么喜欢她,阿莉娜可以从她的每一个手势和眼神中看出这一点。

当她沿着走廊向病房门口走去时,阿莉娜把因为乔所说的话而产生的未成熟的想法从脑子中驱散,并且希望护士不会注意到她哭过的脸。在车子里,她用浸湿的手帕把滴落到脸上那些明显的睫毛膏颜色擦拭干净,但她的眼睛仍然肿胀发红。她穿过病房的玻璃门走了进去,看到了客厅里的父亲。

他有进步，对此阿莉娜也不得不承认。

通常，当她过来的时候，父亲都躺在自己的房间里，眼睛盯着天花板，不在意护士们每天下午都会点击打开的西班牙语电视连续剧。阿莉娜要求她们打开窗帘，把父亲推到他的房间外面，因为那里还有其他人。

父亲坐在客厅里最好的一把扶手椅上。他蜷缩成一团，仿佛要用身体保护那个依偎在他怀里的白色小生物，它蓬松的皮毛在平静地起伏。阿莉娜第一个冒出的想法是，它在"呼吸"。这个想法几乎不可能拒绝。父亲像哄婴儿一样把它搂在怀里。

病房护士告诉她，晚上喝完茶后，父亲一个人回到自己的房间，并且不想被别人打扰。父亲想和它独处。以前在晚上喝完茶后，当父亲被带回房间时他会大吵大闹并乱踢乱蹬。老人萎缩的手臂仍拥有着惊人的力量。他在一位名叫皮尔约的护士的大臂上掐出了青绿色的瘀伤。有时候护士不得不从楼下叫来3个高大的男子过来拖父亲。阿莉娜每次都会感觉就好像这是她的错，因为那是她的父亲。

这种想法中有些东西与当初她送塞缪尔上幼儿园时很相似：她强迫他来这里，因为她自己管不了。

阿莉娜站在客厅的门口，等着父亲注意到她。在这所不是医院的医院客厅里，如果不是因为到处弥漫的孤独、羞耻、吸满尿液的尿布以及被扫到地毯下面的味道，它的书架、老式地毯和婴儿泪、珍珠草或金钱麻植物可能会被误认为是很舒适的地方。还有这盏灯，阿莉娜想。为什么他们不能给这里装上普通的、足够亮的灯呢？

"爸爸。"她说。"你怎么样？"

我是阿莉娜，阿莉娜又补充道。她不确定父亲是否可以把她的脸与对的人联系起来。

父亲很快瞥了她一眼说："你好。"然后他把鼻子贴着海豹的面部：

"你饿了吗？"

我的父亲爱上了一个机器人动物，阿莉娜想，而我的儿子则正在试图拯救天然的动物。

"你今天有没有出去过？"阿莉娜对父亲说，她感觉到周围充满敌意的目光。当然，病房护士已经向阿莉娜介绍了科室的每周安排，解释了为什么只能在星期五早上出门。如果天气好的话——而芬兰几乎从来就没有好天气。

他把手放在父亲弓着的背上，肩胛骨和椎骨感觉就像一块块大骨头似的。每次当他触碰到父亲，都好像是有什么东西在从心里往外揪。

"它就喜欢这样，被抚摸。"她尝试道。

"这是一台机器。"父亲呵斥道。

阿莉娜不得不在脑海中重复一遍，在塑料和人造纤维制成的皮毛下面，有一个真正用电驱动的马达、人造关节和金属部件，它们没有感觉。如果这家芬兰企业的计划实现的话，它们很快就会在一家中国工厂的生产线上组装，并开始大规模生产。

每一个人都会对海豹着迷。

你为什么不为他这样一个上了年纪的人热衷于某件事而感到高兴呢？

至少他现在有了陪伴。

可是看啊，这让他多开心啊。

也许有个动物总比什么都没有强。

凤仙花护理海豹是来自一家信息技术公司的礼物，这家公司希望能向芬兰每一所养老院的每个护理部都出售一个。芬兰一家报纸的社论编辑部也对海豹兴奋不已,他们希望类似海豹这样的创新能够成为芬兰科技产业的火车头。当谈到海豹时,人们总会提及一个崩溃的手机帝国:这个国家现在还会有新的希望吗?这次的手机制造商会不再辜负并遗弃大家吗?

凤仙花护理海豹目前只卖给一家美国精神病院几百台,但到处充满着希望。在美国,这种善解人意的机器迅速使疯子平静了下来。很快,这些机器就可以用来安慰那些失去亲人的老人,报纸的社论充满激情地描述着。机器海豹将向有行为障碍的患者传授社交技能,并为在生活中缺少成年人呵护的儿童带来安全感。

机器,阿莉娜很奇怪。机器会教授孩子们社交技能?

这肯定比用药物来麻醉自己要好,一位在电视新闻中从街上随机挑选出来代表公众意见的办公室职员说。这在第二天激起了一位本国教授的兴趣,他在该报的公众版面上撰写了一封读者来信[①]。

---

① **玩具无法提供人性的温暖。**

芬兰广播公司在 6 月 12 日的新闻广播中谈到人们从人造海豹那里寻求帮助,以治疗心理健康问题和孤独感。该节目包含了一些不准确之处,有必要加以纠正,以消除误解。作为腹内侧前额叶皮层 VMPFC 优化器方面的领先专家,我曾经就这些现代化的精准治疗方法写过几本通俗易懂的畅销作品。我理解办公室职员内利·奈乌沃宁正是针对这些疗法进行了尖锐的评论。人们就药物和海豹开展讨论,包括批评,这十分重要。然而令人遗憾的是,芬兰广播公司发起了我们现在所开展的这种讨论。

虽然玩具海豹似乎在某个地方被用来协助对实际上的神经元树突进行优化,但谈论老年人"用药物来麻醉自己"并将玩具与经过科学论证的药物治疗进行比较是不负责任的。遗憾的是,玩具海豹并不能永久性地改善任何人的人际关系,不能阻止暴力的男人把他的妻子打得鼻青(接下页)

机器人海豹没有在地板上大便。如果护理不当,机器人海豹不会受苦。如果忘了喂它,机器人海豹不会饿死。如果谁生了机器人海豹的气并扭断了它的腿,它也不会感到疼痛。机器人海豹可以永无休止地一直听下去。机器人海豹可以坐在人们的怀抱里,即使是其他人不愿再靠近的老人的怀里。机器人海豹并不会因为别人对它说了什么而受到伤害。机器人海豹在被抚摸时会发出嗡嗡的声音,就好像真的海豹一样。如果它被粗暴对待,它也会像是疼得叫起来,但它不会受伤。

每当阿莉娜想起她那聪明、风趣的成年儿子塞缪尔说过的话时,她的嘴巴就会笑得合不拢。

这是每一个网络约会者都在追求的特性,阿莉娜一边想着,一边抚摸着父亲的背部,没有人能够和父亲一起生活。

从白色的花楸树花中,阿莉娜突然明白了乔是什么意思。她在医院的推拉门外停了下来。整整有两年了,那是同样的季节,同样羸弱的淡绿色初夏。

塞缪尔的高中毕业派对。

这是她已经准备了两个月的派对。她挑选了餐巾纸,为冰箱化了霜,清洗了窗户,为清洗沙发租借了纺织品清

脸肿,也无法转达人类的温暖。

办公室职员内利·奈乌沃宁现在进行的讨论不具有建设性。应该避免海豹和树突优化器之间不必要的对抗。重要的是,人们需要一个热情、善解人意的同行者,而不是诽谤和指责者。

哈奈斯·迈里莱伊宁,
神经树突优化教授,图尔库

洗机，预订了鲜花，订购了谁都不喜欢但又必须有的三明治蛋糕，用出租车运来了奶油、草莓和葡萄酒。她胸罩的肩带被汗水浸透，头发上满是街上的尘土。她及时为父亲订好了残疾人专用出租车，如果事情留在最后一刻办将不会成功，她一直到最后仍然确信她会忘记。

现在已经整整过去两年了。蛋糕铲找不到了，她在最后一刻像遇了险一样跑到邻居那里，还有溅到门厅地毯上的起泡酒和玻璃杯。杯子差一点儿就不够用，但是后来并没有出现任何问题。厨房里堆积如山的盘子，有尤莉娅无忧无虑的侄女帮忙。就在刚刚才腼腆地露出嫩芽的白桦树薄荷般的绿叶，带着叶芽里的皱褶，现在沐浴在正午的阳光下已经显得强壮而成熟。

现在回想起来，感觉父亲已经毫无希望地衰老了，他已病入膏肓，尽管他那时仍然活得挺好。他还能活动，在别人的帮助下，行为也还得体，尽管不再能记住每一个人的名字。当他被搀扶进来时，父亲的脸庞在门口就开始大放异彩。爷爷与塞缪尔的这种特殊关系是怎样形成的？父亲从来没有这么温柔地、带着令人喘不过来气的喜悦看过阿莉娜，为什么父亲从来没有把这一切施舍一点儿给她，即匀出一点儿给自己的女儿呢？在阿莉娜的童年时代，他的爱似乎总是很吝啬，而现在父亲给予塞缪尔的只有赞许和钦佩。

塞缪尔给了爷爷一个长长的、充满喜悦的拥抱。这就像是一个完整的、独立的故事，有开头、中间和结尾。阿莉娜也许直到现在才意识到这一天对她的父亲来说是多么特殊。

然而，当她盯着医院的砖墙时，阿莉娜突然感觉到她完全被吞噬了。难道真的发生了这样的事情了吗？

这是几分钟前乔在电话里说的。

的确，乔在初春的一封电子邮件中曾经问过这是一次什么样的活动——会有很多客人来吗？当然，她立刻意识到乔想要什么：绕着圈子询问是否希望他到场，不敢直接问，如同他往常的做法一样。她仍然记得乔的态度如何让她愤怒得几乎崩溃。到处散发着责任感，又想要避免尴尬的重逢。乔对这一切像对狗屎一样不感兴趣，现在又想要通过电子邮件获得阿莉娜的背书。

而她现在却应该祝福乔这种没有骨气的做法！

在医院停车场上，一辆启动的小汽车的发动机声让阿莉娜吃了一惊。汽车慢慢地经过阿莉娜身边驶向大门口。

那不是乔的态度，汽车的轮胎碾压着沙地时这样说。而是你的，汽车发动机吼叫着加速向街上驶去时。

这是真的吗？

如果乔真的可以来，甚至想来呢？

直到她现在僵硬地站在停车场的阳光下，这种可能性才进入她的脑海。在乔愤怒的从句中，发生在乔家人身上的一切在突然之间都变成了阿莉娜的错，不知怎么就连那场派对也表明了这一点，尽管阿莉娜不明白怎么会这样。

她没有意识到乔曾经告诉了塞缪尔他可能会来。

只有几个最亲近的亲戚，阿莉娜写到。

没什么大不了的事。①

小事一桩。

而乔！认识了她这么多年的乔最了解她内心最黑暗、最难缠的犄角旮旯：乔从字里行间对她解读得非常准确。

---

① 原文此处为英文 No biggie。

乔立刻明白了。乔回复了一条简短的信息，请求她向塞缪尔转达他最热烈的祝贺。

阿莉娜紧紧闭上双眼，再次睁开眼睛，盯着眼前的柏油地。这有可能是真的吗？父子俩唯一的机会——全是由她破坏的吗？

她感觉很难相信，她竟能在考虑整件事情时发生了如此大的偏差。但是，胸中滚烫的一团乱麻告诉她，这正是所发生的事情。

她胸中的愤怒立即爆发了。难道在乔身上就找不到一个男人应有的样子吗？正当他应该不必在意她村妇般的假设和担忧而应该从大局着想并像一个男子汉那样掌控全局时——乔却决定理解并遵循阿莉娜所有即使是很小的暗示。如此仔细地读懂阿莉娜字里行间愚蠢的含义——而他在他们俩还是夫妻时却从来没有这样做过。

你真不必那么认真地对待那些字里行间的意思！

发现了这一点让阿莉娜如此愤怒，她很想大哭一场。庆幸的是，她的体力由于之前的痛哭透支得很厉害，泪水没有再流出来。

自然而然的结局

美国马里兰州巴尔的摩市

在车库门向上滑到屋檐下一半时,乔才意识到自己所犯的错误。整个车库变成了一团嗡嗡作响的黑色云雾。他应该先坐进车里,再用遥控器打开车库门。然而,他做晚了,并在一段时间内成功地把蝉忘到了脑后。

马里兰州的夏天已经到来,天空灰蒙蒙的,非常炎热。当他进入车库时就注意到了这一点,房子里的空调够不到这里。在房子里,他不得不在楼梯下安装一个大风扇,因为冷空气不会自行流动到楼上的卧室里去。在外面,潮湿的雾气在皮肤上凝结成水滴,空气、汗水和水已经无法区分:三者现在都已经融为了一体。

在接下来的3个月里,人们将从一个有空调的空间乘坐空调车转到另一个空调空间。他们将车停得尽可能靠近门口,因为即使是与外界最少的接触也会感觉太多。在棒球比赛的休息时间,观众可以从灯箱面板上猜出空气的相对湿度百分比是多少:100%,100%还是100%?

当他挥舞着手臂打开一条通向汽车的道路时,他试图强迫自己睁开眼睛,但是在这些从四面八方冲过来、嗡嗡叫着钻进眼睛和鼻子的昆虫中有什么东西让他无法忍受。他紧闭双眼,屏住呼吸,从他认为应该是对的地方摸索着汽车前门的把手。当他向后从差了一手掌距离的地方敲打着汽车光滑的油漆表面时，他感觉自己就像个白痴。终于，他进到了车内，"砰"的一声把门关上。

他参加与自由传媒集团抵制小组的会议就要迟到了。他为这次会议已经准备了好几个星期，他利用周日晚上向人们解释为什么这很重要，邀请并说服大家与会。但是现在让他感到生气的是，他还要在这上面花时间：他的生活中已经没有更多空间再分给这样的事了。在会议之前，他还要找到负责数字数据安全服务的人。

当他从车库里向外倒车时，他从口袋里掏出手机。当然，开车的时候不应该打电话，但似乎在这个世界上其他人也没有遵守这项共同的规则。

当他在选择数字按钮时想到，即使是领先的信息服务专家西蒙·沃特斯也几乎无法改变已经发生的事情。

"沃特斯先生？"乔一边说，一边把车头转向行车道。

长着梦幻般翅膀的红眼昆虫如雨水般从路边的树木上掉下来。刚刚它们还不存在，而现在则已经遍布所有树干上，覆盖了它们下面的每一毫米。

哈克特和布拉德都建议他在收到包裹后马上联系一家数字安全服务机构。据说数码猎犬公司[①]是其中最好的，当然很遗憾也不是最便宜的。在数码猎犬的网站上，乔读到，基本的搜索引擎只能看到不足百分之一的互联网上熬炖的信息，即只是表面网络。而在表面之下，借助合适的工具、专业的人员和定制的采购服务，数码猎犬也可以在海量数据中找到你那根小小的字节针。

---

① 原文此处为英文 Digi-Hound。

"我几乎可以向你保证，你会感到惊讶的。"西蒙·沃特斯在他们见面后说，"每个外行人都会感到惊讶。"

作为一名曾在国家安全系统等地方工作过的信息安全专家，沃特斯知道这些年来在家用电脑、社区网站、电子邮件系统、互联网浏览器、网络摄像头和网上银行都有意识地建立了什么样的后门和漏洞。

"就是说你们要入侵人们的计算机？"乔很惊讶。"你们是怎么做到的？"

沃特斯对乔的问题笑了一笑。乔不知道闭上的眼睛可以这么快地睁开并眨一下。他看出来沃特斯已经习惯了客户在技术上使用不正确的词汇和在道德上的不信任感，学会了对他们的天真采取温柔的态度。数码猎犬公司认为人们有权睁大眼睛。数码猎犬公司还认为，了解有什么样的信息在数字世界中流动是没有错的。

您难道不想获得能够阻止被判刑的职业罪犯进行暴力攻击的信息吗？

这样的问题你还要问。

此前在他一生中的所有阶段，乔都会把这项服务当成一个笑话、一封写给报纸公众栏目的来信或者向警方报的案，但是现在他想要的只有这些信息。如果有人现在过来同他讨论公民自由，他会把对方的牙打掉并让对方吞到自己的肚子里去。当然，他一直是属于那种想要限制警察权力的人，那种作为自由的左翼理想主义者把罪犯都宠坏了的人。他现在仍然是他们中的一员，因为这是为自由民主必须付出的代价。他承诺还会回来积极地捍卫这一切——一旦他家人的情况搞清楚了之后。但是现在还要暂时地、只是很短暂地将公民权利和个人信息保护与拯救蚯蚓安排在同一个等次上。

欢迎你，警察国家，如果这能让我的有着天使般卷发和棕色眼睛的女儿活下去。正如西蒙·沃特斯所说，我们生活在一个无论如何都会这样运行的社会里。你可以选择是想要信息还是只是要让炸弹寄送者使用信息。

"我就是。"

沃特斯的声音在电话里很坚定，从他的口音里可以听出他来自纽约。乔在自我介绍后说："你答应过我今天会有一些信息。"

"查耶夫斯基？对了——你们曾经收到过那个简易爆炸装置？①"

"简易爆炸……什么？"

就是自制爆炸装置，西蒙·沃特斯说。蝉撞在车的挡风玻璃上啪啪作响，乔意识到他在新闻中听到过这个词，在有关伊拉克、阿富汗的报道中。简易爆炸装置②。

"我已经和您妻子谈过了。"

"嗯。"

"好的。稍等一分钟，如果你不介意的话。"

乔从电话中传出的声音判断，西蒙正在他的电脑上寻找正确的文件夹。谢天谢地，车里的空调正在满负荷地运转。汽车在很短时间内就凉了下来。

乔在一开始想的是，沃特斯的承诺主要是空头支票。但是随后沃特斯在他办公室里展示了他在乔的允许下搜索到的关于乔的信息。在20分钟的时间里，有电话簿那样厚厚的一沓纸，上面写着乔的整个生活，包括他眼镜近视镜

---

① 原文此处为英文缩写 IED。
② 原文此处为英文 Improvised explosive device。

片的度数、他母亲的婚前姓氏、他从网上订购的书籍、他朋友的宠物、乔认为是私下的谈话以及他的医疗保险记录等通常被认为是私人信息的内容。

就在前一天,乔与世界上其他地方的人一样读到了最新披露的信息。多年来,安全部门一直储存着人们在社区媒体上的私人交谈,通过家用电脑网络摄像头看到的场景,并在数十万台家用电脑上安装了通过无线电频率运行的发射器,这样就可以监控那些从未将电脑连接到互联网上用户的行为。在一两年前谁要是这样说就会被送到精神病院,现在连《纽约时报》对此也进行了报道。

在乔看来,这样的披露令人震惊——"我们真的就是这样生活的吗?"但是当他向西蒙·沃特斯提起这件事时,后者笑了。

"太天真了!那时的规模还是那么小啊!"

乔不知道西蒙·沃特斯窥探别人的所作所为有多合法。乔也不相信自己会这样做:如此心甘情愿地参与践踏任何他人的权利。当然,即使这种做法不是直接违反法律,也是错误的。但是现在他只在想,他不想因为触犯法律而被追究责任。他思想的某一部分认为这种新的态度甚至是正确的、道德的。与此同时,他思想的另一部分则不想再与前者有任何关系。这是一种紧急状态,他试图作为某种中心人物,提醒自己脑海里相互争论的各方。

沃特斯保证,一旦任何工具成为非法,数码猎犬公司就会已经不再使用它了。沃特斯说,根据经验法则一般是5年。当立法部门有能力禁止某一特定工具时,数码猎犬公司平均在5年之前就已经放弃使用该工具了。这仅仅是出于效率的原因。

由于信息安全漏洞是为了有意识地、秘密地满足安全部门的需求而设立的，因此它们并不正式存在。这也是没有相应的立法的原因，因此几乎也不必担心会引起诉讼。数码猎犬公司已经向几千家客户销售其服务，呈指数级增长。在客户的协议中，乔和米里亚姆分别以书面形式拒绝使用任何非法手段。法律风险完全由数码猎犬公司的安全部门承担，而数码猎犬公司也愿意承担。

当然，这也体现在服务的价格上。

当乔在电话里听到沃特斯的声音时，他的思绪回到了现在。

"你在哪里还有个儿子……"

"是的，在芬兰。"

"稍等一分钟，如果可以的话。"

芬兰的儿子。

乔感觉自己的心正在下沉。当然，他们会挖出任何东西来赚钱。西蒙·沃特斯的生计取决于他是否有什么由头以供在大海里捞针。如果没有充分的理由，谁会去支付大海捞针的费用？

但是假如这是真的呢？

与此同时，乔想到了那些身着黑色外套、表情严肃、长着坚定下巴的男人，他能感觉到自己体内急促的脉搏。他们的问题不也是与同一个人即他住在芬兰的儿子有关吗？当他意识到自己正在过于强势地要超过其他汽车时，他试图让自己冷静下来。他不希望自己的妻子被迫考虑的正是这些问题，她作为一个被吓得魂飞魄散的母亲，想要不顾一切地守护自己的孩子。例如，令乔感到惊讶的是，米里亚姆已经开始同情地谈论一位共和党的政客，他承诺要对犯罪采取强硬态度①,要用强硬的手腕对待犯罪分子。米里亚姆从来没有想到过要投他们的票,但现在会有第一次了。人们开始觉得,这是让即使是最初级的基础设施在社会上发挥作用的唯一方式。

但是这样这些恐怖分子就赢了!当米里亚姆提到这位政治家时,乔不禁这样说道。乔解释说,如果米里亚姆顺从于自己的恐惧心理并忘记了自己的价值观,她将丧失一切。米里亚姆以前从未追随过这样的民粹主义者!

米里亚姆突然发飙的做法让乔回想起丽贝卡出生后的那些个充满了荷尔蒙的日子。他记得当时他对米里亚姆在一件微不足道的小事上的反应感到惊讶,就好像他温柔的妻子在医院里被换成了另外一个人一样。

自己要记住:在确保孩子们再次安全之前,不要讨论政治。不要和任何人讨论,尤其是米里亚姆。

当他与数码猎犬公司签署基本服务包的合同时,乔曾希望它能降低米里亚姆已经升至红色的应激激素水平。但是现在,西蒙·沃特斯的数码鹰犬已经被雇来进入信息网络,气喘吁吁地收集不针对特别对象的海量数据,计算机通过使用特殊算法对这些数据进行组合分析,可以计算出最有可能在什么样的社区网络中找到肇事者。现在乔意识到,所有这一切都只会进一步加剧米里亚姆噌噌直上的血压值。

可是这就是你们想要的!他脑海中一个令人讨厌的微弱声音在嘲笑说。你想要用工业巨网去挖掘那些被拖网沉入河底的淤泥。

---

① 原文此处为英文 tough on crime。

当然，这些小混混最终会在邻近地区被发现，乔安慰自己。不是来自同一个街区，而是来自下一个街区。据说一些酒精商店和售货亭也被破门而入：不好意思抢劫自己街区的便利店，但去抢下一个已经再合适不过了。

但是现在西蒙找到了他想要找的东西，因为他说道：

"这看起来不妙。如果要我对你完全说实话的话。"

"从谁的角度看？"

"从任何人的角度。"

西蒙强调，他和他的助手们一直在寻找有助于获得整体画面的信息。

"也就是说这并不意味着这些信息一定能成为真正的指证。"

"哦。"

"就是说比如在法庭上。"

"我明白。"

西蒙解释说，这些信息可以追踪到更确凿的证据，这样就可以寻求对塞缪尔的禁止接近令，或者试图让当局将他驱逐出境。

"接近令……？我们现在到底在说什么？"

"你想过来一下吗？还是你有一分钟的时间？"

"我今天无论如何都来不及。就现在说吧。"

"这就是我们到目前为止所掌握的情况。"西蒙说，然后开始介绍。

当西蒙说话时，乔感觉到他紧握汽车方向盘的手掌变得冰凉，并开始冒汗。对面驶来的汽车看起来就像是在电脑游戏中那样不真实。自从他在儿子不满一岁时离开后，他就从未再见过他的儿子，而西蒙所说的就是这个儿子。

乔听着西蒙用他那尖锐、熟悉的声音罗列出的信息，不禁在脑海中问道，这一切有那么确定吗？难道其中不会有过度解读吗？不过这种声音很微弱，一半在放弃。与此同时，另一个声音，就好像属于另一个人的一样，低沉而可怕地确定，告诉他西蒙所说的都是真的。

这不是那种可以在法庭上作为有效指证的证据，西蒙·沃特斯强调说。沃特斯就像一只吃饱的大青蛙在一个遥远的地方嘟囔着说，律师必须验证一切，申请搜查令，并根据官方程序行事。

乔就像水中的睡莲一样在对话的溪流中摇摆不定。他不时会一下子说出沃特斯所提问题的答案，通往I-695号州际公路的交通标志牌一闪而过。看来他已经成功地把车开到了这里，上了高速公路，而他自己对此却没有任何印象。

显然，通话仍在继续。乔试图强迫自己的思绪回到谈话的内容上去，但西蒙·沃特斯的声音听起来软绵和蔫巴得有点奇怪。乔一边听着电话，一边设法选择了正确的出口，并在挡风玻璃的下端眯缝着眼睛找到了正确的街道，他看到的周围一切都变得如同液体一般在波纹般地闪动。

停好车后，他打开车门，当他感觉到脸上的昆虫时清醒了过来。是的，这声音真的来自这些东西吗？蝉卵，出于某种原因，他突然想到数十亿只蝉卵将会如何在很短的时间内覆盖整个国家。他下车时两腿僵硬，有那么一瞬间，他感觉无法保持平衡，好像大地在他的脚下以一种错误的方式在晃动。

他与这次会议完全处在一种错位的状态。几个星期以来、实际上已经有几个月了，他一直在准备这个会。他作为抵制小组的主席在整个春天都以此为目标，他亲自邀请了这些教授、院长和图书馆馆长到这里来参会，并在晚上给他们家里打电话，说服他们并施以恩惠，以便能够在他们中间组织充足的反对力量。而现在，他在这个会议上就像是参加一次长距离慢跑旅行①一样。

他听着别人的发言就像是在听外语一般，他盯着他们熟悉的面孔就像是在看火星人的突变体一样。同一个问题在整个会议期间一直萦绕在他的脑海中。现在对他来说只有一件事仍然是有意义的，只有一件事凝结了他生命中的全部意义和所有的目标。

从阿莉娜那里了解发生了什么。

从阿莉娜那里至少可以确认几个最明显不过的问题。

但是阿莉娜没有接听电话。乔在半个小时内试着打了四次。

作为大会主席，他不好意思再离开会议厅。每个人都一定从他的眼睛里看出，他就好像中了风一样，他正在失去理智，他已经失去了理智。

"家里出了点状况。"他用一种不得已的、压低的声音对一个友善的图书馆人说，后者在同他握手时过于热情地看着他并询问一切是否正常。

阿莉娜自己的说法现在看起来打磨得相当好。

塞缪尔遇到点问题，与法律也有关。

根据西蒙·沃特斯的说法，在这样的事件中主要情节听起来似乎总是这样：一个陷入自我孤立的年轻男子，总体上很聪明，也许很有才华，但却可悲地舍弃了自己的机

---

① 原文此处为英文缩写 LSD-trip，即 Long slow distance trip。

会，由于一事无成或者心智健康上的问题，被自己的女朋友抛弃，他为此感到伤心欲绝，从而迁怒于别人，并想要对整个社会进行报复。

自从塞缪尔被大学拒之门外以来，他似乎有一个阶段过得很愉快——这正是阿莉娜告诉乔的情况。塞缪尔在一家名为拉雅科斯基的公司工作了一段时间，起初可能精神状态很好，但后来离开时却摔门而去，人也变得很激进。

"在拉雅什么那里……那是什么？"乔最终想起来要在电话里问一下西蒙·沃特斯。他感觉自己好像是在发高烧。"那么在那里发生了什么事情？"

"他们做安全测试。为公司做。"

"安全……？"

"用动物做。"

乔感到一阵头晕。

他的孩子——动物保护活跃分子？那些把他称作希特勒并向他背后吐痰的人中间的一个？那些寄送炸弹的人之一？

他甚至都不知道？

曚昽、模糊的阳光透过沾满尘土的百叶窗间隙过滤进灰色的演讲大厅。乔的心脏在剧烈跳动。

当乔在会议开始前在房间外面的走廊里给她打电话时，米里亚姆嗓音颤抖着说，你对此一无所知，你什么都不知道。

这是一种误解，是匆忙之中得出的结论，是所有不幸巧合事件的总和。但是他无法搞清楚情况，因为他无法联系到阿莉娜。她整整一天都不接电话，这他妈的是什么情况？！

在米里亚姆方面则很肯定。米里亚姆在电话里告诉他，她在内心深处的某个地方一直知道会发生这样的事。但是在一个她不认识的前妻和一个在异国文化中长大的孩子这种组合中，有一些十分异样的东西足以让米里亚姆用自己的恐惧和灾难场景来填补空白。

米里亚姆没有在现场看到3公斤的塞缪尔在芬兰产科病房的桌子上噘着嘴、皮肤皱巴巴的、浑身呈紫色、散发着胎腻的味道，黝黑的头发沾满了血。米里亚姆没能收到塞缪尔关于学校作业的电子邮件和发来的高中毕业文凭副本，两者均以亲爱的约瑟夫[①]开头。

亲爱的约瑟夫：这其中的什么东西仍然令他动容，以至于他不得不低下自己的头。

这是一个误解。

为什么阿莉娜没有答复？根据经验法则是5年。没有相应立法，始终要进行背景调查。这个人对你会有什么不满？可以用其他方法来找出答案。

的确，他对这个男孩一无所知——不过他并没有从阿莉娜那里听到任何与此相关的信息？她为什么根本就不让他们随时了解到最新情况？乔突然之间对他那无能、幼稚的前妻充满了愤怒，以至于想一把掐死坐在他旁边的那个他一直很喜欢的温柔的图书馆人。乔尽量不要匆忙地从座位上冲出去，他在语言中心教室里环顾了一下四周，这个教室无偿地被他们使用，他现在从心底里不想把教室里所有没用的东西都扔到地上摔成碎片，不想把那些可笑的话筒和连线从架子上拽下来，这样它们就能明白它们在大千

[①] 原文此处为英文 Dear Joseph。

世界中所处的可怜位置,不想把这些自命不凡的老式课桌一个一个地从窗户里扔出去,让那些玻璃窗格稀里哗啦地变成碎片,倾泻在草坪上。

18岁的专家们用金属钉针刺穿自己的嘴唇,在自己的手臂上文上伪日语字母,他们已经决定不再需要顾及法律,并在互联网的昏暗中对他的家人施行了近两年的折磨——而阿莉娜却不想费心提及这件事?

他再次克制住离开房间重新给阿莉娜打电话的冲动。

他曾经在车里弯着脖子匆匆忙忙地从自己的手机小屏幕上浏览了西蒙·沃特斯最终报告中零碎的、奇怪的所谓中性的词句,它们像一群蟑螂一样在他紧闭着的眼睛前面狂奔。塞缪尔与女朋友的言语虐殴和创伤性的分手;在健康记录中有关双相情感障碍和逆反人格障碍的记录,以及因对治疗的抵触而停止的治疗;有关暴力和煽动暴力的直接指向;在信息网络上传播仇恨言论。其目标包括父亲查耶夫斯基教授等。

"仇恨言论?"他在电话里惊讶地说。

"针对你的没有针对这个女朋友的那么多,但是他也写了不少关于你的。"

"都说了些什么?"

"我们现在是不是可以这样说……这不是一个健康人写的东西。"

乔等着沃特斯继续说下去。过了一会儿,沃特斯说:"为什么那位母亲不带他去接受任何治疗……而这些医疗保健站的诊断。当然,这会引起人们的思考。"

"他写了什么?"

"喏……乔·查耶夫斯基是一个自私、对谁的感情都不在乎的人……我不想在这里逐字逐句地重复所有内容。"

乔紧握着方向盘,感到太阳穴一直在跳。

"乔·查耶夫斯基是……喏,一个只考虑自己事业甚至对他最亲近的亲属都漠不关心的典型例子……诸如此类。当然,如果您想要,我们可以把这些文件发给你。"

乔仍然不能确定如果答复好的是否理智。他的喉咙发干。

在芬兰,有关方面正在考虑就几起诉讼案提出指控,这些诉讼案都与生态恐怖主义有关。缺乏合作能力,拒绝听取任何与其观点相左的意见。被招募到显然是来自美国、可能是俄勒冈州的具有军国主义性质的动物权益组织中,并逐渐与英国的恐怖组织单元建立了联系。曾在英国被捕两次,因缺乏证据而获释。根据掌握的所有材料,被认为是一个名叫泰勒·伯恩海姆的无政府主义行动分子的左膀右臂。

"如果你想听听我的浅见①,这里有一个你应该保持安全距离的人。"

乔的感觉就像要从高处跌落下来一样。

但是也许他会从阿莉娜那儿听到点什么?至少听到一点儿什么!

"让我现在就对您说这句话,尽可能十分清晰地说。"西蒙·沃特斯说,"这个团伙不是仅仅开开玩笑的。纵火、入室盗窃、恐怖活动。"

"纵火?"

"查耶夫斯基博士,您听说过去年在华盛顿被这些人纵

---

① 原文为如果你想要我的两分钱,源自英语 my two cents,意为我的浅见、愚见。

火袭击的汽车经销商吧？有40辆越野车起火燃烧，油箱都爆炸了。有部分汽车被炸到空中数十米处。真是奇迹，竟没有死上几十个人。"

"塞缪尔在那里吗？"

"对不起？"

"塞缪尔参与烧毁那家汽车经销店了吗？"

乔听到西蒙深吸了一口气，以积蓄更多的耐心。

"我能说一件事吗，查耶夫斯基博士？"

"乔。"

"乔。您不想和这些人发生任何关系，除非您在法庭上不得不这样做。"

尽管乔试图在灰暗的演讲厅里深吸一口气，但他的肺部似乎并没有被充满。他记得有一篇关于希瑟·米兰达的文章。希瑟·米兰达是一位孤独的狗主人，多年来在动物保护活动小组中酝酿着报复行动，最终将爆炸物藏在一家动物实验机构负责人的汽车下面。

根据沃特斯的说法，塞缪尔的发展轨迹是一样的。首先是开始折腾他的雇主，组织了各种各样的骚扰活动，最终对那些从事动物实验的人直接进行暴力袭击。

"我仍然不明白。"他对西蒙说。"为什么是我们？"

"我的猜测是，因为你们所有的一切都太好了。"

"这大概还不够。"

"你所有的他都没有。"

"嗯，不过——"

"这在他看来是不公正的。特别是当他认为您错了的时候。"

"但是——"

"在他看来，您应该为您对这些动物所做的一切得到不折不扣的报应。"

"他是在什么地方这样写的吗？"

"好吧，你可以逐字逐句地看看我们的那些文档。但是我们见过更多这样的极端组织。这就是这些人的想法。很抱歉。"

乔盯着房间前面那个穿着灰色夹克的男人。这个人一定是马里兰大学的某位农业科学家，一个远离生活并自以为是的渣男，他是乔本人邀请的，看起来像是代表某种外国的生活方式。这个穿着夹克的男人开始在大厅前做一个幻灯演示。他的演示与什么有关系，乔无从知晓，他也不明白为什么有人会这样做。这个男人不厌其烦地为他的演示稿搜集了许多图表，这从他第一批的摘录中就可以看到。乔很想从椅子上站起来大声喊叫："你他妈的一个鬼小丑在那里啰唆什么？你穿着西装外套拿这么多统计数据来逗乐，而我们正在打仗！"

当一个图书馆人像迪士尼电影里友善的猎犬那样触碰了一下乔的胳膊，问他是否感觉不舒服时，乔最终不得不表示歉意离开了大厅。他步入走廊，再次拨通阿莉娜的号码，但仍然没有应答。他仍然一遍又一遍地按着呼叫按钮，即使其他方法不奏效，仅靠按键的力量迟早也要接通。

电话是早上打过来的。

他的心率立即加快：来自芬兰。

终于。

他在会后也曾多次试图打电话，但是电话直接转到了语音信箱。

"你打过电话。"阿莉娜说。阿莉娜的声音扭曲得就好像经过了一条巨长的隧道。乔说不好这是他自己的心态所致还是由于他们之间的距离。

"抱歉我昨天没能再给你回电话。"阿莉娜说。"由于这本新书,有不少采访和其他的事。"

阿莉娜听起来很平静,甚至开始兴致勃勃地谈起一家妇女杂志的记者在就她的书采访她时,她在回答提问的过程中感到很尴尬。听到阿莉娜在他咳嗽了一声之后突然停止了她喋喋不休,他似乎感到一种奇怪的满足。

"有什么急事吗?"阿莉娜问道。

乔意识到自己的手在颤抖。他担心自己的声音会破防。他只说了:塞缪尔。

但这就已经足够。

从阿莉娜那忙不迭的抱歉声中乔立刻就能听出,米里亚姆最担心的事是真的,西蒙·沃特斯的数码鹰犬也追踪到了正确的痕迹。

阿莉娜很抱歉,说她应该早点告诉他。阿莉娜很抱歉,说她不知道该怎么告诉他这件事。当然,塞缪尔是有他的……嗯,政治活动,阿莉娜的确应该告诉他,阿莉娜也打过电话,特意为此打过,乔还记得吗?早春的时候。

距那时已经过去两个月了!阿莉娜没有想到再打电话吗?塞缪尔像这样满怀怨恨有多久了,两年了吗?乔昨晚一直在浏览从西蒙·沃特斯那里得到的塞缪尔发送的电子邮件、社交媒体更新、博客帖子和健康的信息。文件包是一个爬满了乳白色蛆虫的熙熙攘攘的巢穴。

阿莉娜没有访问过塞缪尔主持的网站吗?

当然访问过,并且在上面使用过激烈的语言,但是……

但是什么？但是**什么，阿莉娜**？！

阿莉娜从来没有听说过塞缪尔曾与一名美国极端组织征募人员进行过一次夜间在线对话。塞缪尔被告知，由于地球已经被推入生态灾难，现在做任何事情都是正当的。阿莉娜不肯相信乔所说的话，尽管乔有白纸黑字的材料。

从沃特斯文件包上的日期可以追溯到这种对仇恨的煽动是如何夜复一夜地进行的。从词汇的选择和得出的结论可以看出持续的拱火十分有效——显然，阿莉娜没有在哪天夜里能猜得到，她那脱离了社会的儿子正在从什么人那里寻求理解和找回新的自尊。招募人员对相关情况十分清楚，列举了乔的实验室和实验方法，对他的简历如数家珍。

随着招募的进展，与招募者之间的对话减少了，最后完全终止。此后儿子开始定期长时间地访问国际极端组织的网站，并从互联网上获得前往设在英国和美国的积极分子营地的机票。

对这些，有的阿莉娜不知道，有的不相信。

塞缪尔创建了一个网站，在上面鼓励人们以任何可能的方式攻击研究人员及其合作伙伴。要予以重击。她的儿子在这些页面上写道：要把他们打痛[①]。

她的儿子写道：整个体系必须被推翻，但只要这些人还在掌权，这就不会成功。权力不会拱手相让，而是要夺取。

Hit 'em hard（要把他们打痛）。

不要怜悯那些进行动物实验的人。

然后，最终，是符合逻辑的结尾。与前女友的线上讨

[①] 原文此处为英文 hit 'em hard。

论。这次交流本应该是秘密进行的，相关的技术据说现在可以不受阻碍地公开用于传送毒性较强的毒品、雇用刺客和未成年女孩。这次谈话是在那个包裹送达后几天进行的。感谢上帝，这是西蒙·沃特斯借助手电筒和钩子从黑暗的网络中捕捉到的。

> 我恐怕做了什么可怕的事
> 什么？
> 有件事
> （长长的停顿）
> 太可怕了
> 对谁？
> 对我的
> （停顿）
> 嗯？
> 对我爸爸
> 可是他不是住在美国吗
> 我也在那里

现在，阿莉娜在电话里平稳、无忧无虑的声音终于变成了一个吞咽着泪水、在焦虑中急于解释的声音。

乔被迫压抑着自己的感情。现在不能失去阿莉娜，因为阿莉娜可能是警方唯一可以通过她联系上儿子的人。阿莉娜现在必须成为同盟，尽管她由于自己的松懈和不理解只会带来麻烦，因为正是阿莉娜的无能，他的女儿们差一点儿就成了盲人。乔用一种勉强而艰难的声音，像对待孩子或者脑子有毛病的人一样，试图解释情况比阿莉娜所理解的更为严重。塞缪尔已经被那些完全漠视法律和人类生命的人训练了将近两年：塞缪尔已经成为他们中的一员。如果没有其他办法，那就必须用武力阻止他们。正因如此，阿莉娜现在可以缓解所有人的处境，并向警方报告儿子所在的确切地点。这样的人必须立即被驱逐出境，或封闭在一个他无法再造成进一步伤害的地方。

但是阿莉娜被乔所说的话吓到了。很难说阿莉娜对自己的那套说辞有多么坚定不移，阿莉娜的眼睛真的会有这么瞎吗？随着对话的继续，乔越来越难以控制住自己的情绪，阿莉娜则变得更加紧张。当乔意识到阿莉娜的所有精神能量都用于捍卫自己的防御而不是面对事实时，乔心中充满了悲伤。当阿莉娜就儿子是怎样一个善良和富有道德感的人发表奇怪且夹杂着绝望与负罪感的长篇大论时，乔甚至很难假装自己还在倾听。在通话中，乔开始意识到一个人的世界观在精神病患者身边会变得多么扭曲。米里亚姆的恐惧是真实的，这个男孩是那些在白天用充满着爱意的眼神抚摸你的头发、晚上却用枕头将你闷死的人之中的一个。阿莉娜完全不知道她被误导得有多么糟糕。

"真见鬼，你在一开始就不明白发生了什么吗？"

"我明白！"阿莉娜在尖叫。"我对此很抱歉！但是我就此又能做什么呢！"

乔被这个在他记忆中温顺的女人的突然爆发吓了一跳。他从来没有听到阿莉娜这样喊叫过。但是由于阿莉娜似乎仍然不明白他们的处境，乔很乐于告诉阿莉娜。阿莉娜是一个病态家庭的母亲，多年来她一直知道家里发生了什么，但是她决定不去正视，因为她自身的精神障碍无法承受事实真相。乔不想再试图去提问或者倾听，他想抽打和伤害对方。乔现在听着阿莉娜哭泣并不感到轻松，不过他仍然为此感到高兴，终于也有别人感受到了痛苦，这让他充满了一种深深地得到了补偿的感觉，这种感觉使他的整个灵魂变得黑暗，但他仍然感到这是必要和合理的。

我也不知道他都在忙活些什么！阿莉娜叫道。阿莉娜也一直在担心着儿子，但除了儿子告诉她的，阿莉娜也什么都不知道。不过阿莉娜无法相信这些，塞缪尔也从来不会这样做，塞缪尔与做出这些事情的人完全不是一路的人。

阿莉娜为塞缪尔感到骄傲。

骄傲？

是的，骄傲！

据芬兰最大的报纸报道，她的儿子领导着该国最危险的极端组织？是乔理解错了，还是塞缪尔没有公开下令恐吓那些进行合法动物实验的科学家？她的儿子，那个认为乔的家人应该受到攻击的人！难道阿莉娜对这样的儿子引以为豪吗？阿莉娜说得时间越久，阿莉娜自己就越显得惊慌，她所尝试的辩解就显得越发奇怪。乔把手机摔到墙上，它没有像应该的那样"砰"的一声炸成碎片，而是伴随着空洞、无力的声音从墙上反弹到地上。他不应该继续说那么久，乔后来意识到：阿莉娜的现实感早在几个月或几年前就已经模糊不清了。从一个女人口中，你无法分辨她站在谁的一边，她希望整个世界陷入无政府状态，因为身处不了解生活现实的棉球般小国，她无法将自己与外部的任何人的命运联系起来。

我恐怕做了什么可怕的事情。

乔到目前为止在自己的人生中一直坚守的强烈的使命感现在已经流失殆尽了。取而代之的是一些无情的、金属般的东西。

乔发现自己在慢慢走下楼梯，推开了房子的大门。在大门外立即迎面扑来的是一团湿热、桑拿般的热浪，蝉像电锯组成的合唱团一样发出嗡嗡的噪声。天空万里无云，一片蔚蓝，终于也有这样一天。

这正是阿莉娜一直以来的样子：很容易轻信别人，在自己没有把握时会被花言巧语迷惑，没有能力做出艰难的决定。也许乔现在仍然与自己的儿子有着某种关系，也许这一切都不会发生，假如阿莉娜当时没有暗示说大家并不期待他参加儿子的毕业①派对。他顿时对两年前举行的那个派对感到异常愤懑，人都要气炸了。

他光着双脚在炽热的柏油地面上站了很长时间。他闭着眼睛躲避着阳光。太阳从高处越过独栋小楼的屋顶照射着大地，苍白而无情。他记得当时人们就康涅狄格州学校枪击事件所说的话：同样的事情可能发生在任何地方。

第二天，非常奇怪的是，他对什么都没有感觉了。他内心的一切都已经被压干榨净了。就连他对阿莉娜的恼怒也在一夜之间烟消云散了。剩下来的只有麻木不仁，其中还有一些冥顽不化的东西，令人感到筋疲力尽。

他显然是在凌晨5点之后的某个时候终于睡着了。他所记得的前一天晚上发生的事情就像在电影中一样不真实。

米里亚姆以一种他只能部分理解的方式转身离开，去了什么地方。他在电话里听到了米里亚姆哭泣时说的话，但他不能像往常那样产生共鸣。渐渐地，在一次艰难的通

---

① 原文此处为英文 graduation。

话中，乔意识到他的努力安慰和保证也无济于事，他的妻子就像在一座精神混凝土墙后面一样与他通话。

通话结束时双方都感觉受到了伤害，乔不记得以前和妻子之间曾有过这样的经历。乔在通话之后继续想着阿莉娜以及米里亚姆刚才所说的关于阿莉娜的话。米里亚姆批评她从未谋面的乔的前妻的方式，让他感觉像是在侮辱。

乔试图晚上看看电视。所有电视编辑们认为重要和确实重要的事情看起来都那么微不足道。如果能将与米里亚姆的争执从他的脑海中移开就好了，因为陷入其中只会让情况变得更糟。然而，他发现自己在心里还在护着阿莉娜，在米里亚姆面前为阿莉娜辩解，称在互联网上监控成年孩子的生活是一件多么不可能的事。乔在某种意义上甚至可以在他的思考中理解阿莉娜——关于纽敦19岁的大规模杀人犯，谁也不知道他曾经对枪支和校园枪手也曾经是那么病态般地感兴趣。

眼睛盯着来自中东令人沮丧的连续新闻报道，乔看不到路边残缺不全的尸体，而是在想着阿莉娜和他们俩都知道的事情。接着，电视编辑们让哈佛大学的一位安慰剂研究人员切入镜头，他说他手头已经拿到了一家制药公司所隐瞒的研究结果，而根据这些研究报告，已经为数百万儿童开出的腹内侧前额叶皮层优化剂，在长期使用后会导致类似于酒精性痴呆的症状和肝损伤。据研究人员称，这家制药公司隐瞒了大量的研究结果，这些结果表明，长期使用优化剂并不会使儿童更具社交能力，而会变得消极被动，并易受到情绪的影响。

乔对此一点儿都不感兴趣，当一位编辑说没有请到这家制药公司的代表到节目中回应对公司隐瞒研究结果的指控时，他同样不感兴趣。该制药公司的新闻稿中说，该公司在实际应用中已经看到这些药物是有效和安全的。尽管乔在日常工作日会对这一切感兴趣，但现在他盯着电视上喋喋不休的研究人员，很奇怪他怎么能坚持讲下去。

他在深夜终于明白了为什么阿莉娜无法承认发生了什么。在她内心深处，阿莉娜一定知道所发生的事是真的。

因为这一切都源自阿莉娜。

某种东西

……很可怕。

事情一定是这样的。这个男孩在愤怒爆发时关于他所写的一切，他的自私、他是个工作狂、他的美国式特征、他的事业中心观点。

阿莉娜。

男孩在互联网上散布的关于乔的一切都是从阿莉娜那里听到的。当然不是直接的，而是以可能的最有效的方式：从字里行间直接注入静脉，从阿莉娜在赫尔辛基助产士学院产科医院第一天晚上的孤独感中萃取到母乳中。

就算男孩患有精神疾病——也许某种程度上母亲也是——但这个男孩仍然是阿莉娜真实的和隐藏的情感的集成。男孩是阿莉娜的失望，阿莉娜的复仇，源自以往的嫉妒，是阿莉娜20年前经历的孤独的肉身。

这就是为什么说阿莉娜一定知道，这就是为什么阿莉娜不可能承认。这就是为什么阿莉娜什么也没有说。

乔突然意识到，这一点没有其他任何人能理解，男孩自己更不可能。只有他和阿莉娜才能看出来它的根源在哪里。只有他和阿莉娜，因为这一切都是源于他们自己。

在电视上，编辑们从加沙和药物又经过叙利亚转到了药物注射的话题上，这种注射可以比肉毒素使嘴唇更加肥大丰满。乔盯着闪烁的照片，什么也没看到，他想起了收音机里谈到康涅狄格州校园枪手时说的话：即使知道关于肇事者的一切，他的这一行为仍然令人无法理解。

对你们其他人来说。这就是它的含义：对于你们其他人来说。

X.

厚厚的金属格栅在窗户里反射着光。尽管商店在营业中，在门口还得按响蜂鸣器。

大风从早晨开始就将大片深灰色的云团从天空中挪走。它们匆匆忙忙地飞驰而去。风虽然减轻了酷热的压力，但是让人汗流不止的潮湿并没有缓解。大家都在期盼着雨水的到来。

"欢迎！欢迎！"

枪店老板是一位亚裔，身材肥胖，就像一个注射了安非他明的房地产经纪人那样每秒钟会吐出1000个字。店主只是想让**他们**[①]在店里感觉放松自然。店主只是想让**他们**和**他们的手枪**一起成为你。这对商家来说是最重要的。**他们**最终选择了什么对商家来说并不重要，因为**他们**最终选择的就正是那把对**他们**来说合适的手枪。店主不能为**他们**选择手枪，因为它不会成为店主的手枪。一方面要简单易用，另一方面要考虑后坐力，每一把手枪都可以成为**他们应选的那把**。商家不想让**他们**喜欢上自己买的枪。商家希望**他们爱上那把枪**。如果**他们**爱上**他们**的手枪，那么他们还会再来。

---

① 原文此处第一个字母大写。

墙上的木镶板和麋鹿头给人一种监狱的印象，一座试图装饰成芬兰夏季别墅的监狱。数十支不同粗细和不同尺寸的步枪带着价格标签排成一列，放在方便的支架上，需要的时候就可以很轻松地从架子上取下来，比如说万一有只野鹿碰巧光顾。在玻璃柜台下，就像是在照相机店里那样整齐地分类摆放着某些专业用品。在收银机旁边，玻璃框架中放着一张美元钞票的仿制品，中间是一把半自动手枪的图片，下面用醒目的字体写着**携带武器的权利**[①]。

店里一共有4种不同类型的手枪，店主嘴里带着泡沫从商店的一面墙冲到另一面墙向他们快速做着介绍。如何选择取决于武器最需要用于什么地方。是需要藏在衣服下面吗？还是要把它放在床头柜上？

经验是最好的老师。店主用一个很吓人的故事来强调他想要传达的信息，那是一次狩猎之旅，**一切都不顺**。店主猜测，有两类武器会特别适合**他们**。代词偶尔会在店主的嘴里滑到错误的位置，显然只是由于他说话的速度太快，店主的口音像是出生在南方的人。也许是阿肯色州，也许是佐治亚州。商家会展示哪些型号的枪专门为**他们**设计得简单易用。特别是这两款，请允许我请各位到这边来一下，在那面墙上可以看到一把9毫米的和一把0.38英寸的手枪并排放着，如果**他们**对这两款有兴趣，使用这两款对**他们**来说可以变得尽可能地简单。当然这两款都是传说中的格洛克[②]，**非——非常畅销**。

---

① 原文此处为英文 THE RIGHT TO BEAR ARMS。
② 格洛克是由奥地利格洛克有限公司（Glock GmbH）自1983年开始研制生产的系列自动手枪，现有30余种，覆盖全球军、警及民用市场，备受推崇。

"顺便问一句,格洛克为什么会成为一把**独一无二的手枪**[①]?"哈克特问道。

"这有很多很好的理由。"店主说。

隐蔽便携[②],当店主大声猜测瑞士手枪受欢迎的程度时,乔感到十分惊奇。隐蔽便携:隐蔽携带武器成了一个名词,日常用语,可以在谈笑间将其随便藏到收银机后面那件松松垮垮的T恤衫里。这里有某种让乔觉得有些幼稚、可怕或者病态的东西,也许所有这些皆有。

哈克特在最后一次到访时请求乔与米里亚姆和孩子们稍微保持一下距离。哈克特说:

"听我说[③],我知道你怎么看那些东西——嗯就是——"

早在哈克特继续下去之前,乔就已经知道他要说什么了。

"是指手枪吗?"乔问道。

"是的,就是说我永远不会建议任何有孩子的家庭在家中藏枪,我现在不是,也许在其他时候也不是持枪的无保留支持者,但是——"

"我也不是。"

"但是在你这种情况下,如果我们没有及时将这个人……"哈克特不得不花时间寻找合适的措辞。"如果我们不能把他抓住并控制住,就像现在我们在没有证据的情况下也许还无法做到的那样,在这种情况下也许应当记着,假如愿意的话,这当然也是一种选择……"

乔在这件事上一点儿也不想帮哈克特的忙。

---

① 原文此处为英文 The Handgun。
② 原文此处为英文 Concealed carry。
③ 原文此处为英文 Listen。

"……肯定会感到很安全。"哈克特最后说。

这实际上是他自己去问的哈克特。他感觉就好像自己内心深处在每天、每时每刻都有什么重要的东西消亡了。

关于塞缪尔的行踪没有确定的信息。或者说如果有,那些人也没有告诉他们。他们只被告知警方已经采取了措施。据说阿莉娜已经向塞缪尔转达了要求他立即向当局报到并返回芬兰的请求,但是目前并不清楚这条信息是否对塞缪尔产生了任何影响。

每个人都认为现在重要的是,要为可能到来的事情做好准备。

然而他已经与米里亚姆就加强监控录像问题发生过争执。乔认为现在已经营造了一种恐惧的氛围。米里亚姆看着他的方式让乔想到婚姻是否就是这样结束的。

"恐惧的氛围?"米里亚姆问道。"在一个家庭中,一位前警察教唆一个11岁的孩子将一个成年男人的眼睛戳进去?"

而最近的一次讨论是在他不小心登录了一个对动物保护活跃人士进行斥责的在线专栏上进行的:他从你的窗户扔进一块砖头,但是你没有购置任何东西来进行自卫?他还在逍遥法外,你们难道什么都不做?

他送给了你们一枚炸弹,但你不会去买一把200美元的手枪来保护你的妻子和孩子们吗?

当包裹送达后,乔不再想去反对新的监控系统。当一个来自家庭安全系统服务、穿着连体工作服的男人爬上梯子,将崭新的监控摄像头安装到房屋里面和外墙上的关键位置,使得最后的死角都被覆盖时,他几乎是感激涕零地看着。现在,这些装在嗡嗡作响不停旋转的支架上的眼睛日复一日地盯着每一个角落,看着他们如何出门或进来,制作晚餐,然后上床睡觉。新的强化监视让他感觉并不舒服,但这种担忧就好像是属于另外一个现实,也许是同样的现实,如果人们愿意的话可以思考一下,这些东西是否真的存在。

然而,手枪则完全属于另外一个系列。

在手枪问题上,乔认为要有底线,尽管他在一封电子邮件中亲自向哈克特询问过这件事。他在最近几周不得不对自己的世界观进行决定性的审视,但是他打算要坚守这条底线,否则他就不再清楚自己是谁了。

然而,哈克特的想法是快速去访问一下对谁都没有坏处,也不必做出任何承诺,而且由于哈克特已经安排好了一切包括连时间都预约好了,乔没来得及找到合适的措辞来礼貌地拒绝。此外还有米里亚姆对哈克特一片关心的感激与感动,当然我们会来的,太好了,你已经安排好了,哦,谢谢,周四什么时间,这一切让乔变得小心翼翼。现在紧张的局势似乎毫无缘由地与米里亚姆纠缠在一起了。因此,当哈克特按响了这个有注意力障碍的亚洲人的蜂鸣器,打开了这家他推荐的枪支商店装有三重安全锁并由铁栅栏保护的大门时,乔十分不情愿地跟在米里亚姆的后面走了进去。

是的,店主说:"另外一款确实没有保险栓。这位女士绝对是对的。女士知道保险栓在哪里吗?"

"最重要的保险栓在这里。"

这位亚裔枪店老板抬起食指指了指自己的太阳穴。店主轮流看着他们,以确保他们明白他们正在接受一次多么重要的启蒙。店主说:

"没有任何东西能取代这个保险栓。"

乔意识到,店主进行这样的交谈数千次了。也许正确的台词是作为枪支商人MBA学历的一部分或者在枪支制造商的周末研讨会上教授的,研讨会中间休息的时间供应了鹿肉三明治、熊肉汤和啤酒。

他侧着眼睛瞥了一眼米里亚姆,但米里亚姆并没有回应他看看我们都卷进了什么里的目光,而是在倾听着这位重达120磅的店主侃侃而谈,并顺从地点着头,嘴唇微微张开。米里亚姆脸上每一块小小的、无意间控制的肌肉都是为了欣赏这位大块头的枪手,并透着女人对男人所说的一切都毫无保留接受的神情。当乔看到这一幕时,他感到嫉妒的刺痛。米里亚姆的行为会是对他们在电话里争吵的报复吗?这是米里亚姆永远不会承认的反击?

自从米里亚姆戴着墨镜在枪店外面走出汽车以来,她一直在刻意回避他的目光。米里亚姆身上有什么东西已经发生了变化,乔一边想,一边看着她像一个陌生人那样穿着高跟鞋从街角向他走来。米里亚姆身上有什么东西比以前更加强硬、更加锐利。

乔希望他们今天能修复一下他们之间的关系。

"我给你们一个简单的建议。"军火商说,眼睛盯着米里亚姆,头使劲地向前倾着,就好像想要跳过柜台扑进她的怀里。"除非要击发,否则不要扣动扳机。"

米里亚姆皱起眉头,缓缓点了点头,仿佛像是对待一条重要的人生信条一样。店主仍然盯着米里亚姆看了很久,以确保信息真的传送到位了。然后,店主敏捷地从桌子上将一把带有经典圆鼓弹匣的金属灰色的左轮手枪翻转着拿到手中。

"我会特别把这款枪推荐给那些以前没有多少用枪经验的人。"店主说。他交替地看着手中的枪和米里亚姆的眼睛。

就在乔遐想着枪店老板想要和米里亚姆上床时,店主抓住枪管,把它递给了乔。乔被吓了一跳。这把枪看起来像是所有手枪的原型。

这是商家向那些没有与手枪建立起自然关系即没有在枪支包围下长大的人推荐的首款。店主唾液飞溅地推荐了它,并且从柜子里取出了弹夹。店主之所以推荐这一款,是因为它对他们来说是绝对可靠的。

瞄准并开火。[①]

瞄准并开火:就像数码相机一样。

"剩下的它自己会操心[②]。"枪店主人说。

剩下的就不用操心了。

与自己的本意相反,乔发现他抓住了店主递过来的枪把手。他刚好用余光看到,米里亚姆一副受伤的样子正在看着地面。

左轮手枪很重。它设计的形状完全适合手掌。

"它的口径是多少?"米里亚姆用她最有说服力的**有质量意识买家**的声音问道。

店主对米里亚姆的问题感到高兴。乔试图尽可能小心翼翼地擦掉脸上喷落的唾液。店主急忙指出,对女士们来说,重要的是要明白子弹的口径并不是确保安全的最关键因素。

"哦?"米里亚姆皱着前额点了点头。"那么什么

---

① 原文此处为英文 Point and shoot。

② 原文此处为英文 The rest will take care of itself。

是呢?"

"定位[①],"店主说。

定位,就是指哪些血液循环器官能够被打穿以及如何有效地被打穿。当然这并不是指口径无关紧要,武器商人赶紧说。毕竟,0.44英寸与0.22英寸留下的痕迹还是有所不同的,店主意味深长地看了一眼哈克特。是的,哈克特现在很开心,可以加入了:当然用0.22英寸也能杀人。它只是要持续一两个星期,呵呵。听到这句话时,武器商人突然大笑了起来,这让人想起一只被自己的热情呛到的海豹。接着店主突然又想起了米里亚姆和乔,还有那些高知年轻女性,脸色很快就变得严肃起来。"0.38英寸。"店主说。

"是的。"米里亚姆脸上带着一副很重要的神情,抬着下巴点了点头,好像那个数字对她真的意味着什么似的。米里亚姆在乔看来是如此渺小,如此渺小。

当他走向等在停车场上热得滚烫的汽车时,乔想知道如果手里拿着枪,即使枪膛是空的,如何会立即改变自己对这个世界以及在其中位置的体验。他无法区分这其中的不同,但他感觉到自己的耳朵在交还枪支后仍然嗡嗡地响了很久。

米里亚姆把衣服和物品随手扔进两个大行李箱里。她来的时候没有带孩子,她想补充一下库存。

乔坐在女儿卧室的床上,看着米里亚姆那双纤细的手,似乎很敏捷顺畅地在不同的衣柜中找到了要找的衣服。米里亚姆把丽贝卡的内衣、裤子、裙子、衬衫和针织衫都过

---

① 原文此处为英文 Placement。

了一遍，毫不迟疑地把它们分成两堆，需要的放到行李箱里，其余的放回衣柜。乔很欣赏米里亚姆做事的系统性：首先是丹妮拉的衣服，然后是丽贝卡的衣服，两个人的衣服每次都清理一格。

乔在想，米里亚姆的眼睛一定已经变得很疲倦了。

"你都好吗？"米里亚姆用一种平静的声音问道，好像她已经感觉到了乔的目光，想把他的思绪转移到别处。米里亚姆在提问时并没有停下手头的事，目光盯着行李箱。很难说米里亚姆是否还在有意识地躲避着他的目光。

"挺好的。"

"你能睡着吗？"

"有些夜晚会比其他夜晚睡得更好一些。"

米里亚姆点了点头。当米里亚姆不再继续谈话时，乔说："很难继续做任何事情。"

"是的。"米里亚姆说。

又是一阵沉默。

当乔看着米里亚姆打包时，他知道他们俩都在想着最后这次关于买枪的争论，或许是前一次。还有他们之前的争吵，从电话里开始的争吵。时间过得越久，似乎就越难以解决这些分歧。

乔还想与米里亚姆就共同的iAm政策达成一致。与iAm相关的隐私保护问题据说与社区媒体的问题类似，他全家现在都已禁止使用社区媒体。乔觉得在他们目前的情况下不能过于强调这些——如果某个广告商试图将某些东西定向发给他怎么办？在目前的困境中已经感觉不到更多的挤压了。然而，由于存在隐私保护和数据安全方面的问题，乔向丽贝卡解释了为什么那个体验装置现在要一直封存在楼上办公室的书桌抽屉里。乔不能让他的女儿破坏哈克特的明确要求。米里亚姆最好清楚这一点,以便在青春期孩子突然袭击时能保持他们的阵线团结一致。然而,只要枪支商店后发生的事情仍然在困扰他们之间的关系,他就很难说出这些话。

米里亚姆不知道的还有,令所有人感到惊讶和高兴的是,拉伊已经成功说服厂家将3个iAm样品送到了实验室。像这样的事乔通常都会在当天晚上告诉他的妻子。拉伊曾向MInDesign的科技迷介绍过乔的那篇论文[①],并热情洋溢地谈论了它对神经实验[②]的重要性,而iAm在它的众多性能上都依赖于此。通过自己的煽动性演讲,拉伊显然让他们非常迷惑,以至于他们发现最简单的解决方案就是提供一些装置,条件是他们可以在他们的每篇出版物上标注整个团队使用了他们的装置。拉伊二话不说就同意了这项协议,乔如果是处在另外一种生活状况下则会开启一场严肃的讨论。

据说整个小组的所有研究资料、手稿和图片都可以逐渐转移到与iAm兼容的云存储中。当乔看到大家都如此兴奋,他也就不去费力地反对这个计划了。一切都会提速,一切都会变得更加容易,可以摆脱掉不必要的电源线、显示终端和工作点位了!而最重要的是:他们会比其他人早几个月获得该装置。这种情况显然为乔带来了掺杂着崇拜的年轻人的加分,他本来希望和米里亚姆只是对此呵呵一笑。

令乔感到惊讶的是,拉伊与其他人所表现出的热情也

---

① 原文此处为英文 The Paper。
② 原文此处为英文 NeuroXperience。

影响到了他自己：那天晚些时候，他十分惊讶地发现自己也像开玩笑似的再次尝试了这个装置——丽贝卡现在已经不需要它了。

乔看着米里亚姆从丽贝卡的衣柜里将最后一件内衣和袜子塞进箱子里。米里亚姆很快就会完成她的工作，把她的行李箱拖到楼下，然后开车到州界另一侧她父母的房子那里。乔想问问，他可不可以给米里亚姆制作一杯酒精饮料。他一时兴起从商店里买了新鲜的薄荷，他可以给他的妻子做一杯带薄荷、碎冰、酸橙汁和冰伏特加的饮料。他们可以在米里亚姆不得不离开之前在客厅里小坐一会儿，就像两个在春天过得太累的成年人一样放松一下。米里亚姆可以把腿抬起来伸直放到沙发上，他可以给他的妻子做腿部按摩。他们可以一起调侃所有的荒谬事。

"你想喝一杯吗？"乔问道。"我可以去调制。"

"不，谢谢。"米里亚姆说。她的答复来得如此之快，米里亚姆甚至都没有考虑一下。

整个问题到底出自哪里？他们俩都不想要枪。他们中的任何一位都不想用枪或者让任何别人在公寓中使用枪支。他们都不想生活在一个需要使用枪支的社会中。

然而他们还是身在其中。

正如他们在枪支商店第二次发生争吵时所表明的那样，如果发生违背所有人意愿的事情时，米里亚姆不准备任由她的孩子们得不到任何保护。但是乔仍然坚持自己的立场，在这件事上他不会灵活变通。米里亚姆似乎在争吵之后满足于此，显然也是看到了没有谈判的余地。然而，分歧仍然像一张无形的网笼罩在他们周围。

乔努力向自己解释，米里亚姆必须要掌控所有事情，她必须要有铁一般的神经、最坚韧和最强大的能力。米里亚姆总是要代替别人决定该做些什么，因为米里亚姆相信其他人都不会采取行动。

乔跟着米里亚姆走到他们共同的卧室，这时米里亚姆转向自己的衣柜。乔看着米里亚姆把她的羊毛衫和裙子折叠起来放进行李箱，把卷得紧紧的连裤袜塞到空当的地方。米里亚姆的手看起来目的明确，脸色有点紧张。多年前乔就注意到了米里亚姆额头上的皱纹，它们在出现的时候，先是一点一点地，接着就突然都出来了。皱纹现在看起来比以前更深了。乔本来想大声对米里亚姆说，在女孩们收到包裹之后，米里亚姆身上明显有什么不同——与他们所有人感受到的不同。但是他又不知道怎么不同。

"校长现在终于答应了，他们可以留在那里了。"米里亚姆说。

"道格和迈克？"

"是的。"

在学校里，最初对私人保镖公司那些人高马大的男人有点抵触，现在他们从早到晚都可以陪伴着丽贝卡和丹妮拉。上课时，一辆配有深色玻璃的黑色汽车从早到晚都会停在学校大楼外的街角。

她们俩谁都不应单独一个人在外面走一码。她们中间谁先上完了最后几节课，通常是丹妮拉，都必须留在大楼内等待另一个。米里亚姆或者外公外婆中的一位会开车送她们从学校回家，道格或迈克谁当班谁就会开着车跟在他们后面。米里亚姆的父母住在弗吉尼亚州一侧，在高峰时段要开两个小时的车程。孩子们现在每天要在上下学的路上坐车4个小时。不当班的保镖每天晚上要坐在女孩们睡觉的房子外面的车里值班。

多希望孩子们能过上正常的生活。

"那位校长说你和她之间起过某种冲突。"米里亚姆对乔说。

"我只是去问问,她是否认为在学校里向健康的孩子直接推销精神类药物是可以做的事。"

"嗯,是吗?"

"是的,对她来说。"

米里亚姆的笑声像是一个令人惊讶的亮点。乔意识到他出于某种原因想象着米里亚姆也会同他一起转向不同的一边,在这件事上也是。

"你不是有那个按钮吗?"乔说,尽管他知道他问了也是白问。

米里亚姆什么也没说,她从口袋里掏出一个小盒子。

那个按钮的颜色是刺眼的红色,设在一个小小的浅色塑料立方体的中间。它看起来像一个玩具。乔检查了一千次,以确保他的口袋里也装着自己的。盒子光滑的塑料表面给人以安宁的感觉。

红色按钮是他勉强取得的谈判胜利。如果没有它带来的妥协,他们家现在将会采纳那个肥胖的亚裔枪支商人的建议,从他向他们这样没有经验的购枪者和对与枪支打交道感到不安的人所推荐的两种选择中选择一种。如果没有红色的按钮,他们的公寓现在将拥有那只有着经典设计的闪亮金属色东西、短枪管、棕色枪柄和可以容纳6发子弹的转轮弹舱,有代词概念障碍的店主相信他们肯定会学会爱上这一款,即那款只需要瞄准并开火、剩下的将自动完成的手枪。

红色按钮可以随身携带去任何地方，白天或夜里都可以。同时向孩子们也强调了，她们宁可忘掉她们的第二个教名也不要忘了带按钮。现在孩子们给其一起居住的外公外婆每人发了一个。

按下红色按钮，道格或者迈克就可以每天24小时在接到报警后随时赶到现场。通过这个按钮不能通话，但是它就是专门用于没有时间进行解释的场景。发射器里安装有一个LED灯，按下按钮时会打开。如果另一端没有确认，则指示灯会一直亮着，以显示这个装置在一遍又一遍地发送相同的信号，直到电池没有电。

报警器最糟糕的一面是——乔曾经一度担心这会导致**可爱的手枪**不可避免地到来——它的覆盖范围。该项技术是为医院和写字楼设计的。其覆盖范围甚至不足几千米。另外，保镖总是坐在能听到女孩喊叫声的距离内，这个按钮只是为了在不太可能发生的情况下作为最后的保障，即当有人在保镖没有注意的情况下闯入住宅。

乔觉得这种原始的技术听起来似乎令人难以理解。在现在这个无线数据网络、皮下植入式电脑和GPS定位器的时代，难道就没有比一个覆盖范围可怜甚至没有储存的可笑的模拟装置更好的安全设备了吗？

正好相反，哈克特说。正是这种发射器击败了现在的一些小玩意儿。电脑依赖于数据网络，它们会放慢速度并发生卡顿，承受不了潮湿，无线网络会耍花招，数字信息也可能受到干扰。如果想要真正可靠的东西，就要使用过硬的技术，警方和军队几十年来一直依赖这种技术。

"如果我必须把我的性命寄托在这个还是那个上面，"道格说，一只手拿着那个红色按钮，另一只手拿着一部手机,"手机就会马上飞到垃圾场去。"

米里亚姆扣上了另一个行李箱上的锁,将乔从自己的思绪中唤醒。乔想再拖延一会儿妻子来家里的时间,但在情急之中也想不出什么其他办法来,只能询问米里亚姆最近工作怎么样。

"喏。"米里亚姆说。"当然不得不稍微加点油。"

乔意识到,他完全不了解米里亚姆工作中的任何情况。通常都是米里亚姆告诉他她现在都在做什么。米里亚姆经常会习惯于给乔看她的手稿或者询问乔对她演讲细节的意见。米里亚姆把行李箱竖着立在滑轮上,将它们从卧室拎过门槛推到走廊上。

"让我来帮帮你。"

"谢谢,我自己可以。"

乔问米里亚姆大概什么时候能和女孩们一起回家。米里亚姆把这个似乎也理解为是一种批评。

你当然不知道。你们当然无法知道。我当然不是在提要求。是的,的确如此,她也只是想确保孩子们都安全。

乔在心里并不想被米里亚姆伤害。他自己也曾经这样做过,对那些与他的困境毫无关系的人进行报复。芭比、罗迪、学生和那个机构审察委员会[①]的人,他曾毫无戒心地向乔询问新的系列实验的许可证问题。他的询问完全是无辜的,那个人只是在做他的工作。不过这个问题听起来仍

[①] 原文此处为英文缩写 IRB,即 Institutional Review Board,指美国高校由医学、药学及其他背景人员组成的科研审核委员会,初衷是针对有人类受试者参与的科学试验进行伦理审核,通过独立审查试验方案及相关文件等,确保受试者权益与安全得到保护。

然让人感觉是不怀好意。

我要告诉你要把你的道义许可证塞到哪里去吗？乔想大声喊。你能去问问那些给我女儿寄针头炸弹的人是否有许可吗？

他还对实验动物进行了报复：他们开始了一系列新的实验，乔此前曾因为猫会太痛苦而一再驳回这些实验。他所研究的问题是符合逻辑的，根据有关结果很有可能会发表很多文章，但直到现在他还不想这样做——特别是在听到女儿们的意见之后。然而现在，为了报复那些对他使坏的人，他们永远不会听到有关实验的消息，他主动命令他那个最像老鼠的二年级研究生启动这项实验——这个学生曾对乔说他想做点别的事情，他的事业将围绕着这种非常痛苦的实验方法数年或数十年，只是因为乔下的这个命令。这显然是不对的，但是乔告诉自己不要去想它，因为现在最重要的是捍卫科学的不可侵犯性。为什么科学的不可侵犯性必须通过这些手段如此坚决和特意地去捍卫，乔也说不出来，所以他也不打算尝试着说出来，部分是因为他自己也很清楚，这种解决方案丝毫不会让他的处境更轻松。

他还报复了一家数码声誉管理公司的一位员工，他自愿去找的这位员工，而后者只是想帮他的忙。他让自己痛苦、轻蔑的态度流露在自己的每一句话、每一声叹息以及瞥一眼手表的动作中。他坐在这家公司的办公室里，在大白天看着那个优雅且闪亮的头发上夹杂着浅色条纹、手腕上戴着闪闪发光的设计师款手表、有礼貌的30岁女人，在帮他查看他在被称作不人道、不科学、毫无感情地对动物保护犯下罪行的人，以及纳粹将军时所用的确切专业术语，还有所谓"他在科学界的地位"已经变得多么"受到争议"。他需要这个女人的帮助,因为显然有人答复了这些在互联网最阴暗的偏僻小巷里乱扔垃圾的兽类中的一个——写了回信。这也许是他的一个学生,很可能只是出于好意——但是学生的回复却生成了长长的信息链,形成了整整一个针对他的工作的仇恨论坛,仅在数量上就会增加它们在搜索引擎中弹出的可能性。

当然,最糟糕的错误是那场辩论会,由于在新闻媒体中进行了报道,搜索引擎认为信息是可靠的。"自由传媒集团"的一个电视频道似乎正在利用这些报道来进行如此狂热的庆祝,以至于人们会认为某一层新闻监督会对最糟糕的过火行为进行干预。在乔看来,他不应该因为有人故意想误解他而向数码声誉管理公司支付4000美元。但只要人们在互联网上用他的名字进行搜索,第一个搜索结果页面上出现的就是,约瑟夫·查耶夫斯基是一个滥交动物者、查耶夫斯基的研究成果是编造的以及约瑟夫·查耶夫斯基的"科学"是个骗局之类的文章,他很需要这个女人的帮助。他自己对如何将这些放出来的互联网鹰犬驯服没有一点儿概念,但这个女人声称她有手段能够在搜索结果中将最糟糕的垃圾向下挤压,而这些东西已经无法再消除掉了。

他的新的个人简历。

他甚至不敢去想,在他当前的情况下,对于像丽莎这样的博士后会发生什么,她的就业市场已经很无情了。

他认为对这些垃圾应该不予理会。他拥有终身职位,一个永久的岗位,而业内人士都知道真相是什么。然而,几天前罗迪曾给他家里打了个电话,并用听起来很为难的声音寻找合适的开头。

"我们有一个小难题。"

当他问是什么难题后,罗迪继续说道:

"你最近在互联网上用自己的名字搜索过什么吗?"

乔现在需要这个彬彬有礼的女人的帮助,因为他已经成了大学的负担。作为一所享有盛誉的教育机构,大学承受不起这些。他需要这个女人的帮忙,因此作为一种报复,对她为帮助他所做的工作表示蔑视。

这位女士说,首先搜索引擎公司将会被要求删除一些显然是非法的指控。据说这还没有多大帮助,但是在那之后,这位女士将会与她的同伴发起一项大规模的机器人操作,其间他的名字每天将会被检索数千次,例如使用像受人尊敬的约瑟夫·查耶夫斯基、约瑟夫·查耶夫斯基研究员、查耶夫斯基科学奖、查耶夫斯基获诺贝尔奖提名等各种组合。

甚至没有人想过,一个大喊大叫的人也可以被压制下去,只需喊叫声更大。

数以百万次的连续搜索。据说慢慢就会有效果。据说在最常用的搜索引擎中有第二个或第三个页面就足够了。所有人都使用相同的搜索引擎,而95%的点击都是在首页上进行的。如果能将最糟糕的渣滓从首页上消除,大学的管理层就有希望忘记整件事情。

为此,他付给这个女人4000美元,这是首付。另外每周再付500美元,只要这个女人继续做下去。

西蒙·沃特斯的建议是,现在就立即在所有设备上完全断开与互联网的连接。这位来自数码声誉管理公司的戴着珍珠耳饰、黑发中夹杂着浅色条纹的女人则希望乔能建立起一个个人博客,并尽可能经常在上面写些东西。最好是每天或者更频繁地写,以便他的博客会出现在搜索结果的首页上。他写得越疯狂，搜索结果就越好。

不管他写什么，只要发布了就行。

这位女士建议乔只需每天简要地更新他在哪里以及他做了什么就行了。每隔几个小时，现在有一些很好的应用程序会自动在博客上发布有关乔每时每刻行踪的信息。

签署自己的死刑判决：这是西蒙·沃特斯对这个建议的评价。

乔曾问过罗迪，难道大学不能接手处理删除不适当指控的事？大学拥有这样的资源。但是乔从罗迪那里听说，大学已经这样做了。这所大学支付了数倍的价格将同样的内容从自己的搜索结果中删掉。

他的名字。

到目前为止，大学曾一直希望他的名字出现在搜索结果的首页。

乔还试图向布拉德寻求帮助：自由传媒集团应该被诉上法庭或者用诉讼威胁它。他起初对像这样一家大型媒体公司会有计划地向任何人发起攻击的说法嗤之以鼻。但是就在本周，自由传媒集团的一家通俗小报连续几天发表了一系列"专家意见"，质疑他的研究方法和科学地位。当然，所有严肃的研究人员都只会对这样的说法报以嘲笑，但互联网搜索会很讨厌地把它们列在前面。乔在早上打电话给这家小报，询问该报出于什么理由特意选择那个乔在10年前曾拒绝给予其终身职位的同事作为其"专家"。这位同事自从那以后一直绝望地拼尽全力在可怜的小报上用非科学的方式推翻乔在专业生涯中取得的所有成果，并将其作为他可怜的人生使命。该报建议乔写信给他们的公众栏目。他这样做了，这篇文章无疑会发表在一个专栏上，篇幅被压缩后淹没在内页里，研究文献索引则被删除。事先似乎就很清楚，没有人会在读完他的文章后改变想法。那些认为前面那个专家无能的人不需要他的论点，那些相信那个专家的人会认为他只是在绝望地为自己那些已被证明是错误的观点辩护。

当意识到自己最近遇到了这么多这样的巧合后，乔渐渐开始怀疑自由传媒集团正在统筹使用旗下的报纸和电视频道及其网站和论坛来玷污他的声誉。他对其的抵制在最佳情况下将会危及自由传媒集团的科学出版业或至少给大家打个预防针：所有权力都掌握在这些研究人员手中，科学出版商在现实中已经不再需要了。也许自由传媒集团中的某个人已经注意到，乔是试图谈论这个话题的人中态度最激烈的。

但是布拉德并不相信法律诉讼。布拉德认为至少在纸面上很难或不可能证明相互独立的编辑部门已经开始抹黑个别研究人员的声誉。布拉德不会接手这样的诉讼案件，他也不建议乔自己去起诉，即使他能从哪里找到一个足够疯狂的律师。

乔可以从布拉德的声音中听出，他认为乔很偏执。毫无疑问，乔就是这样。

布拉德听起来本来就很紧张。乔一定是电话打得太频繁了。律师无法再做得更多了。乔的生活崩溃了，但这不是律师的错。

与此同时，在自由传媒集团抵制活动中最重要的一个人，乔在大学研究生院的同学，现在是普林斯顿大学的教授和该领域最好的杂志的科学编辑，令乔十分失望地退出了整个项目。据说他不希望在自己身后有一家这样的上市公司追着。他听说他们保留了一份对公司造成特别麻烦的人的名单和长相记录。

这不一定只是一种妄想：乔突然想起，在他最后一次谈到抵制时，他看到一个身着体面西装的男人坐在后排，他认不出来他是谁，他似乎正在认真地做着笔记。

此外，乔的大学同学曾经说过，如果他自愿放弃这项任务，那只会被别人接手。想这样做的人很多。

"我们再打电话吧。"米里亚姆说。她把行李箱装满后，疲惫地沿着楼梯向楼下走去。乔再次提出帮忙搬行李箱，但是米里亚姆仍然想自己搬。

"好的。"

乔站在他独栋小楼住宅的楼梯上面，看着那个同他已经结婚16年的羸弱、纤细的黑发女人，费力地拖着行李箱走下螺旋楼梯。

走到一半时，米里亚姆停了下来，转过身来看着他，好像要说点什么。米里亚姆的脸蛋有一刻看起来很温柔，几乎像是要和解的样子。乔脑子里在想，米里亚姆是不是现在要为她较早前听起来的样子道歉，会不会说她想化解争吵——多次争吵。

"你怎么了？"乔很奇怪，米里亚姆在去过枪支商店后令人惊讶地开始对乔的行为方式发表意见。说他没有认真将米里亚姆作为一个成年人来对待，她有权像男人那样进行自卫。乔甚至从来没有想到过要给米里亚姆一把枪：他是不是真的认为米里亚姆完全是微不足道的、可以忽视的，妻子的安全可有可无，任她完全没有任何保护自己的能力吗？难道这就是他一直在想的，他只要诚实地说出来一次，是这样吗？

乔不喜欢米里亚姆看着他的样子。他不喜欢一个和他结婚16年的人在当前的情况下这样做。

"哦，我怎么了？"

在米里亚姆看来，他懦弱无能、萎靡不振。他们应该用双倍的力量去抗争，迎面痛击那些认为世界可以被暴力胁迫然后变成他们想要的样子的那些人。而乔却想缩回到自己的壳子里去，任凭恐怖分子得逞。

相对于米里亚姆的生气，乔更被自己的回复方式吓了一跳。他从未在与米里亚姆争吵时使用过这个词，但是他对此又有什么办法呢？你应该在枪店里要求把那把枪拿到手里，如果这真那么重要的话！有些事情可不可以翻篇了，算在困难阶段的账上，做得稍微更公正一点儿？

当然这种情况受到各方面的影响：压力、不公正的情形、对未来的担忧、对被忽视的工作的良心不安，当然还有对米里亚姆有可能是对的依稀的担忧。他让自己的话吓着了，这就好像是直接来自他们处在青春期的女儿的话：

"你在向我说教些什么？！"

乔第一次自己意识到了一个青春期少年一定会有的感受。当生活变得不稳定、让人感到难以忍受时，最不期望的就是将其道德化。此外，为什么米里亚姆表现得仿佛就像她的生活和事业处在火线最前端？米里亚姆有什么权力要成为烈士？那些如同雨点般落下的死亡威胁和法律诉讼都是针对他的！那个身份不明的男孩所恨的人是他！

当明白自己应该要闭上嘴时，乔说：

"如果说这个家庭中有谁会躲过一劫，那就是你。"

米里亚姆在那之后所说的一切都是正确的。乔后来也对一切都表示赞同。后来在电话里他表示了道歉。米里亚姆也说她原谅他了。然而，这种情形还是留下了一种遭受挫折和持久损害的味道。米里亚姆身上有什么东西好像在电话里悄悄地说，也许以后再继续这场讨论会更好，米里亚姆的声音中好像有什么东西在说，今后将不会再谈及这件事。他们也没有再谈及。

还有要尝试着与塞缪尔见面。乔在他们从道格和迈克的办公室拿到红色按钮后就提出了这个建议。他也觉得这个想法很难实现，但同时也是理智的，他为能想出这个主意而感到自豪。但米里亚姆皱着眉头听着他的话，脸上露出一丝不相信的笑容。这个想法是为了解决问题，乔试图解释。干预一个似乎正在变得越来越紧迫的局面。

最后，米里亚姆说："你是认真的吗？"

乔盯着她。

"为什么这样说？"

他们一直站在一家私人安保公司前的街道上。人们从他们旁边经过，当意识到正在发生一起家庭纠纷时，他们很快就将目光移开了。米里亚姆盯着人行道上的柏油路面，快速地眨了两下眼睛：

"我不得不说——"

乔不知道米里亚姆是不能还是不想再继续说下去。米里亚姆只是摇了摇头。

"什么？你不得不说什么？"

米里亚姆抬起眼睛。"你是怎么想的？就这样给他打个电话？把他请到我们家里来？"

"是的！"

米里亚姆的笑声很苦涩。"你好像还在试图以为，假如他不是那个人。假如一切都还是挺好的。"

"不，我才不是这样！如果他确实是那个人——难道这不会使他至少更难像对待某些人那样对待我们吗……我不知道，像对待那些目标那样，把我们也杀了？他会看到我们的女孩有多么可爱，以及……我们都是很平常的人！"

一阵同样的笑声，现在米里亚姆摇了摇头，就好像要表明她不会和任何如此疯狂的人交谈。

"他是一个精神病患者，乔。他没有能力理解任何活着的人的感受。"

"肯定是这样的。"

"不，你不明白！他已经学会了从自己的头脑中完全关闭一个有知觉的、受苦的、活生生的人的感觉。他不想理解把痛苦强加给别人是什么感觉。"

"不过，"乔说，"或许正是这个原因。至少那时我们会知道这是怎么回事。"

当他突然想起一家大型报纸上的人物专题报道中关于一个挪威年轻人所说的话时，他感到自己的声音在颤抖。那个进入法庭时行纳粹礼、与他不认识的芬兰儿子年龄相仿的人，枪杀了100个想让世界变得更美好的同龄人。据说这个人事先练习了采取行动所需的镇静心理：他借助佛教的冥想学会了抑制对其他鲜活生灵的同情，由于他的个人计划而不得不结束这些生灵唯一的生命，世界上只有个别其他人甚至会想象自己可以理解他。

当米里亚姆最后用颤抖的声音说：

"那不仅十分危险，也是完全和绝对愚蠢的想法。"

乔明白了，但是同时又一点儿都不明白。

"但是会在我们这儿发生什么呢？我们这里有保镖！"

"乔，我无法明白，你——"

"两个职业杀手！他们能在半分钟内徒手就把人干掉！有他们在场的时候，他又能做什么？"

"乔，我不得不说，你现在是吓着我了。"

"你一按下红色按钮，他们会冲进房子拧断他的脖子。谁会处在最大的危险之中？"

"乔，我觉得你的精神健康开始出现问题了。"

"我们可以……"

"我这么说可是认真的，乔。我已经听不明白你在说什么了。"

米里亚姆觉得乔仍然不明白他的家人发生了什么事。乔生活在他自己想象的宇宙中，在那里他仍然可以作为全能者在统治、组织和谈判，尽管实际上一切都已经穿越到了彼岸。

"我们可以在咖啡馆里见他，在那里整个城市都能看见。事情也许能够得到解决！至少有些事情！"

但米里亚姆拒绝再听他讲了。米里亚姆简直无法相信她的丈夫怎么会变成这样一个神经病。米里亚姆穿着高跟鞋嗒嗒地走开了，把他留在安保公司前的烈日下一个人站着。在考虑了片刻之后，乔跑着去追米里亚姆了。

当他赶上米里亚姆时，米里亚姆正用颤抖的手在她的手包里寻找车钥匙。

"难道这样就更好吗？"乔问道，"一直生活在持续不断的恐惧和惊魂不定当中？一天比一天变得更加坚强、更加病态？"

他的意思是，变得就像你一样。当米里亚姆停了下来，放下手包，转过身看他时，他从她的目光中可以看出来她明白了。

当然，哈克特与米里亚姆的看法一样。哈克特领取酬劳负责保护她们免受外部世界的伤害，阻止任何人接近她们。乔的建议则在马里兰州炎热的灰色雾气中被周期蝉的喁啾声所淹没，随着米里亚姆的转身离去而被抵消。当然，西蒙·沃特斯也持同样观点。而警方呢，警方甚至干脆禁止他们与塞缪尔联系：他们会进行调查的，乔无论在任何名义下都不应该把这些事情掌握在自己手中。

在午后阳光的照耀下，在安保公司门前的大街上，米里亚姆受伤的眼睛里并没有闪耀着胜利或者幸灾乐祸的光芒，而是含着失望、疲惫的神情，这些与乔的眼中一样，却又完全不同，乔觉得米里亚姆的失望都是与他有关的，你不是已经尝试过与他们讨论吗？你怎么就不接受教训呢？

那天晚上，在一栋空空荡荡的房子里，当乔关上灯后独自一人躺在双人床上，他第一次觉得，在这件如此巨大而重要的事情上，他的妻子根本不理解他，甚至也不想理解他。这让他很难原谅她：米里亚姆在交谈中不同意做出丝毫让步，甚至连解释一下她认为可能发生什么都不屑——而只是告诉乔她到底害怕什么。他准备接受米里亚姆的否决，但是米里亚姆甚至连这个，这样一件小事也不同意，即解释一下她的想法，这对他来说很难接受，这让他感到像是身上压着一副无比沉重、令人窒息的重担。巴尔的摩夜间应急车辆的警笛声在外面的黑暗中呼啸而过，而米里亚姆认为她有权完全推翻与他的生活和他已经烧成灰烬的前世息息相关的建议、想法和感受，这是他所无法原谅的。

当米里亚姆在楼梯中转过身把行李箱拉到楼下时，乔和她的目光不再相遇。

乔仍然想说些什么，但是那一刻已经过去了。米里亚姆从最后一阶楼梯踩到楼下的硬木地板上，这是乔在7年前的一个夏天穿着他的T恤衫花了整整一周时间安装好的。乔仍然记得，当他把这些散落的地板片全都完美地嵌到一起时的那种满足感，也许是因为他内心里有什么东西一直到最后都在怀疑不会这样顺利。米里亚姆已经说出了她打算做的一切。乔仍然试图想出一些和解的办法来，一些可以表明他想修复一切的姿态。但是，由于他不再确定米里亚姆现在的感受或想法，也完全不清楚有哪些和解姿态甚至可能会使事情变得更糟，所以他没有那么快想出要说的话来。此外，他已经道了歉，米里亚姆也原谅他了。米里亚姆又检查了一下她的红色按钮，转动了门把手。一直到大门在米里亚姆身后就要关上时，乔还在考虑要不要跟在她身后冲过去说点什么，抓住米里亚姆的肩膀，感受到她柔软、温暖和纤细的骨头。他想亲吻他的妻子，并觉得现在这也很重要。

但是他就站在这里：米里亚姆已经穿过大门走了出去，很快从外面传来了她启动雅阁小汽车时混合动力发动机发出假装开心的声音。

就好像你已经道歉了似的

芬兰赫尔辛基

阿莉娜把钥匙插入锁孔里，像每次那样用身体轻轻推开门，然后走了进去。一切都很平常。自己公寓的气味很熟悉，但是却混合了一些陌生的东西。

还有一个小时就要去接孩子了。日托幼儿园和学校有一个联合活动，介绍社交互动发育障碍及其护理问题。希望让孩子们学会互相观察，以便能够尽早发现并介入这些问题。为此，学校设立了一个咨询站，由专业人员就互动障碍以及如何治疗向儿童和家长们提供咨询。听到孩子们正在得到帮助很令人感到欣慰。据说在几个月时间内已经新安排了几十个孩子开始服用腹内侧前额叶皮层树突优化剂药物，听说这种药物能够精确地调节大脑额叶细胞的功能。这项活动还有一个正面支持的名称：未来在于儿童。

阿莉娜把自己的外套挂在前厅里，发现自己还在想象着医院马上就会来电话。这种感觉同她十几岁逃学时的感觉是一样的。但是他们没有打来电话——对他们来说她去不去都一样。相反，他们会感到很轻松，如果今天她没有向那些已经尽了最大努力的人投去批评的目光。这些人现在都是资源。在医院里，唯一有可能会想念她的人是她的父亲，但是对于父亲来说，每一天都是永恒的，而永恒就是一天。父亲不记得今天是星期四，或者也不记得每星期二、星期四和星期天她都去看望。父亲没有日历，他们也肯定不会去提示父亲。另外，父亲每次都说：有时也会看到你。

但是她现在却做不到，今天做不到。乔前天在电话里说的每一句话，感觉只是在延迟之后才渗入自己的意识中。

她设法让自己整整两天不去想这件事——因为她非常确定这不可能是真的。

人们确定这是真的。

原谅我，她发现自己大声说了出来，不知道是对谁。

"你刚才在说什么？"

阿莉娜被从卧室里出来的亨利吓了一跳，差一点儿把手包掉在地上。她感觉好像是做了什么不光彩的事而被人当场抓住。

一切都很正常。

"哦，嗨。"阿莉娜说，她无法直视亨利的眼睛。"我没有注意到你在这里。"

"我们的工作指导取消了。"亨利说。

"噢。"

亨利看了她很久。亨利手里拿着一本心理治疗书，那是许多书中的一本，书中的心理治疗师对一切都有正确答案，在每一个病例中都有一个令人满意的开端、中段和结尾，没有人自杀，或者如果有人这样做，治疗师会立即吸取教训并又像正常人那样成长。亨利问：

"你刚才在说什么？"

"我说了什么了吗？"

阿莉娜感觉自己的脸颊变红了。她是她所认识的最糟糕的骗子。

"感觉就好像你在向什么人道歉一样。"

"噢。"

"你没有道歉吗？"

"据我所知没有啊。"

"这就很奇怪了。"

阿莉娜走进厨房去移动一下餐具，这样她就不必面对亨利的眼光了。她的心脏跳得太快了，尽管她并没有这样做的理由，一切都很正常。亨利嘟囔了一句什么，喘着粗气回到卧室，进入躺着看书的姿势，将枕头对折成两层靠在墙上。

早上阿莉娜从芬兰广播公司一台听到了关于校园枪击案的讨论节目。她很困惑地意识到她无意间将这个芬兰节目当成了美国的全国公共广播电台[①]。就在前一天，她几乎是逐字逐句地听了一场关于美国的类似讨论会。只有地名和人名不同，康涅狄格州现在换成了努尔米耶尔维[②]，丹尼尔·奇斯莱文斯基换成了哈奈斯·维希宁[③]。

就连语气也是一样的。熟悉该事件的报社编辑和主持人都能够冷静地参加讨论。哈奈斯·维希宁说，这件事情能够这样来讨论，以这种方式在音响效果良好的演播室用这种平和的声音来讨论，小心翼翼地宣告我们可以做些

[①] 原文此处为英文缩写 NPR，全称为 National Public Radio，是美国一家获公众赞助及部分政府资助的独立运作的非商业性媒体，于 1970 年成立，为全美约 900 家公共广播电台提供节目，以新闻、综述、采访为主，也有音乐、脱口秀等文娱节目。

[②] 努尔米耶尔维，芬兰语 Nurmijärvi，赫尔辛基附近的一个县。

[③] 丹尼尔·奇斯莱文斯基（Daniel Zyslewinski）和哈奈斯·维希宁（Hannes Vihinen），分别为美国和芬兰的专家作者。

什么来防止将来再发生这样的悲剧。在这种四处弥漫的克制和完全的掌控中有什么东西在阿莉娜看来十分可怕。在演播室里，除了这位就校园枪击案著书立作的编辑哈奈斯·维希宁，还有一位心理学家或者心理医生，他语气严肃地说出了阿莉娜事先就猜到他要说的话。

一个20岁的小伙子，没有人猜到他会使用暴力，他首先杀害了自己的母亲，然后开车到他以前的小学，在那里开枪打死了20个一年级的学生和6个成年人。

如果要讨论这个事件，阿莉娜希望通过歇斯底里的咆哮来完成。阿莉娜希望这位专家作者哈奈斯·维希宁和那个声音柔和的女人赤身裸体地跑在大街上，砸烂街面的门店。或者假如一定要说话的话，至少要用恐吓的声音并把手指向一个谁也看不到的人。这个广播公司的声音，哈奈斯·维希宁，怎么会发生这样的事情，谁应该对此做出反应，这是阿莉娜突然之间所知道的最糟糕的事情。

即使我们知道有关这个小伙子的一切，记者说，我们仍然无法理解所发生的一切。

您能说得更具体一些吗，哈奈斯·维希宁？

我认为——哈奈斯·维希宁在这里刻意像是为了思考而停顿了一下，以便为自己的声音赋予所有专业上的严肃性——这样的行为简单地说就无法解释。它解释不通，也就不会变得就能为我们所理解。

"你没有去看你的父亲吗？"亨利的声音突然从卧室里传来，就像来自另一个现实世界一样。

阿莉娜盯着洗碗池里那个闪闪发亮的金属水槽。

她想，这就是我们决定要在这件事上怎么做的样子：在广播里用公事公办的语气进行讨论。思考我们能做些什么。每年都会再次大声发出提问，我们能做些什么，像这位和那位博士，这位和那位治疗师，以防止将来再发生这样的悲剧。

我们就是打算这样在未来、在下一次防止发生这种情况：通过在广播、电视和报刊上提问我们能做些什么。

阿莉娜抓起洗碗池里的一个脏盘子。一切都同往常一样。

他说这件事是他做的。

他自己这样说的。

貌似是对谁说的？阿莉娜在心里再次呐喊起来，十分肯定地认为乔弄错了，在情急之中得出结论，以便为他复仇的欲望找到一个任意的目标。她突然变得如此愤怒，以至于想把盘子摔到墙上。

作家哈奈斯·维希宁/丹尼尔·奇斯莱文斯基，记者在芬兰广播公司/全国公共广播电台广播节目中说，这些节目不再被称为广播节目，你们为了你们的报刊文章曾多次采访过男孩的父亲，你们认为他的父亲向你们的读者传递的最重要信息是什么？

他希望所有人都感到害怕。

害怕？

这是男孩的父亲专门向我强调的。我希望所有人都能明白要感到害怕。要担心这样的事情可能发生在任何人身上。

"你不是早就应该去医院了吗？"亨利又问了一遍，他现在显然离得更近了，因为他的声音听起来更大也更清楚了。你非要大声喊吗？一个声音在阿莉娜心里向亨利怒斥说。

有一个叫凯尔图的人，你对凯尔图·卡洛琳娜·拉敏索这个名字有印象吗？

乔应该逐个字母拼写出这个名字，以便他能够在电话里像一个美国人那样发音把这个名字说清楚，而他们俩现在都不处于可以平静读出字母的状态，但是阿莉娜却立即听明白了这个名字。

阿莉娜记得很清楚，凯尔图是塞缪尔女朋友中她最喜欢的那位。

塞缪尔告诉过凯尔图，他给她寄去过一个包裹。这场对话是通过一个盯梢信息收集软件从互联网上猎取到的。有那么一瞬间，阿莉娜的脑海里映现出一幅一栋拆迁房屋轰然倒塌的画面，但是这根本不是真的，不管你们怎么说。

阿莉娜盯着脏兮兮的盘子，想起了塞缪尔在高考后那个动荡的秋天之后，有一天告诉她说他要去拉雅科斯基公司工作。她几乎松了一口气，这感觉就像是对她整个秋天在心中默默祈祷的一种回应。塞缪尔对这份工作非常满意，而这份工作似乎也非常适合他。满意的感觉看起来似乎也是相互的。

这些不是她自己的解读。不是，她每次都回到这个经常环绕着自己、感觉像是挚友一般的思路：塞缪尔的热情和展现的方式不是她想象出来的，塞缪尔的声音在叙述研究结果和材料处理时变得越来越深沉。塞缪尔的表情中洋溢着心满意足的感觉，那是某种可识别的特别类型的人——一个男人，有人在阿莉娜的脑海中补充说——当他专注于对细节、精准和技能有较高要求的工作时所体会到的满足感，就像啄木鸟专注于自己喙的重复运动轨迹一样。

阿莉娜意识到她一直在盯着浸泡在水槽里的意大利面

条锅。她开始机械地将昨天用来吃意大利面的脏盘子放入洗碗机，盘子上面粘的意面残留物已经干巴了。她记得，当塞缪尔回家时，她正巧一反往常，大白天在家里准备她要在一个移民妇女活动上的发言。当她听到锁孔里钥匙在转动时感到奇怪，她以为是亨利，并立即联想到是不是塔伊斯托和乌科出了什么事。

门打开的那一刻：她的孩子长大了的样子，他成年的儿子站在前厅里。阿莉娜仍然记得那种下坠的感觉，她对发生了什么可怕的事情所预先感到的那种震惊。

塞缪尔走了进来，告诉她说他从工作单位辞职了。

"为什么？"阿莉娜惊讶地问道。她起身站到客厅的桌子旁。

塞缪尔没有脱鞋就走进客厅，坐到沙发上。为什么？阿莉娜再次问道。塞缪尔的声音充满了压抑着的情感：因为他不得不这样做。

阿莉娜记得她当时感觉整个世界都在逆转，她在面对这一切时只有她年到中年的无能为力。她记得她试图问他到底发生了什么事，想劝说儿子改变他的决定，尽管她并不完全明白儿子究竟落到了哪一步以及为什么。

儿子已经长大成人，并且已经做出了自己的决定，他不打算被劝返。假如存在着某种考虑的时间，它现在已经过去了。

在一次困难复杂、不可理喻的谈话中，塞缪尔说他知道自己应该做什么。阿莉娜还记得她在想：但是你知道吗？她很害怕，因为塞缪尔看起来和以前一模一样，但又完全像是另外一个人。他的着装、脸庞、手势或表情都没有变化——或者至少阿莉娜无法看出变化的细节——但是这种变化一定是在一周之内发生的，其中带有一些可怕的、不自然的东西。

在那一周时间里，塞缪尔的眼睛一下子苍老了15岁。阿莉娜很难原谅这一点——她不确定是她自己还是整个世界——在那一周失去了如此有意义的东西。在那之后，当她每次见到塞缪尔，每次和他聊天时，每次想起塞缪尔时，阿莉娜都在想着同样的事情：她的儿子变成谁了？

当她现在往洗碗机放碗盘时，她突然感到没有人能够窥探任何别人的灵魂。人们怎么能有这样的要求呢？这个想法是如此伟大和不可能，以至于她必须抑制住一个并非出自她本意想从她内心逃脱出来的声音。

她记得当塞缪尔还是一个脸圆圆的小卷发时她所感到的孤立无援，她自己要去上班，只好把一个无助的幼儿送到幼儿园，而这个幼儿对这些重要人物做出的决定没有发言权。她记得，她很害怕当她不在身边时，孩子会因为受到那些既粗心又人情冷漠的人的错误对待后，内心会发生变化，而她自己又没有发现。

"阿莉娜？"

亨利出现在厨房里。直到现在，阿莉娜才意识到，刚才的声音显然是发自她自己，阿莉娜。声音一定听得很清楚：亨利在卧室里都听到了。

"发生什么急事了吗？"亨利问道，一个身材高大、周边柔软的轮廓出现在阿莉娜的视野边缘。

阿莉娜眼睛盯着洗碗机。她已经填满了一半的碗架，然后才意识到柠檬压榨器亮得有点奇怪，干黏干黏得不像很脏的样子。她盯着灰色的餐具架子，很难区分出脏污和干净的部分。

"嗨。"亨利说。"嗨。"

阿莉娜感觉到亨利碰了碰她的背。她腰弯得像快要对折的样子。亨利也许对此感到奇怪,但这只是因为她需要空气。为什么亨利没有意识到要打开窗户?她的心脏跳动得如此之快,以至于已经超过了某种风险的极限,而脉搏却感觉相当缓慢。至少应该把那些显然干净的碗盘挑出来,把它们放到碗橱里,但是怎样做呢?已经没有人还能把它们从那里分辨出来了,即便能够挑拣出来一个,可一个又能做什么呢?

它们都很干净,她试图大声说出来,但是从她嘴里发出来的声音却像是介乎人的咳嗽和鸟的窒息声之间。阿莉娜再也看不到盘子或者洗碗机打开的金属舱门,只能看到它们的某种中心,椭圆形的,如果她愿意,可以将她所有的意愿都对准那里,可是现在它在旋转,为什么?

"吸一口气。"亨利关切地说。"长长地深吸一口气。"

她有一些重要的事情现在必须要对亨利说,但是当她的声音恢复时,重要这两个字已经滑落到遥不可及的什么地方去了。她听到了亨利声音中的恐慌,以及很快到达现场将其消除的专业人士坚定的声音。她一直试图让手里柠檬压榨器的震颤停下来,但是它并不想服从。她很快就应该去接孩子们了。哈奈斯·维希宁,我们能做些什么来防止将来发生这些悲剧?她越用力挤压,压榨器的运行就变得越快,就好像装上了齿轮一般。这似乎是某种说不清楚的方式也与她的呼哧喘气有关,她的呼吸越来越急促,她不知道那是否就是自己的呼吸,就好像有人正在用非常压抑的熊抱把她搂得紧紧的似的。冷静,亨利低声地用过于平静的声音说。但是我们必须要摆脱这一切,否则我们会窒息,这里的空气不够,我要去接孩子们了,我会晕倒在这里。她能够忍受一切,但是柠檬压榨器不知怎么已经掉到了地上,阿莉娜竭尽全力想挣脱亨利的控制,为什么他就不明白:那里面干净的和脏的盘子都混在一起了。

我看到了它是什么样子
美国马里兰州巴尔的摩市

当联邦调查局突袭搜查的消息传来时，它很适合成为这个疯狂春天的完美延续。联邦调查局特工在俄勒冈州尤金市逮捕了一伙涉嫌生态恐怖主义犯罪的知名极端主义活动分子。

这似乎不大可能真的发生在任何人的生活中，对许多人来说联邦调查局根本就不存在。当抓捕的消息传来时，它就像整个春天一样：一场荒唐的梦，一部超现实主义的电影，由不太令人信服的喜剧转换成了一部惊悚片。

当联邦调查局突袭的消息传来时，夏天变得更加炎热，就像遮盖在城市上空的一张潮湿的地毯。阿莉娜与塞缪尔通了电话。阿莉娜请求塞缪尔回到芬兰，但是塞缪尔不同意这样做。乔不知道阿莉娜是如何向塞缪尔解释自己的建议的，不过当阿莉娜说她已经尽了全力时，他是相信她的。

当逮捕的消息传来时，乔直接从校园返回家中，并试图一再告诉自己，现在一切都结束了。大规模逮捕的消息令人感到无比轻松，也正因如此，又令人感到十分奇怪的是它竟没有什么帮助。当他开车绕过校园的绿色塑胶草坪运动场，尽享夏季郁郁葱葱的日本枫树和古老的橡树环绕着的天文观测台时，他意识到他身体里的那团火球仍然在散发着炽热，甚至比以前更热。

当消息传来时，一位来自联邦警察还是检察官办公室的来电者——乔后来无法确定是哪一个——就像芬兰新闻主播介绍体育比赛结果那样，在电话里用四平八稳的平常声音向他列举了那些犯罪名称。

盗窃罪。

重大财物损害罪。

密谋罪。

电信犯罪。

使用破坏性工具。

什么是破坏性工具？

官腔十足的政府官员继续在电话里罗列那些罪状，用有关当局漠不关心的态度对待他的想法。

"您没有义务，"这个人在电话另一端照本宣科地读道，"但是如果您愿意，法庭会给您一个机会，您作为犯罪行为的受害者可以提请法庭知悉您认为法庭应该考虑的那些因素。"这个男人听起来像是已经彻底厌倦了自己的生活。

破坏性装置[①]：丹妮拉和丽贝卡通过邮局收到并由丹妮拉打开的那个包裹。

为什么现在的这一切感觉什么都不像：一切都解决了。

在警方抓获的人当中还有一名外国的活动分子塞缪尔·海依诺宁，他将被指控拥有破坏性装置并试图使用它。

我恐怕做了一些可怕的事情。

乔的儿子给他们送来了一枚炸弹，这就是他的感觉，没有别的感觉。当联邦调查局抓人的消息传来时，其最主

---

① 原文此处为英文 Destructive Device。

要的内容就是这一点:谁送来的炸弹并不重要。他就是仇恨的化身,不针对任何人,也没有人从他所表达的仇恨中受益。乔已经停止向罗迪、丽莎、萨拉、拉伊和芭比·弗莱施曼发送他关于生态恐怖分子的新闻和关于动物模型最新的优秀研究成果的每日链接,因为他逐渐意识到了这些信息正在转向自己的反面。他不能将自己的感觉传递给别人。他们的同情心转向了别处,他的呐喊变得让人压抑。他看到他们在想,他们可以比他做得更好。他们每个人都以为自己将会保持理智,而不会像他那样。他的课程无法继续,实验室会议变成了发表激昂的政治言论的舞台。他自己也看到了学生们感到十分窘迫,或者可笑,有些人情绪激动了起来,还有个别人跑去向院长抱怨。他很早就开始关注一个叫**站起来了!**[①]的互联网小组,正在计划对表现最恶劣的活动分子的巢穴做出预防性的反击——带上棒球棒和猎枪过去,提前阻止一些犯罪。但是这些人都是完全不同的群体,他们不是科学家,而是猎鹿者和毛皮养殖户、屠宰场老板,乔羡慕他们采取行动的能力,做些什么,会让感觉轻松一些,但仅仅是与这些持枪爱好者和切肉的人为伍的想法就会加剧他自己孤家寡人的感觉。乔为自己所带的一个年轻研究生感到羞愧和悲伤,他不得不开始做一些新的令人感到痛苦的猫的实验,乔想撤回自己幼稚的、虐待狂般的决定,但他已经不能再这样做了,因为损害已经造成了。当消息传来时,米里亚姆的眼睛里噙满了泪水,但米里亚姆并没有像他整个春天都在期待的那样蹦到她的怀里,也没有把她的胳膊缠绕在他的脖子上,而是看起来

---

① 原文此处为英文 Stand Up!

灰头土脸、面色苍白，并显得更加消瘦了，是的，我听到了。

当消息传来时，米里亚姆的脸上带着坚定的表情走了进来，眼睛没有看着乔。虽然在他们的独栋小楼里，鞋子一般都脱掉放在前厅里，但是现在米里亚姆却穿着高跟鞋嗒嗒地一路走进客厅，好像要在地板上留下清晰的痕迹。米里亚姆走向一个可上锁的古董抽屉柜，这个柜子是乔从祖母那里继承的，迄今为止一直保存着女儿们的出生证明、保险单和一些按照奇怪的、习惯不同的逻辑选择的报纸剪报。

姑娘们都在学校，乔意识到米里亚姆专门选择了这个时间，这样她就不必向孩子们解释为什么要驱车两个小时来到爸爸现在住的家里而不带她们一起前往。米里亚姆熟练地打开柜子，"啪"的一声打开她的手包，从包里拿出一个带着棕色手柄的短鼻子金属色的东西，它的名字不知为什么则很特别。这是推荐给那些完全没有经验并且不需要将其隐藏在衣服里的人使用的。

乔没有企图阻止米里亚姆，米里亚姆还从手包里拿出一个小纸壳包，也许就像是黑板上用的粉笔一样。米里亚姆打开纸壳包，从里面一个一个地拈起六颗闪闪发光的子弹。米里亚姆将子弹放进打开的转轮弹仓。乔看着米里亚姆，很惊奇她怎么会知道如何操作这一切。

一个身材娇小的女人，穿着合体的裙子和高跟鞋，在客厅里用她那纤细、敏感的手指为左轮手枪装弹，她亮闪闪的黑发从头顶向下优雅地披散在她的脖子周围。这样的景象让乔在瞬间以一种完全不同的眼光看待他的妻子，而一个安全的米里亚姆和一个为左轮枪装弹的陌生女人的组合使他像年轻时那样想要米里亚姆。

这种欲望的强烈程度出乎他的意料。他们已经有好几个月没有做爱了,他们之间的亲密关系多年来一直很温柔、温暖、平和、平等,不沉湎于任何事,规避所有风险。无法抗拒的欲望和需求似乎都留在了30岁之前。在工作、孩子和日常生活的挤压中,单是关于性的想法就感觉很费劲,有一种尽义务的味道——早在现在这样的新生活之前,却每次都是在把自己调得过紧的状态下上床睡觉,每一个对话都意味着一次新的伤害,即使是一个最轻微的抓挠都会被当成凶手。

欲望的火焰在几分之一秒内就被悲伤取代,是否真的需要这样,看到自己的妻子变成了这个样子。在同一秒的十分之一瞬间,他意识到自己突然不知道如何让自己的妻子看待自己。在他意识到这一点后的那种终结感很快就会消失,取而代之的是类似于自我厌恶、失望和羞耻的东西,因为他竟然能够像扮演角色那样对待这种情况,哪怕只有一瞬间。

只有在那之后,他才意识到。他感觉它就在腹部隔膜中。

"你到那里去了。"

"是的。"

"是在你知道了这件事之前还是之后?"

乔听到自己的声音是那么的勉强、局促。米里亚姆回答说:

"这有区别吗?"

乔没有回复,因为他听出了米里亚姆的语气。米里亚姆背着他与那个亚裔枪店老板结成了同盟。也许还有哈克特，他到目前为止已经向乔询问了每一种解决方案。过了一会儿，米里亚姆说：

"是紧接着那之后。"

米里亚姆转过身来，直视着他的眼睛。她涂上了深紫色的口红，嘴唇半张开。乔相信他大概上理解了米里亚姆的目光是什么意思：如果你对此有什么要说的话，那就去你的。

乔想以同样的方式以牙还牙，但是他及时意识到了要遏制住自己的欲望。他想，除了那种目光，你看起来还是那么年轻、漂亮。他从房间的另一边看着米里亚姆装好子弹后将左轮手枪放进了柜子里。当它撞到木板上时，传来了沉闷、空洞的"咚"的一声。米里亚姆关上柜子，锁好它，用食指和拇指将钥匙夹到空中，就好像乔不知道那是什么一样。

"钥匙有两把。"米里亚姆说。"其中一把放在我这里。"米里亚姆一边说，一边让钥匙滑入手提包衬里的一个小拉链口袋中。"另一把留在这里。"

米里亚姆走进厨房，将钥匙放在一个靛蓝色的芬兰阿尔托花瓶里，这是萨拉带过来的礼物，放在冰箱上面。最后，米里亚姆用目光检验了一下看乔是否明白了。

X.

  这件事必须用某种方式庆祝一下。一切都已经解决了，但是如果不做点什么的话，没有人会明白已经发生了这样的转变。

  其实什么都没有得到解决，但是这一刻和其他时候一样值得庆祝一下。如果要等待法律诉讼的各个阶段结束，可能会等上数月甚至数年。会有出庭、听证会、审前动议和上诉，卡夫卡式的[①]转折，其间罪犯可能变成受害者，形式问题变成解决方案，什么事情到了最后都不一定得到解决。因此必须做出决定，即现在一切都已经解决了。

  这件事如同任何事情一样是真实的。

  这个主意事先听起来就很棒。墨西哥餐！姑娘们比乔所能奢望的更加开心。乔想在餐饮上多花点心思，他为姑娘们能够在这么长时间后又回到自己身边感到十分开心。所有难题现在都已经成为过去，恐怖分子已经被逮捕并投入监狱。他知道有一把上了膛的短管左轮手枪放在母亲留下来的古董桌子的屉柜里，这让乔的脑海中一直在隐约滴

[①] 弗兰兹·卡夫卡（Franz Kafka），19世纪生活在奥匈帝国统治下的捷克的德语小说家，本职为保险业职员。主要作品有小说《审判》《城堡》《变形记》等。卡夫卡式是指其跳跃多变的写作特色，体现了对社会的陌生感、孤独感、恐惧感和不确定性。

答作响。必须要迅速地把它从柜子里取出来：永远不应该让姑娘们知道购置了这样的东西。不过要在米里亚姆冷静下来之后再讨论这个问题，这样她就不会再认为他是想挑起一场口角。也许随着一切渐渐地恢复正常，他与米里亚姆之间的关系也会得到修复。

没有比这更好的夜晚可以庆祝了。

当然，乔事先并没有想过，伴随着迄今为止胃黏膜上的痛苦感，举杯敬酒会是一种什么样的感觉。在谁都没有承诺会做出任何改变的情况下，搞一场庆祝派对会是什么感觉？

现在到餐桌那儿坐在米里亚姆的身边会是什么感觉？

"它还在那里吗？"米里亚姆在电话里单独就此查问道。

乔重重地喘着气。

"哎，米里亚姆。"

"我这里没有任何手段能去查证。没有什么会阻止你说一声还在。"

不可否认这个想法也在乔的脑海中闪过。如果想要一场正儿八经的权力斗争，他可以很轻松地把左轮手枪从古董桌柜里拿出来，然后还给商店，或者夜里开车到港口，把它扔进布巴阿甘大虾公司①和世界贸易中心研究所之间的港口水池里，听着它如何在黑暗中扑通一声沉入带着柴油味的切萨皮克湾。

乔不确定最让他心烦的是什么：是米里亚姆怀疑他已经这样做了，而事实并非如此，还是说事实可能会是这样。

---

① 原文此处为英文 Bubba Gump Shrimp Company，1995 年成立的一家美国海产品连锁餐馆。

"米里亚姆,这件事现在结束了。"乔说。"那个人被逮捕了。还有他的同伙。"

"它到底是在那里还是不在?"

"道格和迈克会坐在大门外面的车里!"

"这对我来说不是一桩微不足道的小事。"米里亚姆说。米里亚姆的声音在颤抖,乔能听出来米里亚姆仍然很虚弱。乔感到一丝良心上的不安:他自己的妻子不得不乞求他。这其中掺杂着对米里亚姆在持枪问题上背着他行事的带有克制的愤懑。

"我没有碰过它。"他终于松口承认了。"它就在柜子那里。"

米里亚姆知道,恐怖分子有可能永远都不会被关进监狱里。在法庭上什么都可能发生,每天都有因技术原因被释放的强奸犯和杀人犯。这一点布拉德也提醒过:不能确定法庭上会发生什么。但是布拉德也认为值得谨慎地设想一下,情况有可能会逐渐得到控制。

米里亚姆说,她曾经一度甚至试图让警察的巡逻车不时过来。

"他们到目前为止还没有做任何事情。"乔说。"你现在想要他们拉着警笛过来,在……那些人已经被逮捕之后吗?"

我们生活在一个贩毒团伙每天都用手提机关枪互相火拼的城市里,乔继续说。他们用莫洛托夫鸡尾酒燃烧弹纵火烧死竞争对手。

"正是如此。"米里亚姆说,这次交谈也变得如此紧张,而且这么快。

乔的意思是,警察也许有比监视一个极少有人犯罪的地区更重要的事情要做。而米里亚姆的意思则是，警察和政客在这件事上的软弱无力再次得到了体现：对罪犯早就应该用武力加以控制。受此启发，乔想提醒一下这样做的后果：最后一次是上个月，一个普通的巴尔的摩男子开枪打死了一个手无寸铁的十几岁的男孩，只是因为这个男孩一时疏忽抄近路穿过了他的院子。报纸上有很长一段时间都在讨论这个男孩身着带帽子的运动衫，帽子遮在头上，双手插在口袋里。

这一切都不需要再说出声了，完全一样的苦涩、被误解的感觉在他们两个人身上油然升起。

不过今天晚上一切都会很好。

姑娘们和米里亚姆要回来了，他亲自下厨房做饭，补偿一下发生在女儿身上的一切，提醒一下她们同时也提醒自己，生活中最重要的事情是自己的亲人和归属感以及相互之间的爱——任何恐怖分子都无法将这些从他们身上剥夺。

当然，他也不得不平息一下自己对整整一个晚上都不得不脱下iAm而产生的小小烦恼。iAm在系里迅速变得流行起来。每一个能分到一台装置的人都开始用它进行结果分析和撰写手稿。他从过渡期之短和博士后的热情中意识到，这样的发展步伐是不可能受阻的。

乔最初试图反对这种变化，他还拒绝收下自己的那台装置。这让萨拉感到很高兴，她在学生中按照资历排在下一个，她立即接手拥有了原本给乔的那台装置。不过乔还是简短提及了有关iAm糟糕的可操作性的问题。对此，自去年秋天以来就一直在焦急地等待着iAm上市的拉伊则声称，每次使用后个人的体验都会以指数级改善。据说在得出任何结论之前,绝对应当先尝试5—10次:大脑中上千亿的神经细胞是一个复杂的、首先是极具可塑性的整体。

拉伊对双重图像和画面的消退感到惊讶。

"这种情况应该只有在别人使用之后才会发生。"

"是吗?当然就是这种情况:机器的连接设置已经适应了丽贝卡的神经网络。"

"你现在是不是已经试过了这个装置?"拉伊问道。
"在别的什么人之后?"

"不,不是。"乔说,清了清嗓子。拉伊好奇地看着他。

"我只是听说,是一个……一个熟人告诉我的。"

"没错。"拉伊说。

乔感到脸颊有点发烫。

不过拉伊还提供了一个有用的链接,上面的提示可以使乔能够对自己的iAm体验进行微调以便适应自己。

"如果你的熟人对此有兴趣的话。"

"我会转达致意的。"乔说,然后飞快地离开了房间。

部分功能如对眼球快速扫视的自动监测功能,可以在需要时关掉,也可以为自动打开的屏面——在博客和指南中将其称为联想——设置一个上限,假设觉得自己被无端地卷入刺激的涌流之下。

有了这些提示,第三次体验就完全不同了。将造成干扰的眼球动作功能关闭后,显然就更容易控制自动触发打开的联想屏面了。如果能够设法在如潮水般涌入的信息面前保持头脑冷静,就会像汇入溪流一样进入打开的页面。当你做到这一点时,尽管有着各种各样的涌流,目光都能够平静地向前聚焦,就可以朝着想要去的方向游去。人越是放松,体验就越会令人满意。在头几次使用时不可能每次都能集中注意力,但是当你每天都使用该装置时,你的技能貌似就会迅速提高,而这正是它的奇特之处。

出于信息安全的原因,乔并没有真正注册成iAm用户,尽管他很愿意使用丽贝卡不再使用的装置,从专业的角度来追踪新技术的发展。而且该装置确实方便得令人惊讶。例如,现在姑娘们要来了,他在家里打扫卫生的同时可以很实用地看一下电子邮件。由于他自己禁止丽贝卡再使用该装置,他不可能当着姑娘们的面连接上这个装置。当姑娘们再次回到家中时,该装置也许只应该在工作中使用了。

他刚把这些想完,就对自己感到很惊讶:难道自己已经走到这一步了吗?难道把钩爪从后脑勺上拿下来即使只是一个晚上就感到这么难了吗?与此同时,他意识到关于电脑、电视和电话相互分离的想法在不到一个月的时间里就变得如此令人不安。按下一些按钮——用肌肉!——等待着装置服从?这种做法感觉就像在石器时代一样。

他向自己保证,他不会购买任何付费的体验模块——它们要花费数百美元,他对此不感兴趣。有些免费的他也许可以在哪天晚上尝试一下以缓解压力。除此之外他在任何情况下甚至没有时间去做。

然而,就在前一天晚上,赛车运动中的某种无脑、反生态、直截了当的愚蠢,过于完美地与自己躁动不安、万念俱灰、束手无策的状态相契合。针对自由传媒集团的抵制小组中又有3位重要人士离开。其中一位曾收到过直言不讳的暗示,称政治上过于活跃不符合他的职业利益。另外两人则以时间不够为由。也许是因为在这个深夜听到的新闻,纯粹是出于沮丧和疲劳,也许是由于这个装置知道如何在正确的时刻提供什么,使他有几秒钟时间忘掉这些,盯着面前打开的、让人难以置信的、发出刺耳轰鸣的一级方程式大奖赛的模块展示。他在观看时突然间感到，在目前的生活状况下，在完全不应遭遇的逆境中，他有权惠顾一些在正常情况下肯定会被视作浪费时间而不予理睬的小愿望。他现在也会忽略这种选择，如果这仍然需要他费事地做一个肌肉动作的话。

这个装置显然是通过某种眼球动作控制或者对眼球动作的预期来操作。只要单击一下食指就够了：假如只需要一次真正的肌肉动作，他也永远不会尝试方程式。但是，在多重的安全带挤压肋骨之前，连一次触摸都不需要。这个装置从某个地方看到了——通过某种皮质下的电路激活？——这是他在心里选择的，使用碳纤维复合材料结构的法拉利车队F14-T[①]的涡轮增压发动机的剧烈振动，正在以如此强悍的初始力量摇撼着座椅——如此富于男子气概！——有那么一瞬间，他欣喜地意识到，他在为自己的性命而担心。在子菜单中的3个大奖赛赛道选项悬浮在他面前的黑暗中，涡轮增压发动机的声音震耳欲聋。随着肾上腺素的飙升，没有什么比这更真实的了，如果能够获得一次免费驾驶半个小时的机会，难道他会如此一本正经，甚至连把它当作免费赠送的都不行？他在凌晨一点会有多么重要的事情要做，甚至连尝试一下都不行？现在不是恐怖分子也被抓获了吗？他被浓重的燃油味、在阳光下闪光的油腻赛道、燃烧的橡胶轮胎挤压柏油路面的声音以及当他以每小时300多公里的速度侧滑着撞向轮胎障碍物时所感受到的真正的恐惧淹没。高速的感觉很难形容，在弯道上

---

① 原文此处为英文 Scuderia Ferrari F14-T。

G力①的可怕挤压必须自己亲身去体验。他惊讶地看到自己从钱包里掏出一张信用卡以便能够完成这次分赛。世界每天都在陷入越来越严重的混乱之中，他的胸腔里充满了负罪感，因为一个像小老鼠一样的女孩为了撰写博士论文不得不进行痛苦的猫科动物实验——他永远也想象不到，在这样的生活情形下，他会在一级方程式模拟器上度过他的夜晚。奇怪的是，事实恰恰相反。这是一次多么令人欣慰、放松的享受！他是世界上最后一个会把时间花在电脑游戏上的人，这是人生中的最后一刻，在这时如果还有谁会这样做的话——但是当轮胎在减速弯道上发出低吼时要如此完完全全、如此放空地把注意力集中在这种纯粹无聊的事情上——现在他又活过来了！久违的感觉，哪怕只是一瞬间——他完全忘记了他的生活现在变成了令人厌恶的垃圾场。

在那之后，他的感觉就像是暴饮暴食与饥饿难耐共生并存，超级警觉与无法专注兼而有之。似乎他在每次使用iAm后都会伴随着与偏头痛类似的恶心感觉。每次当他回归三维空间的物质现实时都感到有些困惑。这也许是因为他每次都比前一次使用的时间更长。

而这并不是他的初衷。

另外他觉也睡得太少了。

但是这一切也是值得的！

借助这一装置检索文章的速度比光年还快。在iAm上现在可以很轻松地进行传统的信息传递功能之间的切换，甚至连电子邮件都宁愿经由该装置发送。当你在跑步健身

---

① G力，英文 G-force，指高速移动时承受力道的单位，即重力加速度。

的同时又在社区媒体上遨游的感觉真棒，在晚餐桌上一边吃着鸡胸肉片，一边搜索着参考文章，同时从视野下端的小角落观看新闻，它们总是非常便捷地在正确的时间自动显现。这节省了大量的时间。由于该装置能以闪电般的速度和极为顺畅的方式实现你心中所想，因此你再也不必坚持自己的想法。阅读书籍也毫不费力，任何著作都可以在你刚想到的同一秒内从神经网络书库中订阅到装置上。自学成才有了无穷无尽的可能性。他为该装置订阅的书籍比最初想象得要多，甚至还有几本小说。

此外——他为此也感到自豪：他是如此聪明，作为成年人——或者也许是睾丸激素水平随着年龄的增长而下降到足够的水平——他已经提前弄清楚了应该做什么。许多天前，就在他刚刚第一次沉浸到数字沼泽里时，他有意识地从纸质指南中找到介绍如何完全关闭娱乐部分的那一段。

自从他早先所犯的第一次错误以来，他就已经完全关闭了那些最无聊的体验模块，即神经图书馆庞大的成人娱乐和八卦部分——据说这与十分之九的体验用户不同。因而他现在储存了一些道德资产。接下来可以将其用在虚拟赛车运动上，作为一种逃避现实的做法是相对无害的。

前次的那个模块纯粹是一个错误。应该有人事先发出警告。

令乔感到欣慰的是，他听说有十分之九的 iAm 用户在前几次都发生了类似情况。关注该项技术的网站在一篇报道中这样说，他们采访了 100 名 iAm 测试用户，有许多人深陷其中——同他不一样。这项新技术要求其用户接受培训，这是很自然的。因此该公司认为，一些担忧在一些人的蓄意撕扯下现在被夸大了。

在稍微了解了一下该装置的工作原理后，乔浏览了上面各种各样的标准菜单，比如其中包括网络、新闻、电话、电影、连续剧、娱乐、日常生活、体验等内容。在这方面没有什么新鲜的。该装置可以完成以前也能成功完成的所有内容，只是更快、更高效，并且不再需要其他单独的装置。

而这也正是其棘手之处：当把iAm连接到大脑皮层之后，收到的意念没有一个是一样的。当菜单自我推荐内容时，人的脑海中会浮现出任何想法。例如人们可能不由自主地认为，娱乐的部分几乎不会包含任何文明的内容，它一定是那种没有人会承认浏览过的部分，但这将立即使其获得最多的用户。广告商将竞相涌入那里，而科学、文化和调查性新闻拥有的空间则会因此而越来越小。

嗝。

甚至在他仔细把这个问题考虑清楚之前——甚至在他开始思考这个问题之前——在他眼前漆黑一片的办公室里，娱乐菜单的内容就像一面诡异、透明的镜子一样在空中翻动。

这是他不想去碰的菜单。

这是他脑海中抗拒的菜单，甚至还在不知道它包含什么内容之前。尚不清楚其他人是否也像他一样遇到这种情况，但现在娱乐菜单看起来已经被选中了。装置是从什么地方看出来了——从哪里？是大脑岛叶皮层[①]前端的哪些神经网络被激活了？——在他的抗拒中有一丝小小的但令人作呕的好奇心：他想从远处绕过选择菜单，正是因为它对

---

① 大脑岛叶皮层（the Insular Cortex），是人脑中对认知和意识起着重要作用的区域，位于大脑皮层的褶皱内。

他有吸引力。

菜单刚一打开,就为时已晚,他意识到他看到的最后一行小标题比其他更清晰。这一次他的选择也不需要有意识的决定,不需要点击——甚至不需要一个想法。

名人。
八卦。
讨论。
很坏但很有趣。
成人。(18岁以上)

他在这里更多的是看而不是选择。这些字母似乎比其他字母更加醒目,目光也许是因为括号和数字而转向那里。

但是,在他还没来得及意识到所有这些之前,成人部分就已经打开了。

他曾多次在基础课程上讲过,很久以前人们在大脑前运动皮层中发现的那些神经细胞,从其激活模式中人们可以预测一个人会将手移动到哪里。在做出决定的感觉出现之前就可以从神经元中看到,神经细胞在受试者感觉已经决定把手放在哪里之前就做出了反应。这种想法让人感到困惑。这些神经元群体在我之前就知道我要在哪里移动自己的手?如果将神经元预期的运动方向在屏幕上向受试者显示,他们就会变得很紧张,因为他们觉得自己还没有准备好做出决定。

乔很奇怪,难道该装置能够追踪到的就是这些神经细胞吗?还是那些向这些神经细胞输送信息的细胞组织?从装置上可以看出来,这正是他从根本上想要去的地方,因此他才不想这样，而装置遵循指令的速度比他想要撤回的速度更快。

但是现在发生了什么？

乔的眼睛盯着前面，心脏怦怦直跳。在黑暗的房间里出现了什么东西。

在离他大约一米远的空中，悬浮着一只手。那是一只女人的手，似乎在书写着什么。一些文字。

这只手在空中书写出整齐的大写印刷体字母，相当于书桌上台灯的高度。整个图文比他所能想象得更具说服力。当它们投射在白色墙壁背景上时，这些字母自动将其较浅的颜色调整为黑色。

乔无从知道它们怎么能做到这一点。在黑暗中，那只闪亮的手正在空中、在iAm装置无屏幕的屏幕上写着成人（18岁以上）子目录的3个选项，这些选项在夜间的办公室里悬浮在他的面前。

男人。
女人。
双性，谢谢！

他的目光显然不得不停留在女人的部分，因为其余的文字都消失了。他的呼吸加快了。

这不是我想要的。

这就是他所得到的：这就是拉伊所指的在使用该装置时人们的体验会以指数级提升。

他在震惊之余无法面对任何一张脸。即使在他试图向另一个方向望去时，它们仍然在那里，在他的正前方。看起来它们很享受他的目光。但是它们不可能看到什么——难道不是吗？毕竟它们只能是一些图片，以及某些经过计算机处理的视频。它们没有什么可怕的，它们只是一些比特流。

但是他怎么知道它们现在能做出什么呢？这简直太过分了。他的手冰冷而潮湿。

而且他很难习惯这些。机器追随他选择的速度如此之快，以至于他很难跟得上。在他的脑海里显然是出于某种原因闪现出一个参加基础课程讲座的学生，与现在书房里用挑战般的眼神看着他眼睛的这个人年龄相仿。

多年来，乔学会了用耸耸肩来忽视女学生。她们太年轻了，以至于不知道自己在做什么。他为自己能够学会如何巧妙地避开偶尔发生的女学生的强制性爱慕而感到自豪。每5年他就会遇上一次：那是某种特定类型的女人，她们仍然在测试自己的翅膀，正要寻找一个像他这样年长一点儿的男人。处在浑然不知的感觉中，以便能够体验甜蜜、无法满足的远距离恋爱。在最好的情况下，将此与求知的好奇心相结合，他可以诚实地予以回应，允许自己对私下的师生关系有第一次安全的体验。多年前，他在芬兰正是在这方面与亚历山德拉出了问题。他当时太年轻，涉世太浅，对自己的挫折和不幸束手无策。但他正是从那次经历中吸取了教训。他很满意自己能够主动避开以前曾经在慌不择路时跌进去的那些坑。

但是现在，在他面前一片黑暗的办公室里，一沓沓不断向前移动、不停变化着的选择菜单在以闪电般的速度交替更换，从个别地方只能分辨出几个字——编辑、衣服、配饰、同意。而现在，那个身穿羊毛衫的、娇小可爱的陌生女人——她显然是在某种不可思议的机制下在他想到之前就被从中挑选出来的——在黑暗的办公室里用严肃但心甘情愿的表情看着他。女孩深色几乎是黑色的直发轻曼地披在她裸露的弱小肩膀上。相对于女孩的目光,乔对与她面对面相见的感觉更感到震惊:这是真的。

早在他心怦怦跳着表示同意之前,女孩就已经解开了她薄薄的开襟羊毛衫上的纽扣了。女孩现在并没有停下手,尽管乔试图有意识地去想:停下来。停止。退出。应该对装置说些什么?这项功能一定可以用某种方式中止——但是如何中止?从羊毛衫的下面露出一件白色的短袖背心,透过薄薄的面料,可以很清楚分辨出女孩的胸部轮廓。乔甚至来不及意识到他同意了女孩用眼睛问的问题之前,她就慢慢抬起双臂,将背心从头上脱了下来。当女孩把一只手伸到她的背后,解开她胸罩上的扣钩时,他来不及去想其他的事,一心想的就是现在应该把装置关掉——但是这怎样才能办到呢?

女孩年轻得难以置信。女孩寻求纯真的目光显示出她的老道,其中有什么东西令他这样年龄的男人从根本上感到震惊,特别是因为他已经把不要向他的任何学生屈服作为人生的信条。女孩站在他的面前,解开了胸罩上的扣钩,但将手臂交叉地放在前面,脱下的胸罩遮掩着她的胸部。女孩看着他,等待着,不像他当时以为的那样是出于对他细心周到的考量,而是正如乔后来意识到的那样,出于设计师的精心设计:这样他就可以在胸罩落到地上之前将这一幕印到脑子里。

当女孩张口说出她的第一句话时,乔的心因震惊而狂跳不已:这并不是他的本意。

他成了一个悸动的、被点燃的神经束。

这个女孩是谁？为什么所有这些都感觉不出一丝人为的痕迹呢？这些都不是真的，可他的心仍然像野马般奔腾，当然这是不对的，但是应用程序并没有因为他所希望的而停下。他应该读一读436页的iAm指南，这个指南在网上很容易搜到，听说也写得很有趣，带有自嘲的风格，并为读者自己的见解留有空间。从这个意义上讲，据专家们的说法，指南以一种受欢迎的方式改革了陈旧的技术官僚数字文化。但是这个女孩是真的，因为如果不是这样，就没有什么别的是真的了。女孩的嘴唇微微张开，在乔能够就此做出选择或者提出愿望之前的几分之一秒，女孩慢慢地转过身去。显然，唯一的机会是伸出他的手，即自己的生物右手，并切断装置上的电源，但这在物理上似乎是不可能的，不知道自己的四肢是否还存在。当女孩将她的手臂撑在墙上并略向前倾身时，覆盖着女孩圆圆屁股的短裙向上撩起。女孩回眸投过来直勾勾、开诚布公的目光。

来嘛。

女孩身着短裙和一直延伸到她大腿一半处的黑色长袜，但她没有穿内裤，这在很多意义上、在任何意义上讲都是不对的。这个女孩是谁，她是否已经成年，她是否为此得到金钱补偿，她是否肯定同意这样做，成为他凝视的对象、任何人凝视的对象？而这一切又从何而来，是来自一些男性网站上的常备幻想中吗？

可是触摸：出于某种原因，他正是将此想象为他不可能被攻破的最后堡垒。触摸是人性中最不可放弃的一种形式，也正是在这种形式下真相最终会被揭示出来。正因如此，只是为了向自己证明这一切还是不可能做到的，谎言最终会被戳穿——因为还没有人能做到这一点——这就是他为什么慢慢地、小心翼翼地伸出手,好像在担心会烫着自己一般,用指尖触摸了一下女孩的背部。

当然,触摸的感觉就像其他感觉一样。当然,通过刺激大脑皮层可以让人产生任何感觉,仅靠电流就行,这并没有什么神奇的。只是到目前为止,还无法做得足够准确。

但是触摸的感觉可能是假的。

才不是。

同时,这一切都不是真的,这种体验是一个疯狂的科学家从哲学教科书中建立的一种虚假梦境。

他先是被她的叹息声吓了一跳。女孩还是对他的触摸做出了轻柔的回应。他的整个手掌都贴在女孩纤细后背的下半部,女孩温暖如春、皮肤丝滑。这是真的。女孩的侧肋随着呼吸的加速而微微隆起。随后女孩闭上了眼睛,在他的手指下,乔感觉到女孩心脏的快速、紧凑的跳动,而这都是真的,女孩温暖的身体内一定有血液在循环。他试图闭上眼睛,但这没有任何帮助,女孩仍然站在他的面前。

直到那时,他才意识到自己正在移动四肢。他不知道他从哪里想到先要从脚开始,但事实证明动脚要比动手更容易。在自己——真实的——肢体上的动作立即减弱了iAm给他带来的感受,从而使他恢复了某种控制的感觉。由于感觉自己的手仍然像是不属于自己身体似的,他需要用所有的意志力来找到它们——真实的手仍然在他面前,在女孩温暖的乳房上——但是当他最终成功地找到时,iAm的整个现实在眨眼之间就淡出了,眼前变成了难以置信的一片透明。

这其中有些可笑甚至令人尴尬的东西。我是刚刚把那个振动的光束想象成一个活生生的人吗？

他用手摸索着设法找到了装置。它在他面前的桌子上，就在他刚才放置的地方，他久久地按下电源按钮，整个屏幕终于"嗖"的一声消失了。

呵呵。

这真是病态，不可思议。

这是人类所能做的最疯狂的事情。

我们能够做到这些：我们已经走到了这一步。

他忽然想起了春天在校园里举行的那次营销活动和一个针对那些想成为模特的人进行访谈的电视节目。据说 iAm 开发人员从数以千计的模特、各个年龄段的女性和男性那里收集了大量面部特征和身体部位的照片。他们想到这里来，想成为这些体验的一部分。

用选定的少数人的身体部位构建了某种形式的原型库，由计算机算法根据其不同特征按照计算平均值排列在后续系统中。每位用户都可以编辑完全符合自己愿望的视觉效果。正如乔显然也是在没有意识到自己在做什么的情况下用装置这样做了——因为装置对选择做出反应的速度太快，以至于来不及进行选择。

这项技术到目前为止还有其局限性，这是乔后来在互联网上从一个知名技术博主的网站上读到的。据说他们要将所有他们想要的功能都整合到虚拟角色的身上时仍然显得相当笨拙。然而只要 10 年时间，人们就很难将这些构建的想象图像与真实的图像区分开来，博主这样写到。

电视台采访了数千名眼光闪烁的年轻人中的一些人，他们为能成为 iAm 图像库的模特而进行着激烈的竞争。

MInDesign从有意参与的人中间只选择最好的。竞争并不公平,也没有任何人坚持要这样说。但如果要想让自己的梦想成真,仍然值得一试。年轻人解释说,他们将会在iAm角色里永远活在人们的体验之中。

"我希望我的生活有某种意义。"其中一位年轻人说。

"我不明白为什么很少事情会让我满足。"另一位说。"这就好像我是从那几千人中被选中的一样。"

年龄最小的是丹妮拉。特别是对于15岁以下的人来说,能够离开家开创一份事业是很重要的。由于上学和回家时间上的要求,并非每个人都被允许走访拍摄现场和模特经纪公司。但是每个人都在家里有一台电脑和所带的网络摄像头。你只需在设置中找到正确的位置,然后单击"同意"。

"你只需要专注于成为那个最自然的自己。"来自印第安纳州伯明顿的16岁的辛迪·玛金森点着头说。"并且要非常努力地工作。"

"这只是因为iAm不会说谎。"一个男孩说,从他的外表判断他小时候曾掉进一个凝胶桶里。"如果你看到你的个人用户资料会有人点击,你就知道他们真的选择了你,或者你的某个特定部分。对于一个成年人,你的大脑所选择的正是你真正想要的东西。"

"我可以这么说。"一名中年妇女说。根据记者的背景调查,她已经对她的鼻子、眼睑、脸颊做了手术,治疗了她的额头皱纹,增大了她的乳房并打磨了她的声带,以有资格成为iAm模特。"是的,我期待着被认可。我并看不出来这有什么值得谴责的。"

当然,iAm的模特收到的钱都是用手推车送的,所有受访者都轮流作证说,当然成为模特会附带着某种地位,这种地位在其他情况下是无法获得的,这一入门卡当然也保证能进入正确的圈子。但是所有这一切仍然只是世俗的、肤浅的。这并不能保证幸福,人们说。

"你为什么在这里?"

记者满怀希望地在蜿蜒1000米长的队列中将麦克风推向一个来自中西部的略微超重的妇女。要想让人们在别人面前自嘲并不难,一个顶级记者的专业技巧就是从100个人中找到那个能以最切中要害的方式嘲笑自己的人。

"嗯,原因很多。"她说,人们可以马上从她那严肃的语气中听出记者会得到他想要的东西。你可以从这名女子染得太黄的卷发和突出的牙齿中看出,她基本无望进入iAm或其他数据库,她正是一名记者的梦寐以求的人。女人不假思索地说出事先背好的话——乔意识到正是为这样场合准备的:

"最重要的是我报名了,因为这就像是一条通往永生的路径。"

晚上不使用该装置也许是一件好事。他在那次失误之后一直在很正规地使用这个装置。阅读最终是不是在真正的纸面上进行才会更加顺利?没有那种无屏幕的屏幕,每秒钟都会有成千上万数字化念头和方程式体验模块自发地闯进屏幕。如果不停地被新闻、电子邮件和体验模块广告打断大概不会是一件好事吧?

在那些乔为这款装置订购的小说中——根据他散文式的神经学叙事体验——他还没有来得及读过一本,至少现在还没有。有一本他已经开了个头,开了几次头。但是,每次当他读到第二页时总会有更重要的东西出现：该装置始终能够准确地提供精心挑选的各种各样的正确内容。特别是关于动物活动分子犯罪的文章，装置已经学会从他的其他新闻报道中摘取出来，并似乎越来越多地自动出现在他的无屏幕屏幕上。不知这只是他的感觉还是它们逐渐变得越来越吸引眼球了？当然通过这个装置还可以快速、深入地访问其他无数的正规、有用的功能：知识类、社区类、情感类、惊悚类、戏剧类、新闻类和文化爱好类。

当他在等待米里亚姆和女儿们时，这个装置在整个下午就像是一个幸灾乐祸的小女巫那样在他的脑海中游荡。令人惊讶的是，在这么多天后他已经很难习惯于待在家中没有它。每隔几秒钟，它就会像通过某种远程机制一样向他报到：脑海中反复出现这样的想法，如果他还是把小爪子安放在头上会怎么样呢？只是一小会儿，因为还有时间。如果在吸尘的同时查验一下那些活动分子的犯罪罪名并看一下电子邮件也无妨。或者快速浏览一下现在大家都在谈论的那个酗酒的前棒球明星昨天又在跟跟跄跄地做了什么。在烧烤时还可以观赏一下传奇的伦敦剧院正在上演的《李尔王》第一幕。烤鸡需要用好几分钟，他怎么能忍受这么长的时间！

他的脑袋里无休止的叽叽喳喳声一直持续到了晚上，感觉好像上厕所时都凝聚到了一起，而如厕则有着令人难以忍受的缓慢和漫无目标的坐姿行为。每个想法和意象都必须由自己从头到尾创建，这有多么费力啊。而最糟糕的是，没有任何思想或情感似乎能引向任何地方——除非你刻意为此而做出努力。没有菜单会自行打开，没有任何东西对你的愿望做出反应，专注于任何物体并不能把它激活并进行更准确的选择。

甚至有那么一会儿还产生了一点点的恐慌。他如何能**熬过**这整整一夜呢？难道自己的一些普通想法也已经开始变得感觉像是这种夹杂着戏弄的呐喊声了吗？难道连去拉个屎也不能安心了吗？

看起来15分钟与机器的强制分离正在创造奇迹。

乔发泄了他对大扫除、吸地、擦洗厨房和厕所，以及承诺改弦更张、防止自己在无意中走上的这条路上滑得更远的厌恶心理，他对自己竟对这个体验装置出乎意料的成瘾感到非常恼怒，以至于他成功地在几分钟内被自己的挫败感气得气喘吁吁，从而忘记了女儿们收到的包裹、他陌生的精神病儿子或者联邦调查局的突袭。

也许，正因如此他才感到能为女儿们提供自己精心准备的、营养丰富的多样化饮食也很重要，以此证明他仍然能够在物理现实中发挥作用。

最重要的是，一切都结束了！

罪犯已被抓住了！

他不顾户外肆虐的蝉，在女儿们回来之前就在外面院子里支好了烤架，这样他可以早早地把鸡胸肉烤好。不，不要同时检查电子邮件，尽管这样做也很方便。丽贝卡从小就酷爱烧烤食物。乔已经买了鳄梨并提前放软，准备自己亲手制作鳄梨酱，这一天终于等到了。丽贝卡总是抱怨成品鳄梨酱的糊糊都是由化学品和添加剂制成。不，我不想去快速浏览头条新闻。

此外，乔从地下室里取来两瓶索尔牌啤酒放到冰箱里冷藏。他事先与自己商定可以给丽贝卡半杯和一片柠檬，以庆祝一切都已经解决了。在过去的这几周里，他在空空如也的公寓里非常想念自己的孩子们,想得胸口发痛。感谢上帝,现在没有人能再伤害姑娘们或者米里亚姆了,他突然意识到自己与孩子们的距离渐渐变远了。在那些寂寞的夜晚,他慢慢地开始怀疑,即便是面临最光明的前景,特别是他那个15岁的女儿也会逐渐长大成人,在未来几年也会从他身边消失到触不可及的地方。这种想法使他的感情得到了升华,他不记得自己以前是否曾有过这样的感觉,他很想把女儿再抱在怀里来表现一下这种脆弱。由于他不敢对一个不可预测的青春期孩子这样做,所以当他一想到新出台的自由酒精政策时,马上就感觉这个想法是对的。他有99%的把握知道米里亚姆肯定不会同意向一个15岁的孩子提供酒精。可是最近刚刚有人企图**弄瞎**女儿们的眼睛,家里购置了一把**手枪,子弹上膛存放在客厅里**。一杯低度的啤酒就会成为丽贝卡生活中最大的威胁吗?

这就是那个存放在奶奶的古董抽屉柜里、专为手生的人设计的沉甸甸的短筒金属物件貌似最强烈要求的:他不用事先征询米里亚姆的意见。米里亚姆应该尝试着弥补一下他们之间的争吵,也听一听他在这些事情上的立场。但是米里亚姆迄今在任何时候依然没有做出丝毫和解的姿态,以便能表达一下她理解乔所经历的一切。

目前尚不清楚他在不征求米里亚姆意见的情况下就向未成年的女儿提供啤酒将如何有助于此。但他已经看到这个提议对丽贝卡来说将会完全出乎她的意料,以及女儿们该会有多么开心地接受它。也许在那之后,他们都会用稍微不同的眼光看待对方,更加成熟、更加平等。当大家都搬回来住以后,米里亚姆将不得不习惯这样一种想法,即房子里还住着另一个成年人,乔的观点和情感不能每天都被践踏。

而当米里亚姆和女儿们一起出现在门口时,她并没有随身带什么东西来。她只是把装女儿们周末用品的袋子放在前厅的地毯上。其余的都留在车里,乔意识到:他可以很快以和解的名义主动把这些东西拿进来。

"嗨。"他对米里亚姆说,并吻了吻她的脸颊。

米里亚姆转过头来,带着一丝明显而微妙的尴尬。考虑到他在对待米里亚姆的直接挑战即放在奶奶古董抽屉柜里的那件沉重金属物件时所保持的成年人般的冷静,这似乎是不太必要的冷静。

"你眼睛里怎么了?"丹妮拉问道。

"我眼睛里?"

"你眼睛都红了。"米里亚姆也这样说,一边用审视的目光看着他。

"这肯定是……或许是有点过敏。"乔说。

女人们都不相信地盯着他。

"你到目前为止还从来没有过敏过。"米里亚姆说。

真相是,他头上戴着 iAm 一直熬夜到凌晨3点。既然已经支付了整个 iAm 体验模块的费用,那么仅仅因为在摩纳哥分赛中第一次不公平地驶出赛道就退出比赛将是令人沮丧和可笑的。

"这里有一股什么味道?"丽贝卡问道。

她的语气与乔事先所设想的会面完全相反。丽贝卡的肢体语言告诉他,她必须拼尽全力让自己跨过门槛。直到现在,乔才意识到,他对丽贝卡最喜欢的食物的印象一定是基于几个月前甚至是一年前的信息。如果姑娘可以自己选择的话,她现在想要吃什么?乔突然之间脑子里一点儿主意都没有了。在一年的时间里,这个15岁的孩子对她的头发、服装、音乐品位、词汇、爱好、朋友圈、道德信仰和婚姻状况改变了10次。

同时乔也意识到自己已经陷入了一种完完全全无穷无尽的筋疲力尽的感觉之中。彻夜不眠、担惊受怕、心理压力、与米里亚姆吵架、抵制iAm体验、做饭、大扫除。

"我的那个装置还在这里吗?"丽贝卡在前厅里脱下新鞋子后问道。

"什么?"

"我的账户被黑客入侵了。"

"你的什么被怎么了?"

丽贝卡翻了翻白眼。

"我的iAm体验装置,教授先生。"丽贝卡说,好像是在对一个智障人士夸张地说。"它是否仍然保存在这里的什么地方吗?"

"它在楼上的抽屉里。"

"你确定吗?"米里亚姆问道,直视着他的眼睛。

"嗯,据我所知没有什么别的人碰过它。"乔清了清嗓子说。

他在妻子和女儿们的注视之下匆忙赶到走廊上去整理已经相当整齐的鞋子。

"好吧。"丽贝卡用无所不知的声音说。"就是说它被黑客入侵了。"

丽贝卡掏出手机,开始在她的朋友圈里敲一些信息。

"我对你说过,贝卡。"米里亚姆说,她仍然穿着鞋子站在前厅里,好像还在犹豫自己是否要进来。

"嗯,是的,是的。"

"你需要更仔细地使用密码。如果连**我都**能猜到3个里的两个,那么——"

"是的,是的。"

"那里有相关指南。你还记得我很久以前给你看过那个网页吗?"

"是的,**是的**!"

现在既然iAm和社区媒体都已被禁止使用,女儿在愤怒之余,又回到了她以前与朋友之间不间断的短信联系。乔担心丽贝卡要这样低着头、脸不离屏幕地走过一生,要不了多长时间就会撞到灯柱上或者患上脊椎弯曲症。而且这些装置里一直都有监控:据米里亚姆说,女儿再次在社区消息页面上被抓了现行,她在上面向整个世界大肆宣扬,她将在周六晚上去哪里与谁一起庆祝,就好像她根本没有从哈克特的警告中吸取到任何教训一样。

米里亚姆在前厅里脱下鞋子,满脸沉思地走进客厅。她环顾了一下四周,就像来到一个陌生的公寓里一样。

"那么什么被黑客入侵了?"乔问米里亚姆。

米里亚姆没有来得及回答,丽贝卡叹了口气,不情愿地从手机上抬起目光,与这些迟钝得如此可怕的人在一起生活真是太难了。

"我的iAm账号因为一些新闻服务、电子邮件连接和其他什么被收取了几十个小时的费用。还有一些方程式。差不多1000美元。"

"哦?"乔感到很惊讶。

米里亚姆向乔点了点头。

"昨晚又有人使用过一次。"米里亚姆说。"贝卡今天早上刚检查过了。"

嗒嗒嗒，丽贝卡拿着手机一屁股坐到客厅的沙发上，她的目光再次盯在手机的小屏幕上。

"还有色情片。"丽贝卡说。

"哦，是吗？"米里亚姆问道，暂时停止了查看客厅窗台上的兰花：乔拿到了关于如何照看兰花的具体要求，但是他一如既往地忽略了所有要求。"这我倒还没有听说过呢。"

"是的。是某种性模块。"

自从丽贝卡问起这个装置以来，乔的脸颊一直在发烧，而现在又变成了猩红色。这不可能是真的。他可是专门用自己的信用卡支付了模块的费用。

他突然想起自己曾听说该装置会自动向制造商和软件设计人员发送有关用户位置、躯体神经系统反应、所选偏好、神经细胞群大规模激活甚至单个神经元的神经脉冲的信息。显然，即使对于该领域的专业人士来说，他们也不完全清楚这些信息可能会传递给谁。

"难道他们……"乔在厨房里吞吞吐吐地说，一边布置着餐桌。"如果有人购买了这些……他们不是要自己通过信用卡或者什么支付吗？……那些东西怎么会发给你？那些信息。"

所以我完全不知道这些东西是如何运作的，他急着补充道。

"它们是按分钟计费的。"

"哦，是这样……"

"是的。这是在信用卡账单之外的费用。"

"是吗？"乔咽了咽口水。

乔在脖子后面能感觉到丽贝卡正在用目光审视着他。

乔从停下来的敲击声中断定,丽贝卡已经把手机放下来一段时间了。当时发放装置时,应当拿一台自己用,乔在脑海中闪过这个想法。

"它们是从你的账户中支取的。"丽贝卡说。"费用取决于你的套餐中包含的分钟数。"

沉默似乎是针对乔个人的。他不知道自己应该待在哪里。不行,乔想:甚至在系里也不行。这个装置现在应该完全停止使用。

突然间,他想起米里亚姆和女儿们的行李箱。

"要我去车里把你们的东西拿出来吗?"乔问米里亚姆,她站在客厅的窗户前,双臂交叉放在胸前。

"我们好像……"米里亚姆犹豫不决地说。"现在没有别的什么东西。"

乔眼睛盯着米里亚姆。

"什么意思?"

"让我们以后再谈这件事吧。"米里亚姆看到丹妮拉时说,丹妮拉从卫生间里出来,显然也想听听是什么情况。

"我的那份账户报告显示了所有一切。"从丽贝卡说话的声音中可以听出这所有一切是指一些令人作呕的东西。

"啊,什么所有一切?"丹妮拉问道,她在沙发上仿效丽贝卡的坐姿准确到了分子级别。

"嗯,就是那个家伙都干了些什么。就是和哪个女人在一起干了什么。"丽贝卡说。

"这怎么能从那里看出来呢?"乔在意识到要阻止自己之前问道。丽贝卡似乎对他声音里带有的惊恐感到有点疑惑。

"不同的感官会有不同的费率。"

"啊哈。"乔说,努力不让自己剧烈的心跳透过说话声传出。

"配音大概肯定总是包含在这些基本包中。还有一些基本人物。"

"什么是基本人物?"丹妮拉问道。

"你也许需要如此详细地知道一切。"乔一边说,一边打开萨尔萨酱罐,并将保鲜膜从鳄梨酱上面揭下来。

没有人知道用户数据最终会流向谁和流向哪里,乔听到哈克特教诲般的声音在他的脑海中响起。目前还没有任何关于通过商业应用程序干扰人们偏好集成或者关于人们神经直接反应的数据可以向谁销售的立法。

当然,他们记录了一切。哈克特说:跟踪并记录你们的神经冲动、情绪和想法、你们身体的反应——所有的一切——以供今后使用。

那个装置透过天花板从楼上的抽屉柜里盯着乔。

每一个直接的、不经意的反应,直接从中枢神经系统测得,永远记录下来——有人会用这些信息赚到10亿美元的财富。只是还没有人知道该怎么做。

或者可以用任何方式引导你的想法:这就是它被开发的目的。

这些都是你做出的反应。

你值得思考一下,他们想把这些信息都让哪些人知道。

好吧,如果你问我的话——如果我说实话,如果我是你,我甚至不会在同一间公寓里使用它。

乔将iAm的爪子安放在后脑勺的那个头皮部位感觉很烫。

"可是与女人?"丹妮拉问道,"你说了什么与哪个女人在一起。"

丽贝卡看着丹妮拉,就像一个资深政治家看着一个首任国会议员一样,大声而清晰地宣告说:

"那个家伙用我的装置和某个小姑娘发生了性关系。"

"哦。"丹妮拉说。

"贝卡。"乔说,但是他的声音里缺少了成年人权威的说服力。

他的头已经开始疼了。它们不是真的,乔的脑海里在不停地敲击着,当他从厨房的抽屉里拿出餐具,把勺子放在盘子里。那个女孩不是一个真实的人,而是从原型库里打造的。他对自己重复着咒语,同时将食品从冰箱里拿到桌子上,并努力让自己的行为看起来几乎同正常情况一样。

我没有利用任何人,那只是一次虚拟体验。

它只是一个小工具。[①]

它只是一个小工具。

"我不明白现在的人们都在做什么。"米里亚姆说,一边摇着头走进厨房。她心不在焉地看着乔正在从盒子里把餐具集中到手上。"世界上有一半的人正在挨饿,而有人还在驾驶数字方程式。"

当他请米里亚姆和女儿们坐到餐桌上时,乔感觉自己就像一个悸动的人类残骸。他从里到外都已经变得热气腾腾、大汗淋漓,贯穿全身的性反常行为闪烁在他的脸上,浸透在他的呼吸中。

丹妮拉在餐桌旁坐下,但是丽贝卡仍留在椅背后面,就好像要做个演讲一样。为了要做点什么,乔"啪"的一

---

① 原文此处为英文 It's just a gadget。

声把收音机打开了。没有与家人进行眼神接触的每一秒钟对他来说都是一片解脱的绿洲。

"我好想看看这是个什么样的人。"丽贝卡说，一边挠着指甲。

"贝姬，现在这个话题差不多说够了吧。"米里亚姆说。

"嗯，是怎样的一个人呢？"

"还有丹妮你也是。坐下来吧。"

"白天一整天睡觉，晚上独自一人在电脑上熬夜，不敢和任何人说话。"丽贝卡说。"所有的使用时间均为从傍晚到凌晨。"

"这是一个处于半脑残水平的可怜的人。"米里亚姆说。

所有人都已经习惯性地坐在自己的位置上，但是桌子似乎很奇怪地改变了形状。乔的头痛似乎越来越严重。这可能是因为使用iAm的时间过长了吗？还是由于不得不连续对自己说：不，你不会离开餐桌去检查哪个不认识的社区朋友在过去一小时内上传了相互拥抱的猫的照片。

"但他是会被抓住的。"丹妮拉说。

"当然。比如说我们可以要求做NFP。"丽贝卡说。"这个可以书面形式提出。这会花点钱，但是——"

"N-F……？"

"NFP。神经指纹。[1]这有点像是指纹，但是来自中枢神经系统的。"

"怎样去获取？"乔问道，尽管他并没打算问。"不过那个装置不是……不是用你的名字注册的吗？"

"是的，但是每个人的神经网络都有自己的神经指纹。"

---

[1] 原文此处为英文 Neural fingerprint。

"是吗？"

"装置会在第一次启用时获取它。它会被存储在设置中。它们可以一共存储大概两百个。"

"啊哈。"

乔的心在狂跳。成为一名神经科学家真是太好了，在所在领域里成为世界上顶尖的，人们可以在有关大脑的问题上求助于他。

"爸爸，我能有一个装置吗？"丹妮拉用哀求的声音说，就像她每次知道自己不会成功的时候一样。

"不行。"

"别呀，为什么我就不行呢？"

乔期待着可以开始进餐了，但是总有人不停地有一些更重要的东西要从手机屏幕上消除。

"我只是要马上给单位发一条短信，告诉说我今天不在。"米里亚姆一边说，一边在手机上敲击着信息。

即使是最急需的啤酒需求似乎也不会让一瓶索尔啤酒主动地从冰箱里跑到乔的手上，他向自己保证说，在每个人都准备好吃饭之前，他不会打开啤酒。此外，他想省下一点儿时间与丽贝卡分享，以纪念他们全新的成年父女关系。但是丹妮拉现在也拿出了她的手机。每当其他人终于准备好了时，就会有人在等待期间又取出自己的手机。

"我们是不是可以马上吃饭了？"乔问道，眼睛看着他端上桌的冰山生菜碗。"对不起，米里亚姆，你能不能费心去拿一下酸奶油①？"

米里亚姆对着手机皱了皱眉头，用手划了一下屏幕，

---

① 原文此处为英文 sour cream。

对着其他什么地方的某个人专注地微笑了一下。当米里亚姆开始敲击回复时,手机的位置略微改变了一下,乔从屏幕的颜色看出米里亚姆并没有给单位发送信息,而是在流行的私人信息服务平台上与某人交往。客厅的窗户上发出簌簌的声音,那是周期蝉在撞击玻璃。

"人如何与那个装置发生性关系呢?"

"丹妮,我真的不能再告诉你更多的了。你实际上才11岁。"

乔不得不重复他的问题,最终让米里亚姆惊恐地抬起目光。

"对不起。"米里亚姆说,把手机塞进手包里。"现在我们吃饭吧。爸爸给我们做了一顿美味的大餐。"

"对不起。"米里亚姆又单独对乔说道,这时丹妮已经开始向她的盘子里贪婪地夹着鸡块了。"我答应给吉尔发一个我们为下周科学研讨会准备的天性与教养①问题材料的评论。"

乔点了点头,看了米里亚姆很长时间,以至于她被看得有点不知所措而咳嗽了起来。

大家取菜吧!祝大家好胃口,亲爱的。过了这么久你们又来到这里真是太棒了。

"这是某个**恋童癖**。"丹妮拉说。"我们应该向社区性犯罪观察组织②报告此事。"

"是的,而且,"丽贝卡说,眼睛看着丹妮拉,似乎被突然启发了的样子,"他被逮了个正着。"

"我们能不能不再谈论这个话题了!"

---

① 原文此处为英文 nature-nurture。

② 原文此处为英文 Neighborhood Sex Offender Watch。

大家似乎都被乔的突然发作吓了一跳。这无疑与所有其他人的情绪状态截然不同。

谈话暂时转移到其他事情上,如丹妮拉的游泳课和丽贝卡想买的衣服上。乔注意到丽贝卡还没有吃任何东西。

"他唯一好的地方是他是一个动物活动分子。"丽贝卡对着她的手机说。

"怎么回事?"乔发问。

"他阅读了所有关于动物活动分子的栏目。"丽贝卡说。"每天晚上。没有别人能如此疯狂地关注这样的事。"

"你认为这是……"

丹妮拉的话没有说完,因为她话说了一半才意识到自己在说什么。

突然之间一片寂静。其他人也明白了。

乔看到了丽贝卡脸上的恐惧。

"我要给警察这样打个电话。"丽贝卡说。

"现在还有这个必要吗。"乔说。

每个人都在盯着他看。

"什么?"米里亚姆问道。

逐渐加剧的头痛就好像要把乔的头颅劈成骨头碎片一样。但愿这不是偏头痛。最坏的情况是你不得不在晚上剩下的时间里躺在黑暗的房间里。不过,这在现在看来似乎并不是一个糟糕的选择。

"怎么叫还有这个必要呢?"丽贝卡皱着眉头。

"嗯……我们也许能搞清楚这件事……以其他的方式。"乔说,他自己不明白自己是什么意思。

丽贝卡盯着他。

"以其他的方式?我的账户被人黑了。"

"是的，我明白，但是……我的意思是——让我们现在再考虑考虑。"

"为什么？"

丽贝卡张着嘴盯着他。

"我有时真的很担心你。"米里亚姆对乔说。

乔向上帝祈祷他的头痛是偏头痛；他祈求让他心脏病发作，最好是致命的，或者中风，任何病都行，以便能优雅、尽快地离开这个世界。

米里亚姆听到"哔"的一声，再次将手机拿在手中。那个米里亚姆对着微笑的人已经回复了。

而现在乔意识到，一股得到解脱的浪潮席卷了他，它虽然小得可笑，但却可以拯救生命，现在：啤酒。乔从冰箱里把酒瓶拿了出来。冰冷的玻璃瓶表面凝结的水滴浸湿了他的手指。

但是对于乔精心筹划的啤酒款待，丽贝卡半心半意地做着回应，看也不看他一眼：

"我不喝。"

乔对这个回答感到很惊讶，以至于他站在桌子旁边，眉头皱着。丽贝卡没有看到乔要给她喝什么，因为她甚至连瞥都没有瞥一眼瓶子。

"来点啤酒？"乔说。"这是墨西哥的。"

米里亚姆将手机放到腿上——她正在发送一条信息！——并把玉米饼放在盘子上，转身看着乔。乔突然意识到，当米里亚姆的系里那些年轻的语言心理学教职员工与米里亚姆之间产生摩擦时，他们一定会有怎样的感受。他同时明白了，在整整16年的婚姻中，他和妻子在今年春天之前还从未处于这样的境地。

"对不起？"米里亚姆说。

丽贝卡也盯着乔，青春期女孩的眼睛夸张地睁得圆圆的，嘴巴像是不相信似的半张着。

"你可以用柠檬搭配着喝。"乔说，"我切了一些放在那里。"

唯一的办法是继续走所选择的路。重要的是，教育者在提供解决方案时必须要始终如一。

"我不想要！你耳朵聋了吗？"

乔转身背朝着其他人。他一口把准备给丽贝卡的索尔啤酒喝了一半，感觉到自己剧烈的偏头痛中裹挟着恼怒。当他闭上眼睛时，他视野上端四分之一处会出现一些蹦蹦跳跳的毒绿色图案的东西，那里是iAm无屏幕屏幕上书写搜索命令的地方。

"对不起，"米里亚姆说，"你刚刚是要给我们15岁的女儿一杯**啤酒**喝吗？"

"你能在吃饭时把你那部手机先收起来吗，丽贝卡？"乔对着米里亚姆说。"我们一直有点这样的原则。"

"可你上一次也这样做过。"丽贝卡喃喃自语，没有意识到发生了什么。

"是的，我是想要给她喝。"乔对盯着他的米里亚姆说。"去法院告我吧。"

能再次看到你们真高兴！亲爱的，你们能在这里太好了！那些烤鸡胸肉排——乔在外面烧烤肉排时浑身都湿透了。今天院子里的温度已经升到了38℃，空气的相对湿度是100%——仍然躺在托盘里。它们对丹妮拉来说烤得太糊了，在学校里刚刚谈到了致癌物质。

虽然以前他们一直避免吃红肉，经常吃蔬菜，但自从邮箱里收到那个包裹以来，每个人似乎都不言自明地开始顿顿少不了肉了。乔出于道德上的缘故，他在以前从来不会碰的哺乳小牛肉，现在成了他们的标准选择。

丽贝卡在她的盘子里移动着鸡肉块，偶尔会将其中一块切得更小一点儿。乔知道这将如何收尾：同样的肉块会在晚餐结束时进入垃圾桶。丽贝卡用她的切块术愚弄不了任何人，但另一方面她也不能什么菜都不取。也许这正是所有的教育原则总是会自然而然地达成的最终结果，即尽管存在各种争论，但最终都将以一种随意形成的仪式而结束。这种仪式并不是有人有意识地选择的，也不可能始终如一地捍卫，但它却避免了最尖锐的冲突。

"真是不错。"米里亚姆勇敢地笑了笑，这让乔感到心碎。

他的妻子要离开他了，自从他在前厅里看到米里亚姆没有带箱子时他就已经知道了。

对于丹妮拉，乔设法将鸡肉块腌制得入味和切得足够白净。由于丹妮拉没有其他忌讳，他能够为她安排一顿营养相对丰富多样的餐食。

但是对丽贝卡来说，鸡肉并不是唯一让她感到为难的馅料。酸奶油①不是脱脂的，鳄梨实际上全是脂肪，豆类对胃很麻烦，洋葱也是如此，而且由于辣椒和西葫芦乔已经在油中煎炸过，丽贝卡都不能吃这些，谢谢啦，下次试着稍微关注一下到底倒了多少升油。

最后，丽贝卡一言不发地坐在餐桌上，只把冰山生菜塞进了她的玉米饼里。乔看着这一切，努力克制着自己什

---

① 原文此处为英文 Sour cream。

么都不要说，首先是要避免在公开的恋童癖记录上看到自己的神经指纹的恐怖图像。米里亚姆已经起身去洗手间了，但一直逗留在浴室和厨房之间，以便在不引人注意的情况下集中精力在屏幕上打字，她收到的信息中显然有一些难以拒绝的迷人和有趣的东西。

就在这时，事情发生了：乔注意到了那罐萨尔萨酱，他无心地毫无预感地问贝卡，她是否甚至连这个也不能接受。而如果连萨尔萨酱都看不上，乔在混合着偏头痛的疲倦和烦躁中——他的烦躁在啤酒的作用下稍有缓解，于是他马上又去取了一瓶，喝完了这一瓶，在强烈的欲望驱动下他纠结着要不要打开第三瓶——用一种很难听的声音追问贝卡这样做的原因，他看到丹妮拉被吓得用手紧紧抓住桌子的边缘。

难道在那个罐子里也有什么鬼吗？！

由此通过几句精心挑选的台词而可能引发一场长达两小时的专门针对番茄萨尔萨酱的争吵，米里亚姆也会在稍稍耽搁之后回过头来加入了拌嘴的行列。这场争吵很可能会久久留存在所有4个人的心里，也许会比任何被定义为家庭的体验都更加深刻和长久。就连通常无视任何人甚至不在乎周边爆发全面核战争而自顾自喋喋不休的丹妮拉，也把眼睛睁得大大的静静地盯着眼前的盘子，随后又悄悄溜回自己的房间。

乔对他在匆忙之中从全天然食品商店[①]的货架上随手拿的一罐含有糖的萨尔萨酱而专门再跑了一趟商店的事是拒绝的。但是米里亚姆却认为，对于一个15岁的孩子来说，

---

① 原文此处为英文 Wholefoods。

稍微检查一下食品的营养成分完全是可以接受的,甚至是明智的。

"那个酱里糖的含量实际上有多少?"乔问道。

"你看看产品说明!"丽贝卡喊道。

"那只是西红柿和醋!"

"乔,我不确定这是否为最具建设性的探讨方式。"米里亚姆说,她甚至成功地把手机从手中放下了一会儿。

"那里头**糖的含量太疯狂了!**"

"你现在给我吃!不管有糖还是没糖!"

但是情况很快就明朗了,如果一个几乎成年的女性做了决定,要想强迫她去吃下她不想吃的东西是多么徒劳。而对于单纯使用身体上的武力这个原则上的可能性是乔从来没有想过的选项。丽贝卡用她的高分贝嗓音掀起了一场堪可媲美真人秀水平的冲突场景,这除了戏剧性的面部表情和大哭大闹的场景,还包括扔东西、摔门和最终拒绝任何接触。

现在丽贝卡的生命系统中甚至连全麦玉米饼也无法得到输送了。

亲爱的乔,干得好。乔甚至不敢瞥一眼米里亚姆的表情。好在女儿在此之前已经同意吃了几口小麦薄饼,这个明显瘦多了的女儿至少可以从中获得几卡路里。

"我们不与恐怖分子谈判。"乔一边喃喃自语,一边站起来离开餐桌,从大厅抽屉柜上拿起车钥匙,走出门外。

蝉爬在树上、草坪上和房屋顶上歇息,就像一条十分平整的由红眼铺成的毯子,已经成为景观的自然组成部分。人们走路时,它们被碾压在鞋底下,但是并感觉不到什么,它们已经变得像某种铺路砾石一般。他向坐在停靠房子拐角处的汽车里的男人点了点头,在汽车的深色遮光玻璃后面分辨不清他是那两个交替守护女孩安全的人中的哪一个。

每次当他看到这辆车时,他都会发现自己会下意识地检查一下红色的安全按钮是否还在他的口袋里。这个按钮有几天曾留在了他另一条裤子的口袋里。

是否应该放弃这个按钮呢?

一切都已经解决了。此外,在奶奶的古董抽屉柜里有一把上了膛的左轮手枪,可以射杀任何人。

瞄准并射击①,其余的将自行完成。

也许正因如此才不应该放弃按钮。

他把那些在他眼前飞舞得最凶的昆虫赶得稍远一些,打开汽车的中央控制锁并跳进车里。他有意超速驾车飞快地赶回全天然食品商店,并纯粹出于报复而违章将车停在人行道上。在商店里,他花了15分钟在萨尔萨酱罐上拼读那些用微小字体印刷的产品说明标签。他找到了唯一一款没有添加糖的萨尔萨酱,当他在一台被安放在太低位置的自助服务机上准备付款时,他的电话响了。

甚至在他看到显示屏上的名字之前,他就猜到了来电者是布拉德。动物活动分子第一次上法庭是在前不久。正式名称应当是叫出庭吧,出庭②。还是那个应该被称作听证会的程序?乔已经搞不清楚了。这样的程序也许还会有很多次。在正式审判之前,还可以通过一些被称作预审动议③的武器来进行较量。即使在布拉德气喘吁吁的解释之后,乔也没能弄明白这到底是什么。不管怎么样,今天还有一

---

① 原文此处为英文 Point and shoot。
② 原文此处为英文 appearance。
③ 原文此处为英文 pre-trial motion。

场活动,显然是第二次,但这也是法律上的例行程序。也许,目前是这样。布拉德肯定是为这事打电话。

布拉德的声音很尖锐,一副有要事要谈的样子①。

"你是在坐着吗?"

"什么?"

"你也许应该坐下来。"

"嗯,这个……我现在正在商店里。"

乔试图在脸颊和肩膀之间夹稳手机,同时在支付终端上点击自己的银行卡密码。他记得拉伊告诉过他,可以在iAm上输入自己银行卡的数据,这样装置只需通过近距离无线通信②就能连接到支付终端上。

"你们都好吗?"

布拉德的声音听起来亲近得令人奇怪。

"挺好的。或者说,在目前的情况下。"乔补充道,他为自己公然扯谎而感到一丝内疚。

"很好。"布拉德说。"不过听我说。现在的问题是……"

由于布拉德沉默了很长时间,乔有一阵儿还以为电话信号出了问题。

"嗯?"乔说。

"他离开了。"

"对不起,你说什么?"

"是的。我差不多可以肯定他现在正在什么地方走动,甚至也许是在我们州以外的地方。当然我现在并不是说他

---

① 原文此处为英文 all business。
② 原文此处为英文缩写 NFC,全称 Near Field Communication,即近距离无线通信,由非接触式射频识别(RFID)及互连互通技术整合演变而来。

一定正好是在你那里,但是——"

"哎,哎,稍微冷静点。你在说谁?他吗?"

"是的。"

这个信息让乔的心脏重重地跳了两下。

"他被放出来了?"

"我不想让你白白地担心,"布拉德说得太快了,"真的不必为此而产生任何恐慌,不过——"

"到底发生了什么?"

"他今天没有出现在法庭上。"

乔什么话也说不出来。

"很有可能他根本就没有收到有关新日期的信息。因为日期提前了。"

"可是这怎么可能呢?他不是被关在监狱里吗?"

由此产生的寂静犹如一只巨大的爪子,紧紧地攫住并挤压着乔的心脏。布拉德说:

"苏珊没有给你打过电话吗?"

"啊?谁?没有。"

"真的吗?苏珊,我的助手。"

"没有。"

"嗯,不过这很奇怪。她说她当天就会立即打电话。有没有任何陌生号码打过你的电话?"

乔吓了一跳。是的,当然有。但他们总是一些电话推销员。他从来不回拨不熟悉的号码。

"苏珊一定试过很多次。"布拉德说。"正常情况下一直都能找到你吧?"

乔感到肚子一阵刺痛。手机有可能在某些时候无法接听,因为家里的iAm一直在连线。除非必须,他不想中途被打断。

当他意识到自己正在阻塞自助结账柜台时,他把信用卡塞回钱包,拿起萨尔萨酱,从超市走到夏天像滚烫的汤一样的户外。

"我想我要到现在才给你亲自打电话,"布拉德说,"等到今天快要结束的时候,我就会更准确地知道都发生了什么。但是现在他还没有过来——"

"但是她会说些什么呢?"乔打断了他。"那个苏珊。"

"他被释放了。"

"啊?早在前一次审理中吗?"

"没有审理。电信干扰的指控和阴谋策划的罪名都还有效。"

"啊哈。"乔说。他不知道这之后会发生什么或者不会发生什么。阴谋策划是指什么?

"但是正如我事先说的,"布拉德急于继续,仿佛是害怕乔会失去理智,"我们接下来可以做很多事情。"

"但是你没有说也许可以因为使用了那种破坏性工具——或者你可以试试——"

"那个选项被否决了。苏珊当时就是要马上告诉你这件事。我不知道她为什么没有找到你。"

"被否决了?"

"证据不足。"

破坏性装置:这个词在试图提高词义准确性时听起来仍然可笑。破坏性工具——从什么意义上讲电视就不是那样的装置?

布拉德说,针对同时被捕的其他环保活动分子的许多其他指控都被撤销了。

"但这难道不应该只是一些例行程序吗？还有今天的也是！"

"嗯，这从来不完全是——"

"这可是你说的！你说过不必期待发生什么特别的事！"

"嗯，这一次也许与我和其他许多人想的有点不同——"

"那难道不是他干的吗？"乔问道。他不想等着布拉德兜完长长的圈子。

"乔。"布拉德说。"发生了什么和法院如何判决——"

"嗯，是的，是两件完全不同的事情。但在那里大概还是就此说了些什么吧？"

但是布拉德毕竟受过良好的教育，受过严格的培训，这可是他在睡梦中都不会跨越的一条线。布拉德详细而准确地解释了法院在目前这种情况下如何认为的，以及布拉德作为一个律师在一定程度上也能理解，在这种情况下这样做也许从技术上对法院来说可能是最自然的，这样做没有也不会以任何方式产生影响，人们只需要从这个角度来想。

布拉德多么自如地使用着联邦[①]，即联邦特工这个词。

布拉德说：

"否则我现在真的不会给你打电话，可是当他没有出现在法庭上……但是肯定没有什么理由对此感到担心。"

布拉德说这句话的语气，就好像有什么黑色的东西流淌到乔的全身。乔眼睛睁着但却什么也没有看到，他看不

[①] 原文此处为英文 feds。

到超市停车场上那个穿着时髦夹克和戴着令人难以置信的珠宝、像女神一样骄傲地钻进自己豪车里的那个人高马大的大妈。

他需要回去告诉打算离开他的米里亚姆,那个人逍遥法外了,而且显然已经有一段时间了。

没有足够的证据来证明那是个破坏性的工具。

在他周边,人们都在忙着办事,这是一个普通的东海岸的下午,而那个给他们11岁和15岁的女儿寄送针头炸弹的人却逍遥法外,应该出庭却没有出庭。布拉德的背景声在某个地方,悄悄地、仿佛是在哗哗的水流后面,用麻木的声音述说着针对所发生的事情接下来可以做出回应的法律行动。

"也就是说不必气馁,"布拉德说,"我们手中仍然有很多王牌还没有出。"

乔像聋了一样盯着前面。他不知道布拉德刚刚都说了些什么。

"那么他已经自由了多长时间呢?"

"一周。"

"一周了!"

"我以为当他今天必须要去法院时,他不会去任何地方。我以为你知道呢。我真的很抱歉,乔。哎,检查一下你的手机没有什么问题吧。幸运的是,现在这个电话似乎正常地打过去了。大可不必徒劳地担惊受怕。他可能只是没有注意到新的开庭日期。"

"好的。"

布拉德礼貌地等了一会儿,但是当乔显然无话可说时,布拉德说:

"加油,乔。再次为苏珊的事抱歉。我会搞清楚是什么情况的。"

"嗯,不必了。"

"再联系。一旦听到任何有关他的消息,请立即告诉我。"

"好的。"

"如果他再次与你联系,请试着把通话录下来。还有,乔。"布拉德说,把声音压低到很私密的程度。

"嗯。"

"你家里有一件比你的手更长的东西,不是吗?"

"什么意思?"

"一件可以用来自卫的东西。如果需要的话。"

在停车场的另一边,葡萄酒商店的推拉门一次又一次地无声地打开又关上。乔突然被一种想要把自己的大脑全塞满的欲望吞噬。要迅速并有意识地将所有上千亿个神经元浸入完全的麻醉之中。

他必须马上回家告诉米里亚姆。

在家里。

他的胸口怦怦直跳。

不,见鬼。

孩子们!

米里亚姆!

局外人很难相信,一个像他这个年纪的男人,以他的体格和运动的背景,能够如此迅速地冲进自己的车里,使劲加油让轮胎发出尖叫的声音,从停车场一路像神经病一样急驰回家。他把车一半停在人行道上,脑子里想着孩子们、孩子们、孩子们和米里亚姆独自待在家中。

到了家里,他一把拉开前门,门把手"咚"的一声撞到了墙上。

正在客厅里看电视的丽贝卡眼睛盯着他。米里亚姆从厨房里出来,脸上一副震惊的表情,她正在把餐具放到洗碗机里。

"你……你没事吧?"乔终于能在门口喘口气了。

女儿的目光在说:你是不是正在失去理智?

"啊?"

"你们在家里一切都好?"

"为什么就不好呢?"米里亚姆问道。

丽贝卡翻了翻白眼,你在乱讲什么呢?女儿像是在抗议,吧唧着嘴巴,然后皱着年轻人光滑的眉头回过头继续看着电视节目。电视里一些参与者正在向那些不怎么友好但却获得童话般成功的商业天使展示他们的商业创新理念。

"丹妮在哪里?"

"我对这才没兴趣呢。"

"不要这样说话。"

"最好的演讲者。"

最好的演讲者。

乔感觉到他浑身上下有什么冰冷的东西涌过。他走到屏幕前。

"那是什么意思?"他静静地问道。

"你在向我说教什么?"

只要迅速瞥一眼还没有来得及掩饰自己表情的米里亚姆就足够了:乔的理解是对的。

最好的演讲者,你在向我说教什么:丽贝卡所指的是她与米里亚姆之间的对话。

乔深吸了一口气。

他看着米里亚姆,米里亚姆把目光移开了。

米里亚姆背着他在向丽贝卡述说她自己的故事版本。出于某种原因,乔感觉这对他是一种比购置一把手枪还要严重的背叛,也许是因为武器还可以摆脱掉,而青春期孩子不敬的态度却不同。

乔很想对他的妻子和女儿大喊大叫,你们不知道我们在这里正面临着生命危险吗?我们正处于战争状态!你们在我背后拉帮结伙,而不是努力与我互相支持!他已经张开嘴对女儿大喊大叫了,要对她施加一些过分的惩罚措施,其内容和理由可以事后再编出来。

但是在那一刻,他们都注意到了一件事。米里亚姆发出了一声尖叫,乔感觉自己的血液凝结住了。在门口映衬着太阳落山时放射出的苯红色光芒里看见了一个人站在那儿。

一个身穿黑色衣服的魁梧男性。

他已经准备冲向前去保护女儿了——事后他很奇怪当时并不清楚他要去充当女儿盾牌时究竟是怎么想的——这时他才意识到这个人是道格,是坐在房子外街上那辆车里的其中的一个人。道格和迈克,两个身材魁梧的男人,他们可以在不到半分钟的时间内徒手杀死一个人——这是在合同中做出的书面承诺——并且要每天24小时坐在车里监护着女孩们。

"一切都好吧?"

道格从门口用审视的目光看着他们。道格身材如此魁梧,面对任何事都不会惊慌失措,用如此非自然的合成代谢类固醇将自己打造成这样的"规模",这让乔感到非常宽慰。

"一切都好吧?"

"是的。"

"你以这么快的速度冲进来,我还以为……"

"我只是有点……着急了。"乔说着咳嗽了一下。

"没关系。我只是想核查一下。"

"谢谢你。"乔说,他不敢去看道格阅人无数的脸。

他在想些什么?某个恐怖分子绑架了他的女儿,而道格却会听之任之——他作为一个体重只有65公斤、身高173厘米戴着眼镜的人竟能挽救危局?

他没有意识到在全天然食品商店停车场上时道格也在那里,尽管他现在记得当他离开时曾对他点了点头。

"好吧,很酷①。"道格说,再次环顾了一下四周,然后慢慢将他健美运动员般的肌肉身体转向来的方向,走了出去。乔看着门在道格身后关上了。

道格在第一次见面时展示过他的手掌。道格的掌心位置有一个圆圆的浅色疤痕,据说这是道格当时冲上去保护他以前的一位保护对象、一位有争议的电影导演时受的伤,当时有人试图在首映式派对上用冰锥刺杀他。他的手背上也有着同样的一个对称的圆形疤痕,那是冰锥穿透时留下的。

"那位导演还活着,"道格笑着说。

乔看着他的女儿。丽贝卡蜷缩在沙发上,看起来是那么弱小,肩胛骨像鸟儿一样娇嫩。乔在那里站了一会儿后

---

① 原文此处为英文 cool。

意识到，那听无糖萨尔萨酱还拿在他手中，他把它放在桌子上。现在他应该在接下来的半个小时里说服大女儿回去吃饭，但他已经无力这样做了。然而令他惊讶的是，丽贝卡自己主动站起身来，一言不发地走向餐桌。乔在中间拦住她，从侧面将女儿的肩膀搂向自己的胸前。女儿似乎默许了。

乔看着丽贝卡礼貌地将一毫升无糖萨尔萨酱滴进她的沙拉里。**无添加糖！**女儿会死于营养缺乏症，也许是一种类似于她曾祖父母在波兰集中营的亲戚们同样的病症，但是要与这个难题作斗争，需要一个在完全不同的生活场景中的另外一位父亲。

"我很抱歉。"乔说。

丽贝卡看了一眼他，他的脸是孩子般的脸。

"我不应该发火。"乔说。"我的压力有点大。"

丽贝卡没有从正在吃的东西上转移目光，也没有回答，但是她的睫毛在颤动。乔耐心地等待着，过了一会儿，弱小的肩膀开始颤抖。动作很轻微，但是很明显。他把手放在女孩的另一侧肩膀上，她似乎也默许了。

他把丽贝卡拥进怀里。15岁孩子温热的眼泪落在他的胳膊上。丽贝卡在他怀里抽泣了一会儿，这段时间很长，但又感觉很短。乔为自己的女儿感到温馨，为能够这样拥抱着她感到很幸福。

"一切都会理顺的，贝卡。"

"嗯。"

女儿用袖子擦了擦睫毛膏，起身站了起来，眼睛没有看乔就径直走上楼去了。女儿只吃了不到一半的沙拉玉米饼。

当他们俩单独在一起时，米里亚姆就好像是在一个陌生的公寓里一样小心翼翼地坐在扶手椅上。米里亚姆仿佛集聚了她所有的意志力，然后才看着他的眼睛并开始说。

凶杀案，巴尔的摩市警察局[①]

美国马里兰州巴尔的摩市

当那天晚上塞缪尔出现时，他在无人阻拦的情况下走进院子并按响门铃。

巴尔的摩警察局事后也说不出来到底最出乎意料的是什么，是塞缪尔在米里亚姆刚刚跨出前门走到院子里时就沿着西栗树大道走过来了，还是谁也没有认出来塞缪尔。塞缪尔的高中毕业照片已经与所有人分享。大家几个星期前还仔细研究过这张照片。

院子里坐着两个全副武装的保镖，他们唯一的职责就是要阻止这件事。想到这里，巴尔的摩警察局谋杀案小组资历最深、身材魁梧、大腹便便的侦探不禁暂时将手中的笔放在凌乱的办公桌上，用拇指和食指挤压了一下他紧闭的眼睑。两名雇来的保镖、家中的母亲和一个年幼的孩子都在院子里，大家都知道男孩被释放了——而男孩却像一个不相干的人一样径直走进他们的院子里。

当警方事后询问时，米里亚姆认为她不可能看到塞缪尔。谋杀案小组测算出米里亚姆距离塞缪尔一定不到100米。

[①] 原文此处为英文 Homicide，BCPD。

周六晚上九点刚过,米里亚姆和丹妮拉一起走到院子里,坐进她的车里,送丽贝卡去参加聚会。时间是傍晚,但是街上灯火通明。大肚子的侦探在他的现场重建中得出一个结论,即当塞缪尔沿着平缓的山坡从同一个世界素菜馆和本德尔餐馆的方向走过来时,米里亚姆很可能站在正对着大街的车库前。本德尔的夜班员工还记得塞缪尔,因为他停下来买了一瓶葡萄酒。收银收据上显示的时间是**晚上9:09,祝您有美好的一天!**①

这就是警察的结论:米里亚姆看到了塞缪尔,但并不认为她所看到的有多重要。霍姆伍德校区就在附近,同样年龄的学生经常在这座房子附近走动。男孩在外观上也没有什么引人注目的。

米里亚姆坚决拒绝相信警察的理论。大肚子侦探认为这是可以理解的。

对侦探来说更大的谜团是,其中一名保安迈克·巴德克也没有在自己的车里看到任何人。大肚子侦探理解一个没有受过专门培训的中年妇女缺乏仔细的观察力,但是巴德克的情况在侦探看来很奇怪。那天晚上,当塞缪尔步行——显然是从灰狗公司海恩斯街上的汽车站方向走着过来——在没有受到任何阻拦的情况下朝着查耶夫斯基家的房子走来,而全副武装、经验丰富、训练有素的迈克·巴德克正坐在他面对塞缪尔过来方向的车里。

安全官迈克·巴德克也觉得侦探所描述的情况很奇怪。巴德克应该肯定会看到这个目标人物。这个人不可能在那个时间沿着西栗树大道走下来。"迈克在这行已经做了15年

---

① 原文此处为英文 Have a nice day!

了，你明白吧？"

"是的。"

大肚子侦探明白了。他很了解迈克的工作经历，因为他们是在巴尔的摩警察局以前的同事。他们仍然不时地在专业的场合上碰面。

由于工作性质，正如迈克向大肚子侦探有点激动地解释的那样，专业人士身上都会生成一种"私人雷达"。专业人员会不断扫描周边的环境，即使是在他没有特意这样做的时候。

这也许是真的。大肚侦探不想在当时的情况下再激化这个故事。

然而，迈克的手机通话记录里却显示了为什么迈克没有看到塞缪尔。周五晚上，大肚侦探在欧绍奈西酒吧因为这一洞察而受到奖励。谋杀案小组的队长斯坦利·哈珀在招待大肚侦探喝完一杯黑麦威士忌后再喝一杯纳蒂·波啤酒时，听说了他从迈克的通话记录中调出的有关信息。

当塞缪尔走向查耶夫斯基家的房子时显然是先经过了他的车，当时安全官迈克·巴德克正弓着身子两眼泪汪汪地盯着自己的手机。大肚侦探获得法院的批准检查了手机的储存，从中可以清楚地看出，迈克·巴德克花了4分钟在手机上浏览金莺队对阵红袜队的信息，然后又用了3分钟试图预订下一场金莺队的比赛门票。由于迈克无法订到票，他又在网上拍卖行中花了7分钟搜寻门票。这段时间远远超过了塞缪尔到达的时间。

而道格却很清楚地看到了塞缪尔。道格·克拉波特金在东费耶特街警察局告诉大肚侦探说，他记得他在车里将目光从杂志上移去时，看到一个留着普通长卷发的人拖着步子很放松地沿着大街走来。道格记得自己当时还在想这可是一个英俊帅气的宽肩哥们。然而，当时道格已经将车的引擎发动，他们正要出发，而道格的工作就是等着葛德伯格·查耶夫斯基女士的混合动力雅阁车开动之后紧随其后。道格没有想到，一个走在街上的人可能会带来麻烦，相反，道格却记得他在想自己是否有时间在值班结束前把车洗洗。

迈克·巴德克和道格·克拉波特金作为负责查耶夫斯基一家安全的专职人员的表现，在谋杀案小组的侦探中引起了一阵嘲弄的笑声。周五晚上他们在欧绍奈西酒吧的吧台上非正式地计算着查耶夫斯基一家总共支付了多少钱，以便安全专家道格·克拉波特金和迈克·巴德克在整个春天都坐在自己的车里，却在关键时刻浏览棒球比分和思考给汽车打蜡的事。

谋杀案小组中的所有人都认识克拉波特金和巴德克。他们以前都是巴尔的摩警察局的同事。每当看到有人离开局里去私人部门做事时总是会引起某种嫉妒的心理。人们总是会把私人部门想象成比实际上更赚钱的地方。也许正是在这种肥沃的温床上才会孕育这种小小但又不可抗拒的幸灾乐祸的萌芽。每一个被拴在局里做着那些老套工作而收入又很微薄的基层警察，看到那些不屑于在局里做基层工作的前同事在私人部门把自己昂贵的小鞋尿湿，或把工作搞砸，他们都会感到阵阵窃喜。

然而在欧绍奈西酒吧中，引发爱尔兰-波兰-巴尔的摩式最大哄笑声的是，尽管道格和迈克通常都是轮班守护在那里，但是在那个关键的晚上他们俩却同时都在岗位上。当塞缪尔到达时，他们俩都在现场，但是他们谁都没有意识到他是谁。对这个细节，即使是巴尔的摩警察局谋杀案小组一贯为人拘谨的哈珀队长也不禁有分寸地笑了一下。他早早地就离开了酒吧，他喝酒从来不超过一杯。

午夜前不久，当三声枪响——连续两声急速的枪响，过了一会儿是第三声——在查耶夫斯基家住宅所在的西栗树大道505号临街的石墙上回荡时，受雇负责这家人安全的安全专家道格·克拉波特金正坐在城里另一边自己的车里。即在同一时刻，时间在23:35（估计），当枪声响起时，据安全专家道格·克拉波特金所称正在一家私人住宅前吃鸡肉汉堡，住宅里他负责的那家人的女儿丽贝卡·查耶夫斯基正在享用大麻产品（少量的）和起泡酒（大量的）。从丽贝卡·查耶夫斯基的叙述中可以看出，当晚在道格守护的这个地址上发生的最具戏剧性的事件是，丽贝卡与她最好的朋友阿曼达·格林沃尔德之间就有关流行音乐问题发生了争吵。

正如有人在欧绍奈西酒吧点了巴斯大扎啤酒时所指出的那样，高薪聘请的安全专家克拉波特金也许更需要待在另一个地方。

持有芬兰护照的21岁的塞缪尔·海依诺宁，在道格和本德尔餐馆上晚班的人从西栗树大道上看到他15分钟后以及在他按响门铃之前都做了什么，大肚侦探在他所写的报告中只字未提。也许塞缪尔不确定地址，一开始走错了路。也许他在最后一刻开始有点犹豫，待在街上犹豫不决。也许他想确定驶离院子的小汽车与后面跟着的两辆配有深色玻璃的大一点儿的车走得足够远。也许海依诺宁在走到门口之前先观察了一会儿房子。

但这只是猜测。谋杀案小组的大肚侦探宁愿不在报告中记录无法用事实证明的内容。

来自巴尔的摩警察局谋杀案小组的大肚侦探并没有对幸存者这样说,因为他不想加剧他们的负罪感,但他也认为很明显的是,如果迈克·巴德克和道格·克拉波特金在事件发生时在查耶夫斯基家庭所在的西栗树大道505号值守,那么这一切都会以不同的方式结束。

只给你的特别价格

美国马里兰州巴尔的摩市

当门铃响起的时候，乔感觉似乎整个晚上没有一件事是正常的。他很难说这是因为什么：在过去几周里，他每天晚上都是按照同样的方式独自待在家里。

他首先从 iAm 装置上寻求对这种感觉的解释，即他不再习惯于面前没有几十个屏幕和媒体的生活。但是不知出于什么原因，这尽管有可能加重了他的这种奇怪的感觉，但显然不是问题的答案。

他曾多次想到，在某种意义上只给女儿们雇用保镖有点好笑。如果发生什么事，他与米里亚姆同样也会很无助。但是雇用4个人会很荒谬。这在经济上也不可行。道格和迈克这几个星期一直坐在那里，无所事事。

当米里亚姆和女儿们一起离开时，一切都还显得同平时一样，都在掌控之中。不用商量就很清楚，米里亚姆要陪着女儿一起去：她要送丽贝卡并参加她的派对，当丹妮拉一起去的时候，米里亚姆和两个女孩中的任何一个都会有一个保镖全程保护。

丽贝卡对自己的派对特意表现得十分冷淡，但是乔已经提前几周就看到了这个话题是如何被议论得沸沸扬扬的。那个在家里主办聚会的男孩比丽贝卡大两岁，他在姑娘们中间引起了很大的轰动。当然，细节并没有透露给乔，但他注意到，每次当提到这个重要男孩的名字时，丽贝卡和她的闺蜜的声音都会提高八度或压低到耳语。

一切似乎都特意显得像平常一样，当丽贝卡在一团香甜的香水笼罩中来到楼下时，已经比她自己定下的出发时间晚了大约半个小时。聚会早在两个小时之前就已经开始了，但是丽贝卡并不喜欢在活动一开始即抵达的建议。重要的是要表明，她并不认为这个活动有多么重要。

丽贝卡认真画了眼影，她用发胶将自己美丽的长发喷成粘在一起的锥形。她的脸色苍白。坐在沙发上看书的乔感到胸口阵阵刺痛。女儿为此付出这么多努力！要想让别人喜欢自己该是一件多么令人绝望的事啊。而对丽贝卡来说，与那些注定会成功的人在一起她该会有多么轻松啊。他突然想要对自己的女儿说说这些。女儿面前会有所有那些冷冰冰的怀抱，所有那些真正的、能救命的境遇。

米里亚姆站在前厅里，已经把大门打开了。丽贝卡和丹尼拉正在穿鞋，乔看着她们，被女儿们还丝毫意识不到的未来的喜悦和失望感动着。这些年来他们把心都要操碎了！

丽贝卡是那么富有天赋、聪明和多才多艺：这一点乔也突然想大声对她说出来。与青春期的孩子在一起的日常生活是一场持续不断的、紧张的权力之争，最容易的莫过于一场激烈的争吵了。但同时也很明显，他们只是被迫暂时扮演这些不愉快的角色，也许是为了让某个伟大的戏剧成为现实。在表层之下总有一些真实的东西，持久而深刻。他们所有的争吵，包括今天晚上的，在丽贝卡的人格形成上和父女之间亲情的大背景下都是微不足道的旁注，过几年之后就会被淡忘。几年后，丽贝卡将会独自面对世界去自己抗争，那时乔将无须另行商定就可以重新回到他最初作为丽贝卡盟友的位置。丹妮拉带着她那一头卷发和真诚、大大咧咧、处事简单的性格，一切对她来说都会更容易——这一点出于某种缘故大家都很清楚。乔没有完全搞明白的是，为什么这个家庭的长子长女在家庭以外要经历一条更为艰难的道路，而为什么幼子幼女就能以较小的代价一路走过去，但情况就是这样。丽贝卡对自己的每一场斗争都会认真对待，对每一个挑战都会像一生的使命那样去面对，这就是为什么她会走得更远，出于同样的原因，这条路对她来说也会很艰难。而丹妮拉则在不知不觉中跌跌撞撞地随便走到哪里，也不知会让自己心碎多少次，因为她不会保护自己免受任何伤害。在所有的这些方面乔都想给予她们动力和鼓励，保护她们免受伤害，这些他都能在自己的身上感觉到。也许在客厅里他早就想着播放的卢·里德的《纽约》专辑，更增加了他的这种感动之情。

他刚刚走到前厅，想找一些话来概括地表达一下自己的感情，从而不要让女儿们感到窘迫。但是他还没来得及开口，就听到丽贝卡说：

"这是什么哞哞叫声啊。"

"太**可怕**了。"丹妮拉说，发出呕吐的声音。

乔微笑着拥抱了两个女儿，尽管丽贝卡有点不大情愿，乔在想自己和米里亚姆并不是这个世界上唯一一对离婚的夫妻，而他也并没有因此失去自己的女儿。

情况可能会变得更糟。乔与米里亚姆的谈话以一种成年人的方式平静地进行着。在做出离婚决定后，他们或许能够再次客观冷静地对待彼此。

很难说是为什么，但是当乔看着前厅里的家人时，他突然感到再清楚不过的是，一切都会好起来。不管罪犯中的一个是否获释，他们都会平安度过这一劫，而他们已经度过了。

可是接着前门就关上了，米里亚姆和姑娘们都走了。

女人们离开后只剩下了乔一个人，这时一种奇怪的感觉马上从不知什么地方袭来。

乔不相信任何超感官的能力或预感，但是在米里亚姆和姑娘们离开后，不知什么原因，他感知有什么事情不对劲。但是他却无法更准确地抓住这种感觉，他最终将其归结于压力和疲劳。他昨晚和米里亚姆谈过了，就分居达成协议：这足以让他有一种很奇怪的感觉。

米里亚姆没有别的男人。米里亚姆只是想把事情想清楚。她最终承认确实有一个人，她说乔不认识他。乔马上就知道那个人是谁，他是米里亚姆系里的一个同事。他们在一次聚会上相互认识，那个男人和米里亚姆说话的样子给乔留下了印象。米里亚姆在晚餐桌上通过她的手机小屏幕对着他微笑。

不过米里亚姆强调，这个男人对他们现在的状况没有任何影响。米里亚姆和他没有任何关系，没有性关系，也没有其他关系，米里亚姆也不打算和他开始那样的关系。至少目前不会。

但是这个男人让米里亚姆看到了她可以和另外一个人之间会有多少共同点，米里亚姆和乔之间以前或许也有一些共同之处，但现在不清楚还剩下多少。这个男人让米里亚姆对在社会上施加影响产生了兴趣，或者使她至少开始考虑这种可能性。据说米里亚姆正巧具备搞政治所需的技能：分析型思考能力、足够的生活经验、善于鼓舞人心、不可抗拒的激情，甚至是狂热。还有拿得出手、可以信赖的外表。

但是正如已经说过的那样，目前还不必得出任何更确切的结论。米里亚姆想要有一些考虑的时间，她要有自己的空间。

作为一种解决方案，分居感觉会很自然，乔甚至不会有任何受到伤害的感觉。也许他只是还没有意识到发生了什么。这之后，当他第一次看到米里亚姆被另一个男人拥在怀里时，他突然间就明白了。

好像有什么东西的位置放得不对，是别的什么东西。他独自一人在厨房里吃着金枪鱼沙拉三明治，这时他完全违反常识地感觉到自己现在必须离开家里。电扇在楼梯下面发出很大的声音，在窗户后潮湿的黑暗中突然显现出某种最终的东西。

这种想法根本就不应该出现在他的脑子里。

他从窗户里只能看到自己的影像，当然，这说明有人可能穿着深色衣服正站在外面看着他。

他强迫自己吃完剩下的面包，同时浏览着《纽约时报》的社论页面。他忽然想到要关上灯，这样从外面就看不到里面了，但是一个人坐在黑暗中似乎并不是一个好主意。

他正要把空的金枪鱼罐头扔进垃圾桶并把软筒蛋黄酱放回冰箱时，门铃响了。他停在原地没有动。已经是晚上了，而且他也不知道有人要过来。

他的全身都能感觉到心脏在跳动。

他独自一个人在家里，没有保镖，有人曾试图要弄瞎他的女儿，肇事者仍逍遥法外，但是在他家门口的只是很普通的一个人。邻居过来借一些糖用。童子军的小姑娘在兜售巧克力饼干。

他的手掌湿了。他的思绪跑到了前门,大门是否锁好了。姑娘们是最后离开的,但是乔还留在屋里。第二把锁通常都是在夜里锁上。第一把锁即基本锁,一个有经验的人能在分分钟内打开。

3年来没有一个邻居来借过糖。

也从来没有一个童子军姑娘来过。

那个人站在外面的黑暗中,专门等到只有他一个人的时候,等到米里亚姆和姑娘们肯定已经走得足够远的时候,才按响了门铃。当乔意识到这一切将如何发生时,就像一根冰冷的针刺穿了他的心。

这就是那个人要对他做的。

这就是这些人想要的,迫使他们去品尝自己的苦药。乔突然想起了他有一次在一个名叫**争取自由的斗争**![1]栏目上读到的东西:在某些恐怖分子的小单元里,据说失血在投票中被选为杀害乔和他的同事们的首要手段。男孩会很平静、克制,但是他的微笑像是一个失去理智的人,他想平静地看着乔流血而死。失血,通过放血杀死活体实验动物。特别建议如果不想在肌体组织中留下任何用于结束生命的化学品残留时使用。

这一切一直都是针对他的。包裹也是发给他的,因为寄给女孩们收,对他的伤害会比任何人针对他本人造成的伤害更大。现在轮到他了。

门铃又响了。

---

[1] 原文此处为英文 Fight For Freedom!

他已经按了口袋里的红色按钮3次——这毫无用处，因为迈克和道格已经在它的覆盖范围之外好几公里了——这时，3个不同的想法几乎同时闪现在他的脑海中：生存的机遇像电流一样穿过他的整个身体、地下室的门和手机。

而首先是：古董柜子。

在几分之一秒的时间里，他在心里把所有3个选项都过了一遍。通过地下室可以从后门出去。他可以从那里悄悄溜到街上。他必须跑得尽可能快，但愿能够跑得比杀手快。最大的问题是院门。虽然地下室的门在后院一侧，但是如果不使用院门，就没有别的出口。院门从地下室门的角度看就在院子的右侧，如果从院门跑出去，他很难也实际上不可能不被站在前门的人发现。

他不想和一个20岁的、身体血管中奔腾着积累了一生的肾上腺素的人赛跑。

门铃又响了，这回是两次，很急切。

他悄悄地向古董柜子走去。应该先把它打开，然后——他真的能向一个人开枪吗？能。当然能。但是，非到万不得已时他是不会这样做的。除非杀手砸破大门，或从窗户闯进来。电话：应该拨打911，等待巡警，并希望男孩不要在那期间砸破门、砸碎窗户。

他的心就像一匹脱缰的野马，房间似乎在旋转。那部手机到底放在哪里了？当他在前厅的桌子上摸来摸去时，他的手在颤抖，桌子上胡乱堆放着不能用的圆珠笔、没有用的收据和硬币。这就是他生命即将结束的地方，由于自己的痴呆他不记得把手机放在哪里了。

厨房的桌子。

他穿着被汗水浸透的衬衫从前厅冲到厨房里，尽管房子里面因为有空调而温度很低,但是他却连想都没有想到,再过一会儿这根稻草也要被人剥夺。他看到了手机,并已经伸出手去拿它。当它突然在桌子上颤动着发出响声时,他差一点儿就要叫出声来了。手机在桌面上震动着转着圈,声音在厨房桌面、墙壁和橱柜底部形成的回声中产生共鸣。振动声在手机发出铃声的背景中就像杜宾犬一样低吼着。

乔盯着手机。他想:这个男孩想出了通过自己打电话来占用这条线的主意。

只剩下最后一个选择。当乔从冰箱上面蓝色芬兰玻璃花瓶中摸到了钥匙的同时,他开始了一笔交易。当电话响起时,他送给死亡他所拥有的一切:如果他能活下去,他会放弃工作。他会放弃自己与异性的关系,包括今后的关系。他会给予米里亚姆自己的生活、一个新的给人带来微笑的男人和令人惊讶的、错误的政治生涯。如果他能活下去,他会放弃他所有的财产。他会开始与他的同事们谈论动物的权利,他会用自己的一生去思考在不牺牲任何生物的情况下能解决哪些问题。这是一个很好的提议,死亡女神,你知道这有多好吗!世界上没有任何人会有这样的资质、可信度和能力谈论这个话题,没有比这更好的皈依者了,这样的提议也不会有第二次!特别的价格,只给你。①

在几秒钟的时间内,能出价如此之多,谈判能进行得如此彻底。

只有一点他不会同意。

只有一点他不会让死神冰冷的魔爪染指。

当他拒绝的那一刻——他始终知道最后的讨价还价即

---

① 原文此处为英文 Special price, just for you。

将到来，知道在此之前的一切都只是热身、闲聊①和在死亡集市上的茶歇——他知道游戏已经结束了。因为这就是死神所要得到的。死神一直只想得到这个。

只有丽贝卡和丹妮拉有这样的资格。

他的门框上没有用血迹标注过，他不用将长子送给死神，因此他应该把女儿送给死神。为了使对称性显得完美，不属于他的长子代表死神来接他的女儿们。

手机铃声没有再响。

乔没有惊慌失措，因为他知道过几分钟后它会再次响起。果然如此，就在他走到奶奶的古董柜子前用钥匙把它打开之后。刚才的恐慌消失了，钥匙毫不费力地插进了锁里。僵硬的锁先是不配合，柜子的门也从第二个合页处掉了下来。而就在乔将那把上了膛的沉甸甸的短筒左轮手枪从抽屉里取出，握在手掌里时，手机又响了起来。手枪很重，甚至比他记忆中的样子更适合他的手掌。

乔手里拿着一把上了膛的左轮手枪，走回厨房，拿起桌子上狂响的手机。

谈判已经结束。接一下电话也无妨。

从打开窗户飘到室内带有甜美土壤香味的夏日傍晚所发出的唯一信息是清晰的。即使躲过了这一劫，也会有新的。当他出去扔垃圾时，当他傍晚下班回家时，男孩会拿着刀从阴影中走出来，用他那戴着黑色手套的手卡住他的脖子。如果不是今天，就是明天。这个问题必须得到解决。

当他按下手机上的接听按钮时，他神奇而清晰地看到，

---

① 原文此处为英文 small-talks。

如果他能存活下去,在剩下的这些年头里他还能做些什么。为什么他要一辈子都坐在那个沉闷的房间里,在那个局促狭窄的系里?他本可以做任何事情,却在一台电脑前浪费着自己的生命,起草那些被埋葬在数百万张类似纸片中的文件。没有一个研究成果会有任何重要的意义。重复测量应用的F-检测值,其p值小于0.05,相对于坐在腿上的女儿来讲。

"喂。"

从线路的另一端听不到任何声音。乔现在感到自己已经完全平静下来了。没有恐慌,没有末日的感觉,什么都没有。他唯一感到失望的是,这一切最终都将以这样的方式结束。

他听到一个低沉的男声在电话里说:

"喂?"

有些事情显然与他所想象的不同。

"约瑟夫·查耶夫斯基?"

"是的,是我。"

"你好。我是……"

这一次他还是没有能够听清楚名字,这是由于对方的口音,斯堪的纳维亚人单独发元音的奇怪方式,每次都小心翼翼地把每个元音都当作单独的存在来尊重。他和阿莉娜曾经那么精心地想找到一个对两种语言都适用的名字!当乔过了一会儿意识到来电者是谁时,他对这段回忆感到很惊讶。同样,就像乔一直在期待着这个打来电话的人,他在电话里却听不出来打电话的人是谁。不过这一点也是乔过了一会儿才想到的:现在电话里只有那个奇怪的自我介绍,一个他无法弄清楚的名字。

"对不起?"

他的心在狂跳,事情就这样结束了。这一次当男子的声音说出自己的名字时他听明白了。塞缪尔·海依诺宁,乔听到那个男人的声音由于不确定而游移不定。男人一定在猜想还需要一个解释:

"阿莉娜·海依诺宁是我的母亲。"

有些东西与乔的想象不同。一个男人的声音,以及他是谁:一个自信、身材高大、习惯于接纳世界的人。

"你能过来开一下门吗?拜托了[①]。"

"对不起?"乔脱口而出。

"我在前门呢。"

这个男性声音里带有的某种不言而喻的权威和简单明了的直率让他按照所要求的去做。就像在梦中一样,他手里拿着一把上了膛的左轮手枪走向前门。当他走到门口时,乔·查耶夫斯基把手放在门把手上,自愿地打开锁闩,为被他遗弃、现在过来杀他的儿子打开了门。

---

① 原文此处为英文 Please。

亲爱的，这里是巴尔的摩
美国马里兰州巴尔的摩市

他从来没有想过，当前门打开时，他会直接面对一把上了膛的左轮手枪枪管。

早在那天下午，当塞缪尔抵达巴尔的摩市海恩斯街那个脏兮兮的白色混凝土长途汽车站时，他的心就一直跳个不停。突然之间他宁愿付出任何代价，只要能够留在灰狗巴士热汗淋漓的怀抱里。当他在长途汽车上坐了足足几天几夜不再想要离开时，本来并不舒服的坐椅反倒变成了温暖的安全巢穴。他想继续向南旅行，回到西部，去加利福尼亚，去任何地方都行。

然而，巴尔的摩却是这条线路的终点站。他不得不在柏油地面上蹦跳着以松弛一下麻木的肢体，然后冒险进入一个小车站，那里可以嗅到不平等和未实现的梦想的味道。美国人的贫困看起来与芬兰人的贫困不同：有着更深层、更不合理、更具终结意义的东西。这似乎也是在一个阴天的傍晚从这个肮脏的车站发出的信息——他并不应该到这里来。

法庭诉讼被证明是一个极端正式与不拘形式场合的奇怪组合。法官和律师们彼此认识，显然他们经常在这种场合定期见面，只有文件中的姓名和细节发生了变化。这种感觉就像是去看牙医一般,人们透过自己的惊恐会意识到,这一切对于这些人来说都司空见惯。这既让人感到松了一口气——他们一定知道自己是在做什么——但是这也让人感到紧张。他们不会对最糟糕的腐烂牙巢有任何感同身受的感觉。当什么都做不了时,他们仍然会去吃午饭。

特别是法官的放松和没有生疏感令人感到惊讶。当然,法官每天都会与罪犯打交道,也许对此已经不再有什么感觉了。法官似乎是一个聪明、知识渊博但又厌倦犯罪的女人,她熟悉法律条文,但也懒得主动提出任何东西。也许她喜欢用讥讽来调侃她要说的每一句话。

当有关破坏性装置这一部分进入庭审环节时,法官眼睛看着检察官,就像一个见多识广的母亲终于有一次也碰到了意想不到的事情一样。塞缪尔感到自己如芒在刺、毛骨悚然:他们竟然会放他自由。法官告诉检察官:

"你一定是在跟我开玩笑[1]。你不可能是认真的。"

塞缪尔知道有罪的感觉就像霓虹色彩一样在他的脸上闪耀。检察官也在看着他:我知道是你干的。甚至在法官的结案陈词——以文字和诸如此类的东西[2]结尾——结束之前,律师们就开始整理他们的文件了。大厅里的每一个人都已经在他们的脑海中转向下一个案子,下一个殴打妻子的案件、青少年枪击案。

检察官从大厅门口快速瞥了一眼,并不是那个塞缪尔所期待的曾在校园里被羞辱的暴力男孩的目光:等到下次老师看不到的时候再说。相反,检察官心情很好地与同事聊着天,只是心不在焉地回头看了一眼。

---

[1] 原文此处为英文 You must be kidding me。

[2] 原文此处为英文 and that sort of thing。

幸运的是,动物活动分子几乎总是在做出自我保证的情况下被释放,即自保释放①。即使是一小笔保释金也会酿成一场悲剧。在过去的3个月里,他一直是在依靠泰勒微薄的遗产收入生活。这也逐渐给他们的友谊增加了负担。他不得不一直思考这样做是否足够有益,是否仍然很公正。他还记得在波特兰时,有一天早上他从一家酒店走进餐厅,却没有想到早餐并不包含在房价内。他身上带的钱甚至都不够支付菜单上最便宜的选项——玉米片。假如他能够有片刻时间除了内心的压力去想一想其他什么事——上帝啊,他都去做了些什么——他会为不得不道歉并在一个身着黑色服装和白色围裙的侍者困惑的目光下,从丝绸般柔软的白色桌布和皮质封皮的菜单旁站起来而感到尴尬不已。

在真正的监狱里待了一个晚上就会带来一种健康的尺度感。金钱不过是金钱。

当隔壁牢房里的那个家伙在半夜里呻吟时,他有时会确信他会死去。在另外一侧躺着一个粗壮的黑人男子,他的手臂上有一处已经发炎的刀刺伤口和看起来很糟糕的肿胀的双脚,那些关于牢房里到处扔着装满了粪便的牛奶盒和监狱看守将毒品、武器藏到衣服里带给帮派头目的故事,所有这些让他很快意识到自己从未想过囚犯不得不在什么样的条件下生活——思考一下这些也符合自己的利益。

受牢房里的所见所闻和体内流动的肾上腺素及睡眠不足的影响,庭审在他看来很不真实。从夜里开始并在法庭上不断加重的恶心不适感在灰狗大巴车上也没有得到好转,尽管他不顾一路颠簸和难受的姿势在头12个小时里像木头

---

① 原文此处为英文 released OR,即 released own recognizance。

一样头靠着窗户睡了一觉。

出狱后他迅速在一家网吧里查看了在芬兰都写了些什么,基本什么都没有。这位环保活动分子在芬兰境外的活动并不令人感兴趣。也许要等到哪天他被枪毙了,他忽然想到。他想起了当要求对他进行新的调查时人们在芬兰都写了什么,这一次是涉嫌证券犯罪,因为他在自己的博客上写到,帕金菲尔德公司的股价处于螺旋式下跌并预测整个公司将会倒闭。

他试图操纵股价,调查请示报告中如是说。

据报纸报道,是泰勒利用了他:他是多么喜欢主流报纸的那些编辑啊,他们是无所不知的智者,没有任何隐藏的动机会藏在黑暗中而不被他们察觉,没有任何社会弊端会得不到纠正。

幸运的是他还是做了一些事情,他在一生中第一千次这样想:否则他会发疯的。在阅读《战争与和平》这部小说时——为了在长途汽车旅行中作为英语的便携读物,他买了第一卷——他强烈地认同其中一位主角,并感觉突然之间就明白了自己是谁,又是什么样子:其中一位公爵对社交圈和舞会感到非常厌倦,以至于他认为去打仗是一种解脱。

这里就是他最终到达的地方,要来完成这件事,对此他有时还会停下来感到纳闷,这种感觉似乎出奇地自然。相反,他以前在芬兰的一些朋友的生活和言论看起来似乎并不真实。但是原因在他身上,而不在他们身上:他在这里显得很不正常,在自然的生命周期中往前跳跃了几十年。母亲曾经声称,从他的眼睛里看到的是一个50多岁人的目光。

当他走向巴尔的摩长途汽车站的主要出口并从大门走出去时，塞缪尔觉得自己的肚子里长着一棵有毒的仙人掌。潮湿的空气如同暖房里的热气一般像抹布一样砸到他的脸上。车站位于离市中心稍远一些的地方。这个地区按照当地的标准并非不安全，但是其中以及在稍远处的不夜城的悸动与嗡嗡声中似乎有什么东西令人感到不安。天很快就要黑了。

他看着空荡荡的停车场四周停着的一排排黄色的美国出租车，想起了裤子前口袋里皱巴巴的10美元。他把钱存放在那里，以免不小心浪费在食物上。乘坐出租车的诱惑出奇地强烈，但是一张到巴尔的摩的长途车票、在路上买的谷物棒、水果和偶尔的三明治已经吞噬了最后的资金。此外，10美元肯定也是不够的。

假如只有一点点钱，即使只是不时地有一点儿，很多事情该会有多么容易啊。

他很难不去想接下来会发生什么。随着几个昼夜乘坐和换乘3辆不同大巴的旅程的延续，与父亲相关的记忆就如同越来越强烈的波涛一般迎面涌来。当他很不舒服地坐在上下颠簸的长途汽车上，穿过中西部龙卷风地区并经过银光闪闪的五大湖区驶向东海岸时，他感到那种压迫感正在逐渐从腹部和胸部向上移动。

当他终于在旅程结束前的最后一段从长途汽车上迈着僵直、酸痛的双脚，忍着脖子的疼痛走下来时，他明显感到喉咙里有一块什么东西。他想起了自己4岁时为爸爸画的丛林画、狮子和豹子，那是他成年后从壁橱最上面一格发现的，是妈妈把它们收藏在那里的。他已经对这些画没有印象了，然而，同样蜥蜴般的直觉，使他能够将事物彼此联系起来，并立即告诉他那些是谁画的以及为什么。他精心绘制的全幅画页加在一起有几百张。他似乎甚至能够在每张画的上方写上**爸爸**①，尽管最后一个"D"字母写反了。

这些字母都是妈妈教的，但是妈妈却从未把这些绘画寄给爸爸，这起初似乎让他感到十分困惑和悲伤，后来又感到可以理解，再后来就是不可思议，最后就是所有这些感觉的总汇。

当他换乘另一辆长途车把奇特而不可思议的纽约市甩在后面，沿着泽西收费公路向南急驶，穿过建立在宾夕法尼亚州肮脏田野中的工业区之后，他明显感觉来这里是一个错误。

在剩下的旅程中，他设法将这种感觉掩埋在他认为是实际的担忧之下——在哪里可以获得地图？大巴会停在巴尔的摩的什么地方？——但是现在站在巴尔的摩长途汽车站肮脏的院子里，那种感觉又更加强烈地回来了。这一切都将会很糟糕。

炎热的夏日午后正在转向傍晚，茶色的太阳光在柏油路面上形成了长长的阴影。

他在想什么？

他将眼睛闭上了一会儿。

现在已经不能再回头了。

别忘了呼吸。现在要做的就是这件事。在脑海中敲定了这个决定之后，他发现自己立即转过身去，慢腾腾地回到男洗手间，只是为了拖延一下不可避免的事情。

到这里来是一个错误，塞缪尔站在铺着深色瓷砖、散

---

① 原文此处为英文 DAD。

发出尿液和洗涤剂味道的厕所里，越来越坚定地这样想。我应该不去管它。当长途汽车在特拉华州北部的某个偏僻地方摇晃时，他曾感受到同样的强烈感觉。当经过通往费城的路口时，当突然之间决定整个后续旅程的巨大深绿色标志牌从道路上方掠过，在车道海洋中根本就不可能及时弄清楚应该沿着哪条匝道去哪里时，那种感觉又在压迫着他的肚子了。他用钦佩的目光看着大巴司机想都不用想就知道往哪里驾驶他的大巴车。

他盯着白瓷砖池子，意识到自己以前也曾有过这种感觉——突然之间自己的整个生活似乎一文不值，所追求的一切都没有了意义。这种感觉总是会在他为某件重要的事情做了长期准备而终于要实现的时候出现。

他在与斯蒂夫森-布莱尔-盖茨银行的经理见面之前也曾有过同样让他脚底发软的体验。真见鬼！我为什么要这样做，要为这件事准备这么长时间？难道我真的要为此牺牲掉自己的全部生活吗？也许还会因此而入狱，为什么？当他穿着一身新置办的西装步入曼哈顿的商业宫殿时，在经历了所有那些没完没了的采访排练和背景调查之后，一切都在突然之间以同样的方式变得非常清楚，即这一切都是徒劳的。

没有人会相信他们会赢。

塞缪尔的脑子中并没有想过会赢，即使是在史蒂夫森-布莱尔-盖茨银行提出会面的要求时。球门柱已经移动了那么多次，只剩下一个了：真正的那个，我们最终都相信的那一个。

会面的那天早上，纽约的天空一片晴朗，天色蓝得让人吃惊。太阳在摩天大楼之间照耀着,在天空的衬托下,远处一架飞机正在接近拉瓜迪亚机场。在巴尔的摩长途汽车站的卫生间里洗手时,塞缪尔仍然记得有什么东西让他想起了赫尔辛基市中心香肠大厦楼顶上的红色灯板,上面移动显示着股市行情。灯板也许已经被拆除了,但是灯板的用途仍然让他感到惊讶。投资者不可能会去火车站广场检查股价走向,但是为什么要把它们展示在那里,放在最高处?你不可能真的在室外和那么高的地方来关注股市。

直到他和泰勒在曼哈顿的一辆出租车上走下来时,他才突然意识到它们为什么要装在那里:其原因和教堂塔楼顶上的十字架一样。泰勒拍了拍他的肩膀,祝他好运,做给他们看,然后在街上等着他。

对每个人来说都是不言而喻的,只有塞缪尔一个人去参加会面。一切都源于他的比格犬照片,根据短信人们在银行里期待的似乎也就是他。他这时已经能够把史蒂夫森-布莱尔-盖茨银行的组织结构图熟记在心了,但是他还是匆忙地从跳蚤市场买了一套西装穿上。他后来想,如果他知道自己已经赢了,他就会穿着连帽衫去。

当他穿着皱巴巴的深色西装乘坐电梯到达这座玻璃外墙银行的顶层时,他在脑海中回顾了他们所提要求的核心要点,这些要求是在通宵的紧急碰头会上决定的。他以闪电般的速度最后复习了一遍他的开场白以及与银行经理商定的基本游戏规则。他还提醒自己,要按他们一起商定的那样,对谈判的底线不能讨价还价。

他深吸了一口气,认为自己现在已经做了能够做的一切。任何人都不可能对他有更多的要求了。正如有人所说的那样,他们同意见面本身就已经是一种成就。

当他被两名警卫引领着走到防弹玻璃门前并介绍给一位他从未见过面但在睡梦中也能认出来的银行经理时，他的心怦怦直跳。这位银行经理40多岁，头发粗壮，彬彬有礼，比根据照片想象的还要矮一些。在这个男人的本性中有什么东西像是甜面点，在塞缪尔看来他的小麦色的皮肤在阳光下几分钟就会燃烧起来。

所有的王牌都在对方手里。当他握住银行经理结实的手时，他还是一个谦逊的少年。他只上过高中，直到几年前他对商业银行或者企业还一无所知。他脚上穿着一双破旧的跑鞋，他的银行账户里甚至没有回家的机票钱。当他跟在银行经理的后面时，听到了他的皮鞋在地板上发出尊贵的嘎吱声，就这样他们一起走进了一个房间，他试图不要让自己事先就显出失败的样子。在那间房间里，只需按一下按钮就可以转移数十亿美元，这清楚地向他展现了在西方民主国家中权力到底掌握在谁的手中。

但是，当那个像甜面点一样柔软、带着须后香水味道的银行经理在用贵重木材制作的谈判桌上交叉着双臂，深吸了一口气，并向塞缪尔发出一个不自信的微笑时，塞缪尔突然意识到他们会赢，而且已经赢了。

"从我们的角度看，情况大体是这样。"银行经理说。

他们不想谈判、批评、讨价还价或者辩解——他们只想不受到打扰。

塞缪尔仍然记得那一刻是他一生中最让他感到满意的时刻之一。银行经理的袖扣在从整面墙大小的窗户洒进来的清晨柔和的阳光下闪闪发光。他感觉自己整个身体内都充满了力量。跷跷板的另一端已经落在了地上，不会再升起了。他轻松而平静地听着银行经理绕着圈子说完要说的话，友好地微笑着。

还在两个月前，史蒂夫森-布莱尔-盖茨银行对他们的每一次联系都不予理睬。

对于生态恐怖分子所取得的结果，我只有一个词回应，帕金菲尔德生命科学国际公司首席执行官在晚间电视采访中说：这是不折不扣的邪恶。

"不折不扣的邪恶。"泰勒说，当他们在泰勒木制房屋客厅的破扶手椅上看到这个报道时。"这不是两个词吗？"

就在同一天下午，所有的电话都响了起来：人们在俄勒冈州各地，沿着华盛顿，从中西部、西海岸、欧洲到巴西各地都在打电话。尽管他们甚至还没有时间更新集团网站上的信息，但每个人都已经听到了。这个消息的传播速度比他们之前在任何竞选活动中鼓吹的消息都要快。每个人都想告诉你，他们听说了，这是真的吗？这真的发生了吗？到底是些什么家伙，到底是什么鬼：你们做到了！我们成功了！我们真的做到了！

这时他自己才最终相信这一点。

在那些不在计划中的掌声和欢叫声中，人们来到泰勒家中，什么也不说上来就搂住他的脖子，凯特琳在人们的欢呼声中在前厅里快速地将一整瓶起泡酒全倒在了塞缪尔的头上，这一切都表明，像这样的成功感和归属感，一个人在一生中只会经历一次。塞缪尔一看到在泰勒独立式住宅院子里有几十个人带着一脸茫然和急迫的表情在等着他们时，他立即就明白了——这确实是真的吗？当他想到这些时他的心还在狂跳。他从未经历过类似的事情，今后也不会了。

655

我们有这么多人，他在心里也曾经这样想过。他们甚至不能把我们所有人都关进监狱。

还有很多力气活要做，但在那之后，每一个电话、每一次访问和每一条信息都让他愈加兴奋。帕金菲尔德公司再也无法获得贷款了。即使是像史蒂夫森－布莱尔－盖茨这样的银行也想要确保自己的后翼而抛弃了帕金菲尔德公司，只是为了能够得到一个承诺摆脱掉塞缪尔和泰勒就行。

这就是权力，这样才能得到权力。

自那之后，一切就都很容易了。史蒂夫森－布莱尔－盖茨银行是规模最大的。在最紧张的最后阶段，他们3个人——塞缪尔、泰勒、凯特琳——有两个星期时间都没有离开笔记本电脑或整栋房子超过半个小时。周六晚上，当世界上其他地方都在开心地玩耍时，当小组里的大多数人都挂上了空挡时——我们赢了！——他们3个人在互联网上更新了活动通知，协调了针对下一批金融家和证券经纪人的电话宣传活动，即粉色名单①和**场外柜台交易系统**②。没有任何理由就此止步。他们继续在美国的华盛顿、加利福尼亚、纽约、宾夕法尼亚及英国和芬兰组织下个月的活动。他们要做的工作还有南极洲大小的冰原那么多，他们要用茶勺、牙签和磨得只剩下一小截的指甲来一一弄碎，一切都必须在今天或本周完成，以便在什么地方出现反击并在致他们于死地之前及时打击下一个目标。必须保持头脑冷静，不要向下看：如果错将工作量或对手的影响力放入大

---

① 原文此处为英文 pink sheet。
② 原文此处为英文缩写 OTCBB，全称是 Over the Counter Bulletin Board，即场外柜台交易系统，能够提供实时股票交易价和交易量的电子报价系统。

脑，那么肢体的力量就会消失。

塞缪尔知道他永远不会忘记在最后冲刺中最较劲的那个夜晚。那天夜里，当最终到了凌晨2点之后，当大家除了午餐吃了三明治、晚餐吃点胡萝卜什么也没有吃，除了上厕所没有任何休息时，凯特琳最终把她的笔记本电脑"啪"的一声合上，冲到床上仰面躺倒，突然大声哭了起来。大家都吓了一跳，担心发生了什么事，是有人死了、生病了还是什么。

最终大家发现，不过是太疲惫了。

"这也是生活！"

"你可别说。"

"我再也受不了啦！我可再也受不了啦。"

"去睡觉吧！凯特琳！"

"我真的必须要完成那一页纸，因为伙计们在早上的第一件事就是要开始去找，他们需要去哪里——"

"凯特琳！快去睡吧！"

"很快这就要结束了。再有几个星期。"

"没错。我们需要你。要活着的。去睡觉吧。"

在斗争结束前最艰难的最后一次冲击波中，谁都不用再说什么会让别人崩溃的话，失眠把每个人都带到了歇斯底里的边缘，什么人啊、思想或者情绪啊都一概不存在了，剩下的只有战役、只有目标，每一分钟要么被用好要么被失去，他们一定要赢。

如果有人甚至要为此出钱也行。即使是最低工资的一半：也够买份通心粉了。

这是凯特琳说的。他们的造势活动如此有效，因此他们永远不会得到原谅。塞缪尔认为凯特琳是偏执狂，正如他告诉泰勒的那样：当局不能把来自不同大陆的数千名活动人士都关进监狱，以阻止这场运动。但泰勒看着他。

"也根本不用这样做。"泰勒说。

"为什么呢？"

"关上几个人就足够了。"

塞缪尔直到下午才想起那次谈话，那时联邦特种部队的猛烈撞击声从门廊传来，他们的电脑、报刊和书籍都被装在纸箱里运上警车。直到那时，塞缪尔才意识到凯特琳是什么意思。是他们不会得到原谅，他们3个人。

作为一名环保活动分子，他学到了球门柱是可以移动的。

起初他对此感到非常困惑，他甚至不明白到底发生了什么。在那之后，他生过气，他气馁过，他试图去做生意。

这与人处在悲伤中的各个阶段相同。

情况就是这样。

拥有权力也意味着有权决定球门柱的位置。这是一个惊喜，因为从来没有人大声把它说出来。

球门柱是这样移动的：和平示威首先是合法的。最早在拉雅科斯基研究中心的外面就可以自由地在围栏之外分发传单——甚至告诉大家里面发生了什么。可以从早至晚自由地展示标语牌。但是日子一天天过去，塞缪尔拍摄的视频在互联网上流传。更多的年轻人加入了示威游行，他们有的大声宣泄，有的则愤怒不已，还有的带着大罐的私酿烈性酒。令大家都感到惊讶的是，难道要转达的信息仍然没有被听到吗？

球门柱就是这样移动的：警察不对和平示威者使用辣椒制作的喷雾剂。警方主要通过劝解、指导和敦促的方式来保障公共秩序。他们也确实得到了警察的建议、指导和敦促。出于公共秩序的原因，他们应该离开该地区。

但是为什么呢？

出于公共秩序的原因？让他们离开他们有权进入的公共空间？他们没有占据任何私人空间，他们也没有对任何人造成干扰。塞缪尔很乐于一次又一次地向警察和第二周终于到达现场的媒体讲述这一点。

但是人们要到这里来上班！这里有真正的工作单位。这些都是宝贵的外国投资。有人一再试图向示威者们解释这一点。

尽管这是他们刚刚弄明白的。

情况对首席执行官和整个拉雅科斯基生命科学有限公司来说变得越来越尴尬。为什么警方的劝解和指导并没有促使抗议者明白他们应该离开？一些记者打电话问首席执行官，那个年轻人的帐篷营地仍然在那里吗？而那个标语牌也太有创意了，拉雅科斯基生命欺诈公司。同样的名称还上了电视新闻插播字幕。首席执行官现在不得不给那些他曾在大选之前完全合法和公开支持过的执政党政客频繁地打电话。选举资金本身并不违法，正如首席执行官不得不越来越尴尬地向记者们重申。

这就是球门桩的移动方式：首席执行官很担心。特别让他担心的是年轻人的自身安全。情况可能会失控。在那里可能很快就会陷入非常糟糕的过激行为。而正是年轻人的健康将处于危险之中，他们中的大多数都是正派和聪明的人，但少数人似乎很有攻击性。另外，记者们酷爱那些身着防暴装备、犹如被羞辱的巨型机器人一般僵硬地站在大喊大叫的年轻人面前的照片。

当然,警察也不可能有那么多资源连着几周这样做。

塞缪尔猜想,也许是这些原因,或者部分出于那些从未公开听到过的原因,警察最终不得不行使他们的权力,即在某些情况下诉诸必要的武力来执行公务。正如警察总监在新闻发布会上提醒大家的那样,维护公共秩序和防止可能的犯罪是警方的工作。据此,为了维护公共秩序,警方试图将那些有特别滋扰行为的人驱离现场。

即便在所有的调查和内部审查之后,塞缪尔仍然不清楚那个态度坚定并板着面孔承担事件责任的警察总监,是否知道科霍宁警官和维尔塔宁警官如何决定在最后一个星期天晚上解决从早上开始就出现骚乱的局面。除了信息沟通的不确定性,警察局领导还强调部分示威者已经喝得醉醺醺的了。扰乱秩序行为的威胁是显而易见的,他们不想冒发生事故或出现人身伤害的风险。而且,正如警察局长一再提醒大家的那样,大多数示威者在警察发出号令后都服从地散去了——情况不明的只有这3个人,他们是故意抗拒警察要他们离开的命令。

塞缪尔向警察重申说,示威是合法的,警察猛地拉扯他的手,试图阻止他用手铐将自己锁在自行车的停车架上。这个地方是公众场合。

事后没有人试图否认这一点。

胡椒喷雾是由辣椒中的辣椒素制成的。当塞缪尔站在巴尔的摩长途汽车站的男洗手间里时,他仍然不相信他的同学中会有多少人在听到喷雾瓶对着眼睛充满敌意的咝咝声后还留在原地,再将手腕锁在自行车的金属支架上。他还记得自己如何感受到一双有力的、戴着手套的手抓住他的下巴时强行打开他的眼睑。

但是最重要的是，他还记得他在闭上眼睛之前看到在拉雅科斯基研究中心上的蓝天中升起了巨大的白顶堆积云。当他闭上眼睛后，他仍然能在脑海中看到那些云朵，在他看来它们就像白雪一样，巨大得无法企及。

疼痛是什么？只是中枢神经系统里某些特定通道上的细胞间运动。人们可以像看天空中的云彩一样看着它，而不用认同，不必惊慌。

他意识到他们也必须这样做，他感觉到一股凉凉的液体冲进他的眼睑里面，冰冷的物质慢慢从没有感觉的眼白区域渗到中间的眼瞳部位。当他等待下一秒要开始的灼痛感时，他意识到他们必须要这样做，所以他们必须要让自己变得强硬，这样才能完成他们的工作。

我们所有人都是一样的。我们都在做同样的事情，只是出于相反的原因，他在思考并专注去想那巨大的白云山峰。

一年多后，塞缪尔在巴尔的摩长途车站仍然有兴趣听听他究竟打算在拉雅科斯基停车场从事什么样的犯罪活动，而为了阻止他犯罪必须将辣椒水喷射到他的眼睛里。毫无疑问，现场有个别人喝醉了或者抽了大麻——但你们对在帐篷营地里待了好几个星期的150个青少年要期待些什么？——但他一直都是很清醒的。按照事先商定的，他没有阻碍任何人的通行，而是严格待在人行道边上可以合法站立的地方。当防暴警察用盾牌将他们驱赶到一边时，他们中间有3个人掏出专门为此而购置的手铐，将自己锁在该区域外用螺栓固定在地面平台上的自行车架上。他们要一直把自己锁在那里，直到拉雅科斯基生命科学公司的研究总监承认，在社区媒体上像泡沫一样的两百万芬兰人是不赞成他们进行的实验的。他们要一直把自己锁在那里，直到研究总监承认。现在多亏了塞缪尔，人们已经看到了他们在从事什么样的实验，此事必须要有后续。塞缪尔要一直留在那里，直到他最初唯一的问题有了答案：如果人们意识到这些是什么样的实验并且不再赞成实验时——这些实验难道不应该停止吗？

塞缪尔也很想听听为了阻止什么样的犯罪而必须向他眼睛里喷射一种掺了乙醇的辣椒提取物，其唯一的目的是在不让眼睛受损的情况下尽可能造成更大的痛苦。

塞缪尔仍然记得警察总监那严肃、负责任的官腔。警察总监承认这些指控是严重的。警方肯定会调查是否发生了任何所谓的过度执法行为。

然而，警察总监强调，现在最重要的是不要反应过度。我们所谈论的是一些极端活动分子。毕竟大多数年轻人的行为完全是规规矩矩的。

两名警官中的一名已经获释，另一名被罚了几天款。使用武力被认为是合理的，尽管有些过度。

使用武力的受害者之一是一个涉嫌严重犯罪的人。警察总监在电视上皱着眉头严肃地提醒大家要注意这一点。几秒钟后，世界就忘记发生了什么，转而关注另一个频道上穿着比基尼正在比赛从玻璃罐里夹蜘蛛并发出尖叫的年轻女性。

塞缪尔从卫生间回到长途汽车站的大厅，一个和他同龄的小伙子坐在轮椅上向他点着头。小伙子怀里举着一个用黑笔涂写的瓦楞板标志牌。他把纸板翻过来盖住文字——因为在大厅里不能乞讨——但是当他改变姿势时，从塞缪尔站着的地方可以瞬间看到上面写着：

我是伊拉克战争退伍军人
我很饿
请施以援手

塞缪尔盯着纸牌，想到了警察，那个强行扒开他眼睛的人，以及向他喷洒喷雾剂的人。他想着那几百个论坛上的人，他们没有参加示威活动，但却在社区网站上知道，芬兰不会无缘无故地使用胡椒喷雾。那些从未见过塞缪尔的互联网人也非常肯定地知道，在这种情况下也没有使用过喷雾剂以及为什么塞缪尔要撒谎说发生了这样的事。

坐在轮椅上的小伙子的两条腿都从膝盖以上被截了肢，他的头上反戴着一顶红色的退伍军人协会的帽子。红色的帽子突然让塞缪尔想起了他的狩猎帽，他也同样反戴着他的帽子。帽子现在在哪里，他完全没有概念，这似乎让他有点伤心。

他花了一点儿时间了解西栗园大道离公交车站有多远，以及去那里最便宜的方式是什么。

他一路从俄勒冈州乘车到了这里。

他乘坐长途大巴穿越了10多个州，旅行了3000公里，终于要去见一个他不想面对的人，为的是解决一个最终必须解决的问题。

他被迫坐在人造革长凳上，在一些疲惫的非洲裔美国家庭旁边。这些家庭带着行李和快要散架的大包小包，正在前往弗吉尼亚州、卡罗来纳州、佐治亚州或田纳西州的路上。塞缪尔看着他们，羡慕他们那种平常的、令人疲惫的日常旅行。

塞缪尔意识到自己正在失礼地盯着别人，于是把目光转向了一台已调成静音的电视机。电视机固定在天花板下边。屏幕上一位身穿亮丽黄色夹克的女记者正在采访一位长相严肃的、留着胡子的中年男子，他正在滔滔不绝地长篇大论。在屏幕底部，一排移动文字显示在蓝色的背景上：

哈佛研究专家：VMPFC优化剂导致依赖和痴呆

制药公司承认：VMPFC优化剂是以化学形式改变的酒精

塞缪尔眼睛盯着屏幕但什么也没有看到，然后他闭上眼睛。

从俄勒冈州到这里，旅程与从赫尔辛基到罗马一样。

你到底以为你是谁？有什么人在内心里突然追问到。你认为你可以通过这样做得到什么吗？他一生都在为此做准备，但把这件事做完也无济于事。这件事没有任何意义，他在心里对自己说。

我在我这一生中做过的任何事情都没有任何意义。

当夜幕降临时，巴尔的摩已经把自己弄成了一只受了伤的斗犬的样子，虽然没有迫在眉睫的危险，但前景却是不可预测的。冰冷的广告灯在暮色中闪现着酒精和保释债券①。当走在陌生城市的街道上时，塞缪尔看着一排排漂亮

---

① 原文此处为英文 bail bonds，即美国一种专门向刑事案件中需要保释的被告提供的短期高利贷。

的、用色粉涂成不同色调的联排屋①，在街区尽头转换成彼此分开的贫民窟，还看到一张精英大学的海报，在向志愿试验对象宣传免费戒毒。邋遢狭窄的小巷里凌乱的电线、生锈的垃圾桶和扔在人行道上的垃圾袋没有一点儿掩饰，但在日落之后似乎没有人敢于冒险离开主要街道进入偏僻的小巷。在炎热的夏日傍晚，当闪闪发光的坦克般大小的汽车慢慢驶过，从不透明的车窗后面传出低频、缓慢、有节奏的音乐时，很难猜到穿着衬衫坐在低层楼房一层楼门前的那些人脑子里都在想什么。

当他抵达西栗树大道时，塞缪尔意识到他忘记了什么。幸运的是对面走过来一个遛狗的人可以咨询，来人知道附近有一家熟食店，旁边是一家漂亮的素食餐馆。离开熟食店后，他又停下来了一会儿，在思忖自己是否真的为此做好了准备。

他走在一条安静的街道上，路过富人的独立式住宅小楼，两侧都是高大并透着尊贵的硬乔木。太阳已经落山了，潮湿的黑暗笼罩在城市上空，厚厚得像一条毯子。街道的照明很差，他慢慢地向前走着，试图从阴影中辨别出实际的门牌号。

当他终于找到要找的房子时，他的心跳骤然停了一下。这座独立式住宅楼看起来很新，外表涂成了乳白色，比他想象得更平常、更低调。门廊的两侧种着杜鹃花，黑色的叶子在黑暗中看起来像是塑料一般。

窗户里亮着一盏灯。

塞缪尔意识到自己不由自主地、僵硬地站在原地，便

---

① 原文此处为英文 rowhouse。

强迫自己走向他父亲在美国的家，来到了黑暗门廊。在门口，他尽可能快速并长时间地按着门铃，这样他就没有时间思考了。

起初他以为没有人在家。

他已经按了好几次门铃了。外墙上的铸铁数字是对的，门上的铜牌上写着查耶夫斯基。温暖的夏夜里有一股浓浓的变质味道。暗黑色边缘的乌云低垂着，但雨还没有下来。他又按了一下墙上的白色圆形按钮。隔着墙可以再次听到门铃那柔和的塑料曲调，浑浊但清晰。

房子里面的灯看起来是亮着的。

他最后不得不从口袋里掏出手机。他提前购买的美国语音套餐剩下的通话时间不多了，为防止出现这种情况他特意保留了一些时间。而现在他被迫给自己的父亲打电话，这还是他一生中第一次这样做，这似乎比干掉一家国际上市公司更难，甚至比按自己父亲的门铃还要困难。

电话铃响了很久。仅仅响了几声之后他就不再期待任何人会来接听，但是电话并没有转到语音信箱：当他终于听到手机里一个美国男性说着哈喽时，他感到十分震惊，以至于一开始什么也说不出来。

终于有人接电话了。

当他笨拙地结巴着试图告诉他自己是谁时，他感到自己气都快喘不上来了。他的英语突然变得完全失灵了，尽管他最近刚刚用同一种语言向300人发表了演讲。一般在几句话中可能出现的每一个语法错误，他都犯了。现在，这次会面似乎在各个方面都变得如此绝望和可悲，如果他能够做到的话，他会立即取消所有这一切。在他大脑某个偏僻的边缘，他感觉父亲的声音听起来有些奇怪，但是他又怎么会知道它通常听起来是什么样的。

但是——到底是什么鬼？当他说话时，他突然意识到父亲的声音正在从窗户或房子临街的墙里面清楚地传出来。

父亲一定就在里面。

父亲——在里面，但是却没有开门？他对此感到非常奇怪，以至于他在电话里说话时不时地磕磕绊绊。最后，他终于设法告诉父亲他正站在门口。现在就要发生了：现在就要发生了。

挂掉电话后，他一直站在门口等着。随着时间一分一秒地过去，他开始质疑自己的躁动，即父亲是否明确表示要打开大门，还是他只是自己在想象。他难以回忆起通话的确切内容或者最后的关键几句话。

这些年来，他已经在脑海里想象了数千遍这样的情形：当西栗树大道505号的前门打开后他们最终重逢时，他的感觉会是怎样的。

这个主题有着无数种变化，它们会根据不同的季节、年龄和生活状况而变化。大多数时候，父亲会住在一个古老的双层木房子里，电视剧里那些年轻妖娆的女性就是在这样的房子中从她们的母亲那里继承了魔法力量的。有时父亲是一个身患重病的垂死老人，再也无法从床上爬起来，而是在床上直直地伸着萎缩的手臂，用没有人能再读懂的语音发出乌鸦般的声音。有时父亲会炫耀般地穿着燕尾服站在修剪好的草坪上，为自己举办的大型庭院舞会上邀请的一百位来宾发表超隆重的致酒辞。舞会出于某种原因是在有着纪元风格的欧洲中部的一座城堡的花园中举行的。

但是有一件事没有改变。每次当塞缪尔在按门铃时，他都取得了重要的成就，通常是为了拯救世界的现状而做出一项发明。他突然意识到现在的时间出人意料地符合脚本：他们现在已经赢了，帕金菲尔德公司已经被逐出了纽约证券交易所。

然而，在他无意间书写在脑海中的这些变化中却没有这样的场景：当他父亲家的大门打开时，一个已过中年、身材不高、戴着眼镜的男人在用手枪瞄准他的脸。

当他第一眼看到时，他就明白了那个在他面前站在门垫上、用左轮手枪指着他的中年人不可能是那个与他一起进行过无数次内心搏斗的人——而是一个完全不同的人。尽管他从母亲那里听说父亲现在的情形混乱不堪，尽管他听到母亲在越来越歇斯底里的情绪下在电话里发出要求他返回芬兰的呼吁，但母亲似乎仍然低估了将要发生的一切。

塞缪尔刚刚从波特兰回到尤金时就接到了母亲打来的电话。母亲突然着急得哭了起来，确信他们所说关于他的一切都是真的。

当然，最糟糕的莫过于情况确实如此。对自己所作所为的回忆就像电击一样在他的脑海中掠过。然而，他一直在保护母亲，因为要让母亲来承担这一切是不合理的。他花了20分钟向母亲保证：这些都是谎言，我答应过的，你不记得了吗？我没有做任何违法的事。从来没有。我们大概不会突然为此争来争去，目前阶段还不必。

他通过这样的办法已经让他的母亲冷静下来了。挂断电话后，他感觉自己快要被炸成碎片了。母亲把他想象成一个有道德的、善良的人，这个想法伤透了他的心。

他去干了什么。哦，上帝啊，他都去做了些什么。

最糟糕的是：这一切都发生得那么容易。

他们俩谁都不敢动。

这是他的父亲。

刚才院子里有一只北美鸟,在树上欢快地用一种陌生的音符对着黑暗啼叫,现在陷入了沉默。塞缪尔盯着站在他面前不相信地眯缝着眼睛的这个人。

这是他的父亲。

这是他的父亲。

这是他的父亲。

"哦,你好。"他说,立刻觉得自己像个傻瓜。"我来得不是时候吗?"

"我会开枪的。"

那个男人不习惯地攥着枪,比塞缪尔期待的更用力。

"我保证,"那人用微弱的声音说,"如果有必要,我会开枪的。"

塞缪尔相信他是认真的。这不可能是真的。这就是他的父亲?塞缪尔慢慢地举起手,希望这个姿势能让对方冷静下来。

"让我们……不要那么紧张?"

这个男人看起来也许会仅仅出于愤怒而将枪里所有的子弹都射到他的身上,或者可能扑倒在柏油地面上放声大哭。

他一直期待的是什么,他说不出来。但不是这个,当这个男人在前厅里站在他的面前时,乔意识到。当乔将手中的单发/双发左轮手枪对准了这个站在门口目瞪口呆的年轻高个子卷发男人时,他为手上的颤抖感到羞愧。

他的体验令自己感到如此震惊,以至于他完全没有听到塞缪尔所说的一些话。他对此完全没有准备。

男孩慢慢地举起双手，他看起来非常平静。

"不要走近我。"乔听到自己的声音在说。

"好的，我不走近。"

"我要开枪了。"乔说，很奇怪自己就像是换了一个人似的：我难道变成了现在这个样子了吗？

男孩——那个男人——一动也没有动，但似乎在精神上退缩了。就像担心他那陌生的成年恐怖分子儿子一样，乔意识到他也害怕自己会突然扣动扳机，即使他不想这样做，也会因为这样做起来太容易而走火。为了看一看他是否能做到，为了证明他可以做到。

他感觉不得不开枪打死一个人是很过分的。当然，这是自卫，但仍然感觉很过分。

那个男人举着双手等着，看起来很担心。

现在应该做点什么。能否再给警察打个电话？但是随着慢慢适应，他所有的精神能力进入一个新的、摇摇欲坠的心理状态。那个留着胡子的深肤色的人——乔一直在心里把他想象成一个大男孩——一定是……什么？20岁多一点儿，不到23岁。他看起来更老一些，不是很显年龄，在20岁到30岁的任何年龄。

站在门口的不是那个昔日不到两岁的小孩子，那个现在缺乏自信、被人误解和失去理智的少年，那个他整个春天一直在害怕的人，而是一个富有魅力的指挥伞兵部队的高大男子。这是一个在晚上做了40个引体向上后躺在床铺上放松自己大块背部肌肉的男人，这是一个在体育场举起双臂让10万人做他想做的事情的人。他所要做的就是看着这个男人唤起信任的眼睛，而给警察打电话会显得很可笑。

当然，这就是为什么这个男孩能够做到这一切。他对他们所做的一切，他对其他人所做的一切，据说是将一家合法的、价值10亿美元的公司恐吓出了股市。据说甚至连投资者都不敢再让自己暴露在这些仇恨煽动者的面前。

"是否有可能把那个东西收起来？"

男人皱着眉头担心地向那个闪着金属光泽的物件点了一下头，这个物件在乔的手中感觉越来越重，越来越不稳定。这个男人看起来不像是一个充满邪恶的人，但是一个那样的人应该会是什么样子呢？人也不可能长出角来，即使他出卖了自己的灵魂。

乔盯着他。

他想扔掉枪，对着男孩大吼，去下地狱吧。有什么东西现在好像位置不对，是什么？乔不得不好好思考，直到他意识到这个超现实的、似曾相识的感觉，甚至被欺骗的感觉到底来自哪里。最后他终于他明白了。

扎伊德[①]。

他要射杀的是自己的祖父。这个男孩是祖父再现，是乔自己祖父年轻时的样子。祖父，但是带着乔的兄弟戴维的特征，一个看起来像年轻时的布鲁斯·斯普林斯汀[②]戴着无檐便帽的样子：是他对他们进行了攻击。而在所有东西的周围和后面，有什么东西以一种奇怪的方式让他想起了蓝眼睛浅色头发的阿莉娜。这就是他们一家在芬兰6月的傍晚在一片白桦树林中的样子，湖水从桑拿房的门廊上看去在闪闪发光，现在站在他面前的这个人，是他的嫡出，是

---

① 原文此处为 Zayde，希伯来语，有智慧长者的意思，常用来称呼祖父或外祖父。

② 布鲁斯·斯普林斯汀（Bruce Springsteen，1949—　），美国歌手、词曲作者和音乐家。

他和阿莉娜的嫡出。

也许正是这种奇怪的既熟悉又陌生的感觉，以及他意外经历了自己家族出人意料的重现，促使他在震惊之余最终按照站在门外的这个精神病患者反复用他坚定的声音敦促的那样，把自己握着短筒左轮手枪的手慢慢放了下来。

这就像催眠师的暗示一样。最后的同意是一种解脱。也许他从根本上就想去死，他疲惫地想。

"谢谢。太棒了。真的很好。"男人就像对一个疯子那样用平静的声音重复着说。"你是否可以……比如说把它放在地上？"

男人比乔高出不止一个头。整个前厅似乎被这个男人宽阔的肩膀和身体上的超强能力塞满了。在这个年轻人、他陌生的儿子、一名罪犯身上，有什么东西让乔立即无条件地对他肃然起敬。这就是他对一个想要残害他女儿、杀死他的人的感受：生活中并不缺少意外。还有那个男人的声音，在他的发音中既有陌生的，同时奇怪地也有熟悉的升调与降调。乔在转瞬之间想象着从男人的嘴里听到了自己的声音，只是带有一种粗糙的芬兰口音，但接着这种印象又消失了，他自己的声音远没有那么深沉，他也没有那样才华横溢，他面前站着一个他从来没有见过的、拥有50%他的基因的成年男人。

这个男人让整个时刻充满了光明。人们会毫无抗拒地被他吸引过去，也许这正是飞蛾扑火时的感觉。除了做这个人的盟友，很难想象自己会成为别的什么，即便这个人是想摧毁他所相信的一切。

一个无政府主义者：他意识到这就是他一直在期待的，更生气的那一个。在朋克乐队中演奏、咄咄逼人的穿孔、有意身着破烂衣服、红色和黑色主调、戴着丑陋的链条走动，就像那些在《巴尔的摩太阳报》主办的辩论会上向他后背吐痰的黑衣年轻人一样。而首先是他们要年龄更小点，十几岁的样子，窄窄的肩膀。至少在这个男人身上，从表面上看不出任何敌意，那种煽动破坏的敌意，而在辩论会上的那些苦逼、瘦弱的半大小子身上却充满了这样的敌意。但是也没有什么要道歉的，那种无伤大雅的邋遢成为环保活动分子群体中另一半乖乖追随者的标志，而他们在后排希望对每个人都要友善。

米里亚姆永远不会明白这一点，乔无力地想着，就像被迷住了一样服从着这个男孩。但是他无法射杀任何人，他现在明白了这一点。按照某种奇怪的逻辑，他也觉得即将到来的一切都是自己应得的。对于他的3个孩子中的任何一个来说，除了生存和漂泊、良好的初衷以及损害、无望的救援尝试、绝望的呻吟和对着救援直升机大喊大叫，他都尽了哪些父亲的职责？

他慢慢地俯下身，像男孩请求的那样把左轮手枪放在地上。红色的前厅地毯将声音变成沉闷的哑音。乔停在原地盯着地毯，他从来没有意识到，在那只微笑着伸展着双钳的大螃蟹上面，并不是像他一直以为的那样写着欢迎[1]，而是写着亲爱的，这里是巴尔的摩。[2]

"如果让我来拿着这个。"塞缪尔说。

男孩询问地看着乔。当乔看到塞缪尔弯下腰把左轮手枪拿到手里时，一阵寒意涌过他的背部。"我现在是不是发

---

[1] 原文此处为英文 Welcome。
[2] 原文此处为英文 This is Bawlmer, hon., Bawlmer 是当地人对巴尔的摩的昵称。

烧了？"乔疑惑道。他十分惊讶地发现，只有摆脱了枪只，他才能够正常地呼吸。

男孩盯着自己手中的枪。他在那里站了许久，一动不动，仿佛不敢相信那是什么。

乔有一段时间确信自己搞错了。这个男孩并不是一个想玩猫捉老鼠游戏的精神病患者。乔想，也许这一切最终还是一系列复杂的误解，同时他的心跳又停了一下。

当男孩用左轮手枪对准乔两眼之间时，他握住左轮手枪的手很稳。自己还是上当了，乔意识到。在几分之一秒的时间里，他的脑海中快速闪过人们在实验室动物保障我们的安全与健康①小组中所说的话：一个精神病患者尤其会友善地微笑，让别人喜欢和信任。精神病患者并不愚蠢，而是尖锐敏捷，从不公开地显出愤怒疯狂，而是巧妙、友善并可爱、热情地拥抱，只有当他们进到房间里时，他们才会割开你的喉咙。

男孩直视着他的眼睛，男孩的目光现在是如此彻底的疲惫，如此痛苦不堪，以至于所有事情都一清二楚了。

他清楚地记得当电话打来的时候正是一个下着雨的昏暗上午。距离复活节还有一个星期。11月似乎从初秋就开始了，但一直没有结束：虽然白天很长，但天空仍然是一片平坦的蒙蒙灰色，黝黑干枯的树木在潮湿的街道两旁毫无生机地冻得瑟瑟发抖。赫尔辛基看起来永远是黑白两色。

当然，这是所有巧合的总和：快递员把包裹送到了错

---

① 原文此处为英文 Lab Animals Keep Us Safe and Healthy。

误的楼层，正好是他接的电话。然而，更奇怪的是，他直到那时才意识到这一点。他已经在大楼里工作了几个月了。

当电话铃响起时，早上的雨夹雪已经消退，变成了作为赫尔辛基基本配置的蒙蒙细雨。在窗户外面，愤愤的阵风撕扯着大衣的下摆，将雨伞上下拉着吹翻，人们顽强地前倾着身体在水坑上面奋力前行。塞缪尔坐在自己的办公室里，专注于手头正在做的事情。他不想去接电话，桌子上嗡嗡作响的电话意味着不必要的打断。终于，他拿起话筒，漫不经心地说了一声哈喽。在过去15分钟里他一直试图将一些参数在模型中调整好，当他听到电话里让一个叫通帕的人把一箱物品送到K2时，这些参数仍然像陀螺一样在他的大脑中旋转。

塞缪尔从来没有听说过通帕这个人，也没有听说过用品箱或者K什么的东西。

"稍等一下，我去看看。"

他打开门，瞥了一眼走廊。

一定是这个东西了。有人在走廊门口旁边留下了一个浅棕色、用包装胶带整齐地缠绕好的搬运箱大小的纸板箱。他今天已经3次路过这个箱子，但没有注意到它。

"是这个上面写着戴戈斯特姆实验室用品的箱子吗？"

"嘿！就是它。我已经开始担心了。"

这名男子停顿了一下，然后说："你能不能费心……"

"当然。"塞缪尔说，"我可以送过去。"

他把箱子抱在怀里，吹着口哨走进电梯，来到楼下，为能给来电者带去一份好心情而感到高兴。他会在5分钟内回到他的模型上。

楼下的空气比较湿润，比办公室走廊里更为凉爽。他从未到地下室办过事，地下室用数字加字母的组合予以标明，位于街面下方两层。当他按下门上的蜂鸣器并抓住一扇防火门上冰冷的金属把手时，他已经不记得自己当时在想什么。实验室门上写着2K并贴着**传染危险——严禁进入**的标识。当门打开时，首先映入眼帘的是一个石墙走廊，旁边放着研究用品和空的金属笼子，显然是用来运输动物的。

打电话的人让他走到K202房间敲门。对于打电话的人来说，门后发生的事情一定是每天司空见惯的平常事情，以至于他甚至没有想到要让塞缪尔为打开门时他所看到的情况事先有个心理准备。

一切正如人们所说的那样。为什么一切都要等到亲眼看到时才会改变，他感觉很难向自己解释。

在许多方面，这是一场悲剧，他不得不离开拉雅科斯基。

拉雅科斯基生命科技公司的研究助理职位原来是专门为他而设立的。在一栋低调、可信的办公楼里，塞缪尔在上任的第一周就已经意识到，如果具备合适的条件，他能够从生活中学到很多东西。这种领悟是如此突然和可怕，以至于他几乎忘记了要呼吸。这就好像他在北欧的漫天飞雪和凛冽的寒风中突然碰到了一家五星级酒店，真是好巧，恭喜了，你作为第一百万位客户将会在你的余生中拥有自己的公寓，可以搭乘直升机，有厨师、舞女、按摩师服务和免费的饮品。

工作本身比他想象的更有意思，他职责履行得越是投入，赋予他的责任就越大。办公室里铺着的柔软的地毯和从百叶窗之间滤进的光线似乎在每天上班时都凸显了在黑色、白色和铬灰色办公室里成年的感觉。

在秋天的高考之后，他的生活显然已经不可挽回地毁掉了。然而，直到后来他才分辨出与凯尔图的分手对他的伤害有多深。他一下子同时失去了他的女友、他的社区和他的大学名额，人们也不可能期待像他这样年龄的人能在短期内从如此严重的打击中存活下来。他不再是16岁的时候了，那时破碎的心能在一夜之间修复。作为事后诸葛亮很明显的是，需要相当一段时间才能让他重新站立起来，在世界上找到一个有意义的位置，对新的女性产生兴趣，并再次感受到自己的重要性。但是，这个过程花了无穷无尽的时间——甚至是几个星期——似乎令人感到难以忍受。

当电话铃响起时，一切都一次性得到了解决。当拉雅科斯基生命科技公司向他提供研究助理的岗位时，他感觉很奇怪，因为自己的精神健康如同字面上的意思一样在一次电话交谈中就得到了恢复。他自己甚至还可以听到中枢神经系统突触愈合的声音。他感觉自己的灵魂也痊愈了，特别是据说在60位优秀的应聘者中公司首先将这个岗位给了他。他已经在心里做好准备收到一封见鬼的电子邮件，称很遗憾我们这一次没有选择你，在邮件的结尾还会很详细地表示，一位训练有素、经验丰富、才华横溢、出类拔萃的人是如何在取代你之后被聘用了。不过在电话中他就已经被告知，他在《芬兰画报》上发表的那篇文章给拉雅科斯基公司的每个人都留下了深刻印象。经历了高考后那个秋季的荒野漫游之后，仅仅一个电话似乎就证明了一切都会像应当的那样自然回复到原位。而所发生的也正是这样。

在拉雅科斯基生命科技公司，他遇到的目光突然让他想起了自己所在的足球队赢得地区冠军的那一年。出于某种肯定只有学过遗传学的精神病学家才能解释的原因，初秋的沮丧现在已经没有任何痕迹。他没有学习过经济学——只是浏览过斯蒂格利茨[①]，是吗？只是为了好玩？——现在却为他带来了他以为已经永远失去了的分数。特别是女士们立即带他去参加了她们的公司讨论会，并想听听他对成年人每天都在疲于应付的事情的看法。

这正是他所缺少的。

这些30来岁戴着眼镜、穿着成人服装的成年人：他们看起来是多么健康、多么平衡，多么善于按照轻重缓急的顺序处理事情啊。塞缪尔羞于望着他们。其中一些理智而冷静的人一直在为科学做着有建设性的、雄心勃勃的工作，而不是在希耶塔涅米海滩上醉醺醺地对着高考成绩单撒尿。当一些人沉浸在肮脏的互联网讨论中，在论坛栏目上煽动人类仇恨，盯着电视里聊天节目主持人的胸部时，这里的这些人在做着科学研究，思考着研究结果的意义。在他假装得了精神病躺在家中时，研究主任和他的同事出版了一本关于内分泌学和毒理学的书，塞缪尔从未听说过这本书，但他却在同一天用母亲的信用卡在网上为自己订购了一本。

整件事情中最奇特的是，当塞缪尔在一次茶歇喝咖啡时与其他人一起笑着议论研究主任驾驶帆船的逸事时，他意识到自己陷入阴暗面所能感受到的最细微的感觉，现在也已经不费吹灰之力就消失了：他刚刚不可挽回地加入的整个邪恶派别已经不复存在了。仅仅是办公椅就显得如此

[①] 约瑟夫·斯蒂格利茨（Joseph Stiglitz, 1943—　），美国经济学家，曾于2001年获诺贝尔经济学奖。

柔软、设计精美，整个建筑非常明亮、整洁和成熟，显然已经没有任何必要再去担心世界的状况了。

当然这在某种意义上很有意思，因为即使在找到工作后，气候变化也没有完全停止。事实上一切都没有改变：废弃塑料的浮岛还在太平洋上漂移，而波罗的海肯定也还没有建好新的海上安全基础设施。然而对环境而言，比这些小缺陷更为重要的是，他现在能够坐在这里，在一台全新的超级高效计算机上将数字传输到Excel电子表格中。这样的计算机是一个高中生买不起的，而且据那位大学毕业的美女说，他的存在很酷，他被请了过来，因为他很特别。他现在可以再度成为一个集体的组成部分，可以做一些建设性的事情，也许不是从环境的角度，而是从科学的角度，但这在更大范围内是相同的事情，或者至少是同样有价值的。

星球怎么就会被摧毁了呢？一切都是可以挽救的，要做的就是采取行动。他在同一天晚上还报名参加了治理石油泄漏的志愿者队伍：至少他不会被抓到把柄，他是不是要对可能发生的石油灾难采取些实际措施！

塞缪尔用崇拜的目光看着他的女上司韦拉·哈卡拉宁博士研究员，她用一个单薄的像人形一样的架子把自己的大脑从一台电脑转移到另一台电脑上，她与它保持着一种疏远、礼貌、冷漠的关系，而看到这一点，让塞缪尔也在内心里燃起虔诚的希望，即他也能像这些人一样成长为一个微笑的眼镜客，一个期待着生活很快就会给予他成功的生育治疗、地狱般的利都超市、一辆家用小轿车、一只金毛猎犬和一轮轮的耳部感染。这些成年人看不到，跌落到所有这些写字楼和咖啡茶歇之外会有多么容易啊。这些幸运的人一点儿都不知道，世界是多么无情，他们的会议室又是多么安全啊。一想到早晨要去上班就感觉到堵在心里的硬结都已经融化为液体了。

随着冬天的到来，人们越来越确信，如果这位19岁的年轻人被一群有幽默感的女人包围，他就不会在海滩上心怀着对人类的仇恨。与这些女人在一起，他可以不去拯救地球，而是专注去做一些有意思的事情。如果这位40多岁、穿着干净衬衫、应该得到认真对待的半秃顶的研究主任想要听听他作为一个有批判能力的年轻人对拉雅科斯基网站上新布局的颜色的看法，在互联网上不会有人会感到愤愤不平：他甚至没有时间。

他作为研究助理的职责是将表格中的数字输入计算机，并根据要求用机械手段清理文件：煮咖啡，但通过Excel表格。

他非常卖力地煮咖啡，人们只有在崩溃和绝望之后才能做到这样。他为能成为早上第一个到单位的人而感到荣幸。他会记得补充咖啡库存，尽管那并不是他的工作。他会比大家所期待的更仔细、更快、更彻底地投入每一项工作任务中去。他认为完成简单而不可能失败的任务对他是一种奖赏，因为他知道这将有助于重大的科学研究。当他在咖啡休息时间面带微笑地听着办公室里那些30来岁的人讲的可怜笑话时，胸口感到火辣辣的。他知道，如果没有灾难性的秋天，他现在也不会有这样的感觉，但是这种经历已经很接近于那种可以谨慎地被想象为运气的东西了。

他努力要向穿着带有婴儿粑粑颜色羊毛衫的女上司，一位40岁就显得暮气十足的毒物学家、博士研究员韦拉·哈卡拉宁显示一下，自己拥有像天上的星星一样有用的能力和技能。对于一个19岁的人来说，这样的能力和技能实际上并不存在的事实似乎只是一个暂时的、转眼即逝的问题：当外面的毛毛细雨将赫尔辛基漆黑的夜晚淹没在一片水汪之中时，他在没有人要求他这样做的情况下，利用冬天的时间在自己的办公室里彻底弄清楚了他的女上司在做什么、她如何向科学界做出解释以及他可以参与什么。

他在这个月的最后一个银行工作日看到账户上出现了一笔钱，这给他留下了深刻印象。他明白要在别人面前显得对此毫不在意，但是经过秋天的折磨之后，这笔钱还是很可观的。他自己挣钱了！他有能力做一些有用的事了！

此外，在他单位附近的一个小售货亭里工作的那个骄傲漂亮的女孩，扎着长长的马尾辫，以前甚至在卖公共汽车票的时候从来没有正眼看过他，现在却开始主动向他调情了。她的调情不久变得如此坚决明确，塞缪尔很快就发现自己在她家里喝苹果酒，同她接吻。在散发着女孩气味、带有花样滑冰风格的闺房里，他发现这个叫薇薇的女孩原来以为他比自己大很多，这让他这个被大学开除的失败者感到一种鼓励，他在女孩的身上也找到了同样的感觉。直到那时他才慢慢明白为什么薇薇在那之前一直有意识地忽视他，每次在为他充值交通储值卡时都会将好看的鼻子朝向另外的方向打喷嚏。他甚至没有想过要把薇薇的蔑视解读为一条毯子，在经历了太多的拒绝和冷漠后会从中得到温暖。他没有想到薇薇当然在期待，如果他稍有兴趣的话，这个身材很高，据说有着外国人的深肤色、明显年长的男子会主动出击。当薇薇躺在她的毛绒玩具包围的床上向他透露这一点时，塞缪尔突然意识到，即使在一个异常美丽的女人那强硬、碾压一切的傲慢背后也可能只是一种不自信，尽管其意图当然是要给人留下完全相反的印象。

在第一次领了工资的那天晚上，薇薇脱得只剩下一条内裤，当他亲吻着她丝滑的小腹和像马驹一样的胯骨时，他没有其他急着要做的事情，也不需要去追求任何东西了。他把所有的赌注都押在了春季的入学考试上，为此他比其他人早几个月就已经把所有的书都找出来了。他甚至想都没有去想凯尔图在寒冷的秋季正在走向独立，当薇薇解开了马尾辫用柔软的舌头对他的身体开始了缓慢而出人意料的探求旅程时，他很难不为此而感到欣喜。当薇薇胸部胀着，用娇小的身体在他的怀里有节奏地摇动时，他很难看出这个世界有哪些地方是应该被修复或改变的。楼下传来电视机和薇薇父母日常的声音，卧室的门没有上锁。

决定未来生活轨迹的解决方案可以想象为既复杂又艰难。然而，选择则既简单又容易：因为它根本不存在。

他曾经听过一位僧侣在访问赫尔辛基一家图书馆时所作的演讲。一切都和这位僧侣所描述的情形一模一样。

这让塞缪尔大吃一惊。

他们注定是比格犬：世界上最温柔、最友善的动物。

当那天早上他接到那个关于纸箱的电话时，他已经为自己在拉雅科斯基生命科技公司制作了一个他很满意的生态储物柜。

可以应用于数据分析和为结果建模的数学知识中有什么东西天然就很适合他。尤其是他在数学方面能轻轻松松就搞定的东西，似乎会成为令许多真正的、聪明的研究人员头疼不已的事情。这让塞缪尔很是惊讶。迄今为止他只是将自己与同龄人进行比较，从未想过自己与真正的成年研究人员会有一拼。现在拉雅科斯基就是这种情况，至少有时候在某些细节问题上是这样。塞缪尔在每周例会上对这些细节问题有了越来越多的了解，哈卡拉宁博士研究员开始像牵着宠物贵宾犬一样带着他去参加这些会议。

当博士研究员在他的长期恳求下同意作为初次尝试给他一些研究性的挑战后，塞缪尔感到额头上冒出了汗。他在博士研究员的桌子上看到过一些散放在那里的研究结果，现在他应该据此建立起自己的模型，原因是他吹嘘自己读过高等数学并愚蠢地自行看过博士研究员写的基础研究著作。解决了这个问题，他就可以从一个煮咖啡的新人晋级为球童了，但是当他看到眼前的数字时，他惊恐地意识到自己的大脑已经融化，无法再使用了。这一切都是在秋天里不知不觉发生的。由于单一的营养和较少的脑力劳动，以及他在母亲的影响范围内花了太多时间，使得他这个天才儿童的大脑发生了萎缩。大脑萎缩不会在学校对他造成伤害，他在学校里只需小心那些老师的发育水平还无法企及的科目。但是，当塞缪尔看到博士研究员那严肃、成人般的目光时，他明白自己从来没有如此全身心地希望得到这个成年人的认可，从而把他这个在森林中发现的狼孩带到身边，在同情中养育他并教他知书达礼。他是人们经常会听到这么说的人里的一个：只有到了真正的比赛场地才知道高中数学到底有多容易以及自己的天赋有多少。

有些人真的知道怎么做，而我却不知道。

但是令博士研究员哈卡拉宁和塞缪尔都感到惊讶的是，情况恰恰相反。

虽然他既没有受过像真正科学家那样的训练，也没有他们的经验，但是他的大脑显然仍然十分灵活。在最初的紧张之后，当有一道适当难度的数学难题交给他时，他忽然感觉到自己的神经细胞从拉雅科斯基的静息周期中立即很舒适地自动进入了状态。当他达到了自己的能力极限，看到自己的能力足以够到哪里，他也意识到，他天赋中的一部分即其最锋利的那段刀刃，会在接下来的10年里变得钝锉，就像其他人的一样，很可能是以一种局外人察觉不到的方式，但是他已经第一次预见到了这一点。

因此他对自己能够直接越过大学马上进入比赛场地，能够不受限制地尽可能用力地击球而感到松了一口气。

他的工作内容确定为博士研究员的助手，负责数据处理、分析和数学建模。他花了一些时间来掌握规则，但渐渐地他已经能够代表研究员半独立地去接一些最简单的发球了。凭借着自己的勤奋工作、好奇心和不屈不挠的毅力，他逐渐发现自己也能击中一些原本在他的水平上不可能达到的统计数学方面的发球。

在博士研究员的支持鼓励下，他在冬春季节学会了使用轻便而快捷的数学球棒，以至于可以在很困难的姿势下用正拍打出有力的上旋球，从底线打出精确的反拍球，从网前打出快速的空中击球，促使系列出版物的评委们在嘀嘀咕咕之后不得不对他表示赞许。他越来越多地把球打在球棒的正中间，这时，仅仅是声音就让他感到心满意足，手掌上的感觉如此轻柔，足以说明一切。

尽管这项工作的进展超出预期，但研究总监在春季宣布的职称和薪水变动仍然完全出乎他的预料。感觉能让他做这么有意思的工作似乎已不公平，为此还付给他薪酬就不合理了。周五晚上，研究主任在饭店里给了塞缪尔一个长长的拥抱，并大张旗鼓地送给了他一瓶价值300欧元的威士忌酒。这瓶酒研究主任自己喝了不少，晚些时候他还在地上洒了不少，随后他被6个大汗淋漓的员工抬上了出租车。当塞缪尔怅然若失地沿着夜晚的街道走向火车站广场时，他想拉雅科斯基生命科学公司同时是他所能得到的最好也是最自然的选项：他赢了专门为他定制的六合彩。

当关于快递把包裹送错了楼层的电话打过来时，他已经决定要留在拉雅科斯基工作而不再去考大学了。在通过后门进入比赛正处于最佳开局的学术领域后，中断眼前的一切去参加基础必修课程（"什么是科学研究？"4学分）并穿着浑身浸着酒精的滑稽的连身衣对他来说没有吸引力。但是博士研究员韦拉·哈卡拉宁还是温柔地说服他改变了主意：他也可以在工作的同时读一个学位，这对于像塞缪尔这样有天赋的人来说很容易。

当来电者在电话中问及通帕和缺少的狗秋千时，母亲刚刚在家里的周日午餐上问到，他是不是又开始长个子了。亨利也对拉雅科斯基有了兴趣，这让他的自尊心得到抚慰。他在介绍自己做什么工作时似乎还未进入正题就已经超出了亨利的理解范围。与此同时，他试图耐心地用一种理解的态度看待亨利，一个如果不与领班商量一下处理程序甚至连在墙上钻一个洞也不会的男人——甚至亨利现在坐在餐桌上也突然看起来像是一个成年男人了，一个对生活及其在成年人宇宙中的活动轨迹有自己看法与体验的男人。

当他告诉亨利和母亲他的工作时，塞缪尔意识到他在过去几个月间学到的东西比在整个高中期间都多。他的世界观在拉雅科斯基得到了如此之快的拓展，他都可以听到接缝裂开的声音了。每一天都感觉是独特而沉甸甸的，任何地方都可以去，任何事物都可以学会。

当他在家里解释这些时，她发现母亲捂着嘴发出一声叹息，把目光移开了。

"怎么了？"

阿莉娜深深吸了一口气，然后看着他。

"你说话有时听起来如此像你的父亲，这几乎令人感到可怕。"

事后他不停地在想自己的膝盖是不是发软了。然而，事实上他一直站得很直，在各个方面也都表现得很正常。在拉雅科斯基的K2层打开防火安全门的那个男人几乎没有注意到有什么东西不对劲。

当男人感谢他时，他仍然只是感觉到自己身体有这样一股小小的、微不足道的刚才还没有的潜流。当他把纸箱递给那个男人时，它就像一个微弱的背景噪声，虽然有点压力，但尚不需要关注。

他之前不知道——同时他当然也已经知道了。

虽然他没有能够立即对他所看到的做出反应，但当他在K2层把包裹交给那个男人时，他突然意识到那是什么包裹以及为什么需要它。

它们在玻璃后面，他从男人的左后方可以清楚地看到。出于某种缘故，平常显然都是放在玻璃前面的遮挡板现在都搁在了一边。他当时的体验很接近一直在他想象中的神殿的帷幕被一把撕了下来，尽管并没有响起轰鸣的雷声。

这个东西就是他带过来的。

那是为了要在那块玻璃后面做的事。

男人从他手里接过纸盒，但他却不知所措地站在原地，这在那个男人看来一定很奇怪。

他当然知道了：他只是没有……是的，什么？

他知道了，但是他又不知道。

当门关上后，他突然意识到空调机发出的剧烈的嗡嗡声。这个声音一定一直在响。他想起了自己在楼上为女上司所收集的实验结果建立起来的数学模型，仿佛在向他试探着问，是否还适合这样。

这就是他在过去这几个月里自愿参与的事情。

在那扇玻璃后面，就是他工作原材料的出处。在这之前只是一系列有趣的考验智商的难题，只有数字、符号。这些数字和抽象的概念：到目前为止他只是与它们打交道。当然，它们在他的脑海中也一直与活体生物的荷尔蒙系统的接力棒和锚链相关联。然而，直到最后他也从未想过这些数字是如何获得的。

是这个样子。

是从这里。

他转身往回走，试图在脑海中继续完成刚才未做完的工作，但感觉就好像他已经离开办公室10年了，黑暗而沉重的10年。他踉踉跄跄地走到过道尽头，按下电钮打开通往走廊的门锁。他感觉自己像是喝醉了一般。

在这一天剩下的时间里，他就好像身体被麻醉了一般沉浸在一种迷迷糊糊对什么都不在乎的状态中。他试图去想的每一个人、物体、思想、问题或感觉，都把自己掩藏在一层陌生的、类似于蜘蛛网的东西后面。事后他惊讶地发现竟没有人注意到他的这种状况。至少没有人问起过他任何事情。

当然，他晚上回到家里，当弟弟们穿着豹子和狮子的衣服在他的背上和头上蹦来蹦去时，他感到脑袋里阵阵发痛。

"塞缪尔，让我们来玩买卖动物吧，让我们玩吧！"

"哎，好嘛，这是一只猎豹幼崽，有人要来买它。好嘛，好嘛，它还能说话。"

"塞缪尔！"

"塞缪尔！"

"塞缪尔！！"

他就像一个脑子受了伤的人一样玩买卖动物的游戏，与一个自己也是两个待售动物之一的6岁小贩机械地讨论着各种选择，用空气信用卡支付了价值两欧元的野生动物，然后像活死人一样把怀里沉睡的动物抱到家中的儿童房。

我们有能力做到这一点：这就是他脑海中不停在强调的。

这就是我们努力要实现的目标，这对我们来说很重要：这就是我们想要的。

他人只有一半是在这里，他试图顺应乌科和塔伊斯托的每一个听起来都很重要的奇思妙想，不得不通过大喊大叫和与小弟弟们抢话来告诉他们。我们在幼儿园读了一本有脏话的书，你猜怎么着？你猜怎么着？达斯·维德[①]有一个黑色头盔，在嘴巴前面装了栅格，所以它的呼吸声很奇怪，你猜怎么着？海莉·居里奇请求嫁给我和阿尔图，但我认为她长大之后可能还会改变主意，你猜怎么着？我们

---

① 达斯·维德（Darth Vader），美国电影《星球大战》中的角色，黑武士。

在幼儿园里，你猜怎么着——建造了一台时光机。

塞缪尔就好像并没有看到过什么东西似的，他看着自己的母亲给小兄弟俩做好了晚饭，安抚着因为一片火腿的形状不对而坐在地上尖声哭闹的塔伊斯托。塞缪尔对自己身在何处只有一半的意识，他看着自己的母亲温柔地把乌科引到桌子上，尽管乌科无论如何不肯吃东西，因为他的汽车还在看着月亮。

"今天在班上怎么样？"亨利在餐桌的另一边问道，他正在取沙拉和橄榄油。

仍然一副认真倾听样子的亨利，神色严肃地点了点他那犹如胡萝卜发型似的头，以便在自己的交谈伙伴今天想要着手的开发工作和程序挑战中施以援手。

"挺好的。"

幸运的是亨利没有再多问，而是开始介绍他所进行的培训，但塞缪尔却什么也没听到。

令塞缪尔感到震惊的是，他虽然有了这样的感觉却仍然能够表现成这样，正常得很虚假。帷幕被撕开了，但谁都没有发现什么。这很难让人理解。世界上的一切都在按照一成不变的样子继续，亨利的那些脖子上围着围巾的女人们仍然在小组里创作着雕像，以描述带着情绪做决定有多么危险。

所有想法都像一幅没有声音的画，所有这些东西中显然缺少点什么，那正是他所缺少的。

亨利转过身与男孩们谈论起他以前的领班的葬礼，他们全家人都要去参加。"在教会里即使感到无聊也要安静地坐在长凳上，这一点很重要，孩子们，你们记住了吗？"

"记着呢。"乌科说。

"在那里要记住些什么？跟爸爸再说说。"

"应该尊重死者。"

"你怎么不吭声了？"妈妈问塞缪尔。

塞缪尔还没有来得及回答，乌科马上又机灵起来了。"你想呕吐吗？"

"我不想。"

"你也许快要生病了。"乌科高兴地说。

"我没有。"

"你自己并不是总是能注意到的。"塔伊斯托说。

"我会注意到的。"

"你不会注意到的。"塔伊斯托用一种很精通的专家的声音说，"卡波这样说过。"

有关疾病事务的最高权威是幼儿园5岁的卡波·拉玛宁，他曾收到过一本名为《细菌与病毒》的书作为生日礼物。对卡波·拉玛宁所说的话，普通人不宜质疑。

"感觉好像你在想自己的心事。"妈妈说。

"我只是有点累了。"塞缪尔说。

塞缪尔不得不集中一点儿精力，这样他至少可以看起来像是在听。

他以为他只是一开始会感到震惊，但是这种不真实的感觉在接下来的几天里也没有消失。他的整个身体永久性地只剩下了躯壳。

他无法不让自己去想玻璃墙后面所发生的一切都是那么有计划的：那里的带子、塑料部件、支架和软管都是由工程师精心设计出来的。

这就是我们想要的。

但他一定是知道的。

他知道了。

在某种意义上。

他在接下来的一个星期里坐在办公室自己的电脑前，什么也看不见。当他试图习惯于世界就是这个样子的想法时，他所有的精神能量和所有的力量都消失了：我们也希望它是这样的。

这是为了我们的共同利益，这对所有人都是最好的。

最重要的是，这是按照民主程序和良好秩序做出的决策，一切都是按照规则商定的。

这又是那个母亲在秋天曾经谈论过的问题：该是他长大成人的时候了。

他一直都知道任何事情都没有改变，他只是看到了他一直都知道的东西。

世界就是这样，它只需被接受。

他尽力了。

事情本来可以这样。

那种沉重的、无所不在的感觉直到后来才出现——一直到他第一次把他所看到的告诉任何人。

"喂？"在铃声响了很长时间后，电话中传出一个声音。

"我是塞缪尔。"他说，"电话打得不是时候吧？"

塞缪尔不确定这样打电话是否合适。他听到自己的声音经过噩梦般的冲击后听起来依然如常，甚至无忧无虑。这是他们分手以来第一次在电话里交谈。

当他听到凯尔图的声音中带有一种真诚的感情时，他感到一阵犹如凉爽涌流般的轻松。塞缪尔为秋天所发生的事情以及一切该怎样结束、最后是什么情况而道歉。

然而，凯尔图宽容地绕开了尴尬的陈年往事，也没有收租追债。这时它就像稠李花在春天开放一样奇迹般地发生了：凯尔图原谅了他。

他感到很尴尬，他当时太年轻了。

"你好吗？"凯尔图问道，这是她从来都鞭长莫及的事情。虽然电话里看不到凯尔图耐心、善解人意的眼睛，但塞缪尔能感觉到凯尔图在等待。凯尔图从他的声音中听出有什么东西不对劲。

"我不久前在工作中看到了一些东西。"他说，声音像一条粗粗的绳索，"一些我认为忘不了的东西。"

尽管如此，他还是突然间感到如鲠在喉。这并没有那么奇怪，毕竟在某种程度上他一直都知道这件事。

在某种程度上：当然，正因如此，地下室的门上了三道锁并通过门禁进行监控。正因如此，人们就像平常那样谈论在地下室所做的一切。正因如此，人们就像平常那样撰写科学文章。在某种程度上，他也一直都知道这一点，但他并不明白这些话的含义总是要遮掩一下。

出于同样的原因，实验室小册子中照片里的一切总是非常明亮整洁，作为模版的比格小猎犬身体健康、状态良好；出于同样的原因，每只动物在图片中看起来都很配合，愿意扩大所验证信息的范围。其他信息则不允许相关组织扩散：人们会感到震惊的。

这就是他参与去做的事情。这就是他的模型方程式参与做的。他一直都知道这一点，这就是为什么当他现在在电话里告诉凯尔图这一点时他哭了，或者是由于它们是比格小猎犬。

他盯着眼前陌生的儿子手里拿着上了膛的左轮手枪，乔意识到当他在想这些事情是可以讨论的时候却犯下了一个不可挽回的错误。也许这不是真的，也许事情无法达成谅解。他看待世界的方式肯定不是唯一正确的——每过一段时间他就意识到自己又在一件自认为很清楚的新事物上犯了错误——但他没有意识到他显然根本就不应该有自己的观点。

乔看着枪，感觉到自己体内有什么东西在转动，就好像身体转了一圈一样。突然间，他明白了是米里亚姆自始至终试图要说些什么。当有人感到如此苦涩、如此狂热，对自己的生活如此失望、如此断然，他会因为自己的观念而相信他有权恐吓、折磨、杀害——这是他不会同意的。这个男孩没有任何可以强迫他接受自己想法的手段。而意识到这一点及由此产生的愤慨和与此相关联的对即将到来的死亡的认知，使他充满了将恐惧一扫而光的自信。

"你肯定有你自己的想法和经历，这些对你都是珍贵的。"乔看着儿子的眼睛说。

他能听到自己现在的声音有多么不同，坚强了许多，他忽然想，如果他行动足够快、出其不意并充满自信，他能否把枪从男孩的手中夺过来。

"对你来说，事情肯定就如同你所想象的一样。你也肯定有对你来说很重要的原因。但是你也许应该明白，这并不能使你的观点成为唯一正确的观点。"

男孩看起来似乎很惊讶。塞缪尔的眼睛眯成了一条缝。塞缪尔慢慢张开嘴说：

"这也是我要说的。"

乔把脸埋在手掌里。这也是我要说的。为这个他要被开枪打死：因为他们认为他是一个狂热分子。他整个春天都在期望着他们中有人能和他交谈。但是没能实现。

"你在笑什么？"塞缪尔问道。

"我没有笑。"

"你笑了。"

"哦。"

"只是一点点。"

"哦。嗯。可能吧。"乔说。他想坐下来。他累了。如果他坐下来，他会被开枪打死吗？他试图为此做好准备，那会是一种什么样的感觉，会痛吗？还是会比想象的更容易？

"是什么让你这么开心？"

男孩似乎很感兴趣，也许是为了反驳他，或者是为他的血腥行为获得最终的推荐。乔想了一会儿。

"嗯。"他说，"我春天参加了一个讨论活动。"

他看了男孩一眼。男孩仍然在用枪对着他。他在想，如果对方没有将一支上了膛的左轮手枪指向他的头部，他们的对话会更自然。

"怎么？"

"在那个活动上似乎没有人对事情的真实情况感兴趣。"

"在你看来是这样吗？"

男孩的声音听起来很苦涩。

"这可能很难让人相信，"乔慢慢地说，"但是事情并不会因为在媒体上反复重复就成为现实。所有那些狂热分子已经对事物有如此确定的看法，以至于不可能同他们再讨论这些观点。谁都不想听到任何与自己观点相反的意见。没有人在乎事情实际上是怎么回事。"

男孩身上似乎有什么东西在松动。男孩的声音浑厚，

带有一股黄油味,当他说话时,他持枪的手在颤动:

"这也是我要说的。"

乔没能忍住不笑。

"他们根本不知道自己在说些什么!他们把一百件不同的事情都搅在一起,我感觉他们是故意的。"

"你是这样感觉的吗?"

"他们所说的任何东西,"乔疲惫地说,"都与我在做的事情没有半点关系。"

塞缪尔看着他。

"你为什么要想象所有事情都与你有关?"

乔惊呆了。"你什么意思?"

"那次讨论会,"塞缪尔说,"我在网上看到了。"

乔感觉自己的声音听起来是多么虚弱,他说:

"那5分钟的片段并不是全部的真相。但你们对它并没有兴趣。"

"你们?"

"嗯,你和你的朋友。"

"首先,"男孩慢慢地说,"你对我的朋友对什么感兴趣一无所知。你甚至都不知道他们是谁。其次,我是在网上看到的。"

"亲爱的朋友,你能听我说吗?我是说那个5分钟的——"

"整件事情。"

乔很困惑。男孩现在正视着他的眼睛。

"它有一个半小时。"乔说。他的自信出现了一条看不见的犹如头发丝般粗细的裂缝。

塞缪尔点了点头。"1小时26分钟,我从头看到了尾。"

乔感到一丝羞愧。当然事情就是这样:不知道的时候永远不要假设自己知道。但是当然他们就是这样做的，不知疲倦地从各地收集细节，这些细节有助于煽动仇恨。

"嗯，"他说，"我相信你很高兴看到那个视频。"

"那是私刑。"塞缪尔说。

乔抬起眼睛。男孩脸上的表情很难读懂。

"你是独自一人，他们一次就有很多人。"塞缪尔说，"他们是来公开用私刑处死你。"

乔惊讶地感觉到有什么东西从他内心升起，是某种强大、温暖的东西。他强迫它安定下来。就在他感觉男孩已经部分明白了什么的时候，塞缪尔把嘴角向下一撇说：

"你一切都搞错了。"

"你什么意思？"

"你在那里所说的一切。"

乔叹了口气。"你们知道的，不是吗？"

"你所谈的那些事情，"塞缪尔说，"你对此一无所知。当你只是在和我说话的时候，你能不能不再用你们，你们这些人[①]。"

乔感到一种熟悉的愤慨。"啊，我不知道？我对自己的工作一无所知？"

"这就是关键词。"塞缪尔说，点了点头。"我自己的工作。"

塞缪尔看着他，显得出奇地平静。这个男孩说的话现在听起来像是某种东西的核心，尽管乔不知道那是什么：因为乔是从自己工作的角度来思考所有的问题，他看不到自己的言语和行动所造成的不可挽回的伤害。

---

① 原文此处为英文 you people。

"乔不知道自己在做什么。"塞缪尔说。

"但是就是这个原因使你现在也在这里啊。"乔生气了。他再也无法强忍自己的烦恼、沮丧和遭遇的所有不公。"不幸的是现在我们在这里谈的都是我的工作！是你开的头，而现在我们正他妈的为此争论不休！"

塞缪尔脸色苍白地盯着他。乔确信他现在要开枪了。

"你到底以为你在做什么？"塞缪尔叫道，"我到这里来是为了你的某些实验吗？"

"那又是为了其他什么呢！"乔突然喊了起来。"你们闯入我的实验室，打破我客厅的窗户，用扩音器尖叫，威胁要杀人！我们现在家里备了一把手枪是为了什么！一把我们谁都不想要的枪！你他妈的为什么要喋喋不休地围着这些东西转圈圈！你现在要么就他妈的开枪打死我，要么就把枪放下，这样下去我再也受不了啦！你现在就做你来这里要做的事吧！"

塞缪尔看起来像是被铁锹砸中了脸似的。

"你到底在想什么呢？我要射杀你？"

乔有一阵子说不出话来。

"从这里可能会……在某种意义上得出这样的印象。"乔说。

他无法阻止自己的眼睛不去看塞缪尔用来指着他的枪。看到这一幕时，塞缪尔也看了看枪。他看起来似乎很惊讶枪仍然在他手中。不知什么原因，当塞缪尔把枪放下来时，乔并不感到惊讶。

"这也是我想说的。"塞缪尔小声地说。

乔咽了一下口水。

这当然是真的。他刚刚也用同一把枪指着男孩。但那不是一回事。

"我……我住在这里。"他大声说。

他仍然试图结结巴巴地说他想保护他的家人。

"我们能不能先弄清楚一件事，然后再谈论其他事情。"塞缪尔在长时间的沉默后用低沉的声音说。枪现在对着地板。"我和那些一直在找你们麻烦的人没有任何关系。除了有一条消息。"

乔盯着他前面门厅地板上的地毯。他瞥了一眼那把没有再举起来的枪。当看不到塞缪尔的脸也不去注意他棱角分明的芬兰口音时，男孩的声音中可以清楚地分辨出乔的兄弟戴维的男中音。

"或者他们，"塞缪尔说，"那些试图在那场讨论会中告诉你对什么东西感兴趣的他们，那些你对他们大喊大叫，说你的工作、职业和实验及方法比他们想谈论的或熟悉的任何东西都更重要的人。你对他们大喊大叫，说他们什么都不懂，尽管他们只是试图告诉你，他们认为生活中有哪些东西比我们自己的需求和欲望更重要。你对他们大喊大叫，说他们所有人必须先了解你的所有工作细节后才能谈论那些他们每天都在思考而你却一无所知的上千件事。不过我同他们没有任何关系。"

乔不明白为什么，但是他感觉自己全身就好像着了火一样。塞缪尔说，当你看到你认为神圣的东西被侵犯的次数足够多时，你就会变得越来越难以理解为什么有人不想尊重它，甚至连试试都不愿意。

我要发烧了，乔想。

塞缪尔说，如果有人试图反复说一件重要的事情，但是说者有心，听者无意，如果被忽视足够多的次数，他就有可能会觉得自己的整个生活都被废掉了。谁拥有权力，谁就应该迈出第一步。权力大的应该听权力小的，而不是相反。

乔不想听男孩说教式的演讲，但是他就好像瘫痪了一样站在原地。他的四肢已经没了力气。他受到了不公正的对待，尽管这不是不偏不倚的真相，但它仍然是真相，也许只是他自己的，但仍然是真的。他不知道为什么，他在内心越是强烈地抵制男孩的说法，他的内脏就会受到更灼热的烘烤。

"你想说什么就说什么吧。"乔说。

他意识到，如果他不坐下来，他的腿很快就会瘫软。

"那些向孩子们发送针头炸弹以证明他们某个荒谬论点是正确的人都是有病的人。他们坏透了。不管你想说什么，但是在这里只有一个最终的真理。无论他们的理由是什么，只要我还活着，我都要尽我所能确保任何一个动物保护活动分子都不能传播仇恨信息。我将尽我所能确保人们可以继续从事合法的职业，而不必为自己的健康担心。"

听到这里，塞缪尔看起来似乎要完全失去理智了。乔的视线已经缩小到一个狭窄的灰色椭圆区域，他的胸部感到刺痛。

"你是在跟我开玩笑吗？"塞缪尔说。

这个问题现在塞缪尔问了多次：乔是真的认为动物权益活动分子会给他的女儿们寄送炸弹吗？

男孩的惊讶看起来如此真诚，以至于乔甚至想不起来他们正在讨论的内容是什么了。

这感觉简直太过分了。竟然有人用一把上了膛的左轮手枪指着他来欢迎他：这个人是谁？

在他的整个巴士旅途中，他有意识地让自己远离旋涡，但是当他看到父亲手中的枪时，他已经无法再躲避了：铁的味道，火热的波涛，两年前在高考之后的那个夜晚他终于屈服了。从什么地方又在他的脑海里浮现出像检阅一般的连续画面，这些父亲的照片登在世界上最受欢迎的报纸上，父亲每次都是无忧无虑地、微笑着、备受尊敬地向着整个世界讲述动物实验如何拯救世界。

他的血液只是在前厅里沸腾了起来。当他看到地板上的枪时，他一开始抓住它是想要将其安全地放到更远的地方。但是当他看着它时，他瞬间意识到它是什么，制造这样一把武器唯一的目的是什么，以及一个陌生的父亲刚刚打算对他做什么。他可以从爸爸的脸上看到这一点：他真的决定要这样做。特别是考虑到他因为自己的父亲而不得不承受的那些事情，以及他在没有父亲帮助的情况下得以摆脱的那些事情——在这样的情况下看到一把上了膛的手枪对着自己的眼睛似乎极不合理。他笼罩在一种没有预料到的、不可抗拒的愿望中，想要展示一下枪管对着脸是一种什么感觉，是不是感觉很好。

当他现在大声解释这一点时，他看到了父亲脸上的怀疑，父亲有理由感到不确定，这种担心也不会在瞬间消失。

当他说话时，他意识到这不是复仇的欲望，也不是他最初所想象的那种纯粹的恐惧。他脑子里闪过一个想法，他是不是在不知不觉中想象自己甚至可以报答那个把辣椒水喷进他眼睛里的警察。

当他试图为自己的冲动找到一个能够恰如其分地掩盖

其真实原因的英语委婉说法时，他意识到正确的词也许是权力。这种想法让他吃了一惊，他没有意识到会从自己内心发现如此强烈的愿望。

对某人这样做只是因为突然之间能够这样做：他感到羞耻。

父亲还坐在地上。父亲的鼻子在流血，父亲光秃秃的头顶看起来很柔弱，没有任何保护。不知什么原因这让他感到心痛，他不得不将目光移开。他不知道这位陌生的美国父亲现在是否会听他用不准确且笨拙的外语说的这些话，但他意识到这将是他一生中解释自己所作所为的唯一一次机会。他宁愿做点别的什么事情，但现在他不得不尝试着这样做。

他从未有过像那天晚上从希耶塔涅米海滩回来后那样的经历。当他在酒劲儿上来后为表达无人见证的个人抗议，用尿把自己的高中毕业证书浇得稀烂时，他意识到了一些重要的事情。他从未想到过，一个人可以对生活及其最重要的方面如此一劳永逸地感到彻底失望。那天夜里稍晚些时候，当他让一个长期焖烧着的鲜红色火源突然爆发成火焰之后，他意识到他一直在期待的梦想将永远不会实现了。

突然之间，一些凯尔图曾多次以微妙的方式委婉问过而他一直以并非本质问题而回避的东西"咔"的一声落到了实处。突然之间，一些母亲在她忧虑的目光和长长的叹息声中反复传达但他并不能理解的东西通过新的角度变得清晰明了。突然之间，一些世人皆知而他却一直拒绝相信的东西，在经历了红色旋涡之后凝结为疲惫困顿。他一生中最渴求的那种愿望，他曾经借助其力量在迄今为止的生活中取得了一切，却是非理性的。

　　这个愿望一直只存在于他的脑海中。父亲永远不会来联系他，永远不会注意到他是谁，永远不会知道关于他的任何事情，永远不会张开双臂欢迎他。他以同样的蜥蜴般的逻辑，明确无误地将不相干的东西联系在一起。他在那天夜里也意识到，他无法为这个星球做任何事情：他无法以任何方式影响气候，无法阻止动物物种灭绝的浪潮，也无法对每天持续恶化的数百万的其他问题做任何事情。

　　即使到了早上，他仍然感觉像是血都流干了。他不知道该怎样对待自己，也是为了避免面对亨利和母亲，他离开了家，漫无目标地去城里游荡。天气很冷，一天24小时都在刮着风，天空就像是柏油路面一样发出花岗岩色的光芒。他麻木地乘着三号线有轨电车，步行绕过集市广场和艾依拉地区，在火车站广场没看号码就随便上了一辆公共汽车。夜幕降临时，他已经走得太累了，不得不坐在一个整整一天都在吸引着他的独栋小楼住宅区的公共汽车站上，尽管这里当然也没有任何东西属于他，在这里也没有。

　　夜幕不久前已降临，天空开始下起小雨。他坐在那里，望着熟悉的景色，一遍又一遍地面对着同样的事情：他所希望、期待和渴望的任何东西都不是真实的。

　　就在他脑子里想着自己的存在对世界上任何生物都没有任何意义，也没有人能看到在他身上所发生的一切时，他意识到街对面有个熟悉的身影穿着苯胺色橡胶靴正在懒洋洋地移动。还有一条破损的皮带，在锁定时发出尖锐的咔嗒声，一条长着长毛的四条腿和一条拖在地上的尾巴。当他意识到橡胶靴的鞋尖在一段时间前已经转向他时，他不情愿地抬起头来迎接马路对面凯尔图母亲的目光。

当然,凯尔图的母亲对她的看法无疑是正确的。他伤了她女儿的心。他甚至还没有真正意识到自己做了什么。凯尔图的母亲完全有理由以批评的态度看待他,并认为男人都是猪,尤其是像塞缪尔这个年龄的,因为这是真的。

他发自内心地希望凯尔图的母亲能离开,回到凯尔图的继父身边,凯尔图的继父会在这个时候开始拿着瓶子在厨房里跌来跌去,他想找人讨论他的青春和对生活的渴望,这些在他50岁的时候也没有消失到哪里,你明白吗?

但是凯尔图的母亲从街对面径直走了过来。塞缪尔听到湿水靴踩在路上的脚步声,看到在黄色路灯光线中渐渐向他移过来的阴影。虽然他的眼睛一直盯着地面,但是他并没有躲避在雨中弄湿了毛发的狗。狗把头伸到他的膝盖之间,心不在焉地抬起耳朵,用尾巴轻轻地蹭了两下表示问候。

"出什么事了?"凯尔图的母亲问道。塞缪尔看到了她脸上的担心,尽管他小心翼翼地避免眼神接触。如果说凯尔图的母亲眼里有什么责怪的话,那么它已经融化了。

塞缪尔也不知道自己摇摇头是要表示没什么,还是说他不想解释。凯尔图的母亲问道:

"一切都好吧?"

塞缪尔摇了摇头。凯尔图的母亲再次尝试用稍微不同的话语来问同样的问题。塞缪尔不想表现得太无礼,但又不可能憋着所有其他的话不说而只说一句话。他对任何事情都无能为力,因此也不值得谈论它——他唯一能做的就是把自己的失望、经历的不公、自我厌恶、所有的愤怒和羞辱一股脑儿地倾倒在凯尔图的母亲身上,可这并不是她应该得到的。

可是那条狗：它很高兴见到他。它以一种平静的、不言而喻的方式待在那里。摆动的尾巴有节奏地拍打着公共汽车站小亭子的柱子。由于一整天都没有进食导致血糖有点低，所以塞缪尔不确定自己是否还有力气从冰冷的塑料长凳上站起来。但是他无法从他所在的位置逃避狗狗那忧郁、两耳低垂的目光。狗狗把头埋向怀里的深处。

尽管他决定再也不去想这件事，但记忆迫使他又回想起已经困扰了他15年的那一幕，当时母亲曾问过他是否想独自去美国两个星期看望他的父亲。他记得自己对母亲提供的机会感到有点发蒙，这让一个6岁的孩子十分震惊，以至于他最初很难相信这是真的。独自一个人上飞机无疑是他一生中收到的最好的提议。此外，美国指的是动物书中关于白头鹰的那一页，因此他从心底无比坚定地想要去。

决定留给他自己去做：母亲真的会让他离开。

当母亲突然开始谈论，在漫长的孤独旅程中他有可能会开始害怕、哭泣或后悔时——母亲几乎没有把最后的那种情况说出声，但是母亲的表情所传达的信息在他的记忆中确实是这样的——他记得自己感到很奇怪。他会后悔什么——自己登上飞机吗？

"你自己感觉怎样，塞缪尔？"

"塞缪尔？"

"你想去爸爸那儿吗？"

"还是不想？"

"在那里要说英语。"

"塞缪尔，说说你到底是怎么想的？你觉得最好的解决方案是什么？"

从母亲的提问中他意识到，登上飞机后他也必须去见父亲。他感到喉咙里有什么东西，胸口阵阵颤动，他试图回忆起他们所说的那个留着胡子的深肤色人。然而，所有的回忆都像是模糊不清的照片，颜色亦已消褪。他站在那里，心跳加速，仿佛在盯着闪亮的黑色水面，却看不到下面有什么。同时他意识到了选择的后果。妈妈会在他的全程飞行期间都是独自一人，他意识到自己不能离开。妈妈没有其他朋友，妈妈离开他两个星期会过不下去。但在这件事上最大的难题是这个解决方案的深远性和最终性是他所不知道的，他无法把它想透彻。他不明白他同时还选择了——正如后来证明的那样——他将永远不会在他的余生中与他的父亲再见面，他将永远不会有任何东西用来填充他内心空虚、痛苦的空洞，而其他任何人都会有一些东西来填补这个真空，无论是多么破碎，带着酗酒、暴力、尴尬和缺陷，但总会有什么东西。他不仅选择了留在家中，而且选择了与父亲永久和最终的分离，这是他自己的选择，无论他当时还多么年幼无知，而如果他做出另外的选择，他整个余生也许会改变。为此，他永远不可能原谅自己。

虽然塞缪尔很了解比格猎犬，但他还是对所发生的事感到惊讶。它很温暖，透过光滑的白褐色皮毛可以感觉得到它的心脏在怎样跳动。他知道他不应该，但是当他抚摸它时，这只柔软的、带着泥土味的湿漉漉的狗，突然在他的怀里变得如此沉甸甸，带着棕色的懒散和信任感。它白色的腿如此温柔，它的嘴巴耷拉着，它用狗狗的眼睛看着他，任凭这一切发生，它不要解释，没有名字，也没有解决方案，对它来说没有什么奇怪或特别的事，人类的事是人类的事，但是现在这条狗的嘴巴和狗本身，它不会想到通过说话来破坏一切，它丝滑的、耷拉着的耳朵以及它的嘴巴也是那么黑、那么潮湿，一副活生生的样子。而凯尔图的母亲，幸运的是他看不到她的脸，她穿着她的橡胶靴、手里拿着雨伞，现在站在旁边也看到了发生的一切，那时她也无能为力了，这一切最终都来了。狗对此也不在意，它主动地透过皱巴巴的毛皮看着他，把它那温暖的嘴巴压到了他的怀里。

他无法估算他在十几岁时花了多少个晚上、周末和月份来寻找有关他父亲的信息。这件事就像是不声不响地成了他半天的工作。但是事情就这样结束了，在那个晚上，在一个下雨的公共汽车站上，当他与凯尔图的母亲和她的狗在一起时。自那以后，他就不再期待从自己的父亲那里得到任何东西了。

在接下来的几个星期里，他在脑海里浏览了这些年来他从母亲那里和全球信息网络收集的关于父亲的所有信息，并分别向每一条信息表示哀悼。零散的逸事、照片、家庭住址、电话号码、儿童照片——他把它们都从脑海中清理干净，然后一个一个地把它们扔掉，对待从网络角落偶尔搜集到的信息碎屑也是如此，而这些碎屑他一开始也没有搞明白（**公告**：在短假期间原只允获2.5个学分的神经科学的本科生，通过查耶夫斯基博士的调整将在假期结束时获得3个学分！[①]）所有那些不可取代的稻草，那些他珍藏在心里、晚上关起房门进行研究以了解他父亲为人的信息，他

---

① 原文此处为英文 ANNOUNCEMENT: Neuroscience undergraduates only allowed 2.5 credits during Intersession will be able to earn 3 credits per Dr. Chayefski's adjustment at the end of Intersession!

将会在接下来的几天和几周里，将它们在脑海中一个一个地粉碎，然后销毁掉。难道他真的要把所有这一切都寄托在一个完全陌生的人身上，一个几乎不记得他存在的人身上吗？

母亲在远处不放心地跟着他，不明白在他的内心发生了什么，她不想让事情变得更糟，但也不知道如何帮助他。他看到，母亲有多么担心，她看起来肯定很沮丧，她的灵魂被灼伤了，并且很快就会试图去自杀。

多么不可思议啊，多么令人愤怒的沮丧，多么不公平，他记得自己在那几周里一直很奇怪：他非要如此见鬼地哀悼一个他从未见过的人——而这个人生活得很好，过得很好，无忧无虑。令他惊讶的是，在内心的清洁工作结束之后，这种全面的悲伤仍然还笼罩着他，这对这个19岁的年轻人来说是全新的。一场凉爽的蓝色洗浴，作为其早期灼热海啸的续集，与其在希耶塔涅米海滩上的经历相对应。

那事没有征得他的同意，做得很不公平。为了前面几代人的自私和混乱不堪，却不顾及他的情感和需求。

这当然给他留下了永久性的创伤。

可对谁又不是这样呢。

如果没有那次经历，他会把一切都做错。他事后对此深信不疑。如果没有那项工程，没有那些凉爽的蓝色星期，他后来就不会为了小比格猎犬做正确的事情。他就不知道会发生什么，或者他会卷入什么，但是动机会与原来的相反。

这就是那位曾经访问过赫尔辛基图书馆的僧侣所谈到的。僧侣说，你会感受到爱，它没有让你选择，没有提出要求，也不需要权衡价格。僧侣说，你可以感受到爱，它让光明充满你的心。僧侣说，你可以感受到爱，它把注意力从你自己身上和自己的欲望上转移。僧侣说，爱会马上知道该怎么做。

塞缪尔记得自己当时很奇怪这是什么意思。

僧侣是不是就像学校的宗教老师？打包的内容包括了说话的礼仪、未实现的愿望、缺乏依据的反科学信仰、错误的教养以及拒绝参加讨论的想法。

还是说僧侣知道他和宗教老师都不知道的事情？

直到他和凯尔图交谈之后，他才明白是怎么回事。从凯尔图富有同情心的声音中，他才逐渐开始听到，当那个面带微笑、运动型的高个男人、一个在各方面都很爽朗的家伙打开了拉雅科斯基生命科学有限公司K2层的门之后，在自己身上所发生的一切。只有在与凯尔图交谈并考虑了自己的选择之后，他才意识到这是一个绝无仅有的重要时刻，是那种并不是每个人都有很多机会得到的时刻，那种将决定我们将会成为什么样人的时刻。

在这一体验中，有什么东西与他前几天晚上从希耶塔涅米海滩回来时遇到的金属味海啸有如此决定性的不同，他突然明白了：没有这两种经历，他现在就不会在那里，至少不会像现在这样。如果没有那些他在脑海中移动的从重要到毫无价值的每一个细节，如果没有那些他不得不埋葬的每一个愿望，如果没有那些就好像是在蓝黑色积雨云中度过的几周时间，如果没有那些在经历中留下的洞穴，那些如果有人用手指戳一下仍然会感到刀绞一般疼痛的空洞，他就不会是现在的自己了。如果不是凯尔图的母亲和狗，如果没有凯尔图在电话里的声音，他就不会区分爱与恨了。

没有他们，他就会为了比格犬做出像他从希耶塔涅米海滩回来后那天晚上同样的事情，这与他应该做的事情完全相反，那些他至今仍在后悔的事。

没有那一个夜晚，没有那些从希耶塔涅米海滩回来后发生的事，一切都会像应该消失的那样消失掉。

由于他在拉雅科斯基生命科学有限公司研究中心看到那些比格犬后所做的一切，他也许会入狱，甚至很有可能会入狱，但这是为了解决方案要付出的代价。他必须这样做。对于邪恶来说，一个好人什么都不做就足够了。

但是那天晚上他从希耶塔涅米回来后，他做了一件现在自己的父亲因此而指责他们所有人，甚至是那些他从来没有见过的人和事。

塞缪尔看着乔费力地从门厅的地毯上站了起来，地毯上青春期女孩的鞋子和衣服散落在衣帽架和鞋架上面。他为自己跌跌撞撞地闯进自己陌生父亲的生活以及自己的惊恐和过分的愤怒而感到羞愧。当然，他们在这里神经都很脆弱。发生在他们身上的这一切——"哈喽，我应该更温和一点儿。"

他想，认同别人的立场有多么困难，即使在经历了所有这一切之后。

"对不起。"他对父亲说。

只有当他听到自己的声音是在怎样颤动时，他才意识到自己的歉意有多深。乔没有回答。塞缪尔在父亲身后从前厅迈着担心的步伐走了进去。他不确定现在离开是否会更明智。

"对不起。我刚才的做法实在太无礼了。我只是被吓坏了。"他一边说,一边把枪还给了乔。乔看着它,好像不明白那是什么似的。乔闭上眼睛,摆了摆手,走到客厅里坐在沙发上。塞缪尔看着手中闪闪发亮的左轮手枪。当他想到他刚刚用它做了什么时,他感到一阵恶心。

"我应该把它放在什么地方吧?"塞缪尔问道。

乔揉了揉头,没有回答。他脸色苍白,额头爬满了大滴的汗珠。塞缪尔担心自己是不是给他造成了严重的伤害。这个年龄的男人会犯心脏病的。

塞缪尔把枪放在门厅地毯上那个做着揶揄状的大红蟹的两个夹子之间。亲爱的,这里是巴尔的摩[①]。

"你是不是真的没事?"

乔不耐烦地用手挥了两下。这显而易见是指指的,或者是你快走吧。

塞缪尔站在门厅里,感到自己很无助。风扇在靠里面的什么地方发出很响的声音。我们现在应该做什么?塞缪尔不想让他们唯一的也是最后一次的见面就这样结束。

"爸爸?"

乔看起来对此感到十分惊讶。他用发光的眼睛迅速瞥了一眼塞缪尔,好像突然想起了他们彼此是谁。

"很抱歉我事先没有打招呼就来了。现在显然不是最好的时机。"

乔默默地看着眼前的地面。塞缪尔将其解读为可以继续下去。

"我可以进来吗?甚至只待一小会儿。我还想再谈谈。"

[①] 原文此处为英文 This is Bawlmer, hon.。

乔仍然盯着面前的地面。乔什么也没说，最终慢慢地对着脚趾的方向点了点头，让一切都过去吧。

塞缪尔的英语很自然，容易听懂，但却是外国式的。乔意识到，这个男孩在芬兰的学校里不得不像其他人一样学习这门语言。他看起来显然是塞缪尔：一双闪烁的黑色眼睛，留得长长的、带着微笑的黑胡茬和过大的羊毛软帽下露出的卷发。现在的年轻人都很奇特，愿意如此冒着生命危险：夏天在巴尔的摩戴着一顶无檐软帽。

乔听着塞缪尔在说话，感到胸口发紧。塞缪尔好奇地环顾着四周，就他们的公寓说着一些客气的话。当塞缪尔很自然地坐在客厅的沙发上时，就好像他每天都这样做一样，乔意识到为什么这个人不是过来杀他的——为什么这无论如何是不可能的。

如果一定是有什么恶劣的东西能把所有那些做过可怕的事的人都连接到一起的话，那么显然眼前这个人身上没有：那是一种最终被完全误解的感觉，被整个世界击败的感觉。这种恶行离这个人太远了，以至于第一眼看上去就可以肯定这个人不会来杀死他们或者其他任何人。他配着自己的肤色简直太自然了，他的眼睛充满了好奇，他散发着成功的气息，以及无论做什么都会取得成功的信心。

显然，刚刚所发生的实际上在塞缪尔这边也仅仅是出于恐慌。乔曾很难相信——在他意识到自己也做了同样的事情之前。

塞缪尔带着十分担心的神情审视着他，甚至感到一份同情。毫无疑问这是因为他瘫软地坐在沙发上，什么也说不出来。

"你……来了。"

他最终说出了这几个字。这本来应该是一个问题,但是却成了一项指控。为什么是现在?最糟糕不过的时刻。

"很抱歉我没有提前打个招呼。"塞缪尔说,"或者说我实际上试着打过几次电话,但是我无法联系到任何人。"

为了能说些什么,乔听到自己在试图笨拙地一个字一个字地试探着聊天:

"你从哪里来?"

"嗯,从联邦监狱。刚刚。既然你问了。"

乔咽了一下口水。塞缪尔似乎注意到了他的恐慌,做了纠正:

"或者说是从俄勒冈州,从尤金,从波特兰来。"

尤金,俄勒冈州,乔从他大脑破碎的褶皱中搜索到的是美国无政府主义的首都。引人注目的反对资本主义的暴力示威活动都是在那里协调的,各种生态极端主义运动都把营地扎在那里。每个生态恐怖分子都以这种或那种方式经过尤金,有人在站起来维护你的研究权利![1]聊天群里这样说。

"俄勒冈州?"乔说,他在想如果自己心脏病发作了是否能意识到。"你在那里有朋友吗?"

"是的。我被邀请在一次活动中发言。"塞缪尔说,"那是一次在波特兰举行的研讨会。"

动物伦理待遇协会[2],塞缪尔解释说。由于最近几个月做了一番调查,乔知道这个协会:是一个战斗型协会,其中包括那些认为是他错了的人,还包括那场探讨如何毁掉

---

[1] 原文此处为英文 Stand Up For Your Research Rights!

[2] 原文此处为英文 Society for the Ethical Treatment of Animals。

他的职业生涯和工作的活动。

在这个陌生的年轻扎伊德——他的儿子——本质里有什么东西是如此自信,好像一直很清楚地知道他会在今天抵达,可以事先不打招呼从俄勒冈州来。但是年轻的扎伊德看起来也在担心:有些事情在困扰着他。这件事情乔只能看懂一半。他所有的脑力都在继续消化着那个想法,即这个人是不是不用害怕。

"很高兴见到你。"塞缪尔说。然后他的表情变了,并迅速站起身。塞缪尔走向门厅,他在那里留下了一个用旧了的天然白色的棉布袋,他弯下腰从里面找着什么。

塞缪尔说:"我把这个带来给你。"

当塞缪尔从包里掏出一个又重又黑的东西时,乔在眨眼间又感到一阵新的恐慌。乔眨了眨自己的眼睛。

是一瓶葡萄酒。

"但愿这个够格。没有钱买更好的。我是在食品店买的。"

如果没有与"自由传媒集团"打交道的亲身经历,乔可能不会像这样愿意相信塞缪尔所说的一切,但是破碎手机的逻辑中有一些似曾相识的东西。

据说塞缪尔在他那个艰难之秋确实写下了他的所思所想。的确,他在解析自己的感情方面并没有使用任何外交辞令。的确,塞缪尔在公开的栏目上写出了他对前女友和乔的看法,而且他在自己最脆弱的时刻写下的本应是私人日记的注释中也确实会给人一种敌意。

显然必须要根据塞缪尔两次每次15分钟在社区医疗站看病的情况对他做出诊断——任何人不允许在没有相应诊断结果的情况下接受治疗。医疗站的医生不得在电脑系统里写下一些东西,情急之中他假设了一个合适的组合。毕竟诊断并不重要,医生可能会这样想——如果注释中有错误,塞缪尔来复诊时会得到纠正。当然,应该没有人能够侵入受保护的健康记录,但是显然西蒙·沃特斯真的知道他在做什么。

塞缪尔显然真的与一位名叫泰勒·伯恩海姆的环保积极分子结成了死党,但是一直到很久以后,在看到比格小猎犬之后,他才发现当拉雅科斯基研究中心围栏后面举行的示威活动在引起媒体短暂关注后,只有他的眼睛里被喷上了胡椒喷雾,研究中心的安防系统得到了加强——尽管整个国家都认为塞缪尔揭露里面发生的事情令人发指。

根据塞缪尔的说法,泰勒是他认识的最富有同情心、最有思想和最聪明的人之一。泰勒,根据塞缪尔的说法,在他所做的任何事情上都十分成功。听他这样说,乔感到自己被误解了,怨恨又开始从他的每一个细胞中被一滴滴地凝结起来。

"事情就是这样。"乔说。"当拥有足够大的影响力时,就会开始被称作恐怖分子。"

塞缪尔想了一会儿,然后说:

"你试着针对一家真正的大公司发起一场造势活动。那可是一家比上帝还有钱的公司。"

乔感到自己的内心有一种恶心的抽搐。塞缪尔说:

"要做得很到位,这样就可以真的开始影响到它们的市场份额。比如说尝试着把它们完全从证券交易所赶走。要做得让它们很容易从互联网上看到正是你和你的两个最要好的朋友安排的一切。看看会发生什么。"

乔试图把自己胸中不舒服的感觉向下压一压。他不喜欢这样，儿子把所有事情都理解错了。社会不是这样的，他没有生活在这样的国家里或世界上，西方民主国家不是这样的，儿子不知道自己在说什么。然而出于某种原因他忍不住问道：

"那么后来发生了什么？"

塞缪尔看着他。

"移动一下球门柱。"

乔显然听明白了，塞缪尔和他的朋友们确实干倒了一家国际上市公司，他们把这家公司吓得丧失了行动能力。尽管乔立即想起了那位来自数字声誉管理公司的精心打扮、很友善的女士，他仍然不得不每周为在互联网上进行机器人搜索而付给她钱，尽管他也想起了自己的一位同事，他由于听到"自由传媒集团"开始抹黑那些试图阻碍他们的人的声誉而不得不放弃抵制，他仍然不会同意这一点。从他腹部黏膜上同样令人作呕的灼伤中，他知道儿子错了，人们不能这样去看待这个世界。

"稍等一下。"

塞缪尔走过去取回自己的手机，在上面轻轻点击了一会儿，然后把手机递给他。这是一张印在粉红色纸上的著名财经杂志头版上的照片。新闻本身在这个栏目上是中等大小的。

帕金菲尔德生命科学被纽约证券交易所停牌。[①]

塞缪尔用食指和拇指将图片拉大，吸了一口气并大声

[①] 原文此处为英文 Parkingfield LS Suspended from NYSE。

读道:

"根据来自什么什么什么的什么什么什么①,"塞缪尔快速读着,接着放慢了速度:"帕金菲尔德生命科学国际公司不再符合纽约证券交易所的连续上市标准。市值什么什么……跌破5000万美元。"②

塞缪尔看起来很骄傲。乔没有力气再生气或者向儿子解释为什么他所做的是错的。这就是在当今时代发生的如此奇怪的事情。通过这种方式会将合法的公司妖魔化。尽管并非公司所有的手段都是公正合理的,但是它的企业活动仍然是合法的。谁都不应该对他人进行威胁,砸烂别人的地方。

"你们的这些手段。"乔说,他感觉自己已经150岁了。他们最终还是无法在任何事情上达成一致。"砖块、垒球棒、炸弹……"

塞缪尔不相信地盯着他。

"你在说什么?"塞缪尔问道,"我们还要就这同一个话题讨论多少次?"

"那你们用什么方式吓唬他们呢?"

"通过电话。"

"什么?"

"并不是真的吓唬他们。我们没有给他们打电话。"

"你们打过电话吧?但不是给他们?"

"是的。我们很快意识到了不值得这样做。"

---

① 原文此处为英文 According to bla bla bla from the bla bla bla。
② 原文此处为英文 The Parkingfield Life Sciences Group Inc. no longer meets the NYSE's continuing listing criteria. Market capitalization bla bla... fallen below $50 million。

塞缪尔以前清楚地向某些人解释过这件事。据说这种策略与反对南非种族隔离政权的策略是一样的：礼貌地询问他们的合作伙伴，为了他们自己的国际声誉，他们是否值得考虑将他们的业务迁往其他地方。如果没有人出售所需的物品，如果没有人从机场运送动物，如果食品快递公司拒绝合作，如果缺少的螺帽无法再通过邮局获得，动物实验就很难再继续进行下去。

当全世界一万名年轻人每天都给同一位银行经理打电话，礼貌地问他是否确定正是他的银行想要向这家公司提供贷款时——即使每人只是每小时打一次，也变成了每天在办公时间里有8万个电话——这一策略就会开始奏效。

"我们的经验是，在短短的几个月内，他们会找到其他的投资对象。那种他们不会因此接到任何电话的投资对象。我们没有吓唬、威胁或恐吓任何人。"

乔盯着塞缪尔。根据该公司自己和当局的描述，他得到了一个明确的印象，即该公司的关键人物遭到了垒球棒和炸弹的袭击。但是据塞缪尔的说法，这一切都是在一个独栋住宅卧室里的几台笔记本电脑上发生的。乔突然意识到，他所有的信息都是来自iAm选择和推荐的信息来源。他感到有点羞愧。为什么他——还是一个批判性的、独立的思想家——没有意识到要寻求相反的观点和更中性的信息呢？

他被误导了，并没有什么特别的目的，或者说在最糟的情况下是被故意误导的。

乔不得不深吸一口气。这一成果听起来很可观。儿子与他的朋友们在没有使用任何暴力、没有做任何违法的事情的情况下，将一家价值10亿美元的公司逐出了纽约证券交易所。

"我在互联网上注意到,你手头有一家差不多一样的公司,尽管在一个稍微不同的领域。"塞缪尔说,"如果您想借鉴,我们的策略可以免费使用。我们不需要任何佣金。"

塞缪尔的嘴角露出了一丝无意的笑容,但他很快就意识到了并将其收回。

"我注意到你们只是把火引到自己身上,但却没有真正做成什么事。"塞缪尔说。

乔感到自己的内火在上升。他无法控制住自己对他们的所作所为在不知不觉中流露出来的一丝钦佩之情。他对此无可奈何,他忍不住对他们的创造力、他们的决心和对资金流动的理解能力表示钦佩。(甚至还有这样一个小小的、不公平的、错误的胜利欢呼:儿子没有成为芬兰人——而是成了一个美国人!)但是他自己的钦佩之情却同时也让他感到非常恼火,他不禁咬紧了牙关。

这实际上正是他所反对的。他有100万条理由说明为什么他们所做的是错的。他胸口充满了这种感觉,无论他们多么聪明和坚定,他都不会改变主意。他理解为什么帕金菲尔德生命科学国际公司[①](同时也拥有拉雅科斯基生命科学公司)起诉他们协调了这些活动。这是正确的做法。当然,如果帕金菲尔德生命科学真的开始借助它所拥有的10亿美元的财富力量来发表关于塞缪尔和他的朋友的报刊和博客文章,这让他们听起来像是恐怖分子,正如儿子所声称的那样,那公司就做错了。与此同时,现在在"自由传媒集团"的小报、电视频道和网站上刊登的关于他的一切,

---

① 原文此处为英文 Parkingfield Life Sciences International。

都在他的脑海中一一闪过。但是这又被更强烈的不公平感所掩盖，不能允许一个人因为臆想出来的任何原因而受到攻击。

我们没有恐吓任何人。儿子不明白持续不断地受到骚扰是什么感觉。

"但是那样做就是恐吓！"乔大声说道，感觉自己像是个老古董，病患缠身，在身体的某个地方还有他无法理解的眼泪现在也试图要流出来。"电话恐怖活动。每天打10万个电话给试图从事合法工作并养家糊口的人。"

"是的，好吧。"塞缪尔说。"我们称之为游说。在我们看来，恐怖主义是对人民生命或健康的危害。或者以此相威胁。但是，我们不要卷入其中。我们这叫公民不服从运动，我们当然也接受法律规定的所有处罚。"

"你们不明白游说是什么。"

"是说我们不明白吗？"塞缪尔说，"当然我们也宁愿用选举资金干干净净地收买足够数量的国会议员。我们只是没有那么多钱。"

"你们中的一部分人已经做好准备去做任何事情。"

当提及臭名昭著的危险动物活动家希瑟·米兰达时，塞缪尔的嘴唇露出了疲惫的笑容。塞缪尔摇了摇头。据说这篇由一家安保公司赞助的文章以多种形式发表在大约20家报刊上，并伴随着惊叹号和惊恐符号在从事动物实验者的论坛上广泛传播。

根据塞缪尔的说法，真正的希瑟·米兰达的故事是这样的：两名私人安保公司的特工进了一个动物活动分子小组，两年来试图说服数十人进行暴力袭击。由于没有人同意这样做，他们最终不得不招募一个多年来一直使用海洛因的人,这个人曾因暴力犯罪入狱并且碰巧签署了一份保护动物的请愿书。特工最初甚至也无法说服米兰达去从事他们想要的袭击,尽管此人对体制、对人们和企业心怀仇恨和不满。最后,经过一年的动员,米兰达终于答应了。安保公司的人必须要能拿到炸药,用炸药做好一个炸弹,用他们自己的面包车把炸弹运到企业的停车场,把炸弹藏在一个约定的地方,然后从家里接上希瑟·米兰达,把她送到同一个停车场,然后把她一个人留在那里——这样安保公司就可以"碰巧"赶到现场,并将她作为生态恐怖主义嫌犯抓获。

塞缪尔解释说,希瑟·米兰达确实口头认可了这一行为,并同意被运送到现场。但是米兰达并没有发动暴力袭击。她有可能像她所答应的那样把它完成——但这实际上并没有发生。

希瑟·米兰达因为同意这样做而被判处10年徒刑。安保公司的代表现在则成为颇受欢迎的应对生态恐怖主义威胁的培训专家。他们因向公共当局、私人安保服务和公司传授渗透方法而获得数千欧元的报酬。

"肯定无论如何都无法让你们相信,"乔说,"你们中间也有那些真正危险的人。"

塞缪尔看起来很痛苦。

"刚才那个在你们中间应该算是一个了不起的了吧。"

好吧,换一个更好的,乔大声说。动物活动家,环保主义者。吹毛求疵太累。但是塞缪尔设法举出了几个——毫无疑问都是精心挑选的——比如关于乔的同事、他们的方法和公开表态的例子,乔感到一阵尴尬。也许塞缪尔说的话的确有一定道理,每个团队里都会有各种各样的人。

显然——尽管儿子也反对乔现在做的工作，并认为同样的数百万美元对于像拯救因营养不良而濒死的儿童、为所有美国人提供医疗保障以及阻止气候变化等更为急需——儿子对他的工作的看法还是有所不同，不属于他和他的朋友决定要予以阻止的范畴。据说帕金菲尔德生命科学国际公司只要付钱就会做任何事情，无论是针对任何生物还是出于任何原因。据说大部分动物实验都是为了公司的特定司法需求而进行的，以掩盖其真正的研究结果。或者在最有用的情况下，比如向市场引入一种新的人造甜味剂，尽管人造甜味剂早已有30余种了。每年有数以百万计的动物被用于实际上并没有必要的实验。

乔对此并不信服，整个体制不可能运行得这样糟。然而儿子立即迫使他承认他根本不了解这个体制，或者说他并不知道公司可以以商业机密的名义隐瞒其大部分研究成果而不予发表。

"你认为如果让像你这样的人知道了会是件好事吗？如果你也去搞搞清楚，那会是个好主意吗？"塞缪尔问道，"你比像我们这样的人拥有更好的机会去施加影响。"

乔在自己的工作中——至少在原则上——每次都可以分别考虑要研究的问题及其需要采用的手段，这在儿子听起来很重要。这让乔感到良心上的不安。事实上在大多数情况下，他的研究工作迄今为止都是匆匆忙忙地被快速向前推进，而并未给予更多的思考，只是绝望且艰难地挣扎着并大体朝着类似的方向前行。

但是最重要的是，塞缪尔说，他认为，只有当他和他的朋友们黑入拉雅科斯基的数据档案之后，他才明白这一点。

"如果你有兴趣……"

塞缪尔把话说了一半，便从他的包里又拿出了什么东西。一个灰色的、看起来很重的盒子。一块硬盘。

"这里有一些研究结果。如果你感兴趣的话可以看一看。"

乔看着自己的儿子。最迟到现在，他不得不向自己承认，儿子也许真的知道一些他不知道的事情。塞缪尔把硬盘向他递过来，他意识到，如果他抓住它，他可能会发现自己无可挽回地处在一个倾斜的表面上，从那里将会滑到某个比他在思想上准备好要进入的更深的地方。

"这就是你们从他们那里偷来的吗？"

塞缪尔点了点头。

"当我们意识到那里有什么时，我们寻求了一点点帮助。"

"什么样的帮助？"

塞缪尔解释说："有些程序可以像昆虫一样沿着给定的数字路线爬行。它们可以收集它们所遇到的一切。"

"他们的商业秘密？"乔问道。

"是的。"

"这可是犯罪啊。"

"是这样的。"

"我当然不会去碰它们。"

塞缪尔看着乔和自己手中的硬盘，思考了很长时间。

"我认为这里有一些我们大家都应该看到的东西。我现在说的是每个人。"

乔盯着他。他感觉自己面临着一个关键的选择，但是他不知道自己要选择哪条路以及要去哪里。

"这就是你在那次辩论活动中所要捍卫的。"塞缪尔对乔说，并展示着他手中的硬盘。"还有这个。"

最重要的是，这是他和泰勒想要叫停的。塞缪尔说。

"我们生活在一个西方民主国家，它不是由上市公司而是由大选选出政治家领导人。"乔说，"如果我们的制度中有问题，将通过政治和民主制度予以纠正。你们生活在想象的反乌托邦中，这种反乌托邦只存在于你自己的头脑中。"

塞缪尔甚至不让自己的表情有任何颤动。塞缪尔对着手中的硬盘点了点头。

"如果你打开这些文件，你就会看到一些关于我们的政治民主制度如何运作的东西。我想这里有些事情你不知道。我想当你看到它时可能会吓一跳。"

塞缪尔说，他自己也会认为那些声称这种观点的人脑子有毛病。但是他看过了硬盘的内容。

"这是通过犯罪手段获得的。"乔说。

塞缪尔把硬盘递得更近了一些。

"难道犯罪手段在道德上总应受到谴责吗？"塞缪尔问道，"打开这些，再告诉我你的观点是否有改变。"

但就在乔认为他应该做出决定性的选择时——要么参与犯罪，要么让儿子失望——塞缪尔突然换了一种眼光看着他。塞缪尔的脸上笼罩着一片黑云，似乎把最近的所有谈话都视作无关紧要的事绕了过去。塞缪尔把硬盘收回怀里，似乎像是接受了乔的婉拒。塞缪尔看起来好像是在寻找合适的词语。

当塞缪尔开始说话时，乔看到他开口有多么困难。乔想知道接下来会发生什么。

当塞缪尔第一次说出这件事时，乔以为自己听错了。

"什么？"乔问道。

"那个包裹。"

乔盯着塞缪尔。

"你的女儿们收到的那个。"塞缪尔说。

"嗯？"

"是我的错。"

他的表情中显露出一种直率，这只有在对自己十分了解的人身上才有可能出现。对于一个做了一件比他想象得到的更糟糕的事情的人来说，现在他知道了自己可以做得到。

这是一场意外。后来他在脑海中将足够多的细节都拼凑好了之后才让人感觉是这样，这是一次小小的过失。

在设法在将近两年的时间里把这件事忘到脑后。有时记忆还会回来，咬一下钩后又离开了。他花了很多个夜晚向自己解释说，这件事情并不一定会有什么后果。

然而，当他听说了这个包裹的事之后，他意识到他必须对自己的所作所为负责。虽然巴尔的摩之行也是出于好奇，想最后见见这个查耶夫斯基，也许还可以带着硬盘寻求帮助，但他来的最关键原因仍然是那个包裹。

他在尤金的一份报纸上读到过这件事，在泰勒独立式住宅的厨房里。

清晨，夏日的阳光从窗户照射进来，绿莺在厨房窗户后面的灌木丛中唱着歌，塞缪尔走下楼梯去楼下吃早餐。他前一天晚上刚刚从洛杉矶回来。他曾担心自己去不成，但他们最终还是答应支付他的旅行费用。他感到了疲倦，但是获得了重生。一切在那一刻看起来都很好。这次旅行进行得十分顺利，那些到场的人似乎都听到了他要说的话。

所有的邪恶和不公正都暂时被击退,平衡得以恢复,人们仍然在理性的范围内。

可是就在泰勒拿起平板电脑给他看并对他说"你有没有听说过这个,有个东海岸的大脑研究人员"之前,就在塞缪尔听到泰勒的话之前,甚至在塞缪尔看到屏幕上的一家名为抵制![①]的网络杂志的标题之前,甚至在泰勒能够大声读出他父亲的名字之前,在所有这些之前,塞缪尔出于某种缘故就已经知道了:从泰勒的语气,甚至从还没有被提及的巴尔的摩。由此或从所有的这些组合中,他感受到他的行为造成的后果。

他紧闭着双眼,深吸了一口气。当海洋上有暴风雨时,海浪只在海面上拍打,海面下是平静的。事实不会把我们击倒,而在于我们如何看待它们。

不要让思想的陀螺旋转,事实不会随之改变:专注于身体,关注现在这一刻的感觉。闭上眼睛,在脑海中一个接一个地去想身体的各个部位。将注意力集中到那里,它们就会放松下来。

但是腹部黏膜上的灼热感并没有停止。他在同一天还得去波特兰参加一个会议。尽管春天的阳光很温暖,他还是受了凉,而且这种寒冷的感觉在安排他住的四星级会议酒店里似乎愈加严重,而他甚至都没有钱从机场打车过去。

要冷静下来,他在整个会议期间一直试图这样要求自己,尽管他知道这毫无意义。渐渐地,那种挤压的感觉在身体里不再能区分出来了,而是被石化成他的一部分。他随身携带着它,就像自己的内脏一样,而且将永远携带它。

---

① 原文此处为英文 Resist!

在演讲之前,他为一个穿着嬉皮士服装、热衷于环保的害羞女孩签了名。女孩看到塞缪尔时眼睛亮了起来:可是你是不是……?女孩双手颤抖着将她的记事本和笔掏出来,并像一只谦逊的小鸟一样递给他时,塞缪尔乖乖地扮演着自己的角色。他记得他还向女孩的方向发去了一个令人心碎的微笑。但是他心里的重压并没有缓解,即便是在他暂时忘记了它的时候。

致桑迪,塞缪尔写到。在那之后他又添加了一句马丁·路德·金①的名言,这是他的最爱之一,这句话他曾反复使用,现在感觉如此可耻和虚伪,以至于他觉得一旦自己抬起笔就想把纸撕掉。

幸运的是,当他在400人面前爬上水泄不通的礼堂的舞台时,他的习惯助了他一臂之力。他已经在很多地方讲过同样的事情,以至于他今天可以很自然地摆出一副他已经学会如何代表这项事业的面孔。他从一开始的几次演讲中就担心自己不知道如何选择正确的词汇,从而会在所有那些复杂的地方和过多的细节上磕磕绊绊。

"你不必做任何事情。"泰勒在开始时曾经说过,"你有这个天赋。"

"不要做任何事情,"泰勒说,"你只需远离道路,它自己会过来的。"

他就是这样学会怎样去做的。在波特兰,这些话就像是自然而然地说出来的,部分来自原有记忆,部分是新鲜出炉,就像是新鲜的花束,有时甚至让他自己都感到惊讶:我自己也不会如此恰如其分地概括。这是我什么时候觉察

---

① 原文此处为英文缩写 MLK。

到的吗？

他谈到，在当局的统计数据中，生态恐怖主义的威胁和环境活动分子的暴力行为如何爆炸式地飙升。然而，他在波特兰通过投影胶片向听众展示了，如果是自己获得的统计数据并搞清楚了数字背后是什么，那么就会发现"严重的暴力行为及其企图"几乎只包含合法的示威活动。当局把街头游行、在街头用粉笔绘图、在电视镜头前向总经理的脸上扔夹心蛋糕都计入其中。他谈到这些：权力意味着能够在 Excel 表上的每一列填写上自己想写的名字，而不必对自己的选择负责。他谈到这些：出于对生物的同情而采取行动的活动分子并不是第一个威胁到任何人生命或健康的人。

当他演讲时，他感到自己烂透了。他后来听到人们称这次演讲是他最好的一次。那种绵延不断、被重物挤压的感觉一刻也没有松弛，即使是在震耳欲聋的欢呼声中也是如此。下午晚些时候，当他在男厕所里呕吐时，他听到那个娇小如鸟儿般的嬉皮士小女孩在一墙之隔的女洗手间用钦佩的语气向她的小伙伴引述着他写的马丁·路德·金的引语，告诉小伙伴她是从谁那里得到的它，非常意外，是在二层，他完全是独自一人在那里！我就真好像是，哦，我的上帝。他弓着腰站在马桶上，膝盖差一点儿要瘫软了，他听到女孩子们在浏览他的社区留言页面，想知道他是否有女朋友，如果有，是否有他女朋友的照片，这时他意识到一件很久以前就应该明白的事情：像他这样的人再也不能谈论同情或道德了。

从那以后，他再也没有谈过这些。

他在一生中实施过一次恐怖主义行为，他这样做的唯一动机是纯粹的仇恨，一种伤害另一个生物的欲望。他成功地回避了这件事很长时间——他这样一个专职说教相反内容的人。

当他一听说这个包裹时，他瞬间就知道了是怎么回事。他第一次遭遇到他的重大机遇时刻是在拉雅科斯基生命科学有限公司地下K2层，现在这是第二次。6月，当联邦调查局特种部队的沉重靴子终于哐哐地踏响外门廊上的地板时，他所能想到的就是：这是我应得的。他听到别人不相信的议论声、诧异的嬉笑声、扎伊娅带着恐惧的尖叫声：他们带着冲锋枪和防弹背心来了？因为我们有一个网站敦促大家拿起手机？这不可能是真的，有人在说，后来塞缪尔意识到被他想象成枪击的"砰"的一声是扎伊娅把一满杯咖啡掉在地板上发出的声音。与此同时，身着全套战斗装备冲进来的特种部队手持MP5冲锋枪按照准确的角色分工表演了打磨到极致的编舞——这就像芭蕾舞一样！——他意识到有段时间从房子上方传来的有节奏的声音一定是一架直升机。真见鬼，他们都在想些什么，真以为他们会穿着破烂的牛仔裤光着脚逃跑吗——是飞吗？

泰勒曾多次说过，他们要不了多久就会来。搞倒一家国际上市公司不会没有后果的，会发生点什么事情的。门柱将再次移动，这是必不可少的。这就像早上降落到每一块地面上的露水。如果你选择了这样的生活，那就应该接受。事实不会给我们带来不幸，而是我们如何看待它们。泰勒从一开始就很清楚，无论他们取得了什么成就，门柱都会被移动。门柱之所以被移动，是为了不让同样的事情再次发生。门柱里有一个，人们不应该想象自己能够爬到它的上面。

每当亲眼看到这些门柱被移动时，塞缪尔就会相信：他从拉雅科斯基生命科学有限公司研究中心的K2层拍摄的照片和视频不是真实的，而是通过犯罪手段获取并由一个危险的、没有合作能力的人有意传播的。就研究方法提出有根有据的问题不再是实事求是的批评，而突然变成了会威胁到公众健康和阻止所有进步的问题。合法的示威变成了非法行为，不必要地使用武力变成了必不可少，掩盖研究成果变成了科学的自我批评，骗取资金变成了造福社会。他的照片中显示的措施（没有人能接受这些措施）表明，拉雅科斯基/帕金菲尔德是为人类、动物和环境着想得非常讲道德的行为方。

然而揭露这些谎言是恐怖主义，这让泰勒也感到惊讶。

塞缪尔从未接受过这一点。他以为门柱只是被一个糟糕的失败者所移开。但是那天早上，当联邦警察特种部队用戴着手套、训练有素的手在他身上搜寻隐藏的武器时，他两腿分开地躺在木地板上，他接受了自己应得的那一部分。他们迅速而有计划地将泰勒的书籍、报纸杂志和电脑装进一些大箱子里，运送到他们的车上。他看着自己的情绪状态，仿佛天空飘过的云彩：这一天终究会到来，他终于得到他应得的。他隐约意识到，如果没有那一次行为，所有这一切在他看来都完全是荒谬可笑的——他们在幻想什么，以为他们现在会停下来吗？——而且他通常都在想要用力把自己从手铐中挣脱出来，因为这样做毫无意义。他们拥有一个网站！这就是为什么他们现在拿着突击步枪来到这里的原因？但是当一个与他年龄相仿的年轻人、身穿防弹背心感觉像是个运动健将的准军事人员把他推上车时，他所能想到的就是，虽然这次袭击对其他人来说是一起司法谋杀案,但他得到了他应得的。

当儿子开口说话时,乔知道他并不想听。从儿子扭曲的表情可以看出他是认真的,儿子显然是真的干了那件事,尽管在他看来儿子不相信是这样。

他试图要求儿子饶了他不要再说了,但是看来这对儿子来说太重要了以至于他不得不说。

两年前,从希耶塔涅米海滩回来的那天夜里,当他在卧室里睁开眼睛时,开始他并不知道是白天还是黑夜。他已经在床上躺了很长时间,显然是睡着了。

海啸过后的感觉很不真实,很纯净。感觉就好像他一生都在睡觉,现在终于醒了。他嘴里还能感觉到金属的味道,他感觉松了一口气,再也不必与这种感觉作斗争了。

要能够接受自己无法改变的东西。

世界原本就是这样。

我们每个人都负有责任。

烧水时要将盖子盖在水壶上。

他用僵硬的四肢从床上爬了起来,整个房子都是漆黑一片。妈妈和亨利睡在楼下。秋风摇曳着外面光秃秃的白桦树,它们刮蹭着窗户,如同一个个瘦骨嶙峋像钩子一样的手指头。

他坐在桌子旁的椅子上,把电脑打开,它"唰"的一声就开启了。他听到电脑组件在预热时发出的咔嗒声,在金属外壳内的某个地方有一个小风扇在嗡嗡地转。他大脑的某个边缘地带意识到他的红色猎人帽从靠背上掉了下来,那是凯尔图在跳蚤市场给他买的。他把它踢到房间的角落里，两个月后妈妈在他不知道的情况下把帽子捡起来放到前厅的衣柜里，他不会想起来去那里找。

当他看到要找的网页在屏幕上打开时，他感到有什么东西像冰冷的液体一样流过他的整个身体。

他听说过这个网站，网站上公布了进行动物实验的实验室、研究人员的名单及其地址。他还看到了一张负责维护网页的年轻人的照片。他们穿着黑色衣服，在黎明前夕站在一片雾蒙蒙的沙土地上，表情严峻，给人以强烈的印象。

他向自己保证，他不会再回到那个网页，他知道，他的行为不是出于同情，而是出于一种不应被赋予权力的力量。

尽管如此，每当他想到他的父亲时，那些穿着黑色服装的人总会浮现在他的脑海中。每当他在思考世界上究竟是什么东西出了问题时，他们都会自动让他想起。

要想对一件微不足道的小事施加影响该是多么容易啊。

两年前的那个夜晚，当他从希耶塔涅米刮着大风的荒凉海滩上疲惫不堪地带着屈辱回来时，他在美国一家重要报纸的网站上看到了他父亲凯旋般的笑容，正是那天晚上他回来了。

当然，他的父亲也在黑衣人的名单上。

不过地址是错的。

让人感到很惊讶的是，父亲的信息是错误的，几年前就过时了。

当他把手指伸向电脑的鼠标时，他的手在颤抖。

在报纸文章中，他父亲微笑着告诉大家，动物实验将拯救整个世界，这个故事从来没有动摇过。叙述总是全面而完整，从最初的问题到不断增长的挑战，以及挑战最终得到完美解决。没有什么是不确定的，没有什么被毁坏，没有人对任何事情持有异议，只有英雄和奖励。在这个故事中，也唯有在这个故事中，报纸报道了一个特别的人物——约瑟夫·查耶夫斯基拯救了全世界的儿童。他独自一人，以自己的聪慧机智、神圣的勇气和坚忍不拔的毅力做到了这些，故事中只有积极的方面。这些文章中没有提到那些父亲为完成壮举而付出的代价，因为它们不属于这个故事。

如果伴随着胜利者的成就也展示出为了胜利所付出的代价，即发生了哪些可怕的错误，那么这些成就看起来就会有很大的不同。如果那些没有话语权和没有被问到的人也能说话，如果一切不是按照那个值得关注的人选择的语言和角度进行描述的话，如果这个故事是由那些关系到自己的全部一生、而自己的一切却由他人所决定的人讲述的，那么世界将会听到一个多么不同的故事。之所以这样，是由于一些与他们无关且他们也不明白的因素。

这样的故事从未被讲述过。

因此他这样做了，在那天晚上。

他不得不费了很大力气找到另外两位个人信息不正确的研究人员。如果只向黑衣人通报父亲的信息，那就做得太透明了。在最终找到另外两个不认识的人并将自己的父亲包裹在他们的保护层下后，他通过一个在官方互联网之外运作且通过该网络无法追踪到他的信息网络联系到了这个团伙。

一个声音在他的脑海中说，他显然正在做一件错事，但他事先已决定不去听从。当这个想法在他的脑海中闪现时，他意识到他不应该去猜测解决方案。

嗨，我只是碰巧注意到你们的部分信息看来已经过时。请核查一下这3个人，下面的联系信息我认为是正确的。

没有人回复，这令人难以接受。他牺牲了自己的灵魂，引导他们找到了一位杰出的国际学者，甚至可能是未来的诺贝尔奖获得者。这些如此不起眼的人，根本不值得得到他的帮助，他们的整个活动都是模糊不清的——这些人现在居然有脸不回复他。

在接下来的几天里，他花了大量时间酝酿复杂的复仇计划，以便教授这些无政府主义者**如何阅读他们的电子邮件，甚至如何回复**。如果你要想成为一名活动分子，你难道就不能把自己的事情做好吗？

但是当他在一周后访问该组织的网站时，他感到自己的肾上腺素激增。

数据已经得到更正。

当他注意到那些穿着黑色衣服的人同时做了什么时，他的心脏受到了额外的一击。3个更新的姓名和信息用醒目的颜色做了突出显示。在页面底部的单独说明中，这3个人的信息最近已更新。更新者提醒大家，请始终认真细致地做好背景调查。

他的手心在出汗。

他都去做了些什么？

这并不意味着什么，他内心深处的一个声音急忙低语说：这些都不重要。没有人访问这样的页面，不管那上面写了什么都没有意义，整个这帮人都是混沌不清的。

他上床睡觉时不断向自己重复着同样的内容，手指湿漉漉的，背上满是汗水。数据更新不会产生任何问题。再说他们自己不久也会更新他们的数据，这只是个时间问题。此外，会有疯子在互联网上随机寻找自己的受害者吗？会有人仅仅因为名字和地址以醒目的颜色写在网站上就去攻击别人？这是无稽之谈。紧张是一种过度反应，就像所有与父亲有关的事情一样。正如凯尔图所说：他与父亲之间没有任何分寸感。

但是那天晚上，当他躺在床上难以入眠时，他感觉到自己的血液在不安地循环。他听到黑夜里有什么东西在鸣叫，也许是渡鸦，或者是乌鸦，鸟儿的叫声和时间对他来说都显得那么不自然，再加上现在夜晚的黑暗，它的颜色，所有的一切不知何故都显得不对，以至于他不得不起床走下楼去，虽然他在迈出第一步时就知道这无济于事。

这就是他所想象的行动主义。尽管他有负罪感，但借此他想象自己已经完成了自己该做的事，无论多么渺小。对于这件事，他后来也很难原谅自己。

直到很久以后，当他已经认识泰勒时，他才开始就这个网站说些什么。

泰勒生气了。

这个网站及其维护者都很可怜。恐吓单独的个人是想要达到什么目的？是让他们感到苦涩，去买手枪？此外，攻击个别科学家是很低效的——有点像试图通过砸碎约翰内斯堡什么人的窗户来推翻南非的种族隔离政权一样。而煽动对守法的基础研究人员使用暴力，泰勒继续说，这与恐怖主义有何不同？很难说你的行为是出于同情心。泰勒说，与暴力调情会导致更多的暴力。

塞缪尔盯着泰勒，整个人因为惊恐而僵在那里。

泰勒说，对于一些年轻人来说，挥舞垒球棒很有吸引力。也许他们对自己和对生活的看法会在短期内变得更加光鲜亮丽，可以把自己想象成一名英雄。但是这与社会变革没有任何关系，泰勒说。

泰勒认识这些年轻人包括黑衣人中的一部分人。所有他们学到的姿势、有指向的着装和身上的金属挂件都在发出一个声音，即他们对政治活动一无所知，他们也无法做到这一点。后来当自己参与其中后，塞缪尔也见过他们中间的一些人。在他们所强调的激进主义中有什么东西似乎真的表明他们不知道自己想做什么。泰勒说，几年后，他们每个人都会陆陆续续地醒悟到，他们差一点儿错失了商学院和父辈的商业熟人所指引的辉煌未来。几年后，他们会悄无声息地除去他们的**小精灵**①文身，从他们的素食主义社区回到学生宿舍，用HBO②和网飞③的高质量戏剧和孤独的在线色情片来充实他们的生活，像其他人一样借助苯丙胺和哌醋甲酯④的力量准备和通过他们的考试，像其他人一样充满自豪地在圣诞节时向他们的银行家父亲和做咨询的母亲出示学期成绩证明，但他们会感到失望和感到空虚，

---

① 原文此处为大写英文字母或缩写ELF，也可有永远的朋友之意，即Ever Lasting Friends。
② 原文此处为英文缩写HBO，全称为Home Box Office，即总部位于美国纽约时代华纳集团Time Warner Inc.（时代华纳）旗下的有线电视网络媒体公司。
③ 原文此处为英文Netflix，又译奈飞，为美国知名网络电视频道。
④ 原文此处为英文Adderall和Concerta，是用于治疗注意力缺陷多动症的处方药，可刺激中枢神经系统，有兴奋作用。

因为他们无论怎样做都满足不了父母的期待，他们会感到不幸福，因为生活并没有给予他们所承诺的一切。或者他们中间的某一个，会极为罕见地做出一些暴力的事情，然后被投入监狱，遭到殴打。

塞缪尔记得自己好像有点喘不过气来。他由于羞愧而什么也说不出来。

他从未能够向泰勒承认他所做的事情。

强迫性的负罪感在很长一段时间内在他的脑海里萦绕。但是仅有地址并不能说明什么。在那次交谈之后，他每天都在关注情况，试图证明自己什么也没有做过。幸运的是，从巴尔的摩从来没有传来什么特别的消息。

最后一直到4月之前。

当他在尤金躲着其他人偷偷在互联网上观看黑衣人的一段视频时，他对自己所作所为的记忆像闪电一般回来了。视频中他父亲在校园讨论活动中被公开施以私刑。他们是来围宰他的，极不合理地以一千比一的比例。这是塞缪尔的错，就像父亲对他的不理解和犯有观点狭隘的错误一样。父亲只是通过自己的工作来思考一切，不明白自己的演讲在不知不觉中为有组织的犯罪进行了辩护，也不明白自己的论点在那些看到比格小猎犬的人的耳朵里听起来是多么幼稚和无情。看完视频后，他意识到要检查一下是否有人对父亲采取了任何行动。他立即发现了关于闯入实验室、投掷砖块以及在查耶夫斯基家的院子里进行示威的公报。

深夜里，当塞缪尔在泰勒嘎吱作响的木头房子楼上的客房里盯着自己的笔记本电脑时，他惊恐地意识到所有这一切也许都不会发生。如果不是他的所作所为，所有这一切都不会发生。

他试图在自己心里的检察官面前为自己辩护，因为他已经成功地抵制了这么长时间的蛊惑，但是这个解释很可怜。

也许他无法通过解释来争取到人们对他所做事情的理解。那天晚上，他只是没有控制好自己。也许这是一个诚实的解释：他身上还存在着这样的邪恶。

儿子的眼泪出乎乔的意料。塞缪尔把胳膊肘放在两腿之间，用手掌捂着脸。

乔的眼睛盯着坐在客厅对面的塞缪尔，他坐在熟悉的蓝色宜家沙发上，嘴里一句话也说不出来。当厨房里洗碗台上过于明亮的荧光灯似乎是作为某种超自然的信号闪烁了3次时，他吓了一跳。塞缪尔从口袋里掏出一张皱巴巴的纸巾手帕擤了一下鼻子。乔想说点什么，但是他已经被迫多次180度改变对儿子、世界及所有事物的信念和想象，以至于他只能无力地听着空调和额外的风扇交织在一起的嗡嗡声。很难再分清它们的声音哪个是哪个。

透过自己眼前迷茫的雾幕，他听到塞缪尔用感情深厚的声音说，他并没有期待自己会得到宽恕。他明白这一点，他不是为了获得宽恕而来，而只是过来承认错误从而让自己得到安宁。

这就是你做的吗？

乔惊呆了，他无法回答。难道这就是儿子干的，把他们的地址用电子邮件发送给什么人？这就是他可怕的恐怖主义行为吗？就是因为这个，因为发送地址而让儿子背负了两年压垮一切的负罪感？这个是那些人可以通过几下点击便可以从任何地方找到的地址？

他不得不单独问一下塞缪尔他理解得是否正确。从儿子再次流下的眼泪中他终于相信了他。

乔盯着他陌生的儿子。他觉得自己现在才开始明白这个人是谁。

外面已经下起了轻柔的夏雨。雨滴簌簌地打在屋顶上,它听起来就像是小指尖的敲打声。客厅的窗户后面,街灯在夜色中孤零零地亮着。这是穷人的自由雕像,乔在想。

X.

塞缪尔没有在10月到庭旁听他的朋友泰勒·伯恩海姆和凯特琳·奥谢因为犯有电信诈骗罪而被判处无条件监禁的审判。法院不认为相关的互联网网站是合法的,认为罪犯通过该网站组织了美国、加拿大、欧洲和南美洲的数千名年轻人打电话给银行经理、证券经纪人、航空公司和实验室设备制造商,以搞倒一家私营公司。

塞缪尔没有到庭旁听,当圣诞节前两周有两名自称为**反击**[①]小组的动物活动分子因闯入约瑟夫·查耶夫斯基教授的动物实验室及针对其家庭安宁的骚扰和恶意行为而被判处有罪的时候。

塞缪尔没有到庭旁听,当宣布所有关于他与针对查耶夫斯基一家的犯罪活动有任何联系的怀疑都被证明是错误的时候。

在塞缪尔在位于巴尔的摩的父亲家中现身两周之后,联邦警察根据邻居的揭发,追踪到了那个向丹妮拉和丽贝卡·查耶夫斯基寄送爆炸物并通过邮局送到他们家中的男人。一位邻居注意到这名男子尽管住在市中心、本人在邮局工作,却将大量农用物资运到自己的地下室。

---

① 原文此处为英文 Fight Back。

警方在该名男子的家中发现了手枪和可作为制作爆炸物原料的肥料和设备，其数量足够用于制作近10枚针头炸弹，与查耶夫斯基家收到的完全相同。一部分包裹已经组装完毕。

警察所要做的就是问他这么做的原因。该名男子立即表示认罪。他想能够告诉别人，他有这样的想法已经20年了。

纽约哥伦比亚大学的行政部门证实，这名男子曾经与米里亚姆（娘家姓为葛德伯格）在研究生院的同一个年度课程上一起学习了一年。根据学生注册的记录，该名男子在第一年后选择退出研究生课程。男子告诉警方，他不知道自己想从生活中得到些什么。根据在他住处发现的文件，这名男子显然写了一部从未完成的剧本，并逐渐将自己隔离在家中。

该男子在互联网上发表的557页的宣言被形容为仇视妇女和带有极右翼倾向。这名男子强调，他赞成动物试验，不希望他的行为以任何方式被解释为反对约瑟夫·查耶夫斯基的工作。动物实验挽救了数百万人的生命，这名男子后来在庭审中这样说。

这名男子告诉警方，他寄了包裹，为的是让米里亚姆在故意躲避他这么多年后终于能注意到他。

米里亚姆不确定她是否还记得这名男子。

X.

　　他们走出门的时候雨已经停了。院子里那棵高大的美国乔木裂开的深色树皮湿漉漉地闪闪发光,从门廊洒下的灯光透过覆盆子灌木丛叶子上的雨滴向四处反射。

　　塞缪尔从门廊走下潮湿的楼梯,在那儿等着乔,乔说他还要去取车钥匙。那些长着黑色叶子的杜鹃花丛,当他来的时候在黑暗中显得是那么敌视,现在就像是萎缩了一样。塞缪尔的感觉就好像是他在青春期用石头砸了地铁窗户后母亲到警察局来接他时一样。他听到其中一名警官向另一名警官提到,男孩的父亲不在身边。塞缪尔从这种特别的语气中意识到,这使得他少年时期的犯罪既可以被理解,但也更应该受到谴责。在警察局里坐了整整一个漫长的夜晚,他最终只关心一件事,其小脚注可能是罚款、警察的训斥或者犯罪记录:母亲会说什么。

　　直到母亲把他抱在怀里,他才意识到一切都会得到解决,包括今天这件事。傍晚,从公交车站走回家时,他感觉到母亲在拉着自己的手,而且一直会拉着,不管发生什么。

　　现在,当他和他陌生的父亲一起站在巴尔的摩的一个院子里,在这个潮湿温暖的傍晚,这种感觉被净化了,一种新的感觉。他比以前更加清晰地感受到自己的四肢,每一块肌肉和每一个椎骨,这就是我。空气中弥漫着雨水和夏夜的气息,他自由地呼吸着,一切重新开始皆有可能。他会回到芬兰,会因为不应该拍摄的照片和不应该与人分享的信息而入狱,因为必须要保护他们免受真相的侵害。但是奇怪的是,这些已经不再带有像迄今为止的那种强制性含义了。他的肺部吸满了新鲜的、带着潮湿草坪芳香的空气。

乔出现在门廊上。

"车在车库里。"乔说。

"其实我即使是走路也行。"

"当然不行。"

乔答应带他去酒店过夜。据说在校园旁边就有一家像样的酒店。乔想在早上再见到他,到时看时间。塞缪尔来的时候甚至连想都没有想过事情会这样结束。

"你知道吧,"乔问道,眼睛看着他,"我们现在住在巴尔的摩的一个特别危险的地方。"

塞缪尔感到很困惑。事实不正好相反吗?

"那么我们在哪里呢?"

"在巴尔的摩。"

塞缪尔从父亲的目光中才反应过来这是个笑话。乔转身锁上前门,然后走下台阶进入院子。塞缪尔站在车库前面的碎石路上,心里在想自己是否会预先猜到父亲对事物的评价,如果他跟着父亲一起长大,他是否会对父亲的幽默感了解到厌倦的地步。

美国的独栋小楼住宅区看起来很安静,像是沉浸在睡梦之中:充斥在城市里的犯罪和暴力被有效地限制在了某些其他地方。大道两旁种着高大的山毛榉和枫树,房屋被修剪整齐的绿色草坪院落环绕着，看起来如同田园诗一般。

"住在这里一定很舒适。"

"我们选择这个区域是孩子们上学的缘故。"乔说。"据说城里的许多学校都是那些家长不敢把自己的孩子放到那里的那种。""我们也想住在一个有人行道的地区。"

塞缪尔现在才想到可能还会有其他类型的。他环顾四周意识到，他当时可能会来到这里，美国，在他6岁的时候。不是来到这栋住宅，而是另一栋类似的房子，在另一个城市。

当乔将钥匙在车库门锁里转动一下，电动车库门开始嗡嗡作响地慢慢升起时，塞缪尔感觉有什么东西在他的体内流动，意识到有些东西现在结束了。它像一阵风一样穿过他的身体：他突然可以自由地做任何事情了。他过去两年走过的那条小路不必成为他今后余生的标志。

那其中有一些冰冷得让人喘不过来气的东西。随便什么东西。

"你都好吧？"乔问道，当他看到儿子盯着面前的沙子时。

"是的。"塞缪尔说。当他抬起目光时，他看到了父亲的棕色眼睛，他第一次想到，学着了解一下自己的父亲是谁和是什么样的人会很有意思。

车库门已经升起了一半，这时乔似乎突然想起了什么。

"等一下。"乔说，"我一会儿就回来。"

有一件事现在必须要去处理一下，乔补充说，然后以在他现在的年龄会让人感到惊讶的步伐跳跃着回到门廊。

塞缪尔留在原地看着父亲的背影。得到这个机会真是太神奇了。有那么一瞬间，他几乎要感谢那个不知名的虐待狂，他把包裹寄给了他同父异母的妹妹们。如果不是这样，他就不会来了，不会厚着脸皮来打扰了。

幸运的是，姐妹俩什么事都没有。也许他明天也会见到她们？这个想法让他的心脏加快了跳动。他们甚至能够成为朋友吗？

从篱笆后面传来一声宛转如长笛般的哨声，它听起来像是一只黑鹂，塞缪尔想，但是也可能会是另外一个物种，美国的。由此他的脑子里突然想起今年、今年夏天、这几周的一件事：当他在尤金绕着圈说他要在返回芬兰之前到东海岸看看时，有人曾向他提过这些。

"蝉。"有人马上说，"现在正是时候。"

"没错。"另一个人说，"你肯定还赶得上看到它们。"

他还在想它们在哪里，是现在天太黑了还是只是他看不出来，这时他从远处听到有一辆汽车正在以一种奇怪的速度快速驶近，这引起了他的注意。司机让汽车的马达高速轰鸣着，感觉就好像在这个安静的夜晚走错了地方。是一个刚刚拿到驾照的人吧，他想起了自己的同班同学马蒂亚斯，他曾在芬兰温暖的夏日夜晚疯狂地开着车乱跑乱撞。

就在塞缪尔在巴尔的摩听到汽车声的同时，阿莉娜在赫尔辛基刚刚被手机闹钟的数字铃声叫醒。阿莉娜迅速将设备静了音，以免吵醒儿子和亨利。她打开厨房的窗帘，让芬兰夏日的阳光洒进屋里，她第一个想起的是她得了阿尔茨海默病的父亲，她又是怎样无法在父亲的生活中多陪伴他。紧接着阿莉娜想起了她那被联邦调查局逮捕的儿子，她没能阻止他前去看望自己的父亲，阿莉娜的美国前夫，这是他一生中的第一次，所选择的时机不能再糟糕了。

当塞缪尔站在敞开的车库门前听到一辆汽车驶来,而阿莉娜正在赫尔辛基的厨房里拉开窗帘时,乔则打开客厅里的一个古董柜子取出了装子弹的盒子。

乔清空了左轮手枪的弹仓。当子弹的锥形弹头和金属弹壳落到桌子上时,发出的声音非常沉重,给人一种信任感。他把枪和子弹都装在一个蜂蜜色的帆布袋里,这是他10年前在华盛顿特区的一家艺术博物馆买的。随便米里亚姆怎么说,他都不会让枪在他的家里再多待一秒钟。他会把它带到执勤的警察局,或者把它扔进切萨皮克湾,如果他不得不这样做的话。他今晚必须要摆脱掉它。

与此同时,他感觉到自己体内像是被电击了似的:那个红色的按钮!他已经忘记了这一切。他在晚上按下了按钮——在整整一生之前。他迅速从口袋里掏出手机,拨通了道格的号码。他们应该被告知这是一个错误的警报。否则,当他们进入发射器的范围时,他们会认为他正处于生命危险之中。当电话铃响起时,乔想起了他的儿子,他现在正站在夏夜里打着哈欠,在院灯黄色的光线下伸展着自己修长且年轻的四肢。在他们的院子里,乔想了想,感觉到自己的胸膛里充满了骄傲。

幸运的是,道格答复得很快。

"喂。"

乔迅速解释了事由,他已经按下了按钮,但是没有任何危险。道格平静地听到了最后。道格解释说,他实际上正坐在自己的车里守着一座城堡大小的房子,丽贝卡正在房子的拱顶里跳着慢舞,徒劳地试图引起那个"了不起的男孩"的注意。而迈克则已经跟着米里亚姆和丹妮拉的车走了,可能很快就会从那里回到查耶夫斯基的住宅。听说他们还要去什么地方吃晚饭。

但道格答应给迈克打电话，转达这个信息。

"谢谢你。"乔说，"你现在能不能马上打给他？以免有任何不清楚的地方。"

"好的，当然。"

道格低沉而可靠的声音让人感到放心。乔感觉到他的心率立即平稳了。他刚刚把包背到肩上，正朝着前厅走过去时，他听到一辆大型小汽车的发动机轰鸣着从街上向院子驶来。当轮胎突然压到了柔软的草坪上，他惊讶地听到马达的吼声一下子低沉了下去。

塞缪尔正在心不在焉地抬头看着房子外墙上的安防摄像头，并在想它们看起来很新，这时他看到一辆汽车在西栗树大道上车身因减速向前倾斜，前灯上下摇晃。沿着大街向下急驶的汽车是一辆深色玻璃的大型都市越野车。是哪个贩毒的司机，塞缪尔匆忙中想到。当汽车开到塞缪尔跟前时，司机突然扭转方向盘，汽车在人行道的边缘撞了一下，直接越过草坪朝他飞来。塞缪尔有那么一刻十分确定他会被车撞倒。这是**巴尔的摩**，他突然意识到：8岁的孩子手持UZ冲锋枪因毒品债务而相互对射的城市。父亲的笑话很有趣，因为它是真的。

当塞缪尔看到车子朝他撞来时，阿莉娜正在脱下她前不久刚刚穿上的晨衣。清晨的阳光从万里无云的天空中照耀着，建筑物很温暖。阿莉娜量着盘子里的燕麦片，脑子里在想着联邦调查局，如果之前有人对她说她的儿子会被联邦调查局逮捕，她是不会相信的。

她想起了塞缪尔最后一次来访的时候，她在呼吸中闻到儿子的气味，她想如果意味着要失去这一刻，她连一秒钟都不会让自己的生活改变。塞缪尔一副无牵无挂的样子，但阿莉娜知道这种担忧已经写在了她自己脸上了。从自己的呼吸、自己的姿态、自己的心跳中都可以察觉出来，每次当电话铃响起时，她的心都会跳到嗓子眼儿。她对此无能为力，她的弦一直绷得很紧。阿莉娜知道塞缪尔必须要在自己的母亲面前表现得无忧无虑、独立自强和无所畏惧，以免母亲会崩溃。

阿莉娜突然感到很羞愧，因为她从来没有能够完全站在儿子一边。她感到很尴尬，她总是陷入对什么是合法的、这一切会带来什么后果以及打扰那些人是否正确的思考中。阿莉娜想起了那年夏天当她无法去夏季小屋时塞缪尔提出的那个让她感到惊喜的问题。青春期还没有开始，塞缪尔还是一个温顺的前青春期少年，从他身上还分辨不出他是一个弓着背、笨拙地行走的少年，还是一个拥有自然肩宽的高个子成年男子，其答案还在所有这一切的下面在什么地方期待着破茧而出。她计划和老爸一起去夏季小屋待上至少一个星期，唯一例外的是这次加上塞缪尔一起3个人，但是不巧的是一个蓝藻群刚好在那一周漂移到了他们的小屋和桑拿码头所在的海湾。这当然会很恶心，也很麻烦，既不能洗碗，也不能洗漱和洗桑拿。阿莉娜记得她是如何与前青春期的儿子和身体尚佳的父亲站在小屋的岸边，在她所在的小岛岸边看着带着耀眼毒绿色、粥一般的蓝藻在水中闪闪发光，直到延伸到远处看不见。他们不得不回到城里。这样的事在以前从来没有发生过。

在摆渡船上，当海水溅起时，塞缪尔突然瞥了她一眼。

"妈妈。"

"嗯。"

"你认为什么是神圣的？"

她无法回答。

她现在仍然回答不上来。还是说没有勇气回答？早起的乌鸦从院子里洒满阳光的桦树上用难听的声音这样喊叫。没有神圣的，乌鸦从窗户后面嘲笑着她：只有喜欢的。阿莉娜所能回答的只有她对把自己的孩子带到这个世界并抚养成人有一种责任感，在这个世界上，如果有什么东西仍然是神圣的，她却无法保护它——她甚至说不出来什么是神圣的。

阿莉娜静静地把水倒进燕麦片里，她想起了自己对所有这些矛盾事物的悲伤之情，无论什么，即使是从她自己的儿子和他们的胜利，即帕金菲尔德的股市崩溃中，她都感受不到简简单单、独此一份的快乐。

阿莉娜开启了微波炉。她不想拉上窗帘，尽管她的眼睛不得不在清晨的阳光下眯缝起来。当她向咖啡机里量着倒入咖啡粉时，阿莉娜在想，她四分之三的生命都被浪费在各种担心与抱怨上了。这于事无补，只会让事情变得更糟。

阿莉娜等着咖啡机出咖啡。当她看着不断滴落的咖啡时，突然清晰而明亮地感觉到，她应该能够更好地支持他的儿子和他的朋友。毕竟他们尝试并抓住了一件这个世界上他们认为是重要的事情。与你不同，一只燕雀用它那明亮、清脆的女高音在外面高唱着，你什么也没做，什么都没做，什么也没有——因此这些孩子牺牲了自己。听着燕雀的叫声，阿莉娜突然想到要是自己能够完全彻底地站在儿子一边，哪怕只是一小会儿该有多好啊。而现在，在6月的这个早晨，就在乌科和塔伊斯托还没醒来之前，她终于做到了。

阿莉娜把新鲜的咖啡倒进了杯子里。浓浓的坚果香味感觉是如此强烈和令人愉悦,以至于她不得不向自己保证,她将不再担心,而是要学会活在当下,要更大胆地表达自己的想法。一切都会好起来的。她不得不深吸一口气,记住生活就在眼前。这个决定感觉是一个很好的决定。

阿莉娜闭上眼睛,手里拿着咖啡杯,让夏日的阳光透过窗户短暂地照射在自己闭着的眼睛上,在儿子们和亨利起床开始忙他们的事情之前,她仍然有一个平静、不慌不忙的时刻。

塞缪尔噌地一下想要逃跑,这时他听到身后传来一个男子的喊叫声。他的语气里有一些不确定的愤怒,塞缪尔想,喊叫者可能在某些重要的事情上失败了。尽管这一切都发生在不到一秒钟的时间内,但塞缪尔脑子里还是闪出一个念头想看看黑帮的样子,这样他就可以向警察做出描述了。但他放弃了这个想法,最好赶快跑到树丛的另一边躲起来。但是,父亲!——他不能让父亲任凭贩毒团伙摆布,父亲身材矮小、身体瘦弱,心脏病几乎要发作了,我必须停下来。然而,他还没有来得及停下来便听到了两声枪响。

枪声很尖脆,连续的快射听起来就像融合成一枪似的。直到他转过身来想看看后面,塞缪尔才惊讶地发现:他马上要摔倒了。他意识到自己的尾骨即将撞到沙子上。几秒钟后,第三声枪响的回声在夜里独栋住宅的墙壁间不停地震荡着。不知什么原因,他直到现在才有一种被咬了一口的感觉。他意识到自己被击中了。在侧面。但是前几发,去了哪里?他看见自己正上方的紫黑色夜空,它很高——

它怎么会这么高？——并感觉到夜晚柔软得就像天鹅绒一般。

从什么地方传来奔跑的脚步声，一个大个子男人手里拿着枪从什么地方向他跑来。男子训练有素地双手持着他的半自动手枪，两臂向前伸出，但双手倾向右侧，好像瞄准了他脚下地上所准确选择的一个点。他可以听到汽车的声音，显然发动机还在运转。同时还可以听到持枪男子的衣服里有手机铃声响了起来。塞缪尔把手放到自己的后腰上，感觉到他刚才的动作似乎让什么东西流了出来。他的手碰到一些湿乎乎、又黏又稠的东西。他感觉柔软的美国的夜晚就好像肌肤上流淌着温柔的水。但是他就好像是第一次看到天空一样：天空好高啊，是那么遥不可及。风让他感到惊讶，不知疲倦的风，吹在皮肤上就像轻拂的涟漪一般，但却吹过整个大西洋，从美国东海岸一直吹到芬兰湾，吹到赫尔辛基。

当乔撞开前门冲出来时，他看到一辆发动机仍在运转的汽车和黑暗中一个身材高大的人影，按照训练有素的专业人士的姿势站在那里。从迈克衣服下面什么地方可以隐约听到手机铃声。迈克严肃的表情显示出担忧，他正在小心翼翼地走近躺在地上的一个深色的身影，做好准备把闯入者肯定放在什么地方的枪踢远一点儿，以确保刚刚差一点儿就要发生的情形彻底结束。在迈克的脸上完全看不出来他后来要说的话：如果这个家伙没有恶意，那他为什么要逃跑？他为什么要用软帽遮住脸？他为什么要查验院子里的安防摄像头？

塞缪尔感觉到散发着草香的、湿漉漉的草贴在他的脸颊上，听到一阵金属般萦绕的歌声。他在想自己的父亲，现在他躺在这里，歹徒是否会冲向父亲，但是父亲现在站在那边，在门口，看起来很平静。父亲没有事，这是最主要的事情。塞缪尔用手抓住周围的沙子想站起来，但这在一开始似乎是不可能的，然后在同一秒钟又显得没有必要，在这个国家很好。他的双手触碰到了一些粗糙的东西，也许像大麦穗。父亲看起来很担心，别担心，他想说，一切都会好起来的。他不知怎么突然想起来，他弟弟几年前曾经说过的话，你必须要敬重那个死者。他看了看自己的手，意识到他以为是麦穗的东西实际上是死了的昆虫，是蝗虫吗？或者别的什么，它们的外壳。他把自己的手放下，随它们去吧，他的上面只有夜晚高悬的天空，不可思议。

乔一遍又一遍地回想起那天晚上的事情。

在他从院子里回到家里去打开古董柜子之前，他刚刚在想，这就是他在纸条上写下自己的地址、问题时所想的，即我们是否可以谈谈。这就是他在建议《巴尔的摩太阳报》进行辩论时的想法。所有这一切努力都失败了，但是他现在相信他一直都认为他最终会成功的。当他离开车库去房子里面取枪和子弹以便能带儿子去酒店时，他为所发生的事情以及自己一直相信交流的可能性而感到自豪。他很高兴相信了自己的直觉，以及最重要的是，他的儿子是给予他这个机会的人。他也在想儿子会怎么看他从未见过面的两姐妹。

当他走到门廊时，他瞥了一眼他成年的儿子，那么年轻、健康，身材修长地站在车库旁。巴尔的摩的夜晚温暖而潮湿，雨后的空气格外清新。

芬兰没有这样的夜晚。这个芬兰男孩突然让他想到了这一点：芬兰的夏夜是浅白色的，美得近乎完美，但就像一个骄傲的、遥不可及的冷美人，总是同你保持着距离。乔记得，他在芬兰的第一年从5月开始就一直在期待着夏天，当空气开始回暖时，他期待着夏天现在终于到来了。然而到了8月初，当凉风已经开始从海上吹来时，真正的夏天——美国式的夏天——却从未到来。蝗虫的合唱，温暖的黑夜，7月4日的烟花，丝滑的深紫色，芬芳的夜晚，这是美国的夏天。

他想起了蝗虫，为什么在普通的夏日夜晚听不到它们轻柔而熟悉的叫声。当他打开前门时，他意识到这一点，门廊上突然降临的平静，比以前更饱满了。直到那时，他才想起它们，他曾认为夏天对于蝗虫来说可能还为时过早，巴尔的摩的夏夜很快就会充满着柔和的叫声。由蝗虫他突然想起了它们，蝉。

这就是为什么他整个晚上都感觉怪怪的。这就是为什么他在想他知道会有什么重要的事情要发生：间歇蝉已经停止了鸣叫。

尽管他出来已经有一会儿了，但是直到现在他才意识到自己在迈出第一步时的感觉是怎样的——他的鞋底下有什么东西被碾碎了，他很奇怪自己怎么会在黑暗中没有注意到它们，令人费解。整个门廊和街道都被昆虫的外壳覆盖。草坪上到处都是空洞的、死掉的昆虫外壳。它们离开了。

他将潮湿、清新的夏夜深深地吸进了他的肺里。世界上的一切都是错的，唯有站在这里，在自家的院子里看着自己的儿子：有那么一刻他意识到这是唯一的时刻、唯一的夜晚、唯一的夏天。他在黑暗中看到了杜鹃花，叶子上的露珠在街灯的光芒下闪闪发亮,还有公园大道旁边的幼小的山茱萸,它们在春天时会像大棉花糖一样绽放出粉红色。

乔在进屋之前曾想到,巴尔的摩的夏天应该这样:在夜晚,静悄悄地,当在室外呼吸很容易时,他感觉到一阵意想不到的、温柔的幸福浪潮。这正是他希望他的芬兰儿子在他最终来访时所能看到的景色。

鸣谢

我欠了我的美国朋友们很大一份情，他们在我创作这部小说时给予了别人无法替代的帮助。我要特别感谢乔希·康纳（Josh Connor）、丽莎·戴维森（Lisa Davidson）和戴维·葛德伯格（David Goldberg）为此付出的时间、提供的帮助以及我们之间开展的讨论，而最重要的是我们之间的友情。我还要感谢天普大学的莉拉·科温·伯曼（Lila Corwin Berman），丽莎把我介绍给了她。

我要把太多的谢意送给塞尔娅·阿哈瓦（Selja Ahava）、尤卡·阿贝尔奎斯特（Jukka Appelqvist）、哈奈·阿贝尔奎斯特（Hanne Appelqvist）、劳拉·阿勒巴拉赫蒂（Laura Arpalahti）、安娜·海伊奈玛（Anna Heinämaa）、尤西·赫勒姆塞（Jussi Hermuse）、依琳娜·希勒沃宁（Elina Hirvonen）、托马斯·庸杜宁（Tuomas Juntunen）、因德里特·卡乌勒·卡尔萨（Inderjit Kaur Khalsa）、韦拉·基斯基宁（Vera Kiiskinen）、尤哈娜·科科宁（Juhana Kokkonen）、拉塞·科斯盖拉（Lasse Koskela）、贝卡·隆德（Pekka Lund）、比娅·波斯特（Piia Post）和雅奈·萨勒维基维（Janne Sarvikivi）等，他们仔细阅读了这部书并提出了有价值的意见，感谢他们参与讨论和我们之间建立的友情。特别是托马斯和安娜，他们阅读了这本书的很多版本，许多即使少读几个版本的人也早已会疯掉。特别是比娅（Piia）敏锐而详细的评论也给予了我极大的帮助。

非常感谢哈努·哈勒尤（Hannu Harju），特别要感谢我的出版编辑贝特拉·马伊索宁（Petra Maisonen）。我钦佩贝特拉在阅读、评论和编辑无休止的新版本以及在顺从疯子的意愿方面所表现出的耐心和专业精神。也非常感谢海尼·坎塔拉（Heini Kantala）的仔细阅读。

很感谢玛丽安娜·康纳（Marianne Connor）、安迪·沃克（Andy Walker）和科林·缪尔（Colin Muir）用一种教导、有用的方式搞乱了我的思绪。感谢本·诺里斯（Ben Norris）的文学讨论、出色的阅读提示和同行般的支持，同时感谢安迪·里特瓦宁（Antti Ritvanen）、杜韦·阿洛（Tuuve Aro）、妮娜·吉米莎诺娃（Nina Gimishanova）和所有诺贝尔奖获得者俱乐部的成员。

感谢下列人士，他们的百科全书及文章影响了小说的内容：马西娅·安杰尔（Marcia Angell）、本·戈尔德可（Ben Goldacre）、戴维·希利（David Healy）、欧文·基尔希（Irving Kirsch）、英格丽德·纽柯克（Ingrid Newkirk）和罗伯特·惠特克（Robert Whitaker）。我书中的一个虚构人物特别仔细地阅读了丹尼尔·戈尔曼（Daniel Goleman）的那本《生态智能》（*Ecological Intelligence*），他积极利用从书中所获得的有关棉花种植、玻璃制造和环境问题的信息。关于情歌和时间机器的隐喻可以在《纽约时报》的艾弗·彼得森（Iver Peterson）的一篇文章中找到。我还借用了道格拉斯·拉什科夫（Douglas Rushkoff）的《生命公司》（*Life Inc.*）一书以及雪莉·特克尔（Sherry Turkle）的《独自在一起》（*Alone Together*）一书中的想法，后者有趣地反映了机器人与人类之间的关系。我特别感谢威尔·波特（Will Potter），他那本关于环保活动、富有启发性的作品《绿色是新红色》(*Green Is the New Red*) 对小说产生了关键性的影响。以上所有作品及其作者我也都愿意推荐给读者。

尽管我得到了所有的帮助和建议，但这部小说中的每一个事实错误、不可信及不连贯之处都是我自己的原因。卢·里德（Lou Reed）的名言来自《肮脏的大道》(*Dirty Blvd*)，词和曲均由卢·里德创作。

我要特别感谢阿勒恩（Aarn）和安娜（Anna）、劳拉（Laura）和马蒂（Matti），我的父亲和母亲。

我最感谢的人是艾米莉亚（Emilia），感谢所有的一切。

"北欧文学译丛"已出版书目

（按出版顺序依次列出）

［挪威］《神秘》（克努特·汉姆生 著 石琴娥 译）

［丹麦］《慢性天真》（克劳斯·里夫比耶 著 王宇辰 于琦 译）

［瑞典］《屋顶上星光闪烁》（乔安娜·瑟戴尔 著 王梦达 译）

［丹麦］《关于同一个男人简单生活的想象》（海勒·海勒 著 郗旌辰 译）

［冰岛］《夜逝之时》（弗丽达·奥·西古尔达多蒂尔 著 张欣彧 译）

［丹麦］《短工》（汉斯·基尔克 著 周永铭 译）

［挪威］《在我焚毁之前》（高乌特·海伊沃尔 著 邹雯燕 译）

［丹麦］《童年的街道》（图凡·狄特莱夫森 著 周一云 译）

［挪威］《冰宫》（塔尔耶·韦索斯 著 张莹冰 译）

［丹麦］《国王之败》（约翰纳斯·威尔海姆·延森 著 京不特 译）

［瑞典］《把孩子抱回家》（希拉·瑙曼 著 徐昕 译）

［瑞典］《独自绽放》（奥萨·林德堡 著 王梦达 译）

［芬兰］《最后的旅程：芬兰短篇小说选集》（阿历克西斯·基维 明娜·康特 等著 余志远 译）

［丹麦］《第七带》（斯文·欧·麦森 著 郗旌辰 译）

［挪威］《神之子》（拉斯·彼得·斯维恩 著 邹雯燕 译）

［芬兰］《牧师的女儿》（尤哈尼·阿霍 著 倪晓京 译）

［瑞典］《幸运派尔的旅行》（奥古斯特·斯特林堡 著 张可 译）

［芬兰］《四道口》（汤米·基诺宁 著 李颖 王紫轩 覃芝榕 译）

［瑞典］《荨麻开花》（哈里·马丁松 著 斯文 石琴娥 译）

［丹麦］《露卡》（耶斯·克里斯汀·格鲁达尔 著 任智群 译）

［瑞典］《在遥远的礁岛链上》（奥古斯特·斯特林堡 著 王晔 译）

［挪威］《珍妮的春天》（西格里德·温塞特 著 张莹冰 译）

［瑞典］《萤火虫的爱情》（伊瓦尔·洛-约翰松 著 石琴娥 译）

［瑞典］《严肃的游戏》（雅尔玛·瑟德尔贝里 著 王晔 译）

［芬兰］《狼新娘》（艾诺·卡拉斯 著 倪晓京 冷聿涵 译）

［挪威］《天堂》（拉格纳·霍夫兰德 著 罗定蓉 译）

［芬兰］《他们不知道做什么》（尤西·瓦尔托宁 著 倪晓京 译）

图书在版编目（CIP）数据

他们不知道做什么 /（芬）尤西·瓦尔托宁著；倪晓京译. —北京：中国国际广播出版社，2023.11
（北欧文学译丛）
ISBN 978-7-5078-5436-7

Ⅰ.①他… Ⅱ.①尤…②倪… Ⅲ.①长篇小说－芬兰－现代 Ⅳ.①I531.45

中国国家版本馆CIP数据核字（2023）第214476号

著作权合同登记号 01-2017-7651

Copyright @ Jussi Valtonen & Tammi Publishers, 2014
Original edition published by Tammi Publishers, 2014
Simplified Chinese edition published by agreement with Jussi Valtonen and Elina Ahlback Literary Agency, Helsinki, Finland

Simplified Chinese Translation Copyright©2024 by China International Radio Press Co., Ltd.
All rights reserved
This work has been published with the financial assistance of FILI-Finnish Literature Exchange.

F I
L I

他们不知道做什么

总 策 划	张宇清　田利平
策　　划	张娟平　凭　林
著　　者	［芬兰］尤西·瓦尔托宁
译　　者	倪晓京
责任编辑	梁　媛
校　　对	张　娜
封面设计	赵冰波
出版发行	中国国际广播出版社有限公司［010-89508207（传真）］
社　　址	北京市丰台区榴乡路88号石榴中心2号楼1701 邮编：100079
印　　刷	环球东方（北京）印务有限公司
开　　本	880×1230　1/32
字　　数	540千字
印　　张	24.5
版　　次	2024 年 1 月　北京第一版
印　　次	2024 年 1 月　第一次印刷
定　　价	98.00元

版权所有　盗版必究